胡迪尼的秘密世界

美国第一超级英雄的诞生

The Secret Life of Houdini:

The Making of America's First Superhero

威廉·卡卢什　赖瑞·史罗曼
(William Kalush & Larry Sloman)/ 著
吴妍蓉 / 译

百花洲文艺出版社
BAIHUAZHOU LITERATURE AND ART PRESS

图书在版编目（CIP）数据

胡迪尼的秘密世界：美国第一超级英雄的诞生 / (美) 威廉·卡卢什，(美) 赖瑞·史罗曼著；吴妍蓉译. -- 南昌：百花洲文艺出版社，2017.4

ISBN 978-7-5500-2173-0

Ⅰ. ①胡… Ⅱ. ①威… ②赖… ③吴… Ⅲ. ①传记文学—美国—现代 Ⅳ. ①I712.55

中国版本图书馆CIP数据核字(2017)第071971号

江西省版权局著作权合同登记号：14-2017-0001

胡迪尼的秘密世界

(美) 威廉·卡卢什　(美) 赖瑞·史罗曼　著　吴妍蓉　译

出 版 人　姚雪雪
特约监制　杨　静
特约策划　杨　静
营销推广　姜　涛
责任印制　张军伟
出 品 人　柯利明　林苑中
责任编辑　苏双鸽
特约编辑　杨　静　聂福荣
装帧设计　尚书堂

出 版 者　百花洲文艺出版社
社　　址　江西省南昌市红谷滩世贸路898号博能中心一期A座20楼　　邮编：330038
电　　话　0791-86895108（发行热线）　0791-86894790（编辑热线）
网　　址　http://www.bhzwy.com
经　　销　全国新华书店
印　　刷　北京市十月印刷有限公司
开　　本　1/16　710mm × 1000mm
印　　张　31.5　　字　　数　550千字
版　　次　2017年5月第1版　　印　　次　2017年5月第1次印刷
书　　号　ISBN 978-7-5500-2173-0
定　　价　69.80元

赣版权登字：05-2017-93

献给三位伟大的母亲

塞西莉亚·韦斯　莉莲·史罗曼　珍·卡卢什

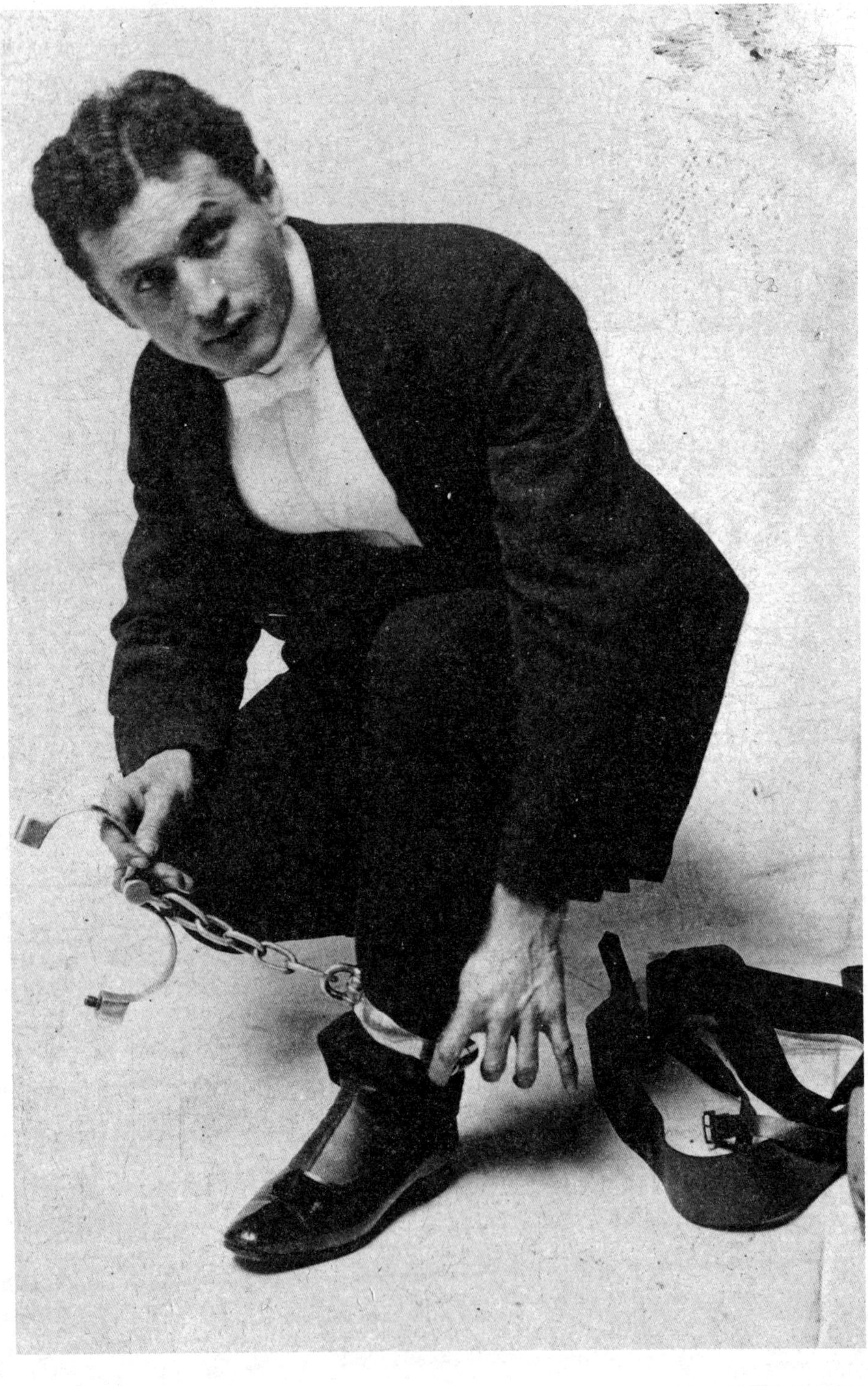

目　录

序

身为业余魔术师，我常会请观众在心里默想任意一位有名的魔术师。虽然胡迪尼已辞世八十年了，当我问有谁想到他的时候，总免不了有四分之三左右的人举起手来。

对于这个结果，应该没有人比胡迪尼更欣慰，因为就如本书所阐述的，胡迪尼终其一生都在努力将自己的形象植入世人心中。他使尽浑身解数，以大胆的技艺追求这个目标，完全不辜负两位作者给他的封号——美国第一超级英雄。

小时候我看过由汤尼·寇蒂斯和珍妮·李在一九五三年主演的胡迪尼传记电影，点燃了我对魔术的强烈兴趣。电影结束后，我马上跑到当地的公共图书馆，借出当时最完整的传记《胡迪尼：他的生平故事》，这是哈洛·凯洛克在胡迪尼死后两年，根据其遗孀贝丝的回忆与她提供的文献写成的。作为一本官方传记来说，这部作品非常完整，至今仍然值得一读。不过，它当然是一本以忠实的妻子的角度回顾胡迪尼人生的书。

之后又有许多传记出版，其中的佳作更一点一滴穿透胡迪尼传奇的表象。对传记作者来说，很难想象还有什么比胡迪尼更棘手的主题，他不但是当代一流的保密专家，而且他只对大众公开能替传奇增光的部分。追究这个人的本质，追究其所作所为的动机，一直是超乎寻常且不免会引起争议的工作。

此刻读者捧读的这本书，开启了新的领域。两位作者搜集到的证据，为胡迪尼生平中已经公开的部分增添了丰富崭新的细节。更重要的是，这本书阐述了一个令人心痒难耐的新可能，即在第一次世界大战的前几年中，胡迪尼曾利用他的专业，以及凭脱逃术与名气而建立的关系网，为英美两国的情报与特务机构提供意见。片断的新证据让两位作者拼凑出一个合理的说法：胡迪尼曾从德、俄等地各种警察与特务机关的禁锢中脱逃，并与当地许多官员接触的时候，获得了一些见闻，在世界迈向战争之际，这些都成为非常重要的情报。

胡迪尼一定会乐于得知，关于他谜一样的一生又出现了新的蛛丝马迹，让众人谈论。这些线索将使我们继续谈论这位“神秘大师”，直到许久之后的未来。我想在一百年后，如果有人要观众在心中默想一位著名的魔术师，想起胡迪尼而举手的人还是会有那么多。

胡迪尼总说，他愿意竭尽所能从死里归来。据我们所知，他一直没有成功。但对他而言，不断有人迷恋他的生平与传奇，也算得偿所愿了。

约翰·麦克劳夫伦

中情局副局长暨代理局长（二○○○至二○○四）

前　言

胡迪尼不是死在水牢里，也没有恋母情结，更不只是个伟大的艺人。到头来，每个传奇中都充斥着来路不明的故事，即使是专业的骗术大师也不例外。他的故事有许多是虚构的。讽刺的是，真实故事反而更精彩。

七年前，我们其中一人有了顿悟。一九九九年四月六日，胡迪尼一百二十五周年诞辰当天，作者之一的卡卢什置身大卫·布莱恩第一次表演活埋特技的场外，当时布莱恩已经被活埋两天。卡卢什与他共同策划了这次表演，因此觉得有义务要全程支持他。大约凌晨四点的时候，卡卢什注意到有些人每晚都回到现场。他们不是布莱恩的朋友，甚至称不上认识，是一群陌生人。不知何故，他们忍不住想在这不寻常的时刻，来采访一个素不相识的人，关心他的安危。总之，他们对他产生了情感上的依恋。在那当下，卡卢什明白了为什么我们都对胡迪尼有兴趣。就像胡迪尼的后继者大卫·布莱恩，他驱使我们产生认同，并为他喝彩。

几年后，卡卢什结识了作家赖瑞·史罗曼。史罗曼做了大半辈子的专业作家，他撰写过如鲍布·狄伦或冰上曲棍球等各式题材，也曾凭着两百多次的访谈和数年间不屈不挠地挖掘档案资料，写出一本二十世纪六十年代激进分子艾比·霍夫曼的重要传记。在这本书成形的过程中，史罗曼读遍了所有与胡迪尼有关的重要著作。胡迪尼的生平与某些谜一样的矛盾事实中，存有许多巨大的差距，令我俩印象深刻。就这样，我们踏上一段寻找胡迪尼真实人生的旅程。

初期，我们发现多数传记作者似乎都遗漏了一项重要联系。青年胡迪尼虽然创意出众又机敏，却无法挣得足够的钱财让他在魔术界出人头地。既饥饿又气馁的他，原本已准备放弃梦想，直到他走进芝加哥警察局，遇见一位改变其一生的刑警。在这次决定性的邂逅之后，他的照片旋即为芝加哥报纸头版增添光彩。那张照片让他一举成名，不出几个月，就从廉价啤酒屋和一角钱博物馆[1]，晋身一流的杂要表演。一年前，为了糊口，他必须在表演时吃下兔子；出名后，他每周赚进相当于今天四万五千美元的酬劳。

接着是另一个谜。怎么会有人在好不容易飞黄腾达之后，冒着失去一切的危险，在看不到前景的情况下，丢下赚钱的合约跑到英国去？胡迪尼接下来的遭遇或许可以解答这个问题。抵达英国不过几天，胡迪尼就与苏格兰场[2]的杰出督察会面，尔后他的事业再度起飞。到底发生了什么事？为什么一直没有见光？事后看来，胡迪尼每一步都做对了，但在当时，这些都是非常冒险的做法，即使对于一个后来以搏命特技闻名的人来说，也是如此。胡迪尼是否知道些什么，能够解释这些看来像是自毁前程的举动？

在开始回答这些问题以前，我们不断阅读、重读所有与胡迪尼有关的著作，以及许多跟魔术有关的书籍。我们发现一手资料有其必要，所以开始搜集大量影印文件，单单胡迪尼个人的剪贴簿就超过一万七千页。他写过的信多得令人瞠目结舌，或许多达十五万封，而他收到的信件数目也不计其数。在探究的过程中，我们找到上千页的信件，多数在历史记载中都已佚失。我们常常会找到来自某位密友（若非这封信，他就名不见经传）的信，也心知肚明应该还有其他数百封。

早先，我们发现有人从苏格兰寄了一封有趣的信给胡迪尼，向胡迪尼报告有传言说他是间谍。点与点开始连成线，在我们回答一些问题的同时，新的问题自动浮现出来。

胡迪尼默默无闻地表演多年，却突然以同样的表演在芝加哥走红。探究他的这段经历时，我们发现一些惊人的联系。在关键时刻捧红胡迪尼的芝加哥警探，是一个高级私人俱乐部的成员，而这个俱乐部还有另一位成员——美国密勤局的局长。我们不断挖掘之后发现，这位局长也会变魔术，他也承认任用魔术师担任间谍。或许这正是胡迪尼所需要的机会。

接着我们发现一些有关胡迪尼初次造访苏格兰场的惊人新证据。原来他所会见的督察，其实是首屈一指的英国情报官员，也是后来建立著名的英国国家安全局（MI-5）的特务头子。

---

1 兴起于美国十九世纪末，主要提供廉价的、怪诞的表演及收藏，颇受下层民众欢迎。——译者注
2 英国伦敦警务处总部。——译者注

我们搜集的文献越来越多，仿佛就要被这些资料淹没，在使用电脑天才麦克·福里曼设计的全文搜索资料库“亚历山大”后，才有所进展。我们将影印资料、原书输入亚历山大里，然后经过魔术艺术研究中心同意，扫描大量的魔术历史以进行数位化，包括所有出刊的杂志，其中某些刊行超过一百年，还有数以千计的书籍。目前亚历山大里有超过七十万笔魔术资料，与胡迪尼相关的有数万笔。

亚历山大开始运转后，我们立刻以日为单位分析胡迪尼的生平，将我们查有所据的每一刻制成时间表。我们也找到世界首屈一指的情报活动专家安德鲁·库克，库克替我们补充英国国家安全局的相关知识后，投下了一颗震撼弹：他拥有胡迪尼的朋友苏格兰场情报头子的日记。不仅如此，那本日记里也提到了胡迪尼。

当然还是有美中不足之处。早期的间谍记录是出了名的不完整。就今天的标准来看，当时的间谍机构是小儿科，他们依赖与各种业余人士合作在外国搜集资料。这些特务人员往往只会收到口头命令，也只提出口头报告。纸本记录一般来说已全数被摧毁。

我们投入研究一年后，找到一个全新的方向。因缘际会，我们在一年一度的胡迪尼降灵会上，认识了一位可爱的小姐，她是玛洁丽的曾孙女，而玛洁丽是著名的波士顿灵媒，也是胡迪尼的劲敌。我们问她手边是否正好有那位亲戚的文件，不料她竟然邀我们去她家，打开堆满记录玛洁丽灵媒生涯的剪贴簿、信件和照片的储藏室。这些资料尘封逾八十年，从来没有研究者看过，我们仔细阅读数以千计的文件，发现在胡迪尼挑战假灵媒的过程中，确实有些惊人的内幕。我们也顺道更了解了亚瑟·柯南·道尔爵士。暂且说他不是一般形容的那个和蔼迟钝的老人就够了。

我们开始加强研究。除了借助电子技术在所有重要报纸和许多次要报纸、多达两亿篇的文章中搜寻，也搜寻了数百万笔的户口普查与政府报告，这在数年前可是要花上好几年才消化得完的资料。我们乐于把这本书视为21世纪的第一部胡迪尼传记。

各位在这部作品中，将读到我们看了数万份文件，追踪了数千条线索，并做了各种联系之后所推测出来的故事。为了将某些故事生动地传达给读者，我们重组了某些资料，让一些场景戏剧化，虽然偶尔会更改某些言论发生的时间，但在内容上却忠于各个角色的言论和想法。书中关于胡迪尼的想法，都是根据他在访谈或信件中所透露的内容。我们没有捏造任何事。有时候，我们只是把事实转化成对话罢了。[1]

我们还花了非常多的时间，与彼此以及无数专家讨论这一切的意义。我们很高兴能将我们调查、研究、思考的结果呈献给各位，不只关于胡迪尼的作为，也跟他的为人有关。我们明白胡迪尼的生命历程，受到台面下各种力量的影响。每个人的人生都是如此。这些诱因是否包含自尊？贪婪？男子气概？色欲？虚荣？爱？无论他追寻的是什么，最后是否找到了呢？

这一点我们留待各位在《胡迪尼的秘密世界》中自己去发掘。

1 本书每一个事实都有根据，但由于注解过多，因此我们决定公开在网络上，请参考 www.conjuringars.org。——作者注

第一章 誓 言

第一铲土没碰到他的身体，反而落到脖子周围，溅起来的土飞过鼻孔跑进嘴里。他觉得有点呛到，开始咳嗽。

“老板，对不起，”柯林斯一边往洞里看一边说，“我猜是风吹的。”

保持冷静，节省精力，抑制心跳加快。

柯林斯和维克利继续用圣安纳潮湿的泥土把洞填起来。天亮不久他们就开始动工，手臂已经因为疲劳而发疼。至于他的感受，他们只能想象。他们下意识地按着节奏动作，一个把铲子铲进周围高耸的土堆里，另一个就把铲子里的土直接送进阴湿的洞里。维克利想，如果把哈利最新的特技告诉朋友，他们会作何反应？当然这要等到演出后才能说。他绝不会忘记他曾经发誓守密，还有哈利对守密这件事情看起来有多认真。

我会不会逼自己太甚？我才四十一岁，看起来却像五十岁。我真苍老。

维克利私下开始相信他担心的事。他原本预期把老板“栽种”（那是他的说法）到一尺甚至两尺的地底，应该不成问题，事实也是如此。但从四尺或五尺的地底脱身，似乎真的让老板有些疲乏。要是他伤到自己怎么办？像那次在水牛城，哈利为了挣脱链子而弄破血管，之后就长期承受着剧烈的疼痛，睡觉时还得在左肾的位置下垫枕头。维克利永远无法原谅自己，让那几个混账把链子绑得那么紧。

下面热多了。怎么才距离几尺就差这么多？我觉得有点晕。要镇定。

这时土几乎完全覆盖了胡迪尼的身体。将脚踝绑在一起的枷锁已经完全被埋葬，再加两三铲土，连手铐也会不见。他知道接下来他的头也会被埋没，因此他严阵以待沉重土壤的攻击，免得再吃进嘴里。

如果我在棺材里表演，事情会简单得多。我们可以偷藏一块板子。我用板子可以比徒手拨开更多的土。只要花一半的时间就能出去。

整个人完全被土覆盖后，他立刻开始行动。即使他的助手仍在填土造墓，但他迅速脱掉手铐，缩成胚胎姿势，然后设法解开脚镣。只消几秒，他的脚镣也松开了。现在他只要缓慢而有条不紊地努力通过松散的泥土往上爬，算好时间，在他们把洞填平时正好抵达地表之下就好了。接着他会用手拨开松散的表土，从坟墓里逃出来。但他没料到自己会恐慌。

他恐惧的不是地底诡异骇人的黑暗或完全的寂静，那些他都已渐渐习惯。是突然意识到他在地底六尺，埋葬尸体的法定深度，这一点令他脊背发凉。

如果我在这里死去怎么办？报纸会怎么大书特书？“胡迪尼自掘坟墓。”我会成为笑柄。

他不由自主地喘气。这时他开始用手和膝盖拨土，完全没考虑到他可能在助手把洞填平之前就先逃出去。但所有胆大之人都会犯下同样不可弥补的错误，一时的恐惧已经让他浪费了几口气,而逃离坑洞的每一口气都很宝贵。上头的柯林斯、维克利和其他人，完全不晓得四尺下的高潮迭起。

不！不能这样！我要出去！出去！出去！

突然间，压在他身上的土仿佛有千吨重。他的身体僵硬，曾有那么一刹那，他闻到了死亡的苦涩气味。然后，有生以来第一次，他呼救了，却只是让情况变得更糟而已。他们根本听不见，这反而让他浪费掉仅存的一点空气和精力。他开始像野兽一样乱扒头顶上的土，用手掌和手臂在粗糙的泥土上搔刮。他早已放弃缓慢而节奏稳定的呼吸，现在全凭本能行动，在为脱逃做最后奋力一搏的时候，他吞下的土和吸入的空气一样多。

地面上的柯林斯放下铲子取出表来，指针通过十分钟的记号时，他担心地看着维克利。

“如果三十秒后他还没上来，我们最好去救他。”他说。维克利阴郁地点点头。表缓慢滴答走过必要的每一秒，接着，正当柯林斯和维克利抓起铲子发狂似的掘土时，土地突然裂开，迸出一个血淋淋、憔悴、肮脏、为嗅到清新凉爽的加州空气而感恩的胡迪尼。

“加油，加油，用力推，用力推，就快要结束了。”

安娜·佛莱许曼正在鼓励塞西莉雅·怀滋，一下擦擦她的额头，一下拿冰角给她含着。一八七四年三月二十四日，拉寇沙罗克街一个小房间被清空，三个小男孩被赶到外面去玩。只有几位邻居在场，安娜老练地托着婴儿的头，稍微转了一下，好让他的肩膀能够出来。她轻轻抓着婴儿的胸部，让身体其他血淋淋的部分顺利从子宫排出。

"是男孩！"安娜说。她纯熟地剪断脐带，用干净的被单把孩子包起来，然后将小艾瑞克交给母亲。她立刻将孩子紧抱在胸前，她的心跳似乎对新生儿发挥了安抚的效果。这将是他常常要回归的圣所，她平稳的心跳与温暖的拥抱，是个可以忘掉世间苦恼的地方。

当然，新生儿意味着另一张要填饱的活口，另一个要共享这典型一房一厨小公寓的温暖躯体。公寓位于以犹太居民为主的佩斯，是匈牙利新近整合的布达佩斯的一部分。这样一来，最近才从法学院毕业的梅尔·山缪·怀滋就有四个儿子了。从他追求未来妻子的故事中，也许大家会以为怀滋将来一定会成为一位能言善辩的律师。

怀滋丧妻是不久前的事，他的第一任妻子在产下他们的孩子阿明时，在生产不久后过世。或许为了逃避那些记忆，怀滋从匈牙利乡间搬到布达佩斯，那是一个繁荣开放的都会型城市，注定要成为欧洲的城市典范。在布达佩斯时，一位崇拜其领袖魅力的朋友，请怀滋协调一桩感情事件。他的朋友爱上了一位美丽的少女塞西莉雅·史坦纳，却羞于向她表明心迹。梅尔熟识塞西莉雅的母亲以及其他三位女儿，便接下了这个任务，到塞西莉雅和家人同住的小公寓造访她。在雄辩滔滔的演说中，他突然发现自己不是在代表朋友，他表明的是自己诚挚的感情。感动的塞西莉雅也给予回报。在这次的口头表白之后，怀滋又送上一封正式的求婚信。根据家族传奇的说法，怀滋在信里记录了他完整的生命历程，"告诉她一切，以免让人有机会找她说三道四。"

他们于一八六三年结婚，一八七六年怀滋前往美国开创新生活。由于怀滋已经在海外，因此一八七八年六月十九日，塞西莉雅带着五个孩子从匈牙利前往纽约。他们搭乘佛利希雅号，一艘船龄六年，长三百六十四尺，重三千五百吨，以单一螺旋桨推进，并配备一只由两根船桅支撑的烟囱的轮船。这艘开往美国的命运之船，给几个小男孩留下什么回忆，我们只能凭想象去揣测。这时已经十五岁的阿明，要负责帮塞西莉雅照顾弟弟，因为四岁的小艾瑞克和两岁的戴索已经让她忙得不可开交。这一家子搭的是三等客舱，塞西莉雅买的是三十块的票，因此她和孩子

胡迪尼的父亲怀滋拉比。(汤姆·波特收藏)

像牲畜一样，被塞在甲板下一个可以容纳六百二十人，臭气熏天、光线不佳、通风不良的大寝室里。还好这趟航程船上旅客不到半满，因此塞西莉雅能占用好几张床，不必全挤在一张床上。

全家移民美国前，小艾瑞克和弟弟戴索摄于匈牙利。（罗杰·卓耶收藏）

七月三日他们抵达纽约，在移民大楼接受审查，并各自得到新的名字。塞西莉雅不会说英语，因此以德语回答官员，结果他们的名字都改成德文名字的英文变体。阿明变成赫曼（Herman），八岁的纳坦（Natan）只加上一个 h，六岁的葛特佛利德·菲尔摩斯取了威廉这个昵称，艾瑞克则改成艾瑞许（Ehrich），法瑞兹·戴索正式命名为席欧（Theo），后来又取了戴许（Dash）这个小名，家族姓氏则改成怀斯。塞西莉雅与稍早移民的母亲和两位姊妹在纽约重聚，怀斯一家到了九月即在威斯康星的阿普顿团聚。

阿普顿与纽约狭窄的廉价公寓有天壤之别。这里至今才二十五年，仍有某种边界前哨站的感觉。怀斯一家在这里的头三年，牲畜还可以在集市与街道上乱逛。过了一年才建造下水道，然后又过了一年才有自来水（不过因为系统太简陋，一楼以上是无法使用的）。另一方面，由于有历史悠久的劳伦斯大学和即将开幕的歌剧院，阿普顿也是巡回演说经常造访的地点，因此颇具文化气息，与其他以农场为根基、死气沉沉的中西部小城镇不同。

对怀斯来说，这里还有另一项优势，城里最发达的生意人是他的同乡大卫·哈莫，他展现了许多东欧犹太人在新环境所表现出来的融合精神。他经营好几家公司，包括贮木场、磨坊和小麦农场，最重要的是，他也参与地方政治。怀斯来到阿普顿时不懂英文，却渴望获得尊敬。他在家乡时是肥皂制造商，但在离开祖国前，已经习过法律课程，成为开业的初级律师。然而这里是另一个世界，因此当他的同乡哈莫告诉他城里需要一位拉比时，他毫不迟疑。

"好吧，让我来。"怀斯说。

他就这样披上礼服，开始在临时的会堂里主持仪式，每年收入七百五十美元。起初"本市的希伯来人"（地方报这样称呼他们）似乎对这位"能干的"拉比所主持的仪式相当满意，并且希望他"永远与我们同在"。他似乎特别擅长在如结婚或丧礼等人生重大事件时，给予明智的忠告。虽然他以德文主持所有仪式和说教，但他的演说还是获得"发自内心的尊敬"。

道德教训不只局限于讲坛。艾瑞许年仅五岁时，他的父亲注意到儿子在把弄一些大铁钉，进一步追问后发现，这些铁钉是艾瑞许从当地正在建桥的工地拿回来的。

"这是偷窃！"拉比大吼道，"偷窃是不被允许的，尤其是在这个家，拉比之子偷窃更是不可原谅的。"

结果艾瑞许被带回犯罪现场，被迫将钉子放回去，并向工头认错。他是一个彬彬有礼的孩子，很愿意从自己的错误中学习，接受长辈的智慧。他的个性也很迷人。艾瑞许约七岁的时候，在阿普顿的街上与老师不期而遇，女老师面带微笑向他道早安，但这个孩子只是不好意思地咕哝了几个字。老师坚定地看着他深蓝色的眼睛对他说："艾瑞许，绅士遇到淑女时，应该摘下帽子鞠躬。"听到这句话后，他立刻跑掉绕过那个街区，算准时间，好在下一个角落遇到老师，脱下帽子恭敬地鞠了个躬，让老师十分诧异。

阿普顿有开阔的空间、公园和森林，对年幼的孩子来说是个理想的游乐场，艾瑞许在这里开始展现运动员的非凡能力，这一点将在他未来的生命里开花结果。事情始于艾瑞许不满七岁的时候，他到经过阿普顿的巡回街头马戏班里，耐着性子看小丑和杂技演员，却深受一个穿紧身衣的人吸引。这个人爬到二十尺高的小平台上，准备走过两根柱子间紧绷的绳索。吉恩·怀滋曼利用一根弧形的长杆将重心放低，缓缓走过绳索，他立刻成为艾瑞许心目中的英雄。艾瑞许屏住呼吸，他知道只要稍有闪失，怀滋曼必死无疑。表演者在他面前卖命，让他感到既不可思议又刺激。怀滋曼一步一步走过绳索，当他走到另一端的柱子时，所有的观众都为他喝彩。但艾瑞许看到怀滋曼表演用牙齿挂在高空绳索上的特技时，感到更为惊奇。

当天下午艾瑞许赶回家，找来一条绳子绑在两棵距离适当的树木之间。第一次在绳索上维持平衡时，他狠狠摔到地上，几乎站不起来，但他没有放弃，很快就谙熟了走绳索的技巧。他也尝试用牙齿吊挂，却没那么成功，他不知道怀滋曼

艾瑞许在阿普顿的校舍。（亚佛布克医生收藏）

表演这个特技时用了护齿。“因此掉了几颗前齿，”胡迪尼回忆道，“还好牙齿后来又长回来了。”

回想起来，早年在阿普顿，对怀斯一家人来说是牧歌般的年代。这段期间家里又添了两个成员，名叫李欧普的男孩和名为葛蕾蒂的幺女。一八八二年六月，怀斯和他的孩子借着成为美国公民来拥抱他们的新国家。接着悲剧发生了，怀斯拉比的信徒们不再尊敬他，因为有一个宗派认为他太老，做法太陈腐，不合他们的胃口。

“某天早晨，我父亲醒来发现，他只能任凭这个世界发落，他的几绺长发变白，有七个孩子要养，没有任何工作，找不到任何养家糊口的办法，”胡迪尼说，“我们随即搬到威斯康星的密尔沃基，在那里困苦与饥饿成为我们的命运，这个话题还是少提为妙。”

一八八二年十二月，怀斯一家在密尔沃基落脚，他们几乎成了游牧民族，四年间至少换过四个住处，这表示他们总是赶在房东收租前离开。家里的男孩都被迫外出工作，艾瑞许在普兰京敦饭店前卖报兼擦鞋，有时候弟弟席欧会去帮他。有一天，两兄弟赚了两块多，席欧把钱放在外套口袋里。他们搭雪橇回家，到家时却发现席欧把钱搞丢了。塞西莉雅几乎哭出来，但艾瑞许很快想出办法补救。他一手抓着席欧，一手握着最后五分钱，跑到附近的花店去买了一朵花往外走，很快卖得一角钱，接着再度走回花店，买了两朵花，这次两兄弟各卖得一角钱。几小时后他们就又带着两块的零钱（九岁孩子足智多谋的果实）回家了。

钢锯的刀片断成两半时，艾瑞许甚至没能在沉重的手铐上留下半点痕迹。这已经是第六次了，但这个块头大得出奇而又丑到令人作呕的男人，并没有因此觉得好笑，此刻他正不幸地被这韧性的手铐束缚住。

"没有割伤我，算你走运。"男人令人毛骨悚然地咆哮道。

艾瑞许用力吞了一口口水。他不想露出害怕的样子，从来不想，可是他怕。他甚至不知道手铐是不是锯得开，当然也不想让老板哈瑙尔先生失望。打从他还是个孩子时，就一直在家附近、哈瑙尔先生位于阿普顿街的店铺里工作。他进这家店不是为了哈瑙尔卖的枪，他对枪没兴趣。艾瑞许着迷的是锁。他一直对各种锁、扣件和五金有兴趣，还会在家里用一根小纽扣钩，任意打开抽屉、橱柜和储藏室当作练习。他在阿普顿变得恶名昭彰，因为他曾在一夜间打开大学街所有商店的门锁。这时他已经十一岁，因为密尔沃基的情况太糟，艾瑞许的父母决定把他送回阿普顿，正式成为哈瑙尔的学徒。

然而，这工作是辛苦的考验。有一天警长拖着硕大的囚犯到店里来，这名囚犯是艾瑞许见过的最可怕、最丑陋的人，他蓄着络腮胡，配上令人毛骨悚然的青白色长疤。

"哈瑙尔，不知道为什么，法官判这家伙无罪，可是我那把该死的钥匙断在钥匙孔里了，"警长解释道，"你锯得开吗？"

哈瑙尔正打算检查手铐的时候，发现午餐时间到了，于是他把艾瑞许叫到一边。

"小艾，去拿把钢锯把手铐锯开，我要跟警长去喝一杯。"

大家知道哈瑙尔喜欢在午餐时喝几杯啤酒，这个每日的例行公事通常要花上五十五分钟。现在还剩十分钟，艾瑞许还没打开手铐。

钢锯不管用，也不能把手铐打碎。事实上，即使这家伙上了手铐，但单独跟他，还有一个装满各式手枪的箱子留在店里，令艾瑞许不太自在。接着，他突然记起这几年定制的纽扣钩，偶尔用来开门或桌子抽屉万无一失。何不用那把纽扣钩来开手铐的锁？手铐锁比较复杂，不过说不定，说不定……

可是不行，这个锁太大了。他镇定地用钢琴弦另外做了一个。大个子怀疑地看着他。

他缓缓地把撬锁器塞进其中一个锁孔里。

“可以请你看一下旁边吗？”艾瑞许礼貌地问他。他很不想让这家伙看到他如何开锁。

“你做梦。”大个子说。他几乎要把手铐盯出一个洞来。

艾瑞许别无选择。他紧张地摸索,笨手笨脚地把撬锁器塞进手铐的机械装置里。经过约莫一分钟，手铐咔嚓一声打开了，他和囚犯都很惊讶。他又花了一分钟的时间打开另一只手铐。

这时警长和哈瑙尔正好走进店铺，艾瑞许松了一口气。

“好，你可以走了。如果我是你，我会跟伟大的阿普顿市政府保持一点距离。”警长说。

大个子惊讶得无法动弹。他拿起手铐来检查，这时其他人才注意到，艾瑞许没有锯开手铐，而是打开了锁。

哈瑙尔从囚犯手中把手铐拿过来，大略检查了一下，然后转身面对他的学徒。

“干得好，艾瑞许，”他说，“你做得太好了。”

这个小插曲将改变艾瑞许的一生。“当时我撬开手铐锁的方法，已经包含我打开全世界全部手铐所使用的基本原则了。不使用备份钥匙，那似乎是其他人重复我演出的唯一办法。”但胡迪尼被囚犯知道了他的秘密。“除了我老婆之外，他是世界上唯一知道我怎么开锁的人，后来我也不知道他的下落。”他回忆道。

在锁店里工作不符合艾瑞许的天性，他仍然崇拜高空钢索巫师怀滋曼。所以当一位比他稍长几岁的朋友杰克·霍夫勒决定组一个五分钱杂技团时，艾瑞许便说服母亲用几条红色羊毛长筒袜为他缝制类似专业杂技演员穿的那种紧身衣。海报上称他为“空中王子艾瑞许”，他们以霍夫勒在第六区找到的旧空地当作表演场地，艾瑞许表演的节目可能包括在绳子间摆荡、软梯杂技和特技翻滚。

胡迪尼一直把一八八三年十月二十八日在五分钱杂技团的演出视为正式踏入娱乐圈。他挣得三十五分钱，更重要的是，他发展出对将来有裨益的一些技巧。到了一九一九年，胡迪尼已经能够回顾这段空地表演经历，视之为另一个转折点。

“我所受过的软梯杂技演员训练，当然是目前表演的约束衣与镣铐脱逃术的第一步，因为我主要是通过扭曲身体，使关节脱位的能力，配合异常的伸缩力量，而得以免受紧缚的影响。我会对所有想从事类似我这种职业的年轻人说：‘先试着往后仰，用牙齿捡起地上的大头针。’……那是我的第一个特技。”

对娱乐圈的迷恋在艾瑞许的血液里作祟，使他“逃”回密尔沃基的家。将兴趣从体操和杂技扩展到魔术并不牵强，少年艾瑞许对书本如饥似渴，大半受到父亲的影响，父亲收藏了可观的神学著作。刚开始艾瑞许大量阅读拉比收藏的《圣经》故事和《塔木德经》里的传奇故事，但他自己买的第一本书是在阿普顿一家小书店里找到的一角钱小册子，那是“剽窃魔术师霍夫曼著作里的章节”。回到密尔沃基后，他频频造访公共图书馆，随性阅读，满足无尽的好奇心。

黎恩博士是一位魔术师，优秀的魔术师。他在伦敦著名的哈洛斯百货公司中的埃及厅，每天演出三场，掳获英国大众的心，满足他们的想象力。黎恩表演过许多当时的经典魔术，如砍掉鸽子头再复原，巫师的降灵术，逃脱绳索捆绑与人体飘浮，但舞台上精彩的话术，是使得黎恩与当代表演者有所区别的特点。黎恩会面无表情地说笑，讲一些莫名其妙的滑稽故事，巧妙冒犯自告奋勇的观众，他总能将观众的注意力引开，让他们暂时不去注意魔术。在迷惑观众之后，他会郑重宣布：“大功告成！”这句话已经成为当时英国的流行语。

当黎恩博士在美国巡回期间来到密尔沃基时，怀斯拉比看出艾瑞许对魔术萌生兴趣，便带着十二岁的儿子去看表演。改变这位少年命运的魔术有一个夸张的名字，叫作《转世再生》。

黎恩博士郑重宣布他要“把人切成几段”。这时，一个严肃的青年出现在台上，右手拿着半月形弯刀，左臂上披着一条黑布，很容易被误认为是刽子手。

黎恩博士继续滔滔不绝地念念有词，坚持他“完全出于科学拓展吾人知识之利益，要证明人可以被砍头，一旦接回去仍可一切如新”。

他转身向舞台后方旁的助手做个手势。

“这个年轻人跟着我从英国来，他没什么用，所以干脆把他剁掉算了。”

舞台后方放了一块垂直的木板，以及两条从挂钩上垂下来的粗绳。木板前有一块布幕，黎恩邀请两位自愿的观众到布幕后面看他捆绑助手。看过之后，布幕拉开，观众看到助手贴着木板面对他们站着，身体被两条绳索绑住。两位志愿者在黎恩的怂恿下，向观众证实他们的确看到男人被绑起来。为了表示这不是幻觉，被捆绑的助手摸了摸他的八字胡，动动他的脚，简短地对观众讲了几句话。

接着黎恩博士开始行动。“你想来点什么？”他问其中一位志愿者，“胳膊吗？”他拿半月形弯刀在无助的助手左臂上做做样子，这时女观众用手帕遮住眼睛，他砍下整条手臂，然后拿到坐着的年轻志愿者面前，放在他的膝盖上。

“你呢？”他转向另一位志愿者，“你想来点什么？一条腿？”然后割断助手的左腿，仍然没有流血，接着把腿交给志愿者。

“现在我要砍掉他的脑袋。”他大叫，同时把黑布盖在牺牲品的头上，他用半月形弯刀猛砍助手的颈部，然后用黑布把砍下的头包起来。这时他走到舞台前方的脚灯旁。

“哪位女士想要这颗头？”他悲伤地说。

没人要。他等了几秒然后耸耸肩。

“好吧，那我丢掉。”他一边说一边打开布，里面是空的。后面木板上的无头躯体，用他完好的手臂指了指博士和曾经被头占据的空位。

黎恩博士再度回到他面前。“他想要他的头。”博士平静地说，然后把黑布丢回躯体上。当他把布拉开时，他的助手已经恢复原状，还揉揉眼睛仿佛刚睡醒的样子。

黎恩把手臂和腿丢回围栏，然后把布幕重新拉上。“来，自己装回去。”

他话才出口，年轻人已经从布幕后走出来，完全恢复原状。接着戏院的布幕落下。

艾瑞许坐在那里，目瞪口呆。怀斯拉比对着他微笑。

“喜欢吗？”拉比想知道。

他们俩起身往戏院外走。艾瑞许在书里读过魔术的事，甚至幻想过真正的巫师能做些什么，但这不一样，这是真的。

“我真的以为那个人的手臂、腿和头被切下来了呢。”他告诉父亲，然后继续安静地走着，魔术的影像在他的脑海中舞动。

带儿子去看魔术，并不违背怀斯拉比的本意。他常用另一位伟大魔术师的故事逗艾瑞许开心，这位魔术师以优雅的举止和杰出的技艺获得财富和名声，当时他的画像甚至因此挂在奥地利国家博物馆墙上。拉比除了描述他奇妙的魔术之外，也告诉儿子这位魔术师在台下的生活细节。他的第一段婚姻，使他成为伟大的坎帕斯·赫曼的姻亲。坎帕斯·赫曼是他那一代最著名的魔术师，曾在白宫及欧洲几乎所有国家的贵族面前表演魔术。成为专业魔术师的念头，尚未在少年艾瑞许

坎帕斯·赫曼。（魔术艺术研究中心）

的心中成形，但他开始在密尔沃基的格兰德街上，老利特博物馆所的晚间，表演简单的魔术。发展魔术技巧的顺位，必须放在帮助家庭渡过难关之后。密尔沃基的信徒，不足以让怀斯拉比得到一份全职工作，而他自己在外面设立的“希伯来学校”（可能包括辅导几位年轻人）也以惨败收场。塞西莉雅不得不一再向希伯来救济会申请煤炭和采买食物的现金等基本所需。

艾瑞许一直都很乐意帮助家里。他超龄的勤勉和成熟，体现了父母灌输给他的健全工作伦理。几年后，他写信给朋友吉姆·巴德，并得意地回忆起一首已经成为其信条的校歌：

继续工作，比在一旁空等、
哭泣、悲叹或等待潮流更明智。
只有每日前进，从不言败的人，
才能在人生的重大战役中获胜。

一八八五年十二月，这个家遭受了可怕的打击。怀斯拉比第一段婚姻所生的儿子赫曼，在纽约因结核病过世，年仅二十二岁。赫曼过世使拉比消沉，并太过悲伤而卧床不起，但当他十一岁的儿子拿出毕生的积蓄——十块钱，为同父异母的哥哥办丧事时，他还是十分感动的。

拉比闷闷不乐了好几个月。艾瑞许即将十二岁，他觉得自己在密尔沃基没有出头的机会。他想要闯荡世界追寻他的成就，然后与他的家人分享。艾瑞许生日当天，父亲把他叫到床边。

“儿子，我在物质方面很贫穷，但上帝赐给我一位很棒的女人，作为我的妻子和你们的母亲，我们生下几个孩子并养育成坚强的男子汉，就这两方面来说，我是富裕的，”他轻声说，然后拿起床头柜上破旧的犹太圣书《托拉》交给艾瑞许。“答应我，儿啊，等我过世后，绝对要让你亲爱的母亲不虞匮乏。答应我你会让她晚年无忧无虑，就像我所努力的一样。”

艾瑞许低下头将手放在圣书上。

“我全心全意保证。”他说。

尽管离他的犹太成年礼还有一年，在十二岁生日当天许下承诺之后，艾瑞许已经成为男人。

他在天亮前离开，没有吵醒屋里的任何人。他带了一个小袋子，里面装的是十二岁男孩的基本装备，几本书、撬锁工具和一副牌。他也带着擦鞋工具，以便筹钱迈向更广的世界。艾瑞许听说美国骑兵队正要往西走，那是他离开家的好机会，跟着真正的军人，擦亮他们的黑皮靴，赚取零钱。

骑兵队抵达威斯康星的德拉凡之后，在城里的军械库扎营。因为好奇想亲眼看看“军旅生涯”，当地男孩艾尔·弗力克洛夫特蹑手蹑脚爬上军械库大楼的阶梯，当他爬到楼上时，却惊讶地发现了一个毛发浓密蓬乱的流浪儿，在一堆粗麻布袋上熟睡。不久，小流浪汉醒来，用他的旅行故事逗艾尔开心。当他提到他非常饥饿时，艾尔邀他一起回到他在南六街的家，在那里艾尔的妈妈可以填饱他们的肚子。

这位访客自称“哈利·怀特”（这说明怀斯家至少有一个人知道如何融入这个国家）。有两个孩子的汉娜·弗力克洛夫特，深受这个迷人的鬈发少年吸引，她立刻将他改头换面，给他吃饭、洗澡，替他清洗并缝补肮脏破烂的裤子。而这位客人也够机灵，他告诉弗力克洛夫特太太，她为他准备的温暖柔软的床，是他记忆中第一次睡的床。

骑兵队已经出城，但在弗力克洛夫特太太的坚持下，哈利（这是他小名“艾瑞”的谐音）留在这个家找工作。当时的皮京斯对一个十二岁的孩子来说太狭隘了，

胡迪尼与威斯康星州德拉凡的弗力克洛夫特夫妇合影，他们在他十二岁离家出走时收留他。（国会图书馆）

因此她建议他到附近的比累特试试。她在他的袋子里装满三明治，还塞了一些钱给他，接着哈利便跳上货运列车前往较大的城市比累特。经过几天毫无收获的寻觅，身上的钱也用完之后，哈利徒步走了二十五里路回到德拉凡。但弗力克洛夫特太太问起，有没有收到她寄到比累特邮局的鼓励信，于是第二天哈利又再度徒步往返比累特一趟，只为了去收他生平第一封信。

哈利永远忘不了“老弗力克洛夫特太太”（对于一个少年来说，四十五岁的母亲是很老的了）的仁慈关怀。大约过了一年，他在纽约安定下来，并找到一份工作后，曾寄了一件衬衫给她，四个口袋各塞一张两元钞票，前面也钉了一张。他常常从世界各地寄美丽的礼物给她，甚至在他几年后从欧洲回来，艾尔告诉他母亲病重的消息后，哈利与妻子还赶到德拉凡去探望弗力克洛夫特太太。弗力克洛夫特太太在他造访之后不久过世。哈利对亲生母亲的爱，促使他拥抱各种形式的母性。

在艾瑞许开始到外面追寻自己的成就时，怀斯拉比也丢下家人到东部去找工作。他尽责的孩子，显然在一八八七年的某个时候与他在那里会合。艾瑞许和父亲在雷夫勒太太位于曼哈顿东七十九街二四四号的寄宿舍里，共用一个房间。拉比指导希伯来学生的微薄收入，根本不够让他把家人接到纽约来，因此艾瑞许找了一份递信员的工作。艾瑞许相信他供养家里的誓言，不必等到怀斯拉比百年之后再兑现。到了一八八八年，他们已经存够钱，在东七十五街二二七号的经济公寓，租下两层冷水套房，让一家重新团圆。艾瑞许在中央车站与他们碰头，然后送他们回新家。

即使怀斯和塞西莉雅都比较习惯住大都市，但生活绝不轻松。第一个冬天十分严峻。他们不只用光了煤炭，房东也威胁几天内不交出房租的话就要赶他们走。怀斯拉比虽然烦乱却束手无策，他在房间里踱来踱去，最后喃喃自语："上帝将会供给，上帝将会供给。"不甘于仰赖神明的艾瑞许，明白圣诞时节已让人沉浸在假日气氛中，因此第二天去上班时，在他的帽子上别了一个印刷整洁的标识：

圣诞节将至
火鸡肥美
请丢二十五分钱
在送信小弟的帽子里

结果整天都有路人看到这段话莞尔一笑，把零钱丢进他的帽子里。回家前，他把硬币藏在袖子里、耳朵后面、衬衫领子和每一个他想得出来的地方。一进门，他就走到母亲面前。

"摇摇我，我有魔力喔。"他说。

她虽然半信半疑，但还是照他的话做，这时硬币像瀑布一样从他身上各处落下。她越摇，洒下来的钱就越多，她也变得越有精神。算过总数后他们发现，几乎够付房租了。

哈利在失业时，也展现过同样的机智。他去百老汇的李希将领带公司应聘，看到一长列应聘者站在写着"聘领带剪裁助理"的牌子后面。他以莽撞的自信走过去把牌子拿开。

"谢谢你们来，不过很遗憾，我必须通知你们，这个工作已经找到人了。"他用最殷勤的态度说道。

等应聘者散去之后，哈利拿着牌子走进大楼里，立刻被雇用。

在纽约时，哈利仍继续扩展他对运动的兴趣。除了体操之外，他开始练拳击，十七岁时，他已经厉害到可以参加业余体育联盟二五磅级的拳击冠军赛了，这样的人通常会继续发展职业拳击生涯。虽然他因病退出决赛，但他打败过后来夺牌

成为胡迪尼以前的哈利·怀斯，是纽约的田径明星与业余拳手。（国会图书馆）

的男孩。他也练长跑，十八岁时，在环中央公园赛中创下纪录。约莫同时，他还打败过英国二十里赛冠军西德尼·汤玛斯。汤玛斯后来创下十里、十五里和二十里比赛的世界纪录。

一八九〇年，多亏哈利兄弟的收入，怀斯一家搬到东六十九街三〇五号较大的公寓里。哈利在纽约继续他对魔术的兴趣，但除了纸牌和硬币魔术之外，都因为缺乏资金而受到局限。他向弟弟席欧学了一些硬币魔术，席欧则是从他的摄影师老板那儿学来的。一八八九年春，哈利在李希特公司的同事贾可布·海曼发现他们同样热爱魔术，开始一起练习。哈利的技术知识不断增长，他常常惹恼朋友，因为他和朋友观赏魔术表演时，在每个节目结束后，哈利都会脱口说："我知道他是怎么办到的。"他们向他挑战，要他亲自上台表演，他也真的在附近的场地，如席勃联盟礼堂以及青年希伯来协会文艺社团表演纸牌和硬币戏法，他在这些地方表演时，是以"艾瑞许·怀斯"或"艾瑞克大帝"的名字登台的。

接着他发现了改变他一生以及整个魔术界的书，即《大使、作家、魔术师侯贝·巫丹自撰回忆录》。

他买下这本书的当晚，吃过饭就坐在床边，阅读这位将魔术提升为一种艺术形式的人的生平。

哈利一直读到深夜，对这位浪游者的魔术生涯感同身受。与哈利一样，巫丹也沉迷于阅读跟魔术有关的书，经常练习耍弄硬币和纸牌的技巧，甚至在吃饭时，也是一手练习一手喝汤。巫丹在跳下火车后，因为食物中毒而发狂，这时一位老街坊托里尼出手相救，并带他进入魔术领域。一八五四年巫丹在自家位于巴黎的戏院，举行名为"幻想之夜"的精彩演出，这晚的演出记录让哈利深深着迷。例如有几个酒瓶，可以源源不绝地倒出观众想要的任何饮料，还会在观众面前长成开花的橘子树。在一个精密的小型面包店模型中，机械面包师会从店里拿出真正的烘焙点心。巫丹的儿子虽然蒙上眼睛，仍能辨认观众的东西。此外，多亏他父亲发现乙醚的新性质，他会吸入定量的麻醉剂，陷入昏迷状态，然后就能只凭一根手杖支撑，在半空中水平悬浮。

此外还有关于娱乐皇室的记录。哈利对巫丹在圣克劳德宫为路易·菲力普国王和他的家人所做的御前演出特别着迷。巫丹先向观众借了几条手帕，把手帕捆成小包，然后放在面前的桌上。接着他请皇室成员在纸上写下他们希望这些手帕能通过魔术移往何处。国王将从中随意挑选三张，选择小包最后的目的地。国王抽了三个地点，第一个地点是壁炉架上的大型烛台下，他否决了，因为这个位置作为隐藏地太明显。第二个地点是荣民医院的屋顶，这个地点也被否决了，因为要整群人去那里太远。最后一张纸建议，把手帕移到通往城堡路上右边最后一棵橘子树的花盆里。

国王选择了最后一项，并立刻派警卫驻守那个地方，但已经来不及了。巫丹将手帕小包放在不透明玻璃的钟形罩里。接着他挥舞魔杖，恳求包裹直接到国王希望的地点。然后他拿起玻璃罩，那个小包已经不翼而飞，取而代之的是一只白斑鸠。接着路易·菲力普命令侍从敲开花盆，无论有什么都拿回来。不久后他就拿了一只生锈的小型铁制保险箱回来。国王以嘲弄的语气问手帕是否在箱子里。巫丹回答手帕不只在箱子里，而且已经在那里六十年了。

当观众要巫丹证明这荒诞的断言时，他请国王拿下绑在斑鸠颈子上的钥匙打开盒子。盒子打开后，首先映入国王眼帘的是黄色的羊皮纸。他大声念出上面的字：

> 在一七八六年六月六日的今天，这个装有六条手帕的铁盒，由我卡格里欧斯特罗伯爵巴尔沙摩藏在一棵橘子树下，以备六十年后同一天，在奥良的路易·菲力普和他的家人御前表演魔术之用。

当然，当他打开箱子里的包裹时，里面装着那几条手帕。

塞西莉雅第二天早上醒来大吃一惊。哈利坐在昨晚同一个位置，穿着同样的衣服，沉迷于他带回来的书里。“我对戏法和魔术的兴趣，以及我对巫丹的热爱同时被挑起。从我开始研读这门艺术，他就成为我的向导和英雄，”他后来写道，“我把他的作品当成我的教科书和我的福音……对我不谙世故的心灵来说，他的《回忆录》赋予这个职业值得认真奉献一生来争取的尊严。”

哈利开始搜集相关书籍，这最后成为史上最庞大的魔术藏书之一。他的收藏包括巫丹的其他著作，巫丹在这些书中提出他的魔术艺术理论，而这些理论将对胡迪尼影响深远。巫丹相信魔术师不只是变戏法或耍把戏的人。对他来说，魔术师是演员，他们扮演拥有超自然力的角色。此外，即使表演者在演出时说的是“一连串的谎言”，但他自己必须相信才能成功。约莫同时，胡迪尼在哥伦比亚街的爱德文·佛瑞斯特业余戏剧协会学习表演与辩论，是否只是巧合？

但他选择艺名的方式绝非巧合。他的朋友，有时候也一起做业余演出的伙伴贾可布告诉哈利，就法文来说，在一个人的名字里加一个字母i意味着“媲美”那个人。哈利说过：“我一生别无所求，只希望我的专业能‘媲美巫丹’。”所以他取了一个能让他脱胎换骨的艺名，艾瑞许·怀斯现在成为哈利·胡迪尼。

一八九一年四月三日，他向李希特公司请辞，不过在朋友兼同事乔·林恩的忠告下，向老板李希特要了一封推荐信，信中赞许他两年半来的服务：“由衷推荐这位诚实勤奋的年轻人。”

起初哈利和贾可布联手组成“胡迪尼兄弟”。他们的第一场秀在一八九一年秋天举行，表演廉价的魔术，如消失的丝巾变成花、纸牌戏法和行李箱脱逃术。演出邀约少得可怜。有时候哈利会独自表演。到了春天，哈利说服十四街的修伯博物馆给他一份工作。他在各种杂技小节目的围绕下表演纸牌魔术，更重要的是，他认识了负责管理修伯博物馆的奥地利魔术师乔治·戴克斯特。戴克斯特就是所谓的“主持人”，以司仪的身份展现他精彩的话术。此外，他也是绳索脱逃术专家，他还教哈利魔术的基础，这对胡迪尼来说也很重要。

最初的“胡迪尼兄弟”并没有维持很久。哈利和贾可布起了争执，贾可布决定终止合作。贾可布的兄弟乔填补空缺，履行了几场已经签订的合约。这时哈利拉了弟弟席欧进来。席欧一直为强森公司工作，他在南曼哈顿包厘街一带的国民储蓄银行里有二十六块钱的存款，而且十分愿意把那一大笔钱投入节目里。

因为合约寥寥可数，哈利什么工作都接。一八九二年十月，他在闹区的一角钱博物馆每天表演二十场，而观赏传单上列出的所有节目的入场费只要五分钱。某一天，哈利站在招徕观众用的平台上，招呼顾客进去看秀，这时有一个男孩快步向他跑来。

“嘿，魔术师，快回家，你爸爸快死了。”他大喊。

怀斯拉比最近因为癌症开刀，已经从医院回到家，但预后很糟，这是哈利害怕听到的消息。

他穿着戏服跑进更衣室，穿上外袍，借了他能借到的每一分钱，加上他原有的零钱，匆匆离开。他招了一辆路过的出租马车，马蹄踏在路面的声音，与他的心跳呼应。走过六十个街区，感觉仿佛没完没了。他三步并作两步地爬上位于五楼的公寓。

他推开门直接进到父母的房间。他的父亲躺在床上，用枕头撑着头，但闭上了眼睛。他非常虚弱，皮肤带有濒死的惨白。塞西莉雅坐在床边，一边发抖一边用德文念念有词。每隔几秒就看看丈夫，然后开始啜泣。哈利的兄弟纳坦、威廉、席欧和李欧普都聚在床边，小妹葛蕾蒂也在，但他们看起来无助而失落。

怀斯拉比心里明白艾瑞许这个儿子，尽管不是长子，却是他最负责任、最有创意、最富同情心的孩子。他要把供养家庭和担任家长的责任交给艾瑞许。

哈利直接走到父亲身旁。

“爸爸，爸爸，我是艾瑞许。”他说。

他的父亲慢慢睁开眼睛，虚弱地笑了笑。

“我的艾瑞许。”他说，声音虚弱嘶哑而刺耳。

艾瑞许倾身吻他，拉比胡子下的皮肤又湿又冷。

哈利脑中有千百个念头像瀑布般落下。他记起第一次在美国见到父亲，发现那两年自己有多么想念他。他还记起阿普顿，他的父母在公园里欢笑，一边喝咖啡一边看他们几个兄弟玩耍。接着他想起父亲突然遭到解雇，这件事对他的伤害有多大，爸爸未曾从那次变故中恢复过来，在世人眼中，他的父亲是过时而不得其所的人，但他知道不是这样。没错，怀斯拉比从来没有获得世俗名利，他对这些根本就没兴趣。爸爸属于上帝，排列在凌乱书架上的书本里，满是先贤的警句，而他严格遵照这些书的教诲来过日子。艾瑞许曾经花了几小时又几小时的时间与父亲同坐，听他读《塔木德经》里的故事，他们从中体验到善。他们学习怜悯、正义和博爱，以及做正确之事的重要性，即使那意味着自我牺牲。但在父亲倾身向艾瑞许恳求“你绝对不能忘记你的承诺”时，这些念头顿时消失。

艾瑞许点点头。接着怀斯拉比转身面对与他结婚二十八载的妻子,然后伸出手。塞西莉雅轻轻托着他的手，在他的手上细细画着小圆圈为他按摩。

“别担心，孩子的妈，”拉比用几乎听不到的声音低声说，“总有一天艾瑞许会把金块倒进你的围裙里。”

肯尼思·M·特罗姆布莱收藏

第二章　渴望求生

一八九三年的哥伦比亚万国博览会正在附近举办。一些从那儿过来的群众围在这个瑜伽修行者身边，他个子矮小，皮肤黝黑，身上穿着故乡的飘逸衣袍。修行者刚刚在一张垫子上坐定，随身的袋子里装满他经营神秘买卖所需要的工具，还有装了些土壤的罐子。

他盘腿坐着，把土撒在垫子上。接着他把手伸进袋子里，拿出一个烧成焦炭、看起来像是女孩前臂的东西。他开始以怪异的专注抚弄那只手臂。

“为了拥有操弄生命自然阶段的力量，就要拥有能够指引这种过程的手臂。在东方，少了这个护身符，我们就无法念咒召唤我们欲求的东西。”他说。

接着他又把手伸进袋子里，拿出一只装了水且形状奇怪的瓶子和打了洞的盒子。

“这是生命的基本成分，包括瓶子里的水和能让我们的种子长成美丽树木的芒果树粉。”

他从袋子里拿出一些种子，撒在土里，接着把空袋子交给观众检查，他们证实袋子里没有东西。

瑜伽修行者小心地撒了一些粉，然后浇上几滴水。接着他的手从泥土上方划过，开始唱一首奇怪的歌。

“果里，果里，茄利果。”他唱道。

此时，之前远远站在一旁，另一个皮肤黝黑，穿着白色连帽斗篷的男人，开始拨弄他的小里拉琴。

瑜伽修行者一边吟唱，一边用红布覆盖土。他往布下偷瞄，皱起了眉头。

“拜托，拜托，植物，请美丽地盛开吧。”他说完又继续吟唱。

但完全没有动静。这时他唱得更大声，还有点不高兴的样子。

“果里，果里，茄利贾巴，茄利贾巴。”他吟唱着，然后开始像鸟一样啾啾地叫。

观众困惑地看着。里拉琴师更用力地弹奏。瑜伽修行者把手伸进布里，在土上撒更多的粉。然后和着里拉琴洪亮的声音，再度开始吟唱。

“来了，来了！”他一边说，手一边快速从布上划过。一抹微笑突然掠过他的脸，他带着孩子般的欢愉，把红布往后抛。已经有两个嫩芽长出，各自都有五寸高。观众倒吸了一口气。

瑜伽修行者请观众摸摸那两个嫩芽，确认那是真的。几个观众上前证实了这一点。

他再度将嫩芽盖上，继续吟唱。撒了更多的粉，手继续在布上划来划去，里拉琴继续演奏，又皱了几次眉头之后，他总算快乐地咯咯笑，然后把布丢到一旁，展示两棵三十寸高的成熟芒果树。

观众拍手叫好，里拉琴手绕观众围成的圆圈，让大家把钱丢进他的帽子里。观众散去之后，胡迪尼和弟弟席欧走进帐篷平分了这笔进账。

胡迪尼拼命想靠当艺人糊口，如果这意味着要打扮成印度术士弄蛇，或表演“印度篮”（瑜伽修行者将小男孩装进几乎容不下他的篮子里，盖上盖子，然后一再用刀刺穿篮子），那么就顺其自然吧。

若不是因为二十二岁的当地人索尔·布鲁姆，胡迪尼兄弟俩也不会去芝加哥朝圣。起初，在万国博览会旁设置集市的设计相当高雅。那是由一位哈佛教授所构思出来的计划，目的是让人悠闲地走过场地，便能重见人类的演化：从非洲开始，扩展到中近东，最后以欧洲为顶点。

但后来布鲁姆介入场地规划。布鲁姆弄成马戏大王巴纳姆的风格，怪诞又华丽，他在旧金山经营一家戏院闯出了名号。当哈佛教授对展场的规划有所动摇时，布鲁姆便被引了进来。他把农夫展出起司制品搁到一旁，开始雇用杂耍演员、吞火人及肚皮舞娘。肚皮舞娘为数众多，布鲁姆甚至为她们写了一首歌，这首小曲后来成为“胡奇库奇”（一种煽情舞蹈）的标准曲。

布鲁姆也是魔术师，因此魔术圈盛传，那年夏天只要去一趟芝加哥，就有可能分到一点数百万旅客留下的零头，充盈自己的荷包。胡迪尼兄弟俩在集市逗留了一个月左右，之后哈利打发弟弟回家，自己到位于芝加哥另一头的科尔与密德顿一角钱博物馆接点个人秀的工作。一角钱博物馆在娱乐圈的层级最低，通常是

一八九三年哥伦比亚博览会娱乐场，从巨大的摩天轮所见的景观。（吉姆·史坦梅尔收藏）

将有长舞台的大房间划分成几块，以便让几位艺人同时表演。最受欢迎的表演者，往往是怪胎和其他稀奇古怪的畸形人。

胡迪尼过去在这里工作过，经理赫吉斯先生总是定期给他工作。这时席欧已经离开，所以胡迪尼的表演只有简单的魔术和纸牌戏法。这是例行公事，是在回纽约前赚点钱的机会，但回到这里表演，让他想起在这个舞台上曾经学到的非常宝贵的一课。

他上次在这里登台时，名叫玛蒂·里·普莱斯的女人也在那里演出。玛蒂才二十二岁，体重不到九十磅，一副“肺病患者”的病容。但这个虚弱无力的人，却能表演需要超人体力和耐力才能做到的技艺，看过她演出的人大都相信，她必定曾获得天使或魔鬼之助。尽管这些技艺看起来是那么的不可思议，但胡迪尼知道这些演出是利用微妙的杠杆技巧，他认为她轰动大众的评价都是拜她丈夫怀特先生的经营手腕所赐。怀特先生是一位杰出的商人与主持人，他的口若悬河“空前绝后地‘销售’他们的节目”。但在那个档期中，普莱斯小姐移情别恋一个在杂技团设赌摊的人，这对互相依赖的伴侣遭人介入。在抵达下一站密尔沃基之前，怀特就离开了，此后由赌摊老板担任玛蒂的新任旁白。由于他玩女人远比主持在行，因此在胡迪尼回到科尔前，玛蒂在娱乐圈的星河里已经永远黯淡了。

胡迪尼从中学到一个重要的教训。杂耍艺人要吸引观众，除了表演本身之外，必须借助其他的诱因来强化表演，如呈现这套表演的方式等。观众来看节目，基本上是没有任何准备的。这项演出有何不同？是初次表演吗？是否特别困难？而主持人这个要素，点出了节目的脉络，帮助观众了解眼前所见。透过这个方法，可以使演出显得特别。有能力以夸张的方式介绍妻子的演出，并赋予意义，是怀特先生的天分所在。

“主持功力是节目成功的最大要素，就这一点来说，这是我见过最正面的示范。普莱斯是很优秀的表演者，但少了丈夫的解说，她就不再叫座，甚至……她的节目也不再具有娱乐性。”胡迪尼如此认为。

在波威里街走不到十步，一定会听到：

“今晚在瓦卡戏院，那个胡迪尼兄弟要把里赛装进箱子里，要不要去看？”

里赛是个长期住在纽约科尼岛波威里街附近的本地人。科尼岛是个奇妙的地方，纽约人在这里的激浪中游泳、逛游乐园，逃离日常生活的单调乏味。里赛这个满脸皱纹的老艺人，自称已经在杂耍团、啤酒馆，甚至某些正式戏院工作三十七年了。没有人真的知道他在瓦卡戏院做过什么，只听说他是“非常了不起的大人物”。他们唯一可以确定的是，今晚他要被装进箱子里。

胡迪尼兄弟的箱子，是一只大到可以让观众彻底检查的行李箱。演出时哈利会被捆起来放进布袋里牢牢绑好，锁进那个行李箱中再捆上绳索，然后用活动隔间围起来，不让人看见。这个活动隔间其实是四面挂着布幔的架子，正面的布幔可以掀开。席欧会站在隔间里大喊：“注意看！奇迹要发生了！”然后拉起布幔，拍三下手，接着又马上掀开布幔，这时哈利已经摆脱束缚站在箱子前了。当哈利打开上锁的箱子和绑好的袋子之后，从里面出现的居然是席欧。这种变身魔术让人印象深刻。去年冬天，朱尔兄弟刚在地方上表演过类似的行李箱变身，但胡迪尼兄弟仍大张旗鼓地演出，无论观众或戏院的工作人员都为这个不可思议的魔术深深着迷。

只有里赛不买账，他开始恶意中伤这对兄弟和他们的箱子。他宣称达文波特兄弟早在二十年前就表演过更精彩的箱子秀，而当时他就已经拆穿过他们。他滔滔不绝地到处抹黑胡迪尼兄弟是“骗子”“有机关的假皮箱”。直到他与哈利不期而遇，哈利正与一位芙萝拉姊妹（也在科尼岛表演歌舞的艺人）的成员散步，一群人见状围了过来。

“因为有女伴在场，所以我不跟你废话，”胡迪尼用纽约的街头口吻咆哮道，“你给我等着，我会让你生不如死！”

这时戏院老板瓦卡介入充当和事佬。他宣布里赛要被关进箱子里，尝试从里面逃出来，拆穿整个节目。如果里赛能以行动证明所言不虚，胡迪尼愿意付给他一百美元的巨款。

于是当晚的戏院就上演了这场挑战。屋里人满为患，两个私人包厢坐满地方政客、演员、记者和布鲁克林那些游走政府机关替人打通关节的掮客。胡迪尼兄弟先上台，观众只给他们礼貌性的掌声，但观众看到头发灰白的里赛时，却爆出欢呼声，并齐声大喊：“里赛！里赛！里赛！”他因此不得不站到台中央。

“我从事演艺工作三十七年，这些把戏骗不了我。我曾揭穿达文波特兄弟，也挑战过伟大的赫曼，我可以一眼识破骗子，所以这‘吓倒你’兄弟根本吓不倒我。这箱子是骗人的，我会拆穿这勾当，至死方休。”这位老江湖说道。

观众欢呼得更大声。

挑战开始，哈利和席欧甚至懒得把他的手绑在后面，便扶着里赛进到丝质的布袋里，然后把袋口绑起来。接着他们把里赛抬进箱子里，推进隔间。大家屏息以待。

观众沉住气等了约五分钟，接着传来一阵微弱模糊的呼救声，箱子里又发出用力敲打的声音。哈利和弟弟立刻跳起来，拉开隔间的布幔，把行李箱拖出来。他们抽出刀，发狂似的割断绑在上面的绳子，然后哈利打开锁，拖出箱子里的布袋，切断袋口的绳索，将虚弱的里赛从袋子里猛拉出来。里赛汗流浃背，大口喘气。

这是胡迪尼事业早期相当重要的一刻，里赛老前辈可能是共谋，他们炮制了一个假对手，里赛呛声质疑胡迪尼兄弟的能力，随之而来的宣传效果让戏院第一次满座。胡迪尼学会利用争议与话题这两个法宝了。

胡迪尼也从降灵论者那里学到一招：以金钱或声誉作为挑战的诱因，或至少把表演办得像擂台赛。他们大声宣称如果里赛能从箱子里逃出来，胡迪尼愿意付他一百美元，一百美元在一八九四年可是一笔大数目。当然，胡迪尼算计过，他赔钱的机会微乎其微。

里赛事件还有一段有趣的插曲。里赛事件的报道登在一八九四年六月二十二日的报纸上，意思是里赛事件在前晚发生。当晚在舞台旁为胡迪尼助阵的，芙萝拉姊妹的贝丝·雷蒙，不单只是他的女性友人。第二天，在认识一个多礼拜之后，他们就结婚了。

贝丝本名薇赫明娜·贝翠丝·拉纳，是个出身于严肃德国天主教家庭的布鲁克林女孩。父亲早逝，她被打发到姐夫的裁缝店去工作。然而她的血液里仿佛有种流浪癖，加上天生喜欢唱歌跳舞，因此十六岁时就在巡回杂耍团里找了一份裁缝的工作。不久，她和两个女孩（也就是表演歌舞节目的芙萝拉姊妹）成为朋友。不到几个礼拜，便说服她们让她入团。

哈利的弟弟席欧，安排其中两位成员与他们兄弟俩联谊。哈利和贝丝一见钟情，很快就难分难舍。胡迪尼没钱可以体面地追求她，而且根据贝丝的说法，不只买婚戒的钱大部分由她出，她还借哈利两块钱办结婚证书（贝丝后来打趣说她用一颗橘子的代价把贞操卖给胡迪尼）。除了公证婚礼之外，贝丝说他们还另外结了两次婚：一次由拉比证婚，一次则由天主教神父主持。

塞西莉雅欢迎贝丝进门，但贝丝家人的态度却大相径庭。“虽然我们没提起这件事，但我从艾瑞许的外表推断他是犹太人，”贝丝写道，“像我们这样在天主教环境成长的人，会认为犹太人的人格让人无法信任。”果然在贝丝婚后，她的母亲避不见面长达十二年。一直到胡迪尼和一位兄弟于一九〇六年造访岳母家，并要求她去探望当时病重的贝丝，否则拒绝离开，这时拉纳太太的态度才有所软化。

胡迪尼不只娶到老婆，更得到一个事业上的好帮手。他决定让贝丝代替弟弟席欧表演。一方面，她的身材娇小得多，身高不到五尺，体重不到九十磅。比起席欧，跟她在行李箱里做调换比较不麻烦，因为席欧体型比矮小的哥哥大很多。此外，打从一开始，席欧就常让哈利伤脑筋。席欧曾搞砸行李箱表演，他忘记把机关带进行李箱，结果被困在里面。满脸通红的席欧被放出来之后，节目中止。那次的失败让他们在曼哈顿帝国音乐厅的合约全部被取消，从此改由哈利被捆绑然后锁在行李箱里。

某晚，胡迪尼领着弟弟和贝丝走向海滩，海浪的声音环绕四周。咸咸的空气里闪过一丝诡谲不安，新月在快速移动的云后，忽隐忽现地窥视着。他们走过一座老桥，桥下有略带咸味的水快速流过。突然，胡迪尼在桥上停下脚步，仿佛若有所思地站着。远方某处，教堂钟声响了十二次。

在最后一声消失之后，胡迪尼立刻抓起弟弟与贝丝的手，把两人的手紧扣在一起，然后缓缓举高。

“贝丝与席欧，举起你们的手对天发誓，你们俩将对我忠诚，”胡迪尼语气加重，

“请发誓绝不背叛我。”

席欧和贝丝跟着他重复誓言。接着胡迪尼吻了贝丝，然后与席欧握手。

“我知道你们会遵守这个神圣的誓言。”在尽其所能保护他的魔术秘密之后，胡迪尼满足地说道。

但这对体质虚弱的贝丝来说实在太沉重了。

“当时我又慌又怕，”她回忆道，“恐怖的天空，沼泽荒地上寂寥的桥，黑色的水，再加上这充满激情且沉重的誓言，一切都怪异得不合常理。这个我才认识不到两星期的胡迪尼……搞不好是疯子，他的弟弟也好不到哪里去。我盯着黑色的水，揣测接下来这两个怪人打算在那个荒凉的地方对我做什么……胡迪尼察觉到我的恐惧，立刻带我离开并安抚我。等我们走到有灯光的街道上时，他的亲切和蔼已经让我恢复平静。”

席欧认识到，这个命名为《变身》的行李箱表演收入太过微薄，让他无法再继续参与演出，因此第二天早上便开始将戏法传授给贝丝。纯粹从表演的角度来说，变身因贝丝的加入演出而转型提升。从现在起会是名副其实的“变身”：一个上了手铐、被捆绑的魔术师，奇妙地化身为一个上了手铐、被捆绑的美女。

“请大家看这边！这里有一位灵巧的年轻人，他会使尽浑身解数迷惑你们，他是伟大的魔术师。不骗你们，你们看胡迪尼，他躲到行李箱里去了。”哈德森·兰顿教授在十四街的修伯博物馆招徕顾客，他要把偶然经过的客人拉到胡迪尼在古董厅里的那一小块舞台前。为了吸引观众的注意，胡迪尼和贝丝一天表演多达二十场秀。他们的对手包括缺脚怪胎乌坦、胖女人大爱丽丝，以及用头撞破木板，证明自己头骨很硬的蓝鹰。

这种会场还算是好的。有一次，仍在蜜月期间，这对新婚夫妻预定要到一间啤酒屋表演，那里基本上是附带娱乐的窑子。“我一打开门看出那是怎样的地方，就立刻跟那里道晚安。”胡迪尼写道。“伟大的胡迪尼夫妇”（哈利印在传单上的名字）多半在喧闹的啤酒屋表演，那里酗酒的观众看到不喜欢的节目，就会嚷着要“小姐”。贝丝瘦小的身材帮不上忙，那时流行“曲线丰满的魁梧女性”，贝丝觉得多数经理“用不以为然的眼神看着我的平坦”。有一次他们拿不到任何一间一角钱博物馆的合约，甚至连啤酒屋也进不去，只好试着进军歌舞杂耍表演秀。“你们以为我经营的是什么？”在打量过贝丝后，经理问道，“幼稚园吗？”

一八九四年年底，胡迪尼夫妇在南方的小戏院表演。一路上，他们发展出某种节奏。胡迪尼每晚睡不到四小时，他将多出来的时间做最充分的利用。他总是

胡迪尼夫妇早年海报，描绘他们著名的《变身》。(国会图书馆)

五点起床，去采买目前负担得起的寒酸食物，什么都好。接着他会趁贝丝睡觉时，买点咖啡回到他们附家具的房间，再出门招揽生意，拜访酒吧，买纸牌，表演纸牌戏法多赚点钱。一月时，他们很兴奋，因为纽约有名望的正统杂耍戏院汤尼·派斯特与他们签约。尽管他们的广告刊登在戏剧报纸上，这个合约对他们的事业却没什么帮助，因为他们被埋没在传单的最底层。之后他们又回到卑微的一角钱博物馆。贝丝非常气馁，于是在修伯博物馆的表演期间中途离开，留下胡迪尼独自履行合约。

那是一场寒冷彻骨的早春雨。夜色实在太黑，哈利与贝丝觉得他们已经无可救药地迷路了。但他们仍缓慢沉重地走过泥泞，各抬着行李箱的一端，这个箱子不但是他们的舞台道具，也是他们的行李。他们仿佛走了好几里地，才听到黑暗中有人叫他们的名字。

“是胡迪尼夫妇吗？”

“是的，先生。”胡迪尼回道。

黑暗中飞出一只手，把他们拉进一个看似洞穴入口的地方。他们往暗处仔细打量，几乎看不出这是一台旧货运列车改装成的住所。一盏灯笼在他们面前闪烁着。

“嗯，你们会什么？”蓄海象胡的男人问他们，他叫麦克·威尔许，是威尔许兄弟杂耍团的老板之一。

“什么都会。”胡迪尼脱口而出。他们拼命想保住这个可能维持二十六个星期的演出机会。

“你们先用这套装备表演穿插的小节目，”威尔许说，“你们要表演《庞奇与茱蒂秀》，老婆负责读心术。演奏会的时候，胡迪尼表演魔术，老婆表演歌舞，然后再表演你们的箱子把戏。当然，你们要参加游行，每周二十五元，供饼。”

钱的部分他们了解，后来才发现原来“饼”指的是伙食。胡迪尼终其一生都极力夸赞杂耍团主厨供应的美食。

厘清义务之后，威尔许护送哈利和贝丝经过车厢狭窄的走廊。

“这两位是胡迪尼夫妇。”他大声说。

“你们好”“欢迎”“晚安”，各种声音从凑合的房间里面一起传来。威尔许停在其中一个极小的隔间前，将轻薄的布帘拉开。

“这就是你们的住处。”他说。他们往里面看，看到一张帆布床，几乎占据了所有的空间，房间的隔间是用厚纸板做的。威尔许离开后，浑身湿透而且对怪异狭窄的房间感到心烦的贝丝，跌坐在帆布床上，歇斯底里地哭了起来。胡迪尼先

一八九四年哈利与贝丝拍摄他们的第一张宣传照。（国会图书馆）

安慰了她一阵，旋即着手工作，为她的歌唱节目胡乱写了一首小诗。

第二天早上胡迪尼签下合约，他懒得问写在薪水数额后的“额外工作”是什么意思。几个晚上之后他就明白了，那时观众吵着要看广告上的噱头“墨西哥野人波吉亚”。平日的“野人”生病，没参加这趟演出，经理在后台交换意见，接着威尔许向胡迪尼走去。

“在脸上涂点颜料，然后到笼子里去，他们要看野人。”他说。接着他解释“额外工作”的意思，就是杂耍团认为胡迪尼能胜任的任何其他工作。于是胡迪尼爽快地弄乱头发，在脸上画了几条红色条纹，把下巴涂成蓝色，在眼睛四周拍上几抹黑色颜料，用粗麻布袋凑合成一件穴居人的衣服，然后爬进笼子里扮演波吉亚。接着他们把笼子推上台，节目导演克林特·纽顿拿着生肉走过来。他撕下一片丢进笼子里，波吉亚猛扑过去，用牙齿撕扯那块肉，还不时咆哮、摇晃栅栏。

因为对娱乐圈有着永不满足的求知欲，以及将不相干的技巧纳为己用的机敏，胡迪尼愿意做各种尝试。胡迪尼尊重一角钱博物馆里的怪物，并与他们为友，吸收了后来派得上用场的技巧。没有手臂的鲁特斯把脚趾当手指用的能力，令胡迪尼十分佩服，于是他不断练习，将他的脚趾也锻炼出抓握能力，这对他后来的脱逃术表演非常宝贵。他还学会杂耍团大力士、耐火人和吞剑人的技巧。在与威尔许兄弟巡回演出期间，他亲近一个日本表演团体的成员，他教胡迪尼如何将东西藏在咽喉处，好像吞下了那个东西，再把它吐出来。

早年某个时候，胡迪尼学会了一种令人瞠目结舌的表演，他会吞下许多针及一条长线，接着在旁人检查过他的嘴巴之后，拉出挂着许多针的长线。《吞针秀》成为他一生中最重要的节目。

当时有一位表演者特别迷人，美丽的艾娃提玛·塔多。她会让响尾蛇咬裸露的肩膀，把自己钉在简陋的十字架上，并且把脸和脖子当作针插，插上许多针。她对痛的惊人耐力以及对毒的抵抗力，源于童年时在古巴的事件，她曾被南半球最毒的矛头蛇咬过。胡迪尼不但为她的美着迷，也欣赏她的演艺精神，在经历这些折磨的时候，她仍愉快地欢笑歌唱。然而，她的下场十分可怕，虽然对痛与毒免疫，却成为爱与子弹的牺牲品，她死于一桩双重谋杀及自杀的三角畸恋。

财务方面，杂耍团的节俭是上天的恩赐。胡迪尼靠着卖肥皂和盥洗化妆用品给其他表演者赚取额外收入。此外，因为杂耍团卖歌本，贝丝也靠唱歌本里的歌多赚了两块钱。他们完全没有所谓的花费，因此胡迪尼可以把所有的收入（扣掉每星期固定寄给塞西莉雅的十二块）都存到银行里去。在这次巡回中，他们爆发了第一次大冲突，胡迪尼“禁止”贝丝到戏班目前演出的城镇上的戏院看秀。她很固执，哈利说如果她“违抗”他，他会“撵她回家”。她置之不理，于是他闯入戏院，把她带出来，然后“打她屁股”。分配好积蓄之后，他带她去火车站，买了一张到港桥的车票，贝丝的姊妹住在那儿。

在火车要离开时，他把他们的小狗交给她。

“我一向说到做到。再见，胡迪尼太太。”他一边说，一边假装脱帽致意。

到港桥的一路上贝丝都歇斯底里。抵达姊妹家之后，家人不但讨好她还诅咒胡迪尼，她却一心只想求得他的原谅回到他身边。到了凌晨两点，门铃响起，贝丝的机会来了。

她赶紧跑去开门，胡迪尼就站在那儿，她立刻投入他的怀抱。

“你瞧，亲爱的，我说过你违抗我我就会撵你走，可是我没说过不会飞快跑来带你回家。”

于是这对历练过的夫妻回到杂耍团，发誓不再让个人纷争影响到他们的专业。

杂耍团演出季结束，胡迪尼也存了一点钱。当他的表兄弟亨利·纽曼探询他

一八九六年的威尔许兄弟杂耍团。哈利与贝丝坐在前排；后排六号是胡迪尼的好友巴德。（凯文·康诺利收藏）

是否有意投资一个他正在推动的巡回歌舞杂耍公司时，哈利成了一位企业家，成为美国快乐女孩公司的合伙人。

虽然胡迪尼的《变身》获得好评，表演中的歌舞杂耍部分却是毁誉参半。他们在东北部巡回直到一月底，接着三月又开始巡回新英格兰地区。空档的二月，胡迪尼设法加入了另一个歌舞杂耍公司，扮演欧洲催眠师“莫拉特博士”，他会让一个人昏睡，然后让观众拿别针或针戳他的肉，证明他不怕痛。莫拉特也会催眠几位观众，让他们在受影响的状况下做出一些滑稽的动作，大大取悦了其他的观众。三月他回到快乐女孩公司，他们拼命想冲高票房，胡迪尼和合伙人甚至请来一位女角力运动员，让她跟（超过一百二十二磅的）当地男性志愿者在非常不合逻辑的表演中吵架。到了四月底，快乐女孩公司面临一个难堪的状况，戏班经理因为欺诈罪被逮捕，表演者被困在罗得岛的温索克。这对哈利的企业家梦是一个打击，不过从某方面来说，这对他弟弟李欧普来说也同样是个打击。李欧普常丢下医学院的学业跟着巡回戏班跑，直到“杰出的莫拉特博士斥责了他一顿，撵他回家，因为他应该去上学，而不是在那儿欣赏美丽杂耍演员垫过的好身材”。

拼命工作而且还负债的胡迪尼夫妇，五月底到波士顿与魔术师马可合作，一起在加拿大滨海省份巡回。马可为人温厚，原名爱德华·杜利。他出生于康涅狄格州，原本是教堂风琴手，后来花了几年时间存钱，取得一套仿效其偶像，也是当时最伟大的魔术师亚历山大·赫曼（坎帕斯·赫曼的弟弟）的大型魔术节目。从某方面来说，他是哈利众多父亲形象的第一人，马可甚至将胡迪尼以女婿和“继承人”身份介绍给观众。他和贝丝一起表演的《变身》是非常叫好的节目，但他们的生意陷入困境，因为前一年夏天，一位名叫“马可斯”的表演者曾走相同的路线巡回，他整晚令人厌恶，不专业的魔术倒尽了观众的胃口。到了七月初，马可的演出便告终。

这半年唯一值得纪念的事，是胡迪尼因为急于在娱乐圈留下印记，开始表演手铐脱逃秀。这个表演起初只是《变身》的改良版，接着当作宣传表演的手段，最后成为他表演逃脱特技的第一步。一八九五年九月底，胡迪尼从勒罗伊处买了一个手铐脱逃节目（基本上是买了一串手铐钥匙），勒罗伊原本是以波士顿为根据地的魔术师，后来转行做魔术生意。有趣的是，这个演出本身是由名为基斯（音同英文中的钥匙）的杰出发明家所创作出来的。胡迪尼决心改良《变身》，开始以手铐替代绳索或带子来铐住他的手。一八九五年十一月八日，他甚至提议用一对向观众借来的手铐表演，就像他有时候也会向观众借外套，在进入行李箱前穿上，当贝丝从箱子里被放出来时，外套已经神奇地穿在她身上了。

有鉴于多数人不仅没有自己的手铐，可能也从来没用过，对手铐、链条或脚镣所知不多，因此胡迪尼想到一个宣传节目的好办法，那就是挑战公认的镣铐权威：警察。与先前提供赏金的挑战不同，这次胡迪尼并不要求其他人证明自己，而是要挑战权威是否能让他屈服。十一月二十二日，胡迪尼走进马萨诸塞州的格洛斯特的警局，表示能从他们任何手铐下脱逃，而他也做到了，成功解开了现代与“旧式”的警察手铐。这样戏剧性的挑战与脱逃自然在报纸上大受瞩目。在接下来的巡回中，他在各个城市一再重复用这个噱头。

一八九六年三月，赌注提高了。在新不列颠市警局表演手铐脱逃之后，胡迪尼说无论观众带什么手铐上他的节目，他都可以脱逃。于是胡迪尼误打误撞得到能证明其勇武的必杀技，如果观众不能跟他到警察局看他表演，那么他就请权威到舞台上来。

六月十日，胡迪尼来到加拿大的新布蓝兹维省，宣布他要试试看“圣约翰市中有无任何能束缚他的东西”。为了验证他的话，巴克斯特警官、市民亚瑟·麦金利和约翰·麦卡佛提大步踏上摆满沉重锁链、手铐、脚镣的舞台。他们以铁链缠住胡迪尼，用手铐把他的手铐在背后，还为他套上脚镣。他在旁人协助下进入挂着帘幕的隔间（他称之为“鬼箱”），不过几分钟后他就像没事般地出来了。因为演出实在不可思议，许多观众都相信他“与幽灵勾结”。

胡迪尼公开表示能摆脱观众带上舞台的任何手铐。几周后，柯林斯巡佐带着警察手铐到哈利法克斯的音乐学院，在哈利法克斯旅馆主厨乌尔南先生的协助下，他把胡迪尼捆成惨不忍睹的扭曲姿势。但胡迪尼只不过花了一分多钟就摆脱束缚。传单把这个节目称为《逃离多彻斯特》。胡迪尼闻名世界的手铐挑战秀已经播下种子。

胡迪尼挑战警察总能引起媒体报道，但他从杂耍团游行的经验得知，户外展示有利于制造口碑，向不看报的人宣传。在哈利法克斯一个宜人的夏日，胡迪尼邀请媒体、地方显要和所有好奇的旁观者，到城外的公路上，看他表演没人尝试过的脱逃術。所有地方记者都出席了，其中一位记者甚至带着报社老板同来。毕竟，谁都不愿意错过这样的演出，年轻的魔术师像蛮荒西部亡命之徒一样被绑在马背上，然后试图脱逃。在与人群谈笑一阵后，胡迪尼骑上骏马。他先将手绑在身后，接着驯马师把胡迪尼的脚绑在马肚下。

当时的情况很快变得不利。虽然胡迪尼指定要马厩里最温驯的马，但不知是意外还是恶意构陷，驯马师带来的却是一匹易受惊吓、几乎尚未驯化的小公马。因为不习惯背部绑着人，那匹马开始激烈冲撞。虽然胡迪尼没有被马甩掉的危险，但马为了甩掉负担，很可能会倒在地上滚，压碎背上的乘客。

马的反应完全出乎胡迪尼、大批媒体和地方俊杰的意料之外，它开始以非常危险的速度在路上奔驰。在马精疲力竭以前，胡迪尼根本不可能表演脱逃术。又跑了几里路之后，胡迪尼才得以解开绳索放自己下来。唯一的问题是现场没有目击者，那时记者已经在回办公室的路上，笑谈这场荒谬的特技表演了。

胡迪尼罕见地错估了形势，因为他没有事先试验这种脱逃术。但他学到宝贵的一课，不可在大众面前练习，要事先计划，为所有偶发事件做好准备。

发疯的精神病院病患安静地躺了几秒，他的汗水流到垫着帆布的地上。在这个小房间里，只听得到他断断续续的喘息声。若不是他眼中的愤怒，你或许会以为他已经完了。可是他还没有。

突然间，他开始翻滚、翻滚、再翻滚，仿佛发狂的狂舞苦修士，一边转一边

一八九九年胡迪尼开始约束衣脱逃秀。这是二十年后翻拍自电影的某一片段。（卓耶收藏）

踢地板，他身上的每一块肌肉都在用力拉扯约束衣。他好想把手臂举过头，但全是白费工夫。不过他还在继续挣扎。

“比起先前用的约束手笼，这真是好太多了，”史帝文斯医生一边说，一边透过装了栅栏的小窗口盯着那男人，“手臂在身体前方交叉，然后用皮带勒紧固定在后面，这可怜虫就没机会伤害别人或自己了。这是我们最现代的装置。我们称之为约束衣。”

史帝文斯医生转身从小窗户边走开。

“如果我们继续顺着走廊走……”

医生说什么胡迪尼一个字也没听进去。他仍盯着小窗户里看，十分入迷。不是因为他同情病患，尽管他心里对弱者特别温柔，但他现在着迷的是这种约束装置的构造。

嗯，只要他有办法使一只手臂的肩关节脱位，我敢说他就会有足够的空间解开手臂的束缚。但他需要某种坚固的基座来安置手肘……

当晚胡迪尼几乎没睡，在他打盹的几个瞬间，梦里尽是约束衣、疯子和软壁小室。其他时候他都在想，观众看见被约束衣困住的人挣脱束缚会作何反应。

第二天早上胡迪尼打电话给史帝文斯医生，向他借了一件帆布约束衣。结果那个礼拜还没过完，胡迪尼就已经在台上表演约束衣脱逃秀了。

想出在观众面前表演约束衣脱逃术的人是胡迪尼的弟弟，即后来以哈定之名演出的席欧。（纽约公共图书馆）

胡迪尼很有创意，却还没真正懂得如何推销他的脱逃节目，当然，只有《变身》例外。当他退避到隔间里，靠翻滚和扭动总算勉强脱掉不人道的约束衣时，观众不明白前因后果，无法领会所有的戏剧效果。直到一九〇四年，胡迪尼的弟弟席欧，才突然想出在观众面前表演约束衣脱逃秀的点子，胡迪尼立刻欣然接受这个简单却聪明的构想。

马可的节目倒闭之后，胡迪尼说服这位老魔术师把道具租给他，然后开始在加拿大上演他的魔术表演。尽管大受好评，却进展得不顺利。因为魔术演出合约仍寥寥无几，胡迪尼夫妇为了留在娱乐圈想尽一切办法。从一八九六年夏天到一八九七年秋天，他们在沿岸来回奔波，并且冒险进军中西部，什么工作都接。胡迪尼以纸牌大王卡多的身份出现。他们表演一个固定的喜剧节目，还演出一部情景剧。他们写信给如亚历山大·赫曼和哈利·凯勒等著名魔术师，应聘助理的工作。赫曼从未回复哥哥的这位远亲，但至少他们接到凯勒亲切的回绝信。

即使有工作，要拿到工资有时候比挣脱约束衣困难。在托利多时，哈利去杂耍厅工作，却发现薪水没发下来，他便走到售票处，等票口收到的钱够发他薪水，当场拿钱走人。第二天他就辞职了。在纽瓦克时，一位经理决定取消他的周日演出（那场表演他可以拿到十五块钱），并为此写了一封信给他。胡迪尼读过信以后，冷静地撕掉信，礼拜天出现在戏院，否认收到那封信。当场谈判的结果，他以八块的价码签约。

这些压力都对虚弱的贝丝造成伤害。头三年她生病的次数多不胜数，一八九七年七月回到纽约，消沉又气馁的胡迪尼到最大的四家报社去，提议以二十五元的价码卖出包括手铐秀等所有的秘密，可是没人要。他想开魔术学校，但除了芝加哥一位老先生之外，没有学生向他求教。他与芝加哥的魔术商朋友嘉斯·罗特堡谈妥，打算一起卖魔术节目，甚至出版一本名为《简单变魔术》的目录。订单仍是寥寥可数。

秋天表演重新开始，他们再度上路。在密尔沃基的音乐厅的第一个合约结束之后，却发现戏院经理讹诈他们的薪水。他们的下一场秀在芝加哥的科尔与密德顿，为了弥补损失，胡迪尼拿六十元去赌骰子游戏。他们的运气还能更糟吗？

大家一辈子都没见过这种事。他们聚在火车头前面，看铁路局职员用力把年轻人从铁轨上拉开，以便能继续行驶。尽管他们拉了又拉，这些火车制动员们似乎完全没办法把那个顽固的男人拖离铁轨。他是那么用力抓着铁轨，手都已经瘀青流血了。

这时第三名铁路员工加入这场斗争，却全无作用。胡迪尼把手指绕在一根铁轨上，脚趾夹着另一根。除了像钢铁一般的肌肉之外，他也运用了杠杆技巧，即使一百个铁路局员工来也无法把他拉开。

最后车长走了过来。

“喂！你的臭行李箱已经搬上车了。我们可以出发了吗？”

胡迪尼立刻从铁轨上弹开，走向站在观众里焦急的贝丝。

“早跟你说这样有用。”他一边搂着她一边低声对她说。接着他们俩爬上车，继续前往印第安地区。

胡迪尼刚获得一份足足有十五个礼拜的合约，他们要跟希尔博士的加州音乐会公司合作，那是一个老式的卖药巡回表演，此刻他们正在前往加入戏班的途中。他心想，这可能是他们大红大紫的入场券。原本是凌晨三点要换车，但他们的火车延迟进站，快车却已经要开了。令哈利恐慌的是，附近没有脚夫可以帮他把四个沉重的行李箱从旧车搬到新车上，即使有几名乘客帮忙，但到了要开车时，他们才搬好两个而已。如果他们错过这班火车，可能会错过第一场表演，危及他们的将来，所以他想出这个戏剧性的小计划。那次经验“一直被我视为职业生涯的转折点，”他写道，不是因为他能准时赴约，“我因此第一次了解到，大众想要戏剧性的场面，给他们一点危险的暗示，或许与死亡有关，他们就会成群结队地来看你！”

胡迪尼立刻习惯了巡回卖药表演的生活。希尔博士年纪尚轻，有飘逸的长发，丝一般的络腮胡，他的辩才非凡，能发表有说服力的演说，吹捧他手工制的独门药方，这个能力因为他慷慨地从豪饮店里买来的酒而更为增强。他的伙伴普拉特博士看起来是位和蔼可亲的白发老人。

这个戏班进城的交通工具，大到足以搬运普拉特博士的管风琴。他们总是停在拥挤的角落，由普拉特博士弹琴，胡迪尼打铃鼓，贝丝唱歌。等人群集中后，希尔博士会用恢宏的广告词,吹嘘他能治各种疑难杂症（只要你想得到的）的仙丹。贝丝和其他人分瓶子的时候，胡迪尼向急着买药的群众收钱。接着他们会宣布晚上在当地礼堂有表演，入场费只要十分、十五分或二十五分钱。

不久，胡迪尼和他奇妙的脱逃秀就成为希尔博士所有节目中的焦点，奋斗总算开始有收获了。过去六年来，胡迪尼一直过着流浪的生活，像海绵一样吸收技术和技巧，在寻求出名的过程中忍受饥饿（他和贝丝曾经用借来的二十五分钱买了两只兔子并苦撑数星期）、痛苦和羞辱。他随时不忘父亲交付给他的责任，无论他和贝丝赚多少，他一定把其中最大的一份寄给母亲。但那个誓言超越金钱资助。胡迪尼追求的是尊重，是他那高贵可敬的父亲一直得不到的应有的尊重。

年轻记者沃克在俄亥俄州的利马观赏了一场他的表演。看胡迪尼摆脱手铐，将水变成墨水，以及精彩的纸牌戏法表演，都令他十分佩服。在节目结束后，沃克就到后台访问哈利。或许因为他们都年轻，而且在各自的行业里都算新手，所以胡迪尼似乎与沃克有共鸣，便卸下了些许防备。

“我还没学会如何引发观众的激情，”胡迪尼老实说，“在魔术方面没人赢得过我，但我仍默默无闻。”

接着他直视沃克的眼睛微笑道：“不过，我不担心，我知道我一定会成名。”

Fashionable Spiritualistic Event of the Season.

TO-NIGHT

Sunday, Feb. 27

AT

A. O. U. W. LODGE ROOM

Rock Island Building, Sixth and Edmond

Grand, Brilliant, Bewildering and Startling Spiritualistic Seance, given by

..Prof. Harry Houdini..

The Great Mystifier,

ASSISTED BY

Mlle. Beatrice Houdini

The Celebrated Psycrometic Clairvoyant

Spiritual forms materialized, tables and musical instruments float in midair when conditions are favorable; messages received from dead and departed friends.

$100 Reward!

Which amount has been placed in the hands of

MAYOR L. A. VORIES,

Money to be given to any SHERIFF, CONSTABLE, OFFICER, or private individual who can bring Prof. Houdini any Handcuffs or Leg Fetters from which he cannot escape.

INDEPENDENT SPIRIT SLATE WRITING...

Skeptics cordially invited up as a committee

BRING YOUR OWN HANDCUFFS AND ROPES!

General Admission, 25c.

One lady's ticket FREE with every paid admission. Doors open 7:30. Carriages 10:45.

第三章　驰名的透视眼

“最近我们得知在堪萨斯州加内特这美好的城镇里发生了一件惨事。”伟大的胡迪尼说。

一八九七年十一月某个晚上，旧歌剧院爆满的观众全屏住了呼吸，这是他们等候整晚的节目。胡迪尼和他有特异功能的妻子要揭发杀害莎蒂·提明丝的凶手，他们只知道莎蒂被残忍杀害。为了找寻凶手，基尼警长搜遍城里的山坡和盆地，却毫无所获。现在这个局外人，这个有超凡魅力的魔术师要与灵界沟通并找出内幕。也好，或许他办得到，市民这么想。毕竟警长把他关进旧石牢里不过几分钟，他就已经逃出来了，而且还能蒙着眼睛，把议员藏在城里各处的东西通通找出来。所以说出杀人凶手，对于他这样的人来说，或许也是易如反掌吧。

“可爱的莎蒂·提明丝小姐遭人残忍杀害，”胡迪尼说，“基尼警长是一位善良伟大的人，他为了将凶手绳之以法，用尽人世间一切可能的办法。”

群众发出一阵议论声。不是每个人都相信基尼警长真的那么勤劳。

“是人世间可能的办法。我们提议与灵界接触，我们的祖先心怀爱与关怀，看着我们在人间的一举一动。恶行是瞒不过神灵的！”胡迪尼厉声说道。

接着在他的示意之下，驰名的心灵占卜透视眼贝丝·胡迪尼小姐走上台。贝丝穿着老式的蕾丝连身裙和美丽的刺绣背心，看起来十分耀眼。胡迪尼请她坐在椅子上，然后替她绑上蒙眼布。

他站在一旁，把手臂放在贝丝的肩膀上，然后向后台打了个暗号。一个男人拿着一张大被单出来。

“为了便于与幽灵沟通，我现在要用这个盖住她，集中她的能量，过滤掉可能妨碍他们沟通的外来震动。”男人用被单盖住贝丝。

“在我们开始之前，请跟我唱几段《我愿与主更加亲近》。”

乐团开始演奏，所有的人齐声唱圣歌，直到胡迪尼戏剧性地大手一挥打断他们。

一直端坐着的贝丝，突然摊向椅子一边。

“胡迪尼小姐进入出神状态，”胡迪尼宣布，“她已经准备好回答有关这起悲剧的问题了。”

胡迪尼开始在台上来回踱步。

“提明丝是在她家里被杀的吗？”他开始问。

“是的。”贝丝用颤抖的声音回答。

“你可以告诉我们在哪里吗？”

“在厨房里。”贝丝回答。

“用什么工具？”

“凶手用屠刀杀了她十七刀。”贝丝以缓慢、机械般的声音说。

“凶手是入侵者吗？”

“不是。”

“这么说她认识凶手？”胡迪尼戏剧性地停下来。

“是的。”

几个女性观众发出喘气声。凶手是熟人，意思是凶手可能就在观众席里。

“你可以描述一下凶手的样子吗？”

贝丝呼吸开始急促。

“他很高。蓄着黑色八字胡和山羊胡。”

“再多说一点！”胡迪尼大喊。

“我看见蜥蜴皮靴，还有一支上面刻了字的旧手表。”

被单下的贝丝很紧张。

“继续！”

“有一根棕色的亮皮长鞭子。然后我看到血。她的血泼溅在大衣上。外套和靴子也沾到了。还有手套，黑色的无指皮手套。她试图反抗。她打他，还抓了他的脖子。”

观众呆住，看着虚弱女子重新体验那可怕的罪行。

胡迪尼走到妻子身边。

“凶手叫什么名字？”他轻声说。由于实在太安静，礼堂后排也听得到他的话。

贝丝只是坐在那里。

“他的名字，”胡迪尼又重复一次，这次更大声，“凶手叫什么名字？”

一样，还是没有回答，他大步离开妻子几步。然后回头面对她。

“快，回答，他叫什么名字？”他大嚷。

贝丝一边颤抖，一边瑟缩在椅子里。

“快回答！”他大嚷。

“是……是……”贝丝结结巴巴地说。观众全部倾身向前。

“回答啊！”

灵媒开始颤抖。

“他的名字……”她用颤抖的声音说，“他的名字是……是……是……”

贝丝突然举起双臂，发出恶心的叫声，然后迅速瘫倒在椅子上。

胡迪尼赶忙跑到妻子身边，把布从她身上拉开。

“有医生在场吗？我老婆昏倒了！”

观众间起了骚动。女人哭泣，男人争论，警长被愤怒的群众包围。

当然，贝丝恢复了。她一直没有说出凶手的名字，那其实不重要。重要的是加州音乐会公司现在有充足的现金支付当晚的住宿费，还有继续巡回堪萨斯的旅费。之前希尔博士绝望地来到胡迪尼面前。平常的节目实在没票房，但他听说有些在各地巡回的灵媒，靠着办降灵会迅速赚进大把钞票。

“胡迪尼，礼拜天晚上你能不能做一件宗教性的工作，好让我们有地方住？”希尔博士问他。

“我可以做一件宗教性的工作，那就是募款。”胡迪尼开玩笑说。

但是当加州音乐会公司需要一个灵媒时，哈利就像他的父亲一样，只是耸耸肩然后说：“好吧，让我来。”

灵媒能与亡灵交流，在当时仍是相当新的观念。一八四八年三月三十一日，纽约北部小村落海德斯村一户朴素的农家，构想出将此一事实当作中心信条的宗教：降灵论。当初是一对十几岁的姊妹，凯蒂与玛格丽特·福克斯，开始听到神秘的敲击声，不过几天，两个女孩发现她们不只拥有引发这些声音的能力，也能与据说是发出这些声音的精神实体沟通。福克斯姊妹在设计出代表“是”与“否”的密码之后，成为现代史中最早的灵媒。事情突然一发不可收拾。不过数年，这个运动已经扩散到全世界，许多人发现他们也有与生俱来的能力，能传递来自灵界的信息，而那里似乎充满了想要与尚在人世的心爱之人沟通的渴望。

作为基层、民粹式的宗教复兴，降灵论信徒往往站在其他改革运动的最前线，捍卫女权运动，关心童工问题，支持禁酒与对抗淫秽书籍的圣战。到了内战时，一位降灵论领袖宣称，单单美国就有一千一百万皈依者。

搬上舞台是自然的发展。福克斯姊妹本身就是最早的降灵术“表演者”，很快就有人起而效尤，包括亨利·史拉德、米妮·威廉斯、迪丝·德巴夫人与安娜·艾瓦·菲。接着魔术师也来凑热闹。降灵论者迅速扩充他们的节目，从招引敲击声到使桌子倾斜、乐器飘浮，以及乐于沟通的幽灵以粉笔在石板上写字等。起初，像罗伯·黑勒和约翰·亨利·安德森，甚至黎恩博士等人，只是在自己的节目中复制降灵术，但后来如亚历山大·赫曼和哈利·凯勒等最著名的魔术师，开始揭露他们认为灵媒在玩的把戏。

死者能与活人沟通，对青年胡迪尼有其吸引力。身为拉比的儿子，哈利很容易接受上帝与来世的观念，所以接受降灵论并不是很困难。但打从一开始，胡迪尼与灵媒接触的经验就充满了挫折与失望。还只是个少年的时候，哈利就曾在威斯康星的比累持，陆续参加一位裁缝在家里举行的降灵会。这位裁缝兼灵媒最出名的一点是他能让自己的姊妹围坐桌边，用放在她们面前的小喇叭，与华盛顿、拿破仑和哥伦布等伟大历史人物交流。在具有保护性的黑暗掩护之下，喇叭会发出令人害怕而无实体的声音，那是死者的声音。

然而，选择与林肯交流是个大错误。这位伟大的解放者是哈利童年时心目中的英雄，他知道林肯生平的每一个细节。因为事有蹊跷而隐约觉得不安，胡迪尼决定与幽灵对质。

“林肯先生，您在母亲下葬后所做的第一件事是什么？”哈利问。

“我很难过，”林肯回答，“我走进我的房间，好几天不跟任何人说话。”

哈利知道林肯做的第一件事，是请牧师在母亲坟前举行一场像样的仪式，因为那是林肯的父亲所疏忽的。

这使哈利更注意降灵室的动静。他发现所有来访的天国名人，说话都不外乎三种声音。而幽灵说话时，他也一直听到喇叭发出奇怪的嘶嘶声。有一天，在降灵会之后，哈利问灵媒为什么会这样。

“好啦，被你拆穿啦，”灵媒笑着说，“但你得承认，我这么做利大于弊，因为我安慰了悲伤的人，他们渴望得知挚爱的消息。”

哈利十分震惊。

“拆穿他？我根本无意拆穿他……我视之为我的信仰，我是天真地在探询这个

福克斯姐妹，全球降灵论运动的守护圣人。（卓耶收藏）

宗教的信息，”胡迪尼写道，“对我来说是痛苦的冲击，一个我完全信赖、相信的人，竟然随随便便就承认自己是骗子。”

哈利仍想坚持他的信仰。

“但不是所有的灵媒都像你一样吧？一定有一些是真的吧？”他问道。

裁缝咯咯地笑了出来。“据我所知没有。他们都是骗子，每一个都是。”

胡迪尼对降灵术的兴趣似乎衰减了，直到他发现达文波特兄弟的绝妙表演，情况才有转变。这两位个子矮小、长发、蓄着海豹八字胡的美国人，凭着用铃鼓、吉他、小提琴和铃制造刺耳怪声的本领，创造出轰动世界的节目，因为在这一切进行的同时，他们双手被绳索缚住，坐在七尺长的隔间里。他们从未公开宣称自己拥有超自然力量，或获得神灵协助，但他们暧昧的表演方式已经足以让降灵论者将他们视为真正的灵媒。他们设计的降灵模式，即捆绑手脚待在隔间里，启发了胡迪尼创作他的脱逃秀。

一八九一年年初，胡迪尼发现另一本影响他一生的书，是由某位匿名的灵媒所写，名为《灵媒的真面目》的小书。胡迪尼十分着迷，因为这本书揭露了灵媒使用的把戏秘诀。其中一个手法令胡迪尼和他的朋友林恩格外印象深刻，虽然灵媒看起来是被绳索绑住，他却能摆脱束缚，制造灵异现象，再恢复被捆绑的样子，察看起来，绳索仿佛从未被破坏过。哈利与林恩按照书中明确的指示，不出几个月，就双双成为摆脱绳索的专家。

先把宽宽的薄木板钉在卧房地板上，上面稳固地钉着木柱，接着把一个大金属环拴在木柱中央。此时一位年长的俄罗斯人拉出一张凳子放在柱子前，然后坐下。他用手指摸了摸他那大大的八字胡，点头表示他准备好了。

青年把俄罗斯人的外套钉在凳子上。接着用绷带把俄罗斯人的手腕绑起来。他拿出一根针和一些线，把绳结缝在一起，另外，再裹上几层厚厚的外科用石膏。手固定好之后，他开始处理脖子。先把绷带绕在俄罗斯人的颈子上，然后穿过固定在柱子上的环，再把衣服末端也钉在柱子上，最后一步则是把俄罗斯人的脚踝固定在凳子脚上。这时俄罗斯人完全动弹不得，青年觉得很满意，开始对房间做最后的扫视，寻找活板门、假墙或镶板。接着他把杯子、茶碟和汤匙放在附近的椅子上。他将帘幕拉上以后，房里变得一片漆黑。他坐下来等待。

几秒后，小手鼓敲打出缓慢哀伤的曲调。突然间，他听到钉子被钉入木头的声音。嘈杂的噪音穿透黑暗，胡迪尼觉得背脊发凉。

或许我错了。或许有人有那种能力。我真的感觉到这个房间里有幽灵。

“你想到什么问题都可以尽管问，”约瑟夫·葛戈罗维奇博士说，“幽灵会回答。敲一下代表是，敲两下代表不是。”

胡迪尼接二连三地提问，每次幽灵都以汤匙敲击茶杯的方式回答。

“打开窗帘，”葛戈罗维奇博士命令道。胡迪尼跑到窗边把窗帘拉开，转身后很惊讶地看见他仍像显灵开始之前一样，原封不动地被绑着。

胡迪尼几星期前结识了葛戈罗维奇博士，一八九二年，他已经开始在密尔沃基的一角钱博物馆表演。这位矮小精干、头戴高礼帽的绅士，一直来看胡迪尼表演，开始交往之后，葛戈罗维奇告诉胡迪尼他是灵媒、信仰治疗师兼催眠师。胡迪尼教他一些戏法，葛戈罗维奇也投桃报李，邀他见证几场由他主持的降灵会。第一次聚会是在一位妇人的病榻前举行的，这个女人已经被医生预言不久于人世。一个玻璃杯被固定在半空中，葛戈罗维奇开始招魂，点亮煤气灯之后，玻璃杯里已经装满药水。接下来的几场降灵会十分有趣，尤其在葛戈罗维奇卧房（在胡迪尼眼中，由于现场离密尔沃基警察局很近，因此更能证实这位灵媒的可信度）举行的非公开降灵会，让胡迪尼相信，过去他把所有灵媒都当作骗子或许太轻率了。当晚胡迪尼请葛戈罗维奇解释时，这位俄罗斯人只是像父亲一般地微笑说：“小伙

达文波特兄弟坐在他们的幽灵隔间里。（瑞奇·杰收藏）

子，你太年轻不会懂的。或许有一天幽灵会帮助你复制这些离奇的试验。”

因此当胡迪尼的父亲在同一年稍后过世，他为了与父亲沟通而求助于灵媒，就不是什么不可能的事了，尤其是在密尔沃基的经验之后。虽然怀斯拉比买了保险，但他过世前难堪的经济状况，却让他不得已漏缴了一些保险费。胡迪尼把父亲送他的宝贝手表当掉，用那笔钱造访几位灵媒，试图与父亲接触，弄清楚该如何处理保险那笔糊涂账。胡迪尼带着母亲去参加降灵会，联络上了怀斯拉比，但他没有给建议，反而比较有兴趣告诉妻儿自己在死后的世界有多快乐。“我觉得很奇怪，父亲明明知道我们情况拮据，竟会说那些话。”胡迪尼写道。

芝加哥北区密歇根大道这座豪宅前，有一位德国老先生正在敲门，他的心因为期待而跳动着。对多数人而言，一八九三年五月应该造访芝加哥的南区才对，来自世界各地的两千七百万访客，都去参加精彩的哥伦比亚博览会。但这位老人对于乘坐摩天轮或观看交流电发明人尼可拉·特斯拉惊人的电力展示没有兴趣。

是的，这个德国人一心只想和亡妻燕好，而前来开门的纤瘦英俊的史雷特教授，正是可以让这件事成真的人。怎么不能？先前史雷特给他一整桶黏稠的棕色物质，神奇地充满疗愈力，治好了他的眼疾。为了表示感谢，这个男人送了一张千元支票给史雷特，是他承诺费用的双倍。当老人知道是幽灵使他康复时，便拜托史雷特看看同一批幽灵，是否能将他的亡妻带回来。

他第二次来的时候，被带到一个以许多黑丝绒装饰的小房间。史雷特请他坐下，然后坐在他对面。接着关掉灯光，使房间陷入完全黑暗。维克多牌唱机开始播放柔和缥缈的旋律。

“喔，彼岸的幽灵啊，我请求你们，让我们感受到你们的到来，”史雷特吟唱道。“让可怜的席勒先生与他结婚二十五载的妻子重聚吧。粉碎将我们与挚爱隔开的邪恶布幔吧。回来吧，回来吧，回来吧。”灵媒开始明显地颤抖，冷风扫过房间。

突然，房间远处的另一头出现微弱的白光。席勒先生的脊背由上而下一阵发凉。光点慢慢化成人形，特征变得越来越明显。是她，那是席勒太太！

“是我老婆！”席勒结结巴巴地说，“亲爱的，你来了！”他向她冲过去，一边啜泣一边攫住她，并开始吻她。史雷特和助理不得不把他拉开，他痛苦地看着妻子慢慢消失，房间再度漆黑一片。

第二天，席勒打电话给史雷特，他想知道能否再安排一次夫妻会面，当然，他会支付适当的费用。史雷特看起来很不情愿，害怕违反阴阳分隔的神圣，但是当原本就十分漂亮的价码再加倍时，他便同意了。这回席勒再来，是为了与亡妻度过幸福无比的一小时。

当然，幽会的对象不是他老婆。在布置成洞房的大房间里等待他的，是当地的妓女，她已经被很专业地打扮成席勒太太的样子。史雷特雇了几位侦探打听客户的资料，其中一位已经取得她的照片。另一个女人，品德稍微高一点，在席勒第二次造访时，也被打扮成他老婆的样子，借助两名隐身黑暗的黑衣助手操作，在充满丝绒布的房间里“显形”。那么治好他的眼睛，装满充满灵异的制剂，又是怎么一回事？那只是普通的排水沟淤泥而已。事实上，史雷特教授甚至也不是史雷特教授，而是巡回魔术师赞奇克。

但赞奇克是谁又另当别论。他的本名可能叫哈利·罗本史坦，或是布雷纳，或叫亨利·图尔皮，也用过亨利·安德列这个名字。据说他出身纽奥良，父亲是犹太人，母亲是克里奥的算命师。其他人则信誓旦旦地说他是法裔加拿大人。唯一可以确定的是，赞奇克喜爱沉溺于醇酒、美人和铺着绿毛毡的赌桌。他发现芝加哥是个容易骗钱的好地方，所以被吸引到此，设计了一套精巧的招魂骗局。但他最大的成就是说服老友比利·罗宾森，一位才华洋溢的魔术技师，为他设计了一间让一般假灵媒相形见绌的降灵室。

赞奇克的纽奥良经理杰克·科瑞，提供高达五千元的资金赞助罗宾森。他先用这笔钱在主要降灵室的桌子底下装设活门，打开这扇门可以通往下面最先进的工作室。罗宾森和以波士顿为根据地的魔术师山姆·贝利可以在那儿打开密封的信，阅读信的内容，并神不知鬼不觉地换上新封蜡。透过这种方式，赞奇克能够回复任何秘密信息或问题，结果令人满意。显形室的运作仰赖古老的黑色艺术原则，即有双层衬里的黑丝绒帘幕，让黑衣助理得以操作涂了磷光漆（任何魔术用品店都有卖）、有如薄纱一般的布料，制造重重鬼影。

罗宾森还想出一个很高明的点子，他用训练过的信鸽，在它们的脖子绑上特定的信息，然后让它们飞到漆黑的降灵室里。灯光点亮之后，鸽子会依训练绕着房间飞，然后停在雀屏中选的降灵会成员肩膀上，向他传达信息，回答那位客户的问题，答案十之八九都令人满意。而让冤大头背脊由上到下发凉的，往往是将实心橡胶假手装在钓鱼竿上，然后在冰上放六个小时所制造出来的效果。在黑暗中，就成了幽灵的抚触。

这些骗局非常成功，但赞奇克和罗宾森对席勒先生做得过火了些。他们告诉老先生，他只能跟老婆相聚一小时，因为之后她就要消失了，如果那时候他还在她身边，健康可能会受威胁。但席勒进“洞房”不到十五分钟，他们就听到一阵令人毛骨悚然的尖叫声。

“席勒太太。”抓着被单盖住裸露的身体跑了出来。

“他挂了，”妓女说，“他死了。”

他真的死了。显然席勒的健康比眼睛的毛病更糟糕，和亡妻入洞房的激情，对他的心脏造成沉重负担。在妓女的协助下，他们替可怜的席勒穿上衣服，赞奇克和罗宾森把他抬到外面，让他的身体斜倚在房屋边，希望第二天早上有人发现，把他当作心脏病发的路人。但他们没料到席勒的司机就坐在外头的车上，司机通知警察，芝加哥的警察马上过来审讯赞奇克和罗宾森。我们不知道他们用赚来的巨款买通多少人，但两位魔术师被下令立刻离开芝加哥，他们也照做了。

赞奇克之后会重回舞台，在台上砍掉自己的手指，挖出自己的眼睛，然后消失在茫茫人海中。罗宾森则回到纽约，先后担任史上最伟大的两位魔术师亚历山大·赫曼和凯勒的助手，在魔术界获得敬重。后来，几乎是一夜之间，罗宾森在改变姓名和外表之后离开美国，和许多人断了音信。几年后，连他唯一的亲兄弟

赞奇克，魔术师暨假灵媒。（魔术艺术研究中心）

都找不到他了。

哈利或许对降灵会半信半疑，但还是能将它视为绝妙的戏剧演出。在贝丝成为哈利的妻子与工作伙伴之后，他们没有理由不在节目中加入读心术这项表演。唯一的问题是，贝丝来自一个对鬼魂与超自然深信不疑的家族。她的姊妹史黛拉的未婚夫在婚礼前过世，两姊妹都相信他是被巫婆凶恶的眼睛给盯上了。

哈利知道必须要破除贝丝这种观念。婚后不久的一个晚上，他想到一个解决办法。那时他们在家里，哈利淡然地提到贝丝从来没有告诉他，她过世的父亲叫什么名字。接着他要她在一张纸上写下过世父亲的名字，用手捏皱，然后不给他看，就直接放在炉火上烧掉。贝丝照做。

“现在把灰给我。”胡迪尼要求贝丝。

他拉起袖子，把灰烬抹在裸露的前臂上，接着，仿佛有什么魔力，她父亲的

罗宾森，技艺高超的魔术机械师。（陶德·卡尔收藏）

名字盖博哈特，便以红色字体神秘地显现在他的皮肤上。胡迪尼没有告诉她，这是从《灵媒启示录》里学来的戏法。

“我吓得全身瘫软，”贝丝回忆道，“接着，我慢慢、完全意会到这景象所透露的可怕信息。在我早年听说的民间传说里，伪装成英俊青年的恶魔，会引诱女孩毁灭她们。当时我很清楚我嫁的是魔鬼。我一边看着胡迪尼，一边偷偷往门的方向退，接着突然转身，一边发狂似的尖叫，一边跑出……房子。”

胡迪尼追上她，将她拉入怀中。

“傻孩子，那只是戏法。”他笑着说。

贝丝继续尖叫，并开始对胡迪尼又咬又踢，最后她终于平静下来。回房间后，他向妻子示范这个简单的魔术怎么做。

“借由这样的示范，他逐渐驱除我的迷信，”贝丝写道，“他教我读心术的秘诀，以及所有障眼法的技巧，包括如何进入出神状态以及算命。了解这类现象的内幕，对驱逐那些占据我世界的鬼魂与幽灵，比什么都有效。”

不到六个月，胡迪尼就把这些新技巧结合到节目里去了。一八九五年一月一日，他们以“神秘学解说者胡迪尼教授与小姐”的名号，在仙境连锁戏院巡回，评论家热烈赞扬他们的演出“逼近超自然”。到了一八九六年六月，胡迪尼甚至把贝丝的读心术结合到他的监狱招牌特技里。在警察局里，他会请警察局局长想一张牌。接着派一位信差回旅馆，“马可夫人”（也就是贝丝）正在那里等着。“他想的是哪一张牌？”贝丝会将答案传回去，每次都正确无误。

虽然在堪萨斯州加内特的那一夜，贝丝为了避免说出凶手的名字而假装昏厥，但哈利和贝丝仍大受欢迎，他们的降灵会因此变成希尔博士秀的固定节目，通常在礼拜天晚上表演。有些时候贝丝扮演灵媒，其他时候由哈利上场与幽灵沟通。啧啧称奇的观众将礼堂挤得爆满，幽灵也很配合，将在场观众生活中最私密的细节都告诉胡迪尼夫妇。当幽灵让他们失望时，胡迪尼总会与教堂司事和本地的碎嘴子老雷默斯大叔造访地方公墓。胡迪尼会带着笔记本，他们一边走过每一座坟墓，一边讲述家庭史和家庭丑闻。这天结束时，两个本地人会因这次合作得到适当的小费。而胡迪尼在墓园听不到的流言，通常可以在寄宿处的餐桌上得到。

胡迪尼凭直觉体悟到这些私密的个人生平小细节所产生的力量。观众们耐着性子看歌舞表演和其他固定节目，却渴望听胡迪尼和他的幽灵对他们的人生有何见解。降灵会的演出之所以获得那么大的共鸣，是因为他们的呈现方式很逼真，包括贝丝的昏厥。虽然后来胡迪尼将降灵会的脉络去除，但是他掌握到那种表演的精髓，并技巧地应用在他的职业生涯中，让观众无条件地相信自己所体验的是事实。有时候胡迪尼教授透露的信息远超过观众所能忍受的程度。与希尔博士一起表演的第一个礼拜，胡迪尼去公墓做调查，发现一个六岁孩子乔·奥斯朋的新坟。在加内特下一场（票房打破该歌剧院纪录）降灵会上，贝丝陷入出神状态，并突然说她有“小乔”要给父母的信息。结果有人冲出去，将脸色苍白的奥斯朋夫妇带来。

“乔说他在一个快乐的地方。他说：‘不要哭，妈妈。很快就会有人来代替我了。’”贝丝传话道。

事实上，奥斯朋太太“已经”怀孕，因为他们是一对年轻、受哀伤折磨的夫妻，所以胡迪尼精明地这样猜想。降灵会之后，怒气冲冲的奥斯朋先生到后台痛打胡迪尼一顿。

“如果灵媒没有透视眼，我们怎能知道你家的状况？”胡迪尼问他。接着他让贝丝滔滔不绝地讲了一些他家的秘密，使奥斯朋离开歌剧院时感到十分困惑。这件事对胡迪尼留下不可磨灭的印记。二十六年后，看过这场表演的哈莉·尼可斯在堪萨斯市听胡迪尼发表降灵论演说时，写字条表示几年前在加内特看过他的节目后。胡迪尼接到后，便请她散场后到后台来。后来她和贝丝及胡迪尼一起吃饭，胡迪尼问她和奥斯朋是否仍有联络，她说有并把他们在加州的新住址给了胡迪尼。胡迪尼最后寄了一封长信给奥斯朋夫妇，非常谦卑地为玩弄他们的感情道歉。

希尔博士在加内特的档期即将结束之际，两名当地的商人还到胡迪尼的梳妆室来，以二十五元的价码要他承诺不会继续举行降灵会。他们或许害怕，再这样下去，藏在他们柜子里的骨头都会被公诸于众。

接下来的巡回，每一站都相同。一八九八年一月九日，哈利在加利纳地方歌剧院一群爆满的观众面前扮演灵媒的角色。节目开演前，地方情报提供者告诉胡迪尼，一个名叫班尼·卡特的黑人最近遭到杀害，而他两个可能涉案的朋友也要来参加。后来，胡迪尼在降灵会上利用了这项情报。

“此刻我正得到信息。我看见幽魂来到我面前，嗯……是男的。一个黑人。”胡迪尼说，然后戏剧性地停了一下，手在前方空抓了一阵。

“他瘸腿，喉咙被整个划开。会是谁呢？”

这时他几乎是喊出来的。

“他说他叫班尼，班尼·卡特。”

楼座传来骚动声。

“他说他有话要告诉比尔·多克斯和吉姆·松德斯。他说：‘你们俩最好把剃刀收起来，否则会落得跟我一样的下场。’多克斯和松德斯在场吗？”胡迪尼问。

歌剧院一片死寂。接着楼座有两个男人跳起来，因为急于离开而撞倒几张椅子。

“没错，他们在，但他们要走了。”有人叫道。

到了二月初，希尔博士的秀已经结束，贝丝和哈利开始自己在中西部巡回。胡迪尼靠降灵会赚了好些钱财，够他花十块钱替自己买件好外套，花十五块钱买件“同级的红色连身裙”给贝丝，他在日记里说他“过着国王般的生活”。一八九八年二月二十三日，他甚至还能在密苏里州圣约瑟夫市的市长佛里斯那里寄放一百元，请市长交给“任何能提供手铐，或为胡迪尼扣上手铐，让他无法自行挣脱，或能将他绑在椅子上让他无法逃脱的人”。贝丝吓坏了，一来是她不知道胡迪尼已经存了那么多钱，二来是她觉得把积蓄冒险押在这样的挑战上是鲁莽草率的。但其实她无须担忧，因为市长为了等等看是否有迟来的挑战者，又将那捆钞票多保管了两星期，但还是没人能打败他。

胡迪尼近来的富裕全要拜他的降灵会所赐。他一般节目的票房并不如预期，因此在接下来的几个月，他决定和贝丝在灵媒这一行立足。关于蓝图的拟定，他只要参考已充分利用的《灵媒启示录》便足够了。他从那本书中得知有一本所谓的“蓝皮书”，是流传在灵媒间的客户个人资料库。胡迪尼进入灵媒的人际网路，得以在刚抵达一个城镇时，立刻取得当地降灵会参与者的资料。他也学会利用圣经，关于一个家庭的情报与生死记录。窥看那个家庭的圣经，有时候比在墓园里翻找几小时还要有用得多。因此哈利和贝丝化身挨家挨户兜售音乐圣经的公司业务代表，他们会拿自己的音乐圣经跟客人家里目前的老式圣经作比较，这让他们有机会搜集需要的资料。

以假灵媒的身份在社会上行走当然有利可图，但其中的道德瑕疵必定是这位拉比之子心中的沉重负担。虽然他可以合理化自己的行为，说他与贝丝举行降灵会演出，可以避免贝丝与音乐厅较贫穷的“伤风败俗”人士交往，但事实上他在掠夺受哀伤之苦而变得脆弱的人。对胡迪尼来说更荒谬的是，在彻底钻研他们挖掘出来的真实资料之后，他可以说出想象中最天马行空的谎话，但在这些易受骗的人中，至少有一个会宣称那是给他们的信息。

胡迪尼的灵媒生涯在加拿大结束。话说有一晚，胡迪尼看向观众席，认出一位他在当地街上看过的妇女，当时她正因为年幼的儿子骑车方式太过鲁莽而责备他。胡迪尼在降灵会上请她出来，告诉她幽灵预言她年幼的儿子会从脚踏车上跌下来摔断手臂。他事后发现，这个预言在那位妇女回到家之前就应验了。他侥幸猜中的反讽，成为压垮骆驼的最后一根稻草。

“等一切结束后，我看见也感觉到观众是相信我的……他们相信我的把戏，是来自那些亲爱亡灵的真实信息。其信仰的美丽纯真，将我当作宗教向我求助，突然间深深打动了我……从那天开始直到今天，我再也没有冒充过真正的灵媒，”胡迪尼写道，“我领悟到，玩弄一般人对往生者的神圣敬意有多严重……我对于自己竟然曾犯下如此轻浮的罪恶感到悔恨，也第一次明白到这种行为与犯罪相差无几。”

放弃扮灵媒的收入，使胡迪尼夫妇马上回到加入希尔博士之前的窘境。这时他们被迫参加一个专门演出过时情节剧的巡回剧团，这种剧团只会一再重复相同的戏码。根据贝丝的说法，胡迪尼因为太过羞愧参加这种演出，所以不但以假名登台，还在两颊塞纸块，以免被认出来。

幸好这只是短暂的插曲，因为胡迪尼先前已经跟威尔许兄弟杂耍团签下第二次巡回的合约。在他们随这个杂耍团演出之后的三年间，威尔许兄弟已经把他们的戏班磨炼成全国品质最好、规模最大的一角钱秀。这次胡迪尼拒绝接受合约中“额外工作”的条款，因此他的“纸牌王”以及两人合演的《变身》，每周固定为他们赚进二十五块钱的薪水。由于节目进行得很顺利，也获得热烈好评，因此很快就变成压轴。

重回杂技团之后不久，巴德兄弟杂技组也加入。胡迪尼与他们一拍即合，不久就开始认真接受杂技员的训练。他重新开始练习长跑、打棒球，甚至有一晚在横杆上扮小丑。到了夏天，他已经精通后空翻两圈的技巧，以此推出更完美的招牌秀：将纸牌像回力棒一样丢向观众，接着往后翻一圈，然后及时落地接住飞回来的纸牌。

秋天时，杂耍团的演出告一段落，胡迪尼与贝丝在没什么展望的状况下回到纽约。胡迪尼心灰意冷，去拜访朋友林恩，这时林恩在纽约灵媒圈是响当当的人物。他的父亲在纽约最大的旅馆里担任经理，透过这层关系他认识了许多大灵媒，包括降灵运动的创始人之一玛格丽特·福克斯。林恩也对魔术有兴趣，因此光顾了当时位于纽约市第六街的“玛廷卡的魔术店铺”，此举却导致他对降灵论的信仰发生动摇。他与其中一位老板法兰西斯·玛廷卡结为朋友之后，林恩发现很多著名的灵媒都是玛廷卡的客户，向他们购买举行降灵会不可或缺的魔术道具。

“我不知道该怎么看待我们的事业，乔，”胡迪尼说，“我以为我的手铐和行李箱脱逃秀应该会大受欢迎，看样子似乎行不通。”

“那你为什么不说是幽灵帮你从禁锢里解脱？”林恩建议，“让他们来证明这些表演。”

“不行，我不能做那种事，”胡迪尼反驳道，“贝丝和我表演通灵秀时，我对自己感到作呕……可怜的蠢蛋流着泪相信我们真的在和灵界接触。”

其实不只如此。胡迪尼宁可失败，也不愿意用败德工作赚来的钱供养母亲，侮辱他对父亲立下的誓言。

林恩与往常一样，提议先付胡迪尼一笔钱，胡迪尼也像往常一样，自视甚高不愿接受他的好意。约莫同时，贝丝在耶鲁锁工厂关系很好的姐夫提议，替胡迪尼在那里谋个差事。胡迪尼必定认真考虑过，因为他后来写道，一八九八年年底情况变得很糟，“我考虑放弃表演事业，引退回归私人生活，意思是白天做点我会的工作……然后开一家魔术学校”。

他曾出版一本增订版的《简单变魔术》，这次扩充到十六页，其中包括最后几页“胡迪尼魔术学校”的全版广告（那间“学校”位于东六十九街二二一号，是他母亲的住址）。细读这本目录，我们可以清楚地看出胡迪尼当时已经准备放弃，因为在吉普赛算命书、会说话的骷髅头、把手帕变不见的广告和《如何催眠任何动物》的详细解说之间。第十页安插了一则小广告。内容是：

手铐秀

同类节目中唯一最完整的版本。你能挑战警察当局与警长，让他们用手铐和脚镣铐住你，都可以轻松脱逃。价格面议。有兴趣者请来函。

没人有兴趣。

第四章 利益交换

圆胖、红发的副队长刚刚把一副手铐铐在胡迪尼的手腕上，加了双重锁以确保牢固。但他还不满意，他弯下腰用一组全新的脚镣拴住胡迪尼的脚踝，弯腰对一个腰像他这么粗的人来说，可真不容易。他有点吃力地直起身子，审视自己的成果。

“嘿，安迪，”他的刑警同事法兰克·寇布斯喊道，“除非你用那种最新款的宝贝，否则这都对那个小子太客气了。”

安迪·洛罕点点头。寇布斯是内行，他在总局已经成了传奇，是这一带最会变魔术的人。事实上，他的许多同事都私下打赌，赌他作为一个魔术师，即使不胜过胡迪尼，也能跟他打成平手。

“好主意。”洛罕一边说，一边走向他的办公桌，从抽屉底部拿出一副最新式的手铐。

“要是你能挣脱这些手铐和脚镣，我铁定会以为我在梦游。”洛罕一边挖苦他，一边把新式手铐的一端咔嚓一声扣到脚镣上。接着他将胡迪尼调整成蹲姿，然后把另一端铐到第一对手铐上。胡迪尼被困得紧紧的，甚至连走路都不可能了。

“我想没有这些，你根本没辙。”洛罕一边说，一边拿着钥匙在胡迪尼面前晃。

胡迪尼只是微笑。

“我猜你需要我们帮忙才进得了你的隔间。”洛罕一边说，一边示意两位正在看的警探，让他们扶起胡迪尼，将他抬进在大房间里临时弄出来的隔间。

胡迪尼笑了。

芝加哥警察局的洛罕副队长。(国会图书馆)

他们把他留在隔间里，然后拉上帘幕。有几分钟房间毫无动静，接着钢铁撞到地板砰的一声打破寂静。一分钟后，帘幕拉开，胡迪尼走出来，手上拿着脚镣和手铐。

“这是你的手铐，洛罕先生，请记得好的钢铁碎片每磅可以卖 0.25 分钱。”胡迪尼说。

点名室里的人群兴奋地低声讨论着。

“我在做噩梦，铁定没错。”洛罕一边说，一边接过胡迪尼给他的镣铐。刑警们围着洛罕检查手铐。他们发现镣铐还牢靠地锁着，完好如初，心里很是惊讶。

一八九九年对胡迪尼来说是一个好的开始。十二月五日他来到中西部，为了履行一些先前的合约，对于魔术师的未来仍然悲观。在托利多的演出不顺，半途被解约。大湍城的状况也好不到哪里去，但芝加哥密德顿还是靠得住的，他在那里没有表演的时候，可以卖他的小广告书多赚点钱。然后他可以带着一点预备金回纽约，再做那个令他害怕的决定。

他这次在芝加哥的遭遇有些不同。不知道是谁先接头，一月四日晚上在总局举行这次公开表演之前，胡迪尼和洛罕副队长花了两天讨论。报上写过关于洛罕这个人，“打从二十二街还是沼泽的时候，”他就是芝加哥警力的固定成员。在这几次会面之后，洛罕安排胡迪尼在点名室中，当着不少警察高官、当地所有刑警、“各种专家”，当然还有记者等两百多个人，表演他的脱逃艺术。唯一缺席的是芝加哥记者团的一位泰斗，洛罕的朋友，也是一八八七年一部芝加哥警察大历史著作的共同作者。没错，约翰·维尔基当晚无法在芝加哥现身。他在华盛顿特区，忙着担任美国密勤局的新局长。

威廉·麦金莱总统于一八九七年就职，时值美国史上最衰弱的经济萧条时期。当时的财政部长，也是芝加哥第一国民银行的前任总裁莱曼·盖吉，受命承担扭转经济局势的任务。他的副部长法兰克·凡德利普曾在报社服务，是维尔基在《芝加哥论坛报》的下属。盖吉和凡德利普主掌财政部将近一年后，便决定密勤局该换领导人。

“我们想找的人，不是老式的刑警，而是一位绅士，具有行政能力与外交手腕，擅‘交际’，无论与王子或乞丐共处都怡然自得，他的诚实必须无懈可击，最重要的是他必须够顽强。”盖吉说。他没说出口的是，麦金莱行政当局正考虑重整密勤局的职务。密勤局将不再只是官方查缉伪币制造者与当时非正式保护总统的机构。

他们要把为美国搜集情报与反情报的大部分责任交给密勤局，而维尔基将是他们的情报首脑。

他们不可能有更好的人选了。维尔基生于伊利诺伊州的艾尔金，父亲是著名内战通信记者法兰克·维尔基。他追随父亲的脚步，十八岁就在同一家报社《芝加哥时报》担任夜间记者。他与父亲一起去伦敦旅行时，旋即因为送回一篇急电，嘲弄伦敦报纸有关大举准备对抗俄罗斯的报道而声名大噪。维尔基在英国各地旅行，造访许多重要港口，发现完全没有明显备战的征兆。回到芝加哥后，他于一八八一年成为《芝加哥时报》主要对手《芝加哥论坛报》的警政记者。

一八九八年二月二十八日，也就是缅因号战舰发生爆炸事件，造成两百六十名士兵遇害的两周后，维尔基宣示就任美国密勤局局长，年薪三千五百元。当时，美国显然已经准备向西班牙，也就是这起杀戮事件公认的罪魁祸首宣战。当时美国中情局和联邦调查局尚不存在，维尔基奉命协调反情报与外国侦察工作。除了局里的人员之外，维尔基也从外面引进新血，不到两个月就已经组成一支特勤小组，负责跟踪在美国活动的西班牙间谍。

跟踪带头的西班牙间谍到其落脚处蒙特娄时，维尔基起用了两位鲍伯·费兹席蒙戏剧公司的演员。他们陪同他手下的密勤局情报员，以找房子作为掩护，进入间谍的租屋处。情报员在那里窃得一封准备寄往西班牙的信，信中概述持续对美从事谍报活动的状况。他们将信件内容披露给报纸，引发义愤，迫使加拿大驱逐那帮西班牙人，有效破坏了间谍集团的后援。

一八九八年，对于美国唯一情报机构的首长来说，起用艺人从事秘密活动还是先进的想法。而采用这个特定戏班，还有其他理由。鲍伯·费兹席蒙不但是剧场经理，还是当时称霸世界的重量级冠军拳手。此外，他也是魔术师。

密勤局招募魔术师有先例可循。

在命名为密勤局之前，十八岁的魔术师霍拉提欧·库克就曾以绳索脱逃术令林肯总统折服，并被林肯指派担任“侦查员”（美国内战期间，对潜入南方联盟前线间谍的称呼）。他用自己身为脱逃专家的技巧，在侦查员伙伴遭到南方联盟伏击和捆绑之后，拯救他们免于被处决。

库克与林肯越来越亲近。林肯被枪杀时他在戏院，林肯过世时他也是少数随侍在前的人。战后他成为专业魔术师，花费四十一年的时间揭发灵媒骗子。晚年与胡迪尼成为密友。

美国密勤局局长维尔基。（国会图书馆）

一八八六年五月十五日，《纽约时报》刊登了一篇短文，报道某个伪币制造者在底特律附近被捕。身为“有色”人种的艾泽基尔·威灵顿·琼斯在家里被捕后遭到拘留。警长会同副联邦司法官进行搜索的同时，也逮捕了一位著名的魔术师与戏法表演者“路易斯·李欧‘教授’”。警方根据李欧提供的情报，查封了藏匿在附近地下室的大量印模，以及硬币成品与半成品。文章中还提到，虽然“教授”目前被关在喀萨波利的监狱里，“但有人怀疑李欧其实是密探”。事实上，密勤局的政策一向是让警方逮捕卧底，让他们的身份不曝光，直到华盛顿与地方当局取得联系后，再要求释放他们。此案似乎就是如此的，因为两个月后李欧“教授”再度上报，这次是因为他在佐治亚州塔路拉瀑布一千四百四十英尺的深渊上走钢索。二十世纪九十年代初，密勤局也曾经与名叫赫曼的脱逃专家搭上线，请他引退之后替密勤局工作，或许也借重他身为安全专家的技巧。

维尔基之所以愿意用魔术师担任密勤局特务，还有另一个令人信服的理由，维尔基局长自己就是魔术好手。维尔基对于他的魔术技巧总是小心翼翼地保护着，不过一九〇二年一位报社记者曾经透露，密勤局领导人不只是魔术师，还是“名家赫曼的学徒”。报纸和杂志报道过，他会利用联想法，解读去过他办公室各个可疑人物的心思。他在芝加哥担任记者时，就曾一手打造魔术圈最恒久的神话：会神奇地自己挺立的印度神仙索。一九〇八年维尔基对某位记者透露：“戏法对情报工作越来越重要。”尽管一本具有公信力的魔术杂志主张他是国内最优秀的业余魔术师，维尔基却告诉记者，局里有“几个人对魔术比他更在行”。

对于负责打击伪币集团的密勤局第一线特务来说，变戏法的能力不可或缺。维尔基在一九〇八年《华盛顿邮报》的一篇文章中，详细叙述过这样的事件：“我们有一位手相当巧的情报员，要设法侦办一个伪币集团。他成功跟那伙人建立友好关系，不过每个新来的人，在公然犯案之前，自然都会被怀疑，我所说的这个帮派决定来一次大清查。每个人都会分配到很多假钱，在成功换成真钱后，他们留下一半真钱，另一半用来向伪币制造商下订单。这个情报员拿到很多一块钱伪币，奉命把这些钱脱手。帮派里另一个成员则跟去确认他是否达成任务。他每次进到店里去买点东西，都如真正的坏蛋所愿，带了一些真的零钱出来。但因为某些理由，他的同伴并不满意，所以决定跟他一道进去，仔细观察他的交易过程。这是很恼人的状况，但我们的人却能用很巧妙的戏法，把真正的美金送进收银机里，而让‘假’钱消失在他身上的某处，当作不利于伪币集团的证据。”

因为早期在短暂的美西战争期间，有成功摧毁西班牙间谍集团的经验，维尔基了解其机构的权限已然改变。面对从逾一千个情报分析出来的六百多个可能殃及国家安全的威胁，他也知道就目前手上的工作量来说，他的人手严重不足。

一八八六年五月四日开始下雨的时候，芝加哥的秣市广场正有一千三百名抗议者在参加工人集会。显然，对在场的多数人来说，前一天四名武装罢工者在麦科米克收割机工厂被芝加哥警方杀害所激起的愤慨，比不上被淋湿的恐惧，因为一千名异议分子很快就离开广场。所以当一百八十名警察挺进，要求三百名留下来的死硬派立即解散，就有那么一点反应过度了。不久，警队中心就发生炸弹爆炸事件，一名警察当场死亡，七人伤重不治，还有许多警察受伤。警察以猛烈的炮火还击。当晚结束时，至少七名抗议者死亡，上百人受伤，警民各半。

这个事件马上引发各界反应，恐惧的浪潮骚动全国。政客、公民领袖、杰出商人，甚至某些变节的工会领袖，都指责那些外籍无政府主义者，不只在美国造成恐惧，还在全世界造成动乱。四个晚上以后，有人来敲西湖街三一九号的宿舍大门，是尚未升任刑警队副队长的洛罕，奉命到汤玛斯·布朗的房间抓人。爱尔兰移民布朗是活跃的社会主义者，而秣市广场集会开始前数分钟，他正在参加国际工人联合会美国分部的聚会。即使布朗宣称当晚他只在集会待了数分钟，大雨开始之后他就躲到西番雅酒吧里喝了一两杯啤酒，洛罕还是以涉及秣市广场致命爆炸事件的密谋杀人罪逮捕他。

十九世纪八十年代，社会各界都有人相信，国际无政府主义者密谋制造混乱，颠覆既有世界秩序。他们的理由充分，因为一八九二年到一九〇一年被称为“弑君的十年”，根据历史记载，这段时间内死于暗杀者之手的国王、首相，甚至总统，比任何时期都多。如一八八一年俄罗斯的亚历山大二世暗杀事件，或一八七八年德皇威廉一世，一八七八年意大利的宏伯特国王与一八八七年亚历山大三世的暗杀未遂案等，这些由革命社会主义者或纯粹由无组织的发狂暗杀者所犯下的暴力案，也都被算到无政府主义者头上。在美国，握有原始资料并能将资料放在国际问题的脉络中分析的，唯有维尔基局长。密勤局既是实质的国家警力单位，也是唯一的联邦反情报机构，维尔基知道研究分析秣市广场那样的冲突事件，对于保护总统（那是他非正式的职责）与维持公共秩序，都不可或缺。追踪美国的无政府主义者无法真正了解问题所在，但如能取得欧洲（那“一伙人”的发源地）方面的资讯，就又另当别论。当时美国在海外取得的少数资讯是透过本国的海军专员，维尔基本能地知道这不够。美西战争爆发时，有关西班牙舰队的能力与所在位置，美国的情报都少得可怜。与其等贫乏的情报慢慢进来，维尔基在敌意开始几周后，就派了一名密勤局特务到马德里。派出那位情报员之后，维尔基已经将密勤局的力量从反情报扩展到主动在海外搜集情报了。

在美国本土方面，密勤局雇用的特务太少，让维尔基施展不开。因为独特的联邦体系，美国一直没有国家警力，但他还能求助另一个地方：合作对抗犯罪活动的私人俱乐部。国际警政首长协会一八九三年成立（原本称为“国家警政首长联盟”），当时全美国的警政首长齐聚芝加哥，组成合作网络，以逮捕与遣返逃出地方司法管辖范围的通缉犯。不过数年，国际警政首长协会（这时已包括来自加拿大与拉丁美洲的成员）就成立了国家鉴定局，储存美国已知罪犯的照片与生理资料（由于当时指纹技术未臻完美，因此是根据贝蒂洛分类系统，测量若干身体部位与颅骨的尺寸，借以辨认罪犯）。位于芝加哥的鉴定局搜集大量资料，并游说联邦机构采用贝蒂洛分类系统。洛罕刑警将成为美国公认的贝蒂洛罪犯鉴识系统专家。维尔基后来将把其他国家的要求汇集到国际警政首长协会，非正式地批准其成为国家警察机构。

一八九八年五月初，美西战争爆发不过几周，国际警政首长协会在密尔沃基召开第六届年会。维尔基与洛罕这个来自芝加哥的老朋友，也加入这场几乎全国各大城市警政首长都来参加的盛会。

“让我们看看你的手。”当晚胡迪尼在中央警局又摆脱另一副手铐之后，麦卡锡刑警这样命令这位魔术师。

麦卡锡很惊讶地发现，胡迪尼的手没有一点割痕或擦伤。

“他的腿是木头做的。”古德莫刑警一边检查胡迪尼肌肉发达的四肢一边插话。在接下来的四十五分钟里，警员们又用更多手铐、粗细不一的绳索和所有他们想得出来的东西来绑住胡迪尼。每次他都退到隔间里，然后无拘无束地走出来。

所有的刑警都想不出一套理论可以解释胡迪尼如何摆脱束缚，他们对他只有敬畏。对于他们的惊讶，胡迪尼一笑置之，接着便坐下来表演几种纸牌魔术。

给报社记者几句明天报道可以引用的台词，成了洛罕的责任。

“我无法解释那家伙如何摆脱那些手铐，”洛罕副队长赞叹道，“撬开锁或滑脱镣铐显然是不可能的。要是以前，我会以生命担保，囚犯受到那样的束缚，绝对不可能重获自由。这是奇迹。这些手铐品质绝佳，如果用上这些都锁不住囚犯，那么最强的栅栏、最好的锁，也关不住他。怪不得利马银行用那么现代、复杂的锁还会被劫。”

就在一周前，俄亥俄州利马银行一个看起来坚不可摧的定时锁遭人破坏，一万八千一百七十元遭窃。

“我可以仔细检查你们那些银行的定时锁，像利马银行的窃贼一样轻易打开你们的密码锁，”胡迪尼虚张声势地说，“这全都是骗术。”

接着他收拾纸牌，对贝丝使了个眼色，然后向洛罕副队长和聚集的记者道别。

就在胡迪尼即将走出门口之际，洛罕仿佛要强化这个故事一般，在他身后大喊：“别再来了！我们可不想把你锁在这间警局里。你让这些警察打寒战，害得他们没办法工作。”

离开警察局以后，胡迪尼知道一直以来的努力终于要有收获了。他下半辈子要倚靠的技巧，现在几乎全部精通。凭着他的演艺知识，他可以小题大做。关于心理误导他懂得很多。如何灌输想法，如何让观众（照他的意思）想什么，而不只是看哪里。虽然他永远不可能名列少数顶尖大师之林，但他自有一套精通的戏法。他了解锁的原理，因此他可以成为大师。他明白站在大众面前是怎么回事，讲一个精彩的故事，然后让记者写出一篇更精彩的报道，最重要的是，让观众爱他。他不只了解灵媒骗子的伎俩，也知道那一套为什么管用，因为他掌握了降灵会参与者到场想看些什么的心理。胡迪尼从降灵论者那里学到很重要的一课，他的脱逃术必须被当真。不是让人以为他真的有超自然力量，而是让人认为他真的能永远并随时逃离任何东西。曾经和他有过交集的演出，都在他身上留下影响，像是他表演从朋友巴德那儿学来的后空翻，而仔细观察艾娃提玛使他知道，她只有在胃里装满牛奶，而且只有牛奶的时候，才会让蛇咬她。他以优异的成绩从骗术大学毕业。他身怀绝技，而他也明白这一点。

现在太阳、月亮和星星排成一直线。美国史上唯一一次，密勤局由魔术师掌管，而这位魔术师了解，特殊任务需要特殊的人来做。第二天早上，胡迪尼出门买咖啡，尔后挥舞着报纸冲进旅馆房间。他手中拿着《芝加哥日报》，在报纸头版标题《震惊刑警》之下，有胡迪尼耀眼的大画像。他唤醒贝丝。

“贝丝！贝丝！我出名了！你看我的画像上报了！”

Harry Houdini
PHOTO - TAKEN - 1903
July 9 - 1909
Brighton Eng.
BIOGRAPH

国会图书馆

第五章 手铐之王

锁孔堵住了！那混账把手铐孔堵住了。我该怎么办？除非用锯子，否则我绝对解不开。

胡迪尼心急如焚，他无法理解情况怎么会这么糟。自从他在总局脱掉洛罕的手铐大受赞誉之后，就吸引了大批观众到芝加哥克拉克街博物馆看他表演。整星期各职级的警员都带着手铐来向胡迪尼挑战，如果他无法挣脱束缚，就能将他提供的五十元奖金带走。当然从没有人带走过。

因此，当瓦尔顿巡佐将他的手铐套在胡迪尼的手腕，咔嚓一声扣上时，胡迪尼也不怀疑他。但他一退到隔间拉上帘幕就发现情况糟糕透顶。

或许我应该直接出去谴责他。不行，或许最好是等一下。如果我够幸运，到时候大部分的观众都走了。希望没有记者在场，他们会大肆报道我的滑铁卢。

瓦尔顿在外面耐心等待。观众却无法和他一样平静。

“怎么了，胡迪尼？你忘记带钥匙了吗？”有人大喊，引起哄堂大笑。半小时后，嗤嗤的笑声变成揶揄。整整一小时后，胡迪尼总算从隔间里出来，他只勉强解开一个手铐。这时已经无关紧要了，还留在现场的只有瓦尔顿和伤心哭泣的贝丝。

“怎么，胡迪尼，你放弃啦？”巡佐问。

“没有，”胡迪尼愤恨地说，“可是你对手铐动手脚。这根本不可能打开。”

警察笑道：“被你识破了。你奋斗到死都打不开的。我在里面加了金属块，所以打不开。”

胡迪尼气极了。等他必须锯开金属块才能打开手铐时，他更是火大。那一整夜，他心里一再重温这种羞辱的感觉。他发誓以后接受挑战者的手铐前，非要他们先打开锁证明锁可以用才接受不可。虽说这已经无关紧要。虽说他的事业已经没有前途可言了。

“好了，贝丝，我完了。全世界都会知道我打不开一副手铐。我们放弃算了，”胡迪尼一边说，一边在租来的房间里踱步，“我会接受你姐夫的提议，把我弄进耶鲁锁工厂。”

他的话听起来言不由衷，因为事情的发展出乎意料。不过一个礼拜前，胡迪尼才和洛罕完成一笔交易。关于他们的约定，宣称是“美国唯一刑警杂志”的《国家刑警评论》杂志上有详细的说明。胡迪尼愿意“用他的技巧造福警方，相对地，警方理应提升他的事业，而非加以摧毁”。

第二天闷闷不乐的胡迪尼回到博物馆去拿他的道具。

“你迟到了两分钟，是吧？”经理黑吉斯注意到。

“你是说我没被解雇？在我得锯开手铐才得以挣脱之后？”胡迪尼说。

“你没脱掉那副手铐吗？我现在才知道。”黑吉斯说。

“我脱不掉，因为手铐被堵住了。”胡迪尼说。

“如果手铐动过手脚，那有什么关系？”黑吉斯说，“赶快上台工作吧。”

于是胡迪尼回去工作。几乎没有媒体报道瓦尔顿“拆穿”了胡迪尼这档事，只有《芝加哥日报》登了约莫一英寸大小的报道。报纸甚至还站在胡迪尼那一边，强调“那根本不是真正的手铐，根本没有锁之类的东西”，而“这起事件只是警员开的一个玩笑”。

在接下来的一年半，胡迪尼根据一套精心规划的行动策略横越全国建立起知名度。他每到一个城市，立刻拜会地方警局，大批警员、高官（当然还有媒体）会赞叹他从各种警方加诸给他的束缚中脱逃。接着警政长官会发表评论，仿佛像在念稿，说希望自己不会倒霉遇到像胡迪尼一样的囚犯，并表示胡迪尼已经帮助警方改进他们未来的安全措施。接着胡迪尼会得到在场警员和巡警署名的推荐信，信全被收进他不停增加的剪贴簿中。

安排此事的先头侦察兵就是芝加哥的洛罕副队长。他们吹捧胡迪尼的同时，警方也会得到实质的好处。第一，他对警察羁押犯人的细节及技术了如指掌，警方可借此学习改进。他也开始揭穿赌牌作弊技巧，在报上写文章，揭露赌场老千暗中把牌藏进袖子里的手法，并且花几小时向记者示范猜牌游戏（在桌上放已知的三张牌，庄家盖牌之后随意调动摆放顺序，让赌客猜其中某张牌在哪里）的作

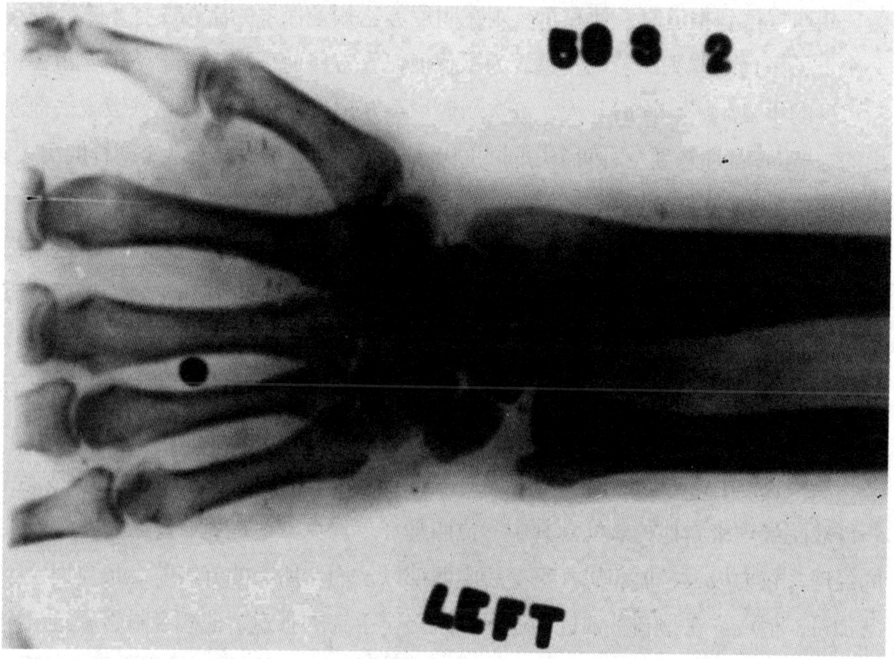

X光照出胡迪尼手中的子弹。（康诺利收藏）

弊秘诀。揭露这些伎俩之后，胡迪尼会用公家发表声明的口吻说："这是在警告外行人，不要赌被人操控的纸牌……聪明人什么都行，就是没办法让纸牌招供。"

他高超的纸牌作弊本事，有时候会替他赚进他不想要的红利，就像早先几年和希尔博士在堪萨斯州的咖啡馆表演兼卖药时发生的事。有一晚表演结束后，两名赌徒在赌场打烊后从后门闯进来找他。他们什么都不想偷，只想要胡迪尼在几副牌上动手脚，准备第二天大赚一票，他们开价一百元。"道德上，我并不觉得内疚，那只是赌徒间的狗咬狗，而且一百块看起来也不赖，"胡迪尼写道，"但小命更值钱。我知道如果被逮到，我得准备吃苦头，所以我婉谢他们的好意。"

赌徒可不愿意被拒绝。胡迪尼回到旅馆睡着后被叫醒，要他去电报局收一封从纽约紧急传来的电报。那只是个陷阱，在前往电报局的路上，他感到一阵冷，有枪口抵在他耳后。赌徒押着他到歌剧院去取他的"撬锁器"，然后直奔那家地下赌场后门。他一撬开锁，就猛然把门拉开，顺势撂倒两名恶棍。他冲进里面锁上门，等那两个人离开，但他没料到其中一名赌徒透过地下室窗户窥看，并对他开枪。胡迪尼举起手保护自己。直到他过世，那颗子弹都还留在胡迪尼手中。

胡迪尼读到报道时，他和贝丝刚在明尼苏达州圣保罗的旅馆安顿下来。据说一个上了手铐的罪犯从警局脱逃，为了找他，警方目前正彻底搜索整个城市。相当奇怪的事发生了，往后几天，每次胡迪尼离开房间，无论是去吃顿饭或去他演出的棕榈园，都注意到左右两个房间的门也都会打开，而每次都有两个同样的男人，与他在大致相同的时间走到走廊上。

有一天下午大概三点的时候，胡迪尼听到房外走道有扭打的声音。他走到门外察看，看到那两位神秘的邻居正在跟一个穿着长斗篷的人打斗。两人最后总算征服他们落单的祭品，接着他看到那个人藏在长斗篷下的手戴着手铐。

“没事了，胡迪尼，”其中一位刑警说，“我们知道他会来找你。”他们很有自信，甚至懒得通知胡迪尼他被当作诱饵。

渴望脱掉手铐的逃犯，不是胡迪尼在圣保罗表演时钓到的唯一一条大鱼。某晚，一群戏院经理来看他的表演。其中一位叫马汀·贝克，他是奥菲恩杂耍连锁戏院的经理，权力极大，奥菲恩几乎垄断中西部以及西岸所有的好戏院。贝克发迹于芝加哥，他或许在报刊上读过胡迪尼摆脱洛罕手铐的报道，他想亲眼看看这位魔术师表演。隔天晚上他带着买来的三副手铐再度光临，三副都不是胡迪尼的对手。

贝克回到芝加哥以后，发了一封电报给胡迪尼，邀他三月底到他在奥马哈的戏院试演。他每周会给他六十元，亲自去看表演，然后“或许会向你提下一季的案子”。打从一开始，胡迪尼与贝克的关系就很有争论。贝克建议胡迪尼取消所有的魔术演出，只表演手铐脱逃秀和《变身》。胡迪尼最后留下纸牌秀，但牺牲丝巾魔术，他把表演用的鸟寄给芝加哥的一位朋友，结果那个人马上就把鸟给吃了。

胡迪尼第一次踏进奥菲恩戏院时，仿佛进入另一个世界。那儿有八百多个长绒毛座位和设备奢华的梳妆室，哈利终于晋身高级剧院了。戏院与位于同一街区的当地采矿大王的宅邸同样令人赞叹，它们都有着复折式屋顶。无论就实质或象征意义来说，胡迪尼的环境都改变了。他不必再与神奇的小阿斯肯纳三胞胎或狗面小子共用一角钱博物馆的舞台了。

胡迪尼蓄势待发准备迈入黄金时期。“他的演出在各方面都可堪与任何更著名的魔术师匹敌。”一位评论家好意将他与亚历山大·赫曼与凯勒作比较时写道。某天晚上，为了回应胡迪尼的挑战，五名当地商人组成委员会从容上台向胡迪尼挑战，要他摆脱他们制造的手铐，这个手铐装有计时锁，不到六十分钟打不开。手铐调整好上锁后，胡迪尼退到隔间里，等待于是开始。四分钟后，观众席鸦雀无声。接着“又过了十三秒，教授安静地从帐篷里走出来，手铐挂在他右手食指尖上，胜利的微笑使他嘴角上扬。观众衷心为他喝彩，委员会略带羞愧地离开。”一地方报纸报道。

他在奥菲恩戏院巡回的下一站堪萨斯市，也同样轰动。一晚，有人带了一副双重锁手铐来向他挑战，有别于平常将手固定在前面，胡迪尼提议将手臂锁在背后。大伙儿都同意。于是胡迪尼回到隔间，但前所未有地，胡迪尼并没有拉上帘幕，就这样站在观众面前。整整一分钟站在那儿一动也不动，接着他突然轻蔑地把手铐丢在地上。胡迪尼在日记里写道："我第一次在未拉上帘幕的状况下脱掉手铐……演出成功。"

胡迪尼的手铐秀轰动一时，他开始在传单上自称“手铐巫师，神奇的男人”。有时候海报上只有“手铐人”，有时候贝丝也以“胡迪尼夫妇”一员的身份并列在传单上。在密苏里州的加普林演出时，胡迪尼终于决定用一个与他能力相符的宣传词了。从此以后，他就是“手铐之王”。由于手铐演出是如此不可思议，一些地方商人开始请他为商品代言。

新加冕的手铐之王自以为是与大言不惭的自我推销风格，并不是每个人都欣赏。有一位评论家，在承认脱逃秀的确精彩之后，表示他觉得“胡迪尼把太多宝贵的时间浪费在告诉观众他有多优秀上头”。内布拉斯加服装公司在《堪萨斯市星报》登广告暗示他与警察共谋。那则广告必定是激怒了胡迪尼，因为他在四个月后下一次经过堪萨斯市时，造访了那家服装店，直接与执笔那篇广告的店员对质。

“我是胡迪尼。你来自密苏里州，我证明给你看，”他说完开始摆脱手铐，表演几种纸牌魔术，用木制牙签开门锁，凭空变出一支上等雪茄，从黑色墨水池里抽出一根干净的火柴，并且点燃。结果下一则广告，不但详细叙述这一切，还补充道，“再给胡迪尼几年，他会有抽不完的雪茄，以及用不完的钱。”在结束对胡迪尼过多的赞美之后，留给当周拍卖的领带只剩寥寥数句的篇幅了。

火车正要离开阿布奎基车站前往旧金山时，胡迪尼却不见了。他一小时前下车，答应带点冰激凌回来消解沙漠炽热的暑气，之后贝丝就不见他的踪影。接着，就在开动的汽笛响起，火车引擎开始发出呼呼的声音时，贝丝往窗外看，看见胡迪尼像疯子一般地跑来，手臂底下夹着一个大罐子。火车侍者乔治几乎是用拖的把他拉上了火车。

“来吧，各位，这是给大家的冰激凌。”胡迪尼一边走过火车走道一边高兴地大声说。贝丝松了一口气。

“乔治，你也有份，这是回报你的亲切的一点小意思。”他一边说，一边把五个崭新的银币放在侍者手中。

贝丝吓坏了。他们只剩下最后五块钱，这笔钱得撑到旧金山领薪水的时候。为了省钱，他们每天早上甚至共用一杯咖啡。胡迪尼一坐下，贝丝就质问他。

“你哪来的钱？你杀人了吗？”

“没有，亲爱的，”他笑着说，“咱们先吃冰激凌吧。”

乔治负责为所有旅客烹煮食物，大家都喜欢他提供的美食。除了贝丝，她紧张得吃不下，尤其在瞥见丈夫因为七十五块钱银币的重量而几乎爆开的口袋之后。

后来，胡迪尼对贝丝解释，他碰巧看到城里有人在赌骰子。他把五块钱中的三块钱藏在内袋里，用剩下的两块钱试试自己的运气。他仔细描述赌博的经过，内容贝丝不懂，侍者乔治却为胡迪尼的好运兴奋不已。两块钱的赌金在连续下注之后变成八十五块。这真是一个幸运的休息站。

这次到西岸，可能也是胡迪尼第一次为美国密勤局干活。一八九九年春，美国西岸的伪造银币是维尔基最主要的问题。在胡迪尼口袋里装满银币，从开往旧金山的火车上下来那天，《洛杉矶时报》登了一篇文章，警告以热模法制造的危险伪币，已经泛滥加州和整个西岸。因为这种伪币是以合法的银币模子制造的，因此设计和重量都难辨真伪。“密勤局官员正致力于逮捕违法的人。”维尔基承诺道。

一八九九年四月十日，胡迪尼拜会警察总部，与海斯局长、哈尔平督察、布拉罕队长以及刑警队交换意见。在胡迪尼证明他摆脱手铐与脚镣的能力之后，海斯局长带他到后面的房间，给他看用来制造二十元伪币的机器。根据报纸报道：“胡迪尼很满意，当他看到机器多么简单时，笑得很开怀。”

胡迪尼第一次造访加州的时间，与维尔基发起反伪币行动的时间完全吻合。六月二日到七月二十九日，胡迪尼在两个破获主要伪币集团的加州都市，即旧金山与洛杉矶之间穿梭。维尔基局长也在同一时间到加州出差，这次出差“据信与目前打击太平洋岸伪币集团的行动相关。”《华盛顿邮报》报道。

胡迪尼在旧金山时，坚持只住每周六块钱、供应自来水与瓦斯炉的旅馆，这是他们通常会避免的奢侈。会如此也是因为他们遇到让贝丝睡不着、瘙痒直到天明的跳蚤大军，不过胡迪尼却睡得安稳，即使有小地震发生，让他和贝丝都滚到地上去，他还是照睡不误。第二天，胡迪尼到警察总局，经李局长同意，以桌子在集会室中央搭成临时舞台，在四百位警员面前表演摆脱束缚的好功夫。他曾同时摆脱四副手铐和一只俄勒冈靴（缠绕一只腿，并以密码锁固定的五十五磅重物）。

胡迪尼在旧金山警察面前套上镣铐。（魔术艺术研究中心）

此举带来的宣传效果，让他在奥菲恩戏院持续两周的演出座无虚席。

在洛杉矶时，胡迪尼到葛拉斯局长的办公室做了同样的演出，一位被称为希尔海军准将的老警察十分高兴。希尔公开承认自己是灵媒，过去一直是局里的笑柄，他认为胡迪尼的脱逃术证实了他的信仰。“我告诉你，孩子，那是幽灵，”希尔说，“同样的事，我在降灵会上看过很多次，除了幽灵之外没人做得到，我告诉你。”习惯模棱两可的胡迪尼，拒绝证实或否认希尔的主张，只告诉警察他们应该自己破解他的方法。但对于希尔宣称有办法用绳索捆绑胡迪尼让他无法挣脱，却让他不快。因此胡迪尼二度造访警察总部，结果轻易摆脱希尔的捆绑。

这时，胡迪尼已经精通宣传的艺术。他成为与记者谈笑的专家，对于他们的提问，能够给予简洁可引用的答案。他也开始写文章，横跨两页的长文，像是《我如何挣脱绳索》，随文还附上七张他示范如何脱逃的连续照片。“只要知道方法，谁都能表演脱逃术，”他写道，“说这要靠隔间里的幽灵协助根本是胡扯，当然表演者要在观众看不到的地方做，就像我在奥菲恩戏院表演手铐脱逃术一样，否则大家看到那有多简单之后，就不会想要再花钱看了。”胡迪尼以揭露绳索脱逃术的文章开始他的狡猾策略。当他不再表演某种节目之后，他就会公布其中的秘诀，借此让他的模仿者更难追随他。终其职业生涯，他都一直实行这种焦土策略。

在胡迪尼以全力、密集的宣传攻势占满旧金山与洛杉矶的报纸版面之后，揭穿其演出秘密的第一篇文章，于胡迪尼在西岸洛杉矶演出的最后一天，出现在旧金山的报纸上。这时机有些奇怪，但文章确实是登出来了。一位刚搬到旧金山的英国纸牌魔术师“班森教授”，写了一篇整版的报道，最后还附上魔术师以口中钥匙解开手铐的照片。第二天《洛杉矶召唤报》继续追踪，并且即时刊登胡迪尼简慢的回应。“什么话！我可以裸体表演脱逃术。”他告诉记者。他也真的说到做到，临时回到旧金山警局，在那儿脱下衣服。让警察外科检查，然后摆脱十副在他手臂上交叉、与脚镣相连的手铐。接着，他还表演了一个节目，摆脱束缚极度不舒服病患用的皮带。表演到最后，胡迪尼透露奥菲恩管理单位让他下星期继续表演，他已经向班森下战帖，要对方摆脱他的手铐。如果班森成功，他愿意付他一百元。如果他失败了，胡迪尼只希望“有幸在奥菲恩的台上剃掉他的络腮胡”。

班森揭发胡迪尼的事件是不是设计好的我们不得而知。如果不是，那证明胡迪尼有机敏的能力，能比对手早先一步出招，将阻力化为胜利。裸体脱逃是非常棒的表演概念，如果他同意裸体表演脱逃术，又怎么可能用钥匙或撬锁器呢？胡迪尼一下就让他的对手全部黯然失色，他们只会买钥匙藏在口袋里，然后在隔间里用钥匙开锁。但我们也要考虑他与班森共谋炮制宿敌的可能性。几个月后，同一篇“揭发”胡迪尼的文章，又署名“普利教授”登在波士顿的媒体上，时间正好与胡迪尼第一次在那里做大规模演出吻合。此外，班森在几年后申请美国魔术师协会会员资格时，竟是由传说中很会记恨的会长胡迪尼当他的担保人。

从一角钱博物馆转到比较有声望的奥菲恩杂耍连锁戏院表演，似乎活络了胡迪尼的创造精力。一八九九年九月在圣路易时，他告诉记者他要在手腕上铐着手铐，脚踝上套着脚镣，从伊兹桥跳进河里，然后以自由人之姿出水。“我知道我做得到，而且我会做到的……我认为以我的能力，在水中解开镣铐绝对没有问题。那是我的老把戏。”接着，他又提议另一项测试，将他上镣铐后装进袋子，放在篮子里，密封起来然后丢入深水槽。一分钟后拉起篮子，发现只剩下袋子和锁，胡迪尼则自由地绕着水槽游来游去。在未来几年，这两种大胆的脱逃演出是他主要的宣传噱头。

几个月后，胡迪尼在水牛城改良他的警察局脱逃秀，让人为他穿上约束衣，用三条皮带捆好后锁在背后的中央。他的嘴巴用膏药贴起来，再绑上手帕。警察花了十五分钟才把他绑成这副模样，但他只花不到一半的时间就挣脱一切，只留下膏药和手帕原封未动，证明他没有从嘴巴里拿出任何东西。

到了一八九九年年末，胡迪尼已经确立自己身为杂耍圈闪亮新星的地位，至少在奥菲恩连锁戏院如此。现在他想要打进东部的戏院，那些戏院是由基兹兄弟以及他们的经理艾比控制的。贝克与东部的戏院有协定，因此胡迪尼从一九〇〇年一月初开始从波士顿进军东岸。他先造访警察总局，威廉·瓦兹督察在那儿等着他。瓦兹是国际警政首长协会的创始人之一，贝蒂洛分类系统的忠实信徒，也是洛罕的朋友。他当然不会有半点脱稿演出。

“幸会，胡迪尼，不过我猜这次我会让你碰壁。”瓦兹督察长说，他手上拿着一副百年手铐，不但是手工打造，还配有一种只有外表怪异的钥匙才打得开的特殊螺纹锁。

“这个嘛，督察长，我有点紧张，因为如果我败给这副老手铐，我在这一行就算是毁了。”胡迪尼一边说，一边急切地检查手铐。接着他转身面对大批刑警、官员和记者。

“为了向你们证明我身上没有钥匙，所以我要脱光。”

脱光之后，警察外科为他检查，接着用膏药把他的嘴巴封起来，让他无法开口。

他们先从简单的标准警察手铐开始。他套上手铐，腿套上脚镣，接着被带进一个巨大的保险箱，左脚上的脚镣固定在保险箱里的栅栏上。接着上锁，正好一分二十秒的时候，胡迪尼走出保险箱将镣铐交给瓦兹局长。

接着，真正的测试上场。他被套上古董手铐，旁人将螺纹栓塞塞进锁里，避免锁被撬开。他再度被锁进保险箱里。九分钟后，胡迪尼出来了。根据新闻报道，他的手被紧束的手铐弄得“发红、肿胀、破皮还流血”。但他自由了，群众“目瞪口呆”。瓦兹恭喜胡迪尼，并请警察高官和记者签署一份印在刑事局信签上、看起来像官方声明的东西，见证胡迪尼精彩的脱逃演出。

新闻报道为基兹戏院引来大批观众，胡迪尼也没令人失望。

“‘手铐之王’名不虚传，”《波士顿前锋报》吹嘘道，“这个人在同类演出者中独一无二，我们几乎不知道该如何定位他。对于古老的招魂业来说，他是多么杰出的人才啊。把胡迪尼像圣诞包裹一样装在隔间里，铃铛将如何叮当作响，铃鼓将如何叮咚欢唱！”

第一周之后，胡迪尼的节目已经比头牌的中国魔术师金林福“更轰动”了。到了第二周，胡迪尼更晋身为特别演出的明星。胡迪尼绝不碰运气，他立刻展开第二波宣传。在《波士顿前锋报》的记者陪同下，胡迪尼拜会约翰·洛维武器公司，当场在店里解开他们的手铐，胡迪尼只是转个身，“手铐立刻松开！仿佛那只是沙做的绳索。”接着他们去拜访查尔斯·宾恩队长，他是胡迪尼几个月前刚破解的“宾恩巨人”手铐可敬的发明人。

“我将你制造手铐的名声传遍美国，”胡迪尼说，“我要脱帽向你这北方佬独有的巧思致敬。”

接着胡迪尼套上一对“宾恩巨人”手铐，不过几分钟就自由了。

“嗯，我想不通你怎么摆脱那副手铐，”宾恩说，“我这辈子大概用这种手铐拴过一万名囚犯，可你真的打败我了。”

胡迪尼在舞台上接受各种手铐的挑战，因此衍生出一些独特的脱逃演出，当然也带来更多宣传效果。一月二十日，四名来自波士顿警局的警员上台来，在他的腕部扣上镣铐。接着他们轻声与他交换意见。胡迪尼摇摇头，仿佛有迟疑。

“我不知道那种东西，让我看看。”他说。原来一位警员制造了一种镀镍的小东西，看起来像双重的耶鲁锁[1]。

“这是拇指铐，”胡迪尼告诉观众，“我这辈子没见过，不过我会戴上，看看有什么办法。”

五分钟不到，胡迪尼就摆脱了。

第二天，一个人在手臂下夹着大包裹顺着走道上台，包裹里装着一件约束衣。他们花了六分钟替胡迪尼穿上，但不到三分钟，胡迪尼就拿着约束衣从隔间里走出来。第二天《波士顿记录报》夸耀道：“胡迪尼……或许可以替自己增加一个‘约束衣皇帝’的头衔了。”

胡迪尼在下一站罗得岛普洛维登斯仍是步步为营。一月二十八日周五早上，在警察局摆脱四副手铐和一副脚镣之后，一月三十一日周三晚上，他又在基兹戏

1　十九世纪中叶由美国耶鲁父子研发，是目前最常见的锁具结构。——译者注

院的舞台上接受一位波士顿牙医的挑战。约瑟夫·伟特医生带来一副手铐，手铐的钥匙孔在普洛维登斯警方帕克刑警，以及来自波士顿平克顿办事处的颂希尔警长面前贴上封条。接着伟特又在舞台上为胡迪尼套在脚踝上、令他非常疼痛的另一副手铐贴上封条。胡迪尼脱逃之后，两张封条都原封未动。然而报社记者和观众不知道的是，胡迪尼一周前就见过伟特医生了。从小就热爱魔术的伟特，应戏院襄理之邀，到波士顿的基兹戏院监督胡迪尼的手铐表演。但在这段时间里，胡迪尼把原本应该抓他是否作弊的委员会成员变成封闭手铐测试的共谋。伟特将成为胡迪尼的密友与知己，甚至后来帮助他设计出一些场面惊人的挑战。

“让我出去！让我出去！”贝丝的惊呼声响遍纽约戏院。可能声音听起来有点像被蒙住，因为事实确是如此。她一边叫喊一边敲打表演《变身》用的箱子，她被锁在里面。事实上，她在里面已经五分钟了。起初观众在笑，以为这是演出的一部分，然后笑声变成担心。

演出像往常一样顺利进行，《变身》令观众震撼。贝丝拍三下手之后似乎只过了一秒，胡迪尼就从挂着帘幕的隔间里走出来，倾身准备打开行李箱，让观众看他的妻子此刻在袋子里。接下来事情却很不对劲。

胡迪尼跪在行李箱边，将助手唤来，两个人说了几句悄悄话，助理连忙离开。显然胡迪尼把行李箱钥匙留在比舞台楼层高五层的梳妆室里。等待似乎永无止境，助理却空手而回。戏院经理威廉·麦柯麦克赶紧跑上台与胡迪尼交换意见，派了另一个人去找钥匙。这时贝丝已经开始一面尖声喊叫，一面敲打行李箱了。

随着箱里的氧气急剧减少，麦柯麦克跑下台提了一把大斧头回来。在他大斧一挥劈向行李箱的时候，第二名助理拿着钥匙跑向他。他解开行李箱的锁，将已经昏厥的贝丝从行李箱抬出来，带到梳妆室去。

“你打算用这种方式杀了我吗？”贝丝对胡迪尼大吼。她歇斯底里了整整两个小时，然后被带回旅馆，为她看诊的医生说她情况严重。对于胡迪尼夫妇来说，这真是回乡公演的惨剧。

或者，真的是如此吗？如果真的是生死攸关，世界级撬锁专家应该不会坐视他的老婆窒息而死，胡迪尼被动旁观的表现与他的天性不符。急着去拿斧头救贝丝的是经理，拿钥匙开行李箱的也是经理。一位记者透露，胡迪尼告诉他，行李箱封得很紧，贝丝在里面只能撑七分钟。就这个说法判断，她是在底限前获救的。事实上一个人被锁在皮箱里至少可以活半小时，贝丝显然只是在演出她丈夫谱的一场半严肃半诙谐的戏。胡迪尼了解将死亡危险搬上舞台的内在戏剧效果。尽管如此，她的台词“你打算用这种方式杀了我吗”还是有些过火。

《纽约世界报》报道了胡迪尼的“惨败”，接着又有几个其他城市的报纸追踪并刊登这个消息。结果“纽约戏院”剩余的档期门票销售一空。

从某些方面来说，忘了钥匙而害贝丝被锁在行李箱这件事，恰当地隐喻了他们去年一整年的演出状况。胡迪尼在连锁杂耍戏院表演之前，他们都以胡迪尼夫妇的名号做宣传，但是当哈利转型为手铐之王胡迪尼之后，贝丝就被称为他的助理。等他们抵达波士顿时，广告单上已经完全不见贝丝的踪影。根据胡迪尼的说法，这是贝丝的主意。

“哈利，我从来没见到传单上以‘夫妇’为名的组合成功过。我建议你在传单上印你胡迪尼一个人就好，别把我列上去。”有一天她这样告诉他。

“你不会嫉妒？”胡迪尼问。

“我干吗嫉妒？当然不会啊。”

贝丝可能没说实话，因为后来有报道说，她会在后台带着恨意听胡迪尼长篇大论，然后谴责他用太多“我”这个字。这时，虽然小丫鬟已经不再唱歌跳舞，但还是继续表演《变身》。她将多余的精力用来收集娃娃，设计或缝制自己的戏服。

一个一脸细瘦苍白的小男人，在一九〇〇年四月五日星期四傍晚将近六点的时候，走进设在芝加哥总局的刑事局总部。

“请把我关起来。”他说。

库布勒巡佐、达因警探和洛罕副队长抬起头来，像对老朋友一样地招呼这个小男人。

“啊哈，又回来耍我们了吗？”拘留所警卫库布勒说，“这次我们会收拾你。不用手铐，我们直接把你送进牢房，如果没有我的允许就能出来，那你就太棒了。”

那个小男人就是胡迪尼。他们当然会像老朋友一样招呼他，自从胡迪尼第一次从洛罕的手铐脱逃之后，他已经回到总局不下数十次。

这次胡迪尼跟洛罕赌一根雪茄，赌他有办法从牢房里逃出来。这看起来像是一桩艰巨的任务。每个牢房都有两道锁，一个是用大钥匙开的标准锁，但在锁孔上还有一条宽铁箍，扣在距离门口一尺远的扣环上，而那个铁箍则以挂锁扣住。

洛罕和库布勒领着胡迪尼到牢房去，把他锁在里面。他们绕着走廊走回警察集会室。结果三分钟之后，胡迪尼已经逃出来向洛罕要他的雪茄了。

胡迪尼当然会赚到他的烟。在傍晚拜访洛罕之前的几个小时，胡迪尼为哥伦比亚戏院的员工表演，他摆脱具有公信力的密勤局成员为他套上的镣铐，“轰动一时”。

从监狱脱逃的新花样，次周又在堪萨斯市再度上演。因为局里一个名叫夏佛利的狱卒打趣说，他们应该把他关在牢里，看他能不能逃出来。

“从监狱里逃出来不包含在我的合约里，我也没办法保证成功，但如果我失败你们不要笑得太厉害，我愿意试试。”胡迪尼说。

“你最好别试，”海斯局长警告，“我们下面的牢房刚装了一副坚固耐用的新锁，连钥匙都不一定打得开。”

胡迪尼与警员下楼梯往平房走。狱卒指着一扇用难以破解的锁锁住的牢门。胡迪尼把锁拿在手里，俯身背对着其他人仔细研究。三十秒后，他转过身来面对他们，拿出已经解开的锁。

“如果你们愿意，我们可以用这个。”他说。

第一次在芝加哥警局表演脱逃术，让他的画像登上报纸头版十六个月之后，胡迪尼已经成名。他的名字被用来卖衣服、卖肉，每天都有人写他的丰功伟绩，有人将他与当代最伟大的魔术师相提并论，甚至说他已经超越他们。一九〇〇年二月，他们来到多伦多，《多伦多世界报》宣告他是“现今世上最伟大的神秘大师之一，著名的胡迪尼”，但这样的肯定（以及他变多的薪水，这时已经逐渐增加到周薪四百美元，相当于现在的四万五千美元）并没有真的改变胡迪尼。他仍然勤奋工作，热衷自己的技艺。在普洛维登斯的宣传员狄伦贝克，自动写信给刚与胡迪尼签约的戏院经理。“你会发现他是业界中最令人赞赏的，比我认识的任何表演者都更乐于在各方面与你配合。他非常正直，从各方面来说都是彻底的好人，是绝对让人乐于帮助的那种人……我发现他在各方面都是那么优越，让我渴望尽我一切卑微的力量‘吹捧’他。”

胡迪尼也没忘记他卑微的出身。直到一九〇〇年中叶，他仍然保留自己在领带剪裁员工会中的会员资格，定期寄钱给李希特公司里一位叫葛利泽的老同事。葛利泽在领带工厂上班二十三年，老李希特答应他只要他活着就会给他工作。但小李希特显然另有盘算，葛利泽不但被“撵走”，而且连每周五块钱的养老金都拿不到。听到这个消息时，胡迪尼非常震惊，于是定期寄钱给葛利泽，让他免于被驱逐。

但胡迪尼刚获得的名气也有些坏处。他每晚表演近乎超人的技艺，无论台上台下胡迪尼都使自己处于很容易被揭穿的状态，让台上的挑战变得越发困难。胡迪尼在费城表演《变身》时，有两个人向他挑战。他们用自己准备的编带捆绑胡迪尼的双手，然后以浸水的细绳取代一般绳索捆绑装着胡迪尼的袋子。最后为保险起见，还自己带了绳子，用掉足够捆绑二十个行李箱的长度。观众抗议这令他们感到卑劣的行为，并在胡迪尼从行李箱里出来之后，将挑战者嘘下台。

揭发可能会在任何地点、任何时间发生。胡迪尼在丹佛的警局表演脱逃术时，发现丹佛的一些警察在他表演脱逃术的房间里的几幅画上打洞，偷看他的一举一动。在堪萨斯市时，则有一位与胡迪尼住同一间旅馆的旅行推销员，发现胡迪尼正在使用大厅的电话亭后，去跟柜台拿了钥匙，偷偷把胡迪尼锁在里面，然后和几个朋友好整以暇地准备看笑话。胡迪尼觉得这一点都不好笑，尤其第二天读到报上《胡迪尼被锁住》的标题时。

“真正的胡迪尼，表演前后与朋友在侧厅聊天的他，是一个严肃的家伙。他有像年轻狮子般的体格，他的肌肉像钢铁，他有一种神经质的艺术家性格，他茶色的眼睛非常动人而富同情心。每次表演出场前，胡迪尼都会像坐立不安的老虎在戏院里走来走去。他手上拿着一叠纸牌，玩出一连串绝妙的把戏。他这么做并不是为了娱乐与他交谈的人，而是为了保持手指的柔软与灵活……在踏上舞台前，他活力充沛，兴致勃勃。下台之后，他精疲力竭，他的眼睛四周出现黑眼圈。他脸上的红晕下透着苍白。他很高兴节目再度结束。为什么？因为胡迪尼说，总有一天会有人带着一副他打不开的手铐走上台来，届时他将卸下手铐之王的权杖。没有其他杂耍艺人，会带着胡迪尼踏上舞台时所感受到的战栗，进入表演场。但他面带微笑，观众说“他看起来多有自信”！

这是一九〇〇年四月在奥马哈的胡迪尼，由《奥马哈每日新闻》一位匿名记者所作的速写。凡是看过胡迪尼宣传用的健美照片的人，都知道他有如狮子般的体格，但他为准备演出所凝聚的热力与紧张，只有有幸私下造访戏院后台的人才有机会察觉。

如果到后台，你会看见贝丝也分担胡迪尼所有的“紧张压力”。当哈利进到隔间去破解大家给他的任何手铐时，贝丝会穿着路易十四风格的服装，在舞台侧翼焦急等待。魔术师习惯在隔间里跟贝丝说话，有时候只是减轻她的恐惧，其他时候，当他遭遇潜在的问题，则以暗语沟通。到了一九〇〇年，贝丝在演出中已经被贬到次要的角色。不过，奥马哈的记者仍然认为，采访她是必要的。

“胡迪尼夫人具备如阳光般的特质。她丈夫为了魔术一口气远离她好几天，到城市里或乡下的监狱，征服各种锁、手铐和脚镣。他的名号在全国的任何监狱里都是敲门砖。”记者紧接着透露胡迪尼的下一步计划。“九月他会起程前往英国，”他写道，“苏格兰场有些艰难的考验在等着他。”

胡迪尼刚结束他在奥菲恩的演出，此刻他正走进位于西十街五一七号的会客室，那儿的保罗·亚历山大·强斯顿教授会看手相。强斯顿其实是个魔术师，也是城里最常被讨论的命相师。可能有个地方记者觉得这事可以写成报道，所以劝胡迪尼让强斯顿看看他有如赫丘力士般的手。记者大概以撰写一篇制作他手掌塑像的精彩报道当作诱饵，与胡迪尼达成协议。

“我觉得紧张，”他们一起走到西十街时，胡迪尼说，“这种随时怕被揭穿的恐惧几乎令人忍无可忍。我完全了解被抓包只是时间问题，这种不确定感让我总是提心吊胆。”

教授准备制作手掌塑像所需的熟石膏时，胡迪尼在大皮椅上坐定。

“褪去衣服，然后被锁进监狱里最坚固的铁笼。还有这个也是，在你的前臂和脚踝扣上百磅重的镣铐，听到牢房门闩拴上时的刮擦声与砰然巨响，然后走过通道，将已经解开的镣铐交还给警员！这令我紧张。”

“你已经被抓包一两次了吧，不是吗？”强斯顿教授一边将胡迪尼的手（到手腕的部分）浸入石膏中一边问道。

“对，两次，”胡迪尼慎重回答，“一次在丹佛，那人隔两天就死了。三个月后，伟大的灵媒尼录，看出我如何表演这些绝技，结果三天后他也死了。相当奇怪的巧合吧，你不觉得吗？”

手相师仔细审视胡迪尼的手掌塑像。

“三十七岁时，除非你非常小心，因为你的生命线上显示横死的征兆，”他说，“你的发财运，我判断，是去年开始的吧。如果你肯储蓄，你会累积大笔财富。”

“我的工作如何？”胡迪尼问。

“你的脑子会保护你，”手相师回答，“我相信你可以摆脱所有加诸于你的束缚，你不必担心，胡迪尼先生。你维持自己最保险的做法是释放自己，到大草原去。”

关于大草原，强斯顿没说对。一九〇〇年五月三十日，这个两年前还靠马铃薯维生，睡在露天板凳上的男人，现在愿意放弃巨额周薪，陪着妻子搭乘坎辛顿号前往英国，在那里等着他的，除了苏格兰场，没别的了。

肯尼思·M·特罗姆布莱收藏

第六章 M

他终于看到他了。慕尼叶伪装成驼子也骗不了威廉·梅尔维尔督察，梅尔维尔假扮成在伦敦维多利亚车站等火车的无名商人。但从这个无政府主义者的口袋看得出放了把枪，让梅尔维尔督察不愿贸然上车到慕尼叶身处的小隔间里去跟他搭讪。因此梅尔维尔唤来铁路职员，向他表明自己的身份。

“火车头后面算来第五节车厢有一个驼子。我想在不让他起疑的状况下把他弄下火车。你可以去查他的票，然后跟他说他坐错火车吗？”梅尔维尔提议道。

职员同意后上了火车。不久，一脸忧心忡忡的慕尼叶跳下火车。他的脚还没踏到地上，四十五岁的梅尔维尔已经飞扑过去，将他推倒在月台上。当慕尼叶“像疯狗一样搏斗”，想摆脱梅尔维尔的控制时，惊讶的乘客在两个人周围聚集。这个法国人用尽全力，几乎把梅尔维尔拖到即将开动的火车车轮下，直到几位铁路工作人员过来替梅尔维尔解围为止。几分钟后，慕尼叶终于被制服，一边咒骂威胁一边被带走。第二天报纸刊登了关于这个逮捕经过的报道，包括一大张梅尔维尔跨坐在慕尼叶身上的素描，标题是《在伦敦惊险逮捕无政府主义者》。梅尔维尔事前已确认过媒体都收到消息，并让他们当晚在车站待命。

十九世纪末时，梅尔维尔是英国最高调的警员。他从一八九三年开始担任苏格兰场特种支部的负责人。当时仍被基本职员扯后腿的他，在社会各阶层都布有各式各样的线民，从外国政府情报员到阻街女郎都有。梅尔维尔在娱乐界的人脉特别好。多数伦敦人每周都要光顾音乐厅和戏院几次，因此用娱乐圈的人当线民，对于追踪梅尔维尔感兴趣的人，了解他们的动向或交往关系，都非常重要。

梅尔维尔，英国最著名的情报首长。（安德鲁·库克收藏）

梅尔维尔也负责保护许多来访王族的安全，他曾接受欧洲半数以上的君王赠勋，感谢他的服务。他有许多门路，有些见不得光，如他在法国、德国、俄罗斯的反间谍同业。一八九九年，他在未知会政府的状况下，与俄罗斯秘密警察“奥克拉纳”合作，逮捕一名发行报纸鼓吹刺杀沙皇的俄罗斯移民。为了奖励该案的一位线民，他给西格蒙·罗森布伦新身份和新护照，让他得以返回俄罗斯。梅尔维尔培养出来的西德尼·莱利，后来成为史上最机敏的间谍，他也是伊安·佛莱明笔下虚构的角色詹姆士·庞德的原型。

一九〇〇年六月，梅尔维尔回顾他二十八年的职业生涯，惊叹他这个出身克立郡工人阶级的爱尔兰小子，曾经历过多少事。他结交的对象有国王与妓女，政客与无政府主义者，名流与罪犯。而现在，从美国搭轮船越洋而来的男人，或许是梅尔维尔一生见过的最令人好奇的人。

六月九日，胡迪尼夫妇在南安普敦下船。他们搭车到伦敦，然后住进克佩尔街十号，专供美国艺人来访居住的寄宿舍。一般人以为胡迪尼花了几星期在城里四处找工作，被一个又一个的经理拒绝。事实上，六月十四日，也就是抵达几天之后，伦敦最有声望的戏院经理杜达·史拉特和他的助理爱德华·皮可林就带着胡迪尼到英国最著名的警察，也是皇家反恐官员领导人的办公室去了。胡迪尼的妻子兼助理贝丝，并没有参与这次会面。

“我很乐意替他上手铐，史拉特先生。但你必须明白，苏格兰场的手铐跟舞台用的手铐不同，”梅尔维尔说，“这些是最新的科学手铐。”

“那是这家伙的决战方式，”史拉特说，“如果他能解开您的手铐，我的戏院就得给他工作。”

梅尔维尔将这个美国人上下打量了一番，看起来的确很有自信，于是他打开办公桌抽屉，从里面拿出一副手铐。

“跟我来。”他说完便领着那几个人朝建筑物的走廊走出去。他停在一根柱子旁。

“我们把到本地来闹事的美国犯人都拴在这里。”梅尔维尔一边说，一边让胡迪尼以手环抱柱子，然后铐上手铐。

“趁我、史拉特先生和他的同事去吃午饭时，我会把你留在这里，”梅尔维尔笑着说，“我们几个小时后回来看你。”

他们开始朝门走。

“等等，”他叫道，“我跟你们一起去。美国佬是这样开手铐的。”

他把手铐丢在地上，然后跟上那三个人。梅尔维尔显然很震惊。他看着胡迪尼，然后笑着伸出手来。

“苏格兰场不会忘记你的，小伙子。”

胡迪尼通过试演。史拉特开车载他回办公室，跟他签两个礼拜的约，请他在伦敦最有名望的音乐厅阿罕布拉戏院表演。

二〇〇四年，在英国谍报活动方面堪称全球首屈一指的专家安德鲁·库克，出版了一本名为《M：英国国家安全局的第一位情报头子》的书。曾经以外交与国防专家身份为英国工作多年的库克，透过人脉，取得机密的情报单位档案，破天荒地记录了梅尔维尔在此之前不为人知的生活。在研究的过程中，他取得梅尔维尔已知唯一的日记（其他的据推测应该因为事涉敏感，已经被梅尔维尔最后服务的单位，即英国国家安全局给销毁了）。

根据库克对梅尔维尔的性格与责任感的了解，他认为这位督察不太可能在自己的办公室款待史拉特、皮可林和胡迪尼，让刚下船的陌生魔术师在苏格兰场解开手铐，当作剧院是否签约的试演。

面试胡迪尼的应该是梅尔维尔。

这位爱尔兰人与他的美国同行洛罕、维尔基一样，都看出胡迪尼是最有价值的资产。对苏格兰场的督察来说，他破解任何锁的能力派得上用场，因为这位督察常常必须私闯藏匿宝贵情报的房屋。此外，梅尔维尔认为就另一个领域来说，胡迪尼也是很理想的情报员。早在一八九六年，梅尔维尔就认识到在海外收集情报的必要性。起初梅尔维尔很乐意将其他国家的警察视为某种国际兄弟关系，但他后来看出法、俄、德同业在进行正规活动之际，也同时在侦察英国。尽管在他与后来的英国国家安全局共事之前，寻找“合适人选到外国搜集情报”都不在他正式的职责之中，但梅尔维尔还在苏格兰场时，就已经开始培植情报员。

胡迪尼是从国外把情报传递给梅尔维尔的理想情报员。他四处为家，旅行是他工作的一部分，当然他也熟悉保密与欺骗的技巧。由于他的名声来自摆脱束缚和表演其他魔术，因此带着撬锁器等大批各种奇怪的物件也很自然。

胡迪尼的独特之处在于他可以与一个国家的警察官员互动，在他们的监狱里表演。没有其他侦探能搜集这么多有关一个国家的监狱安全、牢房、锁和囚犯状况等的情报。根据库克的说法，早在一九〇〇年，梅尔维尔就对搜集德国情报有兴趣，因为他有先见之明，看得出德国是英国未来的敌人。胡迪尼还有一个额外的长处，那就是他会说流利的德语。

> 一九〇〇年六月二十七日，HH在阿罕布拉客串演出。
>
> ——摘自梅尔维尔督察长的日记

这景象很奇怪，英国记者带着古老、生锈的手铐和脚镣进入列斯特广场中设备富丽堂皇的阿罕布拉戏院。有摩尔人式的门面、奢华的包厢和阴暗神秘的贩卖部，许多有钱的绅士会到贩卖部购买昂贵的香槟送给结束演出的芭蕾女伶，阿罕布拉是英国首屈一指的音乐厅。这里的经理史拉特把媒体找来，招待他们观赏戏院里的一位大明星，年轻的美国手铐之王胡迪尼的非公开特别预演。为了诱发他们的兴趣，史拉特鼓励大家带自己的束缚工具来向胡迪尼挑战，并暗示如果他们能阻止胡迪尼逃脱，或许连首演之夜都会取消。

这个诱惑对《伦敦太阳晚报》的代表来说够大了，这个人稍早曾拆穿史拉特的上一位大明星乔琪·马格内，一个类似玛蒂·里·普莱斯的平衡皇后。他带着一副古董手铐上台，向胡迪尼致意。胡迪尼穿上他最好的白色高领和燕尾服，平常难以驯服的鬈发也整齐地中分。台上安置着胡迪尼的隔间，其实是一个齐腰高的围栏，以金属管构成，三面有可以遮掩胡迪尼的黑色布料，拉上前面的布帘便可以完全遮住他。

《伦敦太阳晚报》的记者替胡迪尼戴上古董奴隶手铐。由于手铐实在锈得厉害，看起来好像用钥匙也打不开，但胡迪尼欣然接受束缚，然后退回他的隔间。结果不到三分钟他就拎着手铐出来了。

“我不知道你是怎么办到的，可是你成功了！”那位记者很惊讶，并诚心与胡迪尼握手。

又测试了几次之后，胡迪尼让他们把他的手铐在背后，同时缚住他的脚。接着，他面对观众跪着，在观众全程注视下摆脱镣铐。他摆脱他们加诸于他的一切束缚，接着又以《变身》和一些纸牌戏法让观众百思不得其解。

梅尔维尔督察和几位苏格兰场的同僚坐在观众席里带着特别的兴趣观赏节目。

媒体报道非常热烈。胡迪尼受到各界赞美，大家认为他配得上自己封的手铐之王。许多报纸都大幅刊登他的素描像和版画。“胡迪尼先生自称是世界最伟大的神秘家和手铐之王，他的表演异常巧妙。”《前锋晨报》报道。“证明胡迪尼先生身手灵巧最有力的证据，或许是因为他让美国警察完全摸不着头绪，美国警方曾颁发许多推荐书给他，”本来打算拆穿他的《伦敦太阳晚报》记者甚至说，“（胡迪尼）如果聪明的话，应该开一家撬锁学校。”够讽刺的是，短短几年后，梅尔维尔就这么做了，他用胡迪尼的技术作为核心课程。

神秘的中国魔术师从舞台侧翼走上台，矮小的助手水仙正等着他。她站在一张小桌子旁，桌上有一个装了水的大鱼缸。她把手上的长钓竿交给魔术师。

阿罕布拉剧院里的观众骚动了起来。这个钓鱼魔术在程连苏表演之前，伦敦从来没有人看过。他们舒服地仰坐在椅子上，期待观赏一场奇迹。

程连苏从口袋里拿出一小块鱼饵，装到垂挂在五英尺长钓鱼线末端的钓钩上，突然把钓鱼线抛到观众头顶上方，他华美的中式长袍因为突如其来的投掷动作而摆动。他停顿了几秒，慢慢把鱼饵从右边移到左边，仿佛有一群隐形的鱼，正在观众的头顶上游动。当聚光灯在舞动的鱼饵上聚焦时，更显得神秘。接着，程连苏的手腕突然停住。钓鱼线被拖住，一条小金鱼神奇地出现。程连苏慢慢把线拉回来，将鱼取下。他细心把鱼放进事先准备好的水中，鱼在水里活力充沛地绕圈。他又表演了两次，水里多添了两条鱼。接着，水仙再度上场，把鱼和鱼缸拿到舞台侧翼去，神秘绝妙的中国魔术师程连苏则将双手紧握，谦和地向观众鞠躬。

程连苏在阿罕布拉的表演已近尾声，他的神秘演出总能吸引观众。今晚观众也同样兴奋，他们要观赏这位新来的美国佬首演，他向世界挑战，看谁有办法束缚他。终于，等待结束。胡迪尼穿着他最好的服装，神采奕奕地带着自信大步踏上这奇迹般华美的舞台。他站在聚光灯蓝白灯光之下，深呼吸，然后开始对观众说话。

“各位先——生，女——士。”胡迪尼拖拖拉拉地说，不过他一句话都还没说完，就有一个陌生人跳上台来。

“这个人是骗子，”蓄着大八字胡的闯入者咆哮道，“他说自己是手铐之王，但这个称号应该留给我，我是伟大的瑟诺克。”

胡迪尼毕生最重要的表演开始才十秒，就被一位竞争者劫持。这个变局似乎令胡迪尼吓傻了，当闯入者控制舞台中心谴责他的时候，他竟安静得出奇。

“我才是手铐之王。这个人是骗子。他宣称他来自美国，还拥有各大城市警察首长颁发的声明，但我要告诉你们，他连美国人都不是。他从来没去过美国！”瑟诺克大声呵斥。

听到这话，坐在前排一位看起来很有地位的男人站了起来。

“没这回事，”那男人平静地说，“我知道那个年轻人确实是美国人。我也是美国人，我几年前看过他表演的手铐秀。”

为胡迪尼辩护的不是别人，他正是美国参议员琼塞·德普，胡迪尼的故乡纽约州的参议员。德普在纽约政界活跃多年，也是当时副总统西奥多·罗斯福的导师。他因为侄子甘森·德普的关系，在魔术界也有人脉。甘森是魔术师，后来也加入美国魔术师协会。

德普在喝彩声中坐下。有杰出的观众做证，似乎增强了胡迪尼的信心。

“给我宾恩巨人手铐，”他小声对贝丝说，“我们立刻收拾这家伙。”

贝丝将手铐交给他，胡迪尼拎着手铐，朝瑟诺克走去。

“这在美国制的手铐中是数一数二的，”胡迪尼说，“如果你能解开这些束缚，我就给你五百元。”

瑟诺克皱着眉头，“先让我看你摆脱这手铐吧。”他说。

“替我上锁。”胡迪尼提议。

胡迪尼的宿敌詹姆士·威廉·艾略特，与胡迪尼的多年好友汤米·唐斯（由左到右）。（魔术艺术研究中心）

瑟诺克把手铐铐上，胡迪尼隐身到他的隔间里。几分钟后再度出现，手铐已经解开。

接着胡迪尼为对手铐上手铐。他甚至把钥匙交给瑟诺克，但出丑的闯入者还是得求胡迪尼替他解开束缚。胡迪尼照做了，结果懊恼的瑟诺克只好与胡迪尼握手下台。

胡迪尼自信满满地结束演出。多年的经验，将他的表演才能磨炼得非常细致。他精确地知道如何添加危险要素来增强效果，如何延长张力，然后在高潮时从隔间里走出来。胡迪尼的精湛技艺甚至骗过他多年的好友汤米·唐斯，当时他与后来移民美国，创办著名魔术杂志《狮身人面像》并身兼编辑的威廉·希里亚坐在观众席中。

“唐斯和我两个人在表演的过程中，一度以为胡迪尼陷入‘困境’。他待在隔间里的时间实在是太久了，我们都注意到他娇小迷人的妻子兼伙伴看起来非常紧张。张力几乎达到临界点，这时隔间突然打开，胡迪尼快步走出来，没戴手铐。我永远忘不了迎接他的掌声。那一夜奠定了他在欧洲成功的基础。”希里亚后来

梅尔维尔督察长给胡迪尼的有力保证。(乔治与珊蒂·戴利收藏)

写道。

评论家也同意。他们对胡迪尼的手铐与《变身》秀都不吝给予赞美，并借用一个屡次逃狱的英国罪犯之名，称呼他为“现代的杰克·谢泼德[1]”。但另一位人物的推荐更重要，“这绝对是奇迹。”伦敦最著名的警察梅尔维尔督察长热情地说道。梅尔维尔对胡迪尼技艺的认可，让这位魔术师扔掉了他刚印好的广告小册子，另外订制一批新的，在封面上吹嘘督察给他的称赞。这是利益交换，胡迪尼在阿罕布拉的表演场次一再追加。他是本地的话题人物，到阿罕布拉后台拜访胡迪尼，成为伦敦达官显贵时尚礼仪的一部分。

阿佛瑞·威廉·查尔斯·哈姆沃斯也在这些显贵当中。哈姆沃斯是白手起家的富豪，一八八八年便以二十三岁之龄，借着模仿《新闻花絮》月刊，着手开创他的出版帝国。《新闻花絮》在当时非常成功，特色是回答读者问题。哈姆沃斯因为出版《回复通信员》杂志获得成功，得以创办新的儿童与妇女杂志。一八九四年，他将触角伸向报纸，买下几乎破产的《晚报》并重新整顿，加上醒目的标题，显著重振销售量。两年后，他成立《每日邮报》，这是英国第一份针对想看较短较活泼、较生活风格取向文章的读者的报纸。这份报纸立刻获得成功，后来在一八九九年英国与南非因波尔战争而打得如火如荼时，哈姆沃斯以报纸支持“大英帝国的权力、无上权威与伟大”，爱国读者让报纸发行量一举冲上每日逾一百万份。

胡迪尼刚开始在阿罕布拉演出不久的某晚，由史拉特领进胡迪尼梳妆室的，是非常富有而打扮整洁的哈姆沃斯。哈姆沃斯有如孩子般胖嘟嘟的脸，掩饰了他生存在竞争激烈的英国报界所需的嗜杀本能。胡迪尼和他一拍即合，发展出一段友谊。哈姆沃斯会带胡迪尼去吃午餐，耗时甚久，两人连续几个小时都在讨论英美关系。“哈姆沃斯提出一些有关美国观点的主题，表示要将之披露。我告诉他这么做是天大的错误，尽管我的建议不妥，他还是觉得要刊登。不过他似乎重新考虑过，因为最后那些文章并未见报。”

接下来两个月，胡迪尼置身世界的顶端。他一举征服英国，伦敦最有名望的戏院门票销售一空，平常冷嘲热讽的英国媒体疯狂赞美他，他甚至影响了英国最有权力的报业巨子的意见。几个月前刚过完二十六岁生日的胡迪尼，总算达到“喊水会结冻”的地位。然而在他达到成功顶点时，却决定丢下伦敦的演出合约，收拾行囊，挥别克佩尔街，向德皇的土地出发。该尽义务了。

1　十八世纪的传奇人物，生平被改编为小说与舞台剧。——译者注

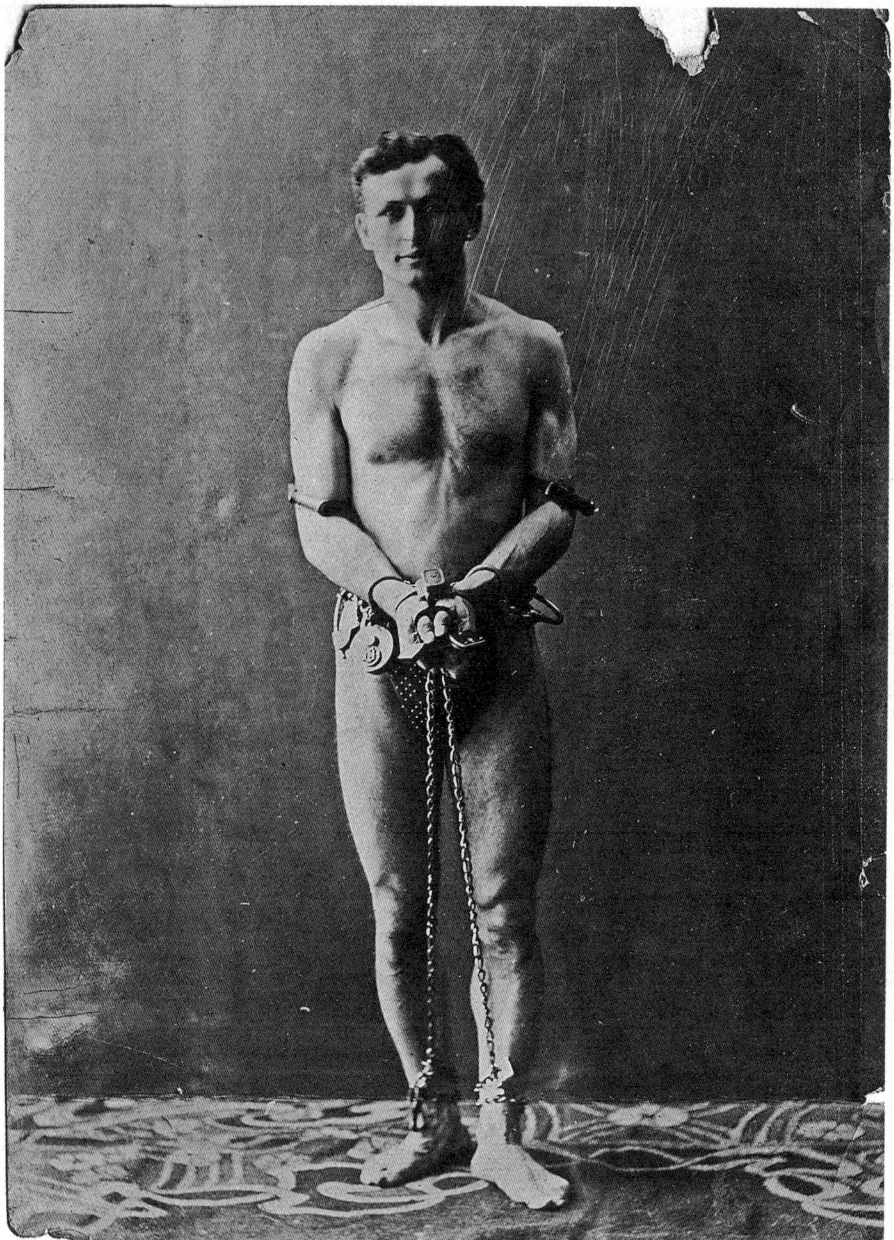

肯尼思·M·特罗姆布莱收藏

第七章 警察国家

胡迪尼坐在美国驻伦敦大使馆的桌子上后,他的笔悬在空中。他写上日期“一九〇〇年八月九日”，接着继续填写原生美国人护照申请书上的其他栏位，使用这种申请书是他撒的第一个谎。

我，艾瑞许·怀斯，美国土生土长的忠诚公民，在此为我本人以及我的妻子薇赫明娜（艺名“贝丝·胡迪尼”）向美国驻伦敦大使馆申请护照。我的艺名是“手铐之王胡迪尼”。我郑重发誓,我于一八七三年四月六日当天或前后，在威斯康星州的阿普顿出生，家父是归化的美国公民。我定居美国，目前的永久住所是纽约州的纽约市，我在这儿从事艺术家的工作。我于一九〇〇年五月三十日离开美国，目前暂时住在伦敦西中央区克佩尔街十一号。我的护照号码是二五七六八号，系一九〇〇年五月二十八日由国务院发出。我预计两年内回美国定居,目的是在那里克尽美国公民的职责。我希望申请旅行护照。

胡迪尼在忠诚誓言下，签上艾瑞许·怀斯这个名字。大使馆的亨利·怀特在表格底部注记道“未过期护照缴回”。

比较胡迪尼的两本护照可以发现一些有趣的问题。首先，五月二十六日。胡迪尼填写第一份护照申请书时，他用的是正确的表格，即归化公民用的表格，他于一八八二年六月六日与父亲同一天归化为美国公民。在那份表格中，他正确表示他生于匈牙利的布达佩斯。然而，两份护照都记录他生于一八七三年四月六日，但这是错误的。尽管胡迪尼曾在信里向弟弟席欧解释，他会在四月六日过生日，是因为他的母亲在那一天提报他的出生，但他为何以四月六日作为自己的生日一直是个谜。这个谜的解答或许很简单，可能因为胡迪尼出生时，匈牙利某些地区用的是儒略历（罗马凯撒大帝所制定），而美国则是用格利哥里历。他正确的生日，三月二十四日，与他所采用的日期的差异，正好符合两种历法的差异。关于他诞生的年份，他显然认为他生于一八七三年，直到某个人（最可能是他的母亲）更正他为止。他的出生年会在他填写下一份护照申请书时更正，但从五月到八月，胡迪尼不但改变了他的职业（从“演员”变成“艺术家”），长高两英寸（从“五英尺四英寸”变成“五英尺六英寸”），连眼睛的颜色（从“棕色”变成“蓝色”）都不一样了。

值得一提的是，一九一〇年时，胡迪尼和贝丝都已知道他真正的生日是三月二十四日。因为那年贝丝在奥地利送胡迪尼一支刻了字的表当生日礼物。

> 给哈利
> 永远的胡迪尼（Ever Houdini）
> 纪念圆满的幸福（Remembering In Complete Happiness）
> 贝丝
> 一九一〇年三月二十四日

不只生日正确，贝丝还在献词里用了暗语。把信息里每个字的第一个字母独立出来看，可以拼出哈利的本名艾瑞许（E-H-R-I-C-H）。

无论如何，当时担任代表团一等秘书，也是后来老罗斯福总统口中“全外交部门中最有用的人”怀特先生，准许胡迪尼交还未过期的归化公民护照，换成原生公民护照。根据英国谍报活动专家库克的说法，更换护照意味着胡迪尼准备从事会有风险的任务。拿原生护照是胡迪尼的安全措施，因为当时德国对间谍行为的刑罚非常严厉，而胡迪尼原本的护照里包含他的出生日期与地点等资料，可以让德国当局循文件直接追踪到他仍留在匈牙利的每一位亲戚。当时匈牙利是奥匈帝国的一部分，与德国是紧密的盟友，双方特务机关有合作关系。如果被逮捕，胡迪尼的亲戚非常可能被当作人质来逼他合作。

对胡迪尼活动范围中的几个重要人物来说，有像胡迪尼这样的优秀人才从德国将情报传回来，是非常宝贵的。在一九〇〇年，德国会是下一个重要对手的想法，在美国与大不列颠都非常流行。这种理论的辩护者，包括缅因号战舰在哈瓦那湾被炸时担任舰长的查尔斯·席格斯比。事件发生过后两年，席格斯比成为海军情报处的处长，他开始研拟对抗德国入侵美国的措施。有好些年，学者认为他的顾虑是军人共有的偏执妄想，但到了二十世纪七十年代，军事历史学家在德国海军档案中发现长期被隐瞒的资料，证明席格斯比是正确的。

随着人口迅速增长，以及热切的民族主义心态作祟，德国在世纪交界之际，正准备采取行动，发展殖民。早在一八九七年，德国海军官员就开始发展军事方案，德国海军计划进犯美国水域，摧毁美国海军，占领部分美国本土，目标可能是弗吉尼亚州、纽约市或新英格兰。他们并不打算打垮美国，只是要制造恐怖气氛，以此当作谈判筹码推翻门罗主义[1]，并在南美洲取得殖民地。

这些不只是抽象或理论性的战争游戏操演。德国派了一些最重要的军人到美国去监视他们相中的目标。席格斯比对德国的顾虑，获得即将成为总统的罗斯福赞同，罗斯福主张发展强大的美国海军，“以备在德国胆敢踏上美国领土一步时迅速干预”。

不只美国人害怕德皇及其军事力量的威胁，梅尔维尔督察与出版大亨哈姆沃斯两人，也都摆脱不了德国即将与英国为敌的想法。早在一八九七年，哈姆沃斯便派作家到德国去，制作十六回的系列报道《铁蹄之下》，针对德国军力提出警告，大声疾呼英国若与德国发生冲突会战败的可能性。一九〇〇年，哈姆沃斯在他的《每日邮报》中发表一篇社论，预言英德即将开战，往后十年中，《每日邮报》不断强调德国的威胁。胡迪尼就是在这样的气氛中，于一九〇〇年九月二日启程到德国，开始将报告传回给梅尔维尔，梅尔维尔则将报告记在日记里。

这或许是柏林刑事警察局会议室举办过有史以来最有趣的示范演出，当然所有重量级人物都出席了，包括柏林皇家警察局局长冯·胡尔森，以及他身旁的高级政府顾问迪特利契先生，甚至连德国警察局局长冯·温海姆也来了。共有三百名刑警挤满房间，大家都为了看这个从德累斯顿请来的风云人物而来，当时胡迪尼正在德累斯顿的戏院演出，观众反应热烈。

胡迪尼脱光，只留下内裤，接着让人用五重手铐将手铐在背后，两副脚镣也上了锁。他的嘴巴蒙着绷带，另外还加上拇指夹增加他的负担。在他的经纪人卡

1　美国总统门罗在一八二三年发表，反对欧洲列强殖民或插手美洲事务。——译者注

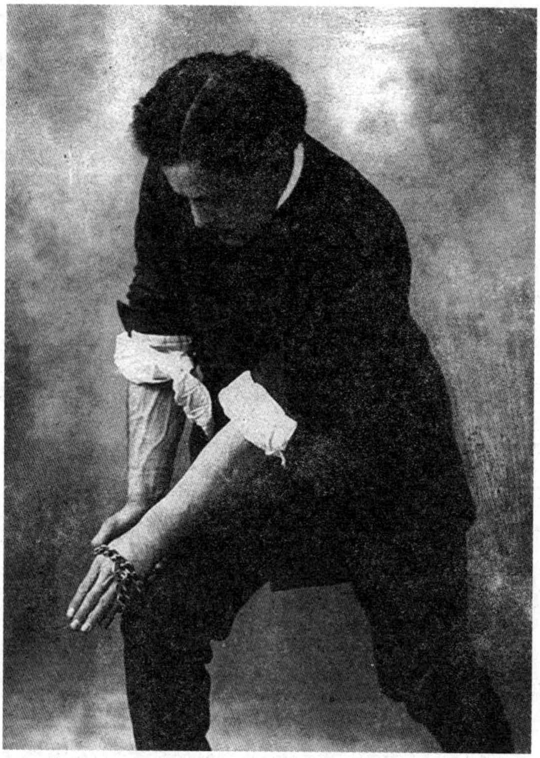

对于手铐之王来说，人生并非一帆风顺。(东布里收藏)

尔·波拉克替他盖上一块布之后，胡迪尼开始工作。六分钟后，手铐之王带着灿烂的笑容出现，所有镣铐都整齐地放在桌子上。

“让刑警了解不利用任何工具或明显可知的外力而打开任何锁的技巧，不是没有意义的。就评估任何犯罪与调查的焦点来说，这样的科学在某些情况下可能意义重大。胡迪尼的表演非常有教育意义。”《德累斯顿指标报》报道。表演结束后，冯·胡尔森和冯·温海姆都赞美胡迪尼，几乎是前所未闻。

至于胡迪尼，则直接向梅尔维尔督察长报告，梅尔维尔一九〇〇年九月二十四日那天的日记，简单扼要地写道：“接到 HH 的报告。”

报上关于胡迪尼在德国警察局表演的报道，把他描写成警方的顾问，而不只是个艺人。事实上，他两者皆是。得到德国当局的支持，是胡迪尼成功的重要因素。在英美，警方的支持有助于刺激观众的兴趣与注意。但在德国，如果你不老实报备你的演出，警察是真的可以予以禁演或罚钱的。

回到德累斯顿，胡迪尼在中央戏院的精彩演出，打破所有票房纪录。德国大众认同能摆脱德皇警力的人，也很高兴胡迪尼在德国表演，即使他会搞错文法。戏院管理单位拍电报到胡迪尼表演的下一站柏林的冬园，看他们是否能延迟当地的开演日，好让他能在德累斯顿多待一个月。他们的要求立刻被拒绝，因为胡迪尼在柏林警察高官面前脱逃的宣传，已经让柏林热到最高点。

十月一日，胡迪尼总算在柏林开演，观众的反应非常热烈，让警方不得不数度因为会场过度拥挤而惩戒冬园的管理单位。他们也同样拍电报到胡迪尼预定演出的下一站，企图再多留他表演一个月，但这次冬园紧急送了四千马克到维也纳的戏院，并如愿延长档期。

对于手铐之王来说，人生并非一帆风顺。他在柏林表演期间，有一个人走上台，从口袋里拿出另一副拇指铐。“我看了感觉一阵战栗，”胡迪尼写道，“这是一种特别恶毒的手铐，由一块三英寸长一英寸宽的金属板构成，板子上有两个圆孔，大小各自刚好够让一根拇指通过。这种拇指铐要套到拇指的第二个指节处，旋转侧面的螺帽后，一圈圈磨得像针尖一样细的小钢针，便会圈住拇指。只要手有任何动作，针尖都会划破皮肤。如果想要把它从拇指上拆下来，指节周围的皮肤和指节凸出处都会被无情地划破。”

“好吧，既然我已经向柏林市下战帖，请他们拿出任何手铐类的东西来挑战，我就必须让这位先生为我戴上这副手铐。如果可能的话，我还要摆脱它。这是我职业生涯中最痛苦的经验之一。那些钢针刺进骨头里，流着血的皮肉一条条地从我的拇指上垂挂下来，最后我总算把手铐丢在台上。我过去表演戏法获得的掌声，都没有像这次演出获得的那样响亮，但其实这已经不是戏法了。当我离开戏院时，我被欢呼的群众包围，他们把我扛在肩上，然后解开我的马车的马，拉着我耀武扬威地通过柏林市街。”

尽管观众的欢呼与崇拜令胡迪尼兴奋，但他并没有被成功冲昏头。“这里真的把我当作最伟大的魔术师，”他写信告诉朋友伟特医生，并说他打算在柏林“至少再待六个月，领一份非常好的薪水，不对，不是非常好的薪水，而是‘超乎寻常’或说报社才有的薪水了”。他也同时写信给伟特和过去的老板“马可”杜利，感谢他们一路鼓励。“对于我可能帮过你的一点小忙，你信里表达的感谢多过我所应得的，”杜利回信道，“但是，你将这种感觉表达出来令我很欣慰，因为现在很难找到能珍惜好意的人，这证明我一向知道的事——你有一颗非常善良的心，而且总是怀抱着善意。”

这是柏林警方见过最残忍狡猾的谋杀案。法国人奥尔强斯基在街上租了一个小房间，那里没有其他房客。接着他寄了一百马克给自己，负责送钱的是一种被称为“汇款信”的德国邮差，因为他们的工作就是递送客人邮寄的钱。所以，他们常常带着大笔现金。

奥尔强斯基的房间在顶楼。星期一早上邮差抵达时并未察觉有异。房客坐着享用早上十点钟的早餐，包括瓶装的啤酒和三明治。法国人礼貌地请邮差喝啤酒，却不给他杯子，邮差不得不直接拿着瓶子大口喝。这时奥尔强斯基猛力一挥，用沉重的木板，把瓶子打进德国人的咽喉里。邮差因为过于震惊，完全无法抵抗，结果头部挨了十五记，就此送命。

奥尔强斯基犯的第一个错误在于他赊账买啤酒。法国人来付账的时候，店主注意到法国人衬衫袖口干掉的血迹。他的第二个错误是使用刚到手的崭新的二十马克金币。他落网之后，德国警察在他的家当里找到两根撬锁器，这就是胡迪尼第二天早上出现在设于警察常务委员会的奥尔强斯基的牢房的原因。

奥尔强斯基没对胡迪尼多说什么。他够聪明，知道在受审前，承认用撬锁器闯入上锁的教堂掠夺他们的捐献箱没什么好处。在他被处决之后，胡迪尼成功向警方要到那两把撬锁器，他发现其中一把能让他打开德国任何一间教堂没上挂锁的门。另一把则是某种主控钥匙，用于装有布拉曼锁的保险柜。

对于杂耍表演者来说，胡迪尼似乎花了过多时间，而且是前所未有地接近柏林警察局。即使他的说法表示去那里只是巧合，但胡迪尼显然受到德国警察高层利用。在胡迪尼到奥尔强斯基的牢房里讯问他的时候,刚好有一个机灵的窃贼受审。胡迪尼不只出席审判，而且“我在警察面前表演过之后，被带到他那里，因为他是恶名昭彰的撬锁贼”。胡迪尼又访问了他许多次，“……他终于给我那把撬锁器，还告诉我他怎么藏，我把东西交给警察，他们准许我带走”。胡迪尼没有透露他拿什么情报或技术跟当局交换他们慷慨的礼物，以及接近罪犯的机会。

胡迪尼在他一九〇六年出版的书《为恶之道》里，描述他如何担任美国国际警政首长协会与德国警察高级官员之间的联络人。在德国时，胡迪尼带了一本他的朋友，即波士顿警察局瓦兹督察长写的书《与流氓为敌》，里面包括许多要犯的有趣照片和案例记录。瓦兹督察长是国际警政首长协会的成员，也是国际警察为了使世界秩序免于受威胁，合作对抗无政府主义与惯犯的斗士。“依我之见，这本书是同类主题中写得最棒的一本，”胡迪尼热衷地说，“我在柏林时刚好随身带了一本，皇家警局听说我带了那本书到德国，便请我允许他们做摘录，还拍下书中一些著名罪犯的照片。我答应他们，他们则给我几张著名罪犯的照片，让我寄给瓦兹督察长。”

一九〇一年六月一日，瓦兹寄了一封信给胡迪尼，感谢他的来信“和其他信息”。他在胡迪尼离开美国时曾提醒道，“我相信你这一趟旅行会成功”，并且给他“另一半”最诚挚的祝福。除了手铐之王、逃狱者与镣铐大师之外，现在我们必须再为他加上国际警察合作情报员的称号。

胡迪尼的行程似乎令他受害匪浅。一九〇〇年十二月，尽管想要留住他的德国赞助人提出抗议，他还是回到英国履行他与阿罕布拉的合约。在那里待了两个月之后，他回到德国。三月底时，他写信给伟特医生："我的神经很衰弱，感觉不适，因为无止境的担心和亢奋。”到了六月，胡迪尼压力大的风声也传到美国其他朋友耳中。“听说你再也不笑了。我也是……我们到底是怎么了？”罗特堡写道。

尽管神经衰弱，胡迪尼仍然继续他累死人的行程。回到德国之后，他已经巡回过莱比锡、杜塞尔多夫、法兰克福和汉堡。五月六日他开始在埃森—鲁尔区为时三周的档期。由于胡迪尼实在太受欢迎，为了增加座位，他们把历史悠久的古罗马圆形竞技场的正门与边墙移开。虽然卖了站票，甚至在台上放椅子，还是有数百人被拒之门外。

到埃森—鲁尔区表演还有更重要的原因。那里是德国最大军需品制造商克鲁伯工厂的大本营，该公司把埃森从宁静的村庄变成人口逾十万的繁荣城市，当地居民多数仰赖这家大型军需品公司过活。克鲁伯以保密著称，过去只有极少数的美国钢铁业者得以参观工厂，但以挑战克鲁伯工人作为掩饰，胡迪尼却能拜会并视察这家军需品工厂。事实上，在古罗马圆形竞技场最后举办了一场克鲁伯之夜，克鲁伯工人包下整座戏院，看胡迪尼对抗德国技术的极致。起初克鲁伯的代表提议请胡迪尼进入一座大炮中，他们将大炮口加热，然后使劲地把炮口封住。胡迪尼拒绝这个挑战，不过他答应尝试从克鲁伯技工领班设计的手铐中脱逃。他们花了二十分钟才替胡迪尼锁好手铐，他在三十分钟内摆脱手铐，却付出了代价。

“这种手铐利用旋转的方式与手贴合，”胡迪尼写信告诉伟特医生，“那个克鲁伯员工一直旋转到手铐都贴着骨头的地步，你想想那有多痛。那个克鲁伯员工让我右手残废，无法工作，过了一个礼拜左右，我才能再套上手铐……我套着那该死的（抱歉我说该死，不过当时我讲得更难听）……我套着那手铐半小时，感觉像是永远都不会结束。”

胡迪尼在埃森一鲁尔区还有其他不寻常的经验。他认识一个名叫哥德史密特的人，这个人发明了一种叫“恐怖复合物”的铝热剂，可以在不摧毁内容物的状况下，在保险箱上烧出一个洞。哥德史密特的复合物是以铝屑和氧化铁混合而成的，点火后会以三千摄氏度的惊人高温燃烧。胡迪尼提到哥德史密特第一次以保险箱作示范时，他人在柏林，却没解释为什么脱逃艺人会参加这种发表会。

棕榈园沙龙是全布达佩斯最奢华的房间。这个房间装饰有优雅的喷泉、青翠的棕榈树、美妙复杂的织锦，当然，还有贴金的洛可可风格座椅和躺椅。这是可与女王匹配的陈设，而今晚就有那么一位要光临。这位女王的衣服是在伦敦一家小店铺订制的，那件衣服原本是为英国维多利亚女王缝制的，但她在一九〇一年一月二十二日过世，衣服只好悲凉地挂在橱窗里，直到胡迪尼与它不期而遇。他快步走进店里说要买下衣服。起初，店主很震惊，竟有人如此放肆要买女王的衣服。但当胡迪尼说他是要买给他的母亲，而他打算把她从美国接到欧洲，在她的故乡替她办一场欢迎庆祝会时，店主便不再坚持。经过想必是相当繁杂的一番修改之后，店主以五十磅的价钱，加上永远不准在英国穿的附带条件，将礼服卖给了胡迪尼。

塞西莉雅向几乎每一位当年在布达佩斯认识怀斯拉比或她的旧识打招呼，她穿着她最华美的衣服，看起来熠熠生辉，心里因为儿子告诉她这件衣服发端于皇家的离奇故事而激动不已。胡迪尼非常乐于会见家族里的势利鬼，即他母亲的叔叔黑勒，那个曾经抗议并阻止塞西莉雅嫁给怀斯拉比的人。因为会见他可以证明，那两个人结合之后产生了什么样的结晶。“我的心因为看见各方亲友屈膝向家母致敬而感到温暖，她坐在雕工精细的包金椅子上，怎么看都是一位女王。”胡迪尼愉悦地写道。当晚，胡迪尼和他的母亲整夜没睡，细说宴会的每个细节。第二天，他便“护送仙子般的母后搭船回国了”。

胡迪尼留了下来。为什么不？他彻底成功了。他的母亲在五月底抵达德国，正好赶上看儿子获得一个镶着超过六百马克银币的纯银奖杯，褒奖他在票房上惊人的成功。一个月以后，他决定开除美国经纪人贝克，毕竟自从胡迪尼到欧洲来之后，就一直自行处理自己的事。这时他还接下额外的负担，担任老朋友杂要演员巴德和大力士亚历山大·维耶的经纪人。胡迪尼每星期写好几封信给巴德，给他建议，报告替他签约的进度，常常为他的朋友打气。“现在别担心会有任何人打击你，”一九〇一年九月十五日他写信给巴德，“因为有胡迪尼支持你，现在欧洲没有比他更出名的艺人，我是因此树了些敌……但到目前为止我不怕他们。”

胡迪尼、贝丝以及他的母亲。(国会图书馆)

胡迪尼在母亲离开后，立刻以科第亚朵夫杂技团主角的身份巡回演出。他们在多特蒙德、奥斯纳布律和科隆演出。八月休了他急需的假之后，九月到布拉格演出，然后才回到德国的汉诺威表演。他在那里接受冯·施维辛伯爵，即警察局局长的挑战。胡迪尼在警局里成功地从镣铐中脱逃，紧接着伯爵让下属为胡迪尼穿上约束衣，那是用来束缚暴力囚犯的约束衣，因此以紧密的帆布制作，加上厚皮革强化而成。胡迪尼花了一个小时又二十九分才脱掉，而这场磨难让他瘀青、憔悴，衣服变得破破烂烂。"那种挣扎的疼痛、折磨、创痛与悲惨，将永远留在我心中。"他在日记里写道。这必定给胡迪尼留下深刻印象，因为冯·施维辛伯爵的名字也出现在梅尔维尔的日记里。

尽管痛苦，但胡迪尼的表演在他造访的每个国家都大获成功。他的魅力部分来自他尝试以观众的家乡话表演，他从巫丹描写意大利魔术师波斯科用破法文掳获人心的事迹中学得这个策略。"我在节目中说话比想象中顺利，那听起来一定很有趣，因为他们都笑了，好像我是在表演独角戏。"胡迪尼写信告诉伟特医生。但他也发现他表演中有更深层而隐晦的卖点，"看来的确有些怪异，这里的人，尤其是德国、法国、萨克森、波西米亚的人，是那么害怕警察，事实上警察是无所不能的，"一个月后他写信给伟特，"我是有史以来第一个挑战他们的人，那是我的成功之道。"他的虚张声势只是用来吓唬人的，事实上他刚刚完成第一份遗嘱。

"庭上，我不反对为各位委员示范我如何变戏法。但我们是否可以到房间一角去做，好保守我的秘密？"

"透露自己的秘密是胡迪尼最不想做的事。二月二十一日，他不情愿地站在法庭里，让科隆警察局文职雇员洛特为他绑上长铁链，然后上锁闩住。接着洛特退后，胡迪尼却站在那儿一动也不动。"

法官认为这个要求合理，因此当胡迪尼缓慢僵硬地走向法庭远远的一角时，他们都跟了上去。接着，便围着胡迪尼看他的动作。几分钟后，锁打开，链子掉在地上。

虽然过程看起来像是德国当局对胡迪尼提出指控，而他在为自己辩护，但其实在这宗怪案子里，胡迪尼才是原告，他控告德国警方和科隆的报纸诽谤。一九〇一年七月二十五日，一篇名为《揭穿胡迪尼》的文章刊登在《莱茵河报》上。根据胡迪尼的说法。那篇文章坚称科隆的伟纳·葛拉夫巡警很气胡迪尼破解他（已经"报销"所以无法以钥匙打开）的锁，因此硬指胡迪尼是骗子，谎报自己的才能，“蒙骗”德国大众。事实上，他们指控带来的伤害远胜于此。

根据葛拉夫的说法，胡迪尼透过另一位脱逃艺人约瑟菲，得知葛拉夫有一副据说坚不可摧的手工锁。胡迪尼到科隆时，便写信给葛拉夫，问葛拉夫是否愿意让他试试。接着胡迪尼造访警察局，将葛拉夫拉到一旁私下说话。他告诉葛拉夫，自己打算在警察局表演，希望葛拉夫将他锁起来。胡迪尼会裸体接受这个考验，手脚绑起来后，被抬到一个空房间，在那里表演脱逃秀。他要葛拉夫给他一副复制钥匙，而他会把这副钥匙藏在肛门里。根据葛拉夫的说法，为了表现善意，胡迪尼起初说要给他二十马克，不过他也宣称如果表演成功，他们“两个人都可以赚很多”。

葛拉夫坚称他拒绝了胡迪尼。接着，胡迪尼在科隆表演的最后一晚，他上台挑战胡迪尼，要求胡迪尼从他的锁和链条中脱逃。葛拉夫宣称胡迪尼告诉他，如果葛拉夫把他锁起来让他无法脱逃，他的名誉就毁了，因为西多里杂耍团的一位小丑，已经拆穿其《变身》的做法了。葛拉夫坚持要他接受测试，所以接着胡迪尼“跪地恳求”文职警察洛特给他一条复制的链条。洛特以二十马克的价码卖了一条复制链条给胡迪尼，于是胡迪尼隐身到隔间里，在那儿锉开链条，取下葛拉夫的锁。接着，他把已经剪开的链条留在隔间里，拿着复制的链条和原来的锁志得意满地走出来。“无知的民众大声叫好”不知道自己被骗。

胡迪尼有另一番说辞。他宣称本来想去科隆警察局表演，可是被拒绝了，而他与葛拉夫这番对话从来没有发生过。事实上，是葛拉夫向胡迪尼挑战，要胡迪尼破解他的锁，但洛特警告他不要接受挑战，因为葛拉夫打算把锁掉包，用打不开的锁锁住他。表演当晚，贝丝向胡迪尼通风报信，说葛拉夫把锁掉包过了。胡迪尼在台上随机应变，要求葛拉夫打开锁，把链条放松一些，但葛拉夫断然说他没办法，因为他已经把钥匙搞丢了。

接着胡迪尼对观众说：“我想我有权利用任何办法打开锁。”然后便躲到他的隔间里去把锁打坏。表演结束后，胡迪尼去找洛特，谢谢他提供有关葛拉夫的情报，并对他说：“你是好人，我可以给你一点小奖励吗？”然后就给了他二十马克小费。

葛拉夫的说法引出两个有趣的问题。胡迪尼是否真的胆大到敢贿赂警官，要求他们合作演出脱逃秀？根据唐斯（一位硬币戏法大师，他神奇的手法让他看起来仿佛真能从空中抓出金币来）的说法，胡迪尼曾经告诉他：“你不知道你的钱赚得多容易。你几乎是凭空得来……我却得从早到晚，日日夜夜地工作……如果我发现有什么我搞不懂的锁或监狱，我就得打点或安排出个办法来。”唐斯又补充说，

胡迪尼在德国受审的图片。（尼尔森魔术海报画廊）

“他必须步步为营。”

胡迪尼甚至曾经告诉一些朋友，因为“我们的警察在欧洲名声不是顶好，尤其咱们美国式的收贿。”他获得美国警方支持的事实，欧洲警察从不放在眼里，所以最后他就“把他们排除在外了”。

如果胡迪尼给合作的警察“一点小意思”，那么这种说法凸显的重要问题是，既然一九〇一年七月有德国警员公开指控他企图贿赂，那么德国政府当局为什么没有对胡迪尼提出诉讼？这个政府曾经监禁一位很活跃的灵媒罗特夫人两年，因为她谎称自己有能力与死者沟通，也曾起诉另一位灵媒史拉德博士，以及一名宣称拥有催眠力的女子。企图贿赂公署当然会导致更严厉的惩罚。

只要看看诽谤案审判中的证词，德国政府中有官员偏袒、照应胡迪尼这个想法，可信度并不低。从许多方面来说，控方与反控方的证词，归结起来处处相互抵触，但部分案情绕着另一位脱逃艺人约瑟菲打转。在表演结束后，他曾企图增加贿款，要葛拉夫保持沉默。根据葛拉夫和洛特宣誓过的证词，约瑟菲到处放话，如果胡迪尼愿意拿出三百或四百马克，那么整件事的发展就会不同。他们宣称约瑟菲说，胡迪尼至少花了一千马克贿赂柏林警局官员核发执照。

这个内幕在法庭上引起一阵哗然。葛拉夫继续揭露说，揭穿胡迪尼的报道刊登出来之后，科隆警察局局长瑞佛讯问过葛拉夫、洛特和约瑟菲。该次调查的记录已经送去柏林，因为“这些声明中提到贿赂柏林官员”。葛拉夫的律师要求将档案从柏林调回来，而且警察局局长必须做证。第二天瑞佛局长只证实他有印象约瑟菲曾经说，这种执照通常可以循不正当途径取得。

但后来再没有人提贿赂柏林警察官员的事，也没有人试图再提胡迪尼犯罪的事。事实上，审判变成胡迪尼展现技艺的另一个场所。对于这场至关重要的演出，他当然是有备而来的。“我知道为了打赢官司，我必须打开任何摆在我面前的锁，”胡迪尼在他自己的《魔术师月刊》中写道，“我能找到的最好练习，是在小铺子里找份修锁匠的工作。”接着胡迪尼就到他的柏林锁匠朋友穆勒那里见习了。“我每天花六小时到十小时撬锁，很快在四根做过记号的撬锁器的帮助下，我已经能够打开任何锁。”一家科隆报纸在报道这次轰动的审判时提到，胡迪尼“让整个诉讼案充满手铐和锁，以各种实验证明他的技巧”。

胡迪尼在诉讼过程中享有的自由度，似乎比在美国法庭上能获得的要大得多。“我……证明了我是合格的律师，”他在信里向朋友巴德吹嘘，“我彻底扰乱证人，让他们承认有人教唆他们说谎……要是我赢了，这将是我最棒的宣传。”他也承认贝丝不是很能承受这个状况，“这个忧虑让她紧张了一阵子。”

一九○二年三月一日，胡迪尼又写信向巴德夸耀这场判决：“我不费吹灰之力就赢得我的官司……葛拉夫的证词全是谎话，另一个证人洛特进来时，我把他搞得像笨蛋一样，结果他和盘托出整起阴谋。”在为他的名誉发表一些自以为是的愤慨之后，胡迪尼承认他如何获胜，“拯救这场官司的，其实是我向法官示范我如何打开手铐，那真的是我所能做的极限了。”

法官判葛拉夫诽谤胡迪尼成立，命令他赔偿两百马克（当时约等于四十美元），报社被罚五十马克。胡迪尼公开侮辱公署罚三马克，因为葛拉夫否认用打不开的锁测试胡迪尼时，胡迪尼在台上对着他大叫：“这个警察是公认的骗子！”葛拉夫继续上诉，经过另一次冗长的审讯过程（包括二十五位科隆警察局警官，以及胡迪尼从伦敦和维尔纳请来的证人做证）之后，胡迪尼再度示范证明他有能力破解葛拉夫提供的锁。这次葛拉夫要负责的赔偿大幅增加，他被迫支付包括旅费等所有的法庭支出，并补偿胡迪尼无法履行秀约的损失。最令胡迪尼窝心的报复是，法官要求德皇必须对胡迪尼公开道歉，并刊登在科隆各大报，花费则由那位巡警负担。未来这份道歉声明，会成为胡迪尼宣传单里最重要的文件。

密勤局干员葛里芬与阿亨侦办这个案子已经好几个礼拜，现在他们总算要中头彩了。奉维尔基局长之命，他们一直监控费城的无政府集团，所以得藏身在运煤溜槽底部，窃听革命分子。令两位干员惊讶的是，革命分子刚刚提到要刺杀麦金莱总统。他们竖起耳朵倾听传进储藏槽里的对话，就在密谋者即将宣布执行谋杀任务的人选时，一大摞煤炭从上面倾泻而下，杀手的名字就这样淹没在轰隆声中。

一九○一年夏天，密勤局的维尔基局长接到各大城市宣传无政府主义者增加的恼人报告之后，下令加强监控美国无政府主义者。他的资金有限，人员稀少，但在听过费城特务骇人的报告之后，他立刻非法挪用反伪币预算的钱，将保护总统的非正式人员加倍。

虽曾向麦金莱总统的个人助理发出警告，总统还是于九月六日遭无政府主义者射杀，这个消息令维尔基惊慌失措。新任总统罗斯福愤怒地表示：“无政府主义是对全人类的罪行，全人类都应该合力对抗无政府主义者。”维尔基局长得到新的训令。

一九○二年四月三日，因为累垮人的司法案件和将近两年不断地巡回演出而耗尽精力的胡迪尼，搭上德意志号轮船回家乡一趟。然而，他的疲倦却得不到舒解。一到纽约，胡迪尼便展开为期十天，只能以急切热络来形容的旋风式拜会。“我忙得没时间睡觉，”胡迪尼写信给朋友勒罗伊提到，“我回家十天只睡了一晚，其他时间都在外面，趁我的兄弟载着我到处跑的时候，在车上睡觉。”

胡迪尼告诉勒罗伊，他也到城外处理了许多事。他在信里说，他搭火车去华盛顿特区，宣称是去会见他的经理贝克。接着两个人搭了三十个小时的卧铺车去匹兹堡，然后再回华盛顿，“除非体力不支绝不睡觉，我告诉你，那十天我是当四个月在过”。我们没有理由怀疑胡迪尼这段期间不屈不挠的精力，却有些理由质疑他对勒罗伊是否坦白。从一九〇一年七月起，胡迪尼就不再请贝克担任经理。尽管他们仍维持友好关系，胡迪尼也会征询贝克的意见，但要说他们有多少重要的事情搞到必须不眠不休，跑马拉松似的搭三十个小时的私人卧铺车去讨论，反倒很奇怪。难道只是为了让贝克重复先前在彼此通信中已经对胡迪尼提过的生涯规划建议，留在欧洲直到他们厌倦为止？

前密勤局局长个人秘书暨该局官方史学家华特·波汶一份长期被隐匿的手稿，或许可以提出另类的解答。波汶原本命名为《美国密勤局：一部编年史》的书，在经过前副局长哈利·尼尔大举改写之后，终于在一九六〇年以彻底修改过的版本，取名为《美国密勤局》出版。

波汶原稿中有一大章论及维尔基的部分，首次披露一九〇二年（四月初接见《华盛顿邮报》之后），“局长在未公开的状况下，从华盛顿消失，离开四五个月游历欧洲各地。造访欧洲每个首都，确保警察与各国当局照计划合作，参与追踪无政府主义危险分子的全面性体系之运作”。

维尔基拜会他在英国的同僚梅尔维尔督察长，是预先达成的结论。维尔基在亲自访问欧洲之前先见胡迪尼，听取他的汇报，讨论从无政府主义运动中枢的俄罗斯取得情报的前景，是一个有趣的可能性。

> 自从我离开美国以后，就能实验过去曾有的构想与发明，那是过去在美国所无法尝试的，你知道这些构想都很棒吗？
>
> ——胡迪尼致魔术师朋友哈利·汤普逊
>
> 一九〇二年七月十六日

这段期间，胡迪尼总算有空从事自己的发明。在检视他实验的东西之后，我

被捆绑、上手铐的胡迪尼。(亚佛布克医生收藏)

们发现许多创新都可以应用在谍报活动上。他告诉《纽约前锋报》说，他发明了橡胶鞋跟和只能使用一次的相机。《波士顿记录报》报道他发明了“若有人已用蒸汽开封过，就会显示‘已开启’字样的信封，以及可以除去纸上印刷油墨的清洁剂”等对魔术师几乎没什么用的发明。他也在自己的《魔术师月刊》鼓吹以氯化钴溶剂发送隐形信息。以这种物质当墨水在纸上写字，把纸加热之后，“会有蓝绿色的字母出现，过一会儿又消失”。在同一期的杂志里，他也提到在德国的时候，他“买到一种秘密书写的简单方法”，胡迪尼称之为“开窗密码”。

除了以密码传递秘密信息之外，胡迪尼也透过魔术与演艺杂志与相关人士交流，有时候他会匿名刊登分类广告，但他也会透过在美国魔术师协会的官方刊物《巨匠》杂志的专栏传递消息。胡迪尼常常以欧塞先生的署名，伪装成四处旅行报道外国魔术师的德国人，以第三人称报道自己，当他写道：“对我来说，他如何能从柏林警方那儿取得皇家许可证这件事，比他的手铐秀更神秘。”可能便是在提供他与德国警方发生冲突的内幕。

胡迪尼也以本名，定期为纽约演艺圈专业周报《戏剧镜》写专栏。对即将到欧洲巡回演出的戏班来说，他的新闻稿多半包含宝贵的实用资讯，他也会传递梅尔维尔或维尔基可能感兴趣的情报。胡迪尼于七月十四日，从克鲁伯工厂所在地埃森—鲁尔区传回的报道中提到，在群众为了看气球升空而聚集的夏日公园里，发生了一场奇怪的暴动。“尽管德国是彻头彻尾的‘警察国家’，这里还是会有怪事发生，仿佛没听过有警察这回事似的。”他为他的报道写下这样的开场白，接着详细并逗趣地描述气球驾驶拒绝升空后，公园被系统地摧毁的经过。就战略观点来说，胡迪尼的报道之所以让人感兴趣，是因为他评估了德国警方的应变力与官方命令的传达路线：德国警方无奈地看着暴动发生，等到柏林的命令下达后才行动。此外，多年来德国持续从事将气球应用于军事的实验，已经引起英国及其他地方的密切注意，每次气球升空，都有情报员奉命到德国去，将详细的报告传回来。胡迪尼的报道是传递报告最狡猾的方式，让所有利害关系人都能看得见。

这一年其余时间，胡迪尼都待在德、英两地，他收入优渥，却没有被成功冲昏头。他会在信里开玩笑，说他和贝丝是“两个四处漂泊、想要堂堂正正地赚个一百万的年轻人”。他的慷慨丝毫未减，有一次他在维也纳与一位锁匠打赌赢钱，他把那笔钱送给舞台工作人员。贝丝与胡迪尼的生活一点都不浪费。搭火车买的是三等座位的票，在布拉格时与舞台经理分摊生活费，这么一来他的房租一天只要七十五分钱。但他从未忘记对过世父亲的承诺。当他的朋友伟特医生抱怨煤炭涨价时，胡迪尼回信道：“我对煤炭的价格了如指掌，因为我要很骄傲地说，我必须奉养我的老妈妈，而她曾经对我解释为什么她需要更多的钱。”他为她安排了舒适的公寓，“最舒适的小窝”，他希望回到美国时能住在那里。他现在与“我必须计算我能走多远，能吃多少牛排，才不会妨碍其他可能发生的小花费”的时期，已经迥然不同了。

哈利与贝丝也继续他们浪漫、牧歌般的欧洲旅行。自始至终，胡迪尼都很少透露他与贝丝之间的私密细节。他当然将他的成功归因于她，说她是他的“幸运符”。从他留给她的许多便条，都表现了他对她仍有爱意。很多时候，这些便条显示胡迪尼必须早起去工作，而他不想吵醒贝丝，因此便自己去买咖啡或早餐。“甜心、宝贝、美人、小羊，我不想为了咖啡吵醒你。我的小宝贝要睡觉。所以我去吃自助餐。约两小时后回来。给你我全部的爱 + 更多。哈利。”有些便条还附上深情的情诗。还有一些便条只是确认他对她的感情。贝丝宣称有时候胡迪尼一天给她六张便条或信，单纯就量来说，暗示了她需要他不断提醒他对她的爱意。有些便条暗示这个男人如履薄冰。胡迪尼写给朋友的信充满对贝丝脆弱的评论，说她总是“生病”，或“情绪不安”发作。其他人也对此有所着墨，贝克在一封给胡迪尼的商务信结语部分写道：“希望你安好，而尊夫人不要发脾气，致上最深的祝福。”

胡迪尼爱孩子。他从不错过到孤儿院表演的机会。在爱丁堡演出时，他看到竟有那么多孩子冬天没鞋穿，他深深感到震惊，因此买了三百双鞋，请几位配角担任助理，邀请当地穷人家的孩子到戏院来试穿。他也花无数时间招呼朋友的孩子，但他和贝丝一直没有自己的孩子。我们知道是健康因素使他们无法怀孕。传闻中的家族证据指出，是贝丝无法受孕。他们曾经讨论过收养，却因为他承接了父亲的家庭责任而耽搁。

一九〇三年一月，胡迪尼在阿姆斯特丹的林布兰戏院表演。他和老朋友巴德，以及新朋友、演歌两栖的女星米拉·巴芮同台。二月时，胡迪尼前往德国，他在那里写信给巴德。

亲爱的吉姆：

你在信里千万别提巴芮，甚至连巴这个字都别写。出了点可怕的麻烦事，见到你时再谈。贝丝和我几乎完蛋，不过她生病了。巴芮无所不用其极地拆

胡迪尼爱孩子，他会专程招待生病与有残疾的孩子。（国会图书馆）

散我们，但……

很不幸巴德给胡迪尼论及这件事的回信已经遗失，这有些蹊跷，因为胡迪尼保存许多他收到的信，尤其来自如巴德这种密友的信。但我们的确找到胡迪尼写的信，三月五日他再度对巴德提起巴芮的事。

亲爱的吉姆：

读到你信中有关巴芮的部分让我发笑。谁说我跟她私奔？他们怎么知道我的行李还在车站？但这就是人生。我们离开阿姆斯特丹之后，这件事闹得很僵，如果勒文愿意的话，他可以告诉你许多事。不过我要再跟你说一次，这就是人生……我现在很惨，而且情况还会更糟，离伦敦克佩尔街远一点，除非你想把自己的事搞得人尽皆知。

第八章　驯服俄罗斯

“这不公平，勒伯多夫局长。我特别说过不要额外加锁。”胡迪尼抗议。

“你要我通知报社，你还没进囚车就已经被打败了吗？”俄罗斯秘密警察局局长问。

“别这样，我接受挑战就是了，”胡迪尼态度软化，“即使改过条件。”

“把他扔进去。”勒伯多夫下令。

门打开，两名俄罗斯军官把上了手铐、脚镣，几乎一丝不挂的魔术师抬起来，放进可怕的西伯利亚运囚车后面，运囚车就停在莫斯科布提尔斯卡雅老监狱的院子一角。囚车看起来坚不可摧，好像装了轮子的钢铁保险柜，理应如此，因为这是将俄罗斯最危险的罪犯送往骇人的西伯利亚流放或监禁时使用的装置。囚室本身装有薄锌板衬里。这是实用的装饰，因为在往东走的漫长旅途中，囚车司机不提供盥洗时间。仅有的光线来自门上的小窗，就连那里也装了铁条戒备。锁焊接在门外，窗户下面足足三英尺远的地方。

勒伯多夫亲自将门上锁，再加上额外的链条与挂锁，胡迪尼听到一堆制动栓嵌合时那种令人不寒而栗的声音。接着他把脸贴在窗户上。

“还有一件事，胡迪尼先生，”局长说，“我想知会你，我用来上锁的钥匙，是无法开锁的。最近的一把开锁钥匙，在西伯利亚边界的狱卒手中，去那儿大概需要二十一天的路程。这可是很冷的一段路啊。”

勒伯多夫笑着离开囚车。现在只留下胡迪尼一个人。他只花一分钟就解开手铐与脚镣，很讶异俄罗斯人使用的是很容易解开的英国手铐。现在他只要从这辆

骇人的西伯利亚运囚车。小图：从另一个角度看运囚车。（帕雄尔·哥汀收藏）

坚不可摧的囚车逃出去就好。

前一天胡迪尼和他的新助手法兰兹·库柯尔勘查囚车的时候，立刻发现它的弱点。胡迪尼装模作样地大肆检查门锁，以及锁跟小铁窗的距离，但那只是为了误导俄罗斯人，将他们的注意力从库柯尔身上移开，库柯尔则借故纸板火柴掉在地上，趁机偷看囚车底部。当然，囚车的底部只是普通的板子。胡迪尼在仔细观察门锁时，也打量锌板的厚度，脱逃计划就这样拟定。只要偷渡两样小工具：迷你金属剪裁器（某种像开罐器的东西）和吉里锯（一种边缘呈锯齿状的线圈，原本是外科医生用来切割人类颅骨顶部的工具，也是全球越狱者永远的最爱）。胡迪尼不打算从车门走出去，他要划破锌板，锯开木板条，从车下面逃走。

偷渡工具说起来比做容易。俄罗斯人把胡迪尼脱光只剩三角裤之后，四个魁梧的秘密警察要他张开四肢躺在检查台上，然后压住他，让另一位特务检查他的耳朵、嘴巴、鼻腔、头发，以及其他孔穴，找寻藏匿工具的迹象。“好彻底的搜身，”他后来写信给朋友，“一名秘密警察，或我们所谓的间谍，轮番检查我，还用手指检查‘那里’，我挨了三下，不过俄罗斯间谍先生什么也没找到。”助手库柯尔也接受同样的检查。

俄罗斯人非常仔细地替胡迪尼搜身。他们检查、拍打、窥看所有可能藏东西的地方，却什么也没找到。尽管他们搜得很彻底，却忽略了一件简单的小事：胡迪尼其中一只手有六根手指。把必要的脱逃工具，装在一根漆成肤色的中空金属假指头里，是胡迪尼最爱用的技巧。他会把假指头放在裤口袋里，刚开始接受检查时，只脱到腰部。等到包括嘴巴、头发、鼻子、手臂和指间等上半身检查完之后，再脱掉裤子，不过脱裤子前他会先把手放进口袋，装上假指头。这时下半身就可以接受彻底检查了。

关进囚车不到一分钟，胡迪尼已经拔下他的第六根手指，跪下来用藏匿的洋铁剪裁器，在囚车角落锌质底盘切割出几英尺长的缺口。接着他小心剥开锌板，锯开车架下面的木板，小心切出角度。等他割出足够的大小，便挤出车外到达地面，然后把手伸回去拉下锌制的底板，将锯下来的木板放回去。接着他横过院子，跑到温暖的办公室里。

勒伯多夫震怒。他下令再次对胡迪尼做严苛的搜身，命令他的助理也要再度接受检查。“他们以为（库柯尔）有带东西，”胡迪尼写信给朋友巴德，“他们在他身上找到他家的钥匙，便试着用那把钥匙开门，但他们囚车的锁非常好，家用钥匙是廉价住家锁用的，所以你可以想象那有多么不合。”尽管勒伯多夫拒绝签署脱逃证明书给胡迪尼，但胡迪尼打败可怕秘密警察的消息，却像野火般席卷莫斯科。胡迪尼在莫斯科的合约延长了四个月，引起皇族的密切注意。“我想我将会为某大公或其他达官显要表演，我会再告诉你。”胡迪尼告诉巴德。

从囚车脱逃很困难，但是对身为犹太人的胡迪尼来说，进入俄罗斯也同样不简单。事情要从几个月前开始说起。胡迪尼准备访俄时，那儿根本不许“希伯来人”入境。虽然这个限制“只要在向俄罗斯领事申请签证时否认自己的信仰就能解决”，但对一位打算挑战警察的表演者来说，这似乎不是一个审慎的策略。另一种选择则是“像狗一样，带着执照进入俄罗斯，但他们不准任何犹太人睡在莫斯科或圣彼得堡”。后来他才知道，他们不只不准犹太人在莫斯科的任何舞台上表演，甚至连进城都禁止。

相对地，胡迪尼获得官方准许，可以在俄罗斯任何城市登台，这样的特殊待

胡迪尼从俄罗斯囚车脱逃的石版画。(尼尔森魔术海报画廊)

遇证明梅尔维尔督察长与帝俄秘密警察“奥克拉纳”关系匪浅。梅尔维尔长年与奥克拉纳合作，他们的西欧最高长官，是以巴黎为根据地的皮欧特·拉赫科夫斯基。胡迪尼在俄罗斯的秀约是哈利 · 戴为他签订的，戴是改名换姓旅居海外的神秘美国人，大约在胡迪尼刚认识梅尔维尔的时候，于伦敦与胡迪尼相识。接下来几年戴会继续打理胡迪尼在欧洲的秀约，扩展生意，并拥有一家连锁戏院，卖出戏院所得使他成为身价数百万的富翁。戴最后成为下院议员，为英国政府从事海外谍报活动。

一九〇三年四月二十六日，胡迪尼又发送另一份报告给梅尔维尔。这次梅尔维尔在日记里承认胡迪尼情报的重要性：“致电战争部传递 HH 来信。”

五月二日胡迪尼准备前往俄罗斯。“我们今晚出发到莫斯科去，希望他们不会把我送去西伯利亚。”他就这样结束他在《戏剧镜》的专栏。胡迪尼从柏林搭快车出发，抵达边境的亚历山多沃城，那里的俄罗斯边界巡警开始搜查胡迪尼的行李。当他们打算检查胡迪尼在密码锁型行李箱里的文件时，胡迪尼不肯，并决定把行李箱和里面的东西送回柏林。接着守卫开始检查胡迪尼的营生工具。

“因为我的行李箱里有许多行窃用具，所以我必须获得俄罗斯官署的允许，才能把那些东西带进俄罗斯，我想要不是我携带了允许这些工具进入的许可证，他们早就把我送回德国去了。”胡迪尼写道。显然许可证具有神奇功效，检查结束，胡迪尼获准通行。但胡迪尼进入莫斯科这段路简直像在地狱里似的，乘客争先恐后地挤上火车。他几乎是挂在墙上。“我想美国屠夫在用这种三等火车运送他的牛之前，也会犹豫。我从来没有看过可堪比拟的事。”他在俄罗斯写的第一篇专栏里这么说。

“我向世界各地的警察局挑战，要他们拘禁我。”胡迪尼一面咆哮，一面激动地做手势。听到这话，几只鸟从附近的树里冲出来，一个酒鬼从恍惚中被吵醒，抬起头，盯着胡迪尼看了一下，又继续在他的长椅上睡着。胡迪尼没有因此停止，他继续在莫斯科郊区的跑道上绕。他的秀即将在莫斯科开演，意思是他得练习用俄文讲台词。胡迪尼将在主流场演出，舞台经理已经替他请了一位翻译。不过现在他正对着想象的观众练习俄语。

“我向所有警官挑战，请他们为我戴上手铐，”他停下来，手指指向天空，强调他的反抗态度，“我是最伟大的越狱者暨手铐之王：胡迪尼。”

胡迪尼的声音向来洪亮悦耳，不只能传遍宽阔的戏院，连站在门厅也都听得到。因此一个头发浓密、穿着奇怪的男人，一边大声自言自语，一边庄严地做手势的景象，在俄罗斯这样压抑的社会，必然会引人注意，尤其他还要求警察拘捕他。

起初只有两个出门散步的高个子男人非常好奇地看着他。胡迪尼向他们点头，然后继续他的巡行。

“我的戏法与超自然无关。”他大叫，继续用狂乱的步伐在运动场上转。他太过专心练习他的讲词，没注意到至少有三个人跟着他在跑道上走。他很高兴自己这么快就学会这种语言。

又过了二十分钟，胡迪尼决定今天到此为止。正准备离开跑道时，十个穿制服的男人从后面某个大灌木丛里跳出来，把他压倒在地。

他们开始连珠炮似的质问胡迪尼，但他的俄语程度只限于舞台上的那几句台词。由于警察不确定他是危险的暴乱分子或只是疯子，便为他套上手铐，带他上了待命的警车。胡迪尼明白事理，知道不该径自摆脱手铐。他被带到警察局关进牢里，六名武装守卫在前面站岗。胡迪尼没回家吃晚饭，贝丝就警觉到事情不对，她找经理帮忙，总算打听到他的下落。经过解释之后，乖顺的艺人被放了出来。

胡迪尼停留期间，俄罗斯特务继续扮演重要的角色，一直监视他。但就像在德国，一介艺人胡迪尼，史无前例地获得接近俄罗斯牢房的机会。他观察法院提讯，看罪犯游街，多次造访俄罗斯监狱，后来下结论表示那是“笔墨所能形容最恶劣的监狱”与“臭气逼人的土牢”。

胡迪尼也展现了他对俄军状况的兴趣，这些情报对梅尔维尔十分重要。一个无关政治的脱逃艺人，竟会这么密切注意刚开始萌芽的日俄冲突，并惊叹道：“日本人竟能让俄罗斯就范。”也是十分有趣。当时梅尔维尔和维尔基手下都只有少数特务在前线工作，必须仰赖一般公民或休假不值勤的官员到他们感兴趣的国家旅行时搜集的情报。胡迪尼有关俄罗斯军队的长处与特点，以及俄军察觉日本人开战意愿的报告，都是非常有用的资讯。胡迪尼甚至有机会直接将这些情报传给维尔基，因为胡迪尼在莫斯科的时候，维尔基也正好在七八月拜会欧洲各地情报首长的途中。

“啊，胡迪尼先生，我恐怕这个任务，就算是你这样的奇迹创造者也没办法吧，”瑟吉斯大公一边将眼光从刚刚在读的纸片上抬起来一边说。

“化不可能为可能，”胡迪尼反问，“不正是我的工作吗，殿下？”

其他几位皇室成员发出轻笑。他们佩服这位美国青年的轻率与勇气。胡迪尼从勒伯多夫的囚车脱逃令他们窃喜。那样的事迹只是证明他一定拥有超自然力量。

“怎么样，到底是什么？这样吊胃口真是要折煞我了。”沙皇说。

瑟吉斯摊平那张纸片。刚刚胡迪尼要求这些宾客将他们希望他表演的不可能任务写在纸片上。胡迪尼将纸片收集起来放在帽子里，然后请瑟吉斯抽一张。

“你能敲响克里姆林宫的钟吗？”瑟吉斯宣布。女人听到这个要求发出咯咯咯的笑声。

“嗯，那应该不可能吧，”沙皇说，“那几个钟已经一百多年没响过了。我认为这种事即使是像你这样的神秘人物也做不到。现在拉钟的绳索都已经化为尘土了。”

“我无法保证什么。不过我当然愿意接受挑战。”胡迪尼一边说，一边刻意迈步走向可以眺望克里姆林广场的大窗户。他从右口袋里拉出一条手帕，这时其他人也都靠过来围在他身边。他从背心口袋摸出一些奇怪的紫色粉末，撒在手帕上。

外面，雪花缓缓飘落，覆盖大地。广场对面的克里姆林钟塔沉默耸立，见证这是不可能的演出。胡迪尼开始挥手帕，手帕在他面前形成一道弧线。

“粉末在黑夜里旅行，拂晓之前，你要从七重天到最深的地狱，听我们的命令敲响钟！”胡迪尼吟唱着，接着戏剧性地打开一扇大窗。沉寂突然被克里姆林宫的钟声打破。

皇室成员哑然失声。胡迪尼对贝丝微笑，同时感到欣慰，因为站在他们位于广场对面旅馆阳台上的库柯尔，透过雪仍能看见他们事先安排好的信号。库柯尔一看到手帕舞动，就把空气枪瞄准那些钟，射出好几发子弹，让钟在一个世纪以来第一次发出鸣响。

从那一夜之后，胡迪尼与瑟吉斯大公以及大公夫人变得相当友好。他们常常召胡迪尼到他们的克莱米谢尔宫，而胡迪尼总是能让大公夫妇以及他们的宾客惊叹。五月二十三日胡迪尼和贝丝在宫里表演他们的透视眼读心术，这个可以追溯到十五世纪，不久前才由巫丹再度推广普及的节目，已经成为他们的重头戏。表演的原则十分简单。胡迪尼教贝丝一组可以透过文字与非文字暗号传递的密码。胡迪尼借着运动脸部肌肉、扭动耳朵，甚至改变脚的位置，都可以向贝丝传递信息。比方说，如果他想传达“五这个数字，他可能把左脚放在右脚前面，如果想传达六，他可能把左脚放在右脚后面，并且提起左脚后跟，或其他事先约好的姿势”。

更神奇的是，贝丝即使戴上眼罩，还是能解读出信息。他们的做法是利用看起来很平常的字当作暗号，传递特定信息，以数字来说：

祈求	1
回答	2
说	3
现在	4
告诉	5
请	6
讲	7
迅速	8
看	9
快点	10

借着这些字的排列组合与重复，胡迪尼可以向贝丝传达数字或特定字母，当她说出正确答案时，看起来就像奇迹。贝丝蒙上眼罩仍能辨认东西的能力令大公夫人十分着迷，因此把胡迪尼拉到一旁，问他能否将这个知识传授给她。于是胡迪尼带大公夫人到另一个房间，很快替她上了一堂透视眼密码课。等他们回到宾客面前，大公夫人宣布胡迪尼已经将接收思想信号的力量传授给她了。当胡迪尼在房间里来回走动，而蒙眼的大公夫人竟能正确说出胡迪尼手指比画的东西时，其他皇室成员都觉得不可思议。

另外一次，在六月的时候，大公命令莫斯科监狱典狱长把他们最难解的手铐拿来向胡迪尼挑战。胡迪尼看到那副手铐，为了避免擦破手腕而以软皮包覆时，大公夫人感到非常讶异。

“俄罗斯的手铐是不是非常残忍，胡迪尼先生？”大公夫人问。

“老实说，我没见过更不残忍或更不舒适的手铐了。”胡迪尼回答。

大公夫人带着哀伤地微笑说：“可否请您向世人宣传，这样他们才不会觉得俄罗斯人很残暴。”

从某方面说来，皇室成员和沙皇尼古拉迷恋胡迪尼，大公夫人是最大功臣。打从第一次见面，大公夫人就喜欢胡迪尼，并告诉他一个很宝贵的情报。第一次在皇族面前表演结束之前，大公夫人告诉他，在皇族面前表演并收钱的人，会立刻被贬至奴仆的地位。由于胡迪尼对名望和维持神秘感更有兴趣，便接受她的建议，愤然拒绝大公付给他的酬劳。这时趋于守势的大公，恳求胡迪尼接受象征其敬意的礼物，于是胡迪尼屈尊接受了一个克莱米谢尔伯爵曾经用来分配香槟的古董汤勺、几只戒指，并且准许贝丝收下一只名叫查理、全身毛茸茸的博美狗。

就像在德国，俄罗斯也有许多人认为胡迪尼的脱逃术与行李箱瞬间掉包术，凭借的是他与生俱来的消失能力。一家莫斯科报纸更夸张。五月一日胡迪尼在雅尔餐厅里，为一组特别的委员会表演，当时记者对他的超自然能力赞叹道：胡迪尼先生在严肃的委员会面前，可以变成女人，变成婴儿，然后恢复平常的面貌。具有那样的能力使胡迪尼成为“沃尔雪比尼克”，也就是奇人的意思。而全俄罗斯没有人比沙皇尼古拉本人更相信胡迪尼是奇人。

在胡迪尼造访之前的几年里，沙皇尼古拉受到密术以及对怪异宗教的过度信仰的影响。他相信上帝会透过白痴之口传达信息，因此募集了许多这类受上帝赐福的“呆子”，将他们安置在皇宫各处。在这类占卜者中，有一位名叫玛托努西卡·波索波希卡的三十岁女子，这个四处流浪、智能不足的女人，总是赤脚在彼得格勒附近走动。沙皇听说她有预言未来的能力，便请她入宫，沙皇和皇后会花几个小时听她瞎扯一些没内容的话，始终心醉神迷地接受她的祝福，在玛托努西卡失色之后，沙皇以一位七十五岁的占卜者瓦斯提尔・卡申科取代她。沙皇的外交政策常常由这些流浪汉决定。

到了一九〇〇年，皇室中有一个重要派系受够了沙皇尼古拉的愚蠢，这个由沙皇的叔叔瓦拉迪米尔大公与他的妻子马利亚・帕芙罗芙娜大公夫人所领导的集团，非常反对沙皇那些被他们视为自由倾向与改革的做法。一八九九年，尼古拉与荷兰女王薇赫明娜一起在荷兰海牙召开裁军会议，这些反动分子终于忍无可忍。帕芙罗芙娜曾经看过一个名叫菲力普的人表演催眠术，于是吸收菲力普入伙，给他一大笔钱，然后介绍给沙皇，沙皇为他的神秘力量与人格倾倒。菲力普透过一连串催眠疗程，向沙皇鼓吹他们的反动计划，结果造成尼古拉残酷镇压学生运动和暴力制止农民起义，这些都被归因于菲力普自成一格的洗脑方式。

最后皇后开始怀疑菲力普支配她的丈夫，派驻欧洲各地的奥克拉纳特务也对菲力普展开彻查，结果发现他是有前科的土耳其骗子。起初沙皇对这些主张置之不理，但是当他的御医揶揄菲力普让前两任的沙皇显灵时，菲力普就被流放到巴黎去了。胡迪尼就是在此时抵达俄罗斯的。

根据胡迪尼过世不久后《芝加哥论坛报》刊出的一篇文章指出，后来在一九三三年成为伊利诺伊州州长的芝加哥监护法庭法官亨利・霍纳透露，胡迪尼曾告诉他，沙皇尼古拉的宫廷曾经三度请他去担任顾问。第一次是一九〇三年胡迪尼在俄罗斯停留期间。胡迪尼是奥克拉纳透过瑟吉斯大公引荐给皇室的，瑟吉斯正式的头衔是莫斯科提督。在他的支持之下（但他应该知道胡迪尼只是魔术师而非圣人），胡迪尼的力量令沙皇和他的家人惊叹，沙皇甚至请他取代菲力普成为自己的心腹。胡迪尼拒绝了沙皇的请求，因为他想将自己的艺术呈现在所有世人面前。胡迪尼离开俄罗斯两年以后，他的大公朋友被两名左翼革命党炸弹客砍下头颅。

约莫同时，皇后受到一位巡回农民信仰治疗师葛利哥里・拉斯普廷的支配。由于拉斯普廷能治疗罹患血友病的年轻王子亚勒西，因此得以控制皇室，他对朝廷相当有影响力。尽管奥克拉纳几乎按日秘密记录拉斯普廷浪荡的生活方式，但他的催眠能力连秘密警察的头头也都赞叹不已。“他的影响力是如此之大，连本部的老特务也在几天之内被他操控。”

拉斯普廷树敌众多，其中最重要的是尼古拉的首相彼得・史托里平。史托里平将秘密警察的许多报告上呈给沙皇，但沙皇很不愿意将照顾病弱王子的人免职。一九一一年九月，害怕史托里平实行的改革会使革命夭折的激进分子，暗杀了他。反对拉斯普廷的势力持续增长，一九一二年沙皇朝廷官员与胡迪尼联络，请他到俄罗斯来将那个骗子拉下台。胡迪尼考虑去一趟，却一直没有成行。

一九一六年十二月三十日，拉斯普廷的下场令人胆战心惊。那天他喝了皇室某派系提供的几杯毒酒和加了氰化钾的糕点，由于毒性不足以致死，因此菲力斯·尤苏波夫亲王又补了几枪，反复刺上几刀，最后将他淹死在结冰的涅瓦河里。不久，沙皇再度联络胡迪尼，请他取代拉斯普廷。胡迪尼受够了这个他认为“像婴儿一样无助”的男人。他对皇室是悲观的，不认为他们有能力实行俄罗斯急需的改革。“任何激烈的改变都意味着许多大公会失业。”一九〇五年胡迪尼这样对媒体挖苦道。他有先见之明，一九一七年三月十五日尼古拉被迫退位，一九一八年七月十七日他和家人被布尔什维克党（俄共的前身）的行刑队射杀，然后尸体被拖到监禁处的地下室以刺刀猛刺。

亚佛布克医生收藏

第九章 《每日镜报》的挑战

胡迪尼仔细检查着镣铐。他不喜欢他所看到的。

“各位先生、各位女士，我在战书里规定我可以摆脱合理范围内的束缚，但我恐怕要说，这些手铐已经动过手脚。这镣铐包着麻线，锁也改造过，还以各种手段大大增加我脱逃的难度。”胡迪尼说。

大部分观众体谅地为胡迪尼喝彩。也有几个人表达出他们的失望。

“胡迪尼先生，如果你不介意看看你自己的告示，就会发现依规定我可以带自己的手铐来。这正是我所做的。”布拉克本体育学校的校长威廉·霍普·哈吉森激动地说着。这个本地人只获得零星的欢呼声。

胡迪尼考虑了一下。

“虽然哈吉森先生的挑战超出规定，但只要你们多给我一点时间处理这罕见的难题，我相当愿意继续比赛。”

一九〇二年十月二十四日，挤满布拉克本（英国新开幕、美轮美奂的宫殿戏院）的两千五百名观众都为胡迪尼加油。在当晚的七点与九点，他已经表演了两场。这时是十点过后不久,观众准备观赏最后决战。二十四岁的哈吉森是本地居民，他在商船上服务时学过柔道和健美，他接下胡迪尼的战书，凡是能让胡迪尼无法从欧美警察局使用的正规手铐脱逃的挑战者，都可以获得二十五英镑。

于是哈吉森和他的大块头健美先生助手，以折磨人的方式捆绑这位脱逃艺人。他们先在胡迪尼上臂套一副手铐，把链条绕到他背后，紧得令人发疼，接着将他的手肘紧靠两侧绑好。他们用另一副手铐重复相同的步骤，绑好另一只手臂，然后将两只手臂都绑在他身后，这么做能有效地把胡迪尼手臂牢牢往后拉。他们还为他的手腕扣上一副加了链子的手铐，紧到胡迪尼的手臂会同时被前后拉扯。大力士助手做这件工作的热情，引起胡迪尼的抗议。

“我的战书可没说要你们弄断我的手臂啊。”胡迪尼说，观众听了很乐。

“依战书规定他明明应该亲自替你上镣铐的，”一位观众大喊，“公平的比赛哪儿去了？”

观众发出同意的窃窃私语，哈吉森不得不遣走他的助手。胡迪尼的手腕又套上第二对手铐，两对手铐都以挂锁固定。但这位企业家还不打算罢手。他先扶着胡迪尼跪下，然后拿起一副沉重脚镣的链条，穿过将胡迪尼的一双手臂固定在背后的铁链。脚镣套在他的脚踝上，接着又加上第二副，然后跟前一副脚镣锁在一起。胡迪尼“像被捆绑的鸡那样望着全世界”。一位记者这样写。接着哈吉森和从观众中选出来的见证委员，扶着胡迪尼进到他的隔间里。这时他们把帘幕拉下来，管弦乐团开始演奏“最新音乐剧选粹”，战争开打。

时间一分一秒地过去，表演厅的骚动气氛越来越明显。哈吉森警惕地看着贝丝和哈利的弟弟席欧，两人都不安地期待台上的脱逃。十五分钟后，帘幕打开，大家看见胡迪尼侧躺着，仍然被捆绑着。有人担心他昏倒了，但他还能沟通，说希望有人能扶他起来让他跪着。哈吉森拒绝胡迪尼的请求，观众开始对他喝倒彩。席欧代为求情，然后扶起兄长让他跪着。再度放下帘幕。

二十分钟后，胡迪尼要求他们拉起帘幕。

“因为链条太紧，我的手臂已经相当麻木，而且血都流干了，”胡迪尼表明，“我要求解开镣铐几分钟，让我恢复血液循环。”

“这是比赛，不是恋爱结婚，”哈吉森粗暴地说，“被打败就认输吧。”

观众席爆出喊叫声。一位委员布雷德里医生走进隔间里替胡迪尼检查。

“胡迪尼先生的手臂严重发紫，我想再继续用铁链这样捆绑他简直是残忍。”医生断定。

“这是打赌，”哈吉森嘲弄地笑道，“不认输就继续。”

胡迪尼抬起头来说：“如果观众愿意再给我一点时间，我很乐意继续比赛。”观众一致为他欢呼。

管弦乐团又演奏了十五分钟。隔间的帘幕不时因为里面似乎很激烈的活动而颤动。这时，胡迪尼从帘幕里探出头来，乐声停止。

“我已经松开一只手，再继续之前我要休息一会儿。”他说。

多数观众喝彩激励他，但也有些带着敌意的声音响起。

“各位先生、女士，你们要记得，我并没有说我需要多少时间才能解开束缚。这些手铐被堵住了。”

当钟指着十一点三十分的时候，人数众多的观众开始有些不耐烦。

“放弃吧！”有人大喊。

“继续努力，胡迪尼，你做得到。”另一个人提出反击。

几分钟后，胡迪尼再度从隔间里探出头来。

“我的两只手都松开了，要不了多久我就可以完全自由。”他说。

这时，有些观众开始觉得胡迪尼遇到对手了。当他的弟弟靠近隔间跟他说几句打气的话时，有些观众开始发出嘘声。显然胡迪尼告诉席欧他口渴，因为席欧拿了一杯冷水给他。接着他再度从隔间里对观众说话。

“我恳请你们有耐心一点。这些锁每一个都改造过，所以更难解开。”胡迪尼辩解道。

观众再度对哈吉森表示不满。后来他会宣称他在其中一副锁中发现一把钥匙，但就在此时，一位警察巡佐劝他为了自己的安全起见，应该离开这栋建筑。

管弦乐团继续演奏。在差十分钟就要十二点的时候，隔间帘幕毫无预警地拉开，胡迪尼蹒跚地走出来。他将最后一副镣铐丢在舞台上，这时巨大的欢呼声响起。胡迪尼的衬衫，从戴手铐的地方到肩膀的部分都破掉了。他的手腕和二头肌血流如注，几乎已经无法使力站直，而且似乎有些恍惚。大批观众站起来替他欢呼了足足有十五分钟。

等到胡迪尼举起手臂时，他们才终于安静。

“各位先生、女士，我表演手铐脱逃术十四年了，但是我从来没有被这样粗暴残忍地虐待过。我想要再说一次，那些锁是堵住的。”

“哈吉森呢？”有人叫道。

“他怎么没来道贺呢？”另一个人喊道。

贝丝、胡迪尼的弟弟和几位委员扶胡迪尼下台时，很多观众都激动地给他鼓励。

第二天胡迪尼与《布拉克本每日星报》的一位记者见面。胡迪尼再度指控那些手铐被堵住，而脚镣里也加了滑轮装置。接着他拉起袖子，给记者看他的手臂。两只手臂都发青、肿胀，大块大块的肉被撕裂，看起来十分骇人。胡迪尼解释说链条拉得太紧，因此镣铐锁上时，他手臂上的肉也被闩住。他为了摆脱锁，不得不撕开大块肌肉。

两年后，也就是一九〇四年的十一月一日，胡迪尼会见另一位记者。这次是《哈利法克斯信使晚报》的记者，他写道："我注意到胡迪尼的手臂上有几个疤，好像被老虎抓过似的，他（解释说他）只是去过布拉克本，被套上连刽子手都要退避三舍的镣铐而已。是负责捆绑的先生用力过猛了。"

观众非常认同胡迪尼的其中一个理由是，他为了脱逃秀什么事都肯做，伤疤又算得了什么。每一副手铐、每一副脚镣、每一副链条，都可能是他的滑铁卢。他每晚都拿声誉冒险，他不容许自己失败。他要捍卫的不只是自己的荣誉，胡迪尼一手建立起一整个他称之为"挑战手铐与脱逃秀"的新娱乐类型。打从一开始就有模仿者出现，想要复制他的手法。"哈利的成功鼓舞了一群模仿者，他们大部分都很糟。对于优秀的少数，哈利不太担心，但他觉得蹩脚的表演者会腐蚀大众对整个脱逃事业的兴趣。"胡迪尼的弟弟席欧写道。

胡迪尼为了捍卫自己的势力范围所展现出来的冷酷，有时候让区别好坏模仿者的做法显得多此一举。就在胡迪尼抵达伦敦前不久，他在伦敦几家报纸刊登大篇幅广告，警告竞争的经纪人，他已经取得手铐秀的"完整专利"，而且会"积极控告任何、所有侵权或作假模仿的经理"。如果有哪个经理人曾经用心进一步去调查的话，就会发现那个广告只是在虚张声势而已。胡迪尼的确曾经申请专利，但他拒绝让政府专利局出版其手铐秀的说明书，所以最后他们只好把这件专利申请案归类在"放弃"的类别里。

如果说胡迪尼准备好法律威胁等着对付肆无忌惮的经理，那么他为模仿者本人则规划了相当不同的策略。胡迪尼曾被朋友罗宾森称为老斗士，"我相信你宁可争吵胜过吃"。如果要打架，胡迪尼心目中想找来欧洲的最佳人选，绝对是他过去的表演伙伴，块头比他大比他年轻的弟弟席欧。他们的朋友乔·海曼曾经说他是一个"冒失鬼，地狱来的小子"，这个人"打起架来像头野猫"。席欧的信条是："打架时要先下手为强。"

胡迪尼第一次在柏林演出时，发电报给人在纽约的席欧："过来吧。苹果成熟了。"等席欧抵达柏林时，胡迪尼已经准备好整套脱逃节目，包括手铐秀、变身行李箱和一位女助手，并且替弟弟签好秀约。胡迪尼甚至替席欧挑好新名字，这不是第一次，小时候，胡迪尼便替弟弟取绰号叫"戴许"。戴许加入他的演出时，被称为胡迪尼兄弟，在胡迪尼以贝丝取代他之后，他又变回戴许。胡迪尼找他到欧洲时，本来想叫他"哈迪尼"，却担心这样可能会跟自己的名字混淆，所以又赶紧改成哈定。“我们很快就开始激烈竞争，接着竞争又发展成私人积怨引起的斗争，”哈定回忆道，“我们不隐瞒彼此是兄弟，但我们却隐瞒彼此是好朋友，也没说出是哈利让我在这一行立足的事实。”

哈定也没隐瞒他到那儿，其实是去替哥哥干扰他的另一个潜在对手。一九〇一年十一月十八日，哈定写信给艺名希尔伯特的亚伯特·希尔，提出警告说他们知道他“正在表演我和家兄的戏法”。希尔伯特接到信息之后回信说：“请相信我的保证，我绝不会僭称那是我的原创。我还可以附带说明，我希望小心避免与您或令兄发生任何冲突。”

其他模仿者就没这么幸运了。哈利派弟弟和另一个脱逃艺人汉格罗斯去闹对手的场。汉格罗斯送了一份报告回来给胡迪尼，说自己“被踢得很痛”，痛到“昨晚没怎么睡……他们给我一顿好打，头上肿了三个大包……我的格拉斯哥大衣毁了……但那远比不上我吃的拳脚。”不过汉格罗斯并没有退却。“我没有畏缩。只要你告诉我哪里有手铐骗子，我就会去对付他。这是我第一次被打得这么惨，再打几次我还承受得起。”

胡迪尼在德国时遇到的模仿者更无耻，有些甚至使用他名字的各种变体，像是哈利·鲁迪尼、哈利·布隆迪尼与哈利·穆尔迪尼。

胡迪尼习惯带着“手铐之王克星”，那是几副他用来对付脱逃艺人的特殊手铐，这些手铐虽然功能正常，但很难脱逃。胡迪尼在芝加哥一角钱博物馆时期就认识的美国脱逃艺人科勒坚持，胡迪尼从来不会揭发脱逃艺人同业，除非他们“先‘整’他”。其中一个企图“整”他的人是古怪的手铐艺人克雷皮尼，这个人没什么才华，却以假勋章装饰在外套上，假装有那么一回事。他甚至在领子周围绣着“手铐之王冠军中的冠军”的金色字样。

一九〇二年六月，胡迪尼在荷兰巡回，朋友寄了一份剪报给他。原来是与德国杂耍团一起表演的克雷皮尼刊登广告宣称，他不只曾经从胡迪尼的手铐中脱逃，而且伟大的胡迪尼还败给克雷皮尼的手铐。胡迪尼一气之下，便请假赶到埃森－鲁尔区，把头发梳成很老气的样子，还粘了一副八字胡在唇边。接着在小手提包里装满“手铐之王克星”，到多特蒙德去向克雷皮尼挑战。

变装过的手铐之王坐在观赏杂耍的观众里，等候克雷皮尼说出他的宣传词。当对手宣称曾经打败胡迪尼，他跳起来大叫：“那不是真的。”

“你怎么知道呢，老头？”克雷皮尼说。

“我知道内幕。”胡迪尼反击。

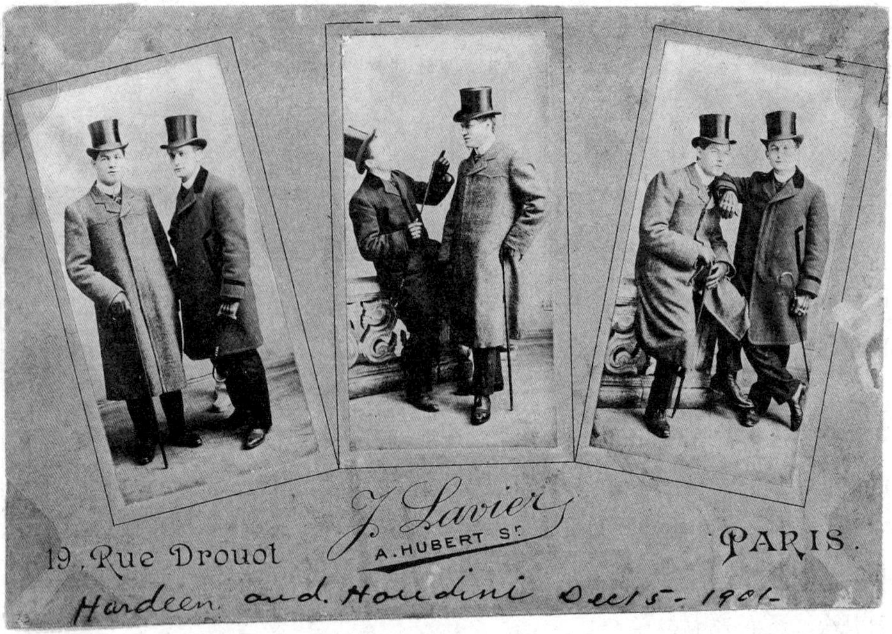

胡迪尼和他块头较大的弟弟席欧，他替他改名“哈定”。(国会图书馆)

“我才是对的，你愿意打赌吗？”克雷皮尼问。

听到这句话，胡迪尼跳到舞台中央。

“你说我没说实话。那你看吧！”他一边拉下八字胡一边大声说，“我就是胡迪尼！”

胡迪尼说如果克雷皮尼愿意戴上手铐，他就拿出五千马克赌金，他也愿意从克雷皮尼的中国颈首枷中脱逃。经过一番讨价还价，杂耍团经理拒绝拿出五千马克赌金赌克雷皮尼会赢，于是胡迪尼回到他的座位。许多观众因为对克雷皮尼的谎言反感而离开戏院。

第二天早上，杂耍团的营业经理拜访胡迪尼，提议胡迪尼和克雷皮尼演出一场双人之夜，胡迪尼拒绝，不过他答应以一副手铐测试克雷皮尼。挑战宣布之后，克雷皮尼设法与胡迪尼联络，但胡迪尼避不见面。接着经理又来问胡迪尼他会用哪一副手铐，胡迪尼把十二副手铐一字排开，然后告诉经理他可以挑一副喜欢的。经理挑了一副只要选择正确字母就会打开的法国字母锁手铐。

“哪个字可以打开这副手铐？”营业经理天真地问。

在他保证不告诉克雷皮尼之后，胡迪尼告诉他只要拼出法文字 CLEFS，意思是“钥匙”，手铐就会打开。

于是经理拿了手铐，谎称要给杂耍团老板看。

挑战当晚，胡迪尼带着他的手铐提袋进入会场。他拿出那十二副手铐，不出所料，克雷皮尼一把抓住那副法国手铐。

“我会打开这副手铐。我要求胡迪尼以这副手铐锁住我，”克雷皮尼大声说，“我要向他证明，在这世界上当家作主的是咱们德国人。”

胡迪尼拿起手铐，将手铐铐在克雷皮尼的手腕上，然后对群众说话。

“各位先生女士，你们可以回家了。我替人铐上手铐，可不是为了让他们逃走。就算他努力到世界末日也打不开。为了证明这一点，虽然杂耍戏院平常十点半关门，但我会让他在这里待到凌晨两点半。”

克雷皮尼在晚上九点进入他的隔间。半小时后，他还没解开手铐，这时挂头牌的芭蕾舞特别演出登场。到了晚上十一点，几乎整个观众席都空了，克雷皮尼仍躲在里面。杂耍戏院老板一气之下大吼：“把克雷皮尼抓出来！”几位舞台工作人员奉命推倒隔间。仍被铐住的克雷皮尼急忙跑进梳妆室，剩下的观众在此时厌恶地离开。

胡迪尼还不罢手。他走到梳妆室，在那儿守着门。午夜时，他让克雷皮尼的妻子进到房间里。到了一点，克雷皮尼总算认输，请胡迪尼放了他，但胡迪尼表示除非有证人在场否则他不愿意放人。等他们找来杂耍戏院老板和记者之后，胡迪尼仍故意拖延时间，直到克雷皮尼承认他知道密码，但当他发现手铐打不开时觉得困惑为止。

胡迪尼笑着说：“你错了，如果你想知道哪个字可以打开锁，那就是你啊，骗子（FRAUD）。”

前一晚，胡迪尼已改过密码。

一九〇二年七月，胡迪尼的一位合伙人与他反目。胡迪尼在埃森－鲁尔区时，曾委托机械师约瑟夫·金斯基替他制造几副手铐。胡迪尼与他终止生意往来之后，金斯基开始骚扰他，向他下战书宣称要束缚他，因此引起很大的注意。当金斯基开始在公共广场演说公开谴责胡迪尼时，魔术师决定接受挑战。

胡迪尼拿出五百马克，金斯基拿出一百，讲定赢的人要把钱捐给城里的穷人。满满的观众将埃森的表演厅挤爆，他们似乎站在处于劣势的本地人那边，直到金斯基不专心束缚胡迪尼，反而开始各种奇怪的人身攻击，对脱逃王进行各种指控时，情况才有所转变。

“别再说了！快绑啊！”群众高声叫道。

金斯基顺从了。他花了十四分钟用绳索捆绑胡迪尼。“有时候看他绑绳索的方式，真是令人反感，”地方报社记者报道，“事实摆在眼前，金斯基好像把那个美国人当一头牲畜在捆。”

胡迪尼退到隔间里去，十七分钟后再度现身。他流血、受伤、双手肿胀，可是已经自由了。他应观众要求谢幕五次。“这位美国人赢得胜利，轰轰烈烈地证明了他的技巧，而他沉静体贴的态度，让观众对他更为认同。”

这次挑战成为埃森－鲁尔区民间传说的一部分。有人把这件事作成诗、写成歌。一位德国喜剧演员甚至装扮成第欧根尼，提着灯笼，歌颂胡迪尼。但金斯基还不肯放过胡迪尼，他自愿参与科隆审判庭，为葛拉夫巡警做证。“他自愿无条件为对方做证，”胡迪尼写道，“但他太过激动且过度吵闹，导致法官将他所有的证言都以违反议事规则论处。宣誓后他被问到我是否公正地打败他，他承认我才是胜利者。”

胡迪尼结束俄罗斯之旅，回到英国各省演出之后，模仿者仍不断骚扰他，而且他们不只在舞台上给胡迪尼惹麻烦。一九〇三年十二月十日，胡迪尼在哈德斯菲的报纸上刊登了一则个人广告：“请那位自称胡迪纳或胡迪亚纳的仁兄，你一时失察忘了付搭伙费给圣彼得街的史考特太太就离开哈德斯菲，请发发慈悲把钱寄还给那位女士。用跟我名字很像的化名伪装自己、欠钱不还是很失礼的事。这位仁兄的任何账单我概不负责。”

胡迪尼回到英国各省，打破所有票房纪录，但这是一份又难受又累人的工作。十二月十四日，胡迪尼在布拉克本的宫殿戏院（恐怖的哈吉森比赛的现场）登台。“回到这可鄙的城镇，”他在日记里写道，“在我工作过的所有无赖城市中，以这家戏院最糟。名叫威尔森的无耻之徒让我吃足苦头。”当晚一位年轻人上台向胡迪尼挑战，比起考验手铐之王，他似乎更想上台演讲。“他不让我检查他的手铐，所以在他发表一堆言论之后想下台时，我（便）偷偷跟在他后面，从他手中把手铐抢过来，‘咔嚓’一声铐在自己手上。好啦，你们应该听听我得到的嘘声……”胡迪尼写道，“我走进隔间，发现他刻意把锁里面整个挖空，但我花不到十分钟就解除双手的束缚。可是依然没人为我鼓掌，只有嘘声。接着我把手铐‘啪’地铐在脚灯附近的杆子上，威尔森自己花了二十分钟，用了三种工具才拆下来。结果他得到掌声，我却被嘘。”

或许是这样的事件让胡迪尼考虑退休。不到一个礼拜后，布拉克本《标准每周快报》的剧场记者写道："我听说胡迪尼赚饱了'银两'，打算不久后从舞台引退，因为表演对他的要求，以及他经常要承受的残暴对待，都有损他的健康。"

此外，他现在得要面对地方警察局的抗拒，而他们的牢房对宣传来说又是那么重要。十二月二十八日，胡迪尼在日记里提到，伯明翰的警察局局长不肯将他关起来。"他说胡迪尼休想要他帮忙打广告。"胡迪尼在雪非耳较有斩获，那里的警察局局长向胡迪尼下战帖。要他从二十五年前关过英国史上最恶名昭彰的罪犯查尔斯·皮斯的牢房里脱逃。胡迪尼从上了三重锁的牢房里逃出来，分局长查尔斯·史考特给了他一封热情洋溢的推荐信。史考特是梅尔维尔的朋友，后来与他密切合作在英国搜索德国间谍。

在警方愿意合作的城镇，胡迪尼继续打破票房纪录。但一九〇四年二月二十九日回到伦敦的杂耍剧场开演时，尽管事先已经在伦敦《快递周报》的办公室，特别为媒体举办一场发表会，但票房仍然减少。胡迪尼除了向约翰·托莎的恐怖房借了总重量超一百三十一磅的古董镣铐之外，还从拴过巴士底狱囚犯以及某些伦敦最著名罪犯的镣铐中脱逃，却都似乎无助于提升票房。"戏院卖座很差。希望生意能有起色，"他在日记里写道，"摩伊督察长再度在掌控中，非常令人感动的人，这个感动花了我五磅。"

甚至贿赂警察也没用。三月四日，鲍街警局拒绝监禁胡迪尼。三天后，他写信给伦敦警察局局长，请求颁发逃狱许可证给他。三月九日，老犹太人警察局组长回信说："警察局局长吩咐我向您确认，本局业已收到您七日的来信，并通知您他很遗憾无法准许您尝试从伦敦任何警局牢房脱逃。"这对创造票房纪录的宣传方式造成严重的打击。由于逃狱以及附带的宣传都化为泡影，胡迪尼需要一些引人注意的事件，来确保他的星运能够蒸蒸日上。

"戏院里如果有人想挑战的话，现在能不能上台来？"胡迪尼说。

一个衣着光鲜的绅士离开座位，踏着台阶走上伦敦杂耍剧场的舞台。

"我可以把这个铐在您的手腕上吗？"那个人拿出一副手铐问胡迪尼。多么特别的一副手铐。这副手铐出奇重，只用一个手铐固定两边的手腕。锁本身的特色是装有两个布拉曼锁，外面那个比平常的锁多八个滑件，而套叠在里面的是包含六个滑件的正常尺寸布拉曼锁。用来打开手铐的钥匙有六英寸长。

胡迪尼检查手铐之后，将手铐交还给挑战者。

“这不是标准手铐。”他耸耸肩。

接着那个人打手势请管弦乐团停止演奏。“我刚刚代表《每日镜报》向胡迪尼先生挑战，请准许我将这副手铐铐在他的手上，但胡迪尼先生拒绝了。这个礼拜，身为新闻工作者的我，访问一位伯明翰铁匠纳沙尼尔·哈特，他花了五年的光阴改良一副锁，并宣称世间无人能解开。我想为胡迪尼先生铐上的这副手铐，就包含了这样的锁。光打钥匙就花了一星期。这副手铐是英国工人，以最好的英国钢铁制造，而《每日镜报》已经以黄金将手铐买下成为本报的资产。胡迪尼先生显然害怕英国制的手铐，因为他不肯戴。”

胡迪尼只能重复说那副手铐不“标准”，并且背对记者，继续让台上另外三位挑战者为他戴上手铐。他在几分钟内解开他们的手铐。

铁了心的《每日镜报》代表接着问胡迪尼，是否可以让他检查一副刚刚解开的手铐。胡迪尼给他其中一副上了锁的，记者走向通往舞台的阶梯，然后将手铐砸向其中一阶。结果锁弹开了。

“‘警方规格的手铐’不过尔尔。”那位记者说。

观众欢声雷动。

“我说胡迪尼先生，你宣称是‘手铐之王’。我放眼看去都是宣扬你丰功伟业的巨幅海报。如果你再拒绝戴上这副手铐，我要主张你没资格再用‘手铐之王’这几个字了。”

对方下了战书。胡迪尼向观众求情。

“我今晚不可能接受这位绅士的挑战，因为我时间有限。他承认他的手铐是匠师花了五年才完成，因此我知道我不可能五分钟就拿下来。那副手铐不只用了一个锁,而是有半打或更多。如果这里的管理部门准许我下周某个日场尝试看看的话，我愿意接受挑战。即使做得到，我解开那副手铐也要花很长的时间。”

问过杂耍剧场的舞台经理帕克先生之后，终于决定次周三月十七日礼拜四举行比赛。收到挑战两天后,胡迪尼在日记里写道 :“伦敦骚动起来……各报都有报道。媒体充斥着‘比赛’、《每日镜报》和胡迪尼。”他总算遇到一个宣传效果超越他在伦敦表演越狱的事件了。

胡迪尼预定礼拜四下午三点表演，但挤进杂耍剧场的四千名观众仍冷漠地等候其他六名表演者，直到胡迪尼上场。下午三点整，看起来很坚定的胡迪尼走进表演场接受观众起立鼓掌。贝丝在舞台一侧，穿着黑色早期荷兰移民后裔服装，光彩夺目。

“如果《每日镜报》代表在场的话，我已经准备好套上他的手铐了。”

记者走进表演场，一阵礼貌性的掌声欢迎他。两人握手。

“我可以请求组织一个由观众构成的委员会，上台来确保双方公平竞争吗？”记者问。

人从观众席各处往下蜂拥至铺着地毯的华美舞台。

接着胡迪尼向前走。

“如果有任何我的朋友在场，可否请他们到场中来，替我监督我的权益？”胡迪尼说。

又有一队人走向舞台。这时近百人穿着礼服，有些还拿着大礼帽，已经爬上舞台，围着有红色帘幕的小隔间了。

上手铐的时间到。记者将手铐套在胡迪尼伸出来的手腕上，然后将锁扣上。他拿出长钥匙，有些困难地转了六圈，将锁锁好。他对胡迪尼点点头，胡迪尼走到聚光灯下。

“各位先生、女士，我现在戴的手铐，是一位英国工匠花五年制造出来的。我不知道我是否能摆脱它，但我向各位保证我会尽全力。”

胡迪尼隐身到隔间时，观众由衷地为他加油。这时胡迪尼用的是一个小隔间，大约三英尺高，所以他所有的努力都必须跪着做。管弦乐团先演奏华尔兹。

两分半钟后，隔间里传来咔嚓声，委员会以为胡迪尼已经解开锁，却不见他的人影。

时间渐渐过去。华尔兹之后是歌剧选粹。接着，挑战进入第二十二分钟，胡迪尼将头伸出帘幕外。

“他解开了！他解开了！”几个人叫道。但当他们发现胡迪尼只是想借强光看清那副复杂的锁时，快乐旋即变成失望。胡迪尼退回他的隔间，乐团继续演奏。

接着在三十五分钟的时候，胡迪尼再度现身。他的领子打开，脸上汗如泉涌。

“我的膝盖会痛，腿也在抽筋，”胡迪尼解释道，“请让我伸展一下，我还没解开。”

观众欢呼。经理帕克先生给胡迪尼一杯水。接着《每日镜报》代表与帕克交换意见。帕克点点头，向助理示意。不一会儿，助理拿了一个大跪垫来。

“《每日镜报》无意让胡迪尼先生受折磨，”记者说，“如果胡迪尼先生许可的话，我很乐意提供这个跪垫给他用。”

胡迪尼将跪垫拖进隔间，然后继续工作，隔间丝质的布幕因为他的努力而颤动。

杂耍剧场著名的《每日镜报》手铐挑战，胡迪尼的隔间在左边。（哥汀收藏）

这时压力大到令贝丝无法忍受，她匆匆离开表演场。又过了二十分钟，观众一直凝视着那个小隔间。突然间，胡迪尼走出来，但当观众发现手铐仍在他身上时，都齐声悲叹。

胡迪尼看起来仿佛濒临崩溃。他缓慢走向挑战者。

“我的外套弄痛我了。你可以暂时把手铐拆下来让我脱掉外套吗？”胡迪尼问。

记者考虑这个请求。

“拒绝你我真的很抱歉，胡迪尼先生，但除非你承认失败，否则我不能打开这副手铐。”记者似乎觉得胡迪尼的要求隐藏了其他看不见的意图。

“剪开你的外套。”楼座有人大喊。

胡迪尼真的这么做。他调整被束缚的手，直到从西装背心里抽出削笔刀为止，接着胡迪尼用牙齿打开那把刀，然后开始平静地割开外套缝口，最后用牙齿撕开外套。外套终于变成挂在手臂上的破布条，于是几位委员帮他把剩余的部分拿掉。

观众发狂似的大喊。有些人对着《每日镜报》记者叫嚷，怪他拒绝胡迪尼的请求。看到胡迪尼摆脱束缚的尝试毫无进展，大家都很沮丧。

一位奇怪的观众恳求胡迪尼“放弃”。

“继续吧，胡迪尼。”其他观众鼓励他。

他继续努力。胡迪尼退回隔间，开始为摆脱束缚展开最后努力、放手一搏。隔间的框摇晃着，帘幕因使力而颤动。

胡迪尼被锁住已经超过一小时。接着，当管弦乐团结束一首鼓舞人的进行曲时，胡迪尼突然跳出隔间，一手拿着闪亮的手铐。他解脱了。

观众欢声雷动。男人脱下帽子拿在手中挥舞。大家互相拥抱。女士也摇动她们的手帕。但胡迪尼的情况不妙。他歇斯底里地半昏迷在一位委员的臂弯里，眼泪一股脑地从两颊流下来。“谢天谢地！谢天谢地！”他喃喃地说。

胡迪尼被扶下台，但观众仍不肯散去。他们站在那里欢呼，彼此握手，足足有五分钟之久，直到胡迪尼蹒跚地走出来。几位委员立刻将他举到肩膀上，抬着他耀武扬威地绕着观众席走。接着观众恳求他说话。

“我上场的时候感觉自己气数已尽，”胡迪尼说，“好几次我觉得我不可能摆脱这副手铐。但你们的掌声给我勇气，我决定‘不成功便成仁’。我从来没见过这种锁中有锁的手铐。我本来以为出道十九年后，这将是我的滑铁卢。我已经几夜没睡了，不过今晚我会睡一觉。”

他继续赞美《每日镜报》“有君子风度地对待与公平竞争”，而《每日镜报》

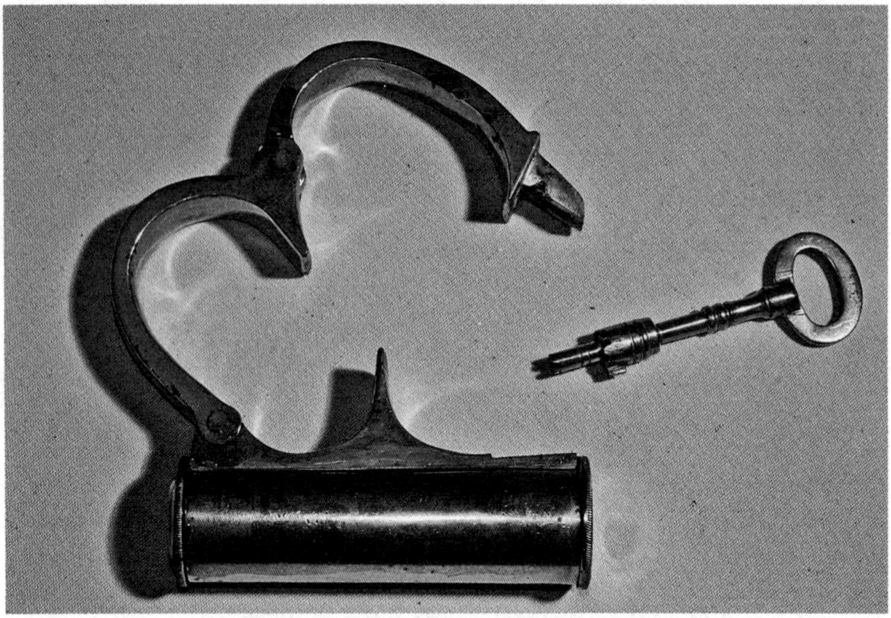

《每日镜报》手铐与钥匙。(大卫·考柏菲国际魔术艺术博物馆与图书馆)

代表则礼尚往来地请胡迪尼同意，改日送他一副这手铐的美丽纯银复制品。胡迪尼也应允了。事实上，报社更进一步，最后将原来的手铐与复制品都送给胡迪尼。而此中包含了胡迪尼一生中最重要的挑战背后不为人知的真相。

胡迪尼战胜《每日镜报》手铐的动人故事，出现在英国每一家报纸的版面上(当时单单伦敦就有三十家日报)。但胡迪尼本人的日记，记录这次脱逃秀却是异常低调。三月十七日，在他职业生涯最伟大的脱逃秀当天，胡迪尼写道："《每日镜报》日场，我在杂耍剧场打败英国伦敦《每日镜报》。大为轰动，观众因此把我扛在肩上。"第二天记录道："关于我挣脱《每日镜报》手铐，英国各家报纸都有精彩报道，这是任何艺人在英国所能得到的最高礼遇。报社发了号外，但那只不过是'胡迪尼在杂耍剧场'的一场演出罢了。"

几个月前胡迪尼详细描述如何挣脱布拉克本一副堵住的手铐，但对战胜这有史以来设计最复杂的"手铐王克星"，却简略带过。这绝对令人匪夷所思。或许他真的没什么好写？

三月二十日，挑战三天之后，胡迪尼出现在《每日镜报》办公室。"我想提出挑战，”胡迪尼告诉编辑，“先前你们向我挑战。现在我要挑战世界。”他将事先准备的声明交给他们。

向世界挑战

伦敦杂耍剧场，一九〇四年三月二十日

敬启者：

自我成功征服《每日镜报》手铐之后，我风闻一些失望多疑的人，用最不公平的言论否定上周四的比赛结果。

尤其，有一个人竟厚颜大胆地宣称，他自己能在两分钟内打开《每日镜报》手铐。

如果是这样的话，现在我要向所有世人挑战，请用和我一样的时间打开《每日镜报》手铐。我将准许这个人用双手，以及除了原始钥匙之外的任何工具。手铐不可以打坏或毁损。成功的话，我愿意支付一百几尼……

哈利·胡迪尼

根据《每日镜报》的说法，全国各地都有挑战者来信。三月二十八日，瘦得像芦苇、“蓄长发、状似茫然”，名叫布鲁斯·波蒙的二十三岁男子在胡迪尼演出时上台，并且让人将手铐摆在他面前。胡迪尼听说波蒙的手腕细得出奇。因此他告诉观众，为他铐上手铐不公平，因为他可以立刻将手铐滑脱。相反，胡迪尼将手铐上锁，然后交给波蒙打开。结果波蒙开始长篇大论地痛批挑战的伦理，搞得嘘声四起，管弦乐团还得奉命演奏淹没他的声音。在与戏院经理一阵热烈的互动之后，波蒙试着打开手铐，“他用手指拨弄长长的直发，装腔作势，发表演说，最后发脾气把手铐扔在地上”。舞台经理再度出现，问观众是否应该把他撵下台。当他们给予肯定的答复时，波蒙便被扔下台，这时一群舞台工作人员上台清理舞台，为大象“跳水”秀做准备。

胡迪尼获胜几年之后，开始有人怀疑《每日镜报》挑战可能是共谋。英国魔术圈谣传，胡迪尼在鬼屋里其实已经被打败，他跟贝丝打暗号，接着贝丝把《每日镜报》代表拉到一旁，泪汪汪地恳求他给他们钥匙，好恢复她丈夫的名声。根据这种说法，贝丝将钥匙放在她交给胡迪尼的水杯里。

这个故事很有戏剧性，却完全错误。首先，贝丝根本没拿水给胡迪尼，给水的是舞台经理帕克，而且六英寸长的钥匙也很难藏在一杯水里。这个故事也暗示胡迪尼可悲地未曾为这个比赛准备。我们现在知道，事实并非如此。比较新的理论宣称，胡迪尼与锁匠哈特共谋，由他打造一副手铐提供给《每日镜报》，并建议他们向胡迪尼提出挑战。支持这个说法的人留意到，胡迪尼曾经请一位伯明翰锁匠改造几副宾恩巨人手铐，供他对付模仿者。我们也知道胡迪尼在伦敦杂耍剧场开演前，曾经在伯明翰停留两个礼拜，他有充分的机会检查“世间无人能敌的”手铐。

胡迪尼与锁匠哈特共谋说的问题在于，没有扎实的证据证明哈特这个人真的存在过。此外，算算数学，说有人愿意花五年的时间，准备这个超级手铐来打败手铐之王，也令人难以置信。一八九九年英国还没有手铐之王，也没有挑战手铐表演，当时胡迪尼才刚在美国崭露头角。此外，《每日镜报》不可能在五年前委托制作手铐，挑战发生时《每日镜报》才刚创刊几个月。

我们史无前例地有机会审视原始的《每日镜报》手铐与赛后《每日镜报》送给胡迪尼的标准纯银复制品，目前两副手铐都是大卫·考柏菲的绝妙收藏。我们立刻注意到，这两副手铐都无法调整。事实上，如果手铐与胡迪尼的手腕尺寸无法完全相合，就不会有那场比赛。此外，这些手铐透露了更大的秘密。

当时英国每件标准纯银制品，都有伦敦金属化验所的认证标志，可以借此辨认制造日期，甚至显示是在英国的哪个地区、哪个城市，由哪个制造者制造的。在胡迪尼专家比尔·利勒斯的大力协助之下，我们分析了标准纯银手铐上的标记，结果浮现惊人的事实。胡迪尼获胜后得到的手铐复制品,其实是挑战前一年制造的。银制手铐是与原始手铐(与胡迪尼的手腕相合)一模一样的复制品,而且《每日镜报》代表在胡迪尼成功后立刻向观众宣布 :“我们将以那副手铐为模型。制作一副美丽的纯银手铐。”因此这显然是《每日镜报》与胡迪尼共谋炮制出一场高度戏剧化又刺激的挑战秀。就这个资讯来看，最初的挑战与正式比赛，都呈现精心设计过的态势。

胡迪尼与《每日镜报》(还有在杂耍剧场挑战之前，主办过其破解古董手铐技艺周的《快递周报》) 的关系似乎异常温馨。围绕《每日镜报》手铐挑战的宣传耗时数周，造成一股旋风，提高发行量。这时《每日镜报》才刚因为销量大锐减，而经历彻底重新定位，因此有与胡迪尼合作炮制重要挑战的诱因。共谋最显著的证据在于，无论《快递周报》或《每日镜报》，都属于胡迪尼的媒体巨头好友哈姆沃斯所有。当然，哈姆沃斯有自己的经济利益考量，但他也有一套政治计划，必须靠维持胡迪尼全球神秘大师之名于不坠来达成。他与胡迪尼下一阶段的关系，

《每日镜报》送给胡迪尼的纯银复制品。
小图：这个认证标志证明了这副手铐是在挑战一年前就铸好的。

将于六年后的未来，在与英国相隔半个地球之外的地方揭开。

借着《每日镜报》手铐挑战，胡迪尼永远并有效地将手铐秀模仿者脚下的土地烧成焦土。他现在不再只是自吹自擂，而是真正的手铐之王，那正是他的目的。胡迪尼曾经设计过一副比较早期的《每日镜报》手铐样品，那是使用单一布拉曼锁的八字形手铐。他偷偷以发明人的背景，将之命名为“匈牙利手铐”。但他仍不满足，于是又发展出魔鬼般的《每日镜报》手铐。多亏朋友的报纸，挑战被提出，而他也接受了，不但带来大量的宣传，而且在充满戏剧性的一夜之间，他打败了全世界最复杂的手铐。

现在他有属于自己的神剑，他要用这把剑征服敌人。他立刻发出“挑战世界的战书”。胡迪尼甚至说服了他的竞争者，让他们相信《每日镜报》手铐挑战是真的。

两个月后，他又继续扩大挑战的范围。早先一九〇二年在德国埃森，他就逃离自己的货箱。为了打广告，他提供奖赏，来看他的秀，证明箱子有机关就可以拿走赏金。两年后他凭灵感改良了那个点子。一九〇四年，在他接受《每日镜报》美丽的纯银手铐复制品前一夜，胡迪尼接受霍威尔父子公司的挑战。“看过你的表演之后，我们认为，如果你以为你能从任何行李箱中脱逃，那你就错了。”从一个精心设计过的箱子中逃出来，不让任何观众看出破绽而赢走赏金，这是精明。但从一个别人打造好带到表演现场的箱子中逃出来，则是英雄。终其余生，胡迪尼都向世人挑战，请他们带自己的箱子、约束衣、疯人床、邮袋和皮袋，把他装在里面，看他不留痕迹奇迹似的脱逃。从那一刻起，胡迪尼不再只被视为某方面的王者。现在他是超人。

当另一位客人，一位军队上校邀贝丝与他喝杯香槟的时候，胡迪尼刚刚离开房间。为了某些理由，她决定与陌生男人调情，看丈夫会作何反应。

最近胡迪尼压力很大。杂耍剧场的档期接近尾声时，他病了，但总算还能设法完成最后一周的演出。接着他因为过度劳累而崩溃，在医生的建议下，他取消在纽塞的演出。“这是我第一次感到沮丧。”他阴郁地提到。现在又发生了这种事。

胡迪尼回到宴会上，看见贝丝坐在上校的膝上啜饮香槟，卖弄风情地盯着他的眼睛，而他用手臂揽着她的腰。胡迪尼的脸上显露出“不可置信的恐惧”，而“他的膝盖仿佛被猛轰一拳似的瘫软”。结果还要贝丝赶到他身旁扶他上计程车。他无言以对。回到家，他哭了一夜，为这个灾难忧虑了好几天。

贝丝是否借此报复胡迪尼的不检点我们不得而知，但这整个场面正是他们日复一日争斗的征兆。贝丝剧烈的情绪变化与经常性的震怒，都确实记录在胡迪尼的日记里。“因为我在电话中与接线生开玩笑引起骚乱。”某篇绝望的日记写道。他甚至觉得有必要记录少有的温柔：“最近贝丝非常可人，希望她继续保持。”两星期后他的梦就粉碎了，“我回家时她心情不好，而且整晚都不高兴”。

五月二十七日胡迪尼、贝丝和哈定一起搭船去纽约，哈定的脸上清晰可见他在德国酒吧打架留下的“青”眼和抓痕。胡迪尼过去的经理贝克也与他们同行，但因为偏爱二等舱的不拘礼节，胡迪尼不客气地回绝贝克为他们三人升到头等舱的好意。事实上，胡迪尼与头等舱格格不入。他太不注重舞台下的穿着，有一次朋友在后台等着他来上秀，结果差点把他误认为工友。他随便的衣着是有规可循的。他身上的旧衣服，常常都是在他们家仍太穷买不起更好的衣服时，母亲给他的。

胡迪尼也不客气地回绝贝克为他在美国安排秀约，因为他打算在八月底搭船回英国前先休息一阵。六月二日他们抵达纽约，胡迪尼整晚没睡直到第二天，忙着跟他所有的兄弟叙旧。接着几周则旋风式地饮酒狂欢。

他花了两万五千元现金（相当于二〇〇五年的两百五十万元）在哈林区西一一三街二七八号买了一栋四层楼的褐石屋，“魔术师用这么多钱买这样高级的私人住宅，是破天荒第一次。”他吹嘘道，轻易将巫丹在圣哲维的豪宅抛诸脑后。当他们全家人还挤在无电梯公寓套房时，胡迪尼曾对父亲立下誓言，对这位匈牙利移民来说，这幢宅邸正是他履行誓言的具体表现。他让母亲、弟弟李欧普、妹妹葛蕾蒂搬进这幢城市住宅，并留下许多房间，收藏他那些很快就变得数量庞大的魔术与降灵论书籍。“总有一天等我老得表演不动时，我要花时间写有关魔术的书。届时我将不需要找资料，因为资料都在这里。”他告诉母亲。他订制了一面大镜子、可供他长时间练习的卧房，还有一间配备超大浴缸、可供他练习水下耐力的浴室。

他也在康涅狄格州买了一座农场，当作乡村别墅，并花四百五十元在皇后区与布鲁克林区交界的赛普雷斯丘的马赫沛拉公墓，买了一块家族墓地。两天后，他将父亲、同父异母的哥哥和外婆挖出来葬在新墓地。“看看可怜的父亲和赫曼还剩下什么，”胡迪尼在日记里记录道，“除了头颅和骨头之外没别的。赫曼的牙齿状况极好。”

七月胡迪尼和哈定到密尔沃基和阿普顿完成了一趟多愁善感的拜会。他们造访老邻居，跟赫曼的遗孀叙旧。在芝加哥的时候，他们拜访朋友罗特堡，探望他们当时在芝加哥工作的哥哥纳坦。一张从芝加哥寄给贝丝的便条纸，暗示贝丝没参加这趟旅行或许是因为两人之间升高的紧张状态。一个礼拜的分离似乎让情况缓和了下来。“我们将在周二早晨抵达四十二街车站，如果你想见我的话，那么我想在众人面前吻你，好向你证明一切都没问题。”贝丝接受了他的邀约，与他在车站见面。“她穿浅蓝色洋装，看起来非常出色。我当然很高兴见到她。旅行时我一直想着她。”胡迪尼对日记倾诉。

希尔伯特在加地夫帝国戏院名为《戳破泡泡》的演出才刚开始，观众席就传来第一声呼喊。希尔伯特已经示范过手铐之王如何能将工具藏在衣服各处并打开手铐，这时戴眼镜的灰发络腮胡老人开始在正厅后座挥舞手杖。

“你是骗子，你是该死的骗子。”那个男人用以他的年纪来说，令人意外的气势大吼。

同时，两个坐在后排位置的女人从座位上跳起来。其中一个挥舞她高举手中

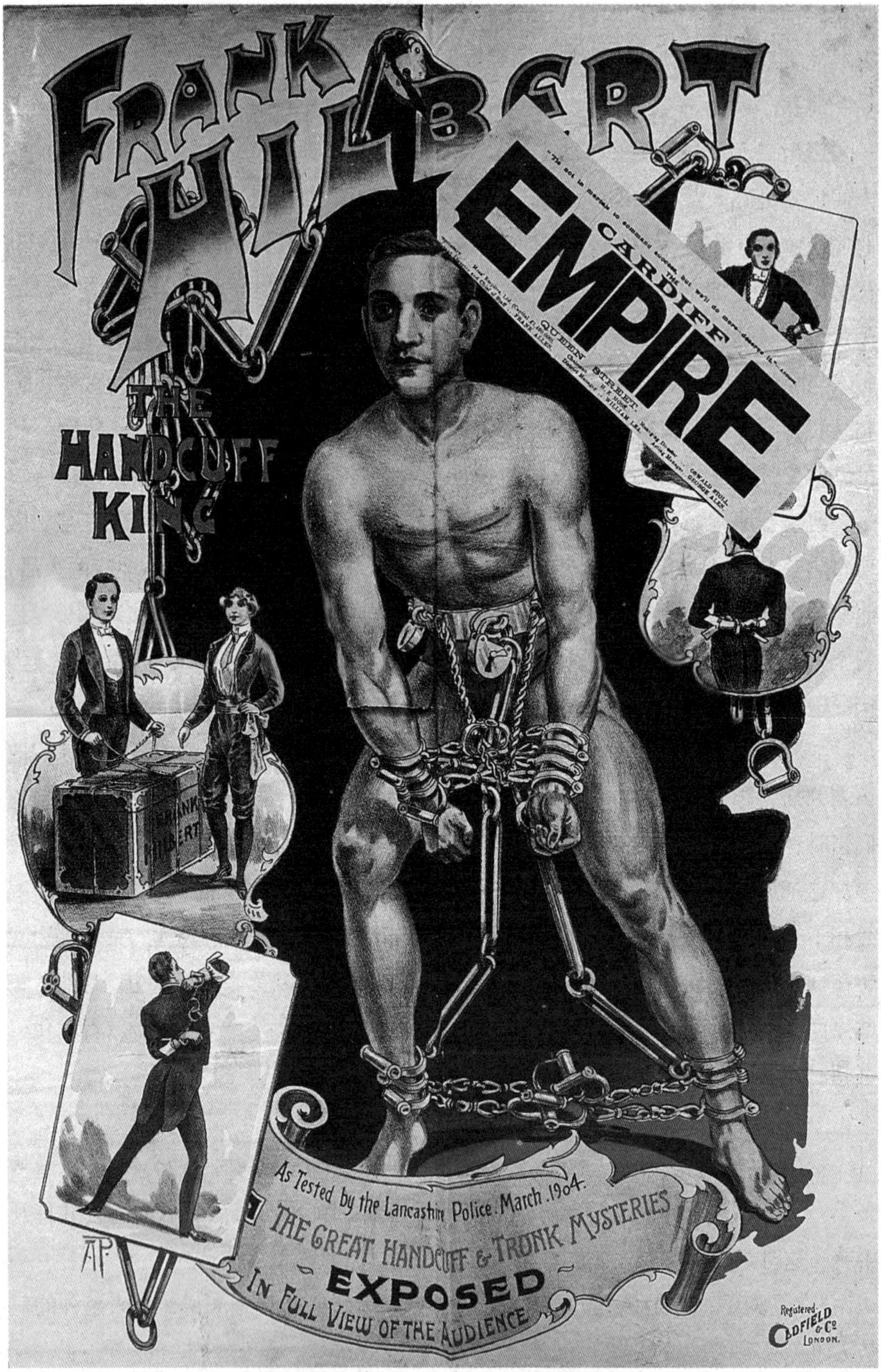

有这样的海报，难怪胡迪尼要对付他的模仿者希尔伯特。（纽约公共图书馆）

的手铐。

“他用的不是警察标准规格的手铐。他用的是自己的手铐。可是我有标准手铐，我要向他挑战，我要求他打开这副手铐。”她喊道。

老人继续大喊，他很快就被戏院经理和两名警察围住。这时老人开始激烈挥舞他的拐杖，又增加了一名警察才制服他。当他们把老人拖到旁边的出口时，他的络腮胡掉了。他是胡迪尼，在戏院后面的两名女子是贝丝和胡迪尼的妹妹葛蕾蒂，她们赶忙跑到打闹的现场。

“各位先生、各位女士，看看他们是怎么对待我的，”他开始大叫，“这是不对的。”

“可耻啊，可耻！”有些观众大声说。

“对他公平点。”另一个人建议道。

经理心里最不想要的就是公平。他们已经接到戏院老板奥斯华德·史托尔先生的警告，说胡迪尼可能会来闹希尔伯特的场，但胡迪尼雇理发师以专业技巧帮他乔装，加上蜡制的假鼻子，完全骗过戏院管理部门。当他们发现老人就是胡迪尼，便听从史托尔的命令，立刻将他扫地出门。

“我该怎么做，里亚先生？”警察问经理。

“把他撵出去。”里亚说完，就抓着胡迪尼的喉咙，撕扯他的领子。

“我们一直在等你。”里亚一边说，一边把胡迪尼丢给一名警察。胡迪尼摔倒在地上，一边的膝盖撞到椅子，麻掉了。接着警察用膝盖撞他的肋骨，手“啪”地捂住胡迪尼的嘴，让他喊不出声。

这时也坐在观众席里的哈定，尽管没经过变装，也跑过来想要掐里亚的喉咙，却被警察制止。

胡迪尼被从侧门抬出去，丢到四英尺下的泥泞小巷弄。他痛得大叫，宣称他的腿断了。哈定赶到现场，胡迪尼要他去拦计程车。两名警察扶胡迪尼站起来，就在他起步要走开时，里亚踢了他的腿。胡迪尼差点又摔倒。

“不准再踢我。”他瞪着那个经理。

“哦，那是不小心的。”经理微笑说。

计程车来了之后，哈定和胡迪尼逃离现场。

稍后当晚，两兄弟进入国王戏院，快步上台。胡迪尼的头发凌乱，领子仍未扣好。他用沙哑的声音说：

“各位先生、女士，我必须为我以这副模样出场道歉，但我刚刚从另一家戏院被撵出来。”他说。

“可耻！可耻！”观众大叫。

“他们几乎打断我的腿。”胡迪尼说毕，在如雷的掌声中一拐一拐地走下台。

当晚胡迪尼的日记是这样起头的：“去帝国戏院闹希尔伯特的场，”他写道，“乔装过才去，被抬了出来。在街上引起骚动。这对我的事业有帮助。”

我们很难理解他为什么需要那种帮助。打从他在七个月前回到英国之后，就打破他自己在所有省份的票房纪录。九月时他在格拉斯哥表演货箱脱逃秀，为了确保板条箱没有暗藏机关，因此使用由当地公司在舞台上制造的货箱。几千名进不了戏院的人，乱哄哄地在街上推挤，阻碍交通，直到他们听说胡迪尼在十五分钟内脱逃为止。

十二月时，胡迪尼坐在伦敦帝国戏院的包厢看他的朋友程连苏表演，整场演出观众不断高喊“胡迪尼”！一九〇五年一月他回到格拉斯哥，表演从当地公司建造的束缚物脱逃的节目时，也同样激起观众很大的兴趣，结果进不了戏院的观众，为了亲眼目睹这场挑战还真的破戏院而入。二月十八日胡迪尼在洛契斯特一家戏院以抽成的方式演出，结果净赚有生以来最高的周薪，以当时通行的汇率来说有美金两千一百五十元（相当于目前的二十一万五千元巨额）。这样的好生意又导致更多模仿者出现，甚至催生出一个自称“哈迪尼”的新手铐之王。

不过，对付希尔伯特是出于个人恩怨。九月胡迪尼刚回英国时，戴为他谈妥一个酬劳高很多的新合约。摩斯连锁戏院立刻控告胡迪尼，声称对他的演出握有不可撤销的合约。一九〇四年十一月一日胡迪尼打赢官司，摩斯老板便雇用他的宿敌希尔伯特，跟着他到英国各地演出，在他们的戏院演出拆穿其脱逃秀的节目。到了四月时，胡迪尼已经忍无可忍，他硬是赶走希尔伯特的演出，但胡迪尼跟希尔伯特的恩怨尚未了结。两个月后，他接到老友罗宾森的来信。罗宾森人在曼彻斯特，当时希尔伯特刚结束当地的演出。“我发现舞台木工在希尔伯特的档期中，为他制作了一个货箱。所以我就跟他混熟。几杯啤酒就搞定。”罗宾森在信里附上一张详细的货箱素描，以及货箱机关的设计。

六月胡迪尼在利斯的盖提戏院演出时，还当真在希尔伯特演出揭穿胡迪尼秀的摩斯帝国音乐厅隔壁租了一个店，让助理冒充魔术师，每半小时表演一次揭穿手铐秀揭穿者的节目。

“我敢打赌你把石头往上丢，随便都会击中口袋里有手铐钥匙，脑袋里在想着‘手铐之王’的人。”一九〇五年六月，胡迪尼在他的《戏剧镜》专栏里写道。有感于自己创造的艺术形式品质日益低落，胡迪尼越来越常提起退休的事。当然，

胡迪尼即将被装进货箱钉起来。(亚佛布克医生收藏)

他已经征服英国与欧洲，打破所有票房纪录，为自己打开知名度，赚到破纪录的薪水，但这是得不偿失的惨胜。身为准手铐艺人朝廷的国王一点都不尊贵，因为他的朝臣不断烦扰他、蔑视他。

他对名声的虚幻本质与短暂也有敏锐的感觉。前一年十二月他走在利物浦的街道上，经过一家当铺，他注意到顶端有一只美国大鹰的奖章。进去问过得知，那件价值三千五百元的物品曾经是著名的奖章，于一八七〇年赠给一位著名的滑稽说唱艺人。奖章上有这样的题字："几位知心友人赠予山姆·哈格，一八七五年五月二十日于利物浦圣詹姆士厅。"哈格生前一定不愿意与他珍爱的纪念品分离，但在他过世几年后，遗孀因为缺钱不得不拿去典当。"目睹橱窗中的这个奖章，使我回想起纽约当铺里的许多奖章，比如在包厘街那位出名的'大叔'店里。有很多代表荣耀的奖杯、包含爱心的链子与各种冠军奖品，"胡迪尼写道，"我好几次走到那里，看着他们过去挚爱的纪念物沉默不语，不断提醒我'浮生若梦'。"

七月八日晚上，胡迪尼在利斯表演最后一场。那年夏天，他计划二十日搭船

HOW HANDCUFF TRICKS ARE DONE
BY IMPOSTERS!

Herr Franz Kukol the CELEBRATED ILLUSIONIST OF VIENNA, and Mr Geo. Vickery the MAGICIAN OF LONDON, beg to inform the general public that they will appear at the large shop No. 23 and 25 NICOLSON STREET, next door to Moss' Empire Music Hall, where they will give performances every half hour, SHOWING HOW HANDCUFF TRICKS ARE DONE BY ALL IMPOSTERS!

These gentlemen confess they do not know how HARRY HOUDINI, who is engaged at the GAIETY THEATRE, LEITH, this week, performs his tricks. If they did they would not travel as exposers.

LIKE ALL other BOGUS HANDCUFF IMPOSTERS THEY DO NOT ALLOW ANYONE TO BRING HANDCUFFS.

NO ONE is ALLOWED ON THE STAGE. No one is allowed to examine the trunk they make use of, as THEY HAVE A TRAP IN THE TOP OF BOX, similar to other Imitators, and tear open the bottom of the bag they use!

They cannot open any Handcuff unless their own, and they must have a key to fit, just the same as all other Exposers.

THE WHOLE SWINDLE SHOWN FOR A PENNY.

NEXT DOOR TO THE EMPIRE THEATRE, EDIN.

Open from 11 a.m. to 9 p.m.

揭穿胡迪尼模仿者的大幅单面广告，由胡迪尼的两名助手示范演出。（杰收藏）

去美国，工作六个星期，然后回欧洲进行退出演艺圈前的最后演出。但他的戏迷可不这么想。在胡迪尼那个档期的最后一夜，观众要求他讲几句话，语毕全体起来给他三次喝彩。后来因为他看起来好像想到火车站搭车去南安普敦，再转搭威廉王子号轮船渡海，等在那里的观众便将他举到肩上，一路唱着“你将一去不复返吗？”跑到车站去。一九〇二年他第一次从英国返美，当他远远看见纽约港时，不禁潸然泪下，为父亲未能活着看他飞黄腾达而难过。三年后的现在，他再度因观众感人的送别而落泪。

亚佛布克医生收藏

第十章 迷 信

“我接下来的实验，将决定性地证明心灵是推动世界的力量。”胡迪尼一边说，一边看着波士顿体育协会吸烟室里一群七十开外的男士。他伸手从外套口袋里拿出一把缝衣针。

“我进行这个试验需要整整二十七位自愿者协助。”胡迪尼说完男士都笑了。那是当晚他们最后一次笑。

“在表演著名的《印度吞针秀》之前，我要先证明人类心灵有惊人的力量。我想大家都同意这些针很利。有人想自愿出来检验这个自明之理吗？”

没有人举手。

“我猜我得拿自己当实验品。”他耸耸肩。接着他高举一根针，利落地刺入自己的脸颊。房间里的人都感到一阵战栗。

“我特别希望观众里的医生朋友注意，这根针完全刺穿我的脸颊，却看不出有血或外伤。这是因为我曾经拜印度人为师，学得克服疼痛和以心灵控制如流血等各种身体功能的技巧。现在我需要我刚刚提过的自愿者。”

几只手慢慢举起来。胡迪尼请他们到房间前面。

“我还有二十六根针。每人拿一根，你们可以把针插在我头部任何地方，眼睛除外，我的功力还没那么强。”胡迪尼说完，把针交给第一位自愿者，他拿起针刺进胡迪尼另一边的脸颊。众人一个接着一个拖着脚步走向魔术师，接过针然后刺进胡迪尼脸上柔软的肉里。脸颊是第一个明显的选择，但随着队伍的进行，大家开始把自己的针插进胡迪尼的脖子、额头、耳朵和嘴唇里。最后一位自愿者还插在胡迪尼的鼻子上。神奇的是，这么多针刺伤口却见不到任何流血的迹象。

他们总算扎完。胡迪尼安静地站在那群男士面前，此刻他俊秀的脸已经变成小小铁箭构成的怪面具。当他再度开口说话，那些针随着他吐出的每个音节而颤动，令人毛骨悚然。

“我想点心时间到了。”他说，然后慢慢把针一根根从脸上拔下来，戏剧性地嚼了嚼。观众可以听到他吞下针以前金属磨到牙齿的声音，接着他又吞下一段长线。吞完后，还拿起讲台上的水杯喝水。

“我是否能劳烦一位在座的医生朋友，上来向各位担保我已经把我的金属餐吞下去了？”

一位年长的医生上前仔细检查胡迪尼打开的嘴巴。

“我没看见针。”他说。

“各位先生，针必须穿线。请拉线。”他对那位医生说。

“在哪里？”医生不解。

“在我的嘴里。”胡迪尼说完张开嘴。医生再度往他的嘴里看，找到线。他慢慢开始把线从胡迪尼的嘴里拉出来，大家都非常惊讶地看到，线上每十二英寸就有一根刚刚插在胡迪尼脸上的针。医生拉了二十七英尺那么长，才把针线完全从胡迪尼的嘴里拉出来。

胡迪尼向大家鞠躬，但观众惊讶得连拍手都忘了。他们刚刚目睹令人永生难忘的一幕。

一九〇五年胡迪尼回到美国，看情况他几乎必须重起炉灶。他已经五年没在这个国家演出，尽管他在波士顿与芝加哥已经颇具名声，但相比之下在故乡仍默默无闻。更糟的是，他发现美国与欧洲同样充斥着寄生的模仿者。

还在英国时，他就已经开辟对抗对手的第二战线。一九〇三年他派“医生”，也就是他的弟弟李欧普去麻州见他的老搭档贾可布，当时贾可布正打着胡迪尼的名号在波士顿演出。李欧普带着哥哥的“克星”手铐和律师路易斯·史匹格去劝贾可布不要继续用胡迪尼的名字。他们的争执并未太久，还进一步恢复彼此的友谊。

胡迪尼有一位叫作康宁的对手。一九〇五年五月，胡迪尼派另一位兄弟威廉，到曼哈顿一二五街的赫提格与席蒙音乐厅去对付康宁。当康宁要观众带着他们挑战用的手铐上台时，威廉也在七名挑战者当中。康宁铐上七副手铐之后，退到垂挂着帘幕的铁栏里去。他待在铁栏里久得出奇，观众开始焦躁不安。

胡迪尼与弟弟李欧普·怀斯医生。（亚佛布克医生收藏）

“他不在里面，把他抓出来！”观众大叫。

康宁总算现身，只有一只手臂是空的。

“把我的手铐还给我。”威廉大吼，但康宁不理他，开始走下台。戏院降下大布幕，胡迪尼的哥哥企图从下面穿过去，却被工作人员拦住。接着他绕过帘幕跑上台，可是仍被工作人员撵下舞台送到大厅去。一些观众挺身护着他，并用他们的雨伞打工作人员，不过威廉最后还是被逮捕，并以妨碍秩序罪起诉，后来起诉驳回，只是当晚他还是得在牢里过。

一九〇五年九月十一日，胡迪尼的秋季演出非正式地展开。那天他和哈定坐在布鲁克林的海德与贝曼戏院的观众席中等候康宁登台。

这位冒牌手铐王才刚邀请自愿者带标准手铐上台，哈定立刻混在其他五个人中跳上台。康宁让另外五个人为自己铐上手铐，但他看过哈定和他的“标准”手铐后，挥手请他回座位。这给哈定起了个头，他快速走到舞台中央。

“康宁先生拒绝戴这副来自亚当街警局的手铐，”哈定一边大声说，一边挥舞手中的手铐，接着他伸手从口袋里掏出一张钞票，“我有一张五十英镑的钞票，我敢打赌他戴上这副手铐就拿不下来了。”

在康宁辱骂哈定，而胡迪尼也从座位上跳起来捍卫弟弟回敬他几句后，冲突一发不可收拾。这时戏院经理也搅和进来，随时准备拿康宁来打赌，但哈定的条件太过复杂曲折，结果直到时钟指向十二点，戏院布幕“哗”地落下，布幕里的参与者仍争吵不休。有个观众狠狠嘲笑哈定，接着一名委员会成员上前挥一记右勾拳将他打昏，让他摊平在一排座位上。暴动全面展开，当地警察机敏地从观众手中救出哈定，拖着他从后台离开。警察以妨碍秩序罪将哈定以“席欧铎·法兰克”这个名字登记入册，但他的哥哥立刻将他保释出去。第二天胡迪尼成功说服法官，整场打闹只是宣传噱头，不予起诉。

尽管地方报纸说法不同，但总部设在布鲁克林、曾聘胡迪尼担任欧洲通信记者的《巨匠》杂志，却在当月登了一则报道，宣称康宁拒绝哈定的挑战所以被观众狠狠嘲弄一番。胡迪尼的诡计得逞。

一九〇五年九月二十日下午三点，一小群人聚集在曼哈顿闹区的巴特里公园。一端是由弟弟哈定陪同的胡迪尼，另一端则是苍白、看起来紧张兮兮的年轻人“贾克·卜迪尼”，据说他是胡迪尼在布鲁克林表演手铐脱逃秀时“发掘”的“弟子”。卜迪尼也带了自己的“经理”，派崔克·莫纳罕。卜迪尼想跟胡迪尼握手，但哈利只是冷冷地看着他的手。接着一群记者尾随这班人，到纳坦·劳福在附近的办公室，他们各自拿出五百元赌注，打算来一场胜者之间的竞赛，比比看谁从拖船被丢到哈德逊河里之后，能先摆脱身上的手铐、链条和脚镣。

根本没得比。两个人挂满镣铐，然后同时跳进水里。一分三十秒之后，胡迪尼突然探出头来。

“卜迪尼上来了吗？”胡迪尼对拖船上的记者喊。

“还没。”他们喊回去。

胡迪尼将手臂伸出水面，表示他的手已经摆脱束缚。

“手铐解开了。”他大喊，然后把手铐丢上拖船，接着又沉下去不见踪影。一分钟后，他再度探出头。

“卜迪尼上来了吗？”他再度问道。他一听到否定的答案就笑了，他的腿在空气中踢了一下，表示一个脚踝已经挣脱束缚。接着他又在水里待了几秒，然后手里拿着脚镣和链条浮出水面。

同时，卜迪尼“沉下浮起，发出咕噜声然后再度沉没”。当他总算被拖上船时，镣铐仍完好如初。“莫纳罕搞错我的暗号了，”他说，“总之，我看到另一个家伙那么快就摆脱手铐就泄气了。”

报纸以“胡卜”比较大做文章，并宣告胡迪尼获胜。“因此胡迪尼证明他配得上世界神秘之王的称号，而可怜的卜迪尼只能让哀伤的海水从头发上滴下来。”《纽约世界报》报道。胡迪尼策划这次的挑战，或许是受到类似噱头启发，他的朋友程连苏曾设计对手金林福。不过程连苏是利用金林福名气的模仿者，而胡迪尼似乎是制造了自己的对手卜迪尼，因为表演之后不久，卜迪尼就从魔术史的册页中消失。有趣的是，这次的特技表演，是胡迪尼第一次在水中摆脱镣铐。

由于胡迪尼正在进行美国的秋季巡回，因此他再度回头用经过验证的可靠宣传公式：以逃狱为戏院演出打广告。他动用自己在警界的所有人脉，这或许是因为还在欧洲时，基兹的一位经纪人曾写信拒绝他要求的酬劳，所持理由就是“我们绝对不可能取得警方的合作，来测试与考验你的脱逃能力。你欧洲与西部的宣传手法在这里不见得可行”。在布鲁克林、底特律、克利夫兰、洛契斯特、布法罗表演逃狱秀之后，胡迪尼终于能在华盛顿特区表演，在那儿解开重军械。

一九〇六年一月一日，他被密勤局用的手铐（《华盛顿邮报》称之为“无敌手铐”）铐起来，然后关进第十管区的警察局。华盛顿特区部队督察长理察·席维斯特少校的办公室就设在那间警察局里，而他正好也是与胡迪尼关系匪浅的警察团体，国际警政首长协会的现任会长。席维斯特“尽全力将胡迪尼关在牢里”，甚至拒绝让这位脱逃艺人过目他要挑战的挂锁。尽管被裸体搜身，胡迪尼还是能逃出三号囚室，闯入存放其衣服的隔壁牢房。在十八分钟内完成这所有的工作。

很快地，媲美大教堂的美国监狱的负责人哈里斯典狱长，便邀请胡迪尼去试试其辖下监狱设备的效能。在累积几天的悬疑感之后，一月六日胡迪尼在宣传与赞助人惠特曼·奥斯古和许多记者的陪同下，造访这座巨大的石造要塞。胡迪尼已经可以预见报纸的标题，他坚持要从戒备森严的二号囚室脱逃，原来那里曾关过因暗杀加菲尔德总统、于一八八二年在牢里被处以绞刑的查尔斯·吉托。接着一群人被领到南翼，那里是可怕的杀人犯区，由十七间囚室构成，全部都是砖造，牢门从外面走道墙壁往内陷入三英尺。这间囚室似乎难以逾越，在戒备森严的门关上之后，L 型的插栓往外移，接着转向右边，滑过钢制的门闩，以此启动弹簧将锁扣住。锁本身包含五个制栓。与许多监狱相同，一把钥匙可以打开整条走廊的每一扇门。

根据报纸报道，胡迪尼第一次去时，便同意立刻被锁进去测试囚室。接着他脱掉衣服，接受搜身，然后被关进吉托住过的囚室，让当时关在那里，因杀妻而等着上绞刑台的黑人汉米尔顿大吃一惊。当汉米尔顿害怕地蹲在一角时，胡迪尼只花不到两分钟就逃出去了。

但他只是在暖身而已。仍然没穿衣服的他，趁着回典狱长办公室的各方贤达没看见的时候，跑去打开隔壁的囚室。住在里面的契斯误以为胡迪尼是逃狱的犯人，于是跟着魔术师经过走廊。往另一扇囚室门走进去，门旋即关上。

“你在这里做什么？”胡迪尼问当时住在里面的克雷伦斯·赫列特。

“我是破门抢劫犯。”赫列特说。

胡迪尼回答：“你真是蹩脚货，否则应该可以逃离这里，跟我来。”

胡迪尼把契斯关进赫列特的牢房，然后带赫列特过来，把他关进契斯的牢房。他对其他囚犯重复做了几次。接着他闯进存放他衣服的地方，穿好衣服，在被关整整二十一分钟后，晃进典狱长办公室。

“我把你的囚犯通通放出去了。”胡迪尼对等待的访客和媒体宣布。两个警卫跳起来冲向走廊。

“不过又把他们全关起来了。”他补充道。

当天胡迪尼得到一封令人印象深刻的信，证明他成功逃离吉托的囚室，并释放一楼所有其他囚犯。“绝对没有任何串通或共谋的可能。”哈里斯典狱长特别提到。

同一天，席维斯特少校也发表声明：“为了找出本辖区监禁囚犯方法之不足，也为了弥补任何可能存在的不安全之处，特准开锁专家胡迪尼先生检查一间现代牢房的锁和附件，随后将他关入完全不同的房间。胡迪尼经过搜身后裸体被关入牢中，并如预期上锁……在二十六分钟之内，他就衣衫整齐地从牢房和走廊现身了。”

“这个实验很有价值，因为本局得知必须使用更进一步的防护，以避免任何锁被打开或破坏……”

“胡迪尼先生并未宣称他能化不可能为可能，这样的他，以绅士与艺术家的风范令观众折服。”

再一次，主要以增加胡迪尼演出票房为目的的宣传噱头，被说成是为了帮助警察局改善监禁效能而进行的公益性社会学实验。席维斯特说得没错，胡迪尼并没有宣称他能化不可能为可能，他需要钥匙或开锁工具才能逃离监狱。裸体接受搜身似乎可以排除这两种可能性，但胡迪尼象征性的袖子里藏着其他把戏。如果监狱用的是装弹簧闩的锁，他可以将一小块楔形木塞入承口，让锁暂时失效。有了这块楔形木，锁看起来好像紧闭了，实际上可能没锁住，或没锁紧，只要用力撞就能把锁震松。

胡迪尼带钥匙或撬锁器进牢房时，有各种避免被发现的办法。有时候他把钥匙藏在浓密的头发里。检查开始时，他会建议警员先检查他的头发。他们不知道涂着黏性蜡的钥匙，就藏在他的手掌中。检查过头发以后，胡迪尼立刻像是反射动作般地用手梳理头发。他其实是把钥匙藏好，好空出手来给人检查。有时候，胡迪尼会用胶带把钥匙粘在脚底。不过这样有风险，尤其如果警察要他抬起脚来接受检查的话。

胡迪尼常常会早一两天去监狱探路，有时候会带贝丝去引开注意力，好让他趁机窥探。据说胡迪尼有能力像照相一般地记住独特钥匙的细节，以便制作复制钥匙。不想靠记忆力时，他会用黏土制作印模，早几年维尔基的密勤局特务，在需要用复制钥匙闯空门时，就用过这种技术。事先勘查监狱，也让胡迪尼有机会把工具或撬锁器藏在牢房里，有时候用透明线藏在厕所的肥皂里，或用树脂粘在长凳下。如果胡迪尼要逃离的是特别令人作呕或寒冷的监狱，也就是卫生条件欠佳的地方，有时候他会在彻底搜身之后，要求再穿上鞋。官员不知道鞋后跟是挖空的，按下隐藏的锁闩之后可以转开。这是魔术用品商威尔·葛斯东的兄弟莫卡纳的发明，无论过去或现在都是很了不起的规避手段。

在胡迪尼用来偷渡必要工具的装置里，最巧妙的或许是他自己的大挂锁。他

胡迪尼在波士顿逃出监狱前拍摄的照片。（卓耶收藏）

会说服他的“监督人”相信，拍照并报道他从许多锁、链中脱逃，会为脱逃挑战带来比较好的媒体效果。接着胡迪尼会在警方的标准手铐和锁链之外，加上他自己外形结实的大挂锁。但警察不知道他的大挂锁有机关，那其实是大挂锁造型的小工具箱，里面装了胡迪尼需要的所有五金工具。

胡迪尼还有一个可以打开来装小工具的蛋形容器。他可以把这个容器藏在喉咙后面，除非是最仔细的狱卒，不然没有人会注意到。

除了这些手法之外，胡迪尼也可以用带钩的钥匙。他会把一个钩焊接在必要的钥匙或撬锁器上，然后在牢房前安排一位警员，请他背对自己，以便在不受监视的状况下工作。在请警员就位之前，胡迪尼会友善地拍拍他的背，趁机把钥匙贴在他身上。进入牢房之后，如何神不知鬼不觉地伸出手来拿钥匙，则是轻而易举的事了。

接着还有最后一招，那是他确信搜身将严格而彻底执行时使用的办法。永远很有运动精神的胡迪尼，在进到牢房里之后，会将手伸出栅栏外与他的监督人及媒体握手。胡迪尼最后握手的人，会是一个戴戒指的朋友，而戒指上的弹簧夹，可以变成藏在掌中的钥匙或撬锁器。借着这最后充满感情的一握，胡迪尼便得到必要的工具了。

虽然胡迪尼脱逃术的原则已经被公开，但当中的细节仍然是谜团。现在我们知道的许多事实都来自史特兰科，他在脱逃术等许多领域都是个活传奇。史特兰科曾经表演过其中的许多脱逃法，也被视为这个领域的大师。他有关这个主题的作品于二十世纪六十年代出版，至今仍被视为标准参考书。

华盛顿逃狱秀值得注意的是，根据报道暗示，这几次胡迪尼并没有按照平常的步骤，事先检查锁和牢房。（他有充分的理由要先去探路。借口要用钥匙试锁，胡迪尼往往可以取得钥匙的蜡印模，稍后再行复制。）胡迪尼不只能从吉托的牢房脱逃，还为杀人犯区所有其他囚犯重新安排牢房，这显示他可能有主控钥匙或复制的主控钥匙。

三月胡迪尼也在波士顿进行类似的演出。这次他只花了十六分钟就逃出可怕的监狱。胡迪尼回到他演出的戏院，然后打电话给威廉·皮尔斯，惊讶的典狱长请他回监狱，好让摄影师拍下他再现跳过监狱围栏的身影。

“你是条汉子，”典狱长一边说，一边紧握胡迪尼的手，“我以为你出来以后会到这里。下次我会把你的衣服带来，那你就非得到办公室来不可了。”

胡迪尼与警察局局长这种事先设定、精确编排的戏码，在胡迪尼一九〇六年

胡迪尼逃离波士顿监狱路线图。（魔术艺术研究中心）

十一月再度造访他位于芝加哥的老巢时达到顶点。“套句娱乐圈的话，在副队长洛罕‘个人导演’下，靠着摆脱手铐牢房为生的胡迪尼，昨晚在刑事总部让二十多名刑警摸不着头脑，”《芝加哥稽查员报》的报道是这样开始的，“已经演出这种节目有六年之久的胡迪尼，只为了一场表演而被洛罕副队长监禁在刑事总部……至于知道如何逃狱对刑警有什么好处，洛罕并未说明。”

“各位警察与记者，”洛罕说，“请退后点，让教授有足够的空间表演吞针。”

胡迪尼表演《吞针秀》，观众看了很开心。但洛罕当司仪当得还不过瘾。

“下一个戏法很精彩。”洛罕副队长一边说，一边递了一杯水给胡迪尼。

“路易斯，给我手铐。”

路易斯·波克听命拿出两副手铐和几副脚镣。胡迪尼脱掉衣服然后戴上镣铐。

“小心、专注、密切看好牢房，”洛罕说，“看教授有没有在牢房里藏东西。现在他要进入牢房。现在我要用力关上门。我把门锁起来，然后，现在我要把挂锁扣上。你还好吗，教授？”

胡迪尼点点头。洛罕要记者离开，于是他们全部退到主室。随着时间的流逝，“洛罕变得有些焦躁”。

“教授会顺利出来的。”他不断向自己保证。

结果教授即时完成，“洛罕先生显然松了一口气”。

“再为这些家伙表演几招吧。”洛罕说，胡迪尼照办，甚至又撬开另外两间牢房的锁，将两间的囚犯换过来。

“这场聚会最后在发雪茄，以及众人不断祝贺胡迪尼和他成功的经历中落幕。任何抽得完一根雪茄的人，都能表演比胡迪尼昨天表演的任何节目更难的戏法。”那位记者下了这样的结论。

胡迪尼与洛罕继续维持密切的关系。后来的通信透露，胡迪尼会寄备用的脚镣零件给洛罕，洛罕则会收集报纸寄给胡迪尼。

尽管胡迪尼继续维持他与警官以及典狱长的关系，却还是在六年后，也就是一九二一年的春天，进行最后一次越狱演出。因为到那时候，一旦出事对他的声誉来说风险都太高。

波士顿对胡迪尼的爱丝毫未减。一九〇六年，他在那里演出将近两个月，细数其事迹的报道持续占据报纸版面。三月初，他接受挑战，要从外面以铁箍圈住的柳条篮子脱逃。挑战者含沙射影，说胡迪尼上周从板条货箱中逃出来时，可能撬开了一些钉子，因此他们找来一个装得下他的柳条篮子。在爆满的戏院，以及舞台上三百名委员会成员面前，胡迪尼爬进篮子，并在手腕上铐了三副手铐。接着他们将盖子盖上，用几个挂锁固定，再以其中一位挑战者的私人封条密封挂锁的钥匙孔。挂锁固定住三个强韧的铁箍，然后再加上半英寸宽的绳索和沉重铁链构成的网子。最后将胡迪尼的隔间拖到箱子旁，拉上帘幕。

胡迪尼花了六十二分钟，不过还是拉开了帘幕。他气喘吁吁，汗水从空无一物的手臂上一路流下来，衣服和头发也很凌乱。观众为他喝彩数分钟，接着他退回后台，花了几分钟才鼓足勇气接受《波士顿环球报》记者的访问。这是他经历过最艰难的考验，他向那位记者保证。他等不及要打电话给妻子，当时她人在旅馆，因为亲眼目睹这特别而严酷的考验会给她带来太大的压力。

在后台，挑战者给他无上的赞美。“我投降，”委员会领导人告诉他，“为了这次要考验你，我计划多年，但我认输。我很满意，你除了自己的力量与聪明才智之外，不靠其他协助，成功完成我和其他委员认为不可能的任务。”记者将每位挑战者的话都印成文字，甚至印出他的名字，伟特医生。他不知道伟特是胡迪尼交往最久的知己。

将近三月底，胡迪尼在波士顿体育协会为一千六百名会员进行一场特别演出。他表演纸牌戏法、《吞针秀》，并在四分钟内挣脱约束衣，破了自己的纪录。当天下午稍早，马萨诸塞综合医院的解剖专家鲁克医生为胡迪尼进行检查。"胡迪尼是我检查过的最突出的人。"

"我检查过山道[1]以及几乎全国所有最令人惊异的身体，但胡迪尼自成一格。"显然这次的检查也让胡迪尼吓了一跳。"他说我的手臂太结实,很难有健康的组织，"胡迪尼对记者透露，"他说我有肌肉弹性受损的危险。我的成功……同时取决于我的灵活度与力量。肌肉弹性受损会大大降低我的灵活度。"

几天后，伟特医生在基兹戏院举办了一个特别的日场演出，邀请当地的医生来观赏。胡迪尼的《吞针秀》令那些医生感到震惊。同样让他们惊讶的是，在表演手铐秀之前，他提议医生将他的嘴唇缝起来，这样就确保他嘴里不会藏钥匙。当然，他的提议被拒绝了。几天后，困惑不解的医生纷纷寄信来，提供奇怪的脱逃办法。"尿道可以轻易用来隐藏一把或数把小钥匙。"一位医生说道。

在波士顿的基兹戏院获得压倒性的成功之后，胡迪尼认为如果他推出自己的节目进行巡回演出，应该可以赚更多。于是他和记者朋友奥斯古合作，签下日本帝国的杂耍团北村、表演传心术的赞奇格以及喜剧团体卡佛与波拉德。胡迪尼在海报上自称"英美最轰动的神秘之王"，负责表演牢房与木桶变身秀，然后再以摆脱镣铐作为压轴。在试图挑战现有连锁杂耍戏院之后，胡迪尼发现他的生意头脑不像他的前臂那样有力，因此五月结束夏季演出之后，秋天时他便回到连锁杂耍戏院演出自己的节目了。

十一月二十六日，胡迪尼在底特律的天普戏院开始一连串演出。演出期间，一位名叫马克·贝克的警察向他挑战，请他挣脱一副手铐。胡迪尼挣扎了四十五分钟，然后从隔间里冲出来。

"这副手铐动过手脚。"他大叫。接着狠狠瞪着坐在楼上包厢的当地业余手铐之王哈里逊·戴维斯。

"是你搞的鬼吗？"胡迪尼说。

戴维斯摇摇头。

1　指尤金·山道，他为健美先生鼻祖，被称为健美运动的奠基者。——译者注

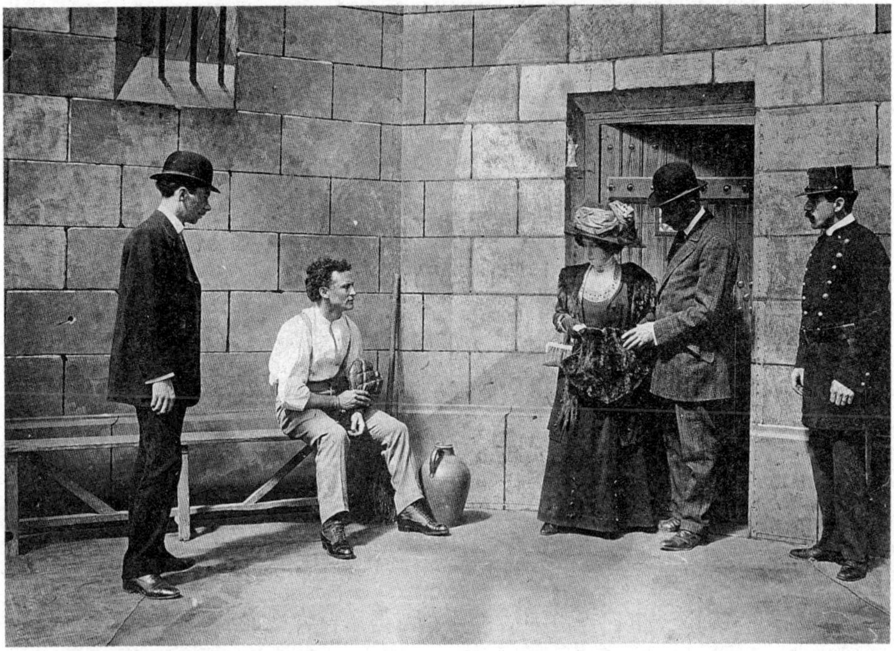

胡迪尼首部电影的场景，描写他从监狱脱逃。（亚佛布克医生收藏）

“我会解开手铐的。”胡迪尼阴沉地说，然后回到隔间里。

接下来一小时，胡迪尼都在设法解开改装过的手铐，观众则屏息等待结果。贝丝受不了这压力，她害怕他已经被打败，“于是哭着躲进她的梳妆室，变得歇斯底里起来。”《底特律日报》记者写道。

最后，胡迪尼走出来，手铐已经打开。观众欢呼，但胡迪尼没心情接受道贺。

“这些手铐动过手脚，无论是谁干的，他都确定这是绝对打不开的。”他大叫。接着又对贝克警官说话。

“这手铐是你的吗？”

贝克显得焦躁不安。

“不是，是一个底特律人给我，要我替你戴上的。除此之外，我什么都不想说。”

胡迪尼立刻怀疑另一位手铐表演者葛罗斯，那是正在水晶戏院演出的对手。

无论如何，这都是令人难堪而且不祥的首演。胡迪尼回旅馆后盘算了一整夜。

他站在贝勒岛桥上，看着二十五英尺下的河流。由于脱得只剩短裤，加上湿冷的风，温度大约是华氏二十五度，即使他在发抖，却好像不受影响。他的心在别处，专注地想着水，忖度从那个高度往下跳，划破水面时会是什么感觉。就在走近栏杆前，他匆忙在信封上写下临时的遗嘱。他写道："我将一切留给贝丝。"突然，他准备妥当。"要做就只有现在了。"他想。他绷紧肌肉。"再见。"他冲动地大喊，然后从桥上往下跳。

桥上数以千计的人全屏住呼吸。

早在一八九九年，胡迪尼就考虑过戴手铐从桥上跳下去的演出。一九〇一年七月有人捷足先登，活跃于英国社交界的魔术师莫里斯·嘉兰，在没戴手铐的状况下，从威灵顿码头跳入雅茅斯的海里。胡迪尼或嘉兰会想到进行这种壮观的跳水演出，可能都是受到纽约市一位赌注经纪人史帝夫·布洛第的启发，据说一八八六年，他为了两百块赌金跳下布鲁克林桥并活着回来，因此闻名世界。后来他的名字成为俗语的一部分，"搞布洛第那一套"变成从事惊人之举或冒险犯难的同义词。

底特律首演时发生的不幸事件，终于刺激他亲自尝试跳水秀。"由于周一晚上在天普戏院表演特技时，在解开一副被他怀疑动过手脚的手铐中途遇到困难，因此胡迪尼决定向大众证明，他神奇的脱困力并非浪得虚名。"《底特律自由报》记者在跳水报道里提到。于是胡迪尼在同事和记者的陪同下，到警察局借了两副最坚固的新手铐。接着一行人又去警察局仓库弄来一条一百五十英尺长的绳索。然后一起搭电车到桥那儿去，结果现场"已经黑压压一片人海"。

中午过后不久，胡迪尼就跳了。他往下跳的时候，绑在桥上的绳索，也在他身后拖曳开来。他碰到水面后消失无踪。两位经验丰富的船夫在一旁的船上待命，以备万一。有那么一会儿，胡迪尼突然钻出水面，接着又再度消失。然后一只手伸出水面，手铐已经不见了。不久，他的头和另一只手也出现了。胡迪尼摆脱手铐而且活着。他爬出半冻结的水，他的左手因为抽筋不听使唤。观众衷心为他喝彩，他们目睹了娱乐界的新节目：公开搏命秀。

一九〇七年五月四日，胡迪尼又进行了一次跳水演出。在大约一万名的观众面前，包括他的母亲（他在日记里提到，她最近看起来欠安，令他忧心）和贝丝，从纽约州洛契斯特的卫洛克桥没有意外地（至少对胡迪尼来说）一跃而下。他跳下去之后不久，一个穿戴整齐的醉汉大喊："再见啦，哈利！"然后从桥上跳进运河里。"他是游泳好手。"胡迪尼在他的日记里写道。

三月十三日，从匹兹堡第七街桥跳下以前，胡迪尼告诉《匹兹堡领导人报》

戴手铐从桥上跳下，是胡迪尼第一次场面壮观的户外脱逃秀。(亚佛布克收藏)

记者，那天跳水以前，他曾经拍电报给当时也在欧洲进行类似演出的哈定，费用刚好是十三块钱。同一天胡迪尼收到十三封信。他在旅馆换房间，而新房间的号码是十三的倍数二十六号。信里包含十三项新挑战，载他到桥那边的车的车牌数字加起来是十三，而负责拍摄跳水的摄影师，在他的摄影机里装了正好一千三百英尺的胶卷。

“我今天很紧张，”胡迪尼说，“我体内有一种不舒服的虚弱感。”他吃了一个苹果让自己镇定些。然后就往下跳了。时间恰好是一点十三分。

“接触水面一分半钟后，我就已经摆脱链铐准备浮出水面，”胡迪尼告诉媒体，“这时小船四处巡行找我，仿佛命运安排，我快速往上游，正好游到其中一艘船的下面。由于我上升很快，所以一上来头部就遭到可怕撞击……然后再度沉入水中，觉得晕眩还流了血。我撞到船的时候，想到今天遇到的十三号数字，并且做了结论，是否要为自己的生命奋斗要看我自己。就好像一切都完了的时候，我浮出水面，有人欣然伸出手来拉我到安全的地方。为自己的生命负责并不轻松。真的，我是诚恳的。如果没结婚，那又另当别论，不过即使是单身汉，也不该追求玩命的机会。”“那时，我往下看在深处流动的水，接着我下定决心，我要勇往直前，”他告诉记者，“从我往下跳到接触水面的那一刻，我整个人一片空白，我的耳朵里充斥奇怪的歌。如果是冬天，水温近乎冻结，那种折磨真是令人害怕。刚入水的酷寒似乎直刺我的心脏，我常常差点把嘴唇咬穿，那太令人震撼了。”

八月二十七日，在准备跳入旧金山湾时，他写信给波士顿的好友伟特医生："明天我要从码头跳进旧金山湾……或许有一天我的死期就这样到来，但身为宿命论者，我不太担心。”在纽奥良从汽船跳进又深又黑又冷的密西西比河之后，他畏惧那种经验。“那是条令人害怕的河，”他告诉地方记者，“那是我跳过最糟的……跟受过训练的狮子老虎一起工作的人，惨遭横祸命丧黄泉只是时间问题，我的情况也差不多。”记者注意到胡迪尼声音里带着一丝哀伤。“总有一天我会进入水中，我的把戏失效，然后曲终人散。”

房间里的寂静突然被棺材里传来的闷闷的声音划破。前排几个人跑上来，将帘幕拉开，跑到棺材旁边。

“我需要多些空气。”里面闷住的声音催促道。

那几个人交换意见后，请来一位门房。他带来一把钻子，在棺材上打洞，每边各打几个。

“这样好多了。”胡迪尼说，于是那几个人退下，将身后的帘幕拉起来。

当天稍早，胡迪尼回到他以往常去的波士顿体育协会，为那里的会员进行一场特别演出，他要从以螺丝拴紧的棺材里脱逃。此时他正躺在“坚固的标准棺材”里。为了避免有共谋可能在棺材下装活板门帮胡迪尼，因此他们把棺材放在三个锯木架上。

仍然穿着长礼服的他，手戴手铐，脚踝套着脚镣，被抬进木制的禁区里。他挣扎着坐起来一会儿，对观众说了声“再见”，接着工作人员便将盖子旋紧至定位，并在棺材四周挂上帘幕。

起初，观众心醉神迷地盯着帘幕，尤其在棺材被钻了几个气孔之后。不过他们的注意力渐渐从帘幕移开，并衷心相信这个考验对著名的胡迪尼来说不是问题，于是他们开始点燃高级雪茄，讨论运动、世界大事和生意。随着时间过去，雪茄的烟雾越来越浓，终于“好像有人踏到地板的轻盈脚步声”传来。帘幕突然拂开，胡迪尼就站在那里，他的长礼服很凌乱，领子和领带不见了，衬衫裂开，浓密的头发上有零星的木屑。“他喘得好像刚赶上车的壮汉。”一位记者写道。不过他面

记录胡迪尼在波士顿从桥上跳下的连续镜头。（国会图书馆）

带微笑。镣铐后来在依旧密封的棺材里找到。观众以洪亮的叫好声与掌声迎接胡迪尼再度现身，许多人摇晃大礼帽向他致敬。他花了六十六分半钟逃出棺材。

这次的脱逃对胡迪尼造成另一种伤害，至少他是那么告诉记者的："表演整个结束之后，我非常疲倦，担忧的感觉与工作同样糟糕，"他说，"我在棺材里不断想着死亡。"

私底下，他很高兴他的赞助人保罗·基兹悄悄带他到蒸汽室，躲避那些爱追根究底，在脱逃演出后还想替他进行检查的委员会成员。"棺材秀大获成功，"胡迪尼在日记里写道，"比我在波士顿表演过的任何节目引发的讨论都多。表演结束后，基兹带我偷溜到土耳其浴场去。意思是，委员会很想搜我的身，但我们把他们全骗过了，保罗为这件事笑了两天。”

胡迪尼一些最伟大的挑战是在波士顿观众面前完成的，一九〇七年年初这段期间也不例外。他分别从巨型足球、五英尺高的标准热水锅炉、疯人床、卷盖式书桌以及玻璃箱（由他的密友伟特医生设计的挑战）脱逃。二月四日，胡迪尼从普洛维登斯写信给伟特："小玻璃箱情况如何？”十一天后，伟特和其他挑战者（其中有几位是胡迪尼的朋友）带着三英尺长、两英尺宽、两英尺半高、用铰链和特殊螺栓组装的玻璃箱站在台上。箱子里的螺栓头是订制的，特别光滑且无法旋开。他们将箱子放在戏院外让观众检查几天后，在最后一刻换上另一种里面有难以察觉的沟槽的螺栓。胡迪尼只要偷渡一根新月形的小工具，从里面把螺栓旋开就可以脱逃。这种特殊螺栓是一种侦察技术的改良版，利用类似的空心螺栓传递秘密情报。

从一九〇四年起，胡迪尼成为了唯一接受五花八门挑战的脱逃艺人。虽然他的许多模仿者愿意表演手铐与绳索脱逃秀，但只有极少数肯接受更困难的挑战。布林达慕尔接受从纸袋与货箱脱逃的挑战，米斯托以密封的棺材作为箱子脱逃的新噱头，并发出挑战帖，哈定不顾哥哥的强烈反对参加挑战。胡迪尼愤怒地反击，他在舞台上揭穿米斯托，称布林达慕尔为花俏的变装舞娘，还躲着他的亲弟弟，直到贝丝被迫出面调解为止。

胡迪尼与众不同的地方在于，即使不完全是他自己的发明，但每个挑战他都全程掌控。在胡迪尼数以百计的挑战者中，绝大部分都不是他的共谋，事实上，他们是应胡迪尼之邀向他提出挑战的正派公司。尽管如此，挑战者对于自己能造出什么来，也不是毫无限制或他们能全然掌控的。胡迪尼很乐意将细节透露给包装工和箱子制造商。有必要的话，他也愿意提供蓝图。箱子会在挑战前一两天送到戏院，好用来展示招揽生意。

有时候在箱子被送上舞台前，胡迪尼的助手会拿掉几个难缠的长螺钉，换上比较短的。箱子一旦上了舞台，挑战者就会上来看看他们的箱子，在看不出什么所以然的状况下，将魔术师关进去钉起来，一定要用无数钉子钉成最复杂的样子。但那根本毫不相干，反正胡迪尼不是从钉紧的盖子逃出来的。

早在一九〇四年，胡迪尼就想出“再挑战”的妙计。他会表演货箱挑战秀，然后让同一家公司再次挑战他，宣称他们知道他对箱子动过手脚。一九一三年，在标题写着“揭穿胡迪尼！”的大幅单面印刷品上，乔治·史考尔股份有限公司的

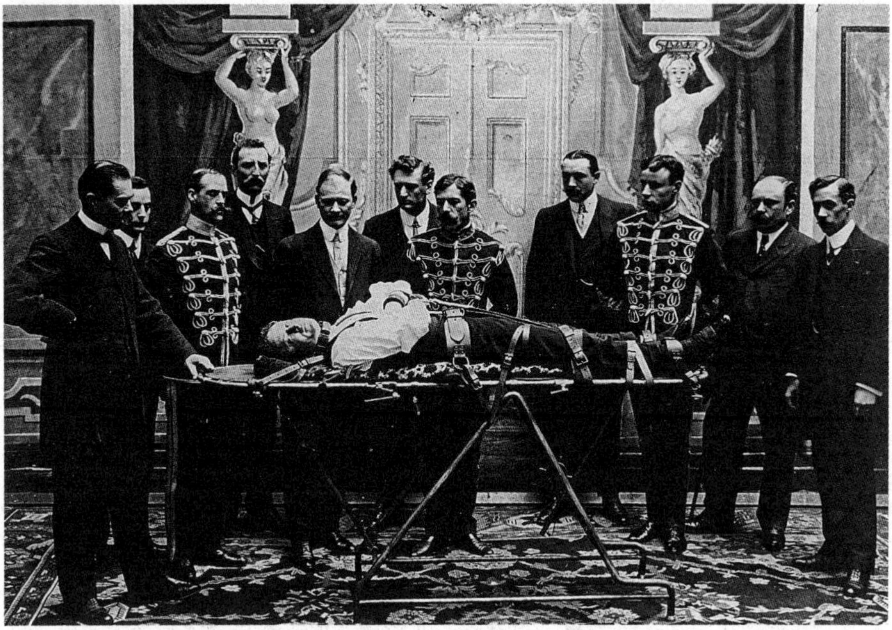

胡迪尼接受许多不同的挑战，包括从“疯人床”上脱逃。（卓耶收藏）

职员写道：“亲爱的先生，上次您到赫尔时，从一个货箱中脱逃。但在箱子的制造过程中，我们使用哪种钉子，如何搬运回来都受到限制。我们对考验的结果非常不满意，为了平息所有的争议，我们要向您挑战，请容许我们用特别厚重的木材、任何尺寸的普通扁头圆铁钉、毫无限制的数量与方式，打造一个坚固的货箱。”有时候这些箱子甚至是在舞台上当着观众的面建造的。胡迪尼使用的办法，与之前脱逃事先制造好的箱子不同，但他还是能逃出来。

在几乎没有大众传播的年代，一般人仰赖地方报纸获得世界消息，只有极少数的戏院观众知道，胡迪尼巡回的一路上都固定表演这种“特别”挑战秀。胡迪尼来的时候，他们免不了要去戏院，因为天晓得这位无敌脱逃艺人，会不会偏偏就在今晚栽跟头。

胡迪尼接受各种看似独特而彼此无关的挑战，摆脱海怪、点燃的大炮、巨型足球、旋转的轮子、牛奶桶、潜水装和铁锅炉。其中许多都只表演过一回，而且绝对轰动。这些自成一格的挑战看似独特，但胡迪尼明白摆脱海怪和足球，多少和从大皮袋或帆布袋里脱逃相同。被拴在点燃后的大炮里脱逃，也只不过是摆脱链铐而已。

有时候他会拒绝那些超出正常范畴的独特脱逃挑战。曾有一位老船长想让他穿上有铅鞋的潜水装，然后将他丢进三十英寻深的水里，要他在不弄湿的状况下脱逃。一位电力公司员工提议，在他周围吹起一颗巨型灯泡，他必须在不打破玻璃的状况下逃出来。一位铅管工想把他放在两个浴缸之间，然后将浴缸钉在一起。一个德国委员会提议，用手铐将他铐在四匹马上，然后引诱马朝不同方向跑。旧金山一位营造商提议在舞台上盖房子，用砖将他围起来。虽然胡迪尼从来没有接受过这些挑战，却因此动了不少脑筋，他也真的想出从围着他盖的房屋里脱逃的办法，只是他从来没用上。

胡迪尼不因自己在波士顿地区的演出感到满足，他甚至到波士顿名人菲的家里进行私人演出。请这位魔术师来亮相，是从菲与赫伯·里兹之间的一段对话催生出来的。里兹是一个富有的波士顿人，长久以来一直都是美国杯游艇赛的参赛者。身为海员的菲坚持，他可以紧紧捆绑胡迪尼让他无法脱逃，里兹打赌菲做不到。赌注是一千元，里兹提议赢钱的话要跟胡迪尼平分，挑战就这样敲定了。

一九〇七年一月二十六日，当着索美塞特私人俱乐部负责人与十位密友（他们私下也投入相当多的赌注）的面，菲在他的起居室里，一个用绳索临时围住，搭得有几分像拳击场的地方，将胡迪尼捆绑起来。胡迪尼听从菲的指示，脱下外套、背心、裤子和领带。他听说过这位脱逃艺人的脚趾很灵活，所以不准胡迪尼脱鞋。菲开始用结实的绳索、紧实的丝质钓线和一些麻绳捆绑胡迪尼。他用线紧紧缠住胡迪尼的脖子，力道之强搞得胡迪尼连舌头都吐出来了。在场有两个人（两位都是医生）抗议菲会害胡迪尼窒息。

“他在伸展脖子的肌肉，”菲解释道，“我必须把绳子绑得够紧，才不会让他得逞。”

“我没办法呼吸了。”胡迪尼说。

菲耸耸肩告诉他绳子有弹性。但因为其中一位医生非常坚持这样胡迪尼会窒息，最后菲总算让步，把绳索松开一些。

接着他把手腕绑得很紧，紧到绳索隐没在膨胀的肌肉里。菲花了超过一小时捆绑胡迪尼，最后，他总算满意。接着胡迪尼花了七十三分钟解开绳索，菲在六英寸远的地方全程观看，确认他没有使用藏起来的刀。不过菲很有运动精神，他爽快地支付了赌金。赌金总共超过一万元。

“那是我经历过的最困难的考验，”胡迪尼告诉一位波士顿记者，“他绑得太紧，我手腕上这些绑痕好几个礼拜都消不掉。我一度以为他要勒死我，而且我猜如果在场的医生没有说服他放弃，他会那么做……虽然身体很痛，但我度过了一段美好的时光。如果这群非常有趣的绅士因我而度过一个愉快的早晨，那我会觉得很开心。”

一九〇七年的其余时间，胡迪尼大都花在面对更新更奇怪的挑战上。“还是一样匆忙。接受三项奇怪的挑战。老天爷！但很难一直维持在最佳状态。”他写信给伟特。在花八十分钟从托利多的另一个锅炉挑战脱逃之后，他在日记里提醒自己：“必须发明对我工作有所启发的新方法。这个挑战已是极限。”有时候，胡迪尼一个星期要面对高达九项的挑战。

即使不工作时胡迪尼也不放松。他夏天不表演，在自己的农场中度过。一九〇四年他生病，医生命令他休息，他买下一座农场。然后花三个礼拜亲手砍了二十棵大树。因为想要有一条通往他家的路，所以他独自清理路上的石头，有些甚至超过三百磅。

一九〇七年秋季开演时，胡迪尼起用新的秘密武器——他的弟弟，来对付对手。哈定在欧洲非常成功，尤其是胡迪尼回美国发展的最近几年。当时美国的竞争日益激烈，像是康宁那样的老对手，或加拿大青年葛罗斯那种暴发户，仍然会对胡迪尼的统治权造成威胁。胡迪尼知道他在欧洲用过的计谋，在这里也同样会奏效。当时胡迪尼在西部的奥菲恩连锁戏院，以及东部的基兹戏院表演。而这两家公司主要的对手，是新成立的克罗与艾尔兰格连锁戏院。在不知出资人的状况下，胡迪尼暗中进行谈判，为哈定与敌对集团签约，成功将真正的对手阻挡在其演出城市可相匹敌的戏院之外。

胡迪尼将“对抗”的价值榨得一滴不剩。哈定搭船抵达时，胡迪尼带记者上船与他会面，“了解他的意图”，报道说这对兄弟在码头上商量很久之后和解。“听说弟弟要来，我非常忧心，”胡迪尼告诉媒体，“虽然他签约要来美国工作，但他说他不会与我为敌，也不打算丢我‘胡迪尼’的脸。我们一向深爱彼此，当我听说他要与我对抗时，心里真的很难过，但我猜美国够大，可以同时容得下我们俩。”

真正伤感情的是，哈定宣传时有些热过了头。当记者问到他对胡迪尼的态度时，他宽宏大量地告诉他们，自己很尊敬胡迪尼，尊敬到愿意付周薪一千元请他担任自己的助手。“这句话一见报，哈利就来找我算账了，”哈定后来描述道，“他说，在广告单上吹嘘自己比胡迪尼伟大没关系，可是这太过分了！我答应他下不为例，就恢复和睦的感情了。”

胡迪尼创造自己最大的对手，并担任他的舞台监督。对于他宣称打败的那些挑战，他也参与制作。每晚都可能有人带着改造过的锁向他挑战，毁掉他的名誉（就像他会派兄弟带着类似的器具去对手的场子一般）。因此一九〇八年三月，胡迪尼告诉记者，他已经累积了许多财富，“为观众识破我的那一天做准备”，并不令人意外。

一九〇〇年以后，胡迪尼把这个已经错综的情况变得更复杂。为美国政府机构、国际警察组织和苏格兰场特殊部门做事，意味着以后他的生活经验，有一部分必然要让人知道、与人共享。胡迪尼这个专业的守密者，从此要保护他自己的另一个身份。到了一九〇六年，有关这些特殊身份的保密，似乎出现一些松动。

该年四月，胡迪尼出版名为《为恶之道》共九十六页的书。海报宣传词说这是一本“揭露成功罪犯内幕”的书，其中大部分都在详述骗子、作弊者和扒手欺骗大众的方法，内容比拆穿“猜牌游戏”还要深入许多。“我很幸运能亲自会见世界各大城市的警察局局长和最著名的刑警，并与他们对话，”胡迪尼在导言里写道，“这些绅士告诉我许多截至目前，不为世人所知、有趣而富教育意义的事例，让我受益匪浅。”

他打算在演出时卖这些书，相对的，这本书有一部分也是某种商业广告书，有一整章叙述胡迪尼职业生涯的重要事件。在论及“骗局”那一章，他甚至替他的医生弟弟李欧普打广告，强调“纽约的怀斯医生发现，他可以将木乃伊放在X光机下辨别真伪”。

这本书得到好评，不过有一本魔术期刊抱怨，书里没有揭露胡迪尼手铐秀的专章。猜想这是“写作时机错误”所致。显然胡迪尼执法界的朋友对这本书的反应没那么好。根据《狮身人面像》报道，这本书被英国与德国警方查禁，而一九三七年《普洛维登斯周日报》刊登一篇有关这本书的文章中提到，《为恶之道》之所以稀有，是因为它精辟的内容完全切合书名，以至于政府要求胡迪尼回收，而胡迪尼也顺从了。

但他并没有完全封口。在创造胡迪尼这号人物的过程中，媒体发表意见与实际出现在舞台上同样重要。一九〇六年三月十一日，胡迪尼出版《为恶之道》几周后，接受《波士顿周日前锋报》长时间的访问，他透露因为广泛接触罪犯，使他总是成为罪犯的目标，要求他教他们脱逃术。“但他总是站在法律与秩序的那一边，并提供给政府的情报部门许多宝贵的资讯。”

在二十世纪的最初十年，哈林区住起来相当安全。胡迪尼的市内砖造住宅兴建于一八九五年，他在一九〇四年以两万五千元买下。根据《纽约时报》的说法，那里属于“时髦的飞地”[1]，距离中央公园和晨边公园都很近。一九〇六年七月二十四日胡迪尼在日记中提到，弟弟李欧普“以为他听到我的公寓里有小偷的声音。他一定是搞错了。截至目前没有发现任何损失……”这种事在当时绝非常态。

但一年后就另当别论。一九〇七年十月二十五日，他在午夜过后不久回到市内住宅。因为紧凑的行程而累坏了的他马上倒头大睡，却被二楼卧室的声响吵醒。过了一会儿，等眼睛适应黑暗之后，他觉得自己看到一个人蹲在房间角落。

闯入者完全没料到他的猎物会跳下床来攻击他，于是他立刻拿起剃刀疯狂乱砍。两人扭打到门厅那儿去，跌下一段楼梯，紧紧缠在一起。噪音惊动胡迪尼的母亲，她跑进门厅后开始尖叫。两个男人继续在门厅里缠斗，这时闯入者的剃刀已遭被害者夺下。利刃转向他那一边。他受够了，于是打开门想要走楼梯逃到地下室去。可惜动作不够快，外套硬是长了一些，让他的对手有机会抓住，就这样两个人又跌下楼梯。

怀斯太太的尖叫声惊动了邻居鲁斯医生和路过的马卡第巡警。他们赶忙跑进屋里，怀斯太太带他们到地下室去，看到她的儿子倒在血泊中，伤势严重。她放声大哭。两个男人发现一扇通往后院的门开着，便跑了出去。他们看见阶梯上有血迹，循着血迹越过几堵围墙来到一块空地，在那儿找到那把剃刀。闯入者已经逃走了。

1　飞地意为国境内的外国领地，在此是形容哈林区早年有许多东欧犹太人居住。——译者注

罗杰·德雷尔收藏

第十一章　弑汝父

十月二十六日，也就是胡迪尼市内住宅发生攻击事件当天，胡迪尼正在洛杉矶的奥菲恩戏院演出。他再怎么伟大，也不可能同时出现在两个地方，被挥舞着剃刀的闯入者攻击的人,其实是与他长相酷似的弟弟李欧普。警方开始寻找“黑人”罪犯，黑暗中，李欧普其实没看清攻击他的人，却从闯入者头发的触感猜出他所属的种族。

攻击事件发生后的早晨，怀斯医生的仆人法兰克·汤玛斯八点来上班。通常这位黑人男仆整天都在这栋市内住宅里工作，睡觉时才回自己的住处。因为没有由外入侵的迹象，而他是屋里雇用的唯一的“黑人”，所以在他来之前，警方早已对他起疑。李欧普准许他继续工作，但整个早上都警惕地看着他。当他注意到汤玛斯一只手一直握着，将手指藏在手掌里时，便起了疑心，假借要给他东西，抓起他的手掰开手指，检查后发现他的手掌上涂了些创伤药。汤玛斯非常冷静地向雇主解释，他前一晚回家踢到石头绊倒，手被路面刮伤。

李欧普接受汤玛斯的解释，让他继续工作。但后来一位女仆发现那黑人“廉价的图章戒指”掉在楼下门厅的阴暗角落，也就是发生打斗的现场，尽管汤玛斯大声喊冤，李欧普还是报警处理。刑警把仆人拖到警察局去，汤玛斯仍坚持他与攻击事件无关。在严苛盘问之后，代理队长马赫“断言”汤玛斯已经完全招供。于是他被关了起来，审讯认罪后，被判十年七个月到十一年七个月的徒刑。

汤玛斯的行凶动机与犯罪证据同样薄弱。各家报纸的报道不尽相同。一家说怀斯医生最近拿到一张华尔街银行的千元支票。他拿着支票去兑现，银行却因为他身份证明不足而拒绝付钱，于是他打电话请朋友陪他去银行为他作担保。他们"推论"那位仆人无意间听到那段对话，认定李欧普家里应该有一千元现金。讽刺的是，两人抵达银行时，当天的营业时间已经结束。

另一个版本也同样错综复杂，这个报道引用李欧普的话，说他正犹豫是否应该把支票存进他在荷兰移民后裔银行的户头里，因为这家银行情况"不稳"，他打电话给朋友，朋友建议他把钱放在保险箱里，于是他便这么做了。他宣称汤玛斯无意间听到他的对话，而且"无疑"地认定他家有现金。他宣称当他看到房间里的闯入者时，那个人正在"我的文件里翻找"。在漆黑一片的房间里。

没有人考虑过一个可以进到屋里的雇工，为什么要杀他的雇主，而不趁其他更方便的时间偷东西。还有为什么一个凶残的准杀人犯，在让雇主受伤一百多处的七个小时后还要来上班，也同样没人提。从激烈近身肉搏导致剃刀易手的叙述看来，一只手上的几个小割伤，与施暴者严重负伤、在三个后院留下血迹的报告不甚相符。在口供到位，汤玛斯漫长的刑期确定后，这件事就此落幕。神奇的是，各家报社在报道胡迪尼家的这起谋杀未遂案时，他竟有办法完全避免自己的名字被提起。

在出版有关犯罪的著作《为恶之道》之前，胡迪尼就已用越来越多的时间来钻研文学。"根据记录，我们家直系祖先中有五代都是《圣经》学者或老师，并且被视为当时首屈一指的目录学家。"他会这么吹嘘。几年后，他会开始写作剖析古老神话与《圣经》故事的书，不过目前，他乐于把他的文学企图放在魔术月刊，而且是胡迪尼风格的魔术新月刊。

胡迪尼一直企图将魔术师组织成一个有力的联谊会，向他的同僚宣传（有些人可能会说是强加）他自己对魔术未来的愿景。一九〇六年他为了追求这两个目标采取行动，首先他成为美国最有力的魔术师组织，即美国魔术师协会的副主席。接着他出版了每期三十二页的魔术期刊《魔术师月刊》。

如果美国首屈一指的魔术杂志《狮身人面像》肯多注意他一些，或许他就不会办《魔术师月刊》了。一九〇五年胡迪尼从欧洲回来时，曾恳求《狮身人面像》的编辑威尔森医生多报道他一点。威尔森回答说，只要胡迪尼肯支付一般市价的广告费，他很乐意常常刊登胡迪尼的照片。这个回应造成双方长期的恶斗，以及一本新杂志的创刊。

《魔术师月刊》与过去的魔术杂志都不同。工作人员包括他大部分的家人，社论则由乔·海曼和戴等朋友提供，给人感觉像是在定期报道一个极度异常的家庭。

一九〇六年九月十五日发行的第一期，就已经定了调。里面满是俗气的广告，有侦探社、亲戚的餐厅、宣称曾为罗斯福总统与麦金莱夫人创造奇迹的维也纳头发和头皮专家，还有哈定，他是“手铐界的王中之王，凌驾（除了胡迪尼以外）所有君主与越狱者的非凡君主”。胡迪尼在创刊词里宣称他不想“取代其他任何杂志”，也“非别有用心”，接着就在下一段，抱怨“其他所有的魔术杂志都操控在生意人手中，被他们用来‘嫁接’商品目录”。

哈定这个“官方欧洲通信记者”提到他在轮船上与纸牌老千大打出手。胡迪尼刊出朋友写来的私人信件，甚至包括陌生人愤怒的来信：“我看过你的表演一次，但你对社会有什么贡献？”而与这古怪内容并列的，是胡迪尼一篇很棒的文章《手铐秀揭秘》。除了透露如用假手指或开衩儿钥匙等正统脱逃技术的秘密之外，那篇文章还详细说明一些非常巧妙有用的演出技巧。“对观众说话时，举止不要夸大或傲慢，要像对重要的朋友说话那样，借此获得他们的信任和好感。无论你有什么担忧或烦心的事，绝不能让观众感觉到你的焦躁和坏脾气，要永远展现明朗愉快的风度。”

《魔术师月刊》反映了胡迪尼的人格。他在月刊里开辟一个叫“回答各种问题”的专栏，里面的内容令人捧腹，包含像“挑剔鬼，以及所有像你们一样的人，去×吧！我们会照自己的意思做，再多的广告也别想改变我们的计划”。他的书评也展现类似的好斗气质，他曾评论一本名为《灵媒这一行》的书，说那个作者是“被支配的灵媒”（刊在每月专题“阅读与垃圾”中）。胡迪尼表明他越是读那本书，就越是坚信那位作者“是受到精神病院院长支配”，如果那本书要透过美国邮递系统贩售，“我们相信政府会派刑警去对付那家出版商”。

尽管会跟敌人算旧账（他称出卖其手铐秘密的英国魔术商为“跑腿男仆”），或对表演同僚放暗箭（“在爱德华国王与亚丽山卓皇后御前表演的……美国魔术师，只不过是个脓包货色。像他那样贪财、愚蠢、妄自尊大的人，竟以为自己未来的地位可以依他现在受皇室恩宠的程度来评断。”），但胡迪尼最大的愤怒，还是留给他的脱逃秀模仿者。胡迪尼津津有味地品尝警方有关其竞争者逃狱演出的失败记录，他甚至鼓励读者将记录那些失败的地方报道寄过来。胡迪尼对敌人的严厉抨击，被其他专栏作家学了去，其中包括雷欧拿·希克斯，他是一位手铐专家与工匠，后来胡迪尼成为他的恩师。希克斯在讽刺过米勒这位“差不多手铐王”之后，表示：“如果米勒不相信报刊写的，就让他到旅馆来吧，我会亲自告诉他，他可以在大厅的大椅子附近找到我。他可以凭我腿上的棍棒和枪认出我。”

一九二一年五月二十四日，胡迪尼造访他的律师伯纳·恩斯特的办公室。时间是下午六点，胡迪尼需要草拟一份合约，但恩斯特肚子饿想吃晚餐，所以他们说好随便吃顿饭，再回办公室处理法律问题。恩斯特跟胡迪尼下楼后走向自由街的出口。可是恩斯特忘了那个出口固定在六点上锁，发现不对后他回头朝另一个出口走，但胡迪尼没跟过去。恩斯特转身看见他正在把弄着那副锁。

“来吧，”几秒后他说道，“开了。”

当胡迪尼问恩斯特对他的本领作何感想时，恩斯特错误地告诉他，他预期那样的锁应该难不倒胡迪尼，他以为这位魔术师应该早已熟悉那种锁了。

接下来几个小时，胡迪尼气得冒烟。拟完合约之后，胡迪尼终于再也克制不住自己。

“你似乎觉得我打开旋转门没什么大不了。现在我要向你证明我是胡迪尼。让我看看你的保险柜。”他要求道。

恩斯特带他到一个房间，那里有一个六英尺高、四英尺宽的赫林霍尔玛文牌保险柜。

“你把保险柜锁好，然后回避六十秒。”胡迪尼说。

恩斯特照办。一分钟后，胡迪尼叫他进来，将数码锁转到正确的数字，然后打开保险柜。恩斯特真的很惊讶。他知道胡迪尼从来没见过这个保险柜，这时他才对朋友表示赞赏。

胡迪尼拿出一封大型保险柜公司的来信，信中感谢他提醒他们注意保险柜的锁的缺点。恩斯特相当佩服。接着，胡迪尼很难得地打开他用钥匙链挂在裤子上的金属盒，拿出一个皮包，再从皮包里拿出一个小东西。尽管恩斯特拒绝详细说明这个“机关”是什么，现在我们知道胡迪尼给恩斯特看的是开保险柜用的千分尺。胡迪尼在一九〇七年九月号的《魔术师月刊》里，透露有一种用来开保险柜的千分尺，那是以一般的手表改装成的订制的成品，即使“在一般人手里”，也能打开任何密码锁保险柜。

由于同具欺骗特质，因此魔术装置与间谍工具有某些共通要素，如隐藏、传递情报以及使用密码等。像是伟特医生具有双重功用的特制螺栓，魔术师与间谍都用过的空心硬币，可以隐藏工具或文件，塞在身体各处孔穴的空心小盒，以及像莫卡纳发明的空心鞋跟等。在决定永远离开美国之前，罗宾森曾经写过一本名为《幽灵石板书写与类似现象》的书。赞奇克过去的伙伴在这本书里，介绍了若干装置，对于间谍活动与伪通灵者同样适用。他详细记录了三十七种不同的秘密书写方式，各式各样的方式（有些使用热气，有些使用化学药剂，还有些利用光线）都很受欢迎，引起许多人的兴趣。事实上这些方法，在第一次世界大战期间的谍报活动中，扮演了重要角色。他也详细说明如何用酒精，使信封暂时呈透明状态，得以在不开封的状况下读别人的信。另一种具有相同效果的巧妙办法，是用胚胎学者使用的蛋杯，来读取不透明信封里的内容。此外，他还细述几种受到严密监视时，特别微妙的情报分享办法，其中两种特殊办法，是应用贴在手上的隐形秘密书写装置。他甚至教读者如何用一条线传送摩斯密码，灵媒或间谍以这种技巧直接获得讯息。当时新揭露的一种秘密，现在称为黑色艺术，是借着穿上一种特殊的黑衣，让情报员或魔术师可以在不被看到的状况下移动。罗宾森也描述过一种原始的方法，为钢笔加上机关，用来射帽子。胡迪尼有一位朋友克雷顿·胡敦，是为军方设计脱逃素材与方法的重要创意人员，多年以后，他把它改造得更具杀伤力，在第二次世界大战期间，协助被俘虏的英国飞行员与部队逃离纳粹德国。

胡迪尼从一九○八年三月那一期的《魔术师月刊》开始，刊登一系列全面介绍密码术的文章。他公开宣称要推广密码，以便“让魔术师彼此能秘密通信，交换戏法与秘密，不必害怕信息被其他人拦截”，并出版了一系列有关密码艺术技巧与历史的书，他宣称这门艺术“经常被用来向我传达友善警告，巧妙地暗示我要提防某事”。

他先教导读者用被他误称为“开窗密码”的方法来传递秘密信息。在德国时，胡迪尼买了几套卡丹格，那是一种特制的硬纸板，上面不规则地挖了几个洞，透过这个硬纸板来看信，就可以看出信中隐藏的讯息。举例来说，原来的讯息是：“周六准备把我儿子带去你家，如果你希望他带最新的《伦敦时报》，请务必告诉我，我一定转达成功。”透过卡丹格过滤掉某些字，看到的信息就变成：“周六准备去伦敦，务必达成。”

下一期的杂志连载包括制造隐形墨水的说明，以及另一种利用组织字母或句子制造新信息的密码。一九○八年六月那一期，胡迪尼要魔术师透过密码沟通的呼吁得到回响，一位业余魔术师瑞明·史东写信建议胡迪尼，每期杂志里都腾出一页，专供业余魔术师的通信使用，让他们以胡迪尼传授的密码彼此沟通。

除了出版杂志之外，胡迪尼也将他的文学企图心导向其他方面。一九○七年十月五日，正在洛杉矶表演的胡迪尼，在他父亲过世十五周年纪念日当天，到当地犹太教堂朗诵犹太教哀悼死者的祈祷文卡迪什。后来在某次搭火车从洛杉矶到堪萨斯市途中，胡迪尼拿出一张纸来，改写了一首伊丽莎白·亚克·艾伦很受欢迎的诗《摇我入眠》。艾伦在诗中想象时光倒流，让她过世的母亲能够来安慰她，胡迪尼则把诗改成献给亡父的颂歌。

一九〇三年秋，胡迪尼手里拿着帽子站在维拉·福里克尔家门前。他整个早上都在那里，却是徒劳，不过他绝不放弃。他打算趁福里克尔这位德国老魔术师走出家门时，偷偷为他拍照，因此而雇来的摄影师在房屋对面的街角闲晃。虽然完全见不到那位魔术师的踪影，但胡迪尼不屈不挠。他先前曾写信给魔术师，请他接受访问，却只得到一张简慢的便签说："大师正在巡回。"胡迪尼知道那不可能，因为他已经八十七岁了。胡迪尼也知道福里克尔过去十五年来都隐居在家，加上前一天与柯钦布洛达的警察谈过后，他确定魔术师在家。

"我再说一次，福里克尔先生出门了。"他的太太倚着门上的窗户探出身子来对胡迪尼说。

胡迪尼不接受否定的答案。

"夫人，你必须帮我，"胡迪尼不知拜托了她多少次，"福里克尔先生是魔术大师，我相信他会很乐意帮助像我这样随时准备拜他为师的人。"

眼泪从福里克尔太太的脸上流下。

"我爱莫能助。"她说。

"请转告你令人敬重的先生，我正在撰写有史以来第一本真正的魔术史，只要他跟我分享他拥有的情报，那么他就可以卸下他对魔术文献的亏欠了。"胡迪尼恳求道。

像这样的对话持续了好几个小时，胡迪尼缠着老妇人，老妇人探出窗外，泪流满面地坚持她的丈夫不在。事实上，福里克尔冷冷地躺在窗户另一头的床上，听胡迪尼说的每一句话。

最后，体力用尽，胡迪尼和摄影师离开那幢房子，但他仍未放弃。胡迪尼从一九〇二年年初开始筹备他的《魔术百科全书》起，就开始收集资料，《魔术百科全书》这本很有企图心的书，包含"从摩西到现代所有魔术师的生平和事件"等。福里克尔对胡迪尼极为重要，因为胡迪尼听说这位老魔术师率先抛弃飘逸服装与累赘舞台装置，而这种革新的表演风格可归功于巫丹。

因此他不断以信件和提及其演出的报道轰炸福里克尔。在俄罗斯期间，他终于得到回应。福里克尔先生说，他很乐意收到装有某种他很喜欢的俄罗斯品牌茶叶的包裹。第二天胡迪尼把茶叶寄出去，不久就收到等待已久的信，福里克尔愿意见这位年轻魔术师。

胡迪尼立刻安排到德累斯顿附近演出，并订下见面的日子，一九〇三年十月八日星期六。他甚至安排福里克尔早几天到德累斯顿，由摄影师替他拍张正式的肖像，好让胡迪尼能在书里放一张他的近照。拍照当天，福里克尔造访胡迪尼演出的戏院，但随员甚至懒得通知胡迪尼，也拒绝告诉他胡迪尼投宿哪间旅馆。当晚表演结束以后，胡迪尼到当地咖啡馆坐坐，“对于远方那一桌的老夫妇紧盯着他看还打手势感到十分厌烦”。他没认出福里克尔夫妇，相对地，他们也因为过于羞怯而没敢接近这位大明星。

胡迪尼比约定的两点早很多到达柯钦布洛达，因此他悠闲地散步到福里克尔公馆。总算抵达之后，他按电铃，电铃听起来似乎特别刺耳。对于即将见到这位在魔术圈浸淫六十年的伟大魔术师，他是多么兴奋。一位妇人打开门。

“他们在等你。”她说。

胡迪尼被带到楼上的起居室去，魔术师的确在等他。只是有一个问题，福里克尔已经死了。

显然压力太大，超过老人的心脏所能负荷。他花了好几个小时准备迎接胡迪尼来访，整理他的节目单，拖出他的金牌和相簿。他穿上最好的服装等候他的客人，再次感到年轻幸福，他的夫人说。

“我们站在一起。深爱这位老魔术师多年的老妇人，以及如果有机会认识他，也非常乐意爱他的年轻魔术师，”胡迪尼后来写道，“他脸上仍有古龙水的痕迹，那是她希望唤醒消逝的灵魂而为他洒的，可惜徒劳无功。地上搁着几块用来擦拭他那张已无生气的脸的布，可惜只是白费力气。在他为这次殷切期盼的相会辛苦写信恳求数月之后，此刻那几块布正在嘲笑这个自认为被打败的人。”

胡迪尼并没有空手而回。当天他留下来访问福里克尔的遗孀，后来又再度拜访了她几次，继续他的探询。他的书将是有史以来最完整的魔术史，不过在行文之间，书的焦点却改变了。那本书不再是过往大师真实故事的编年史，而是对某位魔术师的谩骂，因为在作者眼中，这位魔术师不道德地将别人的创新据为己有，并以此沽名钓誉。《魔术百科全书》不知何故变成《揭穿巫丹》。

自从父亲过世后，胡迪尼便自然受到各种父亲形象吸引。一九〇二年在欧洲时，胡迪尼开始为他的百科全书进行研究，其中第一站就是偶像巫丹的坟墓。胡迪尼在到英国和欧洲大陆巡回期间，便打定主意要向他那些过世已久的伙伴致敬，修复他们有时被遗忘而杂草蔓生的坟墓，或以美国魔术师协会的名义，在那些比较幸运的魔术师同僚的墓前献上精致的花环。“我手里拿着帽子站在巫丹墓前，对于他过去的事迹，我是全心全意地尊敬与崇拜。”在墓前沉思半小时后，他代表美国魔术师献上一个花环。

一年多以后，一九〇三年四月十七日，胡迪尼追踪到一位住在德国穆恩斯特的魔术师亚历山大·海伯格。与这位曾经进白宫在波尔克总统面前演出的魔术师来往，令胡迪尼十分兴奋。海伯格以他个人与巫丹、福里克尔、波斯科、安德森和贝里兹等大人物结交的逸事款待胡迪尼。“即使他从坟墓站起来，也不会更引起我的注意了，”胡迪尼写道，“原本只打算停留几个小时，最后却待了一整天，并且与亚历山大先生一同用餐，但我没心情吃东西，只是饥渴地听亚历山大先生说的每一句。”唯一的问题是亚历山大有所隐瞒。他从未见过巫丹，他与这位法国魔术师唯一的接触，是写信问他是否能取得其回忆录的德国版权。法国魔术师回了一封迷人的信，表示接到如此令人敬重的同僚来信很兴奋，但很遗憾外国版权在出版商手中。我们不知道海伯格是否真有取得过版权，但巫丹的《回忆录》在德国并不是由海伯格出版。

胡迪尼与海伯格见面讨论的事情包括巫丹的《回忆录》，也就是改变胡迪尼一生的书。海伯格否定巫丹的作品，他告诉胡迪尼“巫丹的作品从来都不是自己写的，而是由一位巴黎记者代笔……亚历山大告诉我，这是巫丹亲口告诉他的”，胡迪尼后来写道。亚历山大也告诉胡迪尼，他自己的回忆录《一个现代魔术师》“是有史以来最好的魔术师著作”。

胡迪尼离开海伯格家时，满怀着见到明星的感动。“我们彼此给予最深的祝福，那位老魔术师回去看他的书，我则低头缓缓走进闪亮的阳光里，深深思考各种铭刻在记忆里的事。”

老人缓缓打开一本剪贴簿。

“先生，我只带了一些我的宝贝来给你，先生，但如果你愿意到……”

其他的话胡迪尼都没听进去，他只记得那双手举到眼前“仿佛突然有许多钻石洒落，令我感到一阵目眩”。老人颤抖的手里，拿着胡迪尼追求多年的宝贝：巫丹、菲力普、安德森、布雷斯洛、比内提和卡特费尔托等，许多十八、十九世纪伟大魔术师的原版节目单与广告。“我觉得仿佛是英王站在我面前，我必须向他致敬。”

两个四处漂泊、想要堂堂正正地赚个一百万的年轻人。(亚佛布克医生收藏)

胡迪尼写道。

这位“国王”是名叫亨利·厄维尼恩的驼背老人，由于衣衫过于褴褛，胡迪尼下榻旅馆甚至不愿送他上胡迪尼的房间，而将他赶到大厅的一张椅子上。厄维尼恩从媒体得知胡迪尼对旧魔术节目单和广告有兴趣，因此趁胡迪尼在严重感冒休养时与他约在旅馆碰面。

胡迪尼所谓的致敬，是买下厄维尼恩无懈可击的收藏。第二天他甚至不顾感冒到厄维尼恩家，在那里待了将近二十四小时，浏览他的珍藏。如果不是哈定和医生找到他，硬生生把他拖回床上去，他可能会在那里逗留好几天。厄维尼恩是时运不济的前魔术师与腹语表演者，而胡迪尼赚的钱花不完，所以两个人开始一段象征性的关系。为了交换胡迪尼在金钱方面的慷慨，厄维尼恩花了无数时间在大英博物馆为胡迪尼的书，以及其他这位年轻魔术师感兴趣的题材进行研究。

两人认识一年以后，胡迪尼听说厄维尼恩因喉癌住院。后来又接到进一步的消息，获悉他恶化得很快，于是胡迪尼离开他演出的威干[1]赶到伦敦去。他发现厄维尼恩无法说话，但得知他最担心的是他太太的未来，而且他想要一个体面的丧礼。胡迪尼为他实现这两个心愿。他立刻开始寄汇票给厄维尼恩太太，六月十七日接到老人的死讯时，也立刻赶到厄维尼恩家，支付大部分的丧葬费用。他的仁慈得到意想不到的回报，即厄维尼恩收藏中的“御宝”，满是巫丹节目单的剪贴簿。

从一九〇三年第一次造访海伯格，到一九〇六年秋他的魔术月刊第一次出刊期间，胡迪尼又追踪找到另外几位具有父亲形象的老人，并且花时间与他们交往。在与他们对话的过程中，胡迪尼开始看轻他的“向导与英雄”巫丹。这些人都宣称看过巫丹的演出，包括英国的厄维尼恩与威廉·克雷顿爵士，柏林的恩尼斯特·巴赫，还有俄罗斯的波林，他用来形容巫丹的负面形容词令胡迪尼格外印象深刻。甚至还包括在纽约包厘街拥有魔术店铺的奥图·毛尔。“总括这些人的意见，巫丹没有原创性，只是水准略高于平均的艺人。”胡迪尼写道。因此就本质来说，他是个模仿者。

从一九〇六年九月第一期的《魔术师月刊》开始，胡迪尼透过一系列名为《巫丹揭秘》的文章，发表他对巫丹所进行的研究。胡迪尼最大的指控是巫丹窃取其他魔术师的智慧财产，宣称那是自己的戏法。在整个系列的文章中，胡迪尼不断强调有些魔术师的成就被归于那位魔术史上的垃圾，而他这本书的目的就是恢复

---

1 地名。——译者注

他们的荣誉。“我认为巫丹不但给自己不可思议的好评价，还觉得把别人的智慧据为己有没什么大不了。”他在最初几期的连载中写道。稍后提及过往大师罗伯·黑勒时，他的用语更是强烈：“看看各种艺术和职业，再看看旧时代的魔术师，没有一个人被好好记住……画家死后留下画作，作家留下许多著作，音乐大师留下他的灵感，但魔术师要如何为他的天才留下证据？……所以我主张应该有人出来，赞扬过去几乎被遗忘的可怜魔术师，此刻正是时候。”

对于这样崇高的目标，没人能与之争辩。胡迪尼在研究中耕耘出一些被遗忘的父亲形象，看他为这些人的荣誉而战令人动容。更令人感动的是，他将这本书献给自己的父亲，在胡迪尼眼中，父亲是从未在这个世界获得公平认可的伟大学者。胡迪尼相信巫丹混淆了魔术史的真实面貌。连载到一半的时候，胡迪尼想到一个新的书名。这本书不再是《魔术百科全书》，将改名为《巫丹在魔术史中该有的位置》。而他的新宗旨变成：“唯一驱使我的力量，是向魔术界呈现多年来我在国内外认真调查而获得确证的事实，公平对待巫丹之前的魔术师。他亏欠那些人的恩情，比他在自传里着墨的还多。”由此可见，胡迪尼显然想在他家代有学人出的族谱中，占据适当的地位。对于胡迪尼亵渎他们的民族英雄，法国魔术界也合理地表达愤怒，并立刻为巫丹辩护，开始在他们的期刊中攻击胡迪尼。

这时只欠一个挑战，但为时并不长久。在下一期，也就是《魔术师月刊》关于巫丹的最后一篇连载中，胡迪尼不再假装这场战斗与个人无关。“这一系列关于巫丹的文章中，我们彻底革新了魔术史。”胡迪尼滔滔不绝地写道。“巫丹被夺去魔术师与自动装置之王的王冠，这顶王冠被一点一点地分给更早、更名副其实的魔术师。两大洲曾经宣称巫丹是魔术英雄的人，现在称他为剽窃王子。”他说谎道。

有关《巫丹在魔术史中该有的位置》的辩论延烧多年。这本书并非全无优点可言。就魔术史书来说，胡迪尼的确透过发现稀有剪报、大幅单面印刷品和可追溯至一百年前的肖像，找到一些有趣的新资讯，但书中的逸事与分析却充满错误与全然的谎言。未决的问题是，他为什么要这么做？

胡迪尼是个了解人性的聪明人。他的生涯证实了这一点。我们知道，严厉谴责眼中的敌人，并不违背他的个性。他一生都在做这种事，寻找目标，伤害模仿者和可能曾经侮辱他或他家人的人。但他对那些人的仇恨，都比不上对这位曾启发他的老魔术师来得强烈，而且这位老魔术师已作古许久，无法像胡迪尼的其他对象一样，起身辩白。虽然胡迪尼公开指责他过去的导师，但对于巫丹的魔术理论他仍深信不疑，而且一再以行动效法他曾经尊敬的榜样。

巫丹，伟大的大师，也是胡迪尼名字的起源。(魔术艺术研究中心)

海伯格不断对胡迪尼说谎，编排他从未见过的魔术师，但要说胡迪尼是被那位毒舌的老海伯格洗脑，却是过分简化。说得仁慈些，这个由年老、久经遗忘的失意魔术师组成的小圈圈，破坏他对巫丹的敬意，是为了激起他的同情。或许攻击优雅的法国魔术师，也是他们夸耀自己的方式。这些人在胡迪尼的心中，或许是代替了父亲的位置，而他父亲就跟这些可敬的老人一样，从未获得世人应该给他的认同与喝彩。著名的魔术史学家瑞奇·杰提出一个有趣的理论，他转述美国著名小说家与作家高尔·维多的话："对胡迪尼来说，赢还不够，别人必须输。"他觉得他必须贬抑他的恩师，才能显得自己更伟大，即使如此，他攻击巫丹仍是错误的。此举也引起反弹，巫丹仍被视为杰出人物，但胡迪尼恶毒的做法，却永远摧毁他作为一位历史学家的公信力。

《巫丹在魔术史中该有的位置》所引发的争议，未曾影响胡迪尼这位超人。这个创造出来的人物仍然固若金汤刀枪不入，但在割开锁链、剥下神话的表层之后，你会看到一个未受教育的男孩心怀怨恨，让这种黑暗的毒液，永远玷污了胡迪尼这个人。

沉浸在历史与文学中的胡迪尼，似乎总算要实现他长久以来的渴望，从脱逃艺人的累人工作上退下来。第一期的《魔术师月刊》推出之后，他过去在"马可教授"时期的老搭档伯特·基尔比，立刻胆怯地写信问胡迪尼，是否愿意把他的节目卖给他，因为他听教授说胡迪尼在纽约发行杂志，而且"准备放弃演艺事业"。他还补充说，要不是听说胡迪尼准备退休，他绝不会问这个问题。

胡迪尼扬言要退休，甚至诉诸文字。胡迪尼曾经在他的第一期杂志中，发表一篇名为《手铐戏法》的文章，解释为何此时可以放心地透露一些手铐戏法的秘诀："因为我即将退休。并借此昭告天下，如今许多人赖已为生的节目或表演，是本人不才在市场上率先推出的。"一九〇七年十一月四日，他告诉《堪萨斯市邮报》，这是他在美国的告别演出。他打算一九〇八年五月前往欧洲，履行为期两年的合约，然后"引退过自己的日子，从事魔术领域的研究"。十天后，他写信告诉老友伟特医生，他确定赴欧前会再度到波士顿演出，但"或许是最后一次了"！

一九〇七年年尾，观众对胡迪尼各式各样的脱逃秀似乎已经习惯。现在他们知道手铐、脚链、约束衣、货箱、上锁或捆绑的行李箱、玻璃箱、棺材，甚至巨型足球都关不住他。一九〇八年一月六日，胡迪尼开始在圣路易的哥伦比亚戏院表演。第二天他的母亲来访，逗留了一个多礼拜。或许他想弥补与她分离的时间，或许只是对过去三年的巡回感到疲倦，也或许是观众觉得胡迪尼的表演毫无新意，总之进账明显减少。一月二十日预定为期四周的演出进入第二周时，经理塔特把胡迪尼叫到他的办公室去。

塔特示意他找个位子坐，胡迪尼谨慎地坐下。

“我想你知道我为什么叫你来。”塔特说。

“不，我不太清楚。”胡迪尼说。

“或许你从你的小隔间里看不清楚，不过戏院里的空位太多了。”塔特咆哮道。

“嗯，因为天气冷……”胡迪尼开始说。

塔特砰地一声把文件用力摔在桌上。

“天气倒是没妨碍艾娃·坦圭在芝加哥高朋满座。”他一边说，一边突然从椅子上站起来，绕过桌子走到胡迪尼坐的地方。

“我不知道你有什么办法，不过你最好赶快想点对策。你在这里还剩两星期，如果情况没改善，你对我来说连五块钱的钞票都不值。”

胡迪尼只是直直盯着前面。塔特的话与哈吉森残忍的捆绑同样伤他很深。或许他会比预料的更早退休。胡迪尼从椅子上站起来。

“我希望你错了，塔特先生。”他说。

第十二章　死神造访舞台

魔术师消失在特大号的牛奶罐中，水因此从罐缘溅出，这时观众紧张得倒吸一口气。时间是关键，因此他的助理迅速把金属盖盖上。台上有六位观众围着牛奶罐，助理从他们手中接过锁，迅速锁好盖子，搬出隔间围在罐子旁边，再拉上帘幕。现在只剩等他脱逃，不然他就会被淹死。

怎么搞的？这东西怎么不动？这是变态的恶作剧吗？

他从里面敲牛奶罐，越来越慌乱。罐子本身有机关，罐颈又分内外两层。盖子锁在外侧的颈部，因此表演者只要推罐子顶端，整个外层的颈部（和锁住的盖子）就会往上移动然后掉落。但他不知道演出前，舞台工作人员把罐子从卡车上卸下来的时候曾经摔落过，在罐子上留下让两层罐颈无法滑动的凹痕。这下他真的被锁在装满水的牛奶罐里了。

管弦乐团演奏音乐，观众等待又等待。两分钟后，一位助理意识到可能出大乱子了。他往隔间里看，罐子没有动静。这时已经慌了手脚的他翻倒隔间，赶忙要打开挂锁。

观众选出来的委员会上前阻止。他们是好意，却造成混乱，现在各个锁的钥匙全混在一起了。同时，发现出了可怕差错的观众们陷入狂乱。这时，魔术师的太太歇斯底里地冲上舞台，让事情更复杂。

宝贵的时间一秒一秒地过去，总算找到一一对应的钥匙。锁终于全部打开，助理拿掉盖子。看起来奄奄一息的魔术师，从牛奶罐被拖出来安置在地上，水像瀑布般洒在舞台各处。谢天谢地，这时戏院帘幕已经放下，戏院医生赶忙上

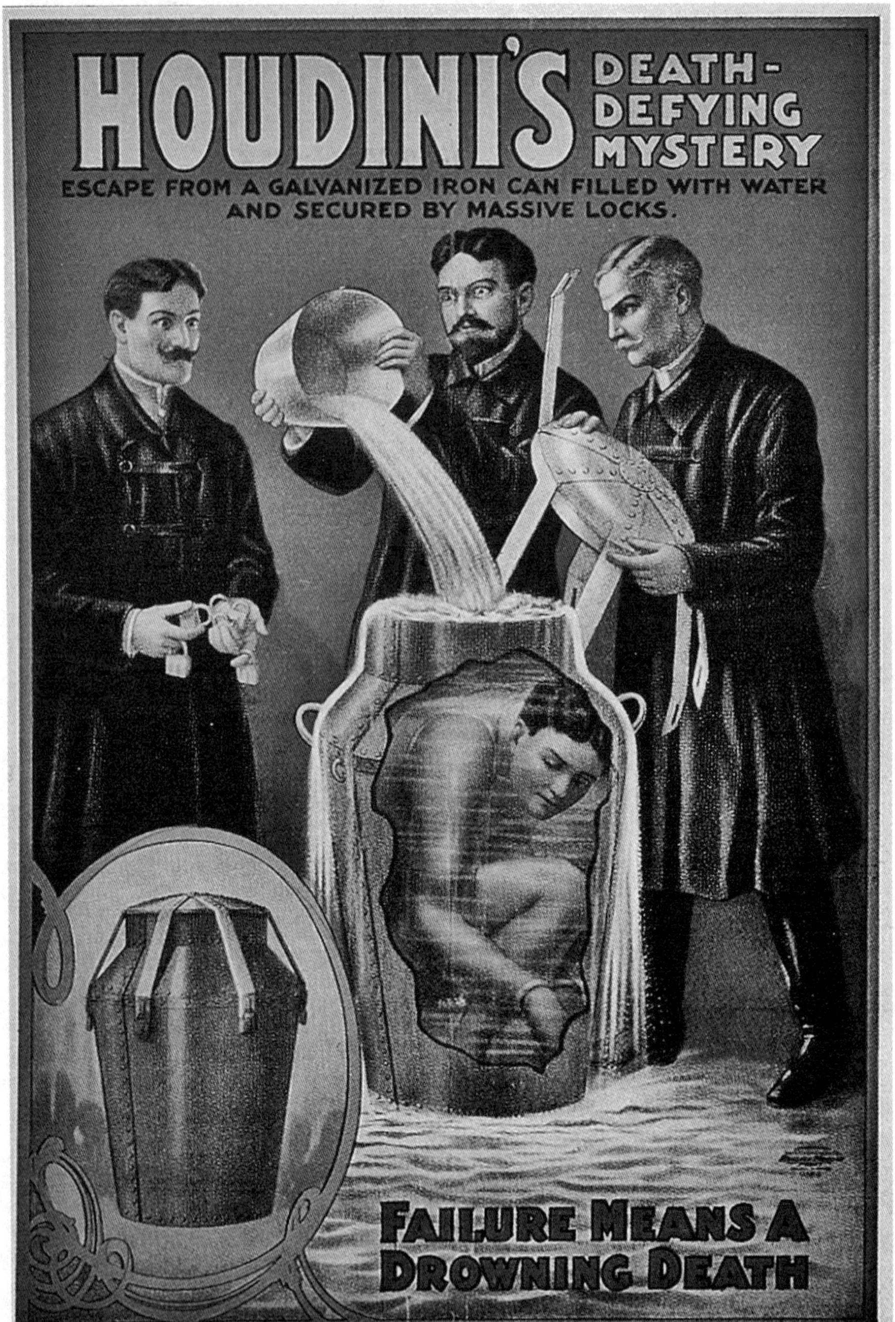

胡迪尼的《牛奶罐》脱逃秀。(塔德·维尔收藏)

台，开始进行人工呼吸。脱逃艺人恢复部分意识后，紧急被送到当地的医院，他告诉医生，表演这种脱逃秀超过十年，这是他第一次出不来，但也是最后一次。一九三〇年，以“格尼斯塔”作为艺名的罗伊顿·约瑟夫·吉伯特，在送医不久后于医院过世。让他致命的表演，正是一九〇八年让胡迪尼事业再创高峰的代表作《牛奶罐》脱逃秀，让胡迪尼得以将户外手铐跳水秀所呈现的真实死亡威胁搬上舞台。这是非常重要的转折点，不只对他个人如此，对整个魔术界来说亦然。与隔空接子弹不同，尽管是以真枪实弹演出，通常仍被观众视为“戏法”。以往魔术师从不会把真实、近在眼前、攸关生死的风险搬上舞台，作为演出失败的后果。

格尼斯塔悲剧性的死亡，不是《牛奶罐》秀造成的唯一一起事故。哈定也几乎死在牛奶罐里，有一晚他昏倒在罐子里，逼得他的两名助理不得不用消防斧头劈开罐子，把不省人事的他拉出来。休息几天之后，他又回到罐子里，继续表演同样的节目，直到六十九岁过世为止。

胡迪尼或许认为这样危险的节目可以遏阻模仿者，因为他花了好几个月的时间，进行严格的体能训练之后，才敢尝试这项绝技。胡迪尼一向拥有长时间憋气的惊人能力,他开始练习并经常打破三分钟的人体极限。一九〇七年十二月十七日，他在罐子未加水的状况下试演这个节目，称之为“镀锌液态空气罐脱逃秀”。除了在观众面前试演，更重要的是在刚从纽约动完手术的贝丝面前演出。“她看我表演罐子戏法觉得很精彩。我拿十元跟她打赌，看她能否猜得出我是如何办到的。结果她猜不出来，很好。”他在日记里写道。

胡迪尼精彩的新节目是由他的朋友蒙特拉维尔·伍德发明的，伍德是一位杰出的发明家，也是爱迪生的旧识。伍德在沙托克瓦文化讲习会的巡回演说中表演娱乐节目，展示他的发明。他定居在芝加哥地区，发明过的东西包括有两个按钮的电灯开关、新型的水雷和可以帮助飞行员在夜间或强风中飞行的回转仪等。他也鼓吹使用长距离单轨铁路，并设法让壁纸能在白天储备充足的光线，可以在夜晚照亮房间。在研发这种牛奶罐初期，胡迪尼和伍德通了很多信，伍德后来想出八种办法，让胡迪尼在观众彻底检查过罐子之后仍能逃出来。

胡迪尼开始表演《牛奶罐》脱逃秀，与圣路易戏院经理塔特否定他对观众的吸引力有关，这一点从他的日记可以明显看出。被斥责后隔天，他开始测试他在水中的耐力。他担心自己只能憋气两分钟，因此开始跑步强化他的肺。两天后，他在真正的罐子里练习，他发现要二十二桶的水才能把罐子装满，而在他进入罐子后，要加七桶才能把溢出来的水补回去。

伍德摆出优雅的姿势。（爱荷华大学）

这个魔术效果看起来“很好”，令人满意，于是胡迪尼在一九〇八年一月二十五日首演。他邀了圣路易媒体到场观赏第一场新的脱逃秀，大家却懒得来，结果他们错过了一次展现大师技艺的精湛演出。表演开始前，胡迪尼邀台上的委员会仔细检查密封的镀锌铁罐。等委员会确认罐子没问题之后，胡迪尼的助手开始用桶子把水倒进去，魔术师则趁机下台换泳装。回来之后，他宣布“如果被剥夺维生所需的空气”，人在水下只能存活极短的时间。但他要先进行一分钟的测试，证明自己有能力比多数人在水下待得更久。一位助理拿出“世界上最大的码表”，计算他没入水中的时间。胡迪尼请观众从他的头没入水平面下的那一刻起，也试试自己憋气的能力。

接着胡迪尼脚先踏入罐子，再从狭窄的开口滑进罐子里。水从旁边溅出来。观众倒吸一口气，仿佛胡迪尼已经表演了什么了不起的节目似的。这时观众仍看

没入水中之前的胡迪尼。（卓耶收藏）

得到胡迪尼的头，助理重新把罐子填满。胡迪尼挥手然后没入水中。当他消失之后，所有的观众都开始憋气。观众席一片寂静，三十秒后，多数观众都开始喘气。一分钟结束后，一位助理踢了踢罐子，那是请胡迪尼出水的信号，他看起来若无其事。观众为他热烈鼓掌。

真正的工作这才开始。他再度蹲入罐中，助理加水填满。接着迅速以六副挂锁固定罐盖，再将隔间就位。管弦乐团突然开始演奏流行歌曲，许多观众无声地唱着歌词："许多勇敢的人儿在深处沉睡。水手，请小心。水手，请留意。"

巨大的码表一秒一秒地记录着时间。到了九十秒的时候，忧心的库柯尔带着消防用斧头出现。他快步走向围栏，将耳朵贴在布帘上。他的手紧握斧柄。两分钟时，戏院紧张到几乎令人无法忍受的地步。当码表走到三分钟时，观众开始发出担心的呼喊。库柯尔举起斧头，正准备拉开帘幕劈开金属罐时，湿淋淋的胡迪尼突然拉开帘幕，接受观众发自心底的赞美。站在后面的助手，则将罐子里的水放干，向观众证明水是真的还在罐子里。

由于胡迪尼的水罐脱逃秀实在太令人震撼，因此大家又开始争辩他是如何办到的，甚至有些灵媒主张，胡迪尼能成功是凭借某种神奇的超自然力量。他似乎也乐于让人摸不着头绪，如果访问者没提到这个主题，胡迪尼往往会无缘无故将“超自然”这个词加在自己身上。当然他会否认他有这种力量，但他又会利用这个字词暗示的确有此可能。像他这样的表演大师很清楚，如果你提到某件事然后加以否认，那么你的否认反而会被忽略或遗忘。当人被要求忘掉某件特别的事，这件事在心里就会特别突出，也最难以忘怀。

一九〇七年，胡迪尼准许普洛维登斯当地一家报纸，在一则广告里使用他的名字和肖像，受委托的艺术家创作了一幅胡迪尼身体消失，在烟雾掩护下从货箱中脱逃的肖像。原本以为他会反对，拒绝刊印这样的肖像，结果正好相反，他不但保留这个将自己描绘为超自然存在的肖像，而且连续好几年把它用在自己的广告里。同年，他从脆弱的薄纸袋脱逃，令波士顿观众啧啧称奇。他如何摆脱纸袋、绳索和仍完整封住袋口的绳结？这与他大部分的脱逃演出有着根本性的不同。这不是监禁，谁都逃得出来，只是非得破坏纸袋或包裹不可。显然钥匙和撬锁器派不上用场，他有其他的秘密。一九一四年，胡迪尼在宣传另一项神奇脱逃秀时用了“逼近超自然的技艺”这句话。后来，他甚至提供各种包装好的故事，以报社的名义逐字刊登。不只一则宣称“据说他拥有消失的能力，但他仍维持神秘的沉默”。打从一开始，胡迪尼就知道，他如何脱逃的问题将会追着他跑。为了回应这个问题，他想出一个很聪明的策略，一方面否认他有超自然力量，一方面暗示他有一个秘密可以解释他所做的一切。当然，大师没有一个秘密，而是好几百个，当他宣称有一件事可以解释他所有的力量时，他看起来更加令人好奇而神秘。

新脱逃秀得到的反应令胡迪尼兴奋。“新的罐子戏法是我创造过最棒的节目……看起来非常出色，而且几乎不会被拆穿。”他告诉伟特。无论在美国或后来的英国，观众都想不通他如何脱逃，但他表演很久，都一直无法为这个节目想出一个响亮的名称。五月时，渴望为节目命名的胡迪尼，登广告悬赏二十五元，给任何能为“这个谜”想出适当名称的人。他收到如“罐魔”与“阿里巴巴神秘罐”等投稿，但赏金一直没被领走。

爬过一楼相当简单。因为砖很大块，而且胡迪尼可以抓住每块砖间的缝隙。一旦他爬到二十尺高的地方，工作的难度就提高了些。阳台栏杆派得上用场。他

在罐子里。(国会图书馆)

胡迪尼可能逃脱的方式之一。（乔治与珊蒂·戴利收藏）

吊着爬到上面休息一会儿。脚下的街上，有些困惑的路人停下来盯着他看，其他人甚至没有停下脚步。虽然徒手从建筑物侧面爬上去不是天天有的事,但“苍蝇人”已经够多，累垮的平凡纽约人根本不会去注意。除非他们从建筑物上掉下来血溅当场，那是“苍蝇人”哈利·杨的命运，一九二五年，他从纽约的玛汀尼克旅馆的二十层楼坠地而死。不过，胡迪尼不是一个会因危险而却步的人。他的心被手边的工作占满。

当他爬到距离三楼四尺的地方，贝丝将头探出窗外，一看见他就尖叫。接下来几秒她紧张兮兮，直到他安全爬过窗户，将他用牙齿咬着的红玫瑰交给她。这朵红玫瑰见证了他们结婚十四周年纪念。

这是一个生动的故事，完美无误地呈现了他们的关系。胡迪尼是大胆、浪漫、虚张声势的莽汉，贝丝则是紧张、脆弱的操心鬼。到了一九〇八年六月，他们在一起已经十四年，两人之间仍有火花足以激发如此浮夸的示爱。或者这更能说明胡迪尼无法放弃表现自我的机会。无论如何，这一年贝丝并不好过。因为受到神经衰弱等各种疾病的困扰，让她较少陪胡迪尼四处巡回。巡回对她造成伤害，而且在推出水罐脱逃秀之后，《变身》已经从节目单上消失。现在她把时间花在确认哈利是否记得换内衣。

三月时贝丝仍在生病。“她最近不舒服，需要休息。”胡迪尼写信告诉伟特。到了四月中旬，有朋友问起贝丝是否康复，能否可以陪胡迪尼上路。巡回演出的生活对贝丝来说，从来就不是件容易的事。她一直很迷信，其程度即使以怪胎表演者的标准来说都不正常。如果她听说有人在梳妆室里吹口哨，事后无论经过多少年，她绝不会再踏入那个房间，因为她深信那个房间仍被恶灵诅咒。你绝不可能看到她穿戴任何黄色的东西。一九〇二年胡迪尼在英国班来[1]演出脱逃秀遇到麻烦后，贝丝冲进她的梳妆室，扯掉一条她第一次穿的黄色紧身裤。盛怒中，她把紧身裤撕成碎片，因为她深信这件裤子给她丈夫带来不幸。

从现存某些胡迪尼给贝丝的纸条看来，她强烈的情绪变化让他在贝丝面前几乎是战战兢兢，但他的个性绝对是她情况恶化的主因之一。一九〇九年年底，胡迪尼的密友罗特堡坦白写道：“你提到贝丝身体好转许多。其实无论何时你都可以尽量少让她烦心，让她健康。别像旋风一样出现，一股脑说很多话，对她说话要慢慢来。她神经过敏，心思脆弱。任何时候只要有事令她紧张，她就会严重伤害自己。换句话说，跟她在一起要尽量悠闲，这样对她会很有帮助。如果往后你想出门，像你平常那样东奔西跑，只要不把她牵连在内，都没有关系。你懂我的意思吗？”

一九〇八年春季剩下的日子，胡迪尼巡回美国表演他的水罐秀和约束衣脱逃秀，偶尔在地方增加一两项挑战，招揽生意。在他接受的挑战中，有一个来自威德轮胎公司，他们急于宣传新出的汽车专用铁链。四月在纽约的某个舞台上，胡迪尼让威德的代表用一组他们公司的铁链绑住他，先用链子缠住他的头、脚和手臂，再将铁链锁在一起。然后胡迪尼被捆绑起来，用铁链固定在两个有钢圈的汽车轮

---

1 地名。——译者注

胎上。脱逃秀开始几分钟后，胡迪尼大声呼救。库柯尔拉开隔间帘幕时，发现紧束的链子陷入胡迪尼的喉咙使他脸色发青。移下链子之后，胡迪尼总算解脱，但他体力耗尽，连依惯例要发表的胜利演说都作罢，在库柯尔的协助下“踉跄”下台。

那年夏天，胡迪尼放下工作，甚至说服贝丝到海边去游泳，贝丝上次游泳已经是一八九四年的事了。当然他还是没闲着，除了继续出版他的月刊，准备巫丹那本书的出版事宜，他也跟最畅销的魔术杂志的编辑发生冲突，同时准备夺取全球最重要魔术社团的主导权。威尔森医生曾经是魔术师，后来转行当牧师，然后才改行当医生，他与胡迪尼之间的严重积怨，最早始于威尔森刊登中西部魔术师哈利·罕姆斯写的一则短文，文中宣称西部杂耍协会最近改变政策，打算把所有手铐秀都下放到一角钱戏院去。

胡迪尼视之为对他个人的攻击，因此以恶毒的社论回应，把威尔森与“食槽里的驹”相提并论。威尔森在下一期的《狮身人面像》中予以还击。“胡迪尼年纪轻，要学的还很多。我为他感到遗憾，因为钱已经成为他的上帝，自负让他把自己偶像化。”胡迪尼耳中回响着他与父亲的誓约，回应道：“胡迪尼或许把他醒着的时间和劳动都用来赚取薪水，直到三更半夜，但这是因为他希望年老以后有足够的积蓄养活自己和那些依赖他的人，他可没有滥用所谓的新闻报道，来获取金钱利益，辜负他的专业能力和社会大众。”

情况一路恶化。威尔森告诉其他魔术师，说胡迪尼骂他是“狗娘养的”，还说当过牧师的他有一本“小黑书”，里面塞满三百名已婚妇女的电话号码，他与她们“有奸夫淫妇的犯罪关系”。五月二十日，怒气冲冲的威尔森写信给胡迪尼：“我不明白你为什么要到全国各地去说那些有关于我的难听话……是不是成功冲昏了你的头，让你相信只有你有权表演手铐秀或出版魔术师刊物？……你我都心知肚明，若是除去你所有的钥匙、伪装和其他特制工具，你连最普通的乡下监狱，最寻常的手铐，或最脆弱的干货箱都逃不出来……你可以继续对我的人格进行丑恶的攻击，继续诽谤《狮身人面像》，随你高兴，我不会再多说什么，因为就是有你这种犹太人，才会让高贵的希伯来人，上帝的选民，在世界各地变成被诅咒的对象。”

威尔森开始在幕后运作，破坏胡迪尼的计划，阻止《魔术师月刊》成为美国魔术师协会官方刊物。胡迪尼攻击巫丹的举动已经激怒了一些美国魔术师协会的成员，因此当他要求让他的杂志成为官方刊物时，“激烈的”会议上“没有任何人为我说话”，他在日记里写道，缺乏支持令他伤心。“你说有些人说我做好事全都是为了接广告，”一九〇六年十一月他写信给魔术界一位高贵的耆老奥斯卡·迪尔，

雪地轮胎与脱逃艺术家几乎棋逢敌手。(魔术艺术研究中心)

“我打从内心深处知道，无论我做什么好事，我都只是要帮助在人生旅程中遇到的人，尤其是不幸的可怜人。我可以告诉你，我曾经帮过几十位艺人，有的你连听都没听过。我曾经寄几百元给经济拮据的专业收容所。事实上，我被当作冤大头，但我并没有因此停止援助我的同胞，即使我知道我被占了便宜。你知道我在穷困潦倒时也从未借过一毛钱吗？”

胡迪尼拥有无法否认的个人魅力让人着迷，只要花点时间跟他相处，原本诽谤他的人往往会受吸引而成为他的支持者，威灵就是如此。威灵原本认为胡迪尼“是个完美主义者，就随他自吹自擂吧”。但他于一九〇八年六月与胡迪尼在迪尔的办公室会面，离去时他觉得“跟他好像兄弟”。威灵甚至许诺要在幕后出力，让胡迪尼的杂志成为美国魔术师协会的官方刊物。

在六月六日那场“激烈的”会议上，胡迪尼获选为协会副主席，但没有人支持他的杂志。更气馁的是，胡迪尼曾出资购买意大利魔术大师波斯科被遗忘的墓地，并免费转让给协会，而协会报道此事时，却没提到他的名字，只以“某位会员”带过，因此七月六日胡迪尼就退会了。八月十五日，也就是在他搭船赴欧履行旧合约的前三天，他自己的魔术杂志也宣布停刊。

胡迪尼也计划进行其他改变。多年前他就有预感总有一天得解冻手铐秀，他不再犹豫，因为此时花个一角钱可以买到一打手铐王。现在胡迪尼已经借着各种搏命的表演，如《牛奶罐》脱逃秀和桥上跳水秀，设下门槛，将脱逃界里的男子汉与小儿科区分出来。

胡迪尼借着在台上揭露自己的方法，来表达对整个手铐秀的轻视。一九〇八年四月二十七日，胡迪尼在波士顿基兹戏院的舞台上，拿了一副据称特别坚固的手铐，开始对着一张椅子敲。根据报社记者报道，在还来不及搞清楚状况的时候，手铐就已经打开了。八月时，胡迪尼觉得不妨利用他的模仿者赚些钱，他决定在市场上推出名为“挣脱手铐很简单：由全球知名的手铐之王哈利·胡迪尼为您揭露”的挑战手铐秀。胡迪尼的好朋友罗特堡在英美各种魔术杂志的九月那一期，刊登了一则全页广告，保证“只要有良好的教学与翔实的教材”，搭配“全套装备”，“任何人都能在几秒内摆脱陌生人加诸的任何束缚，如手铐、脚链等”。

胡迪尼也将美国的事业交到他一位能干的门生手中，伟大的雷欧拿，又名哈利·雷欧拿或雷欧拿·希克斯。一九〇〇年当希克斯还是弗吉尼亚州里奇蒙的一个孩子时，就看过胡迪尼表演。六年后，希克斯在一家芝加哥旅馆担任柜台接待，因为贝丝讨厌原本的住处，所以胡迪尼来交涉更换旅馆。希克斯给胡迪尼一间附浴室的漂亮房间，胡迪尼则招待这位年轻人去看他的秀作为回报。胡迪尼在那家旅馆住了很久，等他总算要离开时，胡迪尼建议希克斯可以进娱乐圈试试。这位柜台职员惊讶得说不出话。

“我想你最好进娱乐圈，”胡迪尼说，“因为你看过太多我的演出，你是第一个没跟我一起工作却能理解我的秘诀的人。让你不受拘束到处乱跑太危险了。”

那年夏天希克斯便搬进胡迪尼家跟他学艺。他甚至印了名片，上面写着“经胡迪尼许可演出胡迪尼著名节目的雷欧拿”，以及胡迪尼在哈林的住址。他表演手铐脱逃秀、《变身》，一九〇八年胡迪尼离美赴欧后，他立刻开始表演水罐秀。

八月三十一日，胡迪尼在柏林的布许杂耍戏院演出，观众里有许多手铐专家想要借着挑战胡迪尼打响名号。但因为胡迪尼开始在欧洲表演水罐秀和约束衣脱逃秀，他们只好带着手铐失望而回。这时胡迪尼的约束衣脱逃秀非常受欢迎。“他在舞台上扭着身体四处滚动，看起来非常精彩，让观众兴奋到顶点，近乎歇斯底里。”两位记者提到。

胡迪尼或许借着困难的新脱逃秀成功击退模仿者，但天天做这种极端费力的工作也对他造成伤害。“我现在表演的节目，先表演约束衣脱逃术，接着表演水罐秀。这在我尝试过的表演中，算是对身体最严苛的。”那年九月他写道。那还只是在舞台上，不表演时，他会花时间从桥上进行户外跳水、逃狱、为增加他的收藏寻找新书、拜会老魔术师。也再度为梅尔维尔收集一些情报。

放眼望去，整个河谷都是奔驰的马匹。每匹马上都有一名佩带胸甲与钢盔的骑士，他们齐声吟唱，手上笔直的长矛折射太阳的每一丝光辉。突然间，奔驰的马匹停了下来。一位头戴银盔（银盔上栖息着同为银色的老鹰），挥舞宝剑的英勇人物，从正南方的空地率领分队过来向他们致意。德国的骑兵队刚完成五十里的行军，那是军事演习中距离最长的，而骑着白色骏马的德皇威廉二世亲自向他们致意。骑兵队指挥与皇帝随从互相正式问候，但很快就不再拘泥礼节，甚至可以看到仍坐在马鞍上的皇帝，一边吃三明治，一边喝起德国的好啤酒来了。

每年九月德皇都会召集四天的演习竞赛，邀请各国军事领袖参观强大德军的壮丽阵容，这支全球最大的军队人数多达六十万五千人。美国由派驻柏林的军事专员约翰·威瑟上校，以及德皇从美国请来的宾客雷欧拿·伍德少将担任代表。今年“德皇的演习”在战略要地亚耳沙斯—洛林区举行，因此没有邀请法国或英国的官方宾客。或许这也是他们展示了所有的现代战争装备，却独漏飞船的原因。德国最高统帅认为，飞船的发展离完美还差太远，因此不能在演习中向世人展示。

九月二日德皇回到柏林，参加华而不实的年度军事展示，在滕珀尔霍夫机场上举行了卫兵校阅。当晚胡迪尼到布许杂耍戏院演出前，非常可能混在群众里观看行军行列。英国的梅尔维尔已经于一九〇三年十一月从苏格兰场“退休”，正秘密以“摩根先生”的身份服务于英国新成立的情报单位 MO-5（英国国家安全局的前身）。由于他比过去任何时候都更相信德国将是英国下一个大敌，因此他又再度与胡迪尼联络。九月十五日他在日记里提到，“胡尚未有回音”。

胡迪尼有许多事可以报告，其中特别有趣的是比空气重的飞行器。胡迪尼敏锐察觉到德国在这个领域的进展，写信给人在美国的发明家朋友伍德，告诉他德国对飞行器十分狂热。除此之外，胡迪尼也与德国皇室最高层接触，十月初他造访普鲁士的菲德列希·雷欧普亲王的狩猎小屋。雷欧普是德皇的堂兄弟，也是德国最富有的亲王。十月《吞针秀》，并以牛奶罐秀压轴。“宫里有一副手铐，我三两下就破解了。”他也为年轻的亲王们催眠，用他们的丝巾变戏法。为了感谢胡迪尼的卖力演出，他过去的劲敌，当时已经晋身高级军官的冯·施维辛伯爵，送他一根别针，并为他写了一封亲切的推荐信，十一月时，胡迪尼回英国进行另一轮的巡演。

里面一片漆黑，是那种会突然引起恐惧、罕见的紫黑色，因为无论睁眼闭眼都完全没有差别。狭隘的空间矮得让人无法站直，也窄得让人无法舒适地坐着。密闭空间里的空气稀薄闷热，而且因为汗水和恐惧的气味而发臭。光想象这黑暗有多么深邃就令人害怕，但手只要向外伸出一寸碰触到墙面，又顿时令人脊背发凉。棺材都还舒服些。

远远的某处，有一支管弦乐团在演奏，乐声时而穿插着观众绝望的呼喊，但八寸厚的钢墙削弱外界这些刺耳噪音，混合成难以归类的声响，宛如一首模糊的圣歌。唯一清晰可闻的是由短促、绝望的喘息组成的有节奏的旋律。或许那也算不上什么旋律，只是呼吸声而已。

他的手不受黑暗影响。仿佛第二天性，他的手掠过冰凉的金属墙，对准硕大的机关。先是金属与金属的刮擦声，接着是第一个令人愉快的咔嚓声。他聆听声音特殊的顺序，第二个咔嚓声，更多的刮擦声，咔嚓、咔嚓，然后是砰的重击声。雷鸣般的深沉声音与牢房关门的声音相似，但对胡迪尼来说，意义却正好相反。

一九〇八年十二月，胡迪尼现身伦敦的尤斯顿皇宫戏院，那是一栋不辱其名的美丽建筑。十二月四日礼拜五晚上，胡迪尼接受一位锁匠兼保险柜专家保罗的挑战，要从他带到戏院的保险柜中逃出。胡迪尼接受他的挑战，但要求当天提早将保险柜带到尤斯顿戏院。

挑战当晚，胡迪尼被锁进保险柜里，然后在保险柜前拉起一张帘幕，遮挡观众的视线。根据胡迪尼自己的说法，他“十四分钟”时就逃出去了。然而，之后有半个小时，他并未拉开帘幕得意地出现在观众面前。这类的挑战，可能让胡迪尼在表演中途去执行某个任务且具有不在场证明。我们知道梅尔维尔曾派其他魔术师担任特务，从事类似的工作。

同年，胡迪尼还在伦敦窃取了蓝图。伦敦当地的魔术商葛斯东是胡迪尼的朋友，他于一九三五年为《周日快报》写一系列文章名为《魔术的推手》。在论及胡

胡迪尼甚至可以逃出保险柜。（约翰·寇克斯收藏）

迪尼的文章中，葛斯东详细叙述一则有趣的逸事。话说一九〇八年葛斯东与英国最著名的魔术师约翰·内维尔·马斯基林反目，因为马斯基林出卖这位魔术商，毁约替正在控告他的德国人做证。胡迪尼到英国时，葛斯东把马林斯基的背叛一五一十地告诉他。胡迪尼从来就不是很喜欢这位英国魔术师，因此他与朋友同仇敌忾。他们在葛斯东的办公室时，正好有另一位魔术师进来，告诉他们马林斯基正在秘密研究一种名为《漂浮托钵僧》的新魔术。

"那魔术是怎么做的？"胡迪尼问。

"我不知道，"那个人说，"我很想知道。"

"我也是。"葛斯东说。

"你们会知道的。"胡迪尼神秘地微笑说。

第二天早上，胡迪尼走进葛斯东的办公室，把一个大信封丢在这位商人的桌上。

"到手了，威尔，"他说，"约翰的《托钵僧》的完整计划。"

葛斯东非常惊讶。他问胡迪尼到底怎么弄到蓝图的，尤其对方是像马林斯基那么注意安全的人，但胡迪尼只是"虚弱地"笑了笑而拒绝回答。

"直到今天我还是不知道他是怎么弄到那些蓝图的，"葛斯东写道，"但我知道他前一天没有上床睡觉！无论他用什么办法，都是天纵英明。"

一九〇九年新年时，胡迪尼已经是欧洲最著名的杂耍艺人，每天在伦敦的典范戏院表演三场，然后回宿舍。"可怜的听障房东太太供应的伙食很糟。吃过苹果和晚餐剩菜中任何能吃的东西后上床睡。"胡迪尼在日记中写道。胡迪尼并没有因成功而陷入物质的诱惑，但特别的是，他连基本的舒适需求也不大关心。同年，他的朋友罗特堡再度为这一点斥责他："每次我听到你赚大钱不是因为缺钱，我就很得意。因为到时候你也不知道怎么花，你对享受缺乏应有的了解……不过这是你我永远无法达成共识的老话题。用神秘学的话来说，他们会叫你瑜伽上师，因为你的快乐来自赚钱，而不是花钱。"

罗特堡错了。住大旅馆或搭头等舱对胡迪尼来说没有意义，但他从各种收藏中获得莫大的乐趣，只要跟那些收藏有关，胡迪尼绝不吝惜。一九〇九年他开始把收藏的热情转向其他领域：艺术，他大量买进绘画、蚀刻版画和印刷品。对于教育自己不遗余力的他，开始每天造访博物馆和画廊。他很快就开始跟人争着买霍加斯的蚀刻版画，还出价一千法郎竞标范·奥斯塔德的画作。

胡迪尼新找到的兴趣成为他和贝丝之间不和的源头。有一次深夜他们在计程车上吵架，结果第二天胡迪尼很早出门，去拜访一位老魔术师，在拍卖会上竞标了更多画作，然后替贝丝买了一个装手提包的纯银箱子安抚她。他用密码记录那个箱子的价钱，此举暗示贝丝经常看他的日记。

同时，他还要面对大批新出现的模仿者。在德国，不分男女都有人在桥上表演胡迪尼的手铐跳水秀。胡迪尼的回应之道，是训练一名德国女子跳水冠军表演跳水和罐子脱逃秀，不过胡迪尼似乎没有雇用她的必要，因为女模仿者很快就从娱乐圈消失。一九〇九年，模仿者开始复制他的水罐秀。在美国有一位名叫米娜娃的德国女人给自己起了个"原创女逃狱者与手铐皇后"的称号，以此推销她"最新的轰动演出：从装满水的上锁密封木桶，进行挑战死神的水中脱逃演出"。她甚至以"比胡迪尼更奇妙、更神秘"宣传自己。几年前，一位女性模仿者曾经厚颜自称"林肯·胡迪尼小姐"，"胡迪尼"印得比"林肯"大三倍。

约翰·克兰博也模仿胡迪尼。原本是角力选手的他，靠表演"绞不死的男人"挣得一点名气。很不幸，有一晚绞索松脱，才发现他"可能绞得死"。克兰博失去意识垂挂在绳索上，整整两分钟后他的助理才发现情况不妙。克兰博躺在医院病床上休养时，想出一个新的人物"手铐与西伯利亚越狱者"。克兰博开始表演许多胡迪尼的脱逃秀，甚至结合《变身》来美化水罐脱逃秀。依他的设计，台上要放两个水罐，一个满的，一个空的。克兰博进入装满水的罐子，他的助手则进入空的那个。一分半钟后他逃了出来，当他打开装满水的那个罐子时，里面装着他的助理。

注意到克兰博以"绞不死的男人"出名，胡迪尼写道："这或许令人遗憾，有人靠别人的名声获取工作，还厚颜无耻地借着揭露原创者的方法来抹杀事实，对这种人多说无益。"但律师说的话就有用多了。胡迪尼提出起诉后，似乎选择在庭外和解。克兰博"举白旗"，胡迪尼写信告诉葛斯东："他保证不会再以这么恶毒的方式用我的名字，我相信他是真心的。"

米娜娃和克兰博并不是特例。有位法国艺人史廷模仿胡迪尼的一切，甚至包括他的广告。胡迪尼规模越来越大的脱逃秀，从单纯摆脱手铐与越狱，到戴手铐从桥上跳水与水罐脱逃秀等，有略微筛减模仿者的人数。这是理所当然的。有一个叫阿尔布特斯的人，企图在一月严寒的气候中，在新泽西的大西洋城的海边表演约束衣脱逃秀。由于海浪太大，因此他到小海湾去，潜入水中，挣扎着要摆脱约束衣。下沉两次后，他终于脱掉约束衣浮出水面。不幸的是，那时他已经昏了过去，救生员必须在他被淹没以前救他上岸。另外有一位脱逃专家曼基斯在套着

西伯利亚模仿者克兰博。（约翰公共图书馆）

镣铐跳水后，失去意识被捞起。还有一九〇九年四月，名叫黎卡度的手铐王从德国巴伐利亚兰休符市的鲁伊波德桥跳下水。也无法摆脱镣铐，结果淹死，

“听到黎卡度过世我真的很遗憾，”一九〇九年七月二十五日胡迪尼对《伦敦仲裁人》说，“想尝试这种技艺的人，应该先弄清楚他们要做的究竟是什么。我不在乎与任何人竞争，因为竞争是健康的，但如果他们偷我的节目，表演得很糟，还大声嚷嚷，那我是真的无法接受。他们这些蹩脚的剽窃者很可能对我的演出造成伤害，因为大家很容易把特定种类的演出全部归为一类。”

黎卡度的意外有一段幕后插曲，脱逃艺人瑞克斯·帕玛·戈登在数年后宣称，胡迪尼曾雇用他假扮黎卡度，故意搞砸鲁伊波德桥的演出。“与胡迪尼合作，以黎卡度的身份，在某个礼拜五从巴伐利亚的鲁伊波德桥跳下水，结果我不省人事被捞起。这样我的任务就达成了……然后礼拜一胡迪尼加入，礼拜二上场，像平常一样成功。”胡迪尼捏造挑战，创造自已的对手然后予以打败，非常高明的创意。

在面对有死亡危险的特技演出时，胡迪尼从来不会躁进或鲁莽，他一直主张只有把安全放第一位的巫师才是成功的巫师。他会准备充足，让整个表演环境对他有利。但是，不管在台上或在户外的演出，他的表演仍有致命的可能。一九〇八年六月十七日，胡迪尼身上戴着沉重的镣铐，在超过两万名观众面前，从大西洋城的杨氏观光码头跳下水。通常在不熟悉的地方，他会采取脚先下水的姿势，但这天尽管救生员曾劝阻过他，他还是决定以头部向下的姿势跳水。他完美地划破水面，但头却撞到海底。头昏脑涨鲜血直流的他，还是成功解除了他的手铐。

在伦敦的尤斯顿皇宫戏院演出时，他接受当地乳品公司的挑战，从他们的牛奶罐里脱逃。尽管那是一个很大的牛奶罐，但对胡迪尼来说还是很局促，罐子上钻的气孔也不够多。“我知道在试图脱逃的过程中，我已经耗尽所有的氧气了，”胡迪尼回忆道，“喊救命也没用，因为没人听得见我的呼救声……我来回摇动牛奶罐，却逃不出去……突然间，因为我动得过猛，结果翻倒了牛奶罐掉到台下去。”

“牛奶罐的盖子以夹具固定，仿佛是运气，掉下去时其中一个夹具刚好撞到地面，这一撞正好把夹具撞掉。盖子松脱，我把它推开。空气很快就灌进来。”

单单一九〇九年这一年，胡迪尼就遭遇许多困难。为了挑战从湿床单中脱身，他被吊在链子上使得手腕受重伤，还有在挑战从束缚疯子用的疯人床脱逃时，因为床滑动移位而被皮项圈掐得“差点窒息而死”。那年年底，他还动手术切开臀部上受感染的脓肿，那个脓肿因为经常承受约束衣皮带的压迫而恶化。

史廷模仿另一张胡迪尼海报。（乔治与珊蒂·戴利收藏）

除了冒险之外，这时胡迪尼还要面对厌恶他进行某些户外特技演出的地方当局。早在一九〇八年十一月，胡迪尼就策划要穿戴手铐与约束衣从伦敦的西敏桥跳水，但警察局局长怕引来大批群众造成交通堵塞，所以拒绝核发许可证。他威胁胡迪尼，如果不经官方许可一意孤行将予以监禁。

在接下来的那个四月，胡迪尼在巴黎上演的正是这样的戏码。报纸的报道精彩如下：

> 河边有许多游手好闲的人正在晒太阳，他们注意到一辆车在太平间附近停下。一个穿着轻便泳装的男人，在旁观者的惊叹声中下了车。两个路人抓着这个穿得很少的人，用手铐铐住他的手腕，并紧紧捆住他的手臂。群众相信这必定是一群疯子，于是大声向警察求救。
>
> 四名在圣母院旁打盹的值勤警察突然醒来，跑向正激烈指手画脚的群众。这时那个带头的疯子，用梯子爬到太平间的屋顶上。他站了一会儿，将上了链条的手高举过头，四名警察在下面无助地看着他并哄着他说，下来吧。男人的反应却是一头跳进河里。他死定了，目击者普遍都这么评论道。
>
> 大家立刻蜂拥至岸边。两名工人和一名警察丢掉他们的外套跳进水里，想趁疯子浮出水面时救他。他不久就出现了，手臂上的链条已经不见，而且在警察游到他那边之前，他人已经被对岸驶来的船救走。一上岸就跳上那辆车被载走。
>
> 不过警察还是发现了胡迪尼的身份，据说他被控衣衫不整，以及在禁止游泳的时间在塞纳河里游泳。

但报纸并没有报道，胡迪尼请了一组摄影师将整个过程拍下来。到了六月，胡迪尼将影片加到他的节目里，并且将他的节目编排得尽善尽美。轮到他表演时，戏院灯光暗下来，开始放映两部短片，一部是他在洛契斯特桥跳水的影片，另一部是他跳塞纳河的影片。影片播毕灯亮，布幕缓缓升起，露出由几个桶子围绕的闪亮镀锌水罐，每个桶子旁边都有三位穿制服、立正站着、令人印象深刻的助理守护着。戏剧张力越来越强，胡迪尼甚至连一句话都没说，便大步上台接受观众起立欢呼。

经过整整两个礼拜后，强风总算渐渐平息，一位短小、肥胖的法国人安东尼欧·巴沙克已经将飞机清理好准备起飞。德国军官最后一次检阅瓦赞公司的双翼飞机，那是世界上仅有的几台瓦赞。据说当时全世界只有几十位飞行员，因此对于派驻在汉堡市外小镇宛兹贝克的胡法伦阅兵场的德国联队来说，这是学习飞行入门知识的好机会，军方知道这门技术将是未来战争的根本要素。

瓦赞机的外形很有趣。像一个巨大的箱型风筝，机身三十三尺长、约六尺宽，有四个垂直翼片,将飞机正面分成四块。它的翼展近三十三尺。方向舵在飞机尾端，隐藏在六尺平方的箱型尾翼中，尾翼以四根支架与飞机相连。这种瓦赞机以最先进的 E.N.V.60−80 马力的引擎加速，还有一具八尺的钢轴铝制单片式螺旋桨，每分钟一千两百转。瓦赞机没有副翼，因为那些装置的专利权属于莱特兄弟，因此方向舵兼具稳定与操控飞机的功能。

飞行员坐进驾驶舱，调整他的护目镜。他将帽子向后戴，那是当时所有飞行员的风格。巴沙克转动螺旋桨，引擎开动，一切准备就绪。飞机在跑道上平稳地滑行了一会儿后升空。德国军人热情欢呼。升空几秒后，飞机突然俯冲快速落地。

巴沙克和几位军人冲向失事现场。机头撞得最严重，这对飞行员来说不是好兆头。讽刺的是，方向舵周围的尾翼毫发无伤，侧面的帆布翼片亦然，两者都以装饰美丽的字母拼出“胡迪尼”。

第十三章　在地球另一边的天空中

胡迪尼从他的第一次飞行意外中平安脱身，受伤最重的是他的自尊。尽管他在日记里写道：“我把机器撞烂，坏掉的螺旋桨全完了。”但飞机本身，以及最重要的引擎，只有轻微损伤。胡迪尼从巴黎订购一副新的螺旋桨，两周后送到，他数算着日子，期待下次能够试飞成功。

胡迪尼对刚萌芽的航空技术，热衷到几近着了魔。一九〇三年，就在胡迪尼买飞机的六年前，莱特兄弟中的弟弟奥维耶第一次成功驾驶比空气重的动力航空器飞行。这项壮举直到三年后，才由胡迪尼的友人亚伯特·桑多士·杜蒙德于欧洲复制成功，在巴黎飞了七百二十二尺。一九〇八年时，胡迪尼已经看见将飞机加入其惊人户外特技演出的可能性。他告诉一名伦敦记者，他愿意出五千美元借用一架莱特兄弟早期的飞机。他计划戴手铐飞越伦敦上空，然后从飞机上跳伞，在触地前摆脱手铐，安全降落在皮卡迪里广场。这个计划后来因为想不出如何从飞机上安全跳伞而作罢。

一九〇九年，航空领域有长足的进步。七月二十五日法国人路易·布雷希欧成为第一位驾飞机飞越英吉利海峡的人，当时胡迪尼人在伦敦，而指导布雷希欧飞行的人，就是胡迪尼未来的技师安东尼欧·巴沙克。巴沙克也设计过一架单翼飞机，以三十六分半钟从加来飞到多佛堡。巴沙克的努力为他赚进五千美元的奖金，而那只是胡迪尼的朋友哈姆沃斯提供的众多奖金之一，此时哈姆沃斯已经拥有诺斯克里夫勋爵的头衔。诺斯克里夫勋爵对飞行的兴趣，与他的财富和权力成比例增加。几周后，胡迪尼和其他五十万名兴高采烈的观众，一起参加在法国理姆斯举行的第一届国际航空会。这个为期一周的航空会，是当年社交界的盛事，因为皇室、政府官员、军事专家和欧洲社会精英，都会来参观不怕死的飞行员驾驶外形怪异的飞行器。

胡迪尼看呆了，就像他后来所描述的："飞机浮在空中，仿佛信天翁在飘浮的食物上翱翔。"胡迪尼立刻决定买一架飞机，只是不确定买哪一种。他将活动表从头看到尾，找到一个机械工的比赛，推断他们应该是行家，他仔细观看巴沙克驾驶鲁吉雨这个人的飞机赢得冠军。那架瓦赞公司出品的飞机引起了胡迪尼的兴趣。他原本打算买一架赢得速度赛的柯蒂斯双翼飞机，但那看起来不如瓦赞安全。"我只是一个胆小鬼，一开始我不想冒险。"胡迪尼回忆道。

同时，胡迪尼也设计自己的飞机。他将几张小飞机的简图，寄给在幕后为他出力的机械天才伍德，但伍德没办法让它运转。伍德对于他正在测试的一种较大型的飞机比较乐观，也很感谢胡迪尼从欧洲寄来有关飞行器科技的最新剪报和新闻报道。

十一月时，在汉堡表演的胡迪尼，参加了航空周的开幕日，观赏法国技师培凯驾驶瓦赞机。他在高空中翱翔时，火开始从机身喷出，几秒后油槽爆炸。培凯开始往下滑向地面，在距离地面二十尺时，因为怕被火吞噬，所以被迫跳机，他坠落时只有胸部受到轻伤。不过，这还是令胡迪尼印象深刻，"我要那架机器"，他心想。

几天后，此事成真。胡迪尼找到与培凯驾驶的双翼机一模一样的飞机，甚至可能就是他在理姆斯看到的那一架。那是瓦赞兄弟制造的飞机，胡迪尼花了五千元买下，然后又多花一点钱请来巴沙克，巴沙克非常喜欢那架飞机，当他听到飞机被卖给胡迪尼的消息时，还曾"哭成泪人儿"。胡迪尼请巴沙克来组装飞机，同时指导他这个菜鸟飞行员，他打算成为第二十五个驾飞机征服天空的人。

首先，他得先找个地方飞。当时飞机场很少，因此胡迪尼与驻在汉堡市附近的宛兹贝克的德国部队司令交涉。他们答应出借胡法伦阅兵场给胡迪尼当机场，而胡迪尼以向士兵解说飞行原理作为交换。此外胡迪尼还可以花六百五十马克租一个库房充当机棚停放他的瓦赞机。

现在他万事俱备，只等天气配合。巴沙克对飞机异常呵护，只要有一丝风，就不肯让胡迪尼飞。头几周他们见识到德国冬季的暴烈天气，胡迪尼被迫坐进停在库房里的飞机的驾驶座上，熟悉相当简单的操控方式。驾驶盘向前推，飞机会升起，往回拉则会降落。方向舵以踏板控制。驾驶盘旁边还有一个用来操控引擎

胡迪尼在汉堡上空。（东布里收藏）

的阻风门。

第一个无风的早上，胡迪尼就出了意外。在新的螺旋桨运抵，天气也配合之后，胡迪尼再度尝试。一九〇九年十一月二十六日，魔术师成功在阅兵场上空飞行，只有不到五十个人目睹。他并没有在空中停留太久，但也够摄影师为这次活动留下记录了。摄影师拍下了胡迪尼在飞行前、飞行中以及降落后被德国军人围绕的英姿，这些照片立刻被分送到世界各地的刊物。三天后，他向汉堡的阿尔宾吉亚公司投保了两万五千美元的意外险。胡迪尼在保险单背面记录道："这是我为飞机失事投保的第一个险。每次飞行我必须付十马克（约二十五分钱）。"

这是明智之举。当时飞行是非常危险的活动。九月七日，也就是理姆斯航空秀数星期后，法国飞行员尤金·勒菲佛荷的莱特 A 型机坠毁，为他赢得不值得羡慕的殊荣，成为第一位开飞机死于飞行途中的人。又过了一个多月，在法国同一个军用机场，飞行学员里榭翻倒整架飞机，跌落到六十尺下的地面。飞机完全粉碎，感谢还算幸运，只摔断一条大腿，丧失了一只眼睛。

上流社会的人成群结队参加航空展，看大胆的年轻人玩命，但驾驶航空器进行动力飞行除了供上流社会消遣之外，对未来的战争也有深刻的含意。

较小型的航空器的出现，使得军方依赖热气球执行军事任务成为历史。一九〇九年，莱特A型机和瓦赞机的续航时间已经足够执行空中监视任务。几年后，飞行员更可以精确对多个目标投掷炸弹，使飞机在战争时具备攻击能力。

胡迪尼的朋友诺斯克里夫勋爵，从一八八九年起就对航空技术与飞行感兴趣，并深信航空技术会在下一次世界冲突中扮演要角。一九〇九年二月，他到法国参观莱特兄弟展示他们的飞行器。英国未派军事代表令他震惊，于是他立刻写信给朋友，英国战争部大臣哈尔丹勋爵，谴责英国政府在航空研究与发展的落后。

通信持续数月，诺斯克里夫察觉到官僚政治的僵局，于是开始用自己的方式影响舆论，迫使政府产生急迫感。其中最巧妙的做法是透过他的报纸，以大笔现金当作诱饵，征求愿意完成飞行任务的人。当法国飞行员布雷希欧，在从法国飞到英国的竞赛中夺魁，赢得诺斯克里夫的一千英镑时，诺斯克里夫很有技巧地推动了他的计划。随之而来的宣传激起一番激烈的争辩，讨论英国对于邻国的空中攻击是如何欠缺防备。

截至一九一六年，诺斯克里夫已经为这类的奖赏付出九万五千美元。美国也有几家报纸效法他的做法，提供赏金给完成飞行任务的人。他也到德国与法国许多地方旅行，向战争部大臣报告航空进展。

接近一九一〇年时，诺斯克里夫面对一个大难题，如何塑造舆论，让他们支持航空技术的开发与研究。其中一个办法是鼓励全世界最著名的勇者，驾驶他写有自己名字的双翼飞机升空。

今晚是充满印度风情的化装舞会，胡迪尼穿着皱皱的正式西装，感觉有些格格不入。当然，他不敢让贝丝失望，这个活动令她非常兴奋，还花了好几个小时准备服装。她打扮成仙后。事实上，一路上哈利几乎每晚都尽责地穿上他的晚礼服，陪贝丝上舞厅跳舞。今晚也不例外。她几乎每晚都和这艘船的船长跳得很尽兴，这时她回到他们那一桌重新斟满香槟酒杯。等胡迪尼回过神来，他的妻子已经昏倒在地。他马上跳起来，扶起她，直接带她离开舞厅回到床上。

胡迪尼的日记对这件事轻描淡写："贝丝在我附近昏倒，"他写道，"我把她扶起来带她回床上。她第一次这样。想是准备衣服亢奋过度，而且她还跟船长跳舞，这人跳舞只有一招。"胡迪尼或许是在否认贝丝的酗酒问题，或者他在写日记时可能顾及后人的看法，但他认为妻子可能因为设计舞会服装亢奋过度，则明确显示此时两人关系有隔阂。当贝丝在缝亮片、制作仙棒时，胡迪尼正在苦思，在抵达澳洲前，他和飞机要如何在海上撑过二十一天。

胡迪尼先前曾经发誓绝不在澳洲表演。“我走遍全球，只差澳洲没去过，我也不打算去，”一九〇四年时他在布里斯托告诉一位记者，夸张他游历世界的经验，“若是家母有任何闪失，要从那里赶回来有点太远。她是我心爱的人，我的母亲，我给她买了两间房子，一间在市区，一间在乡下。她将永远不虞匮乏。”他呼应他对父亲许下的誓言说道。但他还是来了，带着贝丝、三位助理还有他的机械师巴沙克。

胡迪尼似乎希望大家相信，他忍受这种痛苦纯粹是出于财务理由。“我上船可以拿到完整的薪水，”他签下赴澳洲演出的合约后，写信告诉发行数本魔术杂志的葛斯东，“如此一来，我休息十二周有钱赚，工作十二周也有。唯有这样的条件，我才愿意千里迢迢到那儿去，如果你想用这条新闻，应该会是独家报道，因为我还没在公开场合说过。”

胡迪尼的澳洲行还有另一个更重要的计划。当时名为白老鼠的杂耍演员工会，发行了一本以纽约为主的娱乐圈杂志《演员》，编辑是胡迪尼的朋友。这本杂志在一九一〇年三月那一期的报道中提到，胡迪尼在澳洲期间，其实有合约在身，依约他要驾机升空十次。“胡迪尼是第一个将飞行器引到地球另一端的人。他的合约说好要飞十次。每次必须维持五分钟以上，为此他可以拿到两万英镑，或每次两千英镑的酬劳。”这些数字看起来很大，但考虑当时的情境则未必。四月，胡迪尼在澳洲时，诺斯克里夫勋爵付给法国飞行员保兰五万美元，当作伦敦到曼彻斯特航空竞赛获胜的赏金。此外，全世界的航空俱乐部与政府机构都提供飞行员优厚的赏金，在人口众多的地区进行飞行演出，以提升公众对航空奇迹的认识。不过对于飞机用于军事攻击的杀伤力，他们则保持低调。在进行这些飞行活动的同时，美国战争部开始测试一种防空火炮。

作为大英帝国的一分子，澳洲对英国来说有核心的战略重要性。过去认为澳洲有大片海洋围绕保护，但能以船部署的飞机，使澳洲开始沦为易受空中攻击的目标。特别令澳洲情报界忧心的是，日本正在建立空军，至一九一一年已有四位上尉、二十四位中尉在德国学习飞行技术，并将订购两座德国制的飞船建造与修理站。

对胡迪尼来说，远赴澳洲还有另一个诱因。如果他能成功驾驶瓦赞机在那里

胡迪尼智囊团罕见的合照（由左至右）：哈定（带着儿子）、海曼、神秘的戴、有钱有势的诺斯克里夫勋爵和史拉特。（派崔克·古里顿收藏）

飞行，他将成为史上第一个在那块大陆上飞行的人。竞争的火一燃起，胡迪尼便投入准备航空器的工作。出发前几天，胡迪尼和巴沙克一起造访瓦赞设在巴黎的工厂，注意到新型飞机进行了许多改善。他们为引擎和机架装满附加零件。“希望我和我的机器一切顺利。”胡迪尼在日记里提到。他也觉得有必要记录妻子为旅行进行的准备。他的日记里是否有些许妒意？“贝丝一早就出门采购，买了连身裙和帽子，像云雀一样快乐。她的行李箱满到溢出来。她无忧无虑。”

第二天，胡迪尼和巴沙克去机场，目睹一位女飞行员开瓦赞机一头撞上一棵树，将飞机撞得粉碎。胡迪尼在那里认识一位比利时人，也正准备带着他的飞机到澳洲去。胡迪尼提到：“他把我当对手看，让我有些恼火。”第二天他们又到机场，试着让瓦赞机滑行，但雾气太大。一月六日礼拜四，他们搭火车到法国马赛，准备开始他们的海上之旅。巴沙克只差三十秒就要错过火车，当他总算跳上火车时。却发现他忘了带他为这趟旅行准备的飞机机架备用零件。“我痛骂了他一顿。”胡迪尼写道。

普兰普顿先生的马场位于矿工休息村，距离墨尔本约二十里，那儿的广场上有一座巨大的帐篷，帐篷下停了一架瓦赞机。将近凌晨四点，在心爱的瓦赞机机翼下缩成一团的巴沙克醒来。从现在起，胡迪尼从墨尔本来的车随时可能抵达，他知道他将被迫让魔术师试飞这只大鸟。巴沙克单手理了理他的鬈发，用手指摸摸他的八字胡，伸展一下身体，然后缓缓起身。他走到飞机旁，绑着红色印花大手帕的地方。无疑，红旗在黎明前的风中飘扬。

“该死！”这位矮小的法国人大叫，跳来跳去伸出手指着天骂，“风太大！风太大！”

我们不确定巴沙克比较关心谁的安危：是胡迪尼？还是瓦赞机？

几分钟后，胡迪尼和他的助手抵达现场。当天早上，这位艺人带了一位《墨尔本阿格斯报》的记者来，所以当巴沙克大声告诉他，这是个该死的大风之国。再度让飞机起飞太冒险时，胡迪尼被迫只能介绍他那架瓦赞机的特性。从二月二十四日，装箱的飞机用马车运到马场组装之后，每天都进行这样的仪式，前晚演出卖座的胡迪尼，在黎明前从墨尔本赶来，然后以失望告终。有几个晚上，胡迪尼和工作伙伴在演出结束后立刻开车赶到矿工休息村，跟巴沙克一起睡觉，希望能把握日出时风暂时止息的几分钟，结果更是令人失望。那真是累死人的作息。“我的眼力越来越差，想必是失眠的结果。”在这种作息持续近一个月时胡迪尼写道。

怪的是马场里还有另一台飞机紧邻他们的飞机停放，那是一台名为“史黛拉”的改装莱特机，机主是墨尔本卫斯理学院校长亚当森。亚当森坚持澳洲史上第一次飞行的荣耀不应落入美国魔术师之手，因此他聘请英国人劳夫·班克斯驾驶他的飞机，下令只要有机会立刻升空。

三月一日班克斯把握住那个机会。那天早上，胡迪尼才刚开车到现场，就看到班克斯准备起飞。除了巴沙克是用印花大手帕之外，多数飞行员用火柴决定天气状态是否适合飞行。如果风将点燃的火柴吹熄，就不起飞。胡迪尼点燃火柴，火柴立刻熄灭。因此当班克斯开始在空地上滑行时，胡迪尼只能不可置信地摇头。

莱特机飞到十五英尺的高度，“他创纪录了。”胡迪尼悲叹道。但巴沙克心里清楚得很。班克斯飞了约三百码之后，突然俯冲坠地。整架飞机摔得粉碎，只剩下引擎跟两个轮子丝毫无损。班克斯没死是个奇迹，他安然逃生，只受了点擦伤、得到一个黑眼圈和裂开的嘴唇。

胡迪尼的飞行小组在澳洲。（亚佛布克医生收藏）

三月十八日，胡迪尼终于等到他久候的机会。太阳升起，微不足道的风，连空地周围的胶树树叶都快吹不动了。早晨八点过一会儿，瓦赞机从帐篷里移出来。胡迪尼在空地上开飞机来回跑了几次，没尝试升空，只当作暖身。接着他回到起点，把他的技师唤来。

“巴沙克，情况不太对。”胡迪尼说。

巴沙克盯向尾部的箱子，调整了一下方向舵。这说明了前一天胡迪尼操纵驾驶盘抬高升降机翼时，机翼为什么抬不起来。巴沙克嘘了一声将胡迪尼赶下驾驶座，自己跳上去，示范微调后的效果，然后爬下飞机，让胡迪尼坐上驾驶座。

“一、二、三。”巴沙克报着数字，然后敏捷地转动螺旋桨启动引擎，螺旋桨快速旋转起来。胡迪尼放开离合器，飞机开始行驶。他开始加速到时速三十五里，跑了五十码之后，将驾驶盘向下压，飞机起飞。胡迪尼飞到大约二十五英尺的高度，开始在空地上空盘旋。

“他飞上去了。”几名旁观者大叫。

“我爱你，我爱你！”巴沙克对着瓦赞机的方向大叫。

他兴奋到忘记要说法语。

不到一分钟，胡迪尼就完美地完成降落。他只是在测试他的飞机。

胡迪尼立刻重复简短的助跑动作，然后突然起飞。他维持在同一个高度，不过在空中多停留约莫一分钟。当他缓缓将飞机开回地面时，却忘了校正降落时得压低的升降机翼。飞机机头触地，机尾悬空地滑行了几码才停住。胡迪尼坐在椅子上往前倾，随时准备跳机了。直到最后一秒，他总算把机翼校正，飞机也恢复平衡。巴沙克和他的助理跑出去把飞机拉住。

但胡迪尼这才刚开始呢。休息几分钟之后，他再度出发。飞机升到先前的高度，然后冲向一棵大胶树。在千钧一发时，胡迪尼拉高越过树，光荣地划向天际。他在空地上绕，一直维持在一百英尺以上，在地面为他欢呼的群众因为附近的农夫加入而变多，他们想来看看怪异的金属鸟有何进展。大概花四分钟绕了三圈，他完美地降落，在距离起飞地点几英尺内的地方着陆。胡迪尼是第一个在澳洲飞行的人。

带着兴奋与感动、喘着气的胡迪尼从驾驶座跳到地面，身边围绕着祝福他的人。他的眉毛因为流汗而皱起，他的手发冷，摸起来有些湿黏。他举起手臂，摆姿势供摄影师拍照并叫喊道："我会飞了！我会飞了！"这时一只鸟停在胡迪尼头顶的机翼上嘎嘎叫。

胡迪尼笑道："它在告诉我，我不可能飞得跟畜生一样好。"

心系历史的胡迪尼请目击者签下一份声明，见证他的壮举，连他的对手班克斯也欣然与他握手向他道贺。往后几天，魔术师又继续在矿工休息村完成另外十四次飞行，包括一次维持超过七分钟、跨越六里的记录，但第一次成功才是最甜美的。

二月十七日这天，好多人挤在墨尔本皇后桥南端，桥体显得摇摇欲坠。数以千计的人排在亚纳河两岸的码头上，这时距离活动时间还有整整一小时。到了下午一点半，据估计已有超过两万人到场。像军队一样精确，车子准时到达。穿着艳蓝色泳裤的胡迪尼，在戏院经理和库柯尔的陪伴下，不浪费任何时间，直接一路挤到桥的栏杆边，伸出手腕让人上镣铐。库柯尔将沉重的链条绕在他的脖子和手臂上，锁住末端。接着将胡迪尼的手移到他背后，再将标准警用手铐铐在魔术师的手腕上。一个由地方人士组成的委员会用力将镣铐拉扯一阵之后，露出满意的样子。接着胡迪尼往下跳。

在欢呼声中，他从二十英尺高的桥上做了一个漂亮的俯冲跳水动作，干净利

矿工休息村，胡迪尼首次在澳洲飞行的地点。（亚佛布克医生收藏）

落地滑入水中。很不幸，水并不干净。亚纳河的水是出了名的浑浊，悉尼人甚至嘲弄说全世界只有这条河是倒着流。有那么一会儿，观众焦急地等待胡迪尼的命运，突然间，有两个人从肮脏的水里冒出来。胡迪尼跳水的冲击力，撼动了卡在泥泞河床里的尸体。由于这起事件的扰乱，胡迪尼一时吓呆，还得靠旁人把他扶到等在一旁的警用汽艇上。后来接受访问时，胡迪尼说河水淤泥太多，冲击力使他到腰部整个陷入泥中。当他被问到对亚纳河河水的味道作何感想时，他扮鬼脸说那是他喝过“最不美味”的水。

在悉尼演出时，胡迪尼在一座市营的游泳池里，利用高空跳水台表演跳水。胡迪尼在大批观众面前爬梯子登上最高的跳水台，那个跳水台距离水面三十一英尺，水深则有十八英尺。上过链条，并把手铐在背后之后，胡迪尼以脚下头上的姿势往下跳，然而重达二十五磅的手铐却使他往前倾，导致他的脸先落水。结果因为眼睛肿休养了好几天。

在澳洲登台前，胡迪尼透过媒体清楚表明，虽然手铐挑战秀是他的发明，但他已经不太想再表演。现在他想要表演的是像摆脱约束衣和“牛奶罐”脱逃秀这种令人费解的“谜”。顺带一提，这些也是他的发明，但澳洲模仿者汤米·本恩也表演《牛奶罐》脱逃秀，还宣称那是他自己的创作。三月底胡迪尼抵达悉尼，他甚至让贝丝重回舞台表演《变身》。

胡迪尼在悉尼也如同在墨尔本期间一样，他在戏院的演出工作，看起来几乎比不上他对涉足一万公尺高空的兴趣。三月二十九日节目进行到一半，胡迪尼告诉满座的观众，他已经打电报到矿工休息村请他们把飞机送来，因为他想在悉尼飞。听到这个消息，观众起立为他鼓掌。他真的这么做了。他花一百英镑在玫瑰丘租了一个跑道，宣布举行“航空周”，期间只要天气许可，胡迪尼每天从早上九点飞到下午三点。胡迪尼付巴沙克好大一笔钱，才说服他留在澳洲，因为这位技师急着想回欧洲竞逐丰厚的飞行奖金。

胡迪尼在玫瑰丘的展示会由乔治·泰勒监督，他是澳洲航空联盟的创办人兼总裁。泰勒个性迷人但难以捉摸，他是澳洲推广航空与无线电科技军事用途的核心人物。受过建筑训练的他，曾在十九世纪九十年代为一本名为《讥讽》的杂志画漫画，继而持续参与都市设计。他也是澳洲人劳伦斯·哈格雷夫的学生，哈格雷夫所设计的箱型风筝后来被改良为瓦赞机。一九〇九年十二月五日，泰勒驾驶滑翔翼这种比空气重的飞行器升空，成为第一个在澳洲完成此创举的人。而在同年稍早的四月二十八日，他就在悉尼成立一个以推广航空军事用途为目的的游说团体，即澳洲航空联盟。

在推动航空事业的同时，泰勒也在一九一〇年三月十一日成立澳洲无线电协会。两周后，三月二十八日，胡迪尼还在澳洲，泰勒在澳洲发送了第一个军事无线电信号。他在航空与无线电通信两方面的贡献，为他争取到澳洲情报部队中尉的职务。

根据澳洲国家航空博物馆的资料，胡迪尼是受到泰勒刚成立的航空联盟邀请，才会带他的瓦赞机到澳洲去，航空联盟深信胡迪尼开飞机。对推广他们的军事航空计划大有助益。

如果在矿工休息村演练算是避开评论家窥探之眼的彩排，那么胡迪尼在玫瑰丘跑道的飞行就是正式演出了。在填满大看台的欢呼群众面前，胡迪尼在不怎么吉利的兆头中开始为期一周的展示。他第一次试飞还算顺利，但第二次想要升空时，飞机却紧挨着地面不放，让巴沙克大惑不解。不为所惧的胡迪尼第三次试飞终于升空。在一阵折磨人的左右倾斜之后，胡迪尼总算将瓦赞机拉直，但落地时过于

胡迪尼与他的瓦赞机合影。

粗暴，使他硬生生被抛出驾驶座，以手和膝盖着地，跌落在跟飞机有些距离的地方。所幸胡迪尼和飞机都毫发无伤，那个礼拜他又完成许多次成功的飞行。

胡迪尼在跑道上的演出一直延续到五月，宣传效果正如泰勒和他的航空联盟所愿。“嘲笑空战观念的人，礼拜天应该来玫瑰丘一趟。过午不久，在仿佛一千个解放的疯子发出来的呼喊声中，已经被拖至定位一周，却始终无法离地的瓦赞机，总算在飞行员胡迪尼的操控下顺利起飞。”《每日电讯报》报道。在生动描述胡迪尼的飞行之后，报纸提到“男士抛掷他们的帽子，女士变得歇斯底里，纯粹出于兴奋而哭泣。一百个人冲向双翼机，将快乐的飞行员拉下驾驶座，在震耳欲聋的喝彩与欢呼声中，把他抬到肩上”。

稍早《讥讽》曾赞美胡迪尼增强了公众对航空发展的危机意识。“这是胡迪尼，他是刚起步的业余机师。与我们一样自学飞行的他，向我们证明他的机器能成就些什么。他这么做或许是为了打广告，或许是出于对冒险的热爱。但理由并不重要……当他的大机器像巨鸟一样呼呼作响地兜着圈子时，伟大的念头出现在我们的脑海中：‘未来将如何？’身处澳洲的我们，远离大世界的中心。我们特别容易

胡迪尼历史上著名的第一次澳大利亚飞行。（亚佛布克医生收藏）

遭受攻击……我们建造船舶训练人员……对于抵抗空中的敌人却毫无准备。但未来的战争，将由空中最强的一方获胜。”

四月二十九日，泰勒和他的航空联盟，在市政厅举行一场特别的聚会表扬胡迪尼。他们先播放胡迪尼的飞行影片作为暖场，好让在城市另一头表演完直接赶过来的胡迪尼进场时受到起立欢呼。他得到一个奖牌，奖牌上有个以螺旋桨做装饰的挂轴，挂轴下方是一个有翅圆球，球上的浅浮雕描绘着澳洲大陆。

胡迪尼是飞行奇迹的完美代言人。“飞行是当今世界最美妙的事，”他告诉《布利斯班每日邮报》，“驾驶飞机飞行是值得尝试的经验。”在泰勒发行的期刊《建筑》中，胡迪尼总结他在澳洲的飞行经验写道：“成为在这里飞行的第一人令我感到光荣，除了感到自豪之外，我对自己和澳洲人操同样的语言也觉得很荣幸，因为我来自同样源于英国的伟大美国。”

胡迪尼的任务大获成功，有关飞行的辩论跃上各家报纸头版。第二年，澳洲航空联盟创办人的泰勒（现在已是澳洲情报部队的泰勒中尉）出版了一本二十页的小册子，标题是《立刻就要！一支澳洲空防机队——召唤澳洲同胞》。这本小册子里充满泰勒和胡迪尼的飞行照片，并再度警告，当时即将拥有一支现代化空军的日本可能会威胁澳洲人。这些煽动全部奏效。澳洲国防部部长乔治·皮尔斯于一九一一年拜访英国，与驻在英国航空发祥地布鲁克兰兹的同僚交换过意见之后，决定在他的任期内设置飞行学校。他向英国政府订购四艘飞机，挑选两名教练，开始筹备澳洲的空军。

一九二八年，新成立的澳洲飞行队已经发展完成，有能力派遣一整个飞行部队在中东与英军并肩作战。一九一七年又多了三个中队在法国战斗，表现出色。其中第三中队，在“赤色男爵”曼菲尔德·冯·李希特霍芬阵亡当天，也参与对德空军作战，李希特霍芬殉难对德国飞行队的士气造成压倒性的一击，甚至到战争最后一天，澳洲飞行队的第二中队，都还在轰炸已经撤退到西线的德车。“这些飞行员降低高度，对德国佬进行低空轰炸，他们在树顶穿梭，从离地仅五十英尺的高度轰炸并以机关枪攻击。在这场攸关成败的战役中，他们实在太优秀了，宛如自在嬉戏。”皇家飞行队司令特兰察德将军评论道。战争期间总共有四百六十名军官和两千两百三十四名澳洲人在澳洲飞行队服役，其中一百七十八人阵亡，与多数军队比起来，伤亡人数相当低。胡迪尼在澳洲进行启发性的飞行演出，有助协约国在第一次世界大战中获胜。

到了一九一〇年，胡迪尼入行已近二十年，也终于尝到苦果。他抵达澳洲时，记者很惊讶地看见三十六岁的他头发已经灰白，明确显示他身心方面所承受的伤害。或许是因为澳洲遥远，舟车劳顿。也许他预见了自己的未来而感到悲观，他是地球上少数几个真人版的伊卡鲁斯，虽然能飞向天际，但也许会像伊卡鲁斯那样，飞得太高而融化蜡制的翅膀。又或许只是因为想家。总之，胡迪尼在悉尼接受《每日电讯报》访问时，似乎比任何时候都脆弱。与其说他在回答问题，毋宁是在卸除灵魂的负担。

“我想成为第一。我非常渴望成为第一。成为我这一行的第一……我绞尽脑汁、竭尽全力。我要站在我这个阶级的顶端，我别无所求。当我再也做不到，那么我也将挥别我生命的乐趣！”

“所以我拼命战斗。我筋疲力竭、克制自己。我折磨我的身体，冒险卖命，只为了一件事，在舞台上占有一席之地，让他们必须倒退高喊——‘大师’！”

“你或许觉得我这么说太虚荣。但我是马札尔人，马札尔人本来就虚荣。我是生于美国的马札尔后裔，我的父母来自奥国，我的父亲在威斯康星担任神职人员。

航空联盟感谢胡迪尼的贡献。(亚佛布克医生收藏)

我叫艾瑞许·怀斯，我的身高大约五英尺七英寸，体重大约一百六十八磅，今年四月我就三十六岁了。我年仅三十六岁，却觉得苍老，为了以我自己卑微的方式成为另一个哥伦布，我付出的太多了。”

“如你所见，我很强壮，身体强健，但我的意志比身体更坚强。我与镣铐、锁链搏斗，我被火烧、被水淹，被冻得身体对痛几乎没感觉。我做过我理应做不到的事，因为我对自己说，你必须做。但此刻三十六岁的我却老了。人毕竟只是人，肉体会反噬。”

“但意志够坚强的话，它会做主。你以为那些宗教的苦行者，比方说印度那些自发性苦行者，他们将挂钩刺入自己的肉身，吊挂摆荡，你以为他们会痛吗？告诉你：‘不会，他们才不痛。’我亲身证实过。只要疯狂地想着一件事，想着技艺，想着技艺的目标，就可以抑制痛，某些种类的痛。如果念头够集中，痛就会消失，暂时消失。有时候我的任务非常艰难。并不是每晚如此，只是有时候。我必须倒下来扭动身体。我必须用尽全身的力气，身体瘀青还得猛力撞击地板或墙壁。我用力、喘气，搞得自己筋疲力尽，接着重新开始，再度耗尽自己。可是我觉得痛吗？从来不会。我怎么会觉得痛？没有痛的理由啊。我满心只有一个念头：要自由！要自由！自由带来的陶醉感，那种成功，是至高无上的。”

“挣脱之后呢？哦，我不说挣脱之后的事，那些部分令我在三十六岁时感到苍老。”

“我长得不高，这一点对我来说很好。因为我必须迅速！迅速！高个子总是慢。这一行都是如此，最优秀的人不会长得太高。高的人悠然自得、性情温厚，矮的人偶尔有好脾气的，但往往不然。所有我认识的刻薄、狡猾之人，都长得矮！所有敏锐、积极、有企图心的人，都长得矮！就工作来说，高的人负担太重，他离地太远，必要时无法在失去平衡的瞬间恢复过来。”

“做我们这一行，人人都需要平衡、节奏和胆量。所谓的节奏，就是在表演各种技艺时，都得在脑中盘算做每个动作的时机，但有时不知道为什么，杂耍演员会失去节奏。那就像你记不起来的诗句，那是什么？那是什么？你昨天还记得的，可是今天却……而观众在等。算了！祝你下次好运些。”

“大家都学习用脚平衡，但像杂耍演员那样的艺人，却必须学习在时间中维持平衡，仿佛他是和着脑中的音乐做到的。一、二、三，你的身体和四肢必须恰到好处地配合每一拍。节奏一乱，一切都走样，戏法就毁了。更糟的是失去胆量，原因你同样不得而知。你觉得自己状况不错，却又突然间觉得自己无法完成那个戏法。但观众在等，你逼自己做，那是自杀。所以危险特技的演员会死。我曾经在明知不能跳水、跳了会直挺挺地落水而死的状况下，从桥上往下跳。跳了以后我的胆量突然回来了，虽然有点晚，但至少让我能在空中打个小转。那次我只黑了两个眼圈。”

“是的，的确有些人迷信，但我已经不再迷信。我成功了，我的妻子是我的吉祥物，婚后我一直很幸运。但我把十诫写在小小的纸片上，放在小袋子里随身携带多年。那些纸片在三四年前磨损后，我就不再费心去做那种事了。”

“我不去想恐惧，或胆量。恐惧对干这一行的人来说是习惯，胆量亦然。举个例子来说，你站着不会怕摔倒，因为你靠你的脚维持平衡。一个好的杂耍演员要以同样的方式学会用头去平衡，接着他要靠他的头在二十英尺高的杆子上维持平衡，那比在地上容易，因为一旦失去平衡，你会更早察觉。危险是当然的，而且做得到的人很少。但做得到的那些人，不会考虑危险，他们从孩提时候开始训练，

贝丝在澳洲请飞行员喝茶。(国会图书馆)

而且每天练习，那是习惯。”

“然后有一天，他们跌下来，啊！那就是考验勇气的时候了。总是在那之后，他们才有跌落的念头，之前他们从未真正想过。面对那个念头，打倒它，然后再次表演，那就是勇气。明知道会掉下来还去表演，因为你必须表演，因为观众在等，这就需要更大的勇气。你觉得你的身体像叶子一样颤抖，但你的精神驱策它前进。我在墨尔本开飞机升空时也抖得很厉害，怎么不会？稍有闪失我就会死。但在地面时，我看起来再镇定不过……”

“旅行对我们助益良多，那是教育。经纪人与经理也从事教育，他们想用贱价买你，你必须拼命推销自己。等你吃亏五十次之后，就会学到东西。观众需要三件东西，戏法、人和广告。十五年前，我二十一岁的时候，我的条件比现在更好。年轻、胆量、技巧，什么都无法打败我，但我只有戏法和人可以卖，每星期连赚个五块都成问题。我现在出名了，每晚要价五十英镑，广告还要靠我来卖。当然，广告的背后还是戏法和人，少了这两样广告也没用。但三者合在一起就是成功、名声和钱！……”

“所以我留意我的戏法，留意我自己，也留意广告。飞机是我的消遣、我的嗜好，但飞机也为我带来广告。消息传遍世界：‘胡迪尼在澳洲开飞机。没错，我们认识的胡迪尼，一晚五十英镑！’……现在报纸对我不比过去重要，但对一个新手来说，实在太重要了！不是说好话多有帮助，而是恶评伤害太大。业界有许多人心存嫉妒，各自在对付其他人，他们传述恶评，此举可能扼杀真正优秀的人。所以，不是为了自己，而是为了别人，我要告诉媒体的各位先生，批评人要凭良心、知识和对情况的正确认识。如果我们该骂，请尽管指责，但乱说话可能大大伤害某个可怜人。请不要只是为了消遣而毁掉我们！”

第十四章 博取同情的帝王

"玛努卡号"吸烟室里的酒吧已经打烊,胡迪尼却没有放弃。贝丝还想再来一杯。胡迪尼一定会帮她办到。他叫侍者过来。

"我老婆还想要一杯威士忌加苏打。"胡迪尼说。

"我相信她还想要,"侍者放肆顶撞道,"我还想当船长呢。不过这两件事都不可能。"

"听我说，年轻人。我是胡迪尼，我要你伺候我老婆。"他提高声音说。

"我希望你有带撬锁器，因为藏酒间已经上锁了。"侍者耸耸肩说。

胡迪尼引起一阵大骚动，不久船长菲力普就走到这一桌来。听过事情始末之后，他打趣说胡迪尼"显然是肝不舒服"，这话让胡迪尼勃然大怒。

"我会让你被炒鱿鱼。你竟敢把我当一般旅客对待？你知道我曾经是世界各国皇室的座上宾？我跟德皇和英王一起进餐，俄罗斯皇室是我的好朋友。我才不要坐在这里受这种侮辱。"他说完就抓着贝丝冲回客舱。

胡迪尼显然对自己突然发怒感到过意不去，因为六月二日在温哥华下船前，他向船长道了歉。这天距离他们离开布利斯班踏上归途，已经过了将近一个月。兴致好一点的时候，像是抵达斐济岛群岛的苏瓦那天，他曾向当地的潜水员挑战。当地年轻人有一种传统,他们将船划到大船边,潜水捡拾快乐旅客丢向船外的硬币。一名潜水者会不断衔着硬币从海里冒出来，仿佛他是在硬币掉落海底途中接住的。

一向争强好胜的胡迪尼跟他们打赌，如果把当地人的手绑在背后，而他则以手铐将手固定在背后，那么把两枚硬币从船上丢出去时，他可以用嘴巴将两枚硬币带上岸。胡迪尼换上泳装，两人的手都被缚起来。他们站在船边准备，硬币丢出去以后，两人都俯身潜入鲨鱼横行的水中。

过了一分钟，当地人冒出水面呼吸。十五秒后，胡迪尼也上来了，他的脚先出现。当他被拉上甲板时，兴致勃勃的鲨鱼露出鱼鳍在附近绕圈，他笑着展示嘴里的两枚硬币。两人都解开束缚，胡迪尼把两枚硬币都给了年轻人。后来他告诉几位旅客，他只是松开一边的手铐，用手捡起两枚硬币，然后放进嘴里。有人问他是否害怕鲨鱼，他回答："怕，也不怕。"因为他很注意鲨鱼，如果不能比它们早游回来，那么他就完了。他只是想证明他和任何斐济岛人游得一样好。

胡迪尼在船上参加运动比赛，已经赢得三项冠军。到第十七天的时候，他赢得摆荡猴子比赛，那个奖颁给用吊挂在甲板上的绳索荡得最远的旅客。跳绳比赛中，所有的人都远不如他。如果不是他绑在脚踝上的手帕掉落绊住跳绳，那么他应该能轻易跳超过四百三十九下。他还赢得一个名为"口哨鬼"的比赛。要取得胜利，男士必须跑步穿越甲板冲向女伴，女伴拿着一个信封，里面装有歌名。男士将信封打开以后，要在她耳边用口哨吹出那首歌，然后由女方将歌名写在信封上。第一个回到起点的男士获胜。胡迪尼不只获胜，"贝丝的奖是我吹出来的。"他在日记里自夸道。

当船上的高级职员，把奇想化装舞会的首奖颁给其他旅客而非贝丝时，胡迪尼又掀起另一场骚动。贝丝在这次旅程中避开仙后装扮，穿上美丽的舞台装，但裁判委员觉得在旅途中缝制的服装比较有原创性，因此把奖颁发给那位女裁缝。

胡迪尼还在船上的一场演奏会中表演。大副杜利趁胡迪尼安排节目时，到船舱里访问他。他把船上的一些"镣铐"铐在胡迪尼手腕上。胡迪尼把手滑进外套里，然后将打开的手铐还给大副。杜利请胡迪尼表演约束衣脱逃秀，但胡迪尼婉拒，声称那太费力了。他告诉杜利，他第一次穿约束衣花了六个小时才挣脱。现在他将时间减少到一两分钟，但还是很辛苦。他们最后协议表演一些纸牌戏法。

胡迪尼一心想要再飞。他持续与伍德沟通，当时伍德正在使用独特回转仪稳定系统改良他的飞机。他们的通信显示胡迪尼喜好保密的倾向。伍德因为把一些信拿给魔术师同僚看而遭到胡迪尼痛斥，事后他软弱地表示那些信只提到胡迪尼买瓦赞机，以及"你对这件事的看法"。"我从来没有提起收到你有关秘密作业的信件，遑论给人看了。"伍德保证道。

胡迪尼的计划其实不是什么秘密。八月初，胡迪尼参加不久前关门的修伯博物馆的古董拍卖会。他以三美金买下一个埃及木乃伊，以六点五美金买下第一张实际使用过的电椅。“我多年前在这里出道，当时周薪几近于无。我想要这张椅子是出于一种甜美的情感。这张椅子是我进修伯第一周送来的。”胡迪尼说。他也告诉媒体，当月稍后他回英国巡回前，会在美国表演飞行。虽然他似乎没打算在英国飞，但他还是把瓦赞机带去。当时一位名叫约翰·莫以森的美国人，在伦敦飞巴黎这趟创纪录的飞行途中，因为弄坏螺旋桨而被困在伦敦南部，胡迪尼在抵达利物浦几天后拍电报给他：“我有两套我的瓦赞双翼机使用的铝制螺旋桨，也适合 E.Z.V 引擎使用，还有各种零件与各种大小的电线，如果你需要我很乐意提供，好让你能完成这次的旅程。”

莫以森没有回音，于是胡迪尼写了一封愤怒的信，对莫以森连回封信的礼貌都没有表示讶异：“我免费提供我整架双翼机、螺旋桨和你可能用到的零件……我以美国人的身份提供给你这个美国人。你至少该告诉我收到信了。”

后来羞愧的莫以森与胡迪尼联络，他们约好九月碰面。但莫以森当飞行员的日子已经不多，一九一〇年十二月，他在参加纽奥良一场航空会角逐四千美元奖金时丧生。胡迪尼继续与他的兄弟阿佛瑞保持联络，阿佛瑞在民尼欧拉创立了一家飞行学校，后来还供应美国监视墨西哥边境使用的飞机。

虽然胡迪尼对飞行仍有兴趣，但早期飞行员的高死亡率，必定令他三思是否要再度升空。“我建议你别再飞了……我们最优秀的飞行员已经失事身亡，”他的朋友维耶于一九一一年一月写信给他，“你已经引起过轰动，该满足了。”他说得没错。从一九〇七年到一九一〇年，有三十五名飞行员死于骇人听闻的飞机失事。次年，又有四十一个人将面临他们可怕的命运。

军方对飞行的研究有长足增加。四月胡迪尼的机械师伍德，大部分时间都在得州圣安东尼试飞装有其新发明回转仪的美国军机，装了回转仪的飞机可以在大风中飞行。最直言不讳支持美军发展航空的通信兵指挥詹姆士·艾艾伦将军，退休后与伍德成立一家私人公司开发他的发明。八月伍德设在伊利诺伊州的航空俱乐部，提供十万美元的奖金在芝加哥宣传一场航空会，胡迪尼也趁夏天的空档赶到风城去。和葛林·柯蒂斯[1]与奥维耶·莱特等航空界的精英热络交往，莱特误以为他是土生土长的澳洲人，因此“想要了解我国的一切”，他写信告诉生病留在纽约的贝丝。“我一度看见十二架飞机在空中飞翔。我从来没见过这么奇妙的景象。

1 他与莱特兄弟同为美国的航空先驱，对水上飞机与机车引擎的研发有极大贡献。——译者注今天没有发生意外。有两次差点出意外时我的膝盖发软。一架柯蒂斯飞机从三千英尺的高空往下掉，不过飞机没有坏，驾驶员毕曲也平安获救。”

胡迪尼太早下定论。几天后，两名飞行员分别死于两起意外。威廉·巴杰因为螺旋桨毁坏，被抛到一百英尺下的机场飞机检修坑底部，因颈部断裂在数小时后身亡。稍后，圣·克瓦·强斯顿因为莫以森单翼飞机故障，从五百英尺的高处跌落，摔死在密歇根湖里。航空会结束次日，胡迪尼参加为强斯顿遗孀举办的慈善飞行秀，意外发生时，她坐在观众席目睹整个经过。胡迪尼以镣铐束缚手脚，然后从密歇根湖上空五十英尺的飞机上跳下来，在水中解开镣铐。义演募得一万五千美元。

胡迪尼的演出或许重燃他对飞行的兴趣。尽管那年他没有再飞，但一九一二年他又再度“改造”他的瓦赞机。虽然伍德拜托胡迪尼把飞机运回美国，他却把飞机存放在伦敦郊区。一九一三年五月，胡迪尼授权机械师与业余魔术师唐诺·史第文生，以及从一九一一年开始设计独特合板模型飞机的朋友罗宾森，为他“结算”仓库的账单，同时“把机器处理掉”。

伦敦南部的布立克斯顿女王戏院的节目传单写得很清楚，“价值一千英镑的飞机首次登台”，此外还保证对飞机进行“详细介绍并完整呈现各种表演”所言不虚。每晚节目进行到一半，这位脱逃艺人就会停下平常表演的手铐脱逃秀，介绍他的最新道具：如假包换的飞机。他耐心解释飞机的运转方式，甚至爬上驾驶座，带观众模拟起飞的情境。有人问他最近是否有飞越英吉利海峡的打算时，他只是笑着说：“找个更难而没有人飞过的海峡吧，那才是我想尝试的。”接着克兰博上场，要从“有两个盖子和八副挂锁的满水镀锌铁槽中脱逃，表演搏命水中脱逃秀”。额外的一个盖子和两副挂锁，显然让他有资格宣称那是他原创的脱逃节目。

胡迪尼在美国的拍卖会上买下电椅时，克兰博已经准备要窃取他最近的角色，勇敢大胆的飞行员。没有证据显示克兰博真的飞过，事实上，胡迪尼有一本专门收集模仿者消息的特别剪贴簿，贴在里面的剪报写道，“克兰博打算飞”，并报道“目前他的飞行教育与经验都在低调地秘密进行中”。但这并未阻止克兰博在胡迪尼于澳洲创下世界纪录数周后，把一架飞机拖到台上。

克兰博不是胡迪尼唯一的烦恼。一九一〇年秋天他回英国履行合约时，遇到另一位可怕的女模仿者，艺名是女王，号称“女胡迪尼”，她模仿他的演出，挣脱手铐、约束衣、水罐和货箱。

胡迪尼的回应方式是雇用一名新助手，精通木工与金工的爱尔兰人吉米·柯

表演这个节目比正确拼出"针"这个字容易。（由左至右）胡迪尼助理维克利、佚名、柯林斯和库柯尔拿着线。（东布里收藏）

林斯。十一月时柯林斯签署正式的合约："我在此对全能的上帝发誓，不以任何方式对任何人，不论是谁，泄露您为节目演出所需而交付予我的秘密、指示、计划、装置与工程，即使是最小的暗示也在禁止之列。如果我以任何方式直接或间接违反这项誓约，您有权在任何时候对我采取法律行动，提出背信指控……"并开始与胡迪尼合作，每天晚上都在研发一种新的脱逃秀，希望能超越因模仿者众多而贬值的《牛奶罐》节目。

起初，他们实验从冰块里脱逃。胡迪尼最初的构想是穿上泳装和头盔进入玻璃水槽，接着在身体四周注入一种能快速结冻的化学溶剂，一等冰块变硬，就把水槽盖上，开始表演脱逃秀。只是这样的溶剂取得不易，而且在进行实验的几个月里，胡迪尼几乎染上肺炎，因此这个构想终于作罢。至于一九二一年二月，当胡迪尼的朋友罗宾森写信告诉他，听说克兰博已经在英国某省上演"冰块脱逃秀"时，胡迪尼作何反应，我们只能自己想象了。

这时胡迪尼已经有三位全职的助理，库柯尔、柯林斯和维克利，有需要时他会再加上其他出身当地的助手。在英国时，胡迪尼雇用了路易斯·哥斯坦，胡迪尼献身其技艺的精神立刻打动他。"胡迪尼是一个认真的人，他完全献身于自己的工作，很少想到其他的事，"哥斯坦写道，"我们一直工作，胡迪尼会丝毫不以为意地在半夜叫醒我们，赶我们去收集木头建造新机关，或要我们在旅馆的床单上洒水，然后把他包起来，看他是否能想出新的脱逃办法。”根据哥斯坦的说法，贝丝是维系工作人员感情，让他们合作融洽的黏合剂。“薪水很少，但她会借着跟我们玩牌故意输钱，来补贴我们的薪水。”

胡迪尼也会表达他的感谢。根据柯林斯的说法，即使他会在盛怒下扬言开除他的长期助理（然后第二天忘得一干二净），他也常常给他们“丰厚的礼物和红利表达谢意”。一九一三年三月二日，在伦敦的芬斯伯力公园帝国戏院里，胡迪尼暂停演出，把库柯尔叫到台中央。他告诉观众库柯尔是他最好的助手，从俄罗斯到澳洲，跟着他旅行了十年。接着他送库柯尔一个美丽的金怀表和链子，上面刻着十周年纪念日的日期。

在设计下一个轰动的脱逃秀期间，胡迪尼开始接受更不平凡而危险的挑战。一九一一年二月，他在英国查坦接受四名海军小军官的挑战：

> 我们要向你挑战，请站在填有弹药的国造九百磅钢炮前，我们会将你固定在炮口前，然后插入可燃烧二十分钟的导火线，如果你无法在限时内松开束缚，你会被炸死。
>
> 为了把你捆紧在炮口前，我们会将步枪枪管横放在你背后的双臂之间，把你胸前的双手捆紧。我们会把你的脚绑在铁环上，然后钉入地面，并把你的身体紧紧绑在炮口上，直到我们相信你无法挣脱为止。
>
> 考验必须在众目睽睽之下进行。

进行这些海员的挑战时，戏院挤满看热闹的人。胡迪尼立刻踢掉他的鞋，用脚趾解开大部分的结。尽管当地警察局局长准许填装炸药，却拒绝让那几个海员点燃导火线，借此排除挑战的危险性，不过胡迪尼还是在时间仍然充裕的时候就挣脱了。

大炮脱逃秀结束不到十天，南非开普顿默默无闻的魔术师皮尔斯寄了一封信给胡迪尼，这位脱逃艺人承认胡迪尼是《牛奶罐》脱逃秀的“发明人”。他申请如果胡迪尼没打算到南非表演，希望能准许他在那儿，以胡迪尼朋友葛斯东制作的罐子表演脱逃秀。皮尔斯的彬彬有礼打动了胡迪尼，因此他把这个节目在南非的独占权让渡给那位魔术师。不过，当胡迪尼得知有名的美国魔术师同僚“伟大雷蒙”想利用脱逃术的名气牟利，而向英国商人慕罗订购牛奶罐时，他火速发出一封信，控诉雷蒙明知那是胡迪尼的原创发明而且有专利权，还买那个罐子。“我从不反对小艺人拿我的任何演出营生，但如果哪个艺人，已经有值得骄傲、自豪的名声还想这么做，我相信那位艺人应该为他取得或购买的任何戏法支付使用费。”胡迪尼强调，雷蒙没有取得他的同意就打算在西班牙演出，即使胡迪尼并未在那里申请专利权，雷蒙也应有点荣誉心，遵守君子之争的规范。

雷蒙的回应无礼地驳回了胡迪尼的要求，甚至说他很意外胡迪尼会反对雷蒙表演那个节目，因为“伦敦肯宁顿路上那个卖戏法给你的发明人，把那戏法的各种版本卖给许多比较不出名的艺人，而且几乎全世界所有魔术商和戏法供应商都在制造跟贩卖那种罐子”。雷蒙还提到，在南美与拉丁美洲至少有十位表演者在表演《牛奶罐》脱逃秀。最后为了安慰胡迪尼，他向胡迪尼保证，如果他们偶然在同一个城市演出，他会“很乐意调整我的节目，绝对不会与你的节目冲突”。

胡迪尼气疯了。盛怒中，他在回信里展开了惊人的告白：“我相信你不是故意侮辱我，如果是，那你只不过是坐实了你妄自尊大之名。你比其他人都清楚，我自己发明我的魔术、我的戏法，创造我自己的挑战，这点你比我的欧洲模仿者清楚多了。”

“无论谁告诉你我向肯宁顿路的发明人购买戏法，他都是可鄙的死无赖和骗子……我没兴趣知道有十位艺人在表演罐子还是桶子秀，我只知道你没经过我的同意，就擅自表演我的戏法。”

盛怒下，胡迪尼无意中泄露了惊人的秘密。他在文字中坦承，他的确创造自己的挑战。仔细分析胡迪尼的大幅挑战广告也确证他的自白，其中可看出纽约运输工与英国各省的工厂工人，在挑战胡迪尼时，使用了完全相同的语言与措辞，对胡迪尼过去的脱逃演出也表达出一模一样的关心。胡迪尼的同僚如伟特医生等，都积极与他一起策划有创意的挑战，然后扮演“中立的”委员会成员，来考验这位脱逃艺人的技术。演艺大师胡迪尼，果然步步为营，不容侥幸。

胡迪尼与雷蒙的争执一直没有解决，十年后两个人正面相遇，以大声叫骂与拳脚相向收场。不久之后，在胡迪尼创立并担任主席主持的伦敦魔术师俱乐部集会上，雷蒙公开向胡迪尼道歉。

游行从波士顿港的长码头开始，经过蜿蜒的街道抵达基兹戏院。成群的人跟着这支怪异的队伍，其他人只是站在人行道敬畏地看着，因为胡迪尼要公开演出下一项大挑战。“它”是从海里捕来、重达一千六百磅的人海怪，地方上认定它是介于鲸鱼和章鱼之间的“玩意儿”。十位杰出的波士顿商人向胡迪尼下战书，要他套上镣铐，然后从挖空的“怪物肚子”里脱逃。

一九一一年九月二十六日，舞台上呈现不可思议的景象。十来个舞台工作人员通力合作，才把那个“乌龟鱼之类的东西”搬出来。将它背部朝下放在舞台上。它的腹部被剖开，加上金属圆孔以长铁链固定。在尝试脱逃之前，胡迪尼被迫签署一份合约，承诺如果胡迪尼挑战失败，怪物的所有人将不负任何责任。

接着铁链被松开，胡迪尼爬进尸体里，停下来在他头部要躺的地方洒点味道浓郁的香水。他做了个暗号，让旁人为他戴上镣铐。接着委员会开始工作，他们从头到尾带着微笑，将锁链绑紧，绕过那生物的背，然后以锁固定。接着在那生物四周放置帘幕，管弦乐团开始演奏。

十五分钟后，隔间的帘幕打开，胡迪尼站在那里，“浑身油腻，脸色苍白，汗流浃背”，手中高举手铐和脚链，看起来得意扬扬。检查过发现，那野兽仍完好如初地锁着。但胡迪尼并非毫发无伤。他的第一句话是对舞台工作人员说的，要他们打开窗户，给他一点新鲜空气。胡迪尼低估了标本师傅用来保存海怪的砷的毒性，被锁在里面的他被那气味熏坏了。

几周后，十一月六日，胡迪尼又面对另一项大挑战，对自己承认他已经病得需要看医生了。或许连胡迪尼自己都相信他在广大崇拜者面前塑造出来的无敌形象，他当然不太在意他的许多小病痛。事实上，他甚至搞不清最近这个伤是哪儿来的。自从今年九月回到美国的杂耍舞台后，胡迪尼经历了一连串越来越怪，越来越艰难的挑战。起初胡迪尼认为是十月中在水牛城受的伤，当时一群码头工人向他挑战，用链条捆绑他时挤伤了他的一个肾。回想起来，也可能是月底在底特律，五个人将他装进袋子里，再用环索束紧，因为拉得太紧让他觉得好像有哪里受伤了。无论如何，过去两个星期他的排泄都带血，他也无法向贝丝隐瞒他的痛苦和不舒服，更重要的是无法隐瞒在匹兹堡表演时来探望他的母亲。最近他很担心他的母亲，那年夏天她的胃出了严重的问题，使他必须送她去纽约州卡兹奇的旅馆休养。他当然不想增加母亲的不安。因此，主要出于对她的让步，胡迪尼到慈悲医院去向侯利医生求诊。

“你弄破了肾脏的一条血管，”医生告诉他，“这不是小事。我要你立刻回家，至少在床上躺两三个月。而且恐怕你必须完全放弃所有像约束衣脱逃秀、湿床单挑战那样费力的演出，也就是避开所有激烈扭曲身体的特技。”

胡迪尼笑着说：“医生，那是不可能的。”

侯利医生严厉地盯着他看。

“我有责任告诉你，你继续像现在这样对待身体形同自杀，”他严肃地说，“你必须接受事实，你精力充沛的日子已经结束了。”

胡迪尼又笑了。

“你说我还能活多久，医生？”

“你再继续这样下去，一年就没命了。”医生回答道。

“你不了解我。”胡迪尼耸耸肩说。

胡迪尼不仅没有让母亲和妻子知道医生的可怕警告。事实上，他自己也没有留心医生的警告，反而拼了命地完成接下来三晚的秀约，然后才取消托利多的演出回纽约。接下来的两个星期他都躺在书房的沙发上，但他还是闲不下来，为他日益增加的新收藏分类。他也找时间与人通信，报告最新状况。“我……接到严格指示，被软禁在床上不准动，”十一月二十日他写信给葛斯东，“所以我休假躺在床上思考一些事情。我取消几个礼拜的演出。但只要出血止住我就可以工作，只是得让损坏的血管有机会恢复。”

到了十一月三十日，胡迪尼已经开始到处走动。“只要暂停几个月不进行约束衣脱逃术之类的演出，我下礼拜就可以开工。”他写信告诉伟特医生。十二月四日，胡迪尼在俄亥俄州的哥伦布开演。他对自己的情况进行让步，在暌违数年后首次再度表演手铐脱逃秀。重回舞台的最初几夜，他又把医生的警告抛到九霄云外。他接受各种挑战，如逃离货箱、美国邮袋，还增加《牛奶罐》逃脱秀的难度，在罐里装满啤酒，然后在罐子外加上一个大木箱。“我想我太早开始工作了。希望我多休息一个礼拜，”他在自己的日记里写道，“走在街道上时，我在冰上滑倒，跌了个四脚朝天，我相当确定我又受伤了。”

胡迪尼一直没有让他的肾好好恢复。到了十二月中旬，他仍然痛得厉害，并写信告诉伟特，他担心这“可能成为永远的烦恼”。肾脏一直是他担忧的来源，后来的许多年，胡迪尼睡觉时会在左侧垫一个枕头，避免压到肾脏。更糟糕的是，几个月后他表演湿床单脱逃秀时伤了侧边的韧带，越发加剧他每天的疼痛与苦闷。

不过，他仍然如常演出。一九一一年年底，胡迪尼寄了几张他表演约束衣脱逃秀的照片给侯利医生，还加上“依然生龙活虎”的文字说明。长达十五年，胡迪尼不断寄送充满他繁重、艰苦演出的剪报给这位正直的医生，仿佛想要再三强调有些事是医学无法掌握的。

杂耍秀最后的节目逐渐落幕，弗吉尼亚州里奇蒙殖民地戏院的观众期待电影放映，这时后台发生一阵骚动。

“我被坑了。把我的钱给我。我要我的薪水。”坚持的声音穿过帘幕传来。另一个人企图缓和情况，但大喊大叫的人拒绝接受。

“立刻把我的薪水全部给我。”他大叫。

受惊吓的最后一位表演者缩短节目，赶忙躲到幕后。这时，一张白色的大布幕落下，电影开演。穿着浴衣的胡迪尼冲上台去。

“我是胡迪尼，哈利·胡迪尼。”他一边喊，一边护着他的眼睛，避开将影像投在他身后布幕上的光。

“我要我的钱！这些人不给我薪水。”他大叫道。

他一边继续激烈指责，一边在台上快步来回走动，遮住白布幕上的影像。担心引发暴动的戏院经理贺恩急忙跑上台揪住胡迪尼。于是两个人打了起来。贺恩要硬生生地把胡迪尼拖下台，但魔术师毫不让步，他抓住所有抓得到的舞台装饰和戏院设备，拖延无可避免的后果。这真是惊人的画面。

胡迪尼将观众扯入他的个人恩怨，这并不令人吃惊。只要有演出，胡迪尼总是特别注意与观众的共鸣，让他们站在他那一边。早期，即使是关在隔间里设法摆脱束缚时，他还是会跟观众说话。每次在外国演出，胡迪尼至少会练习、学习用该国语言讲他的台词来跟观众沟通，如果因此不小心制造出一些笑料更好，因为这样他们会对他有好感，跟他站在同一边。

他在舞台上的谈话可以牵动整场表演。胡迪尼不会对他的观众说教。也不高高在上。澳洲悉尼一位精明的评论家，曾经针对胡迪尼面对观众时使用的心理战术，提出他的洞见：

> 他是博取同情的帝王。这一点造就了他的成功。通常他在节目开始时会来一段充满哀怨的演说，提到澳洲观众对他展现的仁慈与公平。听者得到一个模糊的印象，好像其他观众经常用他的秘技折磨他，把他整得七荤八素。对于胡迪尼赞美他们的仁慈，顶楼观众总是报以喝彩。他温和、信赖的做法让观众爱他。就我个人而言，我不像顶层楼座观众那般有感情。我觉得很难寄予他毫无保留的同情。他太咄咄逼人，因此装不出温和亲切的性格，也骗不了明眼人。比方说，他以二十七名俄罗斯警察加起来那么坚定的意志压制竞争对手。如果有人在表演中途任何时候提出异议，好比，认为他身上的绳

索绑得太松，胡迪尼会立刻叫停，坚持异议者亲自上阵。此举当然荒谬，但因为神秘之王的奉承而蒙蔽了眼睛的顶层楼座观众，却看不出来。前几天晚上，一个年轻人莽撞地这么做了，于是顶层楼座的观众立刻判他死刑，而且最好是处以绞刑，直到打扰者被不太客气地赶出戏院，众怒才得以平息……胡迪尼是个优秀的艺人。他将个人因素引入表演中，获得很好的效果。但就像我先前提过，我丝毫不为所动。

这位评论者猜测胡迪尼多少有点瞧不起观众，但事实上这位艺人对他的支持者确实是有感情的。一九一〇年十二月在伦敦，若干英国戏院经理为了节省薪水，取消明星艺人的日场演出，但节目单上仍列出这些节目。当霍尔本帝国戏院打算这样对待胡迪尼时，他认为只要告知观众，那么他可以默许。在约定的那一天，胡迪尼发现日场的海报上仍有他的名字，于是他跑去找经理理论，要求准许他表演，却被回绝。

那天下午胡迪尼等在后台，在一位男艺人准备上台时，他赶忙跑出去对观众解释，虽然他没有错，但戏院不准他表演。他建议观众可以要求退钱，或继续坐在位子上等他当天的下一场演出。尽管戏院把警察请来，但至少半数观众继续坐到下一场秀。接着，当报幕员报出胡迪尼的名字时，观众给他雷鸣般的掌声。表演前，他又再度详细解释情况，甚至念出他和管理单位往来的信件。

在弗吉尼亚里奇蒙，胡迪尼与戏院管理单位的纠纷酝酿了一整个礼拜。原本海报上宣布礼拜五晚上胡迪尼要接受海员的挑战。进行脱逃演出，临场他却上台告诉观众，管理单位要求他取消节目，但他要让观众决定。当然，观众压倒性地支持他继续演出。接着，双手被反绑的胡迪尼，花了四十三分钟摆脱身上的深海潜水装。次夜贺恩在胡迪尼的节目结束后与他结账，并告知已经从他的薪水里扣除四百美元，当作他前一晚在观众面前演说的罚金。结果他们互相大声叫骂，胡迪尼还打断当晚的电影放映。

即使已经被拉下台，胡迪尼仍继续抗议，拒绝离开戏院。贺恩找警察来，他们在后台以妨碍治安罪逮捕胡迪尼。这时大批群众聚集在戏院门口，堵塞了塔斯威尔街，等候胡迪尼从后台口出来。警察骗过他们，带这位明星偷偷走后门，直接去警察分局，后来艺人同僚爱德华·史帝文斯花了五十美元才把他保释出去。获释后，胡迪尼发誓要留在当地为这件事打官司，不过后来还是决定去新泽西特伦顿履行下一档秀约。"他们拒绝把该给我的钱给我，"他告诉一位地方记者，"我

一九〇七年五月二十二日于匹兹堡，胡迪尼正在跳水。（亚佛布克医生收藏）

承认我是有些激动，但为了四百美元谁不会咆哮？甚至会闹得比我更大吧？”

胡迪尼看到警察站在哈林区威利街桥步道入口，就知道有麻烦了。

“他们是来找我们麻烦的。”他告诉坐在后座的哈定。胡迪尼的宣传佛瑞德·罗斯布希负责开车，他用力咬了下雪茄，然后做了一个鬼脸。

“我来处理。”他一边说一边把车停在路边，三个人一起下车。几个记者聚在桥边。罗斯布希向警察走去，他是东一二六街警局的唐纳利巡佐。

“你们哪一位是胡迪尼？”唐纳利巡佐问道。

哈利表明身份。

“我跟你说清楚。你若跳下桥，我就逮捕你。事实上，我会把你们全都逮捕。我们很了解你。”

罗斯布希试图跟唐纳利理论，但是没用。所以他们三个又赶忙回到车上，开往亚历山大街派出所，跟波斯特所长商量。所长很有诚意，似乎也觉得胡迪尼从桥上跳下去不碍事，只是他无法承担正式批准活动的责任。

回到桥这边，罗斯布希告诉唐纳利，局长帮不了他们。

“这样的话，你们不如回家算了，因为我也不打算让你们表演。”

“如果我们从划艇上跳下呢？”罗斯布希提议。

“如果你们那么做，我会请港口的警察队派警察汽艇来阻止你们。”

罗斯布希把胡迪尼和哈定拉到一旁，他们交换意见后达成协议。罗斯布希把记者拉到一旁，请他们从桥上往河里看。

罗斯布希显然为这个结局进行了准备，因为不到几分钟后，法兰克·琼斯就划船载罗斯布希、胡迪尼和他的弟弟停在哈林河中央，让聚集在桥上的记者可以清楚地看见他们的地方。当哈定把脚镣加在哥哥身上，正准备为他铐上手铐时，一艘警方的汽艇靠了过来。

“给他点颜色瞧瞧。”唐纳利小队长在桥上说。

船上的警察开始与罗斯布希理论，威胁要把他们全部抓进警察局里。

“听着，我们两分钟就结束，”胡迪尼承诺道，“我跳下水，解开镣铐，报社那些家伙得到他们要的报道。这里没别人，不会发生堵船问题。如果表演没成功，我是唯一可能受伤害的人。”

若非胡迪尼的善辩，就是罗斯布希表现的感激之情，终于让警察改变心意。他们硬是转过身来假装没看见，于是胡迪尼跳进河里，解开镣铐，然后湿答答地爬上来。第二天，报纸报道很少。《每日镜报》的报道版面不到一英寸，提到胡迪尼不到一分钟就摆脱束缚。《电讯报》的报道更是彻底令人难为情，几乎整篇文章都在描述警察与罗斯布希的交涉过程。终于提到胡迪尼的跳水时，记者只说：“为什么要拖时间呢？反正是他赢。”

一九一二年四月之前，胡迪尼从来没有真正征服他的家乡。少数千钧一发的演出，是在位于约克维的纽约市立监狱进行，那次负责搜身及上锁的修伊·库尼从栅栏间窥看到胡迪尼正在用一根金属丝开锁。事实上，他们认为是金属丝的东西，可能是表演《吞针秀》后留在嘴里的针，因为在逃狱秀前他常会先表演那个节目。胡迪尼曾在《手铐的秘密》这本书里透露那个技术。为了补救他对故乡的疏忽，胡迪尼必须想出一个惊人的表演，好让累趴了的记者不得不警醒起来。

他把演出安排在七月七日上午十一点。到了指定的时间，东河六号码头被好奇的旁观者挤得水泄不通。连码头上的桩都站满一群小男孩，逗留不走想把表演看个清楚。胡迪尼和他的随行人员大约十五人，还有箱子，一起登上平底载货船，载货船和当地著名的拖船凯撒琳·默兰号相连。与上次在纽约市从桥上跳下不同，这次记者全军出动来看特技，来了好几组，每组六个人或更多。至少有二十位摄影师，以及一组胡迪尼雇用的电影摄影师到场记录这次的活动。

很不幸，警察也来了，他们表明不准胡迪尼在辖区内的任何码头跳水。即使胡迪尼没淹死，他们相信大批群众里还是有人会落水。于是不为所惧的胡迪尼启动备用计划，他在平底船上载满朋友、记者和摄影师，开到属于联邦政府所有、不属于地方警察管辖的总督岛[1]。胡迪尼退到平底船的船桥上，开始像高级俱乐部的门房那样筛选可以上船的人。拖船开动以后，聚集在码头上的群众因为失望而咆哮。

一到联邦政府管辖的水域，准备工作旋即展开。胡迪尼脱掉外衣，只剩漂亮的白色新泳装，证明他身上没带工具。工作人员拿出箱子，让所有到场记者检查，确定没有暗藏活动镶板。胡迪尼的弟弟李欧普・怀斯主治医师告诉媒体，那个箱子正好是二十四英寸宽、三十六英寸高、三十四英寸长。到了指定时间，他们会为箱子加上一百八十磅的铁。这时手铐和脚镣在记者间传递，供他们检查，两位记者自告奋勇将两副镣铐套在胡迪尼身上，胡迪尼的摄影师将准备过程的每一分钟都记录下来。接着他们打开木箱，让胡迪尼蹲在里面，加上盖子后用铁钉钉牢，接着把铁箍也钉到板条箱上。工作人员以粗绳捆住箱子的每一边，再加上铅制重物。怀斯医师指出，为了让箱子快点沉没，箱子上打了许多洞。

接着表演时间到。平底船外侧安置了一个通往水面的平台。一艘由港口工人操纵的划艇，载着胡迪尼的两位助理开了出去。助理紧紧握着绑在箱子上的安全绳，以免它随汹涌的水流漂走。接着他们把板条箱推入水中。

不过几秒，箱子就整个没入水中。大约一分钟后，几位记者开始有些坐立不安。

“时间太久了。”一位担心的记者说。

“他没问题的。”胡迪尼的一位助手安慰他。

就在这时，面带笑容喘着气的胡迪尼浮出水面。他高举双臂做出胜利姿势，证明他的手已经摆脱束缚。附近两艘拖船用喇叭吹奏出致敬的“嘟嘟”声，在固定往返曼哈顿与史坦顿岛的渡轮上，挤满想要一窥脱逃秀的旅客，他们大声欢呼，直到声音嘶哑。胡迪尼游回平底船，等箱子被捞回来之后，记者仔细检查，发现它原封未动。大家向脱逃艺人道贺，接着拖船赶回六号码头，那儿有好几百人闹哄哄地涌向他，直到他被等在一旁的车悄悄带走为止。

“如果大众知道我的某些特技真的是搏命演出，绝不会指控我在赚取免费的广告机会。”胡迪尼后来告诉一位朋友。水下货箱当然是真的。尽管胡迪尼在板条箱

1　二〇〇三年联邦政府以象征性的一块钱将岛“卖”给纽约州政府。——译者注

胡迪尼准备，准备……（雅佛布克收藏）

……下去了。(国会图书馆)

上设置了巧妙的机关,但总是可能会发生意外,比如箱子卡在泥巴里将他困在水下。胡迪尼的朋友林恩也观赏了那次脱逃秀,他屏住呼吸直到看见朋友浮出水面为止,他了解昔日伙伴所冒的风险。

两年后,胡迪尼再度表演他的特技,但这次他把节目变成一场轰动全市的华丽演出。他取得警察局局长伍兹的同意,从距离巴特里公园A码头两百英尺的拖船上被丢入水中。这个活动被大肆宣传,而且在表演开始一个半小时前,四辆车排成一列缓缓离开位于剧院区的哈默斯坦戏院,顺着百老汇开到巴特里公园。车上塞满戏院高级职员、记者、木匠,连怀斯医生也带着他的医用手提包来了。胡迪尼本人身穿泳装,在哈定的护送下,开着一台六十马力的俗丽跑车跟在他们后面。警方将游行队伍拦下来两次,谴责他们散发传单。游行一路上,胡迪尼和其他车辆都受到路人欢呼。当他们总算抵达巴特里公园时,已经有超过十万人列队站在防波堤上，占满街道，或从商业区高楼探出头来观看这次的演出。因为怕早到的观众会有从防波堤被推入水中的危险，警方还得调来额外的后备警力将群众往后推。

载着多达三十五名官员的麦克爱力斯特驳船开入水中时，河里已经充满各式各样的船。稍早，两名电影摄影师被赶下船时，曾经发生过口角。胡迪尼抗议说他这次不是为电影院演出，要看他就得去哈默斯坦。不过还是有一位积极的摄影师，成功搭上警方的巡逻船，拍到他要的影片。

胡迪尼套上镣铐，箱子供人检查，接着被当成货物装进去，再盖上盖子。这次胡迪尼的助理带码表来计算脱逃时间，如果他没能在三分钟内出现，他们就必须依指示把他捞出来。结果他花了一分四十五秒脱逃，当他浮出水面，以胜利的姿态游一小圈时，“拖船与轮船的尖锐鸣响，以及群众的鼓掌声，真是震耳欲聋”。

一九二一年的水下货箱特技，为胡迪尼在纽约赢得空前的瞩目，为了利用这项优势，胡迪尼以先前在哈默斯坦表演时用过的大水槽重现这个节目。室内水中货箱脱逃秀大为轰动，胡迪尼档期一直延到八月中旬。在这个档期中，胡迪尼对管理单位提出一个不寻常的要求，请他们以金币支付他整周的薪水。

“为什么要这么做？”威廉·哈默斯坦问道，“你觉得一般的美钞不够好吗？”

“不是的，哈默斯坦先生，”胡迪尼回答道，“但我有充分的理由提出这个要求，希望你能答应我。”

有感于胡迪尼的诚意，哈默斯坦答应了。

装满金币的沉重袋子准时送到他的梳妆室。胡迪尼要两位助手将那些双鹰金元擦亮，然后搭计程车前往哈林，直接进到母亲的房间。他奔向她，抱住她。

“母亲，你还记得多年前我答应过父亲，我会永远照顾你，像他一样让你过舒服的日子吗？母亲，现在我能履行那个承诺了。拉起你的围裙吧。”他说。

就这样，哈利把闪亮亮的金币，一股脑倒进母亲的围裙里，实现拉比临终前的预言。

怀斯太太惊讶地看着围裙上的财宝，泪如泉涌。她抱着儿子，而他就像儿时做过无数次的那样，把头靠在她的胸前。两人都喜极而泣。

那是胡迪尼生平最激动的一刻。

第十五章 中国水牢

“各位先——生，各位女——士，”他开始用洪亮的声音，充满活力地说，“虽然这不是什么超自然的东西，但为了介绍我的最新发明：水牢。我愿意拿出一千元，悬赏任何能证明在我遵照规定关进注满水的水牢后，仍有空气可吸的人。”

放在台上，外表空荡荡毫无装饰、以桃花心木和玻璃打造的箱子，看起来果然不负其名：中国水牢。只消看一眼这装置，就够叫人打哆嗦了，就像一位评论人所说，它会让你相信你即将目睹一场牺牲仪式。这时胡迪尼生气勃勃地走向水牢，两侧有他的助理保护，他们在军官服外，套上光滑的黑色橡皮外套，活像个刽子手。

“我要先仔细介绍这个装置，接着我会请一组委员上台来整个检查一遍，证明我所言不虚。这个盖子是配合牢内的铁框制作的，即使不上锁也可以避免被打开。铁框有双重目的，一方面压缩水牢内部的空间，一方面即使我能把双脚从盖子里抽出来，也无法转身。”

“前面是自我保护用的玻璃板。我被锁起来的时候，如果发生任何问题（因为里面完全无法取得空气），我的助理透过帘幕就可以看到，只要有紧急状况，随时可以带着斧头尽快打碎玻璃，救我一命。我诚心诚意希望不要发生任何意外……但我们都知道，意外就是会发生，而且总是在最意想不到的时候。”

“这些铁条构成临时的牢笼，以挂锁连接。我想邀请八位、十位或十二位好心的绅士到台上来。我向你们保证我没有共谋，每一位绅士我都非常欢迎。舞台旁边有楼梯，请把握你们的机会。谢谢你们费心听我讲解。”

胡迪尼一边说，一边比了比楼梯，自愿者慢慢走上台。他们围着这个装置检

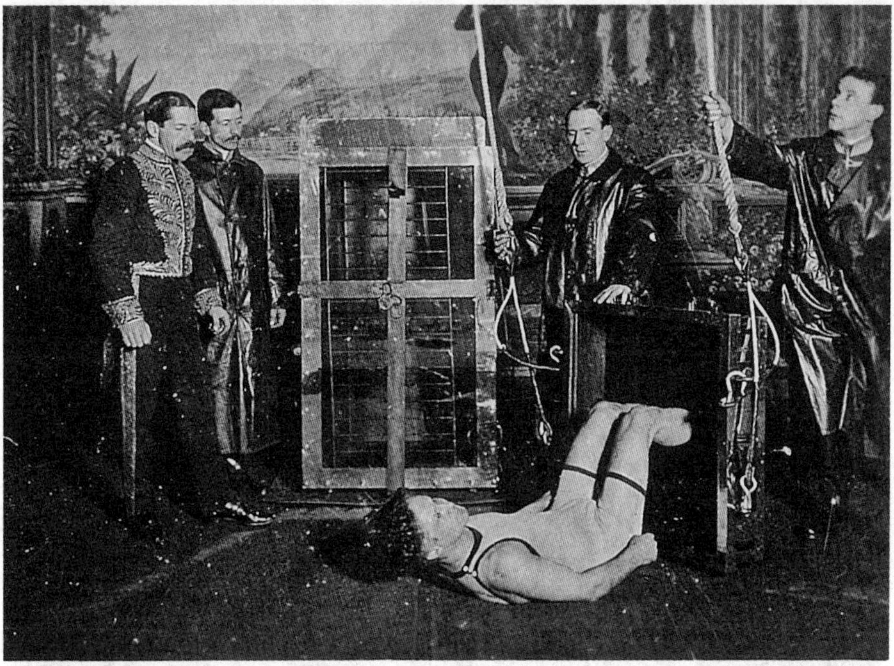

胡迪尼在被吊起来放入中国水牢之前，先以脚架固定。（卓耶收藏）

查它的各个部分。胡迪尼趁这时快速下台，不久便穿着蓝色泳装外面罩着蓝色浴衣回来了。

“各位满意了吗？”胡迪尼问。

其中一位先生怀疑水牢下的地板可能有活板门。

“请在舞台上任意挑选一块你喜欢的地方，我请他们把水牢移过去。”胡迪尼提议。

那个人选了一处，助理把水牢移到他合意的地方。接着穿油布雨衣的工作人员开始在水牢里装水，有的用大水桶，有的用水管。

胡迪尼脱掉浴袍。

“我准备好了！”他大叫，“开始！”

胡迪尼平躺在垫子上，几位观众为他调整固定在盖子上的脚，然后将第一副锁啪地固定至定位，接着把他套进铁框里。他们在铁框上挂了几条绳索，然后头下脚上缓缓将胡迪尼由水牢顶端倒挂下来。

胡迪尼将会倒吊进入水牢。

连可怕的怪物都不是胡迪尼的对手。(格兰杰典藏)

此时有一个戏剧性的暂停，胡迪尼深深吸了几口气。站在牢笼两边的两位助理，引导他进入，魔术师被缓缓放入水牢，水溢到舞台上。

情况变得忙乱起来。胡迪尼的脚定位后，他们迅速将第二副锁扣在他的脚定位处的水牢架上，铁框固定在前方锁上后，水牢四周的帘幕也拉上了。

管弦乐团开始演奏感人的乐曲《潜水员》，所有的观众都屏住了呼吸。库柯尔拿着斧头站在帘幕旁，为意外准备着。经过仿佛永无止境的四十秒，帘幕发出微弱的沙沙声，委员和观众都目不转睛地盯着看。接着帘幕突然被拨开，胡迪尼欢喜地从隔间里跳出来。他全身湿淋淋，眼睛充血，唇边甚至有点泡沫，但他已经自由了。

观众都弹起来，他们的掌声震动墙壁。工作人员迅速打开水牢顶端的锁，胡迪尼跳到水槽顶端，坐在边缘，顽皮地用脚踢起水花，证明水并没有被放掉。此刻观众的欢呼声比帘幕拉上时更加热烈。

《水牢》，或胡迪尼私下称为《倒立》的节目，是有史以来最伟大的魔术创作之一。胡迪尼在一九一二年秋季柏林公演时首演这个节目，不过从一九一一年四月二十九日起，笼子就一直存放在伦敦。那天，胡迪尼曾经在英国南安普敦杂耍剧场举行的特别早场秀进行首演。不过根据传说，当天只来了一名观众，因为那场演出没做广告，而且入场费定价一几尼（当时英国的钱币单位），以当时的标准来说是一笔大钱。那位观众看到的是有两个场景的单幕短剧，名为《接受挑战》和《胡迪尼倒立》。为了保护这个后来成为胡迪尼最伟大戏剧作品的节目，他为它取得的是戏剧著作权，而不是魔术节目的专利权。

《倒立》是柯林斯加入公司后，以水为基础研发的脱逃秀。哈定后来宣称在一九一一年，制作水牢的费用超过两万元。在柯林斯和胡迪尼改良节目并取得著作权后，神秘之王又等了将近一年半才把它放到节目里。当他推出这个节目后，立刻造成轰动，“这无疑是舞台上场面最壮观的演出”，胡迪尼以他特有的“谦逊语气”写信给葛斯东。这时他总算构想出一个他的模仿者无法复制的搏命特技，至少他是这么以为。两位德国戏院经理恩斯特·巴布斯特和恩斯特·希凡特克开始经常来看胡迪尼在布许杂耍戏院的演出，而且数度自愿担任委员以便近身观察那个装置。胡迪尼转到不来梅另一家杂耍戏院演出后，有人闯入他的梳妆室，“窃取我的节目。”他写道。果然，胡迪尼一离开德国，就有一位名叫乌狄娜小姐的迷人女子，在那两名德国人的安排下表演《倒立》。胡迪尼的律师迅速取得禁制令，接下来的法庭判决让乌狄娜永远都得正着走路。

或许为了防止未来的女模仿者（她们身材比多数男人娇小，身体比较容易进行必要的扭曲，好摆脱倒立的状态），胡迪尼决定再度创造并掌握自己的竞争对手。十一月二十八日，他以每月一百五十马克的价码，为期一年，雇用一位名叫汪达·提姆的女子。请她以翠西小姐之名（胡迪尼也为哈定原本的助理取同一个名字）表演，汪达和她的水牢秀，在德国、丹麦、法国和俄罗斯造成轰动。

一九一三年一月胡迪尼回到英国，准备推出他耸动的新节目。他先在《岸边》杂志刊登一则警告保留条款："我想警告所有的经理人和从业者，我业已发明另一项耸动的节目，也就是《水牢》，这是我在艰苦职业生涯中尝试过最伟大的技艺，我希望在此提醒各位，我已经取得首相张伯伦阁下核发的特别演出许可，核发日期为一九一二年五月二日，对于任何意图侵犯吾权之人，我绝对会加以阻止。"

尽管有《水牢》，胡迪尼仍然不满足。他继续一次次在他艰苦的职业生涯里开始其他挑战。例如在英国赫尔港时，他挑战挣脱水手袋，那是旧时一种以皮和帆布制作、专门用来对付造反或酒醉水手的超级约束衣。对于这项挑战，他唯一的条件是不准用绳索捆绑他的脖子，以免有被绞死的危险。他花了二十分钟摆脱束缚。第二天记者访问胡迪尼，并在访谈中指出他的脸因为演出特技而显现疲态，胡迪尼淡然地回答说，由于他给自己的压力大得惊人，因此他并不认为自己会长命百岁。

在英国表演《倒立》不过一个月后，胡迪尼已经开始策划这个节目的"升级版"。二月三日，作家坎皮恩在英国里兹看过胡迪尼表演《水牢》后，向他提出挑战。虽然他写信称赞胡迪尼的《倒立》很"精彩"，却向胡迪尼下战书，要他以下列条件重新演出他的脱逃秀：

一、用我准备的锁，这副锁在演出之夜才公开。

二、舍弃铁笼不用。

三、水牢必须放在舞台上任何我指定的地方。

四、水必须是干净的。

五、除了你在隔间里那段时间之外，我要监督整个表演。

六、你必须在四分钟内摆脱束缚。

七、锁必须依我设定的那样原封不动。

这些条件对胡迪尼的演出都没有实质影响。锁与脱逃演出无关，规定锁必须"依我设定的那样原封不动"让胡迪尼更轻松。胡迪尼自己后来也舍弃铁笼不用，因

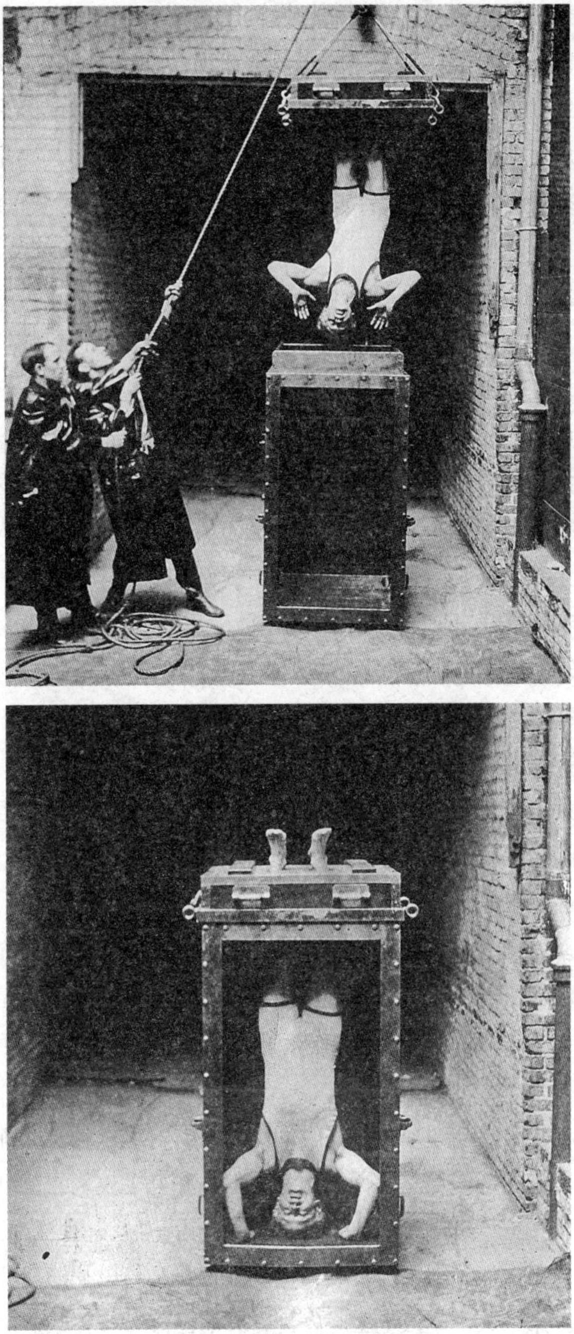

胡迪尼预演《倒立》，他用的是没有内笼的箱子。（亚佛布克医生收藏）

为水平的栅栏会让人觉得他可以利用栅栏爬出牢笼。胡迪尼一向都会让观众将牢笼移到舞台上的任何位置，而干净的水只会让观众感受更强烈，坎皮恩的监督根本无关紧要。给胡迪尼四分钟完成任务，以误导的成分居多，因为胡迪尼通常只花不到一分钟就从牢笼里逃出来。坎皮恩规定的时间限制，其实是让胡迪尼在从帘幕后面跳出来以前，多出三分钟来提高观众的紧张感。

寄了无数信件以及接下来的十七通电报后，胡敦总算坐在英国战争部情报官员罗素少校的办公室里了。与德国二度交战的阴影日益逼近，胡敦认为他在第一次大战期间担任皇家航空队飞行员的经验，将使他成为有用的资产。此外，他曾在诺斯克里夫勋爵手下四年，勋爵的爱国心毋庸置疑。胡敦担任记者以及后来为电影工业进行宣传的经验，对情报单位也是十分宝贵。或说他是这么认为的，但显然，罗素少校没他那么来劲。少校似乎是为了一次性根绝他恼人的来信，才屈尊见这个不断来信的怪人。直到胡敦无意中提到二十五年前，他还年轻时，曾经在伯明翰帝国戏院智取胡迪尼，情况才有所改变。

罗素一听到那位魔术师的名字，立刻兴奋了起来。

"我的皮夹里有一份挑战书的原本。我记得……"

"我看看。"罗素少校出乎意外地插嘴。

胡敦从皮夹里拿出写着挑战方式的破纸片。一九二二年四月当时，胡敦一直在叔叔位于英国梭特利的木材厂工作。身为魔术迷的他，不但去看胡迪尼的演出，而且因为实在很佩服他，所以等节目结束后还会去后台找他。由于胡迪尼曾宣布，任何人只要能制作出他无法脱逃的木箱，他愿意提供一百英镑当作赏金，因此胡敦提议用他叔叔旗下的木工向他挑战。由于胡敦深信胡迪尼的货箱有机关，因此提议由他们当着观众的面在舞台上制作箱子。胡迪尼同意，条件是要让他造访工厂，与将在舞台上制造木箱的木工谈谈。

胡敦瞒着叔叔，请胡迪尼在午餐时间到木材厂。到了约定的那一天。一辆双轮双座马车停下来，胡迪尼从里面走出来，他身穿有毛皮衬里的外套，和"俗丽的地毯织料拖鞋"，还"抽着粗大的雪茄"，看起来熠熠生辉。他把木工师傅泰德·威勒斯拉到一边，跟他谈了很久。接着，令胡敦很是惊讶，胡迪尼开始踱步测量工厂外墙的宽度。第二天，胡敦上工时发现，外墙已经被宣传胡迪尼演出的艳黄色海报覆盖。

挑战当晚，胡敦和三位同僚将箱子部件搬上台，由威勒斯组合。接着胡迪尼被戴上手铐，装进封闭的袋子，然后放在箱子里。接着木匠把盖子钉起来，并用绳索将箱子捆住。管弦乐团演奏一些吵闹的军乐，十五分钟后胡迪尼就汗流浃背，一手拎着手铐，从帐篷里出来了。

直到一九二〇年胡迪尼才向胡敦坦承，他给威勒斯三英镑，请他在箱子放脚的那一端只钉两根钉子。这么一来他只要用脚推开末端的镶板，摆动身体钻出箱子，然后用藏在隔间柱子里的小铁锤和合适的钉子，以苏泽进行曲为掩护，把镶板钉回去就好了。

这个故事令罗素少校着迷，他打断胡敦多次，问了一些深入的问题。胡敦讲完之后，罗素突然推开一些文件站起来，然后示意胡敦跟他走过一条长廊。

“你或许就是我们要找的人，”他说，“我们正在找对脱逃术有兴趣的艺人，看来你合乎要求。”

接着胡敦被介绍给克罗卡特少校，少校先要他重讲一次胡迪尼的故事，然后考他一些脱逃心理学。不过几分钟，胡敦就进入MI-9工作，这是军事情报单位的一个部门，负责研发对部队（尤其是身在敌后，或遭俘虏必须逃回英国的飞行员）有帮助的小机械。胡迪尼曾经是首位指导英国情报单位脱逃与撬锁技术的脱逃艺人。这时曾经身为胡迪尼与诺斯克里夫勋爵门徒的胡敦，开始设计独特的脱逃辅助器具。他创作过一种隐藏在板球球棒内的工具组，在鞋带里藏线锯，实为高功率望远镜的香烟烟嘴，以及可以藏在纸牌和唱片里的超薄欧洲地图。他甚至磁化所有大不列颠的安全剃刀，好用来当作临时指南针。即使进了坟墓，胡迪尼仍在影响世界史改变的进程。

怀斯妈妈感觉非常骄傲。她坐在奢华的雷纳克斯汽车后座，两个儿子把她从卡兹奇山接回纽约市。她的医生儿子负责开车，他的生意兴隆，病患都是一流人物。不是谁都买得起雷纳克斯。现在只希望他能安定下来，替自己找个好女人。对于她的另一个儿子，那位艺人，还有什么可说的？他是全世界最著名的魔术师。魔术师吗？应该说他是最有名的艺人，真正最闪亮的明星。不过她老是为他担心，每次他回来，看起来又老了许多。他怎么可能好好照顾自己，那样东奔西跑的。但至少他有一个尽心的老婆在身边。如果没有贝丝，她相信他不会停下来好好吃顿饭，甚至是换衣服，他为了书和奇怪的魔术玩意横冲直撞，更别提从桥上跳水。啊，只要他快乐就好。

她往后靠，闭上眼睛。坐在她身旁的贝丝，将她的手抓过来托着。坐在她另一边的葛蕾蒂，她的女儿，正试着入睡。她常常想起那起可怕的意外，滚水打翻溅在葛蕾蒂的脸上，让她几乎失明。她也很想知道上帝为什么会让那种事发生在这样一个好人身上。接着她的念头转到她的大儿子，威廉，他们刚刚把他留在纽约州北部。他被诊断出结核病。多么可怕的字眼啊。接着她记起李欧普如何向她保证，医学每天都有进展。

塞西莉雅不愿想的是她自己的健康。已经七十二岁的她，过去几年一直为慢性胃疾所苦，情况糟到让她要对着医生儿子大声喊痛。到卡兹奇去，置身山间新鲜的空气里有些帮助，但此刻他们正要回哈林区，再过几天，哈利又要去欧洲。她觉得自己几乎见不到他。他不是远在欧洲某处，就是在美国巡回。现在他要去为瑞典国王演出。虽然惋惜他又要离开，不过儿子的成就让她稍感宽慰。他回家很少超过一个月。而且头两周他在哈默斯坦演出。他需要的休息更甚于此。

她透过车窗看出去，看见远方纽约明亮的灯光。她下定决心，明天要一起去墓园，探望她的丈夫，他可以帮助她理清思绪，让她坚强。

每次哈利要搭船离开，他的母亲都坚持要他在出发前去墓园接受父亲的祝福。因此在隔天七月六日，胡迪尼租了一辆车，载着他的母亲、哥哥纳坦和弟弟戴许去墓园。到了那里以后，胡迪尼突然有一种冲动，想要躺在父亲的墓地上，好让自己能够说，他已经先在母亲那儿躺过了，但戴许成功劝他打消这个怪念头。塞西莉雅常常到墓园来接受丈夫的祝福，对于儿子为家人买的大块墓地，她感到非常光荣。

在回家的路上，胡迪尼绕路停在一家茶公司前，公司的老板是他哥哥威廉的债主。胡迪尼告诉他们，他会为哥哥还债。他骄傲的母亲吻了他一下，并向他保证：“嗯，今后你会更有福。”

七月八日启程当天，胡迪尼很早就醒来。他的母亲仍然躺在床上，因为路途劳顿身体虚弱，她之前只躺在楼下的长椅子上。胡迪尼把它当成母亲变聪明、肯多休息的征兆，他不想承认她日益变得虚弱。他又雇了一辆车，载着他的母亲、哥哥威廉和贝丝的母亲到新泽西的荷波肯去为他们送行。胡迪尼是最后一个登上轮船的人，他不断上船然后循步桥跑回去吻别母亲。她担心船会丢下他开走，吩咐他回船上去，但他却不停跑回来一再拥抱她、吻她。

当他把她拥在怀里的时候，她用奇怪的眼神看着他。

“艾瑞许，你回来时我可能已经不在了。”她说。

以前他离开时，她也表达过相同的忧郁情绪，他想办法为她打气，却连自己

健斯家的兄弟姊妹（由左而右）：纳坦、威廉、哈利、戴许、李欧普和葛蕾蒂。（亚佛布克医生收藏）

也觉得泄气，因为照顾母亲的女仆刚刚辞职。

最后他又吻了她一次。

“去吧，看在上帝的份上。”她把他推开。

“听着，各位先生女士，”他向码头上的群众求助，“我妈妈要赶我走呢。”

“不是这样的。”她不好意思地说。

他总算上船，步桥也被移开。他站在甲板上，对母亲、岳母和哥哥挥手，塞西莉雅要他带一双温暖的羊毛家用拖鞋回来。“别忘了，是六号的。”她说。胡迪尼开始将长饰带丢给在码头上的人。胡迪尼瞄得很准，塞西莉雅抓到一些他丢过来的饰带。

船开走以后，贝丝和他大叫：“妈妈，抓饰带，妈妈。”怀斯妈妈抓着饰带，直到起航的力量将饰带撕成两半为止。

七月十六日胡迪尼在汉堡登陆，然后搭夜车到哥本哈根，早上十点抵达。他的几位助理在车站与他碰头。胡迪尼将贝丝留在旅馆房间，然后跟库柯尔去戏院。途中，库柯尔给胡迪尼一封在他抵达前送到的电报。

当晚他在贝克陶杂耍戏院为两位丹麦皇室成员表演。之后他又参加记者会，中场休息时，他想起那封电报，读过之后竟然瘫倒在地，不省人事。

胡迪尼最后一次见到他挚爱的母亲。（亚佛布克医生收藏）

国会图书馆

第十六章 宽 恕

"我挚爱、弱小的母亲，可怜的妈妈。"他醒来以后呜咽道。稍早被他忽略的电报里，是他母亲的死讯。记者和权贵被他的哀伤感动，于是离开房间。

虚弱到连走路都有困难的胡迪尼，在贝丝和助理的搀扶下回到旅馆。他似乎陷入恍惚，贝丝发现他无法思考或行动。回到房间后，他被扶上床绝望痛苦地躺着。他们为他请来一位丹麦医生，检查后他告诉贝丝，胡迪尼母亲过世带来的冲击，使他的肾脏宿疾提早发作。医生下令他立刻住院治疗，但胡迪尼鼓足力气否决了这个主意。于是，医生建议他以长期休养作为替代。

贝丝和丹麦医生到外头去商量，留下胡迪尼跟他非常信任的助理柯林斯独处。他们一离开，柯林斯便锁上门，走回床边，倾身靠近他心力交瘁的老板。

"胡迪尼先生，你不能为您的母亲做点事吗？"他问。

这句话似乎刺激茫然的胡迪尼，让他有了反应。

"什么意思，吉姆？"

"你了解我的意思，"柯林斯说，"你不能为她做点事吗？"

两人之间出现困窘的沉默。

"如果我没会错意，吉姆，你认为我真的拥有帮助家母的力量吗？"胡迪尼总算开口说。

"是的。"

胡迪尼叹了口气。

"不对，不对，吉姆，这是上帝的旨意，这是遵照上帝的旨意。我们束手无策。"

柯林斯慢慢在床边坐下。

“或许我可以代替你回美国。”他提议。

“不必了，”胡迪尼说，“我们大家一起搭下一班船回去。”

胡迪尼的助理显然相信他有超人的能力。那其实只是胡迪尼将近二十年来所创造的迷思。尽管他否认，但降灵论者深信胡迪尼能够消失，以他无形的身体穿透如货箱和水罐等结实的物质，等摆脱束缚之后再重新显形，其他人则断定胡迪尼借着催眠所有观众来变魔术。无论如何，许多人都同意胡迪尼拥有强大的力量。“你可以靠你正在做的事的力量建立宗教。”一位朋友写信给他，想必是包含肉身复活的宗教。

尽管在丹麦不履行合约是刑事罪，胡迪尼仍立刻取消合约。贝克陶先生体谅他这位悲痛的明星，胡迪尼后来则在该戏院的节目单上刊登大幅广告以回报、感谢他的体贴。现在他必须安排回程事宜。当他们确定一行人必须等到二十三号才有一艘回程的船，并且很讽刺地名为塞西莉雅公主号，胡迪尼立刻拍电报给哈定，命令他将丧礼延期。胡迪尼想见母亲最后一面的渴望，凌驾犹太律法立刻下葬的训令。拉比其他的孩子，显然同意了胡迪尼非正统的要求。

仍沉浸在哀伤中的胡迪尼，一直由丹麦的专科医生伴随，直到抵达德国由当地医生接手为止。在不来梅的时候，这位尽责的儿子记起母亲最后的遗愿，买了一双六号的羊毛拖鞋。长达一周的回程路，让胡迪尼有充分时间在心里反复思考母亲过世这件事。胡迪尼最有可能是在弟弟李欧普搭缉私巡逻艇来接他时，得知母亲过世的真实细节。他可能得知七月十四日塞西莉雅陪哈定去阿斯伯里公园演出，当天哈定戴着手铐和链条从码头跳水。傍晚，他表演手铐脱逃秀，接着又摆脱约束衣和牛奶罐。当晚稍后，回到帝国旅馆时，塞西莉雅严重中风。当地的医生宣告她情况危急。席欧打电话给妹妹葛蕾蒂，她在次日早上赶来。这时塞西莉雅已经生命垂危。

不过，哈定仍继续演出。星期三表演结束以后，他直接赶到母亲床前。她想告诉他有关胡迪尼的事,但中风损伤了她的语言能力。她时睡时醒。午夜过后不久，她就过世了。

胡迪尼一进门，就直奔起居室，母亲的遗体停放在那里等候下葬。“她看起来那么优雅、安详，只是脸颊上有些小斑点，在我一生中永远用爱包围我的那张脸沉静无声，看她不回应我，我知道上帝已经迎接她到他的怀抱里，将她在此世一

胡迪尼夫妇在蒙地卡罗。（亚佛布克医生收藏）

直不给自己的平静赐给她了，”他在日记里写道，“明天母亲将与她最好的朋友共眠，自从他过世以后，她未曾间断替那个人哀悼……我知道如果有相会的地方，他们都会感到幸福。但这却给身为孩子的我们留下悲惨、不快乐和满心的哀伤。”

胡迪尼从母亲的房间里拿了一张帆布椅来，放在她的身边。直到第二天，他都不肯离开那张椅子。他还曾一度将新的拖鞋放进棺木里。

那是黯淡的一天，完全反映了胡迪尼的心情。他再度出发去墓园，穿黑西装、打黑领结、戴黑帽子，他心烦意乱地在一排排的坟墓间漫步，注意每一个墓碑。前一个星期他在日记里坦承他“感觉好一点了”，但旋即又修饰道：“但七月十七日永远留在我心中。”

即使到了距离塞西莉雅安眠处数千里外的蒙地卡罗，胡迪尼仍然只有在死人间才能找到慰藉。九月他试图重回生者的领域，离开纽约几乎日日造访墓园的生活，到德国去履行他的秀约，但那是一件难事。一九一三年九月十六日，胡迪尼在纽伦堡开演，表演《吞针秀》和《水牢》。“演出非常顺利，”他在日记里写道，接着又写道，“因为我亲爱的母亲，演出后的时间很难熬。”甚至在开演之前，胡迪尼花了好几天将母亲的信以整洁的德文打字，好将那些信装订成册带在身边。这是件辛酸的工作。“我流了许多痛苦的眼泪。我从一九〇〇年开始收存的一大叠信，每一封都是一个爱的故事，祈求上帝保佑她的孩子，恳求我们必须成为正人君子。”

两天后，德国当局企图证明胡迪尼不是正人君子，把他拖进法庭，因为他在未征得警方同意的情况下演出，一天两度戴镣铐跳进杜灿湖。他因为游泳被罚五十马克，未事先申请演出许可罚五十马克，践踏草坪又多罚了二十马克。胡迪尼当然提起上诉，结果地方警察沦为媒体的笑柄，因为他们在跳湖表演结束次日才想去阻止。报刊也讽刺地提到，虽然市政府当局警告胡迪尼不准公开表演他的特技，但市营轨道电车的管理单位却加开班次，载运数以千计的市民成群去观赏被禁止的演出。

在德国遇到的麻烦，根本不值得他在写给哈定的信里提起。在镶黑框的哀悼信纸上，他坦承道：“我像机器一样工作，感觉很寂寞，根本不知道该如何是好，但我希望最后我的热泪会流干，然而我也知道我的心将永远为我们亲爱的母亲而痛。戴许，我早就知道我爱母亲，但我的存在似乎随着她一起死灭，这是我内心最深处的想法。我相信上帝将会让我们挚爱的母亲的祷告保护我们，她在天堂里会看顾我们，指引我们走在正当的道路上。我尽了我所有的力量，却仍然止不住渴望，我知道母亲不会乐见她的过世对我造成影响，但我又能如何？她穷其一生都在为我们付出她神圣的母爱，我只是在为我们的损失哭泣。我的脑子运作如常，而且我像过去一样努力并且事先进行计划，但我似乎已经失去所有企图心……我必须振作，像个男人……我看贝丝似乎病了，但她或许是在担心我，我必定是让她挂念了。”

十一月时，他仍然愁云惨雾。尽管当时在巴黎演出的胡迪尼，以《吞针秀》和《倒立》震撼观众大获成功，却觉得“非常忧郁”，整月只接受一次挑战。仍念念不忘塞西莉雅过世的他，在月底写信给哈定：“戴许，这太难了，我似乎无法忘怀……时间可以治疗一切伤口，但母亲努力不让我知道的可怕打击，恐怕要许久才能过去。”这个含意模糊的话至今仍是未解的谜。

胡迪尼取消十二月在巴黎的合约，带贝丝去蒙地卡罗，以赌场转移自己的注意力。他赢得两千法郎，却很快就对赌桌生厌。勾起他兴趣的似乎是一座特殊的墓园，葬着因为失去毕生积蓄而自杀的人。胡迪尼数度造访这个荒凉的景致，他自己不太可能考虑这种可怕的命运，如果曾经考虑过的话，造访墓园似乎令他打消那个念头。“第一次看到那些坟墓，想到有人以这种方式结束生命，令人觉得浑身不舒服。”他感觉更像是个社会学家，而非准备自杀的人，胡迪尼在日记里对那里的现象展开敏锐的观察。他提到在冬天自杀的人比夏天多，若自杀的人断气没多久后就被发现，赌场工作人员会在他们空空如也的口袋里塞钱，暗示他们有财务之外的寻死动机。此外，当时的赌场会付钱将遗体送回他们的故乡，“避免声张”。一对一起自杀的男女的坟墓令他特别着迷。

> 母亲一直是我人生中挚爱与崇拜的对象。我爱过其他人，但在那些爱恋更高或更深处，都存在着我对我美丽的母亲的爱。

胡迪尼研究者一直很强调胡迪尼对母亲的爱似乎太过热切。但在他那个时代的情境下，胡迪尼的多愁善感看来并不过分。上面引用的那段颂词不是胡迪尼写的，是二十世纪初美国最受欢迎的剧作家克莱德·菲奇的作品。英国诗人柯立芝说过：“但母亲依然是母亲——世间最神圣者。”胡迪尼曾经在给贝丝的信里引用这段文字，区别他对她和塞西莉雅的爱。“我亲爱的女孩，尽管我说你属于我，但我的母亲也称我为她的儿子。所以两份爱并不冲突……我真的不可能像爱你一样去爱其他女人，但对母亲的爱，只有真正的母亲才应该拥有，因为她从我出生前就开始爱我，在我出生时爱我，当然也将爱我直到我们其中一个消逝为止，不说消逝，就让我们说是‘先走一步’吧。”

尽管他并没有严格遵守犹太教的规范，例如他延迟埋葬母亲，但胡迪尼确实相信有天堂，在那里，死者可以在上帝面前为生者求情。一九一六年，胡迪尼接受辛辛那提记者访问，这位记者在他的梳妆室看到一张外表严肃、头发灰白、蓄络腮胡的男人的照片。“那是家父，”胡迪尼告诉他，“我认为我的成功是拜他所赐，他过世前要我夜夜向他祈祷。他会照顾我，确保我成功……我遵循他的要求。”

塞西莉雅敦促胡迪尼离家巡回公演前，先造访墓园接受父亲的祝福。死者是否真能与生者沟通，一直是令胡迪尼着迷的事。终其一生，他与许多朋友约定，为每个人设计独特的暗号。无论谁先穿透死亡的面纱，都要从冥界将暗号传回来。几年后，贝丝暗示胡迪尼与他的母亲在她死前曾经约定这样的暗号，约定的那个字是“宽恕”。根据贝丝的说法，胡迪尼的小弟与长兄不和，尽管小弟李欧普一直是胡迪尼最爱的兄弟，但魔术师却站在长兄那一边。贝丝宣称那出家庭悲剧足以促成塞西莉雅的死，“他心里想原谅弟弟，但遗慨之情令他沉默，”她说，“只有他过世的母亲传来‘宽恕’这个字，才能为他带来他渴求的和解。”

母亲过世后，胡迪尼常在半夜醒来，大声说：“妈妈，你来了吗？”如果没有得到回应，他会阴郁地躺回床上，失望叹气。一九一三年圣诞节，人在伦敦的胡迪尼寄了一封信给哈定，信中透露些许讯息：“这只是封应景的圣诞信，这时的我有一颗沉重的心和痛苦的灵魂。但我必须写封信给你，因为我很孤独，我希望你在家人的陪伴下，度过快乐的时光，我相信未来会更光明，愿上帝让你养育出令你引以为荣的孩子。我祈祷他们会尊敬、荣耀、顺从他们的父母。这是无上的祝福，正如同我们仿佛天使般的母亲说过：‘孩子使他们的父母感到光荣，我的孩子是我生命的全部。’尽管母亲为此祈祷，上帝似乎认为不宜赐予贝丝和我拥有孩子的福气，但或许这样是最好的。戴许，在人生此时，我非常不快乐。”胡迪尼的母亲过世，对他产生两个深刻的影响。一方面，他本来就因为不能长期陪伴母亲而隐约感到愧疚，母亲过世后，那种愧疚感便具体化。这种感觉记录在他写的一篇小故事里：一个强人对父亲发誓要照顾母亲，但当有人用甜美的酒（象征金钱与成功）引诱他离开她时，强人忘了他的誓言。但她的死也让他从誓言中解脱，过去他确实遵守这个誓言到底，现在他只需要注意自己和自己的传承即可。

另一方面，胡迪尼很可能已经开始觉得他赢得世界却失去灵魂。他的母亲和他的整个家族生活无缺，但付出了什么代价？当他和贝丝年轻时，两人为了堂堂正正赚一百万走遍全球，这种漂泊流浪的生活或许浪漫，但现在他年近四十，母亲的过世似乎促使他重新评估，对他来说什么才是真正宝贵的。

节目一开始，胡迪尼先向观众证明他有一些很听话的硬币，它们会以肉眼无法辨识的速度神秘地在空中移动，跑到以两根彩带吊在舞台上的水晶空盒里。他先打开盒子，让观众看里面没有硬币。为了彻底证明这件事，他把盒子挂在两条彩带上，然后激烈摆动盒子，听不到硬币咔啦咔啦的声音。

接着神秘之王大步穿越舞台，转过身来面对仍在台上左右摇摆的盒子。他抓起一把硬币，一个一个往盒子里做出抛掷动作。硬币似乎神奇地消失在空气中，然后一个一个开始神秘地在摆动的盒子里咔啦咔啦地发出声响。把硬币全丢出去之后，魔术师走回盒子边，止住晃动的盒子，打开盖子，取出硬币。

《水晶现金盒》是伟大法国魔术师巫丹的旧作。这一夜的演出比较令人吃惊的是，在小水晶盒里变出硬币的魔术师，好像应该从一个大水晶盒里逃出去才对。全球闻名的脱逃之王胡迪尼改变形象，现在自称为幻术之王。

说胡迪尼的魔术美学受到母亲过世的影响而改变并不公平，好像在舞台上表

胡迪尼爱孩子和动物。(国会图书馆)

演魔术是在抚慰他这个痛失亲人的灵魂。早在她过世前一年，胡迪尼就开始计划推出整场的魔术演出，还悄悄向英法的魔术师和商人采购各种新旧装置，包括黎恩博士的《转世再生》，那个当他还是密尔沃基的一个孩子时，令他神魂颠倒的魔术。事实上，如果说他母亲过世有什么影响的话，那就是耽搁了他往那方面发展的进度。早在一九二二年十一月，胡迪尼就曾写信给葛斯东，而葛斯东的妻子莉雅·劳瑞曾经卖给他一个由才华洋溢、令人目瞪口呆的法国魔术师鲍提尔·德·寇塔所创作出来的《神奇方块》秀。“关于那个大秀，如果我能专心工作或许可能演出，但我恐怕手中有的素材与我的预期不甚相符。打从七月十七日开始，我就心不在焉……连构想一个节目也办不到，只能努力让我的心思被占满。”

到了次年生日时，他的心已经够平静，能构思他的伟大魔术回顾展。他首先于四月以及稍后的六月，在英国各省试演，在一个礼拜的档期里，以这些节目取代平常的《吞针秀》和《水牢》脱逃秀。节目以巫丹的《水晶现金盒》开场，想想他曾经写书毫不留情地攻击过这位法国魔术师，这真是个有趣的选择。一位批评家曾经暗示，胡迪尼买下巫丹旧作的复制品，就像“原始狩猎者吞食他杀死的狼，以摄取其力量”。《再见冬天》与《哈喽夏天》是胡迪尼向英国魔术师查尔斯·莫瑞特买来的两个节目。在《再见冬天》这个节目里，胡迪尼让“活生生的人在半空中消失”；在《哈喽夏天》这个节目里，他从金字塔形的箱子里变出一位美丽的“仙后园丁”。

表演德·寇塔的《神奇方块》时，效果比较惊人。舞台上放着一个小手提箱，胡迪尼告诉观众手提箱里装着一位年轻小姐。他把手伸进盒子里拿出一个八英寸的黑色骰子。骰子放在矮桌上，当胡迪尼后退时，骰子开始神秘地膨胀。骰子停下来时，已经膨胀成一立方码那么大，当胡迪尼把变大了的方块从桌上抬起来时，出现一位双腿交叉坐着的年轻女子。

胡迪尼以《变身》结束演出，这是在澳洲悉尼表演以来，第一次让贝丝上场。“贝丝表现得好像她从来不曾引退似的。”他在日记里写道。几周后，在另一次“魔术回顾展”之后，他写道：“这是我演出过最精彩的节目，贝丝表现得太棒了。”根据胡迪尼的说法，评论家也同意他对“回顾展”的评价：“英国所有伟大的评论家都说，这是有史以来最棒的魔术演出。”他在剪贴簿里，为这场秀的一幅广告写下了以上的注解。很不幸，戏院经理（应该也包括某些观众）却不同意。他们喜欢以前的手铐之王和脱逃之王。不为所惧的胡迪尼收拾起他的魔术，将它们储存起来。“如果英国人想看脱逃秀，就让他们看吧，”他告诉葛斯东，“但我决心在死前演出一场上乘的魔术。”

他几乎是立刻着手策划那样的演出。对母亲不再有责任，胡迪尼觉得可以自由巡回世界了。那年夏天，他会回美国履行哈默斯坦的合约，但一九一五年一月，他打算再回欧洲大陆，到欧洲各地演出，回俄罗斯，然后搭火车横越西伯利亚到日本。他的戏班要用特别设计过的大车到日本和中国内陆巡回，车体可以展开成六倍长、形成周围可坐五百人的舞台。使用可以任意展开，容纳大批观众的特制小货车在乡下巡回不是新鲜事，事实上，少年胡迪尼是在纽约读《巫丹回忆录》时，第一次学得这个观念。

一九〇八年胡迪尼把惊人的镀锌牛奶罐加入他的节目之后，也把真正的死亡风险搬上舞台。尽管那是他的道具、他的发明，呈现方式却很戏剧化。到了一九一一年，他把罐子变成挑战的容器，邀请地方奶酪农业者和酿酒商以他们的各种液体填装水罐。

一九一四年年初，继他自己发明的另一项搏命演出《水牢》秀之后，他又从英国布拉福一位先生所建造的桶子里脱逃，将挑战的概念推向前所未有的新高峰。过去胡迪尼也曾经从空桶中脱逃，但这次不同。这次桶中装满水，他有两分钟可以设法逃出来，或淹死在里面。

观众有所不知，胡迪尼在某个寒冷的一月傍晚，造访脱逃艺人卡力特时，就已经事先安排好这次的挑战了。因为胡迪尼需要特殊的东西来吸引观众满座，卡力特给他看自己表演时使用的桶子道具。连试都没试，胡迪尼就开始洽谈使用费，顺便请卡力特到戏院来，以真名荷奥斯向他挑战。脱逃秀非常顺利。胡迪尼第二天便归还桶子，但新的挑战已然诞生。在往后几年，胡迪尼不断演出这种桶子秀，有时候还让地方酿酒商在桶子里注入他们的啤酒。

胡迪尼不断拓展挑战的范围。一九一七年，他向大西洋城警局下战书，请他们在他从码头跳入大西洋前为他套上链条和手铐。胡迪尼和弟弟表演戴手铐跳水时，他们用的多半是特制手铐，他们戏称为“跳水铐”。哈定后来挖苦说，戴着手铐别让它在落水前脱落，才是桥面跳水最困难的部分。除非胡迪尼在大西洋城警局有朋友用假手铐铐他，否则他一九一七年那一跃实在危险。

隔年，他的搏命挑战又更进一步。一九一八年四月十八日，胡迪尼接受美国口香糖公司包装专家的挑战，他们不信任胡迪尼在剧场演出货箱脱逃秀时所使用的箱子，因此要向他下战帖，将他装入钻满洞，并以螺栓、钉子、铁箍固定的“特制超厚重出口包装箱”里，然后投入剧院里的大水池。不用说，胡迪尼活下来了。

这些年来的挑战，创造出加成效果，造就了超人的迷思。胡迪尼可以从任何事物中脱逃，他可以打败任何挑战。他超越人，他是超人。他的观众不但支持他，而且沉浸在他的光芒里。他比我们伟大，但到头来，他终究是人。

到了一九一四年，胡迪尼已经是全世界最知名的人物。那年六月，他在英国诺丁汉帝国戏院演出，第二场节目结束后，他原本可以与任何他选择的地方名流、贵族或商业大亨吃饭，但他雇了一辆车，辛苦走四十里路到雪菲耳去，他要去拜访一个仍与母亲同住的少年。

吃过饭之后，蓝朵夫·道格拉斯领着母亲和胡迪尼到小屋里的阁楼去。一到那儿，道格拉斯就要胡迪尼替他穿上约束衣。原以为这个年轻人要模仿他的英雄，于是胡迪尼配合他的要求。但道格拉斯接下来做的事，将改变魔术史的进程。他请母亲用长长的绳索捆住他的脚，然后将绳索穿过固定在房屋A字形骨架上的滑轮组。在胡迪尼的协助下，两个人一直拉，直到道格拉斯被吊离阁楼地面，从屋顶垂挂下来为止。接着倒吊着的道格拉斯，开始在两位观众面前摆脱约束衣。

那晚胡迪尼专程跑到四十里外，乃是因为魔术界奉行严格的精英制。钱、名望、头衔和虚荣，在新秀面前都无足轻重。与共济会员不同，私下协议无法开启这个世界的门，只有精通的技艺才能立即获得尊重。魔术圈由各种社会阶层组成，医生、律师、教授、消防队员、清洁人员、会计师、门房、狱卒、情报员和最低级的公务员。一旦聚集在紧闭的门之后，工作、身价和头衔都消失无踪。在这个世界中，只有完美的骗术才会获得赞赏，其余的一概糊弄不了人。

那一夜，为德国水手之家与伦敦魔术师俱乐部举办的联合义演音乐会，以普契尼的音乐开场。旅客舒服地仰坐在元首号客轮的长毛绒椅上，听丽池卡登管弦乐团演奏《波西米亚人》中几个段落，接着科尔特桑夫人加入他们，唱了一首选自《蝴蝶夫人》，听来十分庄严的咏叹调。这时该胡迪尼上场了。

他先表演一些简单的近身魔术，变出丝巾然后改变丝巾的颜色，甚至把水变成酒。表演纸牌戏法时，他注意到在著名作曲家维多·赫伯特身边，坐着一位蓄海象胡、戴眼镜的男人，正像老鹰一样地看着他。胡迪尼深信这个人看透他的所有假动作，要迷惑他极为困难。直到石板节目上场，情况才有所改变。

“各位先生，各位女士，我相信你们许多人都见过灵媒，他们能透过亡魂指引，回答有关各位的私人问题，这些答案会神秘地出现在石板上。我们都知道，灵媒在黑暗的降灵室里工作，可是今晚，破天荒第一次，我提议在明亮的灯光下举办降灵会，看看石板会说些什么。”

群众发出兴奋的低语声。胡迪尼拿起几张白纸、几个信封和几支铅笔，开始在观众间走动，看似随意地发放这些东西。

“麻烦在白纸上写下你们希望灵界回答的问题……然后将纸折好，放进信封密封起来，以免我有机会看到你们的问题。”胡迪尼说。

当他走到赫伯特和他那位戴眼镜的朋友罗斯福那一桌时，胡迪尼将一张白纸递给那位精明的纸牌观察家。就在他开始以手掌托着纸片写问题时，胡迪尼在附近另一张桌子上拿了一本船上的藏书《世界地图集》，回到这一桌来。

“打扰了，上校，”胡迪尼一边说，一边把地图集递给他，“用这个垫着吧。”

胡迪尼对赫伯特眨眼睛。

“转过去，别让他看见，”赫伯特劝告他的朋友，“他从铅笔的晃动就能看出你写什么。”

上校听从他的建议，转过身去，把问题写在白纸上，然后回过身来将书交给胡迪尼。

“把纸折起来，以免你写的东西被人看到。”胡迪尼说完便走回去，把书放在另一张桌子上。

“现在请把纸放进信封里封起来，”胡迪尼一边说，一边在观众间走动，将其他人的信封收集到帽子里。胡迪尼回到自己那一桌后，将帽子放下，拿出两块石板。然后回到上校那一桌。

“我相信没有人会反对我用上校的问题吧？”胡迪尼说。观众发出同意的细语声。

“你已经写下希望幽灵回答的问题了，是不是？”

“是的，先生。”上校回答道。

“你已经把问题密封在我发的信封里。而且除了你之外，没有别人知道那是什么问题，对不对？”

“没错。”上校回答。

胡迪尼给他看石板，那基本上是镶了木框的双面小黑板。

“你可以向观众证实，石板上什么都没写吗？”胡迪尼问。

胡迪尼给上校看过两块石板的每一面之后，他点点头。

“石板是空白的。”上校确认说。

“麻烦把你的信封放在两块石板之间。”胡迪尼打开石板，让他把信封放在两片石板之间，然后把纸夹住。

“可以告诉观众你的问题是什么吗？”胡迪尼问。

“去年圣诞节我在哪里？”上校说。

胡迪尼将石板打开举高给观众看。其中一片石板上有用彩色粉笔画的详细巴西地图，还特别凸显出亚马孙的疑惑之河（罗斯福曾经亲自到南美洲参与这条河的勘探活动）。另一片石板上则写着：“靠近安第斯山脉”，旁边还有降灵论记者史戴德的签名，史戴德在一九一二年已死于泰坦尼克号船难。

观众惊讶得尖叫，上校跳起来挥手大笑，直到眼泪流下双颊。“没错，结果是真的！”这位美国前总统大声说。旅客更热烈地为胡迪尼鼓掌。

第二天早上，胡迪尼和罗斯福像往常一样在轮船的甲板上散步。罗斯福中途停下来，搂着胡迪尼，直视他的眼睛。

这会儿你还看见他们，待会儿已经变不见了。胡迪尼将元首号上其他旅客的影像修掉，只留下罗斯福的照片。（国会图书馆与康诺利收藏）

"胡迪尼，老实告诉我，就你跟我。昨晚那是真正的降灵术或障眼法？"

胡迪尼很惊讶，这位杰出的政治家，美国史上最多姿多彩的人物之一，竟无法分辨那魔术的真假。

"假的，上校，"胡迪尼摇摇头说，"那是骗人的花招。"

胡迪尼不忍心告诉罗斯福他究竟如何表演那个魔术。直到几年后，因为"降灵术热潮在世界蔓延开来"，胡迪尼才像是为了服务社会而透露他的方法。

这是很精彩的魔术演出，除了展现胡迪尼的投机天赋与不可思议的演艺才能之外，也显露出他对间谍技巧的娴熟。一九一四年夏天胡迪尼准备在哈默斯坦公演，而早在他为公演搭上这班回纽约的船之前，就已经开始为这个节目准备。原来胡迪尼去汉堡美国轮船公司办事处拿票时，那儿的职员对他透露，罗斯福将会搭同一艘船。他知道自己已经排定要在船上演出，便开始构想能骗过罗斯福的戏法。这位前总统造访伦敦之前曾长时间在南美旅行，而他在亚马孙河旅行的游记即将由《每日电讯报》出版，因此胡迪尼立刻搭计程车去《每日电讯报》办公室，向他在新闻编辑室服务的朋友打探内部情报，包括罗斯福探险的详细地图。

接着胡迪尼构想出以降灵会为背景呈现这项情报，于是他着手准备两块绘有那张地图的石板和史戴德签名的真迹，那是从他收藏的降灵论者原始信件中描下来的。上船之后，胡迪尼立刻会见罗斯福，两人开始在清晨散步健身。有一天早上，胡迪尼故意提到降灵论的话题，接着安排一位高级船员打断他们的谈话，提醒胡迪尼别忘了即将举行的演出。胡迪尼问罗斯福希望他表演些什么，上校当然提议来场降灵会。

演出当晚，胡迪尼事先在准备用来装乘客问题的帽子里装满信封，信封里的纸条全都问同一个问题："罗斯福去年圣诞节在哪里？"胡迪尼本来打算把真正的问题藏在掌中，然后从满满的纸条里挑出一张，但他根本不必这么做。胡迪尼甚至不必打开装纸条的信封，就已经得知罗斯福的问题。因为在表演当天早上，胡迪尼到船上的沙龙里，从其中一张桌子上拿了两本书。他把书带到他的房舱，用刀片把书封面和封底的布面挑起来，塞入一张纸，然后在那张纸上再盖一层复写纸。接着在旁边留一小根线头，再把封皮贴好。完成这个步骤之后，他把书还给沙龙。当这本加了机关的书用来当作写问题的垫子时，铅笔的压力会在里面的纸上留下复写的痕迹，泄露问题的内容。

胡迪尼给罗斯福一本书当垫子用的体贴动作，确保他能取得罗斯福要问的问题。出乎胡迪尼本人意料之外的是，当他将罗斯福用过的书放回桌上，拉开线偷看封面下的纸，发现罗斯福问的竟然就是："去年圣诞节我在哪里？"这使他无须动用自己预先准备的问题信封。胡迪尼的降灵会成为船上讨论的话题，元首号的报务员将他的"花招"传到加拿大纽芬兰，继而传到纽约。因此当船甚至还没靠岸，纽约所有的报纸就已经报道过这个消息了。募款成功又是另一回事，募到七〇七马克（其中半数归德国水手之家）后，胡迪尼得以将一张略多于十七英镑的支票交给魔术俱乐部的会计史丹利·柯林斯。"你看旅客回家时都破产了。"胡迪尼说道。

他们或许破产了，却一定很高兴能回家，因为世界正在灾难边缘摇摇欲坠。六月十七日元首号从汉堡启程，在英国南安普敦停留载客，于六月二十五日抵达纽约。三天后，奥匈帝国王储斐迪南大公遭暗杀，欧洲陷入混乱。到了八月四日，德、俄、法、英全部卷入战争。这是元首号在战争结束前的最后一次航行。

胡迪尼预见战争正在酝酿，他即时离开德国。罗斯福也碰巧离开伦敦，这暗示可能有人建议这位前总统，在冲突爆发前返美。元首号在最后一次的返乡行程中，还载了其他人物，包括罗伯·葛力特，他不但是美国数一数二的巨富、纽约上流社会的成员，也是华盛顿军方情报单位的领导人。后来元首号在抵达纽约港前曾经停下来，由葛力特私人拥有的船先将葛力特和罗斯福的人马接走，此事足见葛力特的影响力。

德国的运输公司其实从十九世纪九十年代起，就是德国海军的眼线。所以美国间谍搭上德国汉美运输公司的船，就没什么好讶异的了。一九〇八年之前，汉美运输公司的高级职员，经常鼓励他们的职员传递有关英国皇家海军的敏感情报。此外，在美国参战的前几年，他们在纽约的办公室已经成为德国间谍在美国活动的中枢。

迈克·卡夫尼的埃及博物馆。

第十七章　打通我们迈向坟墓的路

观众完全没料到会见到砌砖工人，但他们真的带着木钉、灰浆和砖块出现在舞台上。在管弦乐团的伴奏下，他们以飞快的速度，一个砖接一个砖地建造了一堵坚不可摧的墙，将预先横铺在舞台地板上的两片无缝小地毯隔成两边。

“我想请所有存疑的观众上台来检查这堵墙，确定它没动过手脚。”胡迪尼说。接受邀请的观众可以仔细观察地毯，甚至用戏院提供的铁锤敲打墙壁。等他们相信砖块确实无法穿透，胡迪尼要他们面对离观众较远那边的墙围成半圆形。

这时任何监狱都关不住的胡迪尼，要在现场观众面前证明，墙壁也挡不住他。神秘之王严肃地站在墙边。他当然不可能绕过墙，这么做会被观众或台上的委员识破。墙有九英尺高，爬墙一定会被发现。无缝地毯让他无法从地板下面钻过去。因此他唯一的选择是穿墙而过。

工作人员将两张六英尺高的布幕搬上舞台。一张围着胡迪尼，一张放在墙的另一端。胡迪尼将手伸到布幕的围栏上。“我在这里，”他大叫，接着他把手放下，“现在我要开始了。”突然间，放在墙另一端布幕顶端的一块厚木板掉到地上。“我已经在这边了！”胡迪尼一边说，一边从墙另一端的布幕后走出来。他已经穿越手工建造的实心砖墙了。

“胡迪尼……演出美国杂耍圈有史以来最惊人的节目，”《告示牌》杂志一位评论家热情地说，“他没有动到一块砖，就穿越实心的砖墙。表演完足足有两分钟之久，观众出神地坐在那里。他们目瞪口呆，忘记拍手。”表演结束后，胡迪尼谢幕四次。

欧洲战火肆虐，胡迪尼只好暂缓以魔术巴士巡回的构想，推出一个能衔接其脱逃艺人与魔术大师双重身份的新节目。这不是胡迪尼自己的发明，而是获得英国魔术师西尼·乔索林授权在美国演出的节目。乔索林是否有权出售这个节目仍有待商榷，但总之他的版本称为《穿越铁板》。如名称所暗示的，魔术师会奇迹似的通过铁墙，在另一端出现。半信半疑的观众可能认为墙有机关，被遮挡在视线外的魔术师，只要从墙的一端通过秘密镶板到另一端就可以了。胡迪尼以巧妙的呈现方式杜绝那种想法。

胡迪尼的技艺往往令观众惊讶得无以复加，甚至无法置信。这可以从他巡回美国表演《水牢》秀时，被迫发表否认声明看出："有些看过我演出的人……很容易起疑。他们认为我的技艺是假的，他们认为那都只是欺骗眼睛的视觉假象，"胡迪尼写道，"那不是假的……我从年轻时开始研究机械学……水牢是我自己打造的……整整花了两年。之后我又花了一年，才有足够的勇气尝试"水牢秀"。你们可以怪我吗？请想象你们自己把头塞进注满水的水牢，手脚不能动弹，肩膀紧紧卡在这个监牢里……我相信那是我所有研究与努力的极致。我无法建造任何更危险或更困难的节目了。开过飞机，自学成为飞行专家之后，我有资格说，与此相比，飞行只是小儿科。"

一九一四年十二月在华盛顿特区演出期间，胡迪尼被召到白宫，私下会见威尔逊总统，这次拜会深深影响了胡迪尼。"我把拜会威尔逊总统的回忆当作神圣的荣耀，"他告诉记者，"我曾在几乎所有文明国家的统治者，和许多非文明种族的君主面前表演，但我未曾见过像祖国的总统这么和蔼、通人情的领导人。"胡迪尼要离开时，正因战争受到各方压力的威尔逊向他道别。"先生，我真嫉妒你拥有从密闭空间脱逃的本事，"他告诉胡迪尼，"有时候我希望我也能像你一样。"

胡迪尼因为拜会总统而受到激励，他开始把一些机械巧思应用在有实用价值的发明上，而不再只是当作娱乐的工具。当月月底，报纸标题宣称"胡迪尼协助美国政府"。胡迪尼暗示那是"给国家的圣诞礼物"，并透露他正在研发改良一种可以轻易脱掉的潜水装，避免行动不便的深海潜水者溺毙。等发明改良完成后，他打算立刻把这个装置捐给美国政府。"我已经思考了好一段时间，如何利用让我发达的创造力，对公益有所贡献，"胡迪尼告诉记者，"多年来让我得以唬住大众的一切作为，纯粹都是出于累积个人名声的自私动机，我觉得除了纯粹娱乐大众之外，唯有将我所拥有的头脑和天赋，以其他方式做对人类有益之事，才是正道。"

胡迪尼在澳洲墨尔本的朋友，于深海潜水时溺毙，激励了他发展这种改良式泳装。诡异的是，当晚两人原本计划要共进晚餐。这位朋友的死带给胡迪尼沉重的打击，并“强烈感受到”那位朋友曾经试图与他沟通，敦促他发明更安全的潜水装。

这不只是宣传大师空口说白话。几年后，胡迪尼在英美两地取得一种改良潜水装的专利，使用者只要拉一根杠杆，让潜水装的上下半身分离，便能在四十五秒内脱掉。胡迪尼也真的信守诺言，将他的发明捐给美国海军。

巡回和发明这一切瞎忙，都无法让他忘记母亲的过世。当胡迪尼发现战争让他无法开着魔术巴士在欧洲巡回，他立刻收拾所有家当，搬出哈林区的褐石屋，到布鲁克林区的弗莱布许与哈定一家同住。“那个家对我来说已经不是家了，我必须把它处理掉。”他写信给朋友兼知己伟特医生。次年春天起，除了按照惯例七月在哈默斯坦和大西洋城公演的日子之外，胡迪尼休了五个月的假。一九一五年七月五日，他写信给朋友威灵：“我努力、忠实地工作，从来不知道怠工是什么，直到有一天早晨醒来，发现我的母亲已经走了，从那一刻起我靠工作‘混日子’。”

“我尚未从母丧中复原，（一九一三年）七月八日是我最后看见她、拥抱她、真正向她吻别的日子，每个月十七日前后，我都有相同的感觉，陷入忧郁的情绪。”他对旧合伙人贾可布说。在她过世两周年的那一天，胡迪尼、席欧、李欧普开车去阿斯伯里公园，然后待在“我亲爱的母亲永远安息”的房间里。

“我还需要三位先生上台来帮忙，今天现场有一位先生，他不晓得我知道他在场，如果这位能以一敌三的先生愿意上台来，我将感到非常光荣。我指的是我们的拳击冠军杰斯·威拉德先生。”一九一五年十一月三十日，胡迪尼在洛杉矶奥菲恩戏院的舞台上大声说。

两千多名观众在片刻的震惊之后，报以热烈的掌声、欢呼和尖叫声。威拉德最近刚获得世界重量级冠军的头衔，之前冠军头衔落在炙手可热的黑人杰克·强森头上，一些种族歧视的拳击狂热者，称威拉德是另一个“伟大的白人希望”。去年四月，威拉德在古巴哈瓦那超过华氏一百度的气温下，经过二十六回合的比赛把强森打倒。身高六英尺七、重二百六十五磅的巨人威拉德出手很重，一九一三年曾有一名拳手“公牛”杨在两人比赛结束后死亡。战胜强森使他立刻成为名人，他以个人名义出现在野牛比尔大西部秀上，甚至在纽约哈默斯坦表演杂耍，借此从他新得到的地位中牟利。他正是胡迪尼喜欢结交的那种名流。

但听到胡迪尼的要求后，与教练坐在一起的威拉德，似乎陷到他的座位里去了。

“我向你保证，威拉德先生，在场每个人都希望你能加入检查委员，为了向你证明这一点，我们由观众来决定。希望威拉德先生上台来的朋友，请用掌声表示。”

观众给他响亮、持久的热烈掌声。

“噢！继续表演你的吧，我是花钱来看秀的。”威拉德对胡迪尼发牢骚。

“可是威拉德先生，我……”胡迪尼似乎不知该说什么好。

“付我跟其他家伙一样的薪水我就下来。”威拉德说。

观众陷入沉默。

“好吧，”胡迪尼痛快地说，“我接受你的挑战。我会付你跟这七个人一样多的薪水。下来吧，虽然我没付他们分文。别退缩。行行好，走下阶梯到台上来吧。”

观众再度发出热烈的欢呼声。威拉德半起身，然后用他特殊的粗嘎嗓音大喊：“继续表演你的秀啦，你这个骗子，假货。谁都知道你只是在虚张声势。”

几个人对这位冠军发出嘘声。壮起胆来的胡迪尼，气得脸色发白，直接走到靠近威拉德那边的舞台，准备迎头反击。

“你给我听着，我不管你块头多大或你是谁。我请你担任委员是给你面子。你有权拒绝，可是你没资格中伤我的名誉。既然你向我挑战，我就有权回答，让我告诉你一件事，请你别忘记，哪天等你不再是世界重量级冠军时，我依然是哈利·胡迪尼，依然是一个绅士。”

当时胡迪尼曾经寄了一封文情并茂的信给妹妹，信里生动地捕捉到观众的反应。“我浪迹天涯，在几千家戏院引起骚动，许多个夜晚，为了让观众欣赏我的努力，我不眠不休地拟订计划，但没什么比这群咆哮的高雅淑女和绅士，与我对成功的看法更有交集……我回应威拉德先生的话，让那两千三百个人的怒火完全爆发。那里不再是娱乐场所，而是沸腾怒火的火炉。大概有十到十五分钟，我只能一动也不动地站在那里，听观众谩骂威拉德，直到他们筋疲力尽为止。”

“在这段时间里，他始终对我挥舞巨大的拳头，还拿一千块要我跟他对打，说要取我性命。但因为他侮辱观众的恭维，观众们的鼓噪声宛如多头怪兽的怒吼，所以根本没人听得见他说了什么，他坐在那里怒骂诅咒，直到戏院的领班警告他，再这样下去必须请他离场。最后威拉德终于像只斗败的公鸡离开了。”

那次的争议延烧好几天，头版标题醒目地写着“冠军被嘘声与喊叫声赶出戏院”“胡迪尼让威拉德出丑”“行为遭气愤观众痛批，威拉德溜出城”。威拉德确实离开当地，第二天没有照计划出席担任角力赛裁判。评论者宣称整个拳击坛因这个“波塔瓦特米巨人”（威拉德的昵称）而蒙羞。

胡迪尼甚至利用这个机会公开宣告他的爱国心。威拉德赢得冠军一个月之后，德国以水雷攻击客轮卢西塔尼亚号，造成一百二十八名美国人丧生。胡迪尼在国旗边（有人说是以国旗裹着自己）告诉《洛杉矶纪录报》的记者说："我是美国人，这个事实比任何其他事都更令我感到光荣。因此当我发现我心中的美国冠军威拉德有那样的表现时，才会那么痛心。我曾经为欧洲的国王、皇帝、沙皇和亲王表演，但比起他们给我的许多荣耀，我更珍惜谒见威尔逊总统的片刻。我们的总统召见我的那一天，将永远珍藏在我的记忆里，是人生中最快乐的日子，因为我爱我的国家，我尊敬美国总统更甚于那些伟大的君主。因此威拉德令我难过的……是他在公众场合辜负我们的理想。我认为美国人应该随时维持绅士风度。"

对于这个遭逢母丧，变得像游魂一般的男人来说，威拉德事件无异于一帖强心剂。"（威拉德）不只被嘘出戏院，而且是胡迪尼给他一拳，把他轰出戏院的，胡迪尼彻底把他从千千万万崇拜者的心中轰出去，"胡迪尼写信告诉妹妹，"老实说，葛蕾蒂，这次冲突至少让我赚进百万元的广告版面……你如果知道街上有人用'哈喽，冠军'跟我打招呼，一定会发出会心的微笑。"

无论这是英勇的反抗行动，或要诈欺负一个不怎么聪明的职业拳手，捏造出大卫对抗歌利亚（在《圣经》故事中，年轻的大卫只能以几颗石头对抗巨人歌利亚）那样的劣势，在那家戏院里似乎只有一个人令胡迪尼害怕，而她并没有六英尺七那么高。"贝丝在舞台侧翼，"他向妹妹报告道，"她脸色潮红。我确信她想叫我停止，你想想，我正猛力挑战人类最伟大的拳手，但当我看见我挚爱的伴侣时，才真的感到害怕。不过她跟我在一起。事实上在我所有的战役里，只要她觉得我对，她都会陪在我身边，帮我把机关枪的子弹填满。因此当我注意到贝丝没生我的气，我才不在乎威拉德怎么看待我。"

胡迪尼对朋友吹嘘战胜威拉德的事，甚至寄剪报给记者昆西·基尔比，他是胡迪尼新认识的密友，还收集了一本胡迪尼的剪贴簿。唯一令他遗憾的是新结交的小说家朋友杰克·伦敦当晚不在戏院。"你是否已经注意到，我是报派的重量级世界冠军？如果你在场目睹那场战役，会写出怎样的场面呢？"他写信给伦敦。他不完全是在开玩笑，伦敦是业余拳手，也是热心的拳击迷，身为名流记者，他曾经报道过强森与杰弗里一九一〇年那场拳赛。

一个礼拜前，胡迪尼与贝丝在加州奥克兰认识伦敦和他的妻子夏敏恩。伦敦和胡迪尼一见投缘，他们发现彼此都是自学有成，而且在获得财富与名声前都穷困过。伦敦是文学界的胡迪尼，一个勇敢、大胆、爱找刺激的人，他把自己多姿多彩的经验改写成《海狼》《野性的呼唤》等畅销小说。不过两人也有差异。伦敦

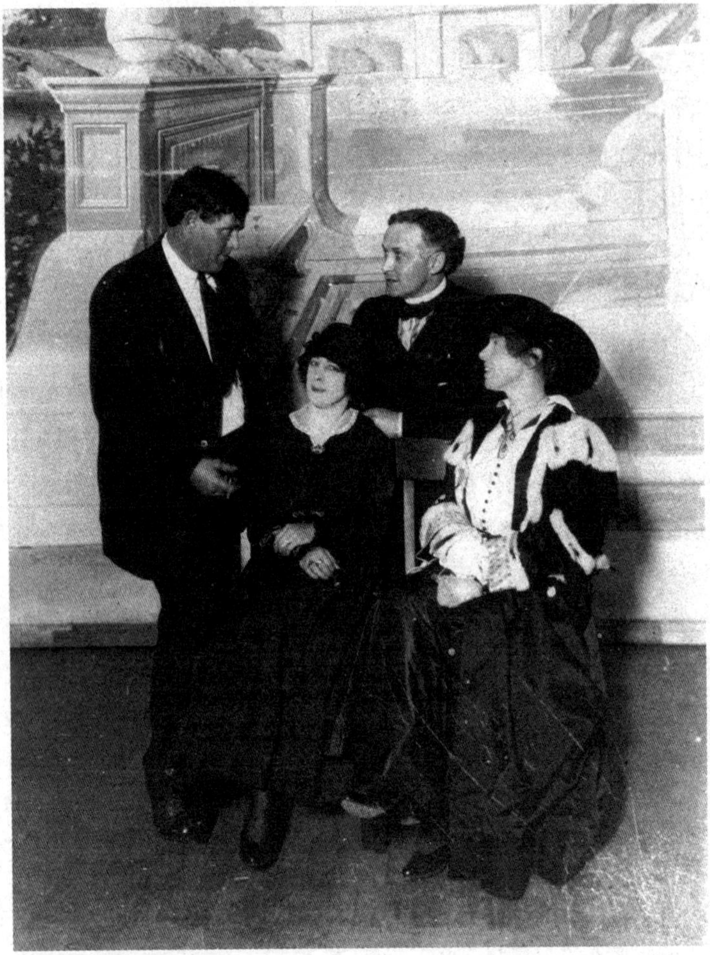

胡迪尼夫妇与伦敦夫妇相会，他们一见如故。（卓耶收藏）

一直是社会主义者，也是妇女解放的坚定拥护者。他在与年长他五岁的夏敏恩陷入热恋后，与第一任妻子离婚。夏敏恩与他一样热爱冒险与野外生活，同样以开放的态度经营婚姻生活，包括在性生活上进行不同的尝试。

与闻名世界的作家为友，更让胡迪尼觉得自己是个文艺人。胡迪尼与伦敦一见投缘。作家夫妻连续看了几场秀，第一晚胡迪尼单独与他们进餐，第二天则带着贝丝一同聚会。再次日是感恩节，他邀请他们到旅馆房间共进感恩节大餐，还找来在敌对戏院演出的哈定，见证他与名流的新友谊。接着胡迪尼必须前往洛杉矶，去赴他与拳击冠军那场命定的约会，不过两对夫妻计划近日再度相聚。

“迷人的胡迪尼，”夏敏恩在日记里写道，“我永远忘不了他。”

他走进特雷夫·丹尼尔运动用品店买了一件斯伯丁运动短裤。“这很适合当内裤。”他对肃然起敬的年轻店员说，店员鼓起勇气之后，热情地告诉魔术师，很喜欢他昨晚在附近雄伟戏院的演出。从来不避讳被称赞的胡迪尼，立刻与他攀谈起来。那孩了告诉胡迪尼，他的哥哥是特技摩托车骑士。胡迪尼离开运动用品店时，带走的不只是一件运动裤，他对于明天早上要表演什么新特技，已经有了想法。

店员的哥哥是二十五岁的机械工欧默·拉克里尔，他对汽车、摩托车和飞机非常着迷。胡迪尼与他碰面，立刻认为拉克里尔具有吸引群众所需的魅力和俊俏的外表。因此他提议拉克里尔捆住他的四肢，用摩托车拖着他在沃斯堡的主街上奔驰，胡迪尼要趁摩托车在街上疾驶时脱逃。起初拉克里尔不太愿意参与这个看来准会酿成灾难的计划，但胡迪尼向他保证会将所有危险降到最低，“好的特技演员永远知道自己的极限在哪里”。

胡迪尼选择在主街演出，除了那里是最繁忙的通道之外，也因为那是沃斯堡唯一“铺筑过的”道路，但所谓铺筑过，其实也只是把树木残枝混入土中以保护马蹄而已。第二天，胡迪尼穿上加了衬垫的厚工作服，并且以兜帽保护头部。他请几位自愿者把他的手绑在背后，然后躺在街上，用一条系在拉克里尔摩托车上的绳索捆绑他的脚踝。大批群众列队站在街道两侧，一位本地人鸣枪，拉克里尔发动他的摩托车，后面拖着他的“货品”出发。由于不敢一次加足马力，因此拉克里尔先以慢速开始，然后才逐渐加快。不一会儿，胡迪尼就已经解开双手的束缚，将系在摩托车上的绳索解开。

胡迪尼选择了一个十分有趣的时间造访得州。一九一五年五月十五日，威尔逊总统指示财政部长，要他下令密勤局调查德国特工持续在美国进行的活动，以颠覆出售军械给协约国的美国军火工业。调查结果令人惊骇。德国政府已经走私超过一亿五千万现金（相当于现在的一百三十亿美元）进入美国，资助各种颠覆及宣传活动。德国也资助墨西哥革命人士如潘秋·维拉，来反抗美国扶植的墨西哥总统卡兰萨，借此使美国卷入墨西哥纷争，分散其注意力。为了理解这所有的密谋，美国需要新的情报收集与侦查方式，因此决定派遣军方驻守在圣安东尼，山姆·休斯顿要塞的第一飞行中队展开空中侦察任务。

一九一六年一月底，胡迪尼在圣安东尼的雄伟戏院演出一周后，得州的山姆·休斯顿要塞从一九一〇年一月以后，就成为美国的空军基地。这种讲法其实有点夸张，因为直到一九一一年四月以前，这支军队都只有一架飞机和一位飞行员班杰明·弗罗斯。这么惨淡的编制让几个月前，当战争部想以哑弹攻击地面部队，测试飞机作战的效能时，不得不征召六名曾参加圣安东尼地方飞行赛的飞行员，开着他们自己的飞机，从山姆·休斯顿出发轰炸地面部队。

四月时情况开始转变。胡迪尼的机械师伍德几乎整个四月都待在山姆·休斯顿要塞。他开着这支军队的柯蒂斯双座机升空，有时候独自一人，有时候跟贝克中尉一起，试验能在逆风时增加稳定性的回转仪。往后军队在增购飞机时，也在飞机上装了伍德改良的机械装置。

一九一一年七月，弗罗斯飞行员被转调到华盛顿的通信兵团，成为艾伦将军的下属，艾伦后来在伍德的飞机公司担任总裁。一九一三年十二月，弗罗斯被派到位于圣地亚哥的通信兵团飞行学校，次年在当地组织并指挥第一飞行中队。一九一五年秋，弗罗斯的飞行中队搭火车到俄克拉荷马州的史提尔要塞，接着才首度以军事编队飞到山姆·休斯顿要塞，胡迪尼到得州时，他们正以那里为根据地。

我们知道二月四日胡迪尼为山姆·休斯顿要塞的士兵演出，那天他们向他挑战，要他从七英尺的厚木板中脱逃。有一则逸事暗示，胡迪尼在圣安东尼期间可能真的开过飞机。普洛维登斯有一家报纸提到，胡迪尼“是一九一五年巴拿马—加州联合展览会的一大功臣，他是一流的魔术师，也是美军不可轻视的飞行员”。大约同时，在波士顿表演的胡迪尼，曾告诉著名的波士顿记者艾拉·米谢·查培尔：“我是美国人，自始至终，永远都是。我也是飞行员，如果战争爆发，我当然会成为航空队的一员。”

时间是正午，华盛顿第十三、十五街之间的宾夕法尼亚大道上人满为患，他们占据人行道上的每一英寸空间。其中比较大胆的，已经爬到灯杆上，或挂在邻近建筑的窗口边。曾经有位精明的人性观察者说过：“我们都不愿他人丧命，但有人性命危急时，我们倒很乐意在现场观看。”这句话在一九一六年四月二十日这一天得到证实。警方估计有十万人在闹区的孟西大楼前，推挤出一条属于自己的路，人潮覆盖好几个街区。他们也说除了总统就职之外，这是当地史上人数最多的一次集会。

当那个人在警方的护送下，从狂乱的群众间穿过时，华盛顿警察局的佩克队长已经站在大楼前临时凑合的讲台上了。强韧的粗绳经过测试再测试，确认能够

胡迪尼被约束衣捆住，聚集了为数不少的好奇旁观者。（亚佛布克医生收藏）

承受那个人的重量。终于，大约正午过二十分，当局将绳索绑在男人身上。

接着，公开的吊刑开始了。

两位地方精神病院的员工，为胡迪尼穿上约束衣固定好后，他的腿立刻被吊挂在一百英尺（约办公大楼四楼高）的空中。有几秒他完全静止不动，就在群众倒吸一口气时，他开始来回剧烈扭动，脸上的血管像紫色粗绳般突起。看来他的手臂已有动作，他可以来回扭动他的手臂了。群众响起一阵欢呼。现在他总算能缓慢、痛苦地将手臂举到头上。巨大的喝彩声在人群组成的峡谷间回荡。他用极为有力的手指，透过厚重的帆布，设法将皮带一一解开。每松开一只皮带，群众就骚动一次。这时他已经完全挣脱束缚，只是仍作态抓着它悬在空中几秒，然后才放手让约束衣随风往下飘落到街上。观众同声大叫。胡迪尼手臂在胸前交叉，把身体往上抬一半，以倒挂的姿势向观众鞠躬致意。

胡迪尼的倒吊约束衣脱逃秀，是有史以来最伟大的户外特技表演之一。它同时满足人性中最高贵与低下的部分，观众一方面担心他的安危，另一方面又想看会发生什么意外。说它是胡迪尼特技的极致，主要因为这是他所有户外特技表演中，

即使套上约束衣倒吊，胡迪尼仍知道如何在镜头前摆姿势。（亚佛布克医生收藏）

唯一完全呈现在观众面前的脱逃秀。他的舞台表演大部分并未将过程呈现在观众面前，从桥面或码头跳水则有水掩护他的行动。悬空约束衣秀从头到尾都无懈可击，而胡迪尼吊挂在千千万万惊讶的观众上方，已经成为这位魔术师的标准形象。这是他在拜访英国雪菲耳一位年轻人的阁楼时，受启发而创造出来的形象。

一九一五年九月胡迪尼第一次在堪萨斯市表演这个节目，当时有五千名观众到场观赏，他被吊到二十英尺高的空中，然后摆脱束缚。到了一九二八年，群众增加了十到二十倍，高度则提高到两百英尺。胡迪尼多半会沿用以往能成功引起注意的宣传模式，吊挂在地方报社所在的大楼上，这样必定能登上头版，而且他都选在正午表演，因为这时满街都是正要去用餐的观众。

当然，他前一天要到现场去“勘查”建筑和装备，同时跟负责为他穿约束衣的地方当局谈谈，引发报纸报道，为第二天的正式活动做宣传。在圣安东尼时，他与两位负责为他穿约束衣、吊起他的警察见面。

“请尽可能把我吊高。如果掉下来，我希望务必当场了断。我宁可手拿百合花，也不愿意残障度日，拖累别人。”胡迪尼告诉他们。这话被附近热心的记者听到，一字不漏地记录下来。毕竟，人类不乐意见到别人丧命，但……

尽管看起来危险，但倒吊约束衣脱逃秀多少比戴镣铐从桥上跳下，或从没入水中的板条箱里脱逃安全。尽管有一次一阵突如其来的风，吹得他撞上大楼侧面，造成严重割伤，让他后来又多加一条安全绳，也改变不了这个事实。不过双脚被吊在一百英尺高的地方，扭来扭去地挣脱约束衣，什么事都可能发生。在加州奥克兰时，他将约束衣脱下来丢给崇拜他的群众之后，示意旁人将他放下，却完全动弹不得，因为他旋转时绳索被缠住。结果他被迫倒吊了整整八分钟，直到六个人扶着梯子，将梯子从屋顶伸出去，由窗户清洁工爬下去解开绳索。

一九一六年四月十九日，也就是在美国首府表演大型户外特技的前一天，胡迪尼似乎陷入厌倦的情绪中。“我觉得我快要到临界点了，”他告诉《华盛顿时报》的记者，“过去三十年……我从各种人类以才智发明、用来限制人类的东西中脱逃。直到今天，没有什么人造物能限制我的行动到令我惊慌的程度。但总有一天，会有某个家伙将其制造出来。我要在这个人出现以前退出，保持无瑕的纪录。我就快要下定决心，这是我最后一次表演特技。之后我打算完全用脑子工作，看到我的白头发了吗？这是有意义的。我已经不再年轻，我必须努力才能名列前茅。在往后的许多年，我仍会继续娱乐大众。但我想走不这么轰动的路线。身为非凡的脱逃艺人，我觉得我差不多走到尽头了。”

史上最惊人的户外特技之一。(乔治与珊蒂·戴利收藏)

尽管德国越来越露骨地以潜水艇攻击美国的非武装商船，威尔逊总统却一直努力引导美国走中立路线。胡迪尼演出大型特技两天后，威尔逊总统带着新婚妻子，从白宫溜出来看他的水牢脱逃秀。次日下午，胡迪尼到参议院访客厅拜会。正在主持会议的副总统汤玛斯·马歇尔瞥见胡迪尼，向他招手，其他参议员也停下工作有样学样。

一位招待员被派来找胡迪尼，交给他一张纸条，邀他到副总统办公室。胡迪尼应允后，参议员们要求休会，全挤到副总统办公室去了。“那是我这辈子最骄傲的一天。”胡迪尼后来说。

受到总统和参议员给他的荣耀鼓舞之后，胡迪尼回家面对自己身为凡人的宿命。四十二岁生日那天，他在父母墓前度过了部分的时光。三周后的此刻，又巧遇当年他与父亲刚搬到纽约时的房东雷夫勒太太。“我几乎落泪，因为她是家父的朋友，也是硕果仅存的守旧派。”他在日记里写道。两周后的母亲节，他送花到所有他知道的“母亲之墓”，然后造访雷夫勒太太，亲手送了一束花给她。次周，他看过牙医之后，又到他父亲过世的东六十九街公寓进行一趟感性之旅。他站在那里沉思了半个小时，回想父亲最后一次离开楼房的情景。“此刻比当时更教我悲伤。”他在日记里写道。他记起当天他曾安慰母亲，请她不要哭。“如果你过了二十八年有如天堂般的日子，你也会哭。”她回应道。胡迪尼委托朋友迪尔，用好几吨的佛蒙特花岗岩，设计了一座铺张的半圆形露天椅献给父母。在多年来为许多素不相识的魔术师整修坟墓之后，已经到荣耀父母最后安眠之地的时刻了。

厌倦不断巡回和多年来脱逃挑战的虐待，胡迪尼想出一个快速致富之道：“只要顺利实现一半，将可以为我带来大笔进账。”他写信告诉朋友。在电影业开始大举入侵竞争激烈的娱乐圈时，胡迪尼接到提案，请他资助德国苯胺染料专家古斯塔夫·迪兹，迪兹发明了一种新的底片冲洗技术，据说比当时使用的方法更便宜更好。九月胡迪尼提供高达四千九百元的资金给这家公司，接着又找朋友募集到十万元的资金。一位没有投资的朋友罗特堡，对胡迪尼的商业判断力表现得小心翼翼。“你年纪不小了，应该很清楚发明成功的显影剂跟开发那种显影剂（或者说，以商业手段让那东西赚钱）之间，有天壤之别。我希望你进行后者时不要失败。”

胡迪尼的名字能成为一般用语，完全归功于他毫不放松地寻求宣传机会，以及他能直觉地掌握现况。早在一八九九年，“胡迪尼”这个字就已经被当作脱逃的同义词，报纸将脱逃的犯人称为“胡迪尼一族”，或说他们“胡迪尼了”。到了一九一七年，有些对文字敏感的人士注意到漫画家、辞典编纂人、讲道人和《文摘》杂志，甚至包括一位美国议员，都以胡迪尼的名字比喻一般人的脱逃举动。胡迪尼当时仍不完全了解其名字的力量，因此请求一家出版大众读物的出版社将“胡迪尼”的动词形式（Houdinize）加入他们的字典。他成功了，不过讽刺的是，他不知道动词化了的“胡迪尼”没有意义,因为“胡迪尼”已经成为名词与形容词了。

一九二八年年底,胡迪尼家发生一起家庭悲剧。他的哥哥纳坦与妻子莎蒂离婚，闹得很难看，这或许促使胡迪尼提醒贝丝他对她的感情：“虽然有时候我显然不体贴，但我真的很珍惜你对我付出的爱，我的心不得不承担许多事情，但我在世间只有一个宝贝，那就是你。”他写道。我们可以拿这段话，与他对亲戚的感觉进行比较。他曾经写信给基尔比，感谢他贴心的圣诞礼物，胡迪尼在那封信里表达他对亲戚的感觉。“你的礼物远比你想象的更受欢迎。你知道我寄给穷亲戚的支票不下数十张，但我那些还有来往的亲戚只是写信告诉我：‘你拥有你想要的一切，我不知道该买什么送你。’胡太太自己做东西送我，我放在梳妆台上，因为那是‘她亲手’做的，所以才有价值。我有德行的母亲，会寄饼干或几双丝袜到世界各地。说实在，自从母亲过世，圣诞节（而我是拉比之子）多少感觉有些空洞。”

在苦乐参半的圣诞节后，胡迪尼在费城度过孤独的除夕，留贝丝在家处理不为人知的家庭悲剧。他的新年家书透露出一些端倪：“你要勇敢地撑下去，甜心，像英勇的小士兵那样承受你的失落，因为我们多少都像正在打通迈向自己坟墓之路的军队，但我们要勇敢，带着微笑鼓舞比我们不幸的同胞，因为他们也正身陷在生命的壕沟中，他们不像你我拥有好伴侣，也没有这么多的财富。”

新年期间，胡迪尼对世界上最伟大的女演员表达关怀，因此他的名字出现在全球许多报纸上。当时法国女演员莎拉·贝恩哈特正在美国巡回，而前一年十二月，有一群美国演员为了表达对她的敬意，送她一座刻画她演出其最著名角色的青铜小塑像。很不幸,艺术家的妻子也同时送上了塑像账单。贝恩哈特在盛怒之下，把小塑像和账单一并退回。

胡迪尼一直很崇拜这位女演员，常在他的《戏剧镜》专栏里提到她的功勋，尤其她大力鼓吹俄罗斯犹太人应该享有人权，更令胡迪尼感动。他怕塑像事件会使旅外的美国演员出丑，立刻送了一张三百五十元的支票给艺术家的妻子，购得那座小塑像，然后提议重新将这份礼物献给贝恩哈特女士。此举带来的宣传效应，让收集胡迪尼剪报的人员超时工作，共有超过三千五百篇报道应运而生。够讽刺的是，贝恩哈特只品味这事带来的宣传，让胡迪尼保有那座小塑像。这座两英尺

胡迪尼、贝丝、他的助手和鹦鹉，在圣诞树前摆姿势拍照。胡迪尼的鹦鹉受过训练，会说："哗！哗！万岁！胡迪尼回家了！"（亚佛布克医生收藏）

胡迪尼夫妇与受人景仰的贝恩哈特女士。（亚佛布克医生收藏）

高的小塑像，最后在胡迪尼朋友基尔比家的起居室里落脚。当胡迪尼将他拍给贝恩哈特的电报，和买塑像用的已付款支票一并寄给基尔比时，基尔比相当高兴。“这样一来故事就完整了，”基尔比得意地说，“我会把东西收在档案里的。”

二月时，贝恩哈特和胡迪尼双双发现他们同时在波士顿演出。于是贝恩哈特邀胡迪尼到她的旅馆聚会，胡迪尼表演了超过半小时的近距离魔术，让她十分入迷。第二天，她和胡迪尼一起搭车，去看他被吊在六十英尺高的地方，然后从约束衣中脱逃。这位法国女演员前一年过得非常不顺遂，在受重伤十年后，她终于将右腿截肢，只能靠着木腿辅助，继续她的舞台生涯。

在回旅馆的路上，如神一般的莎拉突然抱住胡迪尼。

“胡迪尼，你真是个奇妙的人，”她愉快地说，“你一定拥有什么不寻常的力量，才能演出这样令人惊奇的节目。你可以用你的能力让我的腿恢复吗？”

胡迪尼发现她非常认真，因而感到震惊。

“老天爷，当然没办法，夫人，”胡迪尼结结巴巴地说，“你知道我能力有限，你在对我提出不可能的要求。”

“是的，”她靠向他，“但你专做不可能的事。”

“你在开玩笑吗？”

“不，胡迪尼，我这辈子没有比现在更认真的时候了。”

胡迪尼的眼眶泛泪。

“夫人，你夸大我的能力了。”他说。

胡迪尼常夸口说不借助任何记忆工具，他可以说出罗马皇帝卡拉卡拉确切的出生日期。他甚至可以告诉你，一五九三年几月几日，异议牧师在苏格兰被绞死。他很可能也知道拿破仑退位的确切日期，罗伯·皮里抵达北极的日子，甚至包括斯提利科在波兰提亚战役中困住西哥德人的日子。

以上这些问题的正确解答都是四月六日，也就是胡迪尼选用的生日（除了卡拉卡拉，胡迪尼不知道他其实生于四月四日）。一九一七年四月六日，胡迪尼庆祝他的四十三岁生日，并为他的生命再添一个里程碑。就在前一天，他的弟弟李欧普娶了莎蒂·怀斯为妻，此举令家族蒙羞，因为直到三月二十六日，莎蒂都还是他哥哥纳坦的合法妻子。家族秘密终于公开。感到天旋地转的胡迪尼，一早醒来又接到最高统帅朋友送来的礼物，那天，威尔逊总统对德国宣战。胡迪尼的中年危机瞬间解决，脱逃家、魔术师、收藏家、商人、作家与慈善家等各式各样的身份，与他对自己的新愿景，爱国主义者胡迪尼比起来，突然都变得黯淡无光。

亚佛布克医生收藏

第十八章　死于意外

虽然他等一下才会上刑场受死，可是送别他的行列看起来却像在办丧事。由拳匪组成的长长人龙，他们是狂热的中国异教徒，相信自己有外国子弹无法穿透的神奇力量，此时他们正缓缓走向刑场，悲伤地敲锣、打鼓、吟唱。其中两位在亮晃晃的黄铜盔甲上绑着红饰带的拳匪，拿着以一九一八年的标准来说非常原始的步枪。在多数军队都已经改用自动化武器的时代，这些拳匪的枪手，仍在使用枪管下附有推弹杆的十二口径单枪管前膛步枪。这种步枪每次要发射，就得把推弹杆从枪管下拉出来，由枪口将子弹塞入枪管。显然那两位应该是神枪手，所以才不考虑这种枪重新上膛有多麻烦。

突然，队伍向两边散开，一顶俗丽的黑檀黄金轿子被抬进来放在地上，一名拳匪将轿门打开。这时一位高大的亚洲人走出来，他戴着有穗状顶端的头饰，身穿加了长饰钉和软垫的衣袍。他很容易被误认为义和团的首领，尽管他不发一语，却有莫测高深的领袖气质。但他不是首领，甚至也不是拳匪。事实上，他就是将被处决的人。

他远远站在另一边，两位枪手在他对面排好。他们身边还有两位英国士兵。但只有一位穿制服。中国枪手将步枪交给英国人检查。起初对老旧武器感到好笑的英国人，仔细盯着枪管里瞧，他们抽出推弹杆。然后用手指拨弄扳机。确定步枪可用之后，另一位拳匪搬出一个装满子弹的木箱，要他们各自挑选一颗子弹。弹药又大又圆，像是致命的铅弹。英国人将自己挑选的子弹高举在空中，接着一位矮小的中国女人拿着一个小金属杯走向他们，示意他们把子弹放进杯子里。

接着看似领队的一位先生，从锡罐里拿出一点火药撒在小盘子里。

“真正的火药？这是真的吗？”他问道。

其中一位拳匪倾身闻闻火药。

这时拳匪用点燃的火柴碰了一下火药，火药升起一阵羽状的白烟，而空气中充斥着燃烧过的火药味。

“没错，是真正的火药。”拳匪轻笑道。

他在每一把步枪的枪管里都倒了一些火药。接着一位助手将填塞棉塞进去，另一个人把推弹杆抽出来装进枪筒里。整个过程都在英国士兵的监督下进行。现在只剩装填子弹，以及把用来击发火药的雷帽装至定位。但在整个准备过程中，受刑人看起来出奇地镇静，仿佛这不是第一遭。

水仙拿着装了子弹的杯子走向观众，请另外两位自愿者在上面做记号。等他们分别在上面留下特别的标记后，水仙会回到北伦敦伍德葛林帝国戏院的舞台上，将子弹交给两位英国士兵，他们会看看标记然后上膛。

等步枪终于准备妥当，丧礼的鼓声再度响起，两位英国士兵被带到舞台边，好让他们能观赏节目的结局。

“各位先生，各位女士，请安静。”首席助理法兰克·卡默塔罗说。他指着两位观众，“两颗子弹！你们确证子弹做过记号了。”接着他对英国士兵点头：“你们看到枪已经上膛。现在请安静，仔细看，各位请看。”

这时，两位步枪手向舞台左边走了十四步，而神奇的中国魔术师程连苏缓缓退回他在舞台最右边的位置。他与死神之间，只隔着一只助手交给他的小瓷盘。

一切就绪，步枪手就位后，鼓声霎时止住。卡默塔罗站在受刑人和枪手之间，但远离弹道。他拔出剑，将之高举过头，然后看着程连苏等他下暗号。

程连苏低下头，深深吸了一口气，然后缓缓将瓷盘举到胸前挡着。他不只要用易碎的小瓷盘挡子弹，还要在半空中拦截子弹，借着手腕优雅的转动，巧妙地将子弹留在瓷盘里，好让大家检查并确认那是装进步枪里、做过记号的那两颗子弹。

做这件事必须非常专注。因此高举瓷盘的程连苏，又重新调整脚的位置。观众实在太安静，因此着实能听到他再度吸了一口又深又长的气。接着，前排的一位观众突然站起来，喊了些什么。没有人听得懂他的话，程连苏等他重新坐下，然后将重心移到脚上，重新调整盘子的位置，又再度深深吸了一口气。接着，他很快地对卡默塔罗点头。

卡默塔罗的佩剑划过空中，几乎同时，两声巨响回荡在整个戏院里。一秒后，瓷盘落地，在舞台上摔了个粉碎。

“哦，天哪。”程连苏一边说一边摇摇晃晃地往后台退去。舞台经理法兰克·穆迪看见深红色的血在聚光灯的照耀下发光，他赶紧走上台去，扶住缓慢瘫倒在舞台上的魔术师程连苏。

这时观众已经察觉到出了什么可怕的大差错。过早、零星的掌声，变成尖叫。

“天哪，赶快把布帘放下来，出事了！”程连苏气喘吁吁地说。

帘幕一放下来，即时地将观众与这可怕的一幕隔开。程连苏的妻子，娇小的水仙，赶紧跑到丈夫身边。

“点子，赶紧叫医生。”程连苏叫道。

当班的史班巡佐，赶紧跑到瘫倒的魔术师身边。程连苏时而清醒、时而昏迷。

几名舞台工作人员忙乱地替他止血。其中一个人撕了一块舞台布景将伤者包住，为他保暖。

“我受不了了，我受不了了。”他咕哝地说。

“比利，你做了什么？”点子说。

在后台目睹这起悲剧的少数几个人，最早发现程连苏的秘密。事实上，观众只要有注意也都会察觉。在那颗脱轨的子弹射进他的胸膛，穿过他的心脏，掠过他的肝，从背部跑出来，然后粉碎经理穆迪办公桌旁的镜子的那一刻，这位原本一句英文都不会说的亚洲魔术师，在痛苦中英文突然变得很流利。不久全世界都会知道，这个穿着礼服、裹着浓妆的人，其实不是神秘的中国魔术师程连苏，而是比利·罗宾森，十八年前失踪、神秘的美国机械师。当他的朋友躺在英国戏院的舞台上奄奄一息时，胡迪尼正在相隔半个地球的另一处，拯救美国年轻人的生命。

“人在沉船时之所以会淹死，是因为他们完全丧失方向感。”指导员说。胡迪尼看着年轻新兵青涩的脸，顷刻间回想起自己在他们这年纪时的模样。他想，当时人生显得单纯多了，又有那么一会儿，他嫉妒他们能够有机会为崇高的理想牺牲自己，为国捐躯。当然，他愿意尽一切力量，确保这样的结局不会发生。

对于这些美国大兵来说，心中却掺杂着畏惧和不安。再过几周，他们就要渡海到法国去，与英法两国的袍泽并肩作战。基础训练非常严格，但没想到课程还包括在巨大的杂耍剧场的小房间里，听胡迪尼本人讲解如何从遭水雷击沉的船舰脱身？他们全都在想，下课后是不是可以请他签名。

“发现自己身陷水中的首要规则是不要慌，这一点再强调也不为过，”胡迪尼教训道，“保持镇定，用你们的眼睛，如果视线不清，让你的身体慢慢在水中上升，

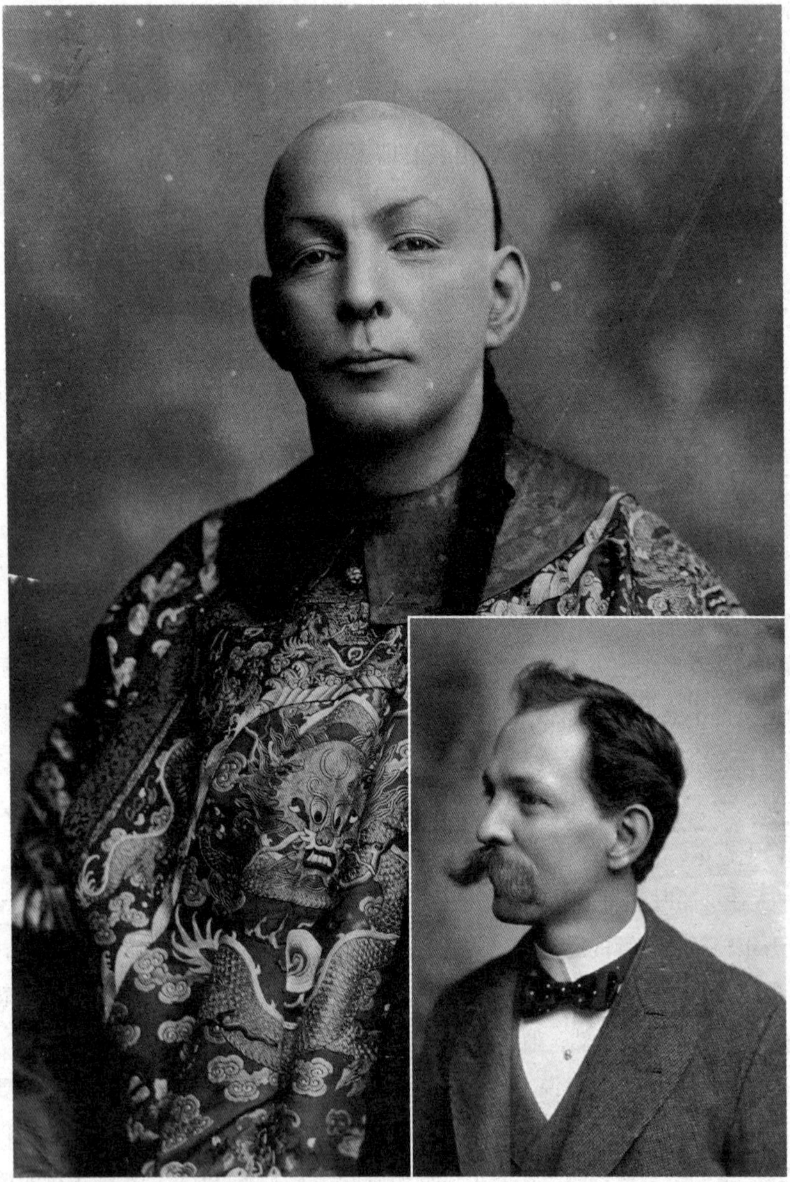

神秘的程连苏，其实就是神秘的罗宾森。（亚佛布克医生收藏，小图为卡尔收藏）

直到手碰触到船舰的甲板、舷侧或船底为止。”

胡迪尼拿起一截绳子。“现在，我要教你们挣脱各种束缚的原理，无论困住你的是绳索、断裂的管子、梁桁或残骸都一样。有人愿意自告奋勇吗？”

房里的人立刻全都举起手来。

胡迪尼将一位年轻的士兵捆绑好，让他看起来像五花大绑的火鸡。

“如果我要捆绑一位灵媒，避免他在降灵室里装神弄鬼，我会用跟捆绑这个年轻人一样的方式。我敢说他没搞头了。”

美国大兵都笑了。

“俘虏你们的敌军应该不会这么费事，”胡迪尼说道，“他们可能只是把你的手绑在背后，但如果你们不要点巧妙的小花招，这样简单的捆绑就能把你困住了，小花招我会教你们，照做之后，绳子会留下一点空隙，让你们挣脱束缚。”

胡迪尼走到桌边，拿起一副手铐。

“如果敌军的装备特别好，他们的标准配给可能会是这种德国手铐，果真如此，要挣脱就比较难，但也不是不可能，”胡迪尼说，“在示范绳索脱逃术之后，我们要学习几种简单有效的技术，来破解这些德国手铐。”

接着他走到房间另一边，那里设置了一个大铁笼。

“这间牢房装了典型的德国锁。如你们所见，在战场上，这种牢房可以容纳多达三名战俘，有的甚至制成二十二尺长，彼此以链条固定串在一起，可运送十二名或更多人。我要教你们破解牢房锁的方法，当作最后手段，让你们趁黑夜逃走。说到这里，有问题吗？”

胡迪尼看着他的听众。魔术大师似乎令他们震慑。

“我想咱们这位朋友有疑问，”胡迪尼瞥了一眼被他以专业方式捆绑的士兵说，“可是他的手举不起来。”

胡迪尼接到曾经是“胡迪尼兄弟”一员的乔·海曼的电报，得知老友罗宾森的死讯，电报上写着：“罗宾森表演子弹秀时身亡。”第二天，一九一八年三月二十六日，海曼寄出一封信，里面写了一些引人入胜的细节。海曼现在跟一位名叫安妮·鲁尼的女人同台，而罗宾森过世当晚她也在伍德葛林帝国戏院演出。根据鲁尼的说法，程连苏跟他的助理有些“纠纷”，争执愈演愈烈，在那不幸的一夜演变成“大声叫骂”，在两场秀之间，罗宾森“跟那家伙开诚布公”。第二天清晨，罗宾森就过世了。“表演用的那把步枪确实动过手脚，”海曼向胡迪尼报告，“在

胡迪尼尽一己之力指导美国步兵摆脱德国手铐。（东布里收藏）

子弹彻底打穿可怜的罗宾森后才发现的。”简单的验尸之后罗宾森被认定是“死于意外”。

胡迪尼对好友过世的反应十分耐人寻味。四月五日，胡迪尼写信给情同父子的老朋友魔术师哈利·凯勒，他刚退休，已是美国魔术界公认的耆老。胡迪尼信中提到：“罗宾森这整起事件似乎有些蹊跷。”两周后，胡迪尼宣布四月二十一日他要在伦敦杂耍剧场，为美国魔术师协会慈善基金和美国艺人联盟举办联合募款，表演《隔空抓子弹》。胡迪尼当晚并没有真的表演那个节目。根据美国魔术师协会的官方刊物《M-U-M》（Msagic，Unity,Mighty）的报道，是剧场的管理单位劝他不要做这么危险的表演。也有可能胡迪尼只是想消费这起悲剧，博取媒体版面，而他也如愿以偿了。

当胡迪尼考虑表演隔空抓子弹的消息传到人在加州的凯勒耳朵里时，凯勒于五月一日紧急发出一封警告信给胡迪尼：

> 听着，亲爱的孩子，这是我衷心的建议。无论你多有把握，都不要尝试那该死的《隔空抓子弹》。因为你随时都要冒着遭小人“算计”的最大风险。我们承受不起失去胡迪尼。你精彩的表演多得是，足够维持你在业界的龙头地位。为了你的朋友和家人，你必须避免所有可能危及你性命的事物。拜托，哈利，我视你如己出，听老朋友凯勒的话，不要表演那个节目。

凯勒对于胡迪尼表演隔空抓子弹要冒风险的看法透露了一些讯息。他不是担心枪会出故障。对他来说，表演《隔空抓子弹》，会让胡迪尼栽在某些想攻击他，甚至谋杀他的小人的手中。

美国政府在胡迪尼一九一七年生日当天对德国宣战，他一听到消息立刻采取行动。一九一八年大部分的时间，胡迪尼一边进行杂耍巡回演出，一边自掏腰包招募地方魔术俱乐部，与美国魔术师协会合作振兴一些他觉得处于停滞状态的机构。胡迪尼与怪异、年老的前魔术师、灵媒揭穿者，也是他父亲形象之一的奥斯卡·迪尔，一起说服水牛城、底特律、匹兹堡和堪萨斯市的团体加入。在宣战次日，胡迪尼在美国魔术师协会里提出一项全体通过的决议：“本会成员无论集体或个人在此表达对美国总统的效忠，并渴望以专业报效国家。”迪尔以信件迅速将决议转达给威尔逊总统。

胡迪尼以身作则，领导魔术师为战争奉献力量。六月二日，胡迪尼被提名为美国魔术师协会主席，并在毫无异议的状况下当选。胡迪尼掌控了协会官方刊物《M-U-M》之后，开始大量报道协会成员对战争的贡献，甚至转载《纽约时报》的文章，说明政府如何在战时主动寻求魔术师协助。

其他魔术师也接受胡迪尼的号召。如华盛顿特区的魔术师亚契·恩格尔在战争期间成为财政部的情报员。化学家兼纽约美国魔术师协会会员马克西米兰·托赫，受命成为军方伪装部门的负责人，并与其他魔术师合作，发展出美国海军舰艇所使用的灰色涂料。托赫的化学专业也发挥在传送秘密信息的方法上。最后，美军工兵成立伪装部门，来自全国各地的美国魔术师协会成员积极加入，贡献他们的专业，一起为战争努力。业余魔术师查尔斯·孟德尔颂博士是密码专家，他受命负责为美国军事情报处解读德国密码，甚至在美国宣战之前，司法部就已经雇用魔术师威尔布·伟伯，对在西北部活动的德国间谍进行反情报活动。他以魔术巡回表演掩护自己的间谍活动。

拳击手班尼·雷欧拿抓住脱逃王，重量级拳王杰克·登普西正准备给胡迪尼的下颌来一记右拳，不过这纯属劳军演出。（卓耶收藏）

胡迪尼似乎因为报国有望而生气勃勃。“我登记明天入伍。万岁！现在我也是军人了，”他写信告诉人在伦敦的葛斯东，“看到你的旗子飘扬，我这颗垂垂老矣的心也跟着跳跃，看见你我的旗子一齐飞舞，嗯，感觉实在一言难尽。”胡迪尼取消整个秋季的杂耍演出，将所有的时间用来劳军以及为战争募款。六月时全国杂耍协会举办了一场义演，聚集了空前庞大的明星阵容，包括苏菲·塔克、坦圭、艾迪·福伊和吉姆·科雨贝等人。胡迪尼私下打赌当晚他的节目将是最轰动的，结果因为他与美国海军陆战队一起进入杂耍剧场，而赢得了这场赌局。掌声震天，接着胡迪尼邀请几位军官为他穿上约束衣。他只花了一分二十三秒就脱逃成功，刷新自己的纪录。

七月他着手为红十字会举办一连串的募款义演，接着赶往各营地劳军。当财政部部长威廉·麦卡杜发行“自由公债”为战争筹款时，胡迪尼成为他最坚定的募款员，有一次还真的为此卖掉身上的衬衫。话说在杂耍剧场演出时，有一位观众提议如果魔术师能在三十秒内脱掉身上的衬衫，他愿意买一千元的公债。结果这位观众才数到六，胡迪尼已经将脱下来的衬衫高举在头上挥舞了。“如果你把那件衬衫给我，我愿意再买一千元公债。”那位观众大叫，结果他真的带着奖品回家。胡迪尼在一年内售出价值百万的公债。根据某种说法，到战争结束时，他总共卖了有两百万之多。

胡迪尼在军营演出时，总会表演《不劳而获》，在这个节目里，他凭空变出一个个的五元金币。变出来的金币全都送给即将到海外的士兵。这段期间，胡迪尼用这种方式捐出去的金额超过七千美元，约等于现在的二十五万美元。他也捐钱建造一间病房献给他的母亲。

只有在宣传战上，胡迪尼才与实际作战沾到边。他曾经接受无数访问，详细叙述他巡回德国时，如何迫使德皇公开道歉，甚至在为美国军人讲课时，他用的也是在德国法庭上表演脱逃术的手铐。在另一篇文章中，他提到早在初次到欧洲巡回时，他就已经“主张对德宣战”。在正式简历上，他删除所有早期在德国飞行的纪录，改称那是在奥国进行的活动。私底下，他很烦恼自己指导过的德国军人会杀死美国大兵，因此尽可能摧毁那些授课的照片。为了强调他炙热的爱国心，胡迪尼特地告诉大家，他出生于威斯康星的阿普顿，甚至常常无缘无故在签名旁加上这个“事实”，以及捏造的生日。

胡迪尼想对战争有所贡献的渴望，和长期敬重魔术界长者的坚持，终于在十一月十一日合而为一。当天，胡迪尼举办了一场华丽的魔术嘉年华，为搭安地列斯号丧命的美国人家属义演，安地列斯号是一艘运输船，在送军人赴法返美的途中，遭德国潜艇以水雷击沉。为了筹备这个“魔术史上最大的盛会”，他说服已经退休的泰斗凯勒重出江湖。

凯勒在表演结束后告诉观众，他永远不会再登台，因此想将自己当晚使用的道具都献给胡迪尼。但胡迪尼更胜凯勒一筹，他不肯让这位泰斗最后走着离开舞台，因此示意四位魔术师抬着装饰过的大椅子进场。二十四位魔术师，伴随着二十四位美女，以及手上都拿着一大篮花的二十四位工作人员，如仪仗队般走上舞台。凯勒被迫坐着这座大轿子。他们将凯勒包围在花海中，这时杂耍剧场中由一百二十五人组成的乐团，突然演奏起感人的《骊歌》，满场观众起立对老魔术师献唱这首小夜曲。凯勒哭成泪人儿，最后由魔术师仪仗队抬下舞台，沐浴在另一阵花雨中。

新的一年，胡迪尼将他的战争工作，从娱乐变成教育性质。二月时，他写信给战争部部长纽顿·贝克，提议开设课程，教授士兵挣脱绳索与手铐，或在船难时摆脱残骸。当时胡迪尼正参与演出伦敦杂耍剧场的爱国节目《振作》，一边利用

胡迪尼与退休的伟大大师，也是魔术界泰斗的凯勒合影。（国会图书馆）

演出时的空档授课。他特别规划一间教室，军官可以打电话来预约，带他们的士兵来上课。根据《告示牌》杂志报道，戏院“每天都被大批穿卡其制服的男孩包围”。

一九一八年六月，宣战才十四个月，胡迪尼为战争贡献的金额已经超过五万美元，这些包括他无法演出损失的薪水和各种自掏腰包的花费。在写给伦敦杂耍剧场经理柏恩赛德的信中，他详细叙述自己协助“购买救护车”，以及为“自由公债”募款所付出的努力。“我全心投入这项工作，因为这不是‘我们会赢’或‘我们会输’的问题。而是我们必须赢，除此之外没别的。”

“各位先——生，各位女——士，你们或许已经听说过，我这位神秘嘉宾的名气与成就，”胡迪尼开场时特别加重语气，“容我为各位介绍，巴纳姆杂耍团非洲象珍宝的女儿——珍妮，她将是第一只凭空消失的大象。”

接着大约十二名穿杂耍团制服的舞台工作人员，将一个画得像马戏团笼子的拖车推上巨大的舞台，让人隐约感觉到有什么特别的事要发生。拖车摆放的位置，离后方背景布幕约十五尺、与舞台前方相隔近四十尺。拖车的车头有个盖着帘幕的圆形窗户。胡迪尼一声令下，工作人员将帘幕拉开，露出穿过整个窗户的直栅栏，让这个拖车看起来更像牢笼。车尾有两扇门，每扇门都有个以帘幕覆盖的半圆形窗户。工作人员打开门，在门口放置一个可以进入拖车的坡道。

幸好纽约杂耍剧场后台空间极大，珍妮才能在驯兽师的带领下，以小跑步上台。这只高度近八尺，重量超过五吨的巨型厚皮动物，绕着胡迪尼转了几圈，配合雷鸣般的小碎步，左右转动它的头，令人看了有不祥的感觉。它在胡迪尼身边停下来时，让他看起来像小矮人。在胡迪尼将淡蓝色的彩带套在它的脖子上，并将假表戴在她的左后腿上以后，她的凶猛似乎多少缓和了一些。

“你们都看见了，珍妮打扮得像新娘，”胡迪尼打趣道，“虽然她体重超过一万磅，却像小猫一样温驯。为了证明她恬静的本性，珍妮现在要亲我一下。”

这时，大象挨近胡迪尼，举起巨大的鼻子，倾身将脸靠向胡迪尼的脸。胡迪尼给她一大把糖当作奖赏。

“我想珍妮可能是糖存量短缺的最大因素，”胡迪尼打趣说，“或许等她消失之后，我们会有更多糖可吃。”

“珍妮，向观众说再见吧。”他下令道，这时珍妮摇晃它的头和鼻子。管弦乐团突然演奏起进行曲，驯兽师领着它走上坡道进入拖车里。舞台工作人员立刻将后门关上，把前后的帘幕都拉起来，由于拖车是斜向一边摆放的，因此工作人员分别走到车头与车尾，借着滑轮慢慢将拖车转四分之一圈，让车头的窗口正对观众。

胡迪尼示意停止奏乐。

“虽然它是个大块头，但它真的会在几秒内消失，所以我希望你们仔细看好。”胡迪尼警告道。

鼓声响起。胡迪尼拍手，舞台工作人员冲向拖车两端，将拖车头尾的帘幕拉开。

“你们可以清楚看见，动物已经完全消——失——无——踪！”胡迪尼刻意加强语气。

他说得没错。舞台工作人员，有些还打扮成马戏团小丑的样子，或透过车厢看，或往箱底看。坐在中间位置的观众，也可以透过车厢，看到杂耍剧场亮晃晃的背景布幕。大象已经消失了。

有些魔术师和魔术史学家认为，胡迪尼虽然是优秀的脱逃艺人，但顶多只是二流的魔术师。原则上来说脱逃艺人也算魔术师，但脱逃术只是魔术的一个分支，

在把珍妮变不见以前，胡迪尼先跟它套交情。(东布里收藏)

不能成为独立的表演艺术。脱逃术之所以称得上是一种魔术，因为它包含两个重要元素，强烈的舞台效果与外人无法探知的秘诀。有人说他不如霍华·瑟斯顿[1]般优雅，也缺乏查尔斯·卡特[2]的细腻，但撇开脱逃术不谈，胡迪尼仍是优秀的魔术师。魔术泰斗凯勒说过："认识他才会知道他的伟大，他远远超过当代所有魔术师。"胡迪尼也令其他魔术师困惑不解。"我听说卡特曾经来看过六七次，仍猜不出大象魔术是怎么回事。"胡迪尼对凯勒吹嘘道。时至今日，究竟他如何把大象变不见，仍莫衷一是。

如果有魔术师认为消失的大象不算什么魔术，媒体和大众显然不同意，这个节目大获好评。"胡迪尼先生把首席脱逃艺人的名号丢到一边，化身魔术大师。"席姆·席佛曼在《综艺》杂志里写道。希里亚在他的《告示牌》杂志魔术专栏里也生动地报道："胡迪尼在纽约杂耍剧场表演完美的魔术，令人惊艳，他每天两次在十秒内让巨象消失得无影无踪，震撼整个纽约……魔术师竟成为杂耍剧场奇迹秀的大卖点，他的节目像马戏团一样在传单上大肆宣传，显然这门艺术正快速发展中。哈利，下一步你要做什么呢？"

下一步还得再等等。原本只签约两周，但因为胡迪尼的大象消失秀，吸引了太多人来看《振作》这出已经上演一个月的时事讽刺剧，所以演出时间延长至十九周，着实令人吃惊。这是胡迪尼职业生涯中，在单一戏院里连续表演最久的档期。胡迪尼自称大象魔术秀是有史以来规模最大的魔术表演，而他也恰当地选择纽约杂耍剧场为演出场地。这里有五千多个座位，舞台可以容纳整个马戏团或五百人的合唱团，也可以用来表演水中芭蕾，或是上演两军交战的壮阔场面，甚至让马匹表演跳水。它是纽约最大、最气派的戏院。这证明胡迪尼的确拥有魔术师的才华，有办法让为数可观的观众心醉神迷，不只借珍妮之助表演大型魔术时是如此，就连最小的《吞针秀》也不例外。

在胡迪尼心中，他成功表演这项魔术史上最大幻术，复兴了整个魔术艺术。他对魔术的各个方面都有兴趣，针对不同类型的魔术他也做了大量的笔记。就算胡迪尼私下自认是一流纸牌专家，他还是会结交一些顶尖人物，甚至有时会接待像亨利·盖文（又名亚瑟·芬利）这样的高手，盖文至今仍被许多人视为史上技巧最高超的纸牌专家。"魔术正在流行，"他写信告诉凯勒，"我要努力让魔术重新流行……大众开始喜欢魔术，也真的需要魔术。太棒了，这无论对瑟斯顿和其他

1　二十世纪初的美国魔术师，号称是凯勒的传人。——译者注

2　与瑟斯顿同时代的美国魔术师，以精致的舞台布置著称。——译者注

魔术师都是好的。”

成功晋身伟大魔术师之列，使胡迪尼离开戏院。胡迪尼在纽约时代广场附近找到一间可容纳三百人的小戏院，他想把它改装成埃及神殿的样子，类似马斯基林与库克表演的伦敦埃及厅。他想在这个“神秘的殿堂”使用如“会说话的机器”等最新电子技术，使用者只要踏在地板的某个点上，就可以靠身体的重量让机器开始运转。胡迪尼宣称有几位百老汇著名制作人表态支持，包括奥斯卡·哈默斯坦和创作《振作》的查尔斯·迪灵罕，不过到头来，他们这些生意人还是太精明，不敢在战火纷飞的时候，投资这样野心勃勃的计划。

一九一八年年初令胡迪尼失望的事不只这一桩。他投资的“电影冲印公司”亏损连连，胡迪尼从积蓄里投入大笔现金试图填补缺口。除了这些个人开销，胡迪尼还为战争奉献所得，所以在他脱离早年的苦日子后，第一次面临了经济上的窘境。情况糟到他要被迫减少替他日亦庞大的书库添购新书。在评论一批新推出的戏剧选集时，胡迪尼告诉基尔比：“如果我手头宽裕，一定会买更多。”

此外，他的家庭生活似乎也陷入混乱。与哈定一家同住四年后，胡迪尼一家与他们的关系已经濒临决裂。我们无法确知为何胡迪尼与贝丝再也无法忍受他们，在经历一段不愉快的日子之后，他们决定在严寒的二月间搬回哈林的老褐石屋。光是胡迪尼的书，就需要四辆二十尺长的货车搬运。他们一回到家，水管就因为严寒而毁坏。此外，煤炭短缺也使胡迪尼不得不拿有十五年历史的护窗板和收在地下室的百叶窗来烧。

在搬回这栋为挚爱母亲买的房子前，胡迪尼仍未走出丧母之痛。“我一直努力让自己不要感到忧郁。即使我亲爱的母亲已经长眠五年，但我仍像当时一样忧愁。”

胡迪尼还得烦恼一些更不光明、更无法启齿的问题。“一直为私事烦心。”他告诉基尔比。“最近我们全都有点忧郁。”他写信告诉迪尔。

他们在格林威治村的一家小咖啡店碰面。她先到，才刚脱下白色毛皮大衣，露出时髦的白色斜纹连身裙时，他就来了。他停在桌前，饥渴地盯着她看，接着殷勤地抬起她的手吻了一下，然后在她对面坐下。

“我碰你手的时候，你浑身发抖。”胡迪尼说。

白衣女子脸红了。

“昨晚在电话里聊过以后，我几乎没睡。”她承认道。胡迪尼笑了笑。

“你知道吗？我刚来的时候，几乎认不得你。你看起来好年轻。”胡迪尼说。

“迷人的魔术师，你一点都没变。”她说。

“你接到我的信了吗？老实说，是封信中信。我寄给一位白衣女子的。”胡迪尼问。

“没有，信没寄到。你住址写对了吗？”

“没关系，我亲自对你复述一次就好。”胡迪尼说。

“那太好了。”她语气中带点惋惜。

侍者走过来。白衣女子点了一杯香槟，胡迪尼只要了一杯苏打水。

“两位要看菜单吗？”侍者问。

“不必了。”她说。

“我觉得你不像人，”胡迪尼盯着她的眼睛说，“我怀疑你是否需要进食。”

“你真可爱，”她说，“告诉我信里写些什么。”

“我说我现在知道君王为何会因为一名女子放弃江山，”胡迪尼一边说一边轻抚她的手，“你真美，太不可思议了。”

“我爱你。”他说。

白衣女子浑身发抖。

在凯洛克根据贝丝回忆而写成的胡迪尼官方传记中，曾提到胡迪尼在结婚多年后，会用许多绝妙的小技巧增添情趣。

“胡迪尼太太，你是有自由观念的现代女性，”他会说，“请恕我今晚有个约会。六点半我要跟全世界最美的女士在某某角落碰面，很晚才会回来。”

贝丝会了解他的暗示，穿上最漂亮的衣服赴约。胡迪尼会殷勤护送她搭上在门外等候的车，前往他预约了私人包厢的爵士俱乐部。贝丝会点香槟，胡迪尼则是喝水。侍者会被这种幽会的“禁忌婚外情”气氛所骗。根据凯洛克的说法，某些歌舞剧的老梗：“‘昨晚我看见你跟情妇在一起，她是谁？’‘那不是什么情妇，那是我老婆。’”或许正恰当地描写了胡迪尼的这些浪漫恶作剧。

但这次约会并不是另一次美妙的角色扮演。爱的告白、颤抖的手与忐忑的心，是再真实不过的了。那位白衣女子的确是情妇，不是他的老婆。她是夏敏恩。

罗杰·德雷尔收藏

第十九章　艺术模仿人生

胡迪尼一听到朋友杰克·伦敦已于一九一六年十一月过世的消息，立刻发电报给他的遗孀夏敏恩："我看到报纸上杰克过世的报道，请告诉我们这个令人震惊的消息是否属实。"他署名："你们的挚友哈利与贝丝·胡迪尼。"伦敦年仅四十，却已经罹病多年，虽然他被断定死于尿毒症，却有人怀疑他过量服用止痛的吗啡。尽管相隔两地，这两对夫妻早就是很好的朋友。当夏敏恩证实伦敦已经过世，胡迪尼立刻写信给收集大批胡迪尼剪报的朋友基雨比，告诉他这个消息："我曾寄给你我们俩的合照吗？"胡迪尼着眼后人的看法问道。

次年十月，夏敏恩在纽约监督她就要出版的书的最后细节。她去看胡迪尼表演，两人在演出结束后碰面，会面后两小时不到，夏敏恩就坐下来写信给他。她注意到，胡迪尼对她的好气色和富有活力的模样感到十分震惊，对此夏敏恩相当反感："我拒绝被打倒！无论还有多久，我都会好好活下去，尽情追求快乐。你也经历过失落、痛苦。难道我的态度不对吗？"除了告诉他自己会搬到纽约住一阵子，她也暗示之后的会面："改天，在适当的时间地点，我会再多告诉你一些这一年发生的事，以及我开创人生的非凡经历。这是你的信，请毁掉（但请不要忘记）。夏敏恩。"信里没有问候她的朋友贝丝。

一九一八年一月十七日，夏敏恩收到胡迪尼送的票，请她到杂耍剧场看神奇的大象消失秀。演出后他们在后台碰面，继而以电话开始密切联系。一周后，胡迪尼在电话里对她告白，"这令我相当震惊。"她在日记里写道。两周后，她已经称他为"魔法情人"了。除了胡迪尼在信里对朋友隐讳提到过之外（"一直为私事烦心”），我们只有在夏敏恩日记里看到这段恋情的记录。（胡迪尼的这段感情，是优秀的胡迪尼传记作者肯尼斯·席佛曼在十年前发现的。）日记中有些段落甚至以速记符号写成，唯一能解读得出来的记录是“二七八”，也就是胡迪尼在哈林区的住址。然而我们能从日记中理解的讯息，就足以拼凑出一幅交织着浪漫、激情的画面。相见时的迷乱、颤抖深深撩拨夏敏恩的内心。“仍大受震撼”，夏敏恩几乎无法入眠。胡迪尼这方面则不断地示爱，“我为你癫狂”，“我要将全部的我献给你”。还有最高的赞誉：“如果可能，我告诉我母亲关于你的一切。”

两人的关系持续到四月底，也就是她计划回加州的家的时候。她先绕道波士顿，然后回纽约，他们在电话里的对话似乎不再融洽。“我再也见不到你了吗？”胡迪尼有点不满。随着她离开的日子缓缓逼近，他也越来越绝望。“可怜，可悲又寂寞的家伙，”她写道，“他非常孤独，比他想象中的孤独还要更糟更孤独。”夏敏恩回到加州以后，胡迪尼只能写信诉说自己是如何地想念她，只能用“回忆魔法”取得一点安慰。这几个月对魔术大师来说，是人生难得困惑的时候，他的人生也遭逢了一些变化，包括胡迪尼对自己的根本看法。

“昨天傍晚，警方接获线报，得知某个跨国集团密谋刺杀本周正在克利夫兰演出的胡迪尼，”一九二八年十二月二十三日《克利夫兰领导人报》的记者约翰·德·科文透露，“一通神秘电话向警察总部密报，这位艺人会被引诱到东九街的码头，歹徒会将他敲昏，接着以皮带捆绑他，然后丢到码头外结冰的湖面上头……根据警方的说法，昨天打电话来提出警告的人，显然是操外国口音的女性。电话中还暗示杂耍剧场的经理约翰·罗耀也参与这起阴谋，而且他将主动诱骗胡迪尼到码头去。根据电话通报的消息推断，暗杀行动将在今天中午展开。”

德·科文如果不对读者透露胡迪尼也参与计划，就写不下去了。事实上，胡迪尼已经开始在世界各地旅行，拍摄这类将由他主演的电影场景。假新闻是个绝妙的宣传手法，胡迪尼把拍片现场当作噱头，邀请观众聚集观看，但愿他们会蜂拥到杂耍剧场看他表演。

胡迪尼曾经于一九〇一年在巴黎拍摄短片，而他早在一九一二年就看出自己在电影圈有发展空间。十一月胡迪尼的朋友罗宾森曾写信告诉他，他以前在英国格拉斯哥经营“大剧场”的老朋友，现在经营了一家电影院，全日放映影片，每周净赚超过一千两百五十元。“他说那是目前唯一有赚头的买卖。他说得对。”罗宾森强调。胡迪尼也同意。一九二二年六月，他联络他过去的经理，仍在经营基兹连锁戏院的艾比，向他打探拍电影的事情，艾比坚决反对他这么做。“如果你的名字在电影院大量曝光，将大大削减你在杂耍界的地位。”他这样告诉胡迪尼。

一九一五年二月，胡迪尼与环球影片的代表会面，商讨将朱尔斯·凡尔纳的《海底两万里》改编成电影的事宜。片中有个角色，是配合胡迪尼的水上表演能力量身打造的，但谈判破裂。“恐怕是我要价太高，”他写信告诉基尔比，“你的判断没错，片商代表们反对。但就我现阶段的人生而言，若没拿到近五万的高价，那就不值得我去承担拍片的风险。或许再过几年等我找不到工作再说？届时我会少拿些。但愿这下要发生。”

尽管胡迪尼仍继续雇用摄影人员拍摄一些他著名的特技，但他真正参与电影事业，则始于一九一七年答应主演一部威廉森兄弟的电影。威廉森兄弟这对创意二人组曾与环球电影拍摄改编自小说《海底两万里》的电影。他们改造船长父亲所发明的“深海管道”（连接在船底的伸缩管道，威廉森兄弟将其尾端安上特制的潜水钟，使摄影人员可藏身于内），成为海底摄影的先锋。

“预计八周内前往巴哈马群岛拍片，电影未演先轰动，并创下单部电影最高片酬。”一九一七年三月三十一日胡迪尼向凯勒吹嘘。六天后，美国宣布参战。

胡迪尼与威廉森兄弟合作拍摄潜艇电影，成为次周的大新闻。了解世界情势的胡迪尼，试图将他的电影新事业描述成为国效命。“我想请各位注意，我是真正的美国公民，”他告诉报社记者，“我深信如果山姆大叔因为敌人的潜水艇而感到捉襟见肘，威廉森的发明可以用于我国的国防。想到这一点，我的爱国心就熊熊燃烧，与这样一个必要时愿意为国家利益牺牲的商业机构合作，令人感到满足。”他也通知报纸，他要在不打破潜水钟两寸厚玻璃、不让它进水的状况下，在水中逃离深海管道。接着他们会把影像放进这部暂时称为《胡迪尼与奇迹》的电影里。

“我这么做是因为我想留下纪录，可以向后世证明，我的确曾无数次戴着镣铐，被关在用铁链捆绑的货箱、锅炉、钉紧的棺材和其他不寻常的容器里丢到水中，”胡迪尼告诉媒体，“透过海底摄影之助，我就能在摄影机全程拍摄的状况下脱逃。对于我表演的真实性，此后将不再有任何疑问。”

胡迪尼跟踪走私者至今已经好几天，却毫无斩获。因此当他意外发现，这个被走私者当作宿舍和落脚地点的旧仓库时，他想到一个计划来加以摧毁。他先除去一些这栋三层楼建筑的梁柱，只留下维持建筑不倒不可或缺的部分。接着他用土和石头覆盖屋顶，让房屋看起来和周围地貌几乎没有分别。只要一声令下，毁坏最后的梁柱，这栋三层楼房就会崩塌，残存的屋顶会立刻与周围地貌混在一起，因此没人看得出有任何改变。

但在准备摧毁这栋房子的时候，胡迪尼注意到有几条地下通道，从仓库通往潜艇基地所在的码头。这使他略微改变计划。现在他要对房子动手脚，只要电话一响，房子就会起火，火不只会让房子崩塌，也会使旁观者因为分心而没看见他们往潜艇基地狂奔。胡迪尼不是一个人进行这项任务，他有年轻人吉米和女孩六月陪着他，两人都是胡迪尼从走私集团手中救出来的。胡迪尼对六月的责任特别重大，因为她的父亲是他的朋友密勤局局长。

他们在三楼听到楼下有吵闹声，这意味着有个走私集团成员回来了。现在胡迪尼必须想办法，在不被发现的状况下逃出去。他们很快察看了一下房间，发现所有的窗户都被钉死。吉米原本打算破窗逃走，却被胡迪尼拦住。胡迪尼抓起挂在房间另一头墙上的粘蝇纸，贴在窗户上，然后用六月的钻戒在玻璃上割出一个大圈，再小心取下，没发出半点声音，因为玻璃已经粘在粘蝇纸上了。

接着胡迪尼突然跑进三楼的一间卧房里，回来时手上捧着一堆床单。他把床单接成梯子，丢出窗外，从仓库非面对繁忙街道的那一侧，慢慢将吉米和六月放下去。他们约在码头碰头，但他得先准备放火。他把纸和稻草丢得满地都是，然后立起一列蜡烛，并用一条鞋带将它们串起来，再把鞋带另一头绑在电话铃上。只要他打电话，电话铃的击锤一动，就会扯动那条线，将蜡烛拉倒，引火让结构脆弱的房屋迅速崩塌。那三个人冲进房间制服他时，他刚点完最后一根蜡烛。

匪徒把胡迪尼押到一张椅子上，用坚固的绳索把他捆住。

他们离开房间不到三十秒，电话铃响，是帮派首领打电话来仓库确认情况，但没人接电话。一刹那间，蜡烛倾倒，胡迪尼身陷火海。时间紧迫，他发狂似的在椅子上扭动，利用所有可能的缝隙松开束缚。他终于成功，这时火已经烧到脚边，他只好硬着头皮从窗口跳出去，抓着窗台并迅速踢掉鞋子，幸好他的脚趾够大，可以抓住支撑屋檐的钢索，通过一个个的窗户。正当他要跳下最后六英尺获得自由之际，一阵轰然巨响，仓库化为乌有。他没空欣赏自己创作的景观，一路朝码头飞奔而去。

如果说任何形式的写作都会带点自传色彩，那么以上转摘自胡迪尼为他的电影所写的脚本，就是一个好例子。胡迪尼的传记作者伯纳·梅耶说过："胡迪尼不只是想象力丰富且多才多艺的表演者，也是说故事高手和电影制作者，他都会留下线索，让人探究他心灵的秘密。"他自己创作的，或跟人一起创作的故事和电影，

银幕上的第一个机器人威胁胡迪尼。(杰收藏)

显然大部分是在描写自己，也许称不上伟大的艺术，但往往能让人窥见他性格中不为人知，且令人惊讶的黑暗角落，那显然是某些传记作家没想到或未曾探究的。梅耶的理论指引我们找到胡迪尼从事情报工作的新证据。胡迪尼曾在许多电影里，扮演密勤局或司法部情报员的角色，他创作这些电影时，有一部分也是在写自己。他这么做不是绝无仅有的，伟大的小说家毛姆在大战期间也曾担任美国政府的情报员，他同样在他的小说《兼差密谍阿兴登》里纪念他的贡献。

当胡迪尼一有机会拍摄他的第一部电影，就把前述暂时被他称为《胡迪尼的神奇冒险：名副其实的美国脱逃家》的电影剧本大纲提交给威廉森兄弟，其中的角色安排也确实透露出许多信息。胡迪尼在片中以“大众所认识的哈利·胡迪尼”出场，这暗示还有不为人知的一面。女主角是比乌拉，“优雅的化身”，她是世界旅行家，优游于伦敦与德国上流社会，看到胡迪尼表演脱逃术会心跳加快，但也够世故，知道必须活在当下。比乌拉这个角色似乎是以夏敏恩为蓝本。

胡迪尼这个角色会与名叫锡登斯的人打交道，他是“国家秘密警察的首脑”，胡迪尼在角色说明的部分写道：“是会被伟大国家智囊团选来全权掌控密勤局的

《神秘大师》的法国版海报。（国会图书馆）

人，事实上是以弗林为原型，他是一位文雅、有教养的绅士，而且像狮身人面像一样安静。”威廉·詹姆士·弗林从一八九七年起就一直在纽约密勤局服务，除了一九一〇年到一九一一年之间，因为加入纽约市警局刑事部门扫荡贪污暂停两年。一九一一年重新加入密勤局之后，隔年他继承维尔基担任局长，在位于纽约的办公室里掌管密勤局。他在一九一七年辞职，同年胡迪尼创作这部剧本。往后弗林会制作一部电影，揭穿骗子灵媒，时间上与胡迪尼对假灵媒发动自己的圣战重叠。

一九一七年七月，签约三个月后，胡迪尼与威廉森兄弟仍在讨论剧本。无论是欧洲或威廉森兄弟之间的战火，都打乱了计划。胡迪尼急着挽救自己的电影，因此与一家叫威斯塔的公司接洽，拍摄剧本最开始的几个场景：他带着镣铐从大西洋城的码头跳入海中。尽管威斯塔未来几年还会再制作一系列低成本的西部片，但这天拍摄的内容，似乎就是《胡迪尼的神奇冒险》的全部了。

遇到加州电影制作人洛佛之后，胡迪尼的电影生涯才活络起来。他再次推销自己的剧本，但洛佛说服他，第一次出场最好是分成十五集播放的电影，每周一集，每集都让胡迪尼的命运悬而未决。他们聘请另一部分集播放的卖座电影《宝琳历险记》的编剧亚瑟·李维和查尔斯·洛格来坐镇，不过打从一开始，胡迪尼也投入许多精力。“胡迪尼有一种与生俱来的天赋，此外，他也是我见过观察力最敏锐的学者之一，”李维告诉记者，“他所做的一切，都始于一个合逻辑的开端，（加上）多年努力和研究的结果。”

他们三个人一起把胡迪尼剧本的元素融入《神秘大师》。胡迪尼不是扮演自己，而是扮演一个司法部卧底探员昆丁·洛克。洛克以化学家的身份进行掩护，渗透到某个国际专利公司里，这家公司是几位有权有势的资本家设立的，他们唯一的目的就是买下新产品的专利，阻止该种产品上市。胡迪尼电影生涯的第一幕，是在秘密监听公司老板的电话。

他在片中有许多敌人，包括邪恶的催眠师、中国帮会领袖、马达加斯加的绞刑杀手，以及电影史上第一个，比真人大的锡制机器人。电影的卖点之一，是洛克与其中一位邪恶资本家女儿的恋情，后来这位资本家改变心意，努力在被马达加斯加疯人病（因为他恶性不改的合伙人给他灌输毒气而引起）打倒以前悔改。但与胡迪尼惊人的特技相较，电影的剧情相形见绌。他的潜水衣脱逃术总算可以派上用场，除此之外，他还挣脱约束衣、手铐和牢房。他不断搏命演出，逃离了电椅、步步进逼要把他碾碎的起重机，还有当他被绑在地上时，几乎腐蚀他的强酸。在一场精彩的脱逃戏里，他被吊在半空中，只有绳子捆着他的两只大拇指，结果他用双腿夹住匪徒将之勒死。踢掉鞋子之后，他用脚趾在对方的口袋里找钥匙，插入对面的门里，打开门锁，然后用脚转动门把。门打开一个小缝以后，他用脚把门推开，然后扭腰将身体弯成马蹄形，用脚趾松开束缚，获得自由！

一九一八年夏、秋，在纽约州扬克斯市的拍摄期间，胡迪尼整个投入工作里面。片子杀青时，他眼圈黑了七次，还有一次在拍打斗场景时，从摆动的吊灯掉下来摔断左手腕。但成品令他振奋。“我看过所有的分集电影，我相信胡迪尼的是其中最棒的，”他以特有的谦逊写信告诉凯勒，“如果这部电影受欢迎，我想我将会把默片当作下一个努力的目标。”结果岂止是“受欢迎”，在纽约首映的周末，数以千计的观众。在波士顿，五千人不得其门而入，在外面挤成一团。在新英格兰，胡迪尼创下一天之内随片登台十五次的纪录。

这时胡迪尼面临两难的局面。他一直在准备一个新的大型魔术《活埋》。基尔比写信问他进度时，胡迪尼却举棋不定。“影迷正引颈企盼另一部胡迪尼电影，而且拍片比创作危险特技简单许多，所以我可能朝那方面发展。”一九一九年二月，也就是两个月后，胡迪尼看来确定要再拍电影。“胡迪尼电影完成之后，进账也将中止，”他写信告诉凯勒，“接下来呢？”

两架飞机通过比佛利山，朝大海飞去。导演艾尔文·维拉特和摄影师在第三架飞机上。他们正在拍摄胡迪尼第一部长片《残酷游戏》的高潮场面，悲剧却意外降临。“我以为……我完了，”胡迪尼告诉媒体，“当时我在三千英尺高的飞机上，盘旋于另一架飞机上方。按计划我要借助绳索从我的飞机跳到另一架飞机的驾驶座上。当时我挂在绳索末端准备往下跳，突然一阵强风让下面那架飞机往上升，两架飞机撞在一起，几乎截断我的四肢。两架飞机的螺旋桨紧紧卡在一起，我们转呀转呀转的……但奇迹出现，飞机恢复平衡慢慢滑翔，虽然因为冲击力撞了个粉碎，但我总算能安然脱险。”

维拉特的反应够快，在飞机相撞坠落时，让摄影机继续运转，结果拍出来的镜头，在当时短短的电影史中，堪称最壮观的画面之一。两架飞机“紧紧卡在一起”的剧照看来触目惊心，再配上典型的胡迪尼挑战：“若能证明以上照片，并非在云间拍摄空战时的飞机相撞，奖赏一千元。”成为广告宣传的大卖点。当然，赏金一直没被人领走，因为撞机事件的确发生过。不过胡迪尼对撞机事件的回忆，还是多了点欺瞒。飞机降落时，胡迪尼一直安然待在地面，而且那场戏里根本没有他。他在空中交战的场面，是由特技替身演员演出的。

《残酷游戏》是《神秘大师》发行几个月后，胡迪尼和制作人杰斯·拉斯基签下两部电影约中的第一部。与前一部电影相同，《残酷游戏》也展现了胡迪尼神奇的脱逃术与特技。他在片中表演倒吊约束衣脱逃术、摆脱巨型捕兽夹。其中有个一镜到底的场面令人啧啧称奇，胡迪尼滚到一辆正在行进的汽车底下并抓住车底的传动轴，若不小心放手就有生命危险。他以这种方式搭便车去拯救女主角。

结果大获好评。“胡迪尼以电影明星的身份引入瞩目，”《纽约前锋报》认为，“胡迪尼真的是明星……”《纽约美国人》也同意。“任选五部我看过的电影，加起来的感官刺激，还不如一部《残酷游戏》。”《纽约邮报》的欧利芬写道。

胡迪尼为电影演出的前景感到振奋。“我逐渐脱离杂耍圈，除了欧洲的秀约之外，不打算走回头路。”他告诉基尔比。他要转往好莱坞发展，那儿的温和气候以及与其他影星亲近的机会都很吸引他。他与查理·卓别林、胖子阿柏克为友，并在拉斯基的片场里与年轻艳星葛萝莉雅·史璜生厮混。她寄给他一张签名照（“给胡迪尼先生：请为我表演一些戏法，最诚挚的史璜生敬上”），他把照片收在剪贴

上：胡迪尼拍摄《残酷游戏》。（国会图书馆）

右：当然，那是真的意外，只是当时胡迪尼根本不在现场。（卓耶收藏）

簿里。

凯勒就住在片场几里外，能花时间与他相处，也令胡迪尼兴奋。他和贝丝也常和老搭档贾可布来往，贾可布与女演员结婚，当时已经转行行医。尽管大致上他仍非常讲求实际，但胡迪尼开始流露出一些好莱坞习气。有一晚，一位喜欢被大批文艺人士包围的西部名人举办“波西米亚”晚宴，胡迪尼也受邀参加。有人为大家引见胡迪尼，说他“曾经受M先生资助”。结果胡迪尼立刻发飙：“我从来没有接受任何人资助。我是伟大的艺术家，不可能被任何人‘资助’。我是来做客的。”略微平静下来之后，胡迪尼还是同意表演《吞针秀》。

演过两部电影后，胡迪尼也渐渐学到新技艺。尽管某些自命名演技批评家的人想要挑胡迪尼的毛病，但他在大银幕上从来不会显得格格不入。他普遍获得好评，甚至包括演技，而且到了拍摄《残酷游戏》的时候，他对演技的态度已经很严肃。“电影演员与舞台演员完全不同，”他在好莱坞写道，“虽然话剧可能会嘲笑电影，但电影同样必须靠智慧来刻画，它本身也是一门艺术。在摄影机前，最小牌的电影明星，可以让最红的话剧明星显得无足轻重，尤其如果话剧明星不懂镜头角度的话。”

“胡迪尼是呆板、笨拙的演员”这种看法，可能源自凯洛克那本贝丝支持的传记。书中宣称胡迪尼有“清教徒的灵魂”，因此与美艳年轻演员合演爱情戏时会感到畏缩。据说一位导演甚至要求贝丝离开摄影棚，因为“每次我们让他吻那个女孩时，他都会因为紧张偷瞥你而破坏镜头”。这也许是胡迪尼想避免妻子因吃醋而抓狂。但从胡迪尼与其他演员留下的许多影片看来（有些甚至只是休息时闲打诨的镜头），都显示出胡迪尼放松、轻佻，甚至欢闹的一面。当代评论支持这种看法：“胡迪尼也是很成功的电影演员，他与女主角演出的场面，反映了他的盛名。”《纽约电讯报》一位评论人提到。

胡迪尼的电影在世界各地广泛发行，尤其是《神秘大师》，因此这位明星也收到世界各地影迷的来信。男影迷的信通常恳求胡迪尼透露其魔术的秘密，女影迷则多半写信来索取签名照。一位日本女孩在看完《神秘大师》之后，来信说自己“为你带着一张可爱面容的卓越艺术着迷”。另一位美国女影迷则回顾其脱逃艺人时期，创作了一首颂歌：

> 我希望自己是基兹先生，而你在我的戏院里演出。
> 我这颗少女的心为你翻腾，打从第一天起，

两位史上最出名的艺人，卓别林与胡迪尼。（卓耶收藏）

胡迪尼与年轻的史璜生亲近。（亚佛布克医生收藏）

当我坐在座位上，看你的手铐毁坏而倒吸一口气，
我宁可紧紧用手臂环绕你黝黑的颈项。

我想跟你一起被放进箱子里，紧紧锁住。
用七种不同的锁——我敢说你逃不了！
你有力、坚强、优雅的姿态；你翻起的衬衫白袖；
你的鬈发；你英挺的鼻子；我想与你共进晚餐……

我想被装进那个袋子，然后放进行李箱。
紧紧跟随你，这会让我迷醉。
若能与你在袋子和行李箱里，让你用手臂揽着我的腰，
我的神智将离我而去，我将不会想到伤害。

我要让大家等，抱着期待，好几天，
当我与你坐在皮箱里，我感到迷乱；
我的头靠你的肩膀上，我的脸颊贴着你晒黑的皮肤。
哈利·胡迪尼，你是唯一的男人。

由于好莱坞充斥着各种诱惑，加上夏敏恩就在北边四十里外的牧场里，因此胡迪尼决定在一九一九年六月二十二日结婚二十五周年时，公开对贝丝示爱。起初他宣称要再次立下结婚誓言，甚至请朋友凯勒将新娘交到他手上。其实他们夫妇俩是否真的曾经举行合法婚礼一直没有定论，不过到头来他们还是在亚历山卓饭店最大的舞厅举行庆祝晚宴。亚历山卓是洛杉矶顶级的饭店，也是新兴电影工业精选的场地。当晚两百名宾客全都围坐在一张非常长的桌子边，哈利和贝丝在他们面前，配合乐团演奏的《结婚进行曲》走入会场。结果贝丝太激动，还要胡迪尼赶快跑到吧台去替她拿杯酒来提振精神。

胡迪尼对这场庆祝活动毫不吝惜。长桌摆满兰花、玫瑰和香豌豆，两个光辉灿烂的喷泉向空中喷洒玫瑰香水。每位宾客的铭牌旁边，都有一小把橙花。与会的宾客们各个大有来头，有威尔·罗杰斯、胖子阿柏克与其他隶属拉斯基制片场的明星，还有许多隐身幕后的艺人推手。

回到旅馆房间后，胡迪尼送贝丝一个镶有漂亮钻石的银戒指。“戴上吧，亲爱

胡迪尼夫妇结婚二十五周年庆祝会。（亚佛布克医生收藏）

尽管身上绑着石膏，但胡迪尼还是为胖子阿柏克表演纸牌魔术。（亚佛布克医生收藏）

的。这是我以全部的爱送给我的新娘的礼物。”他还给她另外两张小纸条，第一张写着“我的灵魂伴侣，妻子”，这是他在贝丝和他们的外甥女忙着在镜子前化妆时写下的，看起来是真诚的爱的告白。“我们一起挨饿一起成名。我们有过小争执，但你阳光般的笑容和我的理智总会带走痛苦的争执。我爱你、爱你，我最亲爱的，我知道你也爱我。”胡迪尼署名：“至死不渝，永远属于你的艾瑞许（哈利·胡迪尼）。”凌晨两点钟，胡迪尼又追加一篇。“你多么奇妙！你是最美最奇妙的人。我最亲爱的，只有成为我金婚的新娘，你才能超越自己。如果时光像这二十五年过得一样快，我们应该立刻一起着手筹备庆祝我们的金婚。”

强风刮着小游艇，这时最糟糕的事发生了：波浪把操舵装置打坏，要以这艘小船在卡特琳娜岛附近汹涌的海里行驶，已经是不可能的事。引擎啪的一声停止后，船开始拖着锚，绕着岸边礁石发出求救信号。船在参差不齐的岩石边，没有人敢冒着生命的危险去救那四个命在旦夕的人。

除了胡迪尼。他一听到求救信号，就赶到海滩上，抓一条绳子绑在腰际跳入激浪中。有人丢了一个救生圈，保护他的头不受海浪拍打，他努力想游到游艇那边。总算来到距离游艇二十五英尺的地方时，滚滚巨浪仿佛不满他的自不量力，摇撼他、把他抛回岩岸边，但他仍不放弃。他再度跳入水中，几乎游到船边，这时一个小海啸把他吞噬，往回拖六十英尺，又回到岩岸上。幸好他早就沉着地把救生圈套在脖子上，保护他的脸。但此时他发现自己撞上岩石，正为了保命苦撑，冒着被退浪攫住，扫回大海这个水坟的危险。

如果是分集电影，这一集可能就在这里结束。一九一九年十一月，胡迪尼正在卡特琳娜岛上拍摄他的第二部拉斯基电影《恐怖岛》，但这时发生的事，可不是刻意安排的。游艇属于制作单位所有，上面搭载的是剧组人员，他们正要去为下一个镜头准备。胡迪尼不但高贵而且勇敢，他真的想冒生命危险去救人，但就这件事来说，人生并未模仿艺术。胡迪尼受到连续撞击，身上多处伤口流血，虚弱地倒在水中，结果得靠两名深海潜水者游过去，将这位救生员从汹涌的海浪中救回来。胡迪尼回到陆地之后，一架动力小艇被派将损毁的游艇拖回来。经过与海洋一番搏斗之后，总算救回人员和游艇，整个过程被制作单位拍了下来。

《恐怖岛》再度给胡迪尼表现高超的水中本领的机会，还可以趁机接近共同演出的美艳女星丽拉·李。根据喜剧演员兼电影明星乔治·杰索的说法，李宣称她曾经与胡迪尼有过短暂的恋情。因此胡迪尼在赴伦敦前，于十二月回到严寒的纽约进行短暂停留的期间，写信告诉凯勒说他想念“阳光普照的加州”时，他想的可能不只是天气。

柯林斯与维克利不太开心。他们知道胡迪尼在水牢里笨拙地动了一下，似乎缩了起来。一定有什么问题。不一会儿，他就站在水牢外了。

“我快把自己的脖子弄断了。”胡迪尼一边按摩伤处，一边生气地说。

幸好这只是排演。他们迟迟不肯在箱子里装水，生怕弄破玻璃。胡迪尼正在准备于伦敦重登杂耍舞台要用的新水牢，因战争中断的旧合约总算要履行了。

表演满一周的第一场秀，玻璃在水牢里破裂，迫使胡迪尼在第二场秀中使用备用玻璃。一周后，胡迪尼表演水牢秀时伤了右脚踝。想必伤势不轻，因为这位向来隐忍的脱逃艺人去看一位姓帕森斯的医生，医生检查他的脚踝，顺便进行了全身检查，然后宣告胡迪尼“有死亡之虞”。经过一连串治疗，包括使用电热“烘烤”，胡迪尼的脚踝又有反应，于是通知经纪人他可以完成巡回。医生自己的状况也不太好，因为不到两周帕森斯就过世了。尽管胡迪尼觉得这实在很讽刺，但医生的警告还是对这位魔术师起了作用。因为几个月后，胡迪尼让人为他制作一座

片名叫《恐怖岛》不是没来由的。(卓耶收藏)

准备死后放在坟上的胸像。

有关胡迪尼那次巡回的记录显示，他的创意正在原地踏步。在他半个小时的节目里，包括一两个小魔术，《倒立》水牢脱逃秀，以及滔滔不绝地独自讲述他电影生涯的趣闻。英国诺丁汉一位报纸评论人，在看过节目后，针对事前为节目写的宣传文章向读者致歉："胡迪尼为何会以为，他冗长、没头没脑地叙述过去六年来做过些什么，能让观众觉得有趣？……大家是去杂耍戏院看表演……而不是去听一个以'我的生平故事'为主题的长篇大论。"

爱挖苦人的英国评论家不买账，观众却很捧场。胡迪尼那次巡回打破所有纪录，赚得其职业生涯中最高的薪水，每周进账三千七百五十元。"这都是因为我成功的电影事业，"他向基尔比炫耀道，"《神秘大师》上映已经一年……观众看到我就像看到老朋友一样。每晚都得演讲。经过这么多年的努力，现在不必靠搏命演出也能吸引大众。感觉真美妙。"

仍心系好莱坞的胡迪尼，聘请了一组电影工作人员，在英法两国拍外景，为一部有关伪钞，他暂时称为《冤大头》的电影做准备。胡迪尼发现有些临时演员会忍不住盯着摄影机瞧而毁了某个镜头，于是他用了可能是最早的隐藏式摄影机，让心无障碍的临时演员，拍出一些看来自然的片段。他的心也在别处。四月时他寄了一封信让夏敏恩满心甜蜜。七月他回纽约时，这位魔法情人又寄了两封"爱情留言"给她。

因为拍电影和破纪录的英国档期而再度宽裕的胡迪尼，又为他的戏剧类收藏添购新品。他雇用一位全职图书馆员，在纽约为他管理整座书库。经伟大戏剧类收藏家罗伯·古尔德·萧的建议，胡迪尼雇用了七十四岁的古怪老戏迷亚佛瑞·贝克斯，他曾经花十年管理萧存放在哈佛大学图书馆的收藏。贝克斯立刻搬进哈林区的褐石屋。

在贝克斯的怂恿下，胡迪尼大量扩充他的藏书，屡屡和贝丝发生冲突。多年来，贝丝一直觉得自己在与胡迪尼的各种收藏竞争，因为它们就像与自己竞逐丈夫关爱的情妇。情况严重到贝克斯要偷偷跑到门前的台阶，将新添购的东西藏在大门入口处，然后溜到下面按地下室的门铃进门。空手通过贝丝检查后，再上楼悄悄打开前门，拿出他藏起来的东西，偷偷把书带到楼上的书库里。

太穷而无法进行戏剧收藏的贝克斯，打定主意要买下一套即将拍卖的戏剧书，他认为自己可以用合理的价格买到。他错在告诉胡迪尼预估的价码。拍卖当天，胡迪尼派人以假名标下那套书。结果贝克斯垂头丧气地回家，羞愧的胡迪尼只好把书藏在地下室。当这位忠心的图书馆员在一九二五年过世时，自责、悲伤得无法自已的胡迪尼，用三个不同的名字送了三盆花。制造贝克斯并未被朋友遗忘的假象。丧礼后胡迪尼回到家中，他仍为了痛失老友而哭泣，但他突然想到藏起来的东西："现在我应该可以把书从地下室里拿出来了吧。"他高兴地冲下楼，拿出那包东西，拍掉灰尘，然后把书放在书架上显眼的位置。接着，他回到安乐椅上，喃喃自语："可怜的老贝克斯！"然后开始啜泣。

观众有时候会在不恰当的时候发笑。当《恐怖岛》里的野人为了取悦神明，将女主角塞进标准办公室小保险柜里，从悬崖丢入海中，而胡迪尼正好从潜水艇出来，在保险柜落地处现身，拨弄数字锁并打开保险柜，救出被关在里面的人时，却足以让群众毫无保留地放声大笑了。这对剧情片来说不是好现象。胡迪尼的第三部片评价不佳，但被批评的是剧本，而不是胡迪尼的演技。《综艺》杂志痛批编剧和导演："近乎不可思议的无能，未能提供适当的媒介，让胡迪尼证明他的演技不那么惹人生厌。"尽管胡迪尼在日记里将这部电影评为"极佳"，也不得不承认"我不喜欢片子的剪接方式，他们遗漏了重要的细节"。他的解决办法是自己开电影公司，在没有外力干预的状况下，自己写剧本，制作并主演自己的电影。

胡迪尼投资电影冲印公司的经验，可能令他在贸然大胆投入这项新事业前有些踌躇。从一九一八年年初开始，他便投入现金维持该公司运转。几个月过去，胡迪尼一方面强迫他的创意伙伴迪兹归还股票，一方面裁减他的薪水。现在有弟弟哈定在工厂担任全职工作，胡迪尼画下美好的前景，因此吸引同为魔术师的持股人阿诺·德比尔增加对公司的投资。连在加州的凯勒，也提高他对电影冲印公司的投资。但胡迪尼的乐观用错地方。一九一八年四月，他写信告诉凯勒："迪兹是我见过最狡猾的骗子。"当月稍后，他立刻开除迪兹。"我恐怕得把迪兹踢出工厂。因为他太无能、太没志气，老是在工作上却毫无建树，"胡迪尼写信告诉凯勒，"他会毁了我们。比起他在时，他走后我们成就更多的事，机器真的有进展，这要归功于你的朋友胡迪尼……我已经成为工厂的专家，对付它就像在对付手铐……是我自己接管下决断的时候了。"

但公司营运未见起色。或许是预料到可能会破产，胡迪尼在七月二十三日把他的房子转到贝丝名下。几周后，胡迪尼的老友德比尔企图将公司据为己有，迫使胡迪尼拜托凯勒将投票权让给他，以确保有够多的股权来掌控公司。到了十一月底，他已经投入超过六万五千美元的现金，胡迪尼考虑将公司整个卖掉，或与其他工厂合并。一九一九年二月曾经有买家询问，不过那位想在东岸投资工厂的芝加哥人，实际走访胡迪尼的工厂后，显然不太满意他所见到的。因此那一整年，胡迪尼被迫继续将现金投注到这家公司里。此外，四月他又进行另一项投资，买下纽约历史悠久的魔术公司玛廷卡。但不到一年，胡迪尼就将公司脱手，显然失败的公司一家就够了。

隔年十月，胡迪尼对“电影冲印公司”百折不挠的乐观似乎也已经消散。凯勒的忍耐也到达极限，他派代理人去找胡迪尼，安排卖出手中持股。“我通知他我们的财政困难，事实上，刚才又借冲印公司三千元，”胡迪尼告诉凯勒，“哈定已经拿他的银行存折去抵押，好让我们能买胶卷维持工厂的运作。这对我的财务来说当然是可怕的缺口。虽然我仍在观望，不过我打算集资成立电影公司，取名为‘胡迪尼魔幻事业’。如果我投资拍电影，至少还有几部电影可以兜售。你看看电影公司的财务报表，扣掉人事费用与额外的支出后，我与《神秘大师》的伙伴，扣掉薪水和所有费用后，净赚七万。相对之下，我投入冲印公司的钱超过十万，却没赚过一毛钱。这还不包括我花费的时间与精力。这几个月下来我辛勤的工作，企图将一般生意人都知道会失败的事业做起来。只能说我教育程度不好，才会付出这样惨痛的代价。”凯勒似乎很同情他的朋友，不到两个礼拜后，他就叫人将他所有的持股，豪爽地以一美元的低价卖给胡迪尼的妹妹葛蕾蒂。

不过，胡迪尼集资成立电影公司的计划，也是困难重重。“我为电影公司选择合伙人时，运气不怎么好。”十月时胡迪尼写信给基尔比。四个月后，情况大有改善。波士顿奥菲恩戏院的老板，以及波士顿银行家葛林决定与胡迪尼合作之后，胡迪尼才得以确定名称，成立资本额高达五十万的“胡迪尼电影公司”。“我自己投资两万五，但愿我的运气会比投资冲印公司时好。”他写信告诉凯勒。但胡迪尼的信心必定有所动摇，因为葛林以波士顿为根据地的信贷公司，不久就面临多起诉讼案，为不实陈述遭愤怒的投资人控告。

一九二一年十月，公司成立七个月后，胡迪尼有两部剧情长片杀青。这次他总算可以全权掌控，发挥创意：提出故事大纲，聘请编剧或自己写剧本，挑选听他指挥的导演，并安排发行与宣传事宜。他选择的电影题材非常有趣。《来自彼岸的人》的首映会邀请函上，他形容本片是“电影史上最诡异又最感人的爱情故事”，就宣传词的前半段来说，它的确当之无愧。胡迪尼饰演水手霍华·希拉瑞，一百多年来，他被冰封在北极的遇难船里，直到几位探险家使他复活。回到文明世界后，他被带到其中一位冒险家的兄弟“奇异教授”的家。不料一进门，希拉瑞正好看见奇异博士的女儿菲丽丝在举行婚礼。希拉瑞不知道自己已经沉睡一百多年，以为菲丽丝是他的旧爱。因此希拉瑞阻挠婚礼，试图表明菲丽丝是他的情人。结果他被送到精神病院，但他不费吹灰之力就摆脱湿床单的束缚。在电影的后半段，他一面对抗邪恶科学家，一面说服菲丽丝，他失去已久的旧爱的灵魂寄住在她身上。

完成一部电影之后，胡迪尼立刻展开下一项计划。当时一张写满拍片构想的纸被保存了下来，里面写了一些他想放进电影的小点子，看起来像脱逃术或间谍工作手册：

> 毒杀，在笔尖或信封口下毒。机关，加装左轮手枪的特制行李箱，一打开就毙命……恶作剧外套：在餐厅侍者的外套上粘上便条，或用粉笔做记号，侍者一转身，就可以向同志打暗号……在画上割洞偷窥其他房间……窃听电话，响三声就挂掉，作为给同志的信号。

胡迪尼有三个剧本可以考虑：其一，《犹太人之谜》，一部有关轮回的古埃及电影；其次是洞穴人一生的冒险故事《原始人雅尔》；胡迪尼最后选择了第三个剧本《特工哈尔丹》。这个题材来自诺斯克里夫勋爵的朋友哈尔丹勋爵，他是英国爱德华时代（一九〇一年至一九一〇年）自由党政府的战争部政务次官。他从一九〇九年起担任小组委员会的主席，并建议成立英国密勤局。胡迪尼饰演美国密勤局间谍的儿子小西斯·哈尔丹，他的父亲在执行任务时被国际伪钞集团杀害。后来在华盛顿广场公园附近，他拯救了一位被攻击的年轻女子。于是对那个集团展开调查。在调查的过程中，他来到哈得逊河边的一座仓库——散播假钞的中心。坏人一发现他就将他制服，并把他捆绑起来丢进哈得逊河。摆脱束缚之后，胡迪尼游向一艘船，那艘船正要横渡大西洋前往伦敦。到伦敦之后，他在西敏桥与苏格兰场的情报员密会。为了调查他又前往巴黎，来到帮派的巢穴：位于某农村的一座老修道院。那些假修士一发现胡迪尼，就把他抓起来绑在大水车的辐条上。在揭露集团负责人“神秘中国人”余博士真实身份之后，胡迪尼赢得胜利，逮到坏人，并且向不小心被帮派抓去的女主角求婚。

“我知道你听到这个消息会感到不快，但我刚刚将电影冲印公司降价到八千至一万之间，”一九二一年胡迪尼写信给凯勒，“可怜的戴许状况不佳……他非常努力工作，整日待在实验室里，如果能以合理的方式将这家公司脱手，对我们大家都是天赐的好运。整件事唯一的好处是，我因此进入了电影圈。但愿我没有犯下

妮妲·娜蒂在《来自彼岸的人》中卖弄风情。（卓耶收藏）

大错。我的两部电影已经杀青。现在我必须在市场上推出，看看成绩如何。”

行销是电影卖座的关键。但他是个没有经验的制作人，光拍摄电影就严重超支。为了填补成本，胡迪尼被迫接下两年来第一次为期九周的杂耍合约。胡迪尼在他制作的第一部电影的首映之夜，用尽各种巴纳姆式的行销技巧来宣传他的电影。

随着年纪增长，也是因为想要赢得尊敬，他已经不再用早期的一些宣传噱头，像是派七个戴礼帽的人去巴黎一角，当场脱下帽子，露出画在每颗光头上的一个字母，合起来拼成胡迪尼（HOUDINI）。由于财务状况吃紧，胡迪尼豁出去了。他为《来自彼岸的人》印制了很详细的公关资料，里面包括评论，甚至建议地方电影院老板如何宣传这部影片。其中一个手法是制作鞋底有橡胶印章的橡胶靴，每走一步都可以印出“胡迪尼”这个字。他建议一早就派穿橡胶靴的宣传人员出去，到了尖峰时刻人群就可以看到地上印的信息。

另一个花招是请演员穿上一百年前的服装，打着“来自彼岸的人”的招牌。但“这必须做得有尊严”。胡迪尼警告道。另一个点子是要地方宣传人员，尽可能邀请当地找得到的百岁人瑞到戏院担任贵宾，然后大力宣传老人家们的团聚。

在片场的一场小野餐，他们显然没提供胡迪尼最爱的餐点。（亚佛布克医生收藏）

因为盛大的首演绝对不能失败，胡迪尼于一九二二年四月在纽约时代广场戏院首映，还请出鲍尔斯的大象，重现他的大象消失幻术。几周后，电影在各地上演，他派三个剧团随片登台。尽管这样大张旗鼓地宣传，但电影的卖座乏善可陈。评论人还算客气，只提到电影有精神分裂的特质，以通俗剧来说还算妥当，其中有一个在通往尼亚加拉瀑布湍流上的营救场面绝对是高潮。问题是这部电影也想追求文学与精神意义。“麻烦在于，故事其他部分想拉回高度文学意义，完全是胡扯。因此最后的效果令人相当不满意，连续剧情节与银幕水准不能混为一谈。”《综艺》杂志的评论者如此认为。

一九二三年十一月，在《特工哈尔丹》发行之后，胡迪尼的电影大亨生涯戛然而止。他想出另一个大型的造势活动，包括制作数千个门把吊牌，上面写着：“本锁未经胡迪尼认证。他开锁像你摘菊花一样容易。请看《特工哈尔丹》里的神秘大师胡迪尼。本片保证让你震撼入骨。”尽管进行了许多宣传，评论却十分苛刻，观众也少得可怜。连《综艺》都不得不表示："或许是胡迪尼的名声江河日下，或更可能是百老汇的经理们明白这部电影有多糟……片中只有一场脱逃戏，只看到主角从大磨坊脱身……胡迪尼没有发挥他的专长，反而穿着小礼服和燕尾服跑来跑去。"

《特工哈尔丹》为胡迪尼的电影公司敲响丧钟。接下来的制作计划被束之高阁，公司宣告解散。回想起来，就财务方面来说，胡迪尼涉足电影是噩梦一场。他被迫两度控告威廉森兄弟，第一次是要求赔偿他预付的订金两千五百美元，第二次则要求支付未拍摄电影的欠薪。搞到最后，他还必须为大获成功的《神秘大师》百分之五十的收益缠讼。等他自立门户，掌控制作事宜之后，他怪异的感性与想逃离自己在舞台上制胜要素的企图，都使他的电影成功无望。胡迪尼涉足电影唯一的好处是，他的名声因此传遍世界，大大提高了他杂耍演出的酬劳，讽刺的是，当时他对复出其实已经意兴阑珊了。

"我相信魔术师诚实太多、太多了，以至于无法在其他行业成功，这可不是玩笑话，"他写信给朋友葛斯东，"我们必须全心投入魔术表演，所以那些生意人能轻松用合法的方式占我们的便宜。"这时年近五十，作为脱逃艺人的黄金年代也已经过去，他浪费了一大笔钱，还遭遇生平的最大挫败。该是转型的时候了。

瑞奇·杰收藏

第二十章　先知中的扫罗

一九二三年六月十八日，新泽西大西洋城。

帘幕是拉下来的，不时在海风温和的吹拂下飘动。起居室的桌子上有一本笔记本和两支普通铅笔。灵媒坐在笔记本前，身边坐着她的丈夫，也是全球最著名的推理作家兼夏洛克·福尔摩斯的创造者柯南·道尔爵士。他垂着头。

“全能的上帝，感谢您赐予我们这个新启示，打破阻隔在两个世界之间的墙。在最苦恼的时候，我们渴望来自彼岸一个无可否认的信息，一个希望的召唤及给人类的指引。可否请彼岸的朋友再给我们一个神迹？”道尔朗诵道。

他伸出手轻触妻子的手，仿佛要把力量传给她。胡迪尼被两人的诚意所感染，于是也闭上眼睛，沉浸在宗教的思绪里，以尽可能提供帮助。

突然，道尔夫人拿起一支铅笔，并开始用手敲桌子。

“这是我见过的最生气勃勃的力量。”她说。

她拿着笔使其悬浮在笔记本上方，看起来像是在抗拒那股让她的手颤抖的力量，接着却好像软化下来，像是铅笔自己移动了起来。

“你相信上帝吗？”道尔夫人问。这个告诫性的问题，是为了确保恶灵并未掌控她。

仿佛像在回答，她的手在桌子上敲三下，代表肯定的回答。

“那我要画十字了。”她说，然后她开始在笔记本上画十字。

她开始写，道尔爵士则在一旁安抚她，好像想敦促幽灵对她温和些。

笔记本上开始填满狂乱的涂鸦，一页接着一页。

胡迪尼渴望与照片中过世的母亲联系。道尔夫人帮他实现这个愿望。（东布里收藏）

“谁站在胡迪尼旁边？”道尔爵士问道，“是胡迪尼的母亲吗？”

灵媒敲了三下桌子。她继续发狂似的填满一张又一张的纸。道尔帮着把纸撕下来，一张又一张，并交给胡迪尼。

他开始读。

“喔，亲爱的，感谢上帝，感谢上帝，我终于到了这一头——我试过，喔，不只一次——此刻我是幸福的。为什么？当然，因为我想跟我的孩子说话——我亲生的、挚爱的儿子——朋友们，谢谢你们，我全心感谢你们。你们回应我内心的呼喊——还有他的——老天保佑——上千次哭喊，他一辈子为我付出——其他母亲没有这样的儿子——告诉他不要难过，他很快就会得到所有他渴望的证明——是的，我们知道——告诉他，我希望他在家里尝试自动书写[1]。这样会比较好。

“我会帮他——他真是我最、最亲爱的人——我正在为他布置一个甜蜜的家，等上帝认为时候到了，他就可以到这里来——为我们的未来做准备，是我最大的快乐——我在这一世活得很快乐——非常富足、欢乐——我唯一的忧虑是，我的

1 无意识地写出文字或符号。——译者注

挚爱并不知道我一直都陪在他们身边，一直如此——在远离心爱之人的地方——继续进行我此生的工作。

“这里非常不同，更宽敞、更大、更美——如此崇高——身边只有幸福的事——没有痛苦的事，而且看得见人世间的至爱——这对我们来说是如此的喜悦与安慰——告诉他我比任何时候都爱他——这份爱只会随着岁月增长——他的善良让我的灵魂充满快乐与感谢。喔，就这样，是我。我只希望他了解——了解——我已经在深渊之间架起桥梁——这就是我所冀求的——现在我可以安息了。”

胡迪尼靠坐在椅子上深吸了一口气。

道尔爵士看着胡迪尼说：“为什么不问她问题？试试看，确认她是否真的是你亲爱的母亲。”

“我不知道幽灵是否会回答直接的问题。”道尔夫人警告道。

“问她是否能解读你的心意。”道尔爵士建议。

胡迪尼根本来不及把问题说出口，道尔夫人已经拿起笔记本狂乱地涂写起来。

“我一直都明白我挚爱的儿子的心意——他真切的心——我有好多话想对他说——但——能再度跟他说话的这种快乐几乎把我淹没——这种快乐——几乎沉重得无法承受——谢谢，谢谢，谢谢，朋友，衷心感谢你今天为我们做的——上帝也祝福你，道尔爵士，感谢你为我们做的——为这里的我们——这群非常需要与我们尚在人世间的挚爱联系的人。”

“但愿世界知道这个伟大的事实——这对男男女女的生命来说——将会多么的不同——继续吧，不要让任何事阻挡你们——你们将在彼世得到很大的报偿——再见——道尔爵士，是你将我和我亲爱的儿子再见一面的——我感觉你就是帮助我们突破阻碍的人——我猜得没错——祝福他，祝福他，祝福他，我深深地祝福他——他占据我整个心，以后我们将再相聚——喔，真是幸福——他从来梦想不到的幸福在等着他——告诉他我会与他同在——告诉他，我很快就会让他知道，我一直在他的左右——他的眼睛很快就会睁开——再次跟大家道别——上帝祝福你们——”

虽然花了九年的时间，但胡迪尼的母亲终于与他取得了联系。

福尔摩斯是全世界最理性、最擅长分析的唯物论者，但其创作者所信仰的宗教竟自认是治疗这种沉闷哲学的解药。这的确很难理解，但道尔的改宗是他年复一年精神探索的结果。

前医生与目前忙着与幽灵打交道的魔术师，道尔爵士会晤胡迪尼。（魔术艺术研究中心）

柯南·道尔于一八五九年五月二十二日在苏格兰诞生，父母是查尔斯与玛丽，两人都是虔诚的天主教徒。查尔斯是艺术家，在柯南·道尔还小的时候就开始酗酒并罹患精神疾病，并多次被送进精神病院。在贫穷环境中长大的柯南·道尔与母亲变得极为亲近，她把他送进耶稣会学校。柯南·道尔反抗教会严格的教导，却借着其他方式满足他的精神需求，到习医时还是如此。一八八〇年，他有生以来第一次参加降灵论讲座，当时他的父亲正逐渐陷入疯狂的状态，疯狂得令人毛骨悚然。次年他从医学院毕业，开了一家小诊所。因为生意不好，于是他开始写短篇故事。此外，他也在钻研催眠术与通神学等秘传宗教仪式，并且实验传心术。他的成功带领他进入超自然世界。

一八八七年，也就是出版第一篇福尔摩斯故事的那一年，他参加了一位年迈的男灵媒的降灵会。他大受感动，于是写信给一本降灵论杂志，声称那场降灵会“终于向我证明，心灵绝对可以存在于肉体之外”。

一八八九年，道尔已经深信人类灵魂的不可毁灭性。那时他已经是全职作家，福尔摩斯的故事也开始受到大家的欢迎，这让他感到欣慰，因为他需要养活妻小。随着他越来越成功，道尔也开始“不务正业”：写些零散的历史小说，以及满足他云游四海的渴望。他活像英国版的老罗斯福总统：大块头、皮包骨、胡桃色的八字胡，穿着不合身的衣服云游世界，体验各种不同的生活。他随基钦纳勋爵远征埃及，还去南非对波尔战争做第一手观察。他关于那场战役的著作，以及为英国外交政策做辩护，让他于一九〇二年封爵。

当时，道尔已经跻身全球最著名的作家之列。他曾经在小说中将侦探福尔摩斯赐死，后来老朋友弗来契·罗宾森告诉他一则传说，提到猎犬变鬼纠缠杀害它的夫妻，这使他决定让福尔摩斯起死回生。在文化界的欢欣期待下，福尔摩斯在原来计划由两人合写的《巴斯克维家的幽灵猎犬》里重出江湖。一九〇六年，道尔的妻子在长期罹患结核病之后过世。一年后他与珍·列基结婚，其实他在十年前就已经爱上了她。第一任妻子的健康日益恶化的那几年，两人可能维持着柏拉图式的秘密关系。

在第二任妻子珍的影响下，道尔最后将降灵论当作一种宗教来信仰。许多家庭在第一次世界大战中失去被征召的儿子，他们寻求克服丧子之痛的方法。因此，信仰降灵论的人开始扩张。道尔在造访法国与意大利前线时，曾亲眼目睹战争的惨况。回家之后，珍的朋友丽莉·罗德·西蒙斯搬来与他们同住。丽莉是热心的降灵论者，也非常热衷于自动书写。一九一六年秋，她写出一系列来自过世兄弟的信息。对自动书写抱持怀疑态度的道尔，问她几年前他和珍已经过世的兄弟麦坎之间的一段对话。当她真的召唤出那段对话之后，道尔便信服了。

当时，道尔认为，战争是各种未知的精神力量在相互对抗，那些杀得你死我活的军队只是它们的棋子。战争使道尔与珍两人的家族遭遇大浩劫，有十人死于战争或疾病。道尔失去了他的兄弟、儿子、两位舅子和多位甥侄。“他们在哪里？那些优秀的年轻生命发生了什么事？他们已经不在人世。他们仍存在于别的地方吗？”道尔在后来的一场降灵论演讲里问道，“这是目前世间最急迫的问题，它完全占据了我的心。”他开始认为招魂降灵会场里的敲击声与捶桌声，就是企图想要沟通的亡灵。“我总算明白，这些难以解释的现象并不是真的无法解释，而是有目的的，那是预兆。”

一九一九年九月七日，那些预兆结成丰硕的果实。道尔和妻子参加业余灵媒伊文·鲍尔举行的降灵会，他们在几位朋友的陪同下来到鲍尔的旅馆房间。灵媒接受搜身，然后由道尔将他绑在木椅子上，他身旁摆着一个漆着光亮涂料的扩音器。他们把房间变暗。突然间，空荡的房间传出一个深沉有力的声音：那是支配鲍尔的印第安幽灵黑鹰的声音。他告诉他们“丽莉”（珍当时已经过世的朋友丽莉）想跟“棚屋的女士”说话。

因降灵会而感到激动的道尔，第二天晚上再度参加了降灵会。“接着发生了在我超自然经验中最高潮的一刻，”道尔后来写道，“神圣到几乎无法完全用语言来表达。”

黑暗中，一个声音叫喊道：

“珍，是我。”

道尔夫人感觉有一只手在摸她的头，她大声叫道：

“是金斯利。”

道尔听到“父亲”这个名字。

“亲爱的孩子，是你吗？”他轻声说。

“原谅我！”那个声音说。

接着那只又大又有力的手停在他的头上，他感觉有人在吻他的额头。

“告诉我，亲爱的，你快乐吗？”道尔问？

这时一阵沉默，道尔害怕他已经离开。

“是的，”那个声音最终回答，“我非常快乐。”

那是道尔人生的转折点。“因此，我和妻子决定，我们要尽全力将我们的余生奉献出来，努力让大家了解它，研究这个主题没什么可笑的，这真的是世界上最重要的事。”执着于散播降灵术福音的道尔这样写道。这种偏执造成狂热信徒对他人的不宽容。“他的态度非常极端，任何人只要对他表现出一丁点怀疑，他就会露出不耐烦的样子。”一位认识他的人说道。

“无意炫耀，但我还是要问，全世界有谁和我一样，做过这么多超自然实验？”道尔接着问道，“我曾经握过幽灵显形的手……我听过很快就实现的预言。我曾经见过，‘死者’显现在除我之外没人碰过的感光板上……我曾经见过幽灵在光亮的房间走动，然后与同席的人谈话。我听过来自彼岸的力量唱歌……如果人可以看见、听见、感觉到这一切，却仍无法相信周遭不可见的心灵力量，他应该怀疑自己是否神智清醒。他自己有这么多证据，为什么要理会不负责任的记者的喋喋不休，或经验不足的科学家的反对？在这方面，他们是婴儿，应该拜倒在他脚下。”

道尔开始招募大批信众。要赢得这场圣战，除了散播他的福音，让其他杰出人物改变信仰，还有什么更好的办法？这时道尔接到另一个很重要的信息。但不是来自亡灵，而是来自有血有肉的神秘大师——胡迪尼。

“你有没有听说一些人如道尔……又再碰降灵术了？”

一九一八年年初，胡迪尼写信给凯勒。在将重心转移到电影，如愿退出舞台后，胡迪尼打算写更多书。而在他的首要计划之中，便包括完成一本有关降灵论的大部头著作。自从世纪交界之前担任假灵媒开始，胡迪尼就一直对这个主题感兴趣。一九一九年年末，甚至有很有名望的讲座机构与他联系，请他站在反方，与道尔或奥利佛·洛吉等著名的降灵论者辩论。洛吉是一位英国科学家，在与自己过世的儿子雷蒙取得联系后信奉降灵论。胡迪尼拒绝了那个邀约，因为他正准备到英国巡回六个月，履行因战争延宕的合约。

一抵达英国，他便安于例行公事。“我很忙，”他写信告诉朋友，“为计划中的新片拍照，到内部试映会亮相，写反降灵论的书，同时照常演出。”这时胡迪尼仍在为他的书做研究，而且情况似乎不顺利。尽管一位重要的英国超自然研究者，在担任胡迪尼牛奶罐脱逃秀的委员之后，认为他有消失的力量，但多数灵媒对于让他参加降灵会却是戒慎恐惧的。

对于死者与活人沟通这件事，胡迪尼心情很复杂。他曾经遇到过几次他无法解释的怪事。有一次在柏林，他被戴上手铐，并捆绑着锁进一个小橱子里。因为防护实在太紧密，他觉得自己逃不了了。贝丝听到他呻吟，知道他遇到了大麻烦，因此开始请求怀斯拉比协助。拉比死前曾经应允年轻的儿子，若他遭遇任何困难，自己必定回来相救。不一会儿，胡迪尼便解开手铐成功脱逃。几年后，在前往欧洲表演的途中，胡迪尼曾经看见母亲的影像一闪即逝，当天便接获她过世的消息。

“我也很乐意花一大笔世俗的财产，换取来自往生挚爱的只字片语以求得安慰，只要我能确定那真的是来自他们的只字片语，”他写道，“在这种心境下，我重新以严肃的态度进行超自然研究，从那时开始，我每次进入降灵室，必定抱着开放的态度，热情并急切地研究阴阳交流的可能性。”因此，胡迪尼在英国期间，是以研究者与探索者的身份寻找灵媒的。对他来说，还有比道尔爵士更好的介绍人吗？

抵达英国不久，胡迪尼就送了一本他的著作《揭穿巫丹》给道尔。一九二〇年三月十五日，道尔写信感谢他的赠书，并问他有关达文波特兄弟的问题。据信这个美国表演团体与幽灵合作，通过他们的帮助摆脱绳索捆绑。“我们之中有些人认为你具有某种超自然力量，但我觉得那是艺术与练习。”道尔评论道。不到两个月，道尔的想法就改变了。

胡迪尼在与道尔通信时表现得非常机敏。当作家逼问他达文波特是否真的具有玄秘的力量，或只是变戏法而已时，胡迪尼回答得相当婉转：“我不敢保证他们所有的演出都借助于幽灵……你会发现我除了是真实的探求者之外，还是个怀疑论者。若如你所说，我能找到那种即使灵力不‘降临’，也不会‘造假’的灵媒，我是愿意相信的。”

胡迪尼此时已打开心扉，于是道尔推荐了两三位诚实的灵媒，并选出安妮·布列坦夫人为其中最佳人选。“在我介绍给她的七十二位客户中，她成功六十次，失败五次，其他则是成败各半。”他写道。四月二十五日，在贝丝与外甥女茱莉雅的陪同下，他们参加了布列坦夫人的降灵会。胡迪尼的日记反映了他对这次降灵会很失望：“布列坦夫人没有说服力，只是不断讲一些笼统的话。她‘看见’的事都是听来的吧。还说台上有一位幽灵要送花给我。她说的全是些可笑的事情。”

两周前，胡迪尼总算与道尔会面。他只身前去，因为贝丝“不克”前往。胡迪尼在他们家用午餐，并听了许多令唯物论者厌烦的故事。“道尔爵士告诉我，他曾经跟儿子讲过六次话，”他在日记里写道，“没有造假的可能性。”几天后他写信给凯勒：“（道尔）周五晚上来看我的秀。他非常佩服我，难怪他会如此无条件地相信降灵论。”

到了五月底，道尔已经坚信胡迪尼在隐瞒自己真正的玄秘力量。胡迪尼在布里斯托演出时，接受并完成挑战，成功从在台上搭建的货箱中脱逃。“我听说你在

道尔夫妇与胡迪尼夫妇游丹佛。（亚佛布克医生收藏）

布里斯托的壮举了。老兄，既然你一直都在施展超自然力量，何苦走遍世界寻找神秘学的证据呢？”道尔写信问他。

找不到真正的灵媒，胡迪尼将注意力转到灵异照片上。所谓灵异照片，指的是拍摄一般照片时，不小心捕捉到幽灵的影像。胡迪尼写信给道尔，请求他让他看一些超自然研究者克劳福拍摄的照片，但道尔没有这样的照片。“那些照片太珍贵，并非唾手可得的……但我有远比那些更珍贵的两张照片，一张是小妖精，一张是约克夏林地中的四位仙子。‘那是假的！’你一定会说，‘不，先生，我不相信。’不过，该做的调查还是会做。这些我没办法寄给你。仙子大约八英寸高。有一张是小妖精独自跳舞的照片。另一张是四个美丽、发着光的生物。没错，精灵现身了。”

胡迪尼太客气了，因此没对仙子照片发表评论。道尔坚持自己的立场，最后出版了一本书，大肆宣扬那些照片的真实性与启示性。不过，多年后，拍摄九岁侄女与仙子戏耍的少年坦承照片造假。如果道尔更确实地做研究，他就能判断那些仙子是从一九一五年最受欢迎的童书里剪出来的，何况那本书还收录了一篇他自己写的故事哩。

在英国与灵媒交手的经验令胡迪尼失望。“我参加过一百场超自然降灵会，想发现一点新的东西，却看到的总是重复的老套路，”他写信给戏剧收藏家萧，“布斯与杰佛逊相信这回事，但我有一颗开放的心，信仰有待改变。”一年后，也就是一九二一年夏天，胡迪尼要求记者不要把他的名字跟任何揭穿假灵媒的报道联系在一起。一方面他为新书做研究，必须接触超自然界的人。同时，他也卷入一场由媒体与反超自然主义激进小团体共同发起的争议，后者的成员是胡迪尼的一些好友。一切都因为他最近出版的书《奇迹贩子及其方法》。

这本书的副标题表明一切：完全揭露吞火人、抗热人、毒爬虫挑战者、吞剑人、鸵鸟人和大力士等表演的方法。胡迪尼利用他参加过杂耍与马戏团演出的背景，写了这本有趣的书，透露这些古怪艺人的秘密。这本书写得确实很好，因此评论者敦促他下一个目标是揭露开始被视为社会害虫的假灵媒。“如果胡迪尼不做，其他人迟早也会做，但还是应该由胡迪尼来做，”《综艺》的评论者主张，“他将得到国内所有正派期刊的道义支持。”《纽约时报》对于胡迪尼“无情地揭露自称拥有神力的奇迹贩子”十分钦佩，还表示如果赛伯特委员会，这个素富名望的灵媒研究学术团体重启研究，他们要推举他成为该会的成员。

除了媒体之外，也有人透过胡迪尼亲近的友人向他施压，要他完全向反假灵媒靠拢。在美国魔术师协会担任胡迪尼秘书的迪尔，是德高望重的魔术理论家，他曾经在数年前表演揭穿假灵媒的节目。胡迪尼也定期请教纽约印刷商戴维斯这个对于降灵室诈术拥有第一手知识的人，因为他是改过自新的灵媒。

尽管受到反灵媒一方的压力，胡迪尼对于与亡魂沟通的可能性，仍抱持开放的态度。因为无缘与大不列颠某些重要灵媒见面，所以他派他的旧识，也同为魔术师的德维加去调查灵媒，然后回报结果。“我相信你不会轻易被愚弄。”他强调并表示要支付给他所有开销。一个月后，德维加成功地完成任务，胡迪尼回信给他：“很高兴取得灵媒的自白，我特别想要的是灵异照片和他们的做法，我很乐意支付你参加任何降灵会所有的花费，无论发生了什么事情，请详细写下来寄给我。”这个要求德维加也做到了，他造访著名的克鲁会[1]，传回完整的报告。胡迪尼非常感谢德维加为他做的这些事情。“你用红墨水标记的详细资料特别有趣。如果有装备，你是否想得出复制这些玩意的办法？”胡迪尼继续与道尔通信，而深信他的朋友拥有超自然力量的道尔爵士，当然很乐意与他保持联系。如果道尔能说服胡迪尼坦

1 由威廉·霍普建立、主持的降灵论团体。霍普可以说是灵异照片的先锋。——译者注

一张愚弄了道尔的仙子照片。（魔术艺术中心）

诚他拥有超自然力量并接受降灵论，那对这个运动将有很大的助益。一九二二年四月，道尔到自由之地宣教，他希望趁两人再度碰面之时，可以促成这件事。

道尔爵士来到他家，胡迪尼自然要尝试做一点小实验。两人在胡迪尼的律师好友恩斯特的陪伴下，一起待在胡迪尼的书库（说书库也不确切，因为胡迪尼整栋房子都装满书和纪念品）里，这时魔术大师拿出一个长十八英寸、高十五英寸，和一般石板类似的东西。石板上方的两端钻了洞，有长的金属线从洞里穿过。金属线末端有挂钩相连。在石板旁边，胡迪尼放了四个小软木球、一个装满白墨水的墨水池和一个大汤匙。

胡迪尼将石板交给道尔爵士检查。茫然的道尔爵士觉得那就是一块普通的石板。

“可否麻烦你帮忙，利用金属线上的挂钩，将石板挂在房间任何地方？”胡迪尼问，“我希望石板能在空间中自由摆动。这是为了完全排除石板本身通电的可能性。”

道尔爵士和恩斯特绕着房间走了一圈，然后选择了一个地点。他们把一根金属线挂在画框一缘，另一根金属线挂在某个书架中的一本大书上。现在石板可以自由在空间中摆荡。心满意足的胡迪尼清理了一下石板。

胡迪尼拿出放了四个软木球的茶碟，请道尔检查。

“这些是普通的软木球。你可以任选一个，然后用你的小刀把它切成两半，确认这些软木球没被动过手脚。”胡迪尼说。

道尔选了一颗球，将它平均切成两半。接着胡迪尼又让他选了另一颗球，用汤匙把球泡在墨水池里搅拌，直到白墨水完全渗透到软木里。这时胡迪尼把球留在墨水池里，让它尽可能多地吸点墨水，然后把另外两颗球当作礼物送给了道尔。

“你的口袋里有一张能写字的纸片吗？”胡迪尼问道尔。

结果道尔不只有纸，还有一支铅笔。毕竟他是个作家。

“道尔爵士，我想请你离开这栋房子，随意走到任何地方，往一个方向走，多远都可以。然后在那张纸上写下一个问题或句子，并放回口袋里，再回到屋里来。”道尔按照胡迪尼说的做了。他离开这栋住宅，走了三个街区才停下来，拿出纸放在手掌上，写下一段《圣经》引文：“弥尼，弥尼，提客勒，乌法珥新（Mene，mene，tekel，upharsin）。”接着他折起纸片，并将其放回口袋，然后回到书库。

“现在我想请你再次搅动软木球，让它完全渗透在墨水里，然后用汤匙将其捞起来，靠在石板边。”胡迪尼指示道。

道尔爵士照做之后，怪事发生了。软木球仿佛有自己的意识一样，粘在石板上。接着突然开始在干净的石板上滚动，并留下墨迹。墨迹慢慢形成字母 M，然后是 e，接着是 n……在目瞪口呆的道尔面前，道尔写的那段话出现在了石板上。最后一个字写完后，球突然掉在地上。

道尔惊讶万分。胡迪尼请他把纸片从口袋里拿出来，确认这些是不是他写的句子。当然没错。

“道尔爵士，我花了很多时间想出这个幻术，我整个冬天都在断断续续地做准备。我不会告诉你做法，但我可以向你保证，这纯粹是骗人的，”胡迪尼继续说道，“我用的手法完全没有神秘之处，我设计出这个魔术是为了向你证明，根据哪些技巧原理可以做出哪些效果。道尔爵士，现在我要请求你，不要因为你无法解释，就妄下论断。认为你看到的某些事必定是‘超自然’或‘幽灵’所为。你的周边环境是用来测试你的，让你以为这是你见过最不可思议的现象，但我可以向你保证这个表演除了诈术之外别无其他。因此，以后你为无法解释的现象担保时请小心，我做这个试验，是为了让你强烈感受到谨慎的必要性，我衷心希望你能从中获益。”

道尔爵士只是微笑。他认为胡迪尼依然是在隐藏他的神秘力量。这件事不是又再度证明他具有超自然力量吗？

一九二二年，道尔爵士造访美国，胡迪尼以实验委婉地警告他，这个世界上有比他献身超自然教条更了不起的事。

在还没从抵达纽约的轮船下船前，道尔就已经遇到麻烦。渴望采访到大新闻的媒体对他发动攻击，逼他发表对天堂的看法。他发表理论，说明在灵界里，那些以乙太体存在的灵体，也可以享受威士忌与雪茄。记者冷嘲热讽地将这些说法放在头版，甚至捏造了一些新的天堂娱乐，比如有个标题引人注目地写道“道尔说天堂的人打高尔夫”。

在纽约的演说结束后，道尔继续在波士顿、华盛顿特区和费城巡回。五月初回到纽约，他和道尔夫人到胡迪尼家拜访。道尔急着想看胡迪尼的降灵论藏书，却因看到许多反对这个主题的书而有点失望。胡迪尼只好说支持降灵论的书散落在家中各处，还保证以后会留一整层楼给这个主题。他也示范如何以橡胶手套和热石蜡塑造出“幽灵之手”，试图向道尔证明某些降灵室的显灵可以轻易造假。但道尔似乎对搭计程车回闹区时，胡迪尼表演的魔术印象更深。魔术大师表演了一个使拇指末端滑落又重新接回的简单小魔术，胡迪尼的演出显然很有说服力。写到这段拜访经过时，道尔告诉他："我想最令我觉得有趣的，是你在车上表演的小'戏法'，无论是与生俱来或后天学习，你必定拥有非常了不起的力量。"

两周后，胡迪尼邀道尔参加美国魔术师协会一年一度的宴会。自从担任魔术师协会主席之后，胡迪尼便固定邀请商业、政治、新闻界的重要人士担任来宾，希望以此提升魔术的地位，同时沾沾贵宾的光芒。到了一九二三年，甚至连哈定总统都为不克参加寄来辞谢函。

为了"特别招待"道尔，胡迪尼安排了晚餐后的余兴节目，请著名魔术师来再现降灵室的效果。胡迪尼把这个表演视为教育道尔的一部分，但道尔却觉得有人在侮辱他的信仰。"恐怕你好意提供的假灵异现象，将使我无法参加这场宴会。这个主题对我来说是神圣的，我认为上帝给人类的赠礼被中止、延宕。因为不断有人主张一切超现实现象为骗术，但我知道它们不是骗术。"道尔写信给胡迪尼。胡迪尼立刻撤销计划，并向道尔保证："绝不会有冒犯任何人的节目或言论。"

那是个欢乐的夜晚。第一道菜上桌后，每位宾客都收到有金色装饰的丝制吉祥物胡迪尼娃娃。那是贝丝花了整整三个月一个一个装点起来的。晚餐结束后，道尔对众人致词。他首先表示自己对魔术师抱着友善的态度，因为他们协助摧毁降灵论者真正的大敌：不正派的灵媒。"另一方面，有时候魔术师的确会将所有降灵论当作一丘之貉，这是因为他对这个议题不够了解。"道尔语气坚定。突然，他宣布要放映以灭绝动物为主题的电影。他形容这些影像是"冲击人心"和"惊人"的，却不是"玄秘"或"超自然"的。他还主张影像会说话，所以他将不会回答宾客或记者提出的任何相关问题。一脸严肃的道尔将灯光调暗，银幕上充满非常逼真的恐龙"在爬行、撕咬，在远古的粘泥里戏耍"。细腻的画面让人叹为观止。

第二天报纸上充满道尔在魔术师晚宴上"恶作剧"的报道。"这位著名作家暨降灵论捍卫者，究竟是在用这些画面来开魔术师的玩笑，还是把它们当作与仙子照一样真实的影像，他并未说明，"《纽约时报》报导，"这位面貌稳重的英国人，究竟是在寻他们开心，还是想揭开神秘的面纱，公开原本只有其学派（知道拍摄小矮人、心灵体和多数人无从得知其他事物的秘密的）所能参透之事实，观众只能自己下结论。"

道尔在次日写信向胡迪尼坦承，他放映那部影片只是为了提供"一点唬人的把戏，作弄一下那些常常成功迷惑别人的人"。他没有坦白的是，那其实是他的小说《失落的世界》影片版的试映。如果某些现代人类学家是正确的，这是道尔爵士为这本书搞出来的第二个骗局。十年前，在皮尔当村附近的砾石坑有一个惊人的发现：被认为可能是猿类与直立人之间失落联结的早期人类化石残骸。关于这项发现，学界直到四十年后才明白，所谓的皮尔当人——英国科学的荣耀，其实是人类颅骨与母猩猩下颌组成的巧妙骗局。同一个地点还有其他骨头、牙齿与灭绝哺乳动物的角。一九八三年，研究者约翰·温斯洛提出一个理论，认为皮尔当骗局的主谋正是道尔。道尔常在海外做短暂停留，有机会拿到各种怪异的骨头，他曾住在发现地附近，也在《失落的世界》这本小说里描述过那个地区，而且他有足够的动机，那就是让当时英国科学界里的唯物论者难堪。当时这个圈子最有名的成员之一，是英国自然历史博物馆馆长艾德文·瑞·兰克斯特，他是热心的反降灵论者，曾经拆穿当时数一数二的灵媒、自称博士的史拉德。美国自然历史博物馆人类学家理查·米尔纳也认为，道尔最有动机搞出这样的骗局，并推测是第一次世界大战爆发才使他没有坦承自己是主谋：道尔渴望担任政府顾问，而设骗局将使他的信用大打折扣。

成功在美国魔术师协会的集会上放映影片令道尔雀跃不已，他将胡迪尼当作传播福音的对象。六月九日，他邀请胡迪尼和贝丝来聚会。"你们俩何不一起来？让孩子教你们游泳吧！这个提议不错吧。"道尔热情地说。

胡迪尼欣然接受邀请，提议六月十七日去度周末。道尔似乎也很高兴。"有几位布鲁克林的降灵论朋友（他们都是律师）会来，但你们不会有冲突的。"胡迪尼接受邀请后，道尔才告知此事。

周六下午四点半，胡迪尼和道尔及他的两个儿子在使节饭店的游泳池碰面。胡迪尼教男孩们跳水和漂浮。胡迪尼在水下憋气的本领，令道尔爵士啧啧称奇。后来，胡迪尼和道尔坐在帆布躺椅上，一边远眺蓝色的大西洋一边讨论降灵论时，道尔夫人也加入他们。道尔告诉胡迪尼，有一位很优秀的灵异照片师艾达·迪恩夫人，拍了许多惊人的照片。胡迪尼忍住没说，其实伦敦魔术圈曾经设计这位灵媒，当场抓到她作弊用的感光板。更让他惊讶的是，道尔说自己巡回演讲募来的十二万五千美元，将全部用来发展降灵论。

在谈话中，道尔的孩子跑来告诉胡迪尼他们不怕死，因为在肉体灭绝后灵魂依然存在。除了贝丝之外，一伙人约好当晚一起去游泳。到了泳池之后，道尔急着要走，胡迪尼要他留到最后，以不让争奖品的孩子失望。

礼拜天，胡迪尼和贝丝在帆布躺椅上晒太阳，这时一个小男孩带着道尔过来找他们。

“胡迪尼，如果你愿意的话，道尔夫人想替你举行一场特别的降灵会，因为她觉得好像有感应。总之，她愿意尝试。”道尔说。

接着他转向贝丝。

“我们希望只有你一个人来。无论正面或负面，两个想法相同的人，可能妨碍道尔夫人在幽灵的支配下做任何书写。如果我们把你排除在实验之外，你介意吗？”他说。

“当然不会，尽管去吧，道尔爵士，我把胡迪尼交给你了。”贝丝说。

道尔爵士带着胡迪尼到他们的套房后，道尔夫人开始传达重大信息，字字句句来自胡迪尼的母亲。

降灵会结束，也读过胡迪尼母亲的信之后，道尔建议胡迪尼遵循母亲的建议，回家后练习自动书写。

胡迪尼当场拿起一支铅笔。

“写字的时候，有特殊的握笔方式吗？或者笔会自动写字吗？”胡迪尼问。

接着他拿笔悬在拍纸簿上，然后写下“鲍尔”这个名字。

道尔大吃一惊。他看到那个名字之后跳了起来。“幽灵指引你写下我降灵论战友艾利斯·鲍尔博士的名字，他刚在英国过世。我最可能成为他传递信号的人，而这会儿他的名字竟然透过你的手写下来。就像扫罗被证明是先知之一，你也是灵媒！”道尔喜出望外。

根据道尔的说法，胡迪尼在读母亲来信时表情比平常“更阴森、更苍白”，在降灵会尾声时他真的很感动，而当他尝试自动书写时，突然露出奇怪的神色。

“接着他看着我，我非常惊奇，因为我在他眼中看到那种无法模仿的眼神，是灵媒受感应时流露的眼神，”道尔写道，“他的眼睛看着你，你却觉得眼神的焦点不在你身上。”

胡迪尼向道尔解释，他想的是自己的魔术师好友菲德列克·尤金·鲍尔。之所以会想到他，是因为这位“鲍尔”正准备加入胡迪尼的巡回团，一起帮他宣传电影《来自彼岸的人》。

这时道尔比任何时候都更相信胡迪尼拥有通灵能力，也更坚定地想要说服他公开自己的灵媒身份。

在大西洋城的降灵会之后，道尔写信给胡迪尼，劝他加入巡回演说，谈谈自己接触降灵论的经验。“我可以预见，有朝一日等你累积足够的实战经验，将能发表精彩的演说，题目像是‘不可思议的降灵论：真实与虚假’，你在演说中谈完与骗子交手的经验之后，也谈谈经得起考验的遭遇。这种活动应该会吸引大批人潮。如果在演讲中要比较虚假与真实的照片，我可以提供一些真实的照片给你。”道尔写道。

接着，他投下一颗震撼弹：“令慈昨晚又透过布鲁克林的梅特卡尔菲夫人，捎来满怀爱意的信息。她说：‘我儿子已经告诉他的妻子，他心里深信这启示的真实性，但他看不见他的道路，前方一片黑暗。他正坐在房间里思索这件事。’”

道尔真是不屈不挠。第二天他又寄了一封信给胡迪尼，拒绝接受胡迪尼对“鲍尔事件”提出的解释，因为在梅特卡尔菲夫人周日的降灵会上，道尔的朋友鲍尔又回来告诉他，很抱歉他必须在胡迪尼担任灵媒时匆促发声。“这让我更确信那时候确实是鲍尔。但无疑你将进一步检证你的力量。”

次周周二，胡迪尼回到纽约巧遇道尔，谈起那场降灵会，胡迪尼告诉道尔：“自从那时候起，我高兴得走路都飘飘然。”他们对胡迪尼的“力量”也有过长谈。胡迪尼描述从桥上表演危险的跳水节目时，曾经几次听到内心给他建议的声音。“他站在某个骇人的地方，准备往下跳，”道尔后来写道，“他必须耐心等待，有时候要好几分钟，直到内心有声音告诉他，他的努力已经时机成熟。他说所有表演这类特技的人都是如此。‘如果不等待那一刻，你活命的机会跟掉入炼狱里的赛络璐狗一样大。’他曾经很想相信自己，而非那不可见的向导，结果差点摔断脖子。‘你站在那里，’他说，‘吞下每个人都有的胆怯，然后当你终于听到那个声音，你就可以往下跳了。’那或许是在说服自己一切将安好的潜意识，但也可能是灵魂方面的东西。”

道尔在纽约停留期间，两人的友谊达到鼎峰。道尔夫妇去观赏《来自彼岸的人》，电影的最后一场戏令道尔很开心。男女主角重聚，念了一段道尔在《关键信息》里的文字：“这是我看过的最精彩、最动人的电影。”为了胡迪尼，道尔特别在报上发表一篇简短的评论，“这部电影令人屏息……确实是一部巨作，对电影发展有极大的贡献。”

道尔动身回家前又为胡迪尼做了一件事，为他写了一封介绍信给贝西奈特小姐。贝西奈特是著名的灵媒，道尔巡回演说时曾经特地绕道去参加她的降灵会。“我给你的那封推荐信大有助益，因为你在灵媒圈声名不佳，大家认为你的想法非常有偏见，你是只要有机会就想惹麻烦的敌人，”道尔写信告诉胡迪尼，“我知道那不是真的，我给你这张通行证，表示我替你担保，你一定不会伤害她。”

道尔夫妇启程回英国的前夕，胡迪尼邀他们到戏院庆祝他结婚二十八周年纪念。在观众的簇拥下，胡迪尼表演了《吞针秀》，结果演出时因为掌声太热烈而中断。第二天，魔术师陪道尔一家去搭船，为他们送行。

回国后，两人仍继续通信，交换灵媒故事。八月，胡迪尼开始做有关降灵论的演说，但在此之前他还先请戴维斯过目、评论他的讲稿。戴维斯似乎相当失望，他写信告诉胡迪尼，他对那个主题太小心翼翼了。“我非如此不可，”胡迪尼回信道，“否则他们会不准我参加降灵会。”

好景不长，道尔夫妇接到胡迪尼母亲重大信息后四个月，胡迪尼就毁掉了他与道尔爵士的关系。他不是故意的，当然也不明白他写的一篇小文章，竟会永远改变他的人生。事实上，他根本不是在写他的朋友：道尔。

十月，纽约降灵论者联合大会采用胡迪尼与林恩的策略，拿出五千元，挑战任何能以“戏法、诈术或骗术”制作出八种灵异现象的人。胡迪尼以一篇名为“空白的幽灵契约”的文章回应挑战，惹恼道尔的是文中一个无关紧要的句子。“我的心灵是开放的，也很愿意相信，但经过二十五年的调查，参与数百场降灵会之后，我从未目睹或听闻任何事，能说服我，让我相信我们能与往生的家人联系。”

这句话气坏了道尔夫人。记者请道尔发表评论，他决定写信给胡迪尼。“这件事令我相当痛心，你绝对有权持有自己的意见，但你却说没有人死后仍存在的证据，说无法与我亲眼所见妥协。但根据许多例证，我知道我妻子是纯正的灵媒，我也看见你所经历的，以及当时你受到的影响，”道尔写道，“我已经尽力提供给你真相了。”

几年后写到这件事时，道尔回想起妻子的灵媒身份遭冒犯，仍愤恨不平，但他并未完全说出事实，还宣称要求举行降灵会的人是胡迪尼。“胡迪尼设法否定、贬低、曲解我们安慰他的努力。我们那么做完全是出于他的殷切要求，而且违反吾妻的意愿，已经给我留下阴影，也改变我对他的观感。”

胡迪尼立刻回信给道尔：“你说你非常痛心。我相信那不是因为我，因为你一生正直勇敢，自然会乐见其他人有相同的人格特质。”在解释过他为何会想到他的朋友鲍尔之后，他直指问题核心，“我知道你把这件事当作宗教，但我个人做不到，因为直到目前为止，我从未目睹或听闻任何足以改变我信仰的事。”

胡迪尼说得含蓄。其实在他与道尔举行降灵会之前，贝丝已经透过他们过去表演透视眼的暗号，以微妙的语言和姿势提醒胡迪尼，道尔夫人在降灵会前一天，已经向她打探过胡迪尼与母亲的关系。他仍抱着开放的心去参加降灵会，但当他看到道尔夫人画十字架，让他的母亲用娴熟的英语，滔滔不绝说出一连串多愁善感的话，压根儿没提到当天正好是母亲生日时，胡迪尼还是觉得大失所望。

因为过于有礼而不愿公开伤害朋友，胡迪尼以一种心照不宣的方式表达他对道尔的不悦。当道尔要他从练习自动书写开始学习担任灵媒时，胡迪尼夸张地表演了一番抓笔秀。道尔也把胡迪尼神秘大师洞察一切的瞪视，当作对彼岸神秘的凝视。胡迪尼后来写到这件事时承认，他用鲍尔的名字是“刻意误导”。“或者让我们用一个比较友善的字眼来形容我的想法，称之为‘巧合’。”显然胡迪尼知道道尔的朋友过世，而且想以这个名字反将道尔一军，完全把这个想改变他的人搞糊涂。即使他完全清楚这么做会进一步强化道尔不理智的信念，但胡迪尼无法抗拒让道尔相信他当真会通灵的一点点恶趣味。

当天，道尔又邀胡迪尼参加另一场由他的布鲁克林友人举办的降灵会。胡迪尼同样不为所动。

“我发现道尔爵士在降灵会上会先问一个问题，然后再问另一件事。最后他得到这个问题的解答时，显然已经忘记他问过前一个问题，所以当他得到前一个问题的解答时，他自然以为他从来没提过那个问题，”胡迪尼在日记里写道，“在降灵会中发生的每件事，他都愿意相信。他不是被骗，只是陷入宗教狂热。”

胡迪尼在《纽约太阳报》的文章，除了被视为对其妻的冒犯，必定有其他令道尔感到难堪的理由。当时道尔在英国到处宣扬，说胡迪尼已经接受降灵论。胡迪尼回应道尔之后几周，接到英国超自然研究会研究员丁沃尔的信：“亲爱的胡迪尼，道尔说你透过道尔夫人接到来自令慈的信息，内容来源都可靠，而且你已成为自动书写灵媒，是否真有其事？”

丁沃尔的信令人寒心。胡迪尼小心翼翼地处理他与道尔的关系，并没有完全坦白，希望可以继续利用道尔的威信接近灵媒，并从事研究。但现在这个策略让他难堪。胡迪尼一辈子努力争取的唯一目标就是要受到他人的尊敬。胡迪尼知道只要他改变信仰，道尔会掠夺最后的战利品为己所用。“道尔爵士一再告诉降灵论者我终将改变信仰，终将拥抱降灵论。”他后来写道。果然，道尔径自宣称那个局面已经出现。

一九二二年十二月十九日，胡迪尼宣誓做证并交付公证，开头如下：

> 有关道尔夫人为胡迪尼举行降灵会的事实，完全明了超自然现象研究者

所做的陈述之危险，且充分了解我在魔术领域超过三十年经验所挣得之声誉的状况下，我可以据实以告，我从未见过任何神秘事物，或参加过任何降灵会，其内容是我无法充分解释的。接下来我想记录一九二二年六月十七日，道尔夫人在大西洋城当着道尔爵士的面为我举行的降灵会。

胡迪尼接着记录道，他从来没感觉到母亲出现在降灵会中，她不会说、也不会写英文，而他写下“鲍尔”这个名字是出于自己的意志。他在声明的最后写道：“我记录这件事，以防有一天我过世之后，有人宣称道尔爵士的朋友鲍尔曾经牵引我的手。”

据我们所知，当时没有灵媒威胁这位神秘大师的生命，但已经有一位灵媒预言到他的死亡。道尔在大西洋城降灵会惨败之后，为了保住颜面，宣称胡迪尼是因为在降灵会上太紧张，才无法承认其真实性。但道尔夫妇也相信，胡迪尼否认道尔夫人接到怀斯太太的信息，应该还有其他理由。大西洋城的幽灵似乎曾经给这位灵媒额外的信息，暗示胡迪尼将不久于人世。

他们再度聚集在桌子边，昨晚、前天晚上都是如此，道尔夫人准备好笔记本与铅笔，道尔安抚她、握着她的手，交流开始。但今晚有重大突破，道尔爵士准备直接与自己的指导灵沟通，这位指导灵将会控制他的下半辈子（不管是在降灵会还是在现实生活中）。介绍人是道尔的母亲，但她先感谢道尔爵士特地在她墓前放花。

我很开心，亲爱的儿子。我们都了解你的心意，也因此爱你。但你太忙了，亲爱的。我无法忍受你让自己这么劳累。

“那个尚未成熟的幽灵情况如何？”道尔问道。在最近的一次降灵会上，一个尚未成熟的幽灵来找他们探询意见。

你的指导灵说你帮他极多，他很有进展，他就快要到了。他的母亲守护他、帮助他向前迈进。你的指导灵是如此崇高的灵魂。他对你的爱不能用言语来形容。你常在夜里与他共处。他在这里帮助你、指引你。他叫菲尼亚斯。他是非常非常崇高的灵魂，是专门为了帮你度过人生而来的。他在数千年前死于东方靠近阿拉伯半岛的地方。他是一位领袖。他希望我告诉你，亲爱的，以后还有许多工作等着你。

“在此世吗？”道尔爵士问。

怎么这么问，当然，亲爱的，正是这个灰色的人间需要你。你的指导灵来了。

他拥抱你、吻你的眉毛祝福你，祝福你们俩。在这里看到爱的光芒总是在你心爱的家围绕着你，我们感到多么喜悦。家是我们俗世生活的中心。我们在那甜美的气氛中感到幸福。祝福你们，大家保重，亲爱的各位。你的指导灵来了。

“我很荣幸能有这样的指导灵。”道尔说。

接着，他的指导灵第一次直接对他说话。

我是菲尼亚斯。我们是兄弟。你的妻子对我们来说太宝贵了。我们常常请她帮忙。

“我努力的方向正确吗？”道尔焦急地问。

做得很好，继续你所做的。你做得比你想象的更多，那些事对未来有深远的影响。

“我们接收到的讯息蕴藏什么启示？”道尔问。

它会带领我们。上帝说，强光会透过强大的外力，照射到人的灵魂里，那股力量正慢慢穿透到人世间，连最无知的人也会看见，并且深信不疑。它很快就会降临，世界会因此动摇，唯有如此才能唤醒人类沉睡的灵魂。太震撼了！就像上帝在索多玛和蛾摩拉降下的力量。

“这么说，是毁灭性的吗？”道尔担心地说。

不尽然。

“会在这里发生吗？”他问。

是的，在这里和各处。必须如此，否则人类世界不会觉醒。这个真理必须像一大片云，覆盖着全世界，让所有人都知道神的旨意。所有的欺骗与虚假一定得清除殆尽，永不复见，唯有这股横扫千军的力量做得到。

今天晚上我觉得很快乐。我常常想来找你，你应该知道，你对我非常重要。相对的，如果你不把我当一回事，那多么令人难过。现在我们很亲近，如此一来，我就更容易透过你向世人传递讯息。

接着，道尔夫人第一次开口。

“对于那些诋毁降灵活动的人，我感到非常愤怒，我们这样做错了吗？”她问。

你做得很对，亲爱的。菲尼亚斯要她放心。我们也很生气，又怎么能怪你呢？但他们很快就会知道事实，未来将会发生人类历史上最大的事件。不过别担心，接下来神恩降临，所有的阴霾都将消散。

“就像亚特兰蒂斯沉入海中吗？”道尔问。

是的，非常像，只是规模更大、范围更广，形式也不同。

“但大灾难如何能说服大家改信降灵论？”他尖锐地问。

在那至高无上的时刻，个人会有个人的领悟。下次我再告诉你更多、更复杂的事。所以，没有人可以提前预防那个灾难。

“我们应该去美国吗？”道尔问。

那是上帝的旨意，他会安排好的。

“孩子们也要去吗？”他说。

是的，肯定要。是的，你们都有用，每个人都以自己的方式为这个目标服务。

菲尼亚斯的第一个信息表明，世界将有巨变。这个运动的敌人，将面临类似索多玛与蛾摩拉城异教徒所遭受的大灾难。受到菲尼亚斯的赞美，让道尔夫人威信更为提升，她在夫妇俩第二趟美国之行中开始树立自己的地位。抵达纽约之后不久，她到丽池卡登饭店顶楼的威斯汀豪斯播音室，透过无线电对五十万人放送降灵论的福音。道尔深感佩服：“上有星辰，下有大城市的灯火，在那里我听到以她美丽而生动的声音传送伟大的真理，字字句句比我想象得到的任何事物都更像天使的信息。”几周后，天使的声音不再悦耳。道尔在匹兹堡演说，人在纽约的道尔夫人，因为海兰市长对“道尔那家伙”和他的降灵论信仰做了些率直的评论，而公开谴责他。接着又写了一篇长文登在报上，标题是“道尔夫人说天上的宅邸就像吾人在俗世的家”。

道尔第二趟巡回演说的路线，包括他第一次巡回时没去的西部各州，这次他和胡迪尼之间已经卸下矫饰开战了。完全由胡迪尼掌控的美国魔术师协会不再款待道尔，而是提议再现任何降灵术最令人不解的现象。“道尔认为魔术师被称为骗子很恰当……但道尔爵士尚未证明他是合格的裁判。”美国魔术师协会高级职员暨优秀的魔术师瑟维斯·勒罗伊告诉媒体。

道尔与胡迪尼的关系急剧恶化。当时曾带队远征埃及图坦卡门之墓的探险家卡纳冯勋爵离奇死亡，全球各地的媒体都引用道尔的理论，主张那可能是恶灵在作祟。“我认为可能是某种玄秘的力量造成他的死亡，”道尔说，“许多传说都提到古埃及人的力量，我知道我不会想要去乱动他们的坟墓或木乃伊。那儿有许多恶灵。”

胡迪尼也加入这场论战。他同意当局的说法，被虫咬伤导致血液中毒是死因，并质问道尔为何没有其他古埃及学家遭逢相同命运。尽管有争执，道尔仍怀抱改变胡迪尼信仰的希望，把他介绍给可能影响他的灵媒。“我发现灵媒都很排斥让你参加降灵会，他们都认为曾经受你侮辱，但我尽力为你去除那样的印象。”四月三十日道尔写信给胡迪尼。有一位灵媒再也不愿意让胡迪尼参加她的降灵会，那就是道尔夫人。“请代我们向尊夫人问安，”道尔在信尾写道，“但我恐怕我家的夫人对你相当不满。”

即使他们的关系持续恶化，胡迪尼仍试图引导道尔对降灵现象做理性的讨论。四月，在洛杉矶演说时，胡迪尼也顺便调查了一张在灵媒玛莉·费尔菲·麦克维克斯丧礼上拍到的灵异照片。胡迪尼相信鬼影是墙壁不平造成的结果，因此雇用一位摄影师回到教堂想要复制原来的照片，总共拍了十张。照片洗出来以后，胡迪尼很惊讶地发现其中第二张的底片有形状怪异的发亮条纹。他深信无法用常理说明那道奇怪的光线，因此寄了一张照片给在纽约的道尔。道尔爵士还在生气，没有发觉这是重新开始说服胡迪尼改宗的好机会，还认为胡迪尼的照片荒谬可笑。但道尔的负面反应，并没有阻止胡迪尼继续敦促他的观众，参加道尔爵士即将举行的讲座。

五月，胡迪尼和道尔都在丹佛，尽管道尔去看了胡迪尼的秀，贝丝也听了整场道尔的演说，但双方关系紧张，尤其在《丹佛快报》登出“杠上胡迪尼，道尔要在丹佛让死者复生”的巨大标题之后。文章中引用道尔的话，表示要拿五千美元作赌注向胡迪尼挑战，请他参加一场降灵会，他将在会中让自己的母亲以肉身回到人间。道尔赶忙跑到他们同时投宿的旅馆大厅找胡迪尼，再三为那个报道道歉，宣称报纸引用错误。胡迪尼告诉道尔，报纸常常引用错误，他不会因此记恨他，但他接着去报社办公室打听消息，那儿的编辑告诉他，他们绝对没有错引道尔的话。

一个月之后，情势完全翻转。这次《奥克兰论坛报》引用胡迪尼的话，大概是说道尔被两个名声败坏的灵媒愚弄。道尔看了大为恼火，他在同一份报纸上予以回击，然后写信要求胡迪尼写一份声明交给他，否认他原来的指控。“我们的关系当然古怪，而且很可能会越来越严重，因为只要你继续攻击我从经验得知是事实的事物，我就无可选择地必须以攻击回敬你。我不知道私人友谊禁得起多久这样的蹂躏，但至少这种情况不是因我而起。”

几天后，那压垮骆驼的最后一根稻草就出现了。胡迪尼参加了一场揭穿美国数一数二灵媒的降灵会，他的解释信没有得到回复，而且就我们所知，在接下来的七个月里，两个人未曾再通信。

与道尔中断通信几个月后，胡迪尼十二月又写信给道尔，大概是想请他帮忙。

胡迪尼无法解释的灵异照片。(《命运》杂志)

另一张胡迪尼风格的灵异照片。(乔治与珊蒂·戴利收藏)

胡迪尼能够解释的灵异照片。(乔治与珊蒂·戴利收藏)

这位降灵论者的回答十分简慢："收到你的信我既惊讶又遗憾……你不能不留情面，无礼（常常也是不实）地攻击某个主题，却要求尊重那个主题的人好意相待。这样不合理。我非常痛恨你对媒体发表的某些评论和声明。"

两个月后，同样的戏码又再度上演。胡迪尼写信给道尔，请道尔准许他在自己论及降灵论的书里使用一些道尔的作品。一九二四年二月二十六日道尔回了一封信："你引用这些段落或许是想做某种扭曲，好用来对付我或我的主张，但我说话算话，我绝不改变。全世界都可以引用。"

"然而，你的心态显然已经过时……我看你前些日子接受美国某报的访问，提到我老婆的自动书写降灵会令你觉得乏善可陈。但降灵会三天后，你在纽约见到我们，当时你说的可是：'自从那时候起，我高兴得连走路都飘飘然。'我很好奇你如何解释你的言行不一！"

"我观察到，你在信中提到我是身处在'情绪危机'中才开始向世界宣教。但我的信仰从一九一六年开始，我儿子则是一九一八年才过世。我唯一的情绪与个人无关，而是反映陷入创痛的世界。请代我们问候胡迪尼太太。"

那是道尔给胡迪尼的最后几段话，至少在私底下是如此。五月五日，胡迪尼给道尔一张便笺，表示要送他一本自己的书《幽灵间的魔术师》，道尔连信都懒得回。

乔治和桑迪·戴利收藏

第二十一章　小妹要听大哥吩咐

六个朋友围坐桌边，置身昏暗的红色光线里，那是特别准备的灯泡，红色是为彼世的人特选的颜色。每个人都一本正经，这时屋里的女主人，在场最年轻的米娜，开始放声大笑。

“这是严肃的事。”她的丈夫克兰顿医生训斥她。他最近参加了一场著名英国物理学家洛吉爵士的降灵论讲座，洛吉推荐了几本书要他读。他决定遵照降灵论文献记载的标准家庭聚会自己做实验，于是请人制作了一张与灵媒研究者相同规格的降灵会用桌。接着，在一九二三年五月二十七日，他邀请朋友爱迪生·布朗医生夫妇、菲德列克·阿德勒和亚历·克罗斯到他们位于波士顿赖姆街十号的宅邸，在四楼的房间举行一场实验性的降灵会。

他们在桌子旁手牵手围成一圈，举行降灵会。起初他们下方有些震动，接着整个桌子开始斜向一边，以两脚站立，然后重重落在地板上。有某种东西或人试图引起他们的注意。

克兰顿决意找出谁是灵媒，于是他把每个人分别请出房间。唯有米娜离开的时候，桌子才一点反应都没有。她回来时，大家都坐着为她鼓掌。现在这个降灵会有了自己的灵媒，世人很快就会认识她——玛洁丽。

第二场降灵会，克兰顿打算与这些让桌子倾斜、敲击桌子告知他们在场的幽灵交流。他设计出一组简单的密码，敲一下代表“不是”，敲两下代表“不知”，敲三下代表“是”等，接着便开始让幽灵回答问题。

克兰顿仍不满足。六月九日他们举行第三场降灵会，这次在布朗医生家。即

米娜·克兰顿，即将以玛洁丽之名变成知名的艺人。(丽贝·克兰顿·德·玛拉慕德收藏)

使用布朗家的普通桌子，但在红色的灯光下，现象仍变得更为清晰。这时虽然桌子一动不动，但一个放在桌子上方的柜子里的锡盘，缓慢地从架子上掉下来，摔落在地面。他们再次把盘子放到桌上后，在与会者的要求下，盘子开始自己移动。但克兰顿仍不满意。

“我们两个世界的沟通方式太笨拙了，”克兰顿对隐形的幽灵说，“如果你们用灵媒自己的声带来传达信息，那会有效率得多。”

这句话意味什么玛洁丽很清楚。若幽灵透过她来说话，她必须进入出神状态，果真如此，她将丧失参与降灵会的所有乐趣。

“我不做那种事。”玛洁丽表态。

克兰顿用足以杀死人的眼光瞪着她。

“小妹要听大哥吩咐。”这位优秀的医生以手术时的严肃态度说。

桌子被敲了三下，表示幽灵同意克兰顿的意见。

这群人再度在桌上牵起手来，集中注意力。几分钟后，其他人的注意力被玛洁丽吸引过去。她开始用最怪异的方式抚摸自己的脸颊，仿佛正在试一张新皮。接着她深深叹一口气，闭上眼睛，在椅子上来回晃动。

突然间，一阵响亮、急促、男性的声音从她的口中吐出来。

“我说我做得到！”

照片里的克兰顿医生摆出冷静的姿态，他的妻子被幽灵遮住，脸孔模糊不清。（德·玛拉慕德收藏）

那是已经过世十二年的华特，她挚爱的哥哥。

克兰顿夫妇绝对是很奇怪的组合。她年轻，年仅三十三岁，活泼、迷人，相当有魅力。这位金发碧眼的加拿大村姑，移居到波士顿地区投靠一位姐妹，以躲避她父亲那种保守基督徒的阴沉。当她最喜欢的兄长华特与妻子离异后，搬来与两位姐妹同住时，她更是非常快乐。不久，玛洁丽嫁给杂货商艾尔·兰德。但不到一年，担任火车锅炉工的华特，就因为火车在普洛温斯镇出轨而死。两年后玛洁丽生了一个儿子。

一九一七年，玛洁丽曾经住院治疗，很可能是阑尾炎的问题，为她开刀的是勒·罗伊·高达·克兰顿医生。克兰顿出身波士顿的古老世家，血统可以上溯至当年二十三位“五月花号”乘客之一，父亲是波士顿伦理协会会长。克兰顿毕业于哈佛医学院，十一年后取得哈佛的哲学硕士学位，他是波士顿地区最杰出的外科医生之一，因为采用创新技术，从肚脐的位置切除阑尾，避免难看的疤痕，而为自己赢得“肚脐克兰顿”的昵称。他曾经以这种方式，替一位症状听起来像阑尾炎，但其实罹患其他不明疾病的妇女开刀，结果引发争议，让他几乎丢掉工作。名誉遭受打击，使他需要别的出口满足他膨胀的自我。他立刻加入波士顿游艇俱乐部，并买了一艘游艇。不到一年，他抱得美人归，在玛洁丽与杂货商丈夫离婚不久后与她结婚。这对夫妇继而向玛洁丽的前夫买下杂货店。

克兰顿是个怪人。傲慢、阴郁、反社会，仿佛活在自己的世界里。小他将近二十岁的玛洁丽是他的第三任妻子。他与每位妻子都在巴哈马的同一个地点度蜜月。身为无神论者，他病态地念念不忘自己的死亡，或许这是降灵论者死亡并非终结的观念，在知识上吸引他的缘故。现在他的家里就有一位灵媒，他们每天举行降灵会，最后还扩张到亲近的朋友圈以外，成为波士顿社交界受欢迎的去处。透过这种方式，由玛洁丽身兼女主人与神秘主义者的角色，克兰顿可以广泛结交有名望的社交对象。

玛洁丽成为灵媒不到一个月，克兰顿便匆忙寄出一封信，给正在美国进行第二次降灵论巡回讲座的道尔博士，向他报告华特透过妹妹与他们沟通，并寻求建议。他也请道尔到波士顿参加他们的降灵会。道尔在加拿大的火车上回信，警告他灵媒在许多人参与的降灵会中进入出神状态可能有危险，因为可能吸引一些“不受欢迎的成分”。“如果所有参加者都是虔诚的降灵论者，又另当别论，因为你们有守护幽灵。”

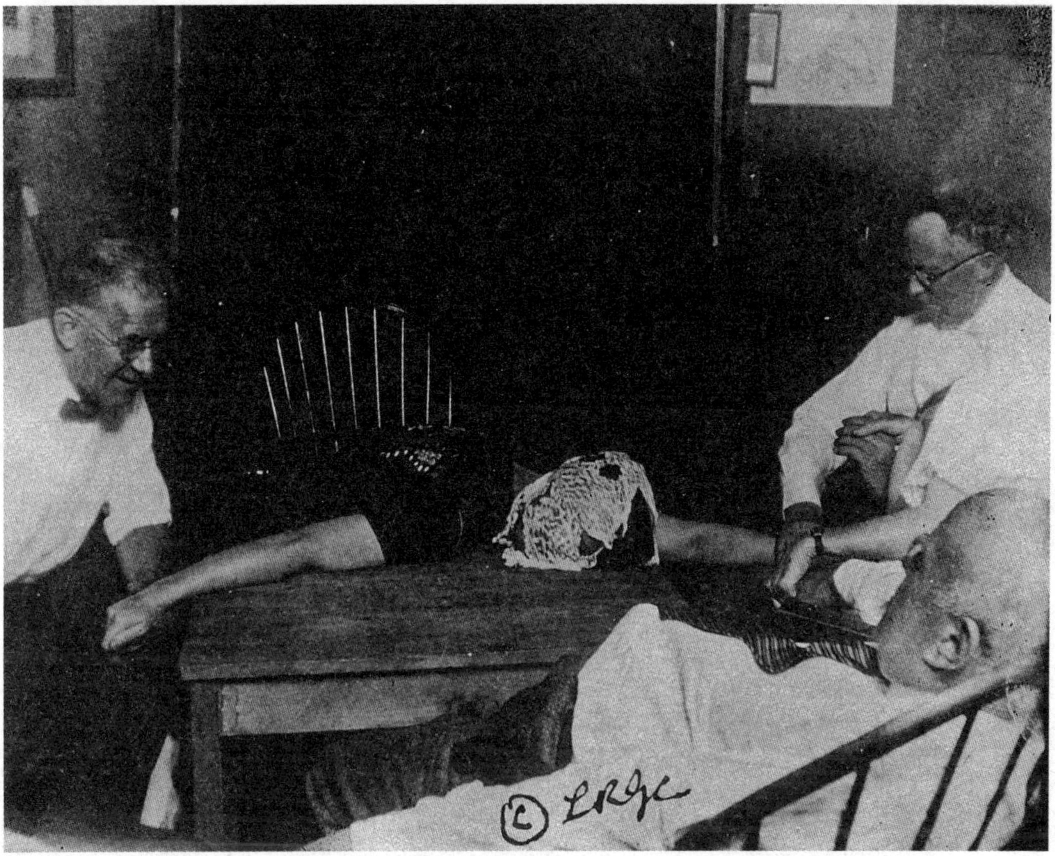

玛洁丽的灵魂外质太重了，当场昏倒。（德·玛拉慕德收藏）

克兰顿立刻回复："我的小团体现在都已经成为虔诚的降灵论者，而且我觉得我们有灵媒的哥哥担任守护幽灵……重复询问华特是否会危及灵媒，结果他回答：'你们以为我会让她出事吗？'"

他们很快就结为同好，接着在当年十二月，两人的关系变得更为紧密，那时克兰顿和妻子搭船去伦敦，她先在当地各种灵媒团体面前举行几场降灵会，接着又在道尔位于伦敦的公寓办了一场降灵会。他们坐在以三面屏风围成的临时隔间里，屏风顶端放了一块小地毯。黑暗中，华特立刻显灵，先让桌子倾斜，然后让它悬浮。接着克兰顿点亮一般的白色灯泡，桌子仍继续悬浮。每个人的手都放在桌子上看得见的地方，玛洁丽的脚被特殊的方式牵制住，紧贴在道尔爵士的腿上。华特在黑暗中吹口哨，剧烈摇晃屏风隔间，力道很大，结果小地毯猛然落在玛洁丽头上，此外还让架子上一朵干燥花变成真花出现在地板上。或许是花的灵异现象，或许是脚特殊的牵制方式，总之道尔爵士对克兰顿"迷人的"妻子留下美好印象，并大肆宣传她的通灵功力。透过道尔的推荐，玛洁丽成为角逐《科学美国人》杂志奖项的候选人。他们正在征求能"制造显灵现象"，令其评审团完全满意的灵媒，胡迪尼正好是其中一位评审。

"出版你的降灵论著作，将裨益全人类，"戴维斯写信给胡迪尼，"而且要越快越好，这个时代需要你这种人，匡正普遍的错误观念，揭穿无知与迷信。"一九二四年五月，热心的戴维斯就如愿以偿了。胡迪尼的《幽灵间的魔术师》写得出色、易读，是降灵论运动及相关灵媒与艺人的文化史。书中以数章的篇幅讨论重要人物，从福克斯姐妹、休默、帕拉迪诺到著名的石板书写人史拉德博士。胡迪尼也揭穿了石板书写和灵异照片的秘密。书中有个章节更是令人不寒而栗，他记录了许多与此运动有关的死亡事件，包括一个被目击者称为"因降灵术而发狂，至少四人同意服毒"的家庭！但他们并不是特例。在罗得岛普洛维登斯，一名十四岁的"敲击灵媒"雅尔米拉·贝兹利敲击出她尚在襁褓中的弟弟即将死亡的信息。雅尔米拉为了使这个预言应验，竟买砷给弟弟吃。几年后，在同一个城镇，露丝·玛考毒杀继子里昂，不过他活下来了，最后玛考被判入狱十二年。奇怪的是，她没有因为继女艾喜死亡受审，艾喜被弄成残障，最后死于毒药。玛考承认她曾谋杀里昂，并强调是幽灵怂恿她做的。

尽管胡迪尼坚持他是以开放的心态处理这个主题，但他的书立刻被降灵论者视为充满偏见的护骂之词。评论者指出书中有许多错误，胡迪尼把这归咎于从草稿中删掉十万字的哈泼兄弟出版社编辑身上。在写给认同降灵论及其他超自然现象的作家乌普顿·辛克莱的信里，胡迪尼曾解释他急于出版这本书的理由。“我的书延宕多时未出版，我有些预感，再拖下去，我可能来不及活着看书出版，因此我违背自己的判断，允许他们赶工，犯了许多他们认为不值得更改，却非常重要的错误。”

道尔爵士几乎每天晚上都在家里举行降灵会，现在菲尼亚斯会直接透过道尔夫人讲话。根据这位古代的指导灵，一九二五年是末日审判之年。

九月天地将动摇。许多人会丧命。情况将非常可怕。所有的人都会被震到原形毕露。有人的伪装都会消失。接着上帝会大显身手，大洪水将会来临。英国的灾情没有世界其他地方那么严重……不像亚特兰蒂斯，不会所有人同归于尽。我们已经计划妥当……该饶恕的人不会受苦。上帝就是爱，要记得这一点。就像个大筛子，让一切无用的通过，只留下果实。

大概同时，菲尼亚斯导引道尔记录以下这些信息，之后并集结出书。

“各个教派都已安排妥当，大家知道得太多了，”菲尼亚斯说，“他们过去失败过，大家会求助于那些直接与幽灵沟通过的人。灵媒知道这一点，她感觉到了。她的力量将有长足的进展。未来，她将像过去一样，担任两个庞然大国之间的小桥梁……把这些话通通写下来。我们非常渴望留下记录，因为这记录将非常宝贵。不只英国，全世界在极端危急的时候，都将恪守这份手稿的指示。

“这是基督复临吗？”

“是的，”菲尼亚斯说，“这是基督复临，正如预言所说。”

七月初，华特最令人印象深刻的显灵事件，是让降灵室里的电铃盒在灵媒手脚完全被牵制的状况下发出鸣响。这个电铃盒经过几个月的设计与改造才完成，里面包括一组响铃和一颗电池。盖子与底部是两片八英寸平方米的板子，有一边以铰链连接，板子内侧表面加装小金属片，中间还固定着一根螺旋形的弹簧，将上下两边的金属片隔开。板子内侧也有电线缠绕着电池，这样只要有足够的压力，让金属片互相接触，铃就会响。为了避免有人在黑暗中手不小心压到，盖子上方覆盖一片漆着明亮涂料的饰板。

七月十三日那天，电铃盒被放在玛洁丽左边的地板上。她的手脚被两边的人制住。尽管如此，华特还是能任意或应要求让铃响，甚至能发出长短混合的声响。

接着一位参与者要求看华特用手指压盒子，结果，玛洁丽的椅子底下出现一团奇怪的光，形状和尺寸都像食指。这团光缓缓移向放在另一头的盒子，抵达时铃声就响了。这下大家都想看看这个新现象。

“不必围成圆圈了，”华特说，“大家起身站着看吧。”

他们都照做，当然也放开手，他们为自己所目睹的现象大吃一惊。奇怪的手指形光团再度飘浮到对面去压盒子，铃声大作。

过了两晚，降灵室已经变成五花八门的游乐场。华特先让电铃响起，然后透过扩音器讲话、吹口哨、摇摇铃鼓，还招唤劳拉·克兰顿过世已久的狗，它也顺从地吠了几声。此外，还有一道奇怪的超自然光聚集在铃鼓上。玛洁丽的笑声响遍整个房间。令人瞠目结舌的是，这所有的现象是同时发生的。

这位女子震惊通灵专家。麦坎·博德表示，波士顿专业主妇或许能赢得两千五百美元的灵媒奖金，完全没有诈欺的迹象。附身灵媒的幽魂撒玫瑰，有时抚弄无形的花朵。她的演示令人无限信服。

《纽约时报》的标题大肆吹捧了一番。三天后，《纽约时报》又刊载了一篇后续报道："波士顿灵媒玛洁丽通过所有的灵媒测试。经过多场降灵会鉴定，科学家未发现作假。真是多才多艺的幽灵，它各式各样的表演令鉴定者眼花缭乱。"

多亏博德在《科学美国人》热情撰文介绍，世界展开双臂欢迎玛洁丽和华特。现在就等着胡迪尼上门踢馆了。先前他曾经揭穿两名向委员会申请奖金的骗子。乔治·瓦连亭能制造出光线，同时让小喇叭在房间蹦蹦跳跳，甚至还打了胡迪尼的脑袋一下。但显灵被认为证据不足，因为灵媒椅子上装有电子线路，而所有的现象正好都在灵媒偷偷离开座椅时发生。

此外，意大利青年尼诺·沛科拉罗几乎说服了委员会相信他有超自然力。一听到消息，胡迪尼马上从阿肯色州的小岩城赶到纽约。尽管沛科拉罗被绳索绑住，他仍借由尤莎皮雅·帕拉迪诺的帮助，让电铃与铃鼓叮当作响，帕拉迪诺生前是个灵媒，死后变成沛科拉罗的指导灵。胡迪尼看了一眼他使用的一百八十英尺长的绳索，就明白沛科拉罗其实是个知道如何利用绳索空隙摆脱捆绑的脱逃艺人。等胡迪尼用一些短绳将他捆绑好后（总共花了这位神秘大师一个半小时），帕拉迪诺除了诅咒胡迪尼，抱怨她的年轻朋友很不舒服之外，完全无计可施。搞得《科学美国人》的秘书博德，还得制止胡迪尼和过世的灵媒争执。

与以上案例不同，玛洁丽不是专业灵媒，还表示她拒绝接受任何奖金。她的丈夫是波士顿的外科医生，名声响亮。由此看来，他们不是胡迪尼过去揭穿的那种假灵媒。他发誓要以开放的心态去参加那些降灵会，如果他认为玛洁丽是骗子，他会立刻拆穿她，但如果她真的有通灵能力，他承诺要站在屋顶大声宣布这个消息。

然而，克兰顿还是对胡迪尼有戒心，他也认为跟《科学美国人》委员同处一室终将引爆冲突。六月六日他写信给道尔爵士："我们每晚与《科学美国人》的委员举行降灵会。每晚我都要求他们信守承诺，将署名的笔记副本交给我……如果他们做任何与笔记不符的声明，你等着看我用这些材料折磨他们吧。我们绝不浪费时间恭维或客套。最后不免一战，届时他们就知道，我会用外科医生的方式对付他，刀刀见血、绝不迟疑。"

"（胡迪尼）不是凭借'巧妙的谎言'来破坏神迹，他靠的是他那具有攻击性的超自然能量，"道尔回信说，"我怀疑华特是否能胜过他。"

这场战争由华特率先开炮。七月十一日的降灵会有丹尼尔·康上塔博士、赫里沃德·凯灵顿和魔术师佛瑞德·基廷等委员会成员参加，华特点亮灯火、让铃声响起，并不时让玛洁丽的胸脯发热。他也即兴作曲演唱一首有关胡迪尼的小曲："哈利·胡迪尼，这个不折不扣的犹太人，一个笑里藏刀的人。他说：'那个华特，我要让他惨败。''可是，'华特说：'我才要让你生不如死！'"

一九二四年七月二十三日

亲爱的道尔爵士：

今晚胡迪尼和《科学美国人》的老板穆恩先生第一次参加我们的降灵会，他们将会连续来好几天。我想因为胡迪尼一向卑劣，灵媒（玛洁丽）内心有些骚动。今天早上她吐得很厉害，不过有些状况最糟的日子，她的降灵会反而最精彩。

克兰顿医生

当晚玛洁丽和华特都是第一次见到胡迪尼。胡迪尼在杂志社老板穆恩的陪同下，来到赖姆街十号，在克兰顿每晚举行降灵会的四楼房间集合。玛洁丽十二岁的儿子早就被关进楼下的房间，避免有人指控他是母亲的同谋。参加当晚降灵会的有玛洁丽、她的丈夫、康士塔（他本人缺席）的实验室助理科南特、穆恩、胡迪尼和博德。凯灵顿则出城避免与胡迪尼同处一室。

玛洁丽坐在临时的密室里，说是密室其实只有三片布幕。克兰顿医生照例坐

在博德（上）和《科学美国人》发行人穆恩面前，玛洁丽对胡迪尼投以最“勾魂”的眼神。（亚佛布克收藏）

在妻子右边，牵制着她的右腿和右手。胡迪尼坐在她左边的上位。博德偷偷溜出圈外，他用单手圈着玛洁丽和克兰顿的手指，以确定克兰顿好好抓着他的妻子没放手。为了测试华特，电铃盒和扩音器都在房里。灯光转暗。

很快房里就充满口哨声。接着是一阵低语，华特来了。

“你们俩在火车上的对话很有趣，”华特对胡迪尼和穆恩说，“当时我在场。我想去哪里就去哪里。”

几分钟后，胡迪尼感觉到右腿内侧有东西碰触他。

“是我。”华特兴高采烈地说。他又重复了几次。

接着华特要求中场休息，请人把电铃盒从灵媒屏风里拿出来，放在胡迪尼面前，但电铃盒完全没动静。

“我需要那个鲜艳的饰板，博德，去把它拿过来放在盖子上。”华特下令道。

博德离开座位，却找不到饰板。

“牵手。”华特大喊，博德来不及加入圆圈。大家再度牵手，确定灵媒的手被牵制住。

“我已经让扩音器悬浮在空中，”华特说，“胡迪尼，你希望我把它丢在哪里？”

“丢向我吧。”胡迪尼说。

不久，扩音器砸毁在胡迪尼脚边。

“博德，站到门口的位置。”华特下令道，结果博德都还没站到那里，玛洁丽的屏风就往后猛然倒下。

第三次中场休息，他们打开一盏红灯并重新摆好屏风。

鲜艳的饰板被拿进来放在盖子上。在降灵会的最后阶段，饰板在大家面前摆动，缓慢来回移动，最后接触盒发出声响，一长声和数短声。

华特制造异象了。

降灵会结束后，委员会秘书博德开车送胡迪尼和穆恩回到他们下榻的旅馆，博德则按照惯例住在克兰顿夫妇家。这位秘书将车停在建筑前，三个人举行简短的事后检讨会。当然，由胡迪尼先开口。

“嗯，各位，我看破她的手脚了，”胡迪尼很有自信地说，“全都是骗人的，全部都是。只要再参加一场，我就可以拆穿一切。但有一件事令我迷惑，我不知道扩音器的戏法是怎么变出来的。”

博德列出一些委员会提过的假说，比如扩音器其实在她肩膀上。

“不可能在那里。”胡迪尼说，接着补充说他在降灵会上已经调查过那个可能性。

突然，他脸上浮现出松了一口气的神情。

“扩音器在她的头上。这是我听过最狡猾的策略。”胡迪尼惊叹道。

他的推理很简单。博德离开房间时放开玛洁丽的右手和右脚，能牵制她的只剩下他的丈夫，那形同无人牵制。她以右手将密室角落弄倾斜，好把脚放在下面，接着赶紧以空出来的右手拿起扩音器放在头上，把它像圆锥形纸帽那样顶着。将脚卡在密室一角下，要打翻它很容易。接着华特立刻要求牵制，玛洁丽把右脚伸向胡迪尼。因为扩音器已经顶在她头上，她的手不需要空出来。只要稍微将头倒向想要的方向，就可以达到她的目的。

胡迪尼还没告诉他们的是，他如何判断是她而非华特去按铃的。他事前做过研究，确定克兰顿总是坐在玛洁丽的右边。因为降灵会是为他而办，因此他预料到自己会坐在玛洁丽的左边，为此他特地整天在右腿膝盖以下戴一个“橡胶丝”绷带，让那个部分的腿又肿又软。在这种敏感的状态下，只要玛洁丽的肌肉稍有收缩，或脚踝有任何动作，他都会立刻察觉。

那晚在康士坦委员家公寓举行的降灵会草率地结束了。每次她有动作，胡迪尼几乎都会察觉。她也利用华特耍花招。有一次华特咆哮着要房间里的人都往后退，远离桌子，好让他聚集更多能量。实际上，玛洁丽也退后了，并得以趁机低下头把桌子往上推出去。胡迪尼发现她用过这个招数两次。他和穆恩事先约定一个暗号，发出暗号之后，他们会放开手，黑暗中胡迪尼可以趁机在桌子周围摸索，结果她的头碰到胡迪尼的手两次。这对胡迪尼来说已经足够。

“我该现在告发、揭穿她吗？”胡迪尼小声说。

“你最好再等一下。”穆恩给他忠告。

到了要按铃的时候，华特还真的是出师不利。盒子放在胡迪尼的两脚中间，玛洁丽想要重施昨晚的故技，但她的脚够不着，没办法施加足够的压力。

“你穿了袜带吗？”最后她问胡迪尼。

“对。”胡迪尼说。

“嗯，上面的扣子弄痛我了。”玛洁丽抱怨说。

他伸手去解开袜带时，发现玛洁丽的长袜被袜带卡住，使她的腿动弹不得，够不着电铃盒。

“穆恩和胡迪尼，你们自以为很聪明吗？”华特说，“给我老实一点！”

降灵会结束后，胡迪尼请穆恩把委员叫进房里。胡迪尼解释了玛洁丽的手法。委员会决定不马上拆穿她，而是先回纽约，届时胡迪尼再向全体委员提出综合报告。

所以，克兰顿太太并未被告知胡迪尼已经识破她的骗局。不过胡迪尼仍援引其他灵媒为例，再三要求即刻揭发她。

“我们这次要换个做法。”博德说。

胡迪尼和穆恩搭夜车回纽约，博德则赶回赖姆街，将秘密会议中讨论的事，一五一十地告诉克兰顿夫妇。

“我知道一些胡迪尼的事，你或许会感兴趣，不过这事有些令人害臊，我甚至从来没告诉过我老婆。”费城专利律师告诉他的朋友，这个朋友是一个胡迪尼收藏家。对话发生于二十世纪七十年代，当时两人正在参加一场魔术年会。“之所以现在告诉你，是因为她已经过世，而我反正也快走了。”

他继续讲到许多年前，他曾经受邀参加一场玛洁丽在波士顿家里举行的降灵会。因为他来自外地，所以被安排坐在上位，负责牵制玛洁丽的左手。

“灯光一暗，玛洁丽便摸黑抓住我的手放在她的两腿之间。她袍子里一丝不挂。她试图要我抚摸她的私处，但我觉得很不好意思，所以把手抽回来。”他回忆说，在事发多年后仍然觉得很害臊。“她后来又拉了我一次，最后我只好把手拿开凝住不动，我好窘。”

降灵室里的性关系，有着漫长、丰富而骇人听闻的历史，尤其发生在灵媒与调查她们的男人之间的事。铊元素的发现者、声名显赫的英国化学家威廉·克鲁斯爵士，曾经资助年轻貌美的灵媒佛罗兰丝·库克，库克能让凯蒂·金这个女幽灵显灵。尽管凯蒂应该是（另有其他灵媒让他显灵的）著名海盗约翰·金的女儿，但她看起来颇为可疑，仿佛在头上别了条手帕的维多利亚少女，也就是像佛罗兰丝那样的人。尽管克鲁斯坚称显灵真有其事，但直到后来灵媒研究者揭露他们其实是情侣关系，利用降灵室的黑暗掩护两人幽会，他的说法听起来才比较说得通。

无论在英国或是在美国，降灵会常常只是卖淫集团的幌子。胡迪尼的朋友、灵媒克星林恩说过，十九世纪八十年代末期，纽约有逾百位灵媒在报上刊登个人广告，其中很多其实是经营卖淫集团的鸨母。到了一九七九年，精神科医生伊莉沙白·库伯勒·罗斯还让客户与“附身幽灵”从事性行为，借此治疗对死抱有病态恐惧的人。

以性魅力勾引科学调查者最恶名昭彰的灵媒是帕拉迪诺，遭胡迪尼捆绑制伏的沛科拉罗就是被她附身。与参加降灵会的人上床，完全不会令帕拉迪诺感到不安，她的恩客包括著名的犯罪学家伦伯罗索和法国诺贝尔奖得主、生理学家夏勒·李谢。名声败坏之后，帕拉迪诺于一九〇九年东山再起，当时凯灵顿担任她的经纪人，带她到美国发展。每次她在降灵会作弊快被抓包时，凯灵顿就会推托这是她太懒惰或她顽固的意大利脾气。他宣称一旦刺激她发功，她真的会通灵。

除了实际的性行为之外，降灵室也常常有一些意淫的行为。艾娃在被拆穿之前，原本以真名玛瑟·贝劳德行走江湖，她宣称能大量制造一种来自其他世界的怪异物质：灵魂外质，据信是由幽灵制造的生物组织。她曾接受一位非常受尊敬的德国医生冯·施兰克·诺特钦男爵的彻底调查，当艾娃的赞助人兼情妇比松小姐在降灵会前为她做检查，将手指伸入她的阴道，确定那里没有预藏“灵魂外质”愚弄调查者时，这位德国医生会在一旁观看。由于艾娃实在太享受这个过程，因此她常常在降灵会结束时脱个精光，要求再来一次全套的妇科检查。

玛洁丽的降灵会弥漫着性暗示并不令人意外，尤其在降灵会开始之前，克兰顿医生会骄傲地展示玛洁丽通灵时痛苦的裸照。玛洁丽或许是自库克以来最美的灵媒。她的传记作家托玛斯·提耶兹写道：“她是个苗条美丽的女子，男人觉得她圆润的四肢和活泼的态度‘太有魅力，容易招蜂引蝶’。她打扮讲究，二十年代的流行款式很适合她。从照片上来看，她有双清澈、直率的眼睛，以及活泼又敏锐的表情。”

除了身体特征之外，玛洁丽还有一种很有用的能力，她能让人觉得自己跟她关系独特，借以建立秘密同盟，接着对方可能被说服在降灵会的重要时刻放开对她的牵制。博德是她的俘虏，尽管委员会成员华特·法兰克林·普林斯博士曾经警告过他，如果想被人视为合格的灵媒研究者，就必须“避免爱上灵媒”。但这样的结果仍然是意料之中。博德将她的人际技巧归功于她出色的“套话”能力。“她有无止境的好奇心，而满足好奇心最有效的方式，是凭直觉与经验猜测可能的情况，然后诱导可能知情的人告诉她是否真的如此。她猜事情的精准程度，只有配上她的套话技巧才有用。”他在多年后写道。

博德在调查的最初几个月就搬进克兰顿家，对于理应公正的观察者来说，这个做法启人疑窦。事实上，克兰顿迄今未公开过的通信透露，是博德主动与他们共谋策划那几场降灵会，并取得多数委员的赞成票。博德可能很乐意跟玛洁丽上床，但根据野史记载，她觉得他令人反感。显然当时她把爱意保留给凯灵顿，帕拉迪诺的拥护者，他在《科学美国人》委员会也拥有投票权。

玛洁丽与克兰顿医生的关系风风雨雨反复无常。凯灵顿搬进他们位于赖姆街的家以后，热情幽会的舞台就布置好了。玛洁丽毫不避讳她对这位英国研究者的

胡迪尼的全家福。后来莎蒂（立者左三）与纳坦（立者左五）离婚，改嫁高雅单身汉李欧普医生（最右），和乐的一家也因此分裂。（亚佛布克医生收藏）

爱慕。有一晚在举行降灵会之前，她在起居室里朝凯灵顿走去，当着克兰顿和其他参加者的面抱着他问："想吻我吗？"

"我还能怎么办？"凯灵顿后来写道，"她就在我的臂弯里……"

"根据后来一位与玛洁丽亲近的调查者表示，玛洁丽告诉他，她与凯灵顿打得火热，凯灵顿甚至要她卖掉登记在她名下的赖姆街房子，跟他一起私奔到埃及。博德证实那段期间玛洁丽和克兰顿的关系不睦，克兰顿只在她举行成功的降灵会后才会善待她。"博德也证实玛洁丽与凯灵顿之间的不伦恋，不过他补充了很有趣的一点：凯灵顿向克兰顿借了为数可观的钱却还不起。

在比赛前，执法的裁判与参赛者上床不算什么新鲜事，从玛洁丽的观点来看却是个好策略。凯灵顿欠克兰顿钱更令人质疑他是否能公正投票，但在这个故事里，最重要的是凯灵顿的背景。他不只是超自然调查员，还是技巧熟练而博学的魔术师，他曾经写信感谢胡迪尼，在他进入美国杂耍界之前给他建议。凯灵顿也拉了一位朋友进入克兰顿的圈子，这个人在一九二四年花很多时间进出赖姆街。他叫瑟兰诺·基廷，又名佛瑞德·基廷，也是造诣很高的魔术师。

在这一切发生的时候，胡迪尼立下他的遗嘱。他把戏剧藏书和所有个人动产留给贝丝。为了经营命运多舛的电影冲印公司而放弃自己事业的哈定，将得到胡迪尼的魔术道具，不过这些东西必须在哈定死时焚毁。胡迪尼的降灵论与神秘学藏书指定捐给美国超自然研究会，而魔术藏书则捐给国会图书馆。他也指定分给助理维克利、库柯尔和柯林斯每人五百美元，并承诺捐赠一千美元给美国魔术师协会。其他产业将成立财产信托机构，平分给他的兄弟姊妹，不过有一条但书："这是我明确的愿望、意向与指示：无论本金或吾人产业之收入，都不得直接或间接给予家兄纳坦·约瑟夫·怀斯之前妻，也就是舍弟李欧普·大卫·怀斯医师之现任妻子莎蒂·葛兰兹·怀斯。"这是个奇怪的条款，因为我们都知道胡迪尼在一九二〇年都还曾与李欧普共赴英国，但回国后他的态度却改变了。一位有权参阅李欧普档案的作者提出一种说法，他认为胡迪尼可能将母亲提早过世归咎于李欧普与莎蒂不可告人的关系。仿佛像是要强调这份遗嘱，胡迪尼和好友隆尼·哈斯克还在慈善互助会存放了一封信，指示如何为他筹办丧事。

胡迪尼在提出降灵会报告之前，确实要穆恩阻止媒体报道，并撤掉九月号另一篇支持玛洁丽的文章。接着，为了保险起见，他保留了一份文章原稿。胡迪尼急于取得多数票让玛洁丽名誉扫地，但其他那些学院派的委员们想要再多举行几场降灵会。胡迪尼非常震惊。难道他们看不出来她是个骗子，只是用达文波特兄弟的老把戏在唬人吗？

这时克兰顿也想出新的点子：个人降灵会，只有一位调查员与玛洁丽（当然还有华特）在场的一对一降灵会。他在给道尔的信里写道，他觉得采用个人降灵会的方式，"参加者一参加就会改变信仰了"。然而，其中还是有危险性。"胡迪尼顶多只挑得出'没有异象'的毛病。但你应该很容易看得出来，这其中有危险，他与灵媒独处时可能会把脚趾伸进接触机器里，避免铃响。因此其他委员指示她，如果胡迪尼放开腿，她要立刻呼叫：'胡迪尼放开牵制。'此外，如果铃没响，华特就指示支持我们的委员，在经过一段适当的时间后，在胡迪尼有机会取出他放在里面避免接触铃响的东西前，悄悄进来把盒子抢去检查。"

"在这样一场盛会中，我们却得策划拆穿一个骗子，真是遗憾。"

原本委员会要求最后几场降灵会在纽约举行，却因为克兰顿医生宣称他没空去纽约，而他也绝对不准许玛洁丽撇开他独自举行降灵会而作罢。因此大家都同意再度回到波士顿。这次他们会带"舒适的束缚"给灵媒，避免她像胡迪尼所指

玛洁丽的百万富翁支持者德维科夫。（卡洛琳·维斯坦德利的德维科夫家族收藏品）

控的那样动手动脚地制造灵异现象。

降灵会安排在八月底，克兰顿使出最后招数的时候到了。玛洁丽有一位极为热心的支持者，富有的钢铁大亨约瑟夫·德维科夫。德维科夫有一段非常有趣而多姿多彩的过去。他生于波兰，在俄罗斯与伦敦受教育，然后到美国从事法律工作，自己却很快就触法。他因为贪污在波士顿入狱服刑，几年后又在侵吞律师事务所逾三千美元后潜逃。结果他到了哈瓦那，一八九八年被密勤局局长维尔基网罗成为助手，在美西战争期间参与美国的间谍活动。或许为了酬谢他，后来他得到负责打捞沉入哈瓦那港中的缅因号战舰的合约。

十九世纪九十年代，他成立自己的钢铁公司，一边拓展业务在俄罗斯签订合约，一边在欧洲各处旅行做生意，因此聚积了可观的财富。有一次他去伦敦，就卖了价值千万的军火给俄罗斯政府。他也是热心的降灵论者，八月十四日德维科夫和他的夫人米娜娃到赖姆街参加玛洁丽的降灵会。在这场降灵会中，华特发明了新的牵制方式。德维科夫牵制玛洁丽，他的夫人则牵制克兰顿医生，结果华特不但使电铃作响，还以摩斯密码拍出信息，边敲铃鼓边透过扩音器吹口哨。虽然德维科夫为了去缅因州钓鱼而离开波士顿，但他深信即将与胡迪尼进行的决战很重要，因此从班哥尔拍了一封电报给克兰顿：“有鉴于委员会的最后测试在即，务必让友方人士预先测试装置，决定放弃钓鱼之旅回波士顿，预计周二下午抵达。如果您同意的话，我很乐意协助。在下与内人在此向玛洁丽、您本人与华特兄致上最深的问候。德维科夫博士。”

克兰顿其实还藏着另一个诡计。他接到报告，说胡迪尼打造了一个大木箱，可以有效防止玛洁丽伸长脖子和腿制造灵异现象。克兰顿因此提高警觉拟订了反击的计划。八月十八日，也就是决战一周前，他写信给道尔爵士：“老实说，我们担心接下来会发生的事。胡迪尼唯一能取胜的方式就是证明‘什么事都没发生’（也就是降灵会上没出现灵异现象），而玛洁丽在黑暗中又受机器控制，胡迪尼可能为了确保他要的结果而施以诡计。华特的解决办法是，宣布除非有红色灯泡照亮降灵会场，否则他什么也不做，如果他成功（而我毫不怀疑地相信他做得到），那么以后只要用眼睛盯着他，其他的牵制方法都不需要了。”

如果华特能在点着红灯的房间里制造灵异现象，将是一大突破。灵媒可以走出黑暗，旁人只需要用眼睛监控他就好，如此一来，胡迪尼的大木箱那类粗糙的东西就派不上用场了。

在克兰顿夫妇为来自纽约的挑战做准备时，道尔爵士也从菲尼亚斯那儿取得更多信息，详述人类将面临的灾难，以及幽灵对灵媒的爱。

“我充满爱与喜悦，”菲尼亚斯说，“我喜欢与她交谈。早上我与灵媒在一起。我得到一个信息。我与灵媒一直来往密切。”

“只有你在影响灵媒吗？”道尔很好奇。

“有时候是她自己的指导灵，”菲尼亚斯解释道，“你想多知道些你所谓的灾难吗？”

“当然。”道尔说。

于是菲尼亚斯又继续说了另一个可怕的预言：审判日即将到来，各大陆会被淹没，英国北部将发生地震，南法会有海啸，北义会发生大风暴。

“希望我够坚强。”道尔担心道。

菲尼亚斯要他放心。

“亲爱的灵媒会帮我吗？”他问道。

“她当然会。”菲尼亚斯安抚他说，“朋友，你必须站在她的立场想。她并不觉得自己有那么重要，所以她心怀恐惧。她会像过去一样，在你身边，为了散播这伟大的知识与慰藉而奋斗。通过你和其他亲近的人，她才能展现她的力量。”

接下来他们在英国的新佛雷斯乡村别墅举行降灵会，会中菲尼亚斯又提供了更多有关末日将临的细节，还说他感觉自己与道尔这个团体非常亲近。

“上帝保佑你们！我好喜欢跟你们在一起。大伙儿围着炉火很棒吧？我是这个降灵会家族的成员之一，只要你们住在这栋房子一天，我就会守护你们。这是灵媒从来没用过的字眼。她几乎说不出口。她今晚非常疲倦。”

“你对她真好。”道尔爵士热心地说。

“我们爱她，”菲尼亚斯说，“我们选定她来承担这件工作。”

罗杰·德雷尔收藏

第二十二章　玛洁丽的箱子

柯林斯和胡迪尼在康士塔委员位于查尔斯门旅馆房间里，架好他们的木箱。这个板条箱看起来不太像是用来限制灵媒活动的装置，比较像是旧式斜盖书桌，只是上面挖了洞，让玛洁丽的头与手臂可以伸出箱子。胡迪尼对于他的这个“防弊装置”保密到家，不肯让博德把它载到波士顿，主要是因为博德在八月二十五日的降灵会前几天就要先抵达波士顿。到了波士顿以后，胡迪尼拒绝在旅馆会客，他在后湾区火车站与友人碰面时，还把他拉到电话亭关着门说话，他对记者解释说他被“敌对集团监视、跟踪”。

显然玛洁丽还没学会如何在红色的灯光下施法术，因此降灵会再度在黑暗中举行。克兰顿到场看到胡迪尼设计的木箱时，高声抗议表达不满，继而要求让玛洁丽进入箱子与友人先演练一番。胡迪尼同意他的要求，于是包括克兰顿的姊妹劳拉与德维科夫等一干支持者，便从九点十五分开始举行一场为时三十分钟的降灵会。“一切包在我身上，打起精神。”华特安慰他们。九点四十五分时，委员被领进降灵室，玛洁丽的朋友离开。克兰顿又要求改变座位顺序。这次他不让穆恩牵胡迪尼的左手，而指定康士塔来做这个工作。胡迪尼后来抱怨说康士塔太尽责、抓得太紧，害他无法自由地在黑暗中摸索，找出灵媒的机关。

降灵会开始。八分钟后在屏风前面的桌子上，电铃盒发出声响，同时在现场也听到很大的噪声。胡迪尼说板条箱前面遭外力破坏打开，兜拢箱子的两张狭长的黄铜薄片被弄弯。他立刻指控玛洁丽这个女力士用肩膀把盖子举起，伸出头去压电铃盒。克兰顿说木箱可能是华特开的，两人开始大声争吵。十点十三分，华特要求中场休息，请求让他的朋友们回来。

华特的朋友在房间里聚会二十二分钟，华特“趾高气昂”地吹口哨。

十点三十五分委员们回到会场，没参加刚才降灵会的博德想为自己争取一个席位，却被其他委员轰出房间，玛洁丽的朋友则被允许留在房间后面。

经过毫无收获的八分钟之后，华特开始通过灵媒说话。

“胡迪尼，你刚刚做了记号吗？你自以为很聪明是吧？他们付你多少钱要你阻止我们的灵异现象？”

“到这儿来，”胡迪尼回答，“我每星期要损失两千五百美元。”

“八月哪儿来的两千五百美元演出合约让你回绝？”

“水牛城。”胡迪尼说。

“你说的合约在哪儿？”华特问，“你这礼拜根本没工作。”

“你这话是什么意思，华特？这对话与超自然研究无关。”康士塔当起调停人，试着对幽灵讲理。

“康士塔，把盒子拿到亮处检查看看，你就会明白我的意思。”华特说。

康士塔照他的话做，回到房间后，他表示有一个从铅笔上取下来的小橡皮擦被塞在两片板子接触的地方。电铃不会因此而无法发声，只是电路接通要花四倍的力气，这对于有力的无形幽灵来说没影响，但对于使劲要额头压盖子的人来说就很痛苦了。因为第二场降灵会开始前没有先检查电铃盒。因此藏东西的嫌犯就指向刚刚应华特要求进房间的“友”方。发生橡皮擦事件后，降灵会就结束了。

降灵会后委员和其他人聚在另一个房间闲聊，胡迪尼突然察觉玛洁丽和克兰顿不见了。他发现他们回到降灵室，围在箱子旁小声说话。两人不知道他在场，胡迪尼看他们在量固定脖子的那个缺口。当晚稍早，那个缺口的尺寸曾经是问题，但后来他对两人提起这件事时，他们却宣称没关系。

在次夜的降灵会开始之前，克兰顿医生坚持要在记录里插入一段玛洁丽的声明：“在过去的超自然研究里，从来没有灵媒被这样囚禁的先例。”并坚称“这样密闭的牢笼，对超自然结构的理论或经验，是缺乏或完全不尊重的”。这时，玛洁丽阵营提出一个理论，说是灵媒本人应华特要求按铃的，她其实是透过从两腿之间伸出来的伪足为手段制造灵异现象。显然，箱子会挡住这种“超自然结构”。但为什么以前会破坏家具、翻倒密室、重击人头的华特，现在却无法自己押盒子按铃，则从未给出解释。在降灵会开始之前，博德又想参加，争执因此而起，结果被普林斯和胡迪尼指控行为失当、背叛委员会及与玛洁丽共谋的这位秘书，当场辞去

胡迪尼在玛洁丽的箱子里。(国会图书馆)

委员会的职务。

这些行政上的琐事解决之后，玛洁丽回到房间，爬进她的木箱里。在这次降灵会中，胡迪尼将牵制她的左手，普林斯则负责牵制她的右手。胡迪尼后来回忆道，当他仔细端详她的表情时，他“可以从她压低脖子的方式判断她在‘用脚’够东西”。胡迪尼深信她一定藏了什么东西，因此一再告诉普林斯，直到降灵会结束都别放开她的右手。

九点十四分降灵会开始。九分钟后，华特来了。

“胡迪尼，你的确很聪明，可是没用的，”华特说，“我想那些东西留在箱子里是意外吧？”

“什么东西留在箱子里？”胡迪尼问。

“你为什么要这么做，胡迪尼？”华特非常生气，“你这个天杀的婊子生的，你是无赖。这个箱子里有一把尺，你这个令人厌恶至极的无赖。竟想出这个办法栽赃这名女子。你不会长命百岁，胡迪尼，你会死于非命。我现在要诅咒你，这个诅咒会在你短暂的余生每天跟着你。现在你给我滚，别再回来，否则我不再现身。”

康士塔出来调解。“华特，如果你想一下，就会明白这个箱子一直在房间里，房间里工具散落，工人来来去去，的确可能有人把尺留在箱子里，或不小心锁进箱子。”

“的确可能，”华特承认，“我向胡迪尼道歉，你可以把所有难听话删掉，其他请全部保留。”

但胡迪尼要求在记录中保留那些谩骂。

这样一来今晚就不用再期待任何灵异现象。柯林斯被叫进来，他用他妈妈的性命担保，那把尺绝对不是他的。就这样又吵了两个半小时，但灵媒被关在箱子里，箱子今晚还上了锁，所以电铃盒一直安静无声。

“在这种心理状态下，为了我自己，也为了给大家一个交代，我的确该有所表示。”华特不情愿地说。“我承认我情绪失控，”当晚接近尾声时他道歉，然后说，“再见。”

这场降灵会最重要的影响是，负责为降灵会做署名笔记的克兰顿阵营，事后立刻窜改记录，让它看起来好像胡迪尼栽赃尺子被逮到，并在降灵室里为自己的行为感到悔恨。

克兰顿版本的降灵会始末，很快就刊登在世界各地的降灵论期刊上，后来博德和克兰顿的书也采用同样的说法。根据这种说法，华特严词攻击胡迪尼后，灯光点亮，只见这位魔术师将脸埋在手里几乎哭出来。

“喔，太伤人了，我亲爱又神圣的母亲怎么可能不是我父亲名媒正娶的？这真是太伤人了！我真的不知道尺的事情。我何必做那种事？”

在另一种克兰顿版本的故事里，据称胡迪尼说过：“我不对劲，我不舒服。”

根据博德的书，胡迪尼反应这么激烈，是因为听到对方说“婊子生的”，就字面上来看，就是暗指他是私生子。有趣的是这样的指控竟会出自玛洁丽阵营。当时，魔术界有人谣传胡迪尼与哈定是同母异父的兄弟，这个故事被挖出来讲，表示有熟悉内情的人给克兰顿消息供他对付胡迪尼。无论如何，克兰顿夫妇无疑知道怎么对付胡迪尼才有效，任何对他母亲的污蔑，都不只是口头挑衅，而是碰触他的禁地。

尺到底是谁藏的，已经成为双方阵营激辩的主题。威廉·林塞·葛雷逊于一九五九年出版的胡迪尼传记里宣称，事发多年以后，胡迪尼的助理柯林斯坦承是胡迪尼偷偷把尺放进木箱里，而这个故事的出处是魔术师基廷。但我们直到细读玛洁丽曾孙女所拥有的档案，才发现基廷与玛洁丽之关系密切。有关尺的纠葛又引发更有趣的问题，直指玛洁丽与道尔夫人通灵风格完全不同的核心。要洞察她们的技术，我们只需要审视腹语术即可。刚看到腹语术表演时，我们的逻辑思考面先看到一个显然绝对没有生命的人物。然而，经历几分钟建构完善的腹语术节目之后，我们的情感面会中止怀疑，阻碍我们的批判与分析能力。这时那个人活过来，有时达到怪异的程度，腹语术表演者创造的人物会因为它的发言遭受攻击。

这时，玛洁丽已经从出神灵媒，变成直接或间接代言灵媒了。现在灵界（以华特的形式）必须仰赖接近她这项条件，但他的声音并非来自她，而是从她的肉身之外发出来。她并没有被他附身，他只是需要她在旁边而已。经过历练，玛洁丽变得更有韧性，华特逐渐可以做出各种异象。在与幽灵接触的历史中，她或许是花样最多的灵媒之一。

身为灵媒，玛洁丽是希腊尤里克利斯的传人，尤里克利斯是德尔菲时代之前最著名的神使，能以胸腔发出魔鬼般的声音，做天启的预言。二十世纪神谕的化身肯定比较没有吸引力，反而更接近嘉年华的杂耍节目。华特只能像特技狗一样表演特技。即使偶尔提供建议，品质也比较差。

如果我们同意玛洁丽和其他被抓包的灵媒一样是百分之百的骗子，那么我们就要检视他们的声音。玛洁丽有一项优势，由于她是在漆黑一片的状况下表演，因此参加降灵会的观众比较容易停止怀疑，因为没办法仔细检查她的嘴唇。在执行灵媒的工作时，克兰顿的好友们制作了一些看似科学的机器，用来牵制她的呼吸，证明华特的声音的确是独立的。那些机器看起来很唬人，却是假的，只要在嘴里藏一块橡胶就可以让机器失灵，无法发挥监控的功能。

玛洁丽和克兰顿证明他们对魔术心理学有魔鬼般的了解。他们知道她的降灵会是表演。玛洁丽和克兰顿不只一次发生争执，而华特往往站在克兰顿那一边。

这个卓越的策略可以有效削弱降灵会参与者天生的直觉。我们都本能地知道，神志清醒的人不会与自己吵架，因此在不知不觉中逐渐相信华特确实存在。

有时候他们会不小心留下线索，如华特抱怨有人蓄意破坏即为一例。像第一次，华特要求把电铃盒拿到亮处去检查，因而发现有问题。这或许是克兰顿夫妇设计栽赃胡迪尼，也可能是胡迪尼真的想破坏开关，事实不得而知。在次日的降灵会中，玛洁丽犯了一个战术上的大错。灯一暗华特就大声惨叫，指控胡迪尼在箱子里藏尺。八十年来，腹语术表演者的悬疑力量，令这个故事蒙上一层迷雾。传记作家无论是指控胡迪尼的或是为他开脱的，都缺乏证据。只能以逸事佐证。如果我们只容许以理性的头脑检视这个状况，就能穿透迷雾。当晚在降灵室里，玛洁丽在光亮中进入箱子，她的手臂穿过旁边的洞，盖子围着她的脖子盖起来。她在箱子里从来没用到手，因为她的手被胡迪尼和普林斯博士警戒地握住。但灯一关掉，华特就出来指控胡迪尼在箱子里放尺。如果我们知道华特不存在，我们必须自问：玛洁丽怎么知道尺藏在她的跪垫下？那是木工的折叠尺，用脚趾感觉起来应该像难以形容的长方形物体。若非自己带进去，或事先知道箱子里会有，她不可能晓得藏在暗处跪垫下的是什么东西。

玛洁丽很清楚华特不存在，道尔夫人也心知肚明菲尼亚斯是虚构的。

早在抵美六个月前，道尔就已经写信告诉有争议的英国灵媒。“克鲁会”头头威廉·霍普，胡迪尼派德维加去监视他们。“霍普绝对是真正的灵媒……但他很入迷，我认为他对‘指导灵’言听计从。”通过妻子之手，道尔突然有了自己的指导灵，而且开始遵守其指导灵所有的命令。

道尔稍早支持那些仙子照对他的信誉造成重创。有些评论家暗示，他本人更像华生医生而非福尔摩斯，道尔的名声岌岌可危，他的夫人精明地意识到，疑神疑鬼又顽固的道尔爵士确实需要一个指导灵。否则再犯一次像为明显伪造的童书精灵照和妖精插图担保的那种错误，可能使他沦为笑柄，摧毁他的名声。为了免除这种状况，也避免他被狡猾的灵媒利用，最好引导他把与灵界的沟通，大部分都局限在自家的圈子里。这个目标在她发展自动书写的天赋之后达成，当她引入道尔爵士的指导灵菲尼亚斯时，更进一步强化。菲尼亚斯一开始就说“我们是兄弟”以及“你的妻子对我们来说太宝贵了”并非巧合。“巧合”，如胡迪尼所说，是比较好听的说法。刻意误导才是真的。

第二天下午，穆恩、普林斯、胡迪尼和玛洁丽一起在波士顿郊区的餐厅用午餐。

胡迪尼排定几星期后要在波士顿表演杂耍，玛洁丽担心他会在台上公开谴责她是骗子。

“如果你敢在基兹戏院说谎诋毁我,我的朋友会上台给你一顿好打。”玛洁丽说。

这个威胁可不是空穴来风，玛洁丽的虔诚信徒德维科夫有暴力前科，他曾偷偷跟踪一个冒犯他的人，然后用拐杖痛打他的头，接着还用拳头不停揍他的脸，直到被旁人拉开。

“我不会说谎诋毁你，”胡迪尼回答，“所以他们不用上台，这样我也不会被打了。”

“那咱们就得斗智了，”她一边说，一边“偷偷”瞟了胡迪尼一眼，“我那十二岁的儿子长大后，如果看到报道说他母亲是骗子，他会怎么想？”

“那你不要骗人不就得了。”胡迪尼建议。

当晚，他们试验新的牵制箱。那是康士塔的发明，专为个人降灵会设计的。灵媒与观察者面对面坐着，双方都把脚放进这个新玩意里，小腿一半在里面，接着将一片木板锁在定位上，让脚完全无法动弹。委员会在旁坐一个小时，等待事情发生。结果毫无所获，玛洁丽来不及在规定时间内展现她的功力。

“胡迪尼，我希望你也能进入出神的状态，体会我们的喜乐。”玛洁丽说。

接着克兰顿医生开口了：“胡迪尼，总有一天，你会改变信仰，如果这件事今晚就成真，我很乐意捐一万元给慈善团体。”

“有可能，”胡迪尼耸肩说，“不过我很怀疑。”

“没错，如果你今晚改变信仰，我也很乐意捐一万元给同一家慈善团体。”

胡迪尼没有改变信仰，华特也无法显灵，降灵会在几分钟后结束。

第二天晚上，华特趾高气昂地现身降灵室。他在友人面前，因为让胡迪尼担任灵媒研究者的资格永远被质疑而接受欢呼。正式记录显示“对胡迪尼意见很多，还有华特每天都会给他很多苦头吃，以提醒他对他的诅咒，还说如果胡迪尼在台上讲任何假话，华特会了结他”。

在玛洁丽威胁要痛扁胡迪尼的同一天，道尔又写了一封信给克兰顿，他们最近几乎每天通信。道尔感谢克兰顿一直提供有关降灵会的报告，然后话题转到胡迪尼：“胡迪尼那家伙早晚会出事，你听着，宁可在快车来的时候跳上铁轨，也别挡鬼魂的路。我可以举出许多例子，你知道帕德摩是怎么死的吧！”法兰克·帕德摩是一位英国作家。写过许多有关降灵论的书，不过从道尔爵士的观点看来，那些作品都不够投入。他在一九一〇年八月溺毙，有人怀疑他是自杀身亡。

玛洁丽无法在这几场重要的降灵会制造出灵异现象，克兰顿阵营只好诉诸伤害管控模式。这位医生写信给全球各地重要的降灵论者，吹嘘胡迪尼完全被华特“看破手脚”。凯灵顿看到降灵会报告时，对胡迪尼使用有如笼子般的束缚大为震惊，却对华特的攻击感到万分高兴：“要是能参加那场让胡迪尼落泪的降灵会，我愿意付出高昂的代价。”

克兰顿阵营开始认为胡迪尼对密室箱动手脚。接到降灵会报告的副本后，德维科夫写信建议克兰顿：“从各个角度，权衡各种状况，都指出胡迪尼有罪，我心里毫不怀疑两件事他都是罪魁祸首，我是指‘栽赃’橡皮擦和尺两件事！……我深深怜惜你与克兰顿夫人，怜惜‘真实’的理想，可惜华特决定缓和或说撤回他的诅咒。在那样的状况下，当华特用了唯一他能了解、适合他、有说服力的语言，对付胡迪尼那种无赖，那是‘真理’在嘶喊……现在我们必须集个人与全体最明智的判断力，思考最近的将来该怎么做……我想到此刻我们必须试着去查明，究竟是谁为胡迪尼打造那个箱子，然后让我来拜访他或说‘联络’他。”

克兰顿回信向德维科夫保证，对胡迪尼的诅咒并未撤销：“对于这件事我们相当满意，甚至是欢喜，所以别为我们难过。华特并没有延缓或撤销诅咒。他只是收回那几个可能不会被公开的字眼，而且明确表示其他全部保留。”接着他邀请德维科夫到波士顿商讨对策。

道尔也念念不忘胡迪尼的箱子。他认为其中必有秘密，于是他建议打探它的底细：他们应该“联络”康士塔博士的助理。“如果科南特与胡迪尼交恶，或如果能通过任何人说服他，我们应该能查出真相。”他怂恿克兰顿。但究竟如何说服，他留给这位优秀的医生自己去伤脑筋。

九月五日，菲尼亚斯决定对波士顿的情况发表评论。

“目前美国发生了许多事……邪恶的力量非常强大，但光明的力量更大。真理永远胜利。胡迪尼很快就会遭遇他的滑铁卢。他已被揭穿。在他落入被遗忘的黑暗中以前，要先重重地落下。他已经招致可怕的命运……普林斯与他也相差无几。他们将成为邪恶中心，像逆流的旋涡，将人类投入毁灭之中。”

克兰顿还没告诉道尔，华特将要公开揭穿胡迪尼，但菲尼亚斯就已事先预知此事。几天后，道尔想打听更多有关克兰顿夫妇的事。

道尔夫人举起她的手。

“胡迪尼死定了！死定了！”菲尼亚斯几乎是用喊的，“可怕的未来正等着他。他造成了无法形容的伤害，但不会维持很久，因为他的死期不远了。他和所有支持他的人会被一起丢入海中，得到应有的惩罚。你的朋友克兰顿夫妇将在这个世间获得他们英勇行为的奖赏……在即将来临的可怕危机中，陷入困苦的美国将发现自己拥有可靠、禁得起考验的灵界盟友……他们将在危机中扮演要角，届时他们将得到认可。”

道尔写信给克兰顿，向他报告菲尼亚斯说的话。仿佛为了强调这件事，九月十一日道尔夫人直接写信给玛洁丽：“我先生的良师告诉我们，你们所做的一切，未来都将获致极大的成果……等到……巨变降临这世界，美国即将遭逢打击……你们将成为伟大的中心……他们将蜂拥到你们身边，把你们当作知识、希望与慰藉的桥梁……我们也知道胡迪尼必死无疑，他很快就会落入黑色领域，他与降灵论作对会为他带来惩罚。”

灵媒像这样交换情报意味深长。道尔爵士相信他听到的事。但道尔夫人和玛洁丽才是幕后主使者。道尔夫人以密码写信给玛洁丽。她们不能讲明，因为信随时可能被拦截。道尔夫人的信息可以解读成：“你从你那方面毁灭胡迪尼，我也会看着办。这件事就咱们俩知道，风声会传出去，这挡我们路的杂碎会得到应有的报应。”

胡迪尼对于九月在波士顿的档期似乎显得小心翼翼。他对普林斯透露，他慢慢相信是克兰顿主动在降灵室里“帮助、教唆”他的妻子，但这些看法他不会告诉媒体，也拒绝做任何评论。他在基兹演出时，玛洁丽来电请求会面，他也不客气地拒绝了。在他半小时的杂耍节目里，唯一改变的是他日益稀疏的头发，和多了几磅的上腹部。用来热场的影片，是他十八年前跳入塞纳河、甩掉警察时拍摄的。接着他会表演《神秘吞针秀》，请贝丝重出江湖表演《变身》，然后以约束衣脱逃秀结束节目。

胡迪尼不愿意对玛洁丽发表评论似乎是一种谋略。因为几个月后，他自己出版了一本粉红色的小册子，标题为“胡迪尼踢爆波士顿灵媒‘玛洁丽’，揭穿她为赢得《科学美国人》两千五百元奖金所使用的伎俩”。在那本塞满照片和降灵会示意图的小册子里，胡迪尼一开始是这么写的：“我要指控克兰顿夫人，她根本不是灵媒，她施展的只是每天像专业魔术师般锻炼的技艺。此外，由于她受过秘书训练，也是职业音乐家，加上拥有像运动员的体格，因此她并不单纯、厚道，而是个机灵狡猾的女人。她脑筋转得很快，能把握每个机会制造‘异象’。”

禁酒时期（一九二〇年至一九三二年）开始以后，法兰克·布洛斐因为生意亏损而关闭了生意，他住在旧金山以南三十里、风景如画的滨海普林斯顿镇的普林斯顿旅馆。讽刺的是，一九二四年时，这个小镇以拥有三个码头为傲，而这几个码头不断被用来引进从洛杉矶流入的违法烈酒。这个过程并没有听起来那么简单，因为加州禁酒官对这类走私采取一种事前预防的态度，但即使违法酒商也没想到，当局会派人在十月夜晚严寒的水里，侦察他们的“走私船”，然后回报。哪有人能忍受在冷水里泡那么久，而不得低体温症的？

仿佛对抗玛洁丽一班人，以及往返全国演讲假灵媒之害还不够似的，胡迪尼这时又重新开始为政府工作。一九六七年二月十七日的《奥克兰论坛报》，刊登两名长期居住湾区的居民接受访问的内容，她们回忆起自己众星云集的过去。海蒂·穆瑟和她的姊妹米妮，在禁酒期间一起经营一家著名的餐厅，来当地表演的艺人经常在那儿出入。她们的兄弟乔治和里昂担任许多著名魔术师的经纪人，也曾替胡迪尼加油打气。海蒂说，有一晚胡迪尼到餐厅来约她出游。他叫了一部计程车，并请司机开到海边。胡迪尼指着某些地点，表明他在那里为政府工作。“知道的人不多，但胡迪尼曾经协助海岸防卫队围捕一个走私集团。他们常常请他协助调查，因为他很会游泳，而且曾经训练自己不怕冷。他会游向可疑的船只，四处看看，然后向当局回报。”海蒂回忆道。

一位在二十世纪六十年代与穆瑟家交好的脱逃艺人暨胡迪尼迷，证实了上述报道。他表示两姐妹都告诉他，胡迪尼曾经为密勤局工作，并且将那些经验放进他的电影《特工哈尔丹》里。她们说，因为胡迪尼的魔术专长是利用各种有隐匿处的器具，这类技巧有助于政府了解走私犯如何将违禁品带上岸。胡迪尼对走私议题的兴趣可以回溯到早年在欧洲巡回的日子，当时他曾经透过《戏剧镜》专栏对国内提出报告。一九〇四年一月八日，他从苏格兰寄出的报道说，纽约帮派以锡盒装珠宝，塞进在德、法过世的美国人遗体里，将珠宝走私到美国。

胡迪尼虽然为政府监视走私酒的帮派，不过他也与这些罪犯有另一层关系。加州许多百万富豪（其中一些从事正在崭露头角的电影业），是走私酒帮派的金主，这些帮派从墨西哥边境走私酒进来，运输工具除了沿海航行的船之外，也会利用飞机。

大家常常影射海蒂与胡迪尼有过一段情。现今她年届九十，和姐妹同住位于西湖的公寓,墙上仍挂着真人大小的胡迪尼签名照。“胡迪尼是我的!”她对记者说。她告诉另一位记者,一九二三年三月二十七日,她和贝丝一起在《论坛报》大楼前,看胡迪尼在九层楼高的楼房上倒吊着表演约束衣脱逃秀。当时海蒂感觉贝丝似乎在向她传达某种信息。“贝丝抓着我的手,连指甲都插进我的手掌里去了,”海蒂回忆道,“我很吃惊,问她到底怎么回事。‘你不会是在担心他的安危吧?你看着他做过远比这更危险的事。’我对她说。”贝丝紧紧握着我的手说:“对,他的确还有很多绝招,但是他只有一颗心。”

一九二四年,胡迪尼那趟旧金山之旅想必相当精彩,不仅贝丝陪他进行巡回演说,还有忠实粉丝海蒂,更妙的是,夏敏恩也住在附近。从一九一八年恋情发生以来,胡迪尼一直与她保持联系,根据夏敏恩的日记,她也一直无法忘怀“魔法情人”。胡迪尼来到城里,她觉得不可置信。由于他没有立刻跟她联络,她决定自己买票去看他表演。同一天,她和朋友在穆瑟姐妹的餐厅吃午饭,海蒂用胡迪尼早年的故事款待她。第二天她见到“魔法夫妇”(哈利与贝丝),当他们邀她稍后碰面时,她回绝了,“而且觉得自己像个笨蛋!”万圣节这天特别难熬。“一直梦见魔法……彻夜难眠,脑海都是他。他早上打来电话时,我还在睡觉。十二点半又打来电话,说一小时后会再来电话,商量在哪里碰面,只能相处一小时。时间地点安排好了,我一个人在公寓等,终于悲伤离去。”显然那是胡迪尼最后一次跟她联络。一周后她写道:“魔法完全沉默,不知是否在电话中争吵导致。”

“胡迪尼杠上道尔:魔术师指控英国人的神秘学教义会危害大众的理智与健康”,一九二四年十月二十九日早晨,洛杉矶报纸标题这样大声宣告。经过几个月的演说,又与克兰顿一帮人的短兵相接之后,胡迪尼就不再客气了。“道尔认为自己是弥赛亚,通过在世间讲授神秘学的奥义拯救人类,”胡迪尼告诉记者,仿佛他曾读过菲尼亚斯的心似的,“但他其实是在误导大众,他的教义会危害理智与健康。”

胡迪尼的演说还有其他更具体的效果。离开洛杉矶地区以后,警方突袭一个名为全国独立降灵论者协会的团体,以阴谋与诈欺罪起诉他们的会长、副会长及另外八名高级职员。其中一名职员遭指控,从五百名女性客户中,诱拐许多人到他的办公室拍裸照。一位长期与胡迪尼密切往来的洛杉矶记者,也协助这项秘密侦察行动。

除了玛洁丽阵营之外,其他降灵论者也开始感受到胡迪尼的威胁。十二月九日,一千五百名芝加哥地区的灵媒集会抗议胡迪尼诋毁他们的宗教。伯吉斯牧师称胡迪尼是无知的“巡回表演艺人”，嘲笑他竟敢攻击如道尔、洛吉、巴瑞特等这般杰出的人物，还说这位魔术师该进精神病院。

在波士顿方面，道尔在玛洁丽的伤害管控计划中，扮演越来越重要的角色。克兰顿几乎每件事都对道尔言听计从，包括决定谁可以参加玛洁丽的降灵会。当时英国超自然研究会的调查员丁沃尔想要参加玛洁丽的降灵会，道尔提醒克兰顿，得小心过滤名单，以免有人伤害灵媒。另外，道尔也不满丁沃尔打算揭发他最喜爱的灵媒，于是写了一封愚蠢的信给丁沃尔：“我一直很想打电报告诉克兰顿先生，让你参加‘玛洁丽’的降灵会对我们是有益的。但我无法答应你这个要求，除非你向我保证不会像对待霍普一样对待我们。你那样糟蹋那位灵媒，我怎么还可能为你引介第二位？昨天德·布拉特先生认为霍普的案子还有补救机会。如果你能向我保证，我会据此斟酌向克兰顿先生回报。”

道尔的策略得到反效果。愤怒的丁沃尔立刻把道尔这封“不可思议的信”的副本寄给克兰顿，“他竟然在信里拿霍普先生的事跟我讨价还价”。他也把道尔的信转寄给超自然研究会的评议会。于是懊恼的克兰顿别无选择，只能准许丁沃尔参加玛洁丽的降灵会。

同时，玛洁丽否认胡迪尼出版的小册子里的指控，说她曾威胁要给胡迪尼一顿好打。“你们能想象哪位淑女能做出这样的威胁吗？”她无辜地问道，“你们听过这么荒谬的事吗？何况胡迪尼还壮得像头马呢。”她轻笑道。

到了十二月底，玛洁丽还有更多事情要否认。全国各报标题宣称：“胡迪尼接到死亡威胁——‘恶灵’诅咒胡迪尼。”那些文章报道，胡迪尼因为质疑玛洁丽身为灵媒的正当性与正直而被“恶灵”判死刑。胡迪尼公开讥笑那些威胁，并告诉报社记者：“波士顿那群人连用珠针在我的照片上弄个粉刺都做不到，他们在假灵媒密室假装出神，也无法与死人搭上线。”

玛洁丽再度采取否认模式。“魔术师以编造故事取乐，说我们在一年内要放任‘恶灵’杀他，克兰顿太太宣称。”报纸报道。“胡迪尼关于幽灵计划要在一年内谋杀他的所有言论不仅错误而且荒谬，”玛洁丽说，“拜托！我从来没听过‘巫术’。我认为他的发言是笑话。”但一个不太可能的消息来源却证实确实有诅咒。玛洁丽的前夫，目前是杂货商的兰德证实，他的丈母娘曾经在十月参加过克兰顿家的降灵会，当时华特曾经显灵，宣布他要让胡迪尼“只剩一年可活”。

十一月，《科学美国人》的委员会发表一份初期报告，但这份报告仍未投票通过，因为普林斯、康士塔、麦克杜加尔还在考虑中，他们需要更多时间研究这位灵媒的能力。十月普林斯与玛洁丽举行一场个人降灵会。华特让电铃盒响起之后，普林斯怀疑玛洁丽在长袍下藏了机关。结果她立刻脱掉衣服，一丝不挂地让他检查。但这次检查究竟是否在红灯下进行则没有记录。

十二月，胡迪尼尖锐的反玛洁丽声明激怒了其他的委员。哈佛心理学教授麦克杜加尔博士本来出城无法参加胡迪尼的降灵会，回来后却在媒体上痛批这位魔术师。“我了解他的信念已经根深蒂固，无法承认任何新力量存在的可能性，”他说，“我个人反对他的唯一一件事，是他想造成一种假象，好像若非他介入拯救，委员会已经准备好颁奖给克兰顿夫妇了。这一点令我非常愤慨，好像智慧与谨慎非他莫属。对于我或许比他更了解的事，不需要他来教我如何去做。”

这句话对胡迪尼来说已经足够。现在他在波士顿有两个敌人。

在冬季的寒风中，胡迪尼头戴费多拉帽、身穿厚重羊毛大衣站在波士顿市政府前面，手中拿着展开成扇形的一万美元（约折合今天的四十万美元）债券。殷切的摄影师啪啪地按着快门。库里市长“没空”出席，反倒是税务官员威廉·麦可摩洛站在胡迪尼身边，魔术师的钱硬是碰到了他的嘴。

“若有任何神秘事物或灵异现象，在我及记者、神职人员和魔术师组成的委员会面前表演三次，而我无法识破、拆穿或解释的话，我愿意将五千美元奖金捐给任何库里市长所选择的慈善机构，”胡迪尼宣布，“尤其是针对克兰顿太太……我已经向她挑战，如果我现在或过去无法复制她的任何灵异现象，我也愿意交出同样多的罚金。”

“现在，我手上还拿着另外五千美元，这是我向哈佛大学教授麦克杜加尔挑战的保证金。他宣称不需要我教他任何有关神秘事物或超自然现象的知识。关于玛洁丽的灵媒专业，他对我做了很严重的指控。我要拿出等同于他年薪的钱跟他打赌，赌如果他让我把他关进沉重的木箱钉起来丢进查尔斯河，就像我在世界各地一再表演的情况一样，他的心理学知识将对他毫无用处。我向各位保证，麦克杜加尔教授与玛洁丽，以及她所有支配幽灵的友谊，将无法在他淹死以前把他从箱子里救出来。”

“那笔赌金不会很难拿到吗？”一位记者问。

“是的，”胡迪尼微笑道，“我猜我得跟教授的资产打赌吧。”

胡迪尼大步走上舞台，接受满场观众的喝彩。他坚定的脚步在舞台的木板上

胡迪尼手里拿着折合今日币值约四十万美元的债券。哈佛教授麦克杜加尔若能从丢入查尔斯河的货箱里脱逃，胡迪尼就给他一半。（国会图书馆）

回响，他以微笑和几次简短的鞠躬回应观众的掌声。接着他的表情变得严肃起来，直接走向舞台边的脚灯。

“各位先生、各位女士，在开始表演之前，请允许我向各位强调，我绝对无意在这里攻击任何宗教。只要不违反国家法律或人性法则，人人都有权以自己的方式崇拜神灵。我不是怀疑论者，我愿意相信各种超自然现象。我的心是敞开的。近三十五年来，我日日夜夜都在追求真理。这世间没有人比我更想要相信来生，因为我的父母就在彼岸。如果有任何人崇拜他们的父母，那就是你们谦卑的仆人我了。”胡迪尼站在波士顿音乐厅舞台边大声疾呼。

超过一百位神职人员、媒体工作者和魔术师站在舞台两侧，组成一个庞大的委员会。连库里市长和他的孩子也都来了。玛洁丽虽然受邀却没有出席。

“这样你们可以好好衡量那些信徒的分量。虽然我被称为骗子、江湖郎中、杂耍艺人和巡回魔术师，但我以这些名号为荣。我花了许多年的努力才有今天的地位，因此我说的话经得起严格检验。我不是在吹嘘，我的确来自书香世家，我有两座很棒的书库。其中一座是世界排名第四的戏剧藏书。我告诉各位这件事，只是为了当你们听到他们大喊‘杂耍艺人’这几个字的时候，可以到我纽约的家来看看我的藏书。这一切都是为了替自己辩护，因为当我提到玛洁丽的事，并且告诉你们有两位委员，一位自称凯灵顿博士的人，他花了七十五元买到那个头衔……”台下的笑声打断胡迪尼，显然观众也熟知内情。

“……他很优秀。另一位是得过奖的学者……他叫博德……我想他的某篇论文曾经得到亚军，等我谈到玛洁丽的降灵会时，我会告诉各位我对他们的看法，然后我会证明我所言不虚。因此，尽管他们叫我杂耍艺人，我却非常引以为荣。这是诚实的头衔，不是买来或偷来的。”

凭着多年的经验、魅力和领袖气质，胡迪尼结束宣言时，已经完全掳获观众的心。这时他开始讲述自己的假降灵术逸事史。他提到早年担任灵媒的经验，使他拥有知识，能揭穿其他可能愚弄像洛吉或道尔那种杰出人士的骗子。“我不是在指责降灵论，各位先生、女士，我只是在拆穿骗子。我无法拆穿诚实的灵媒，我只能炫耀她。”他说，并得到更多的笑声与掌声。

他谈到与道尔夫人徒劳的降灵会，以及对道尔爵士的愤怒，因为他假设胡迪尼的母亲不识字，却在灵界用功，然后能用英文显灵。“我神圣的母亲，愿上帝让她安息，在欧洲的修道院附设学校受教育，她会读、写、说五种语言，却连一个英文字也不认识！”

这时胡迪尼将灯光调暗，播放著名灵媒的幻灯片，包括早期的福克斯姐妹。播完之后，他请一位委员会成员上台，示范假灵媒如何玩石板书写的把戏。有趣之处在于，他让自愿者带着头罩，模拟降灵室的情况，但所有观众都可以看到假灵媒如何制造异象。他表演的方式非常迷人，娱乐性也很强，演出效果绝佳。整晚下来，观众的笑声与掌声总共打断他四十三次。

压轴的玛洁丽拆穿秀开始前，他想先表演一点小魔术。他拿出两对石板给观众看，石板的四边都非常干净，而且完全空白。接着他把两片石板绑在一起，另外两块石板也如法炮制。

“我要你们非常仔细地看，各位先生、女士，如果顺利的话，这将是不同凡响的实验。”

他走向一位委员，请他把石板举在头上，以向观众证明他不是共谋。

接着他拿起一本标准字典，请另一个人将一张卡片随意藏在书里任何地方。

胡迪尼在舞台上揭露降灵论者的把戏。（国会图书馆）

因为书很厚，胡迪尼告诉观众，任何人都没办法告诉他卡片藏在哪一页。因此他要请“全世界最著名的幽灵”出场给他指点迷津。

“幽灵啊，我命令你读出那两页的第一个词和页码。”胡迪尼说。

“藏卡片的先生在哪儿？请告诉我是第几页好吗？”

那个人告诉胡迪尼是第六和第七页，而那两页的第一个词分别是“毛茛”和“冰”。

“我今天请了最有名的幽灵来给我们指示。我说最有名，就一定是在场各位最熟悉的人。因此绝对不可能有错。我可没在石板上藏东西，请看，否则等节目结束以后，又会有人说：‘我看到他在里面藏东西，那是串通好的。’看清楚，里面连一丝毛线都没有。”

胡迪尼打开第一对石板，上面有“六”和“七”两个数字，以及“毛茛”和“冰”两个词。

接着，他打开第二对石板前，再次提醒观众受他邀请现身的可是著名的幽灵。石板打开后有两张照片，胡迪尼将照片举起来给大家看。第一张是玛洁丽的兄弟、指导灵华特·史汀生年轻时的照片。第二张上面有签名，写着："我最后的照片，我爱各位，华特。"那是华特发生致命意外当晚，被车头压死几分钟后拍的照片。胡迪尼对克兰顿夫妇的愤怒，已经达到令人毛骨悚然的地步了。

预言中将要发生大灾难的一九二五年，以道尔和胡迪尼再度互杠开始。一月二十六日，道尔为玛洁丽辩护的文章刊登在《波士顿前锋报》上。编辑们夸口说，道尔爵士是以因福尔摩斯而出名的演绎法，理解所有玛洁丽制造的异象。其中特别提到文章是在圣诞节写的，因为他觉得这时候很适合为真理而战，帮如克兰顿太太这样"最值得敬重的"女士恢复名誉。文章里没有什么爆炸性的内容，只指责胡迪尼是自大、没有公信力的研究者，曾受贿在降灵会时暗藏橡皮擦和尺，破坏玛洁丽的胜利。然而胡迪尼的大计每次都被华特识破，华特保护他的"小"妹，不仅在事发两天前就已经警告她胡迪尼会塞一个小方块在电铃盒里。而且，胡迪尼会在木箱中藏一把尺，说那是玛洁丽用来使电铃盒发出声响的工具。

胡迪尼承认他并没有把道尔爵士的攻击放在心上，因为道尔的某些"尖锐"，或许是出于对胡迪尼相信道尔夫人并非真正灵媒的反应，却也立刻威胁，除非道尔撤回文章，否则将提起诉讼。胡迪尼表示，还有另一个缓和的可能性。道尔"有些老迈"，因此容易"被愚弄"，但他仍然觉得道尔会危害人类。

在与降灵论者争吵的同时，胡迪尼自己对死后的去处仍然持续探究。虽然他遇到的都是假灵媒，但这并没有使他丧失与死者交流的渴望。他的哥哥比尔与结核病缠斗多年，一直住在纽约萨拉纳克湖的疗养院。胡迪尼会在暴风雪天开车到山里，站在比尔的阳台上为他表演一些新魔术。比尔病情恶化以后，胡迪尼在他床前装了一部电话，并且吩咐护士在比尔临终前打电话给他。新年过后不久，电话就来了，护士将听筒放在比尔耳边，胡迪尼大叫："记得我们的约定，死后要跟我联络。"一分钟后，比尔就走了。胡迪尼躲在顶楼房间里，不吃不喝二十四个小时，等候那个一直没来的信息。

人在波士顿的玛洁丽也隐居不出。就在几个月之前，玛洁丽还只是博德灵媒报告中的一个陌生名字，但她的降灵会因为胡迪尼的参与和挑战而得到令人难以置信的知名度，克兰顿太太发现自己竟成为降灵界的超级巨星。信件纷至沓来，大家都想参加她的降灵会。但因为她不愿回应胡迪尼的挑战，某些伎俩又被他拆穿，于是她得为她的降灵室增添新花招。十月她开始测试她的新噱头。这次她不诉诸于有形的异象，而是利用心理战术让参加者上当。她与普林斯合作了几场后，唯一相信的只有普林斯本人。然而，到了十二月底，她收到查尔斯·崔普一封非常有趣的来信。“我兴趣盎然地读了报上有关你和胡迪尼的争执。我与胡迪尼相识已有二十五年。我曾经自愿上台担任胡迪尼的见证委员，但后来被他们从基兹戏院后台口撵出去。当时我控告基兹戏院侵犯人身安全，但为了避免曝光，这件事以庭外和解收场。在一八九〇年到一八九八年间，我是机械装置的制造商，当时几乎全国每一位最优秀的魔术师都用过我制造的装置。如果你需要我提供协助，揭穿胡迪尼是本世纪最大的骗子，我很乐意帮忙。”

克兰顿医生在接到信的当天就回了信。

崔普没告诉克兰顿夫妇的是，他曾经是胡迪尼的模仿者。一九〇六年崔普表演牢狱与手铐脱逃秀，而且根据凯勒的说法，他是最有才华的魔术创作者之一。玛洁丽有凯灵顿和基廷作为知己，此外《波士顿前锋报》也指出胡迪尼的对手瑟斯顿不仅支持降灵论，他也是克兰顿医生与道尔的朋友。从以上两点看来，玛洁丽可能受过一些专业的魔术师训练。在往后几年，华特会表演标准的纸牌戏法，甚至用不同颜色的木环表演环环相扣。

一九二四年夏天，丁沃尔来了之后，玛洁丽的灵媒生涯也有了新的风格。玛洁丽说，丁沃尔来的时候要她脱掉衣服。不过丁沃尔是多此一举，克兰顿夫人本来就常常裸体举行降灵会，通常除了一件和服之外，里面是一丝不挂的。她有时候会在胸部撒亮粉，这样和服从肩膀滑落时会有意想不到的效果。

丁沃尔共同参与降灵会的这段期间，玛洁丽也开始制造奇怪的灵魂外质。那些物质从睡袍的开口渗出，看起来好像从阴道里冒出来似的。华特希望让大家看看这种神奇的现象，因此当华特开怀欢笑，玛洁丽呼呼大睡时，克兰顿医生拿红灯照亮她的鼠蹊部，让丁沃尔观察这看似软弱无力之手的东西从她的阴道里伸出来。玛洁丽后来吹嘘说，她曾经全裸为丁沃尔举行降灵会。数年后，麦克杜加尔教授指控丁沃尔与这位灵媒有不正当关系。

为了反制胡迪尼破坏性的反玛洁丽演说，克兰顿在波士顿租下一个表演厅，并宣布一月三十一日玛洁丽将举行公开降灵会，重现她为那些与她友好的委员们制造的异象，以此来反驳胡迪尼的指控。最后她临阵畏缩，开场一分钟前才临时改为由丁沃尔纯粹用口头介绍她的降灵术。

处处烽火，胡迪尼的生活从未这么混乱过。一月十九日一天他写了三封信给基尔比。在第一封信里，他感谢基尔比，因为他查出是谁将丁沃尔引介给玛洁丽。他也抱怨其他委员同僚：“我只是想让你了解情况，虽然我仍然是委员会常务委员，但昨天跟普林斯博士谈话，他告诉我玛洁丽有新的显灵节目，却拒绝告诉我内容。你能理解吗？我把我所知道的秘密全告诉他们，他们却不肯帮我。”在第二封信里，他拜托基尔比暗中监视玛洁丽阵营。“可能的话，我想知道三十一日的降灵会里玛洁丽打算做什么。有人告诉我，自从我揭发她之后，她整个节目都改变了。”他在信里说。他还告诉基尔比，尽管穆恩否认，但他已经拿到九月号《科学美国人》的书版校样。其中居然有博德先前被撤掉的玛洁丽论文。

当天第三封信则显露出他的担忧。“我刚刚接到警告信，告诉我玛洁丽和降灵论者会怎么对付我。没关系，日久自明。我知道我是对的，我会紧盯着他们，直到他们不再在降灵会上作假，届时我再站到屋顶上大声替他们宣传。关于玛洁丽，我很想知道她三十一日的降灵会要做什么。可能的话，能否请你雇一位速记员去那里记录过程？我会支付所有花费。玛洁丽做什么我都不意外。一个会把死去的哥哥从坟里拖出来，假冒他的身份以获取社会地位的人，什么事都干得出来。”

胡迪尼认真看待这些威胁，并非因为他是危言耸听的人。降灵论者冷酷对待异己已经行之有年。一九〇四年，他的好友兼揭穿降灵论者的伙伴林恩，在一些假灵媒因为他的调查而失去客户，几度想取他的性命之后，不得不带枪自保。如米妮·威廉斯之流的灵媒习惯养打手，殴打那些挡她们财路的人。长期以降灵术行骗的迪丝·德巴夫人据信曾经在收到一位艺术家洛文赫兹画廊的四十幅画之后，将其毒害。作品送达后，德巴给他一些酒和蛋糕。接着他回到办公室就睡着了。几天后，他被人发现时已昏迷不醒，最后死在医院里。尽管洛文赫兹的财产管理人确实曾经取得对她的拘捕令，可惜没有验尸，无法证明她涉案。

林恩与降灵论者周旋时，胡迪尼曾经对他提出警告。“所有显灵降灵会都是骗人的，”早在一八九五年他就告诉林恩，“你在灵媒罗杰斯的降灵会上，随时可以取得他犯罪的法律证据，但不要单打独斗。那些灵媒心术不正。他们可以不费吹灰之力就让你进医院或发生其他更糟的事。”有时候灵媒会请“幽灵”来执行他们的命令。曾经有一位灵媒因为降灵会遭质疑者打断，坚持委员用绳子将他绑在椅子上，然后让质疑者跟他一起待在密室里。借着黑暗的掩护，这位灵媒松开束缚，一边大声唱圣歌，一边用包革棍棒打那位质疑者，然后把他从密室里扔出去，再重新捆绑自己。灯光打开后，信徒看到灵媒被绑着，便相信幽灵已经对质疑者做出公正的惩处了。

胡迪尼长期参与揭发的行当，因此无法不认真看待这些威胁。二月十三日，他寄了一封信给弟弟哈定，里面附了九月号《科学美国人》的书版校样。“我要你保存着它，万一我出事，可以把它当作证据，以防杂志被收回、文章被撤掉。”接着他把穆恩与博德和其他委员周旋的前因后果都告诉哈定。“把这些记录收起来，我会不时寄些东西给你，你将它们存档当作日后的证据。请千万不要让这些副本离开手边。”

对于玛洁丽和华特来说，二月是最无情的一个月。当月十二日，《科学美国人》的委员会终于对她那些灵异现象做出裁决，以四票对一票拒绝颁奖给她。只有胡迪尼主张她是骗子，其他三位学者只说她无法说服他们，无法证明那些现象是她以超自然方法创造出来的。他们先入为主地倾向于相信她，因为她是个人，非商业化的灵媒，“从未与魔术师、灵媒、骗子这些可能教她骗人把戏的人结交过”。他们的彻底调查也不过尔尔。当月稍后，麦克杜加尔总算一睹从玛洁丽下体流出的灵魂外质，他觉得那看起来像动物的肺组织。

克兰顿立刻为失败编出一套说辞。“我们早在一月二十日就撤销申请。”他这样告诉媒体，“今天，面对玛洁丽空前绝后的超自然力量，《科学美国人》的超自然委员会企图挽回颜面，但他们还是犯了两个错误。他们晚了三个星期才发现我们的撤销申请书，还想要掩饰这个错误。所以这个奖是我们不接受，不是他们不想给。”他也表示他们松了一口气，玛洁丽现在总算可以去英国继续研究她的超自然力量，“不必受手铐王及他的盟友干扰”。

胡迪尼感到很得意。“胡迪尼看穿偷偷带走玛洁丽的诡计。”纽约某报标题这么写。“他们暗示她在美国不能得到正当调查的说法真是可笑。我认为她只是想远离胡迪尼。”他说。没这么快，华特放下他灵体的手之后，玛洁丽的计划变得更暧昧不明。尽管这位灵媒想去伦敦，但她死去的哥哥至今尚未向她保证伦敦的雾气适合他。不过二月二十一日在赖姆街举行降灵会时，他的确很像那个经常很好斗的自己，他用《再也不会下雨》的曲调即兴作了歌：

> 胡迪尼再也不会说话，再也不会，
> 他将再也不会说话。
> 当胡迪尼再也不会说话，
> 报纸到底会怎么做？
> 胡迪尼再也不会写字，再也不会，
> 胡迪尼再也不会写字。

他已经写太多，他的手好酸，
胡迪尼再也不会写字。

克兰顿表达抗议的方式不同。二月二十八日他写信给巴瑞特爵士，宣称麦克杜加尔做出的最后判决，必定是出于哈佛当权派的“指示”，因为那些人认为一流的大专院校不应该与超自然研究有任何瓜葛。“我们才刚开始奋斗，”克兰顿愤怒地表示，“而且我们会继续跟他们拼个你死我活。”

第二十三章　我自己的密勤局

《纽约世界报》主笔华特·李普曼悄悄地对在房间角落围成一圈的人说：“外交部的库尔宗勋爵。”哈定复述他的话，确认之后写在一张纸片上，然后交给李普曼。现在轮到伯纳·巴鲁了。这位华尔街百万富豪暨战争工业理事会战时主席盯着哈定看。

“别放弃船。”他简洁地说。哈定重复这句话，然后替他写下来。

其他人转头看著名的精神科医师爱德华·坎普夫博士。

“我想的是位于怀俄明州、由哈利·佩内·惠特尼夫人设计的野牛比尔纪念碑。”坎普夫博士小声说。哈定又重复同样的步骤。现在他们已经准备就绪。

这是胡迪尼召集过的最有分量的一个见证会。除了这三个人之外，还有《纽约世界报》的发行人雷夫·普立兹，他的父亲曾经以自己的姓氏为杰出新闻专业设立一个奖项，以及专门写犯罪小说的小说家亚瑟·特兰。这些人都是纽约的精英，但他们并不是在杂耍剧场的舞台上聚集，他们聚集在胡迪尼哈林住家的起居室，看魔术师示范读心术。

一九二五年一月，英国超自然研究会的成员，吉伯特·慕瑞报告说，他能成功读出朋友贝尔福伯爵曾经大声宣布的想法，即使当时他人在房间外三十五尺远的地方。慕瑞不断实验，令道尔爵士感到欣慰，他早在一九二三年就曾写信给胡迪尼，宣称这证明心灵感应的真实性。普立兹得到慕瑞的报告后，也断定这些实验证明超自然力量存在。胡迪尼却没有骤下相同的结论，而是提议复制慕瑞的实验。“我只想证明慕瑞教授表演的不是超自然技艺，”胡迪尼告诉媒体，“我不会拆穿表明自己在要把戏的人，但我觉得宣称拥有超自然能力是不对的，这种说法会让人疯狂。”胡迪尼不只打算要复制慕瑞的实验，更想超越他。委员会决定采取的措施除了让胡迪尼离开房间之外，他还会被带到他家的三楼脱光，然后被锁在箱子里。

那是最后的部分。实验在男女委员聚在起居室之后展开。胡迪尼的弟弟哈定将扮演贝尔福的角色。为了避嫌，贝丝被赶出房间。接着胡迪尼走楼梯上到三楼的房间，然后把门关上。一位委员会成员在门外看守。

三位委员记下他们的想法之后，胡迪尼被带回房间。

李普曼的话令胡迪尼困扰，因为他无法接收到库尔宗勋爵的名字。接着他转向巴鲁克。起初接收不到任何东西，接着他低下头集中精神思考。

“我看见一个巨大的物体上下左右摇摆，”他说，“事实上，你想的是一大片水，我看到许多失事船的残骸。”

众人决定算他猜对。

现在轮到坎普夫。

“我看到一个大平原，还有一大群黑公牛。它们好像在逃窜。我还看到一个非常饥饿的人，”胡迪尼戏剧化地说，“他坐在一匹奔驰的马上，他在追公牛，不对，不是公牛，是野牛。它们的头垂下来，像旋风一般。他在射它们，不对，我搞错了。我看到很多饥饿的人，他们在想食物，而这个人在供给他们食物，但你想的不是这个人。这个人有长头发和锐利的眼睛。但你想的不是人，而是一座纪念碑。是野牛比尔。你想的是怀俄明州的纪念碑和它的雕刻者，对不对？”

坎普夫博士非常吃惊。“太不可思议了，”他说，“我没提到野牛比尔做什么，但我的确想象过他杀野牛供饥饿的铁路工人食用的画面。真是太不可思议了。”

这时最后挑战开始。胡迪尼在普立兹和李普曼的陪伴下走上楼。他脱掉衣服，然后被安置在两位报人检查过的箱子里。发行人要求箱子必须离开地板，胡迪尼建议放在桌上。普立兹有些踌躇，最后他们决定折中把箱子放在长椅上。然后由两人看守。

楼下其他委员想好了另一个答案：西班牙画家伊格纳修·苏洛阿加画的约翰·巴利摩夫人肖像。接着披了一件大毛毯的胡迪尼被带下楼。

“我看见莎士比亚，他在斯特拉福亚逢的家，”他开始说，“有许多观众，不对，等等，不是英国，是美国。我知道我为什么会以为是英国，是来自英国的美国戏剧家族。你们想的是巴利摩家族，可能是杰克吧。”

他搞错性别，也没意会到是画，但胡迪尼的高命中率令委员会吃惊。他拒绝透露秘诀，只说完全是以正常的方式。这群贵客有所不知的是，他们此刻所在的房屋里，从地下室到屋顶都已经被偷偷装了窃听器。

胡迪尼改装过房子，好让他能震撼他的访客。从前门开始，开启的方式就不寻常，转动门把时，门会从本来应该是铰链的那一端打开。胡迪尼再度悄悄向巫丹致敬，巫丹在家里装设了各种巧妙的小发明。胡迪尼家也有秘密嵌板和隐藏的通道。其中一个秘密嵌板在书库，胡迪尼在那里表演“弥尼，提客勒”魔术，耍弄了道尔。胡迪尼（或恩斯特）迫使道尔把黑板放在角落，那儿书架上的书后藏着一块秘密嵌板。接着一位躲起来的助理打开嵌板，推开书，然后伸出一根末端有磁铁的长杆。胡迪尼巧妙地使道尔挑选的软木球中央有磁性，因此可以用长杆在黑板的另一侧操控。躲起来的助理只要反着写那句话，它就会神奇地出现在板子正面。

胡迪尼的方法的关键在于，他能听到客人在起居室里的对话。那个房间装满窃听器，因此即使小声窃窃私语，也全都会被成套隐藏的录音机接收，传给藏在地下室里的操作员。无论他们说什么都可以记录下来，或者透过精巧如迷宫般的隐藏线路传送到房屋其他各处，隐藏线路末端有时候甚至是在地毯下的线圈。在顶楼的胡迪尼，只要佩带透过隐形电磁感应与地毯下电线回路相连的电腰带，就可以听到这些信号。腰带由许多圈的线路构成，末端是可以隐藏在手中的小型电话接收器，线路沿他的袖子连接到腰带。为了这最后一次考验，胡迪尼自愿脱掉衣服，他凭借的是装在箱子里的隐藏线圈。这是胡迪尼《神秘大师》开场戏在真实生活中的再现，片中身为情报人员的他，就是以隐藏的录音机窃听消息的。

一开始是胡迪尼在财政部（密勤局的上级单位）工作的外甥路易斯·克劳斯，为他在房子里装窃听器。而他可能是从在财政部工作的费里·菲利斯·怀斯那儿学到这个方法的。怀斯在第一次世界大战期间曾参与活动，也曾撰文讨论如何用录音系统从事间谍活动，这些文章也被收入胡迪尼的剪贴簿里。一九二五年二月胡迪尼做读心术实验时，整个监听系统的线路已经更新过，由一位神秘又才华横溢的年轻魔术师阿美狄欧·瓦加改良得更精致。一九二一年瓦加在罗特堡的魔术用品店遇到胡迪尼时，已经在芝加哥担任魔术师了。胡迪尼很欣赏他的才华，因此留下自己的住址，并告诉他如果有机会到纽约，也许可以成为他的助手。两年后瓦加来了，胡迪尼立刻雇用他。但他不只是普通的助手，在接下来的三年，瓦加在胡迪尼神秘的魔术事业中扮演关键的角色，甚至连贝丝和弟弟哈定都被蒙在鼓里。

这位年轻的魔术师发誓绝对保密，不会有人知道两人的关系。他们从来不曾公开交谈，即使同处一室也未曾显露出一点认识的迹象。每次瓦加在胡迪尼公开出现的地方，看起来都像一般观众，实际上却是卧底的工作人员。胡迪尼到一个城镇演出以前，瓦加会先去场勘，不仅仔细检查设备，还暗地装设神秘的机关。不过有些事情还是得当面商量，所以胡迪尼想出一个妙计，他在哈林自宅两个街区外买了一间理发店,然后送瓦加去上夜校的理发课。胡迪尼可以用理发作为掩护，与瓦加商讨对策。

“现在我把我自己、我整个生命的救赎都交到你手里了。”胡迪尼告诉瓦加。这么说并不夸张。因为胡迪尼正准备展开一场圣战。在媒体看来，胡迪尼是单枪匹马对抗这帮假灵媒。这场战役攸关生死，因为他准备赌上他的名声，而名声对他来说就是他的命。实际上。他有一整支精锐部队，他称为“我自己的密勤局”，包括才华洋溢的机械师瓦加、几位年轻美丽的歌舞女郎（担任卧底）、数名私家侦探、一位奇怪的灵媒（熟悉逃脱技巧又能抵抗各种毒药），甚至包括他自己的外甥女。揭穿玛洁丽只是开战前的小冲突，现在胡迪尼要全面宣战了。

芙罗伦斯·拉许在星期天早上十一点准时抵达亨利。在布鲁克斯两层楼房的家里,布鲁克斯先生正在为人消灾解厄。布鲁克斯太太请她先坐在另一间房里等候。芙罗伦斯告诉她，她对灵媒的工作非常有兴趣，她想开设自己的布道所。她也提到她是寡妇，尽管年轻，但她的丈夫留给她相当多的财富。两个女人热切地聊了起来，直到布鲁克斯先生终于走进房间。

布鲁克斯年近六十，至少比他的红发妻子老了十岁。他穿着破旧的灰色厚运动衫。他的个人卫生看起来跟他的服装不相上下，当他对芙罗伦斯微笑时，嘴里露出一口烂牙。在会见新客户之前，他把妻子拉到房间外，在厨房里讨论了一会儿。几分钟后，他回到房里来，在芙罗伦斯身旁坐下。

“我先自我介绍一下，”他开口说，“我从事降灵工作至今已经三十年。我就是你们所谓的附身灵媒。有些第一次来找我治疗的人可能会说我不熟练，那是因为他们不了解我多有吸引力，能让幽灵通过这双手赐给我力量。”

他抬起手来给芙罗伦斯看。

布鲁克斯毫不啰唆，他的身体往后靠在椅子上，呼吸开始变得沉重，接着他的头突然放松，并开始打呼噜。突然间，他的身体抽搐了几下。

“早安。”他先跟在场的其他幽灵问好。

“你见到我丈夫了吗？”芙罗伦斯问。

“是的，他就在你附近，”他回答，“他非常爱你。”

“他为自己做的事感到后悔吗？”她问。

“是的，他要请求你的原谅，”他说，“他身边有一个小女孩。她有美丽的鬈发，大概五岁，那是你的女儿。”

芙罗伦斯把身体往前倾，以便听得清楚一些。

“你的小女儿说：‘妈妈，我好爱你。’但她不是跟你先生一起来的，她比你先生死得早，是吗？”

芙罗伦斯点点头。

“我看见一个说外国语的人。我听起来感觉像是阿拉伯语。”

“是的，那是我的祖母。”芙罗伦斯说。

他告诉芙罗伦斯，是她祖母把小女孩带来的。

“你的先生要我转告你，你投身这项工作，会相当成功的，”他问，“有几个孩子？”

“两个。”芙罗伦斯说。

“我正要提到这件事。”他说，“你有美丽的身体，但你不应该压抑你的热情。你胸口有窒息的感觉。我有治疗力，可以化解你的痛苦。你知道，在投身这份工作之前，你必须先净化。”

“可不可以请你问我丈夫，我到哪儿可以找到人协助我开始自己的传教生涯？我拥有他留给我的一大笔钱，我很想投入慈善事业。”她说。

突然间，在场的幽灵们好像一起通过布鲁克斯向她喊话：

“结束之后问这位灵媒，他会告诉你。这位灵媒很有善心，他会发灵媒证照给你。你做这件工作之前必须先净化，而这位灵媒可以解除你身上的罪孽。”

幽灵们话一说完，布鲁克斯的呼吸声越来沉重，接着他呼吸困难、身体一阵抽搐，突然一切停止。他揉揉眼睛，沉重地脱离出神状态。

“我说了什么？”他问她。

她重复幽灵说的一切。

“没错，我可以处理，”他说，“我感应到，你从事慈善事业会很成功，会做得有声有色。”

接着他站起来走进隔壁房间，应该是寝室，可是除了一个堆满文件的大行李箱和一个装满疑似酒的红色液体的水罐之外，完全没有家具。他关上门，两分钟后带着一张裱了框的圣光第一布道所的证照回来。

“你要先做一些属灵的工作才能得到这张执照，”他告诉她，“而且在给你任何东西之前，你必须先净化。你明晚可以再来一次吗？”

“我可以现在就净化吗？”芙罗伦斯问，“我真的希望礼拜三晚上以前就可以开始举行降灵会。”

布鲁克斯表现得好像很不情愿，不过他还是答应了。

“好吧，我现在就净化你，但是你有穿束身胸衣吗？”他问，“里面的钢丝会妨碍净化过程。”

芙罗伦斯摇摇头。布鲁克斯色眯眯地盯着她。

“好，现在整理一下你的衣服。等一下我得看看你身体的各个部位、接触你的皮肤、熟悉你的身体，这样我才有办法帮你。”

他把手放在她的脖子上。

“可以请你脱掉帽子和衣服吗？”他问。

芙罗伦斯照做，接着她调整了一下内衣，把胸罩拉低，让他看到她的胸膛。布鲁克斯先在她头上神秘地比画了几下，接着在她脸上画十字。他的手隔着衣服上上下下摸她的背脊，然后往下慢慢磨蹭她的腰部。

“主啊，请帮助我启蒙这位新仆人。请让我移除她身上的病痛与罪恶，让她得到治疗与净化。”

布鲁克斯一边祷告，一边摸遍她的全身，接着把两根手指塞到她的衣服里轻碰她的左胸，随即整个乳房都被他抓住。芙罗伦斯没有抗拒。接着他用另一只手，放在她另一边的胸部上用力搓揉，同时他的呼吸声越来越沉重、越来越急促。接着他上下来回摸遍了她的身体，从大腿摸到脚踝再回到大腿。

“亲爱的上帝，请让这位仆人靠近我。”他一边祷告一边把她拉向自己。

芙罗伦斯僵着不动。布鲁克斯又拉了她几把，但她抗拒不从。

“你看到什么？”他问。

“我看到像仙子般美丽的孩子在四周跳舞，”她说，“现在我看见一个披着长袍的人示意要我过去。”

芙罗伦斯从椅子上起身，布鲁克斯也跟着站起来。

“我感觉好多了，”她说，“你真的很神奇。”

“我们必须再试一次，因为你胸膛内的病源还没完全化解。”他说。结束后，芙罗伦斯付他十元钞票，他找回她八元，她回给他一元当小费。不过要得到她的灵媒证书，她还得多付五元，幸好还有开收据。他坚持在举行第一场降灵会之前还要再治疗，她答应当晚把孩子安顿好后会再来。

芙罗伦斯这下总算一偿宿愿，成为拉许牧师（也有人叫她劳德牧师）。但其实她的本名叫罗丝·麦肯堡，而且她离开那栋房子后，直奔旅馆，胡迪尼正焦急地等着她呢！

一九二五年二月七日，《纽约前锋论坛报》曾在他们的社论中讨论胡迪尼，标题是“艺人与科学家”。“我们这些不相信鬼魂存在的人，应该感谢手铐之王胡迪尼……但他所反抗的对象，对一个人来说太巨大。他对抗的撒旦，住在人类无知的泥沼里。那个沼泽经过许多世纪都无法放干、再生，这项工作的艰巨，让目前以及下一个世代继续努力的义务丝毫不会轻减。同时，胡迪尼已经入侵这团泥沼，激怒以泥沼为生的怪物。”

“在纽约，以及美国其他各个城市，都有灵媒靠一部分人心里的缺憾大敛其财。这些人通常不隶属于教堂，对短暂、有意识的存在，也缺乏可堪慰藉的哲学。这类人的存在，或许能提醒我们，拉比之子胡迪尼，此刻以他机敏顽强的态度所发起的这场战役，其实犹太人和基督徒在他们的教堂里已经打了数个世纪。这种灵媒是在坟场外从死者身上谋利的恶鬼，受害者是那些丧失亲人的人，他们在宗教与哲学还没准备好的状况下，被死亡的哀伤攫住。”

“‘玛洁丽’宣称她能任意接收来自过世兄长亡魂的信息，是一个希望获得科学认证、比较做作的灵媒的新近案例。她的先生克兰顿医生在哈佛大学有人脉，使她的降灵会显得特别与众不同。胡迪尼借着揭露‘玛洁丽’说法的错误之处，证明他自己不只是手铐王，也是好公民与方便的邻居。”

胡迪尼知道，这场对抗骗子的战役不可能以一己之力打赢，所以他很早就开始招兵买马。早在一九二四年五月，他就写信给华盛顿特区的著名记者贝蒂·罗斯，请她私下拜访同在华盛顿特区的灵异摄影师基勒博士。“请记下现场的情况与对话，越详尽越好。”他提醒这位记者。胡迪尼非常清楚，要打赢这场战役，记者起很重要的作用。在二十世纪二十年代初，他和林恩会去纽约新闻记者最喜欢的社交场所，跟记者们广结善缘，他们最常到公园路靠近布鲁克林桥附近的安迪霍恩酒吧。虽然胡迪尼和林恩不擅长喝酒，但他们会请大家喝酒，取得需要的情报或合作。

对于一个曾经配合英美政府从事情报工作的人来说，组织网路协助自己调查灵媒的活动是很自然的想法。他的对手们早已组织一个绵密的网路，定期分享情

胡迪尼在巴黎的街头小憩。(亚佛布克医生收藏)

报。他们的情报中心就是所谓的《蓝皮书》。《蓝皮书》里收录各地容易上钩的对象，每笔资料中都有姓名、职业、住址、族谱和其他琐事，灵媒们运用这些资料就能让这些大鱼松懈心防、相信他们真的能通灵。

根据胡迪尼的好友恩斯特律师的说法，在调查假灵媒的过程中，胡迪尼收集了很多“秘密档案”，他把“他挖到的、几乎所有与这个主题相关的人物（不只是灵媒，还包括调查者与其他人）的个人生平细节、情报全部归档！”

在这些档案里，每个人的记录至少追溯到他们出生的那一天。某位知名的魔术师说过：“这些档案极为机密，我发誓有些事除了上帝没人知道！”但恩斯特不愿意透露这位魔术师的身份。此外，恩斯特表示这些档案的数量“很吓人”，多达好几个大货箱，存放在胡迪尼市区住宅的地下室里。“为了取得这些资料，他对时间、金钱都毫不吝惜，”恩斯特写道，“他花掉的钱至少有好几千元，他还雇用间谍长期为他调查。世上没有人有办法或想要像他一样从事这种研究，一般人既没有兴趣也没有那方面的专业知识。这些使他成为……难缠的对手。”

一九二五年，他开始认真组织这个情报网。胡迪尼很聪明，他知道利用女人，尤其让她们扮成寡妇，这是除去腐败灵媒的最佳策略。胡迪尼雇用了麦肯堡，她也成为他最重要的卧底调查员。两年内，她参加过数百场降灵会，提出详细的实地调查报告，包括会场、参与者与灵媒。她曾经六度被任命为正式的灵媒牧师，有资格主持婚礼、为婴儿施洗及举行葬礼。她只要花二十分钟和五元钱就可以拿到证书。由于麦肯堡成为许多像布鲁克斯那种附身灵媒下手的目标，因此，胡迪尼建议她最好带枪自保。她拒绝了，不过某些报告指出，胡迪尼无论到哪里都会带着短管手枪。

麦肯堡会在十天前，以寡妇、护妇、工厂工人或神经过敏的老师等各种身份，比胡迪尼先到某个城市进行卧底调查。胡迪尼也会额外雇用几名女间谍，在他前往某个城镇前，专程到那里去为他工作。他曾雇用歌舞女郎艾贝塔·查普曼，要她和朋友一起渗透到芝加哥的降灵会里。胡迪尼先开车把这些女孩载到离目的地一个街区的地方，然后让她们下车走过去。查普曼的指示是要记住降灵室有几扇门窗、墙上挂什么画之类的细节。有时候她要去三次才能完整记得。根据查普曼的说法，如果遇到真心在做善事的算命师，她就会放弃调查，那些会“引诱”她的灵媒才是主要的目标。她离开房子时，会在房屋或楼梯旁留下粉笔记号，证明自己来过，以后在法庭上她才能有凭有据地说话。

胡迪尼的外甥女茱莉雅·索耶也加入了调查工作。除了这些女间谍，胡迪尼也有一些男情报员。杂志作家小克里佛·艾迪曾经与胡迪尼合作发表文章，后来也帮他提出许多实地调查报告。胡迪尼甚至找大学生来当卧底，诱骗灵媒上当，宾州大学的学生巴坎·罗西诺夫因此向胡迪尼学了许多拆穿骗子的招数。这些魔术让他在学校很受欢迎，同学们经常要他露两手。他后来加入美国魔术师协会，成为真正的魔术师。

俄亥俄州有一个怪人罗伯·吉瑟，他虽然不属于调查团的一员，却将调查到的许多宝贵内部情报提供给胡迪尼。一九〇七年一月胡迪尼发行《魔术师月刊》时，他写信给胡迪尼，询问有关魔术商贩卖手铐秀的事，第一次引起胡迪尼的注意。他们的友谊稳定发展，尤其是在胡迪尼发现他和吉瑟拥有如脱逃、抗毒、密码术、徒手爬大楼等许多共通的兴趣之后。

一九二〇年时，吉瑟已经成为灵媒，降灵室里的每一种把戏他几乎都已经学会，包括让富有的银行家的亡妻显灵。有一次他在密歇根州骗了一位富婆一千美元。当晚他住进一家廉价旅馆时，梳妆台上放了一本《圣经》，那是他生平第二次打开这本书。结果映入眼帘的第一句话是："要想收获先失去。"

"我马上把书本合上，跟它说晚安。无论那句话是谁写的，一定是个内行人。我不干了。"

吉瑟的知识，以及他罗列出来的大批灵媒清单，都使胡迪尼获益良多。他以约瑟夫·强森之名，渗透到夏令营内部，那是假灵媒讹诈被戏称为"植物人"的冤大头的地方。他一度成为灵媒的主要魔术节目供应商，因为那些灵媒太精明，不会跟传统魔术商买磷光漆和其他降灵室用品。

一九二四年，吉瑟忙着破坏其他假灵媒的工作。他在妮娜·查伦牧师正在举行降灵会时朝房间撒喷嚏粉，让她在假冒幽灵小号的声音时露馅。就算胡迪尼无法亲自到场对付阿达·贝西奈（道尔最爱的灵媒之一），吉瑟也发挥了他的破坏力，他把一块砖头丢进降灵室里。他严重扰乱中西部灵媒圈，让他们原有的客户跑光光。印第安纳降灵论者协会的秘书因此写信给朋友，说她想在他的咖啡里"下毒"。看来吉瑟的某项专长在胡迪尼调查玛洁丽期间会非常有用。

史尼德纪念中心的牧师塞西·库克夫人坐在曼哈顿西八十八街某座豪宅地下室房间的中央，现场还有三十五人在她身边围成圆圈。她左边的桌子上有一个水盘，里面装着两支锡制的小号。

迷人的年轻助理绕着房间向众人收取一元"捐款"，然后库克夫人开始演讲。

胡迪尼的外甥女索耶（左）不登台演出时，就到降灵会里卧底。（亚佛布克医生收藏）

"我是一个小号灵媒，"库克夫人开口说，"通过主赐给我的力量，我可以与通过小号现声的亡灵对话。"

她花几分钟的时间讲完后，现场灯光变暗，会众唱了一首圣歌，不久第一个幽灵就出现了。他是史坦先生。

一位年老的黑人女子显得兴致勃勃。

"问他我动手术的事。"她说。

"不，你不需要动手术。"史坦先生回答。

"我已经动过一次手术。"女人说。

"你不需要动手术。"史坦先生果断地说。

后来又有更多幽灵来来去去，有些女人在与亡夫和过世的孩子对话后，感动地哭得歇斯底里。

会众之一的米谢夫人发问："我的喉咙有点问题，我该怎么办？"

"呃，你有结核病。"一个幽灵回答。

史坦先生突然插话："今天还有另一位幽灵来，是叫亚佛瑞的年轻人。"

坐在米谢夫人附近的老人似乎吓了一跳。

"他说什么？"他问年轻的参加者。

"亚佛瑞。"她重复了一次。

"亚佛瑞？"

"对，是你儿子。"

"是你儿子亚佛瑞。"库克夫人大声说。

"是亚佛瑞，我儿子？"老人说。

"是你吗，爸爸？"亚佛瑞为了让老人听清楚而大声说。

"对，对，我的儿子啊。"老人说。

"爸爸，你先前非常非常不好受，不过一切都结束了，我会照顾你，让你整个人快活起来，把事情都安排妥当。"亚佛瑞承诺道。

亚佛瑞说话时，老人跪下来，扶着身边其他人的膝盖，提着一个大手电筒，向在圆圈中央的灵媒爬去。当他爬到距离库克几尺的地方时，手电筒撞到一盘水，把里面的东西溅了一些出来。

"怎么回事？"灵媒突然说。

老人赶紧坐回座位。

接着库克夫人转向米谢夫人。

“你的兄弟法兰克在呼唤你，”她说，但看到对方没反应，她改口说，“不对，是你的父亲。”

“请问法兰克我是不是应该到西部去。”米谢夫人说。

“不必，你不必跑这一趟，”法兰克告诉她，“多喝牛奶，多呼吸新鲜空气。”

这时，老人站了起来，打开他的手电筒，让光线直射灵媒的脸。女信徒们一看到光就尖叫，尤其是当光线让人看清灵媒将喇叭放在自己嘴边时。库克夫人吓呆了，接着她大声尖叫，还引来路人入内察看。可是做什么都于事无补了。

米谢夫人跳起来打开天花板的电灯。

“原来是你拿着小号在说话，”老人大叫，“我还以为是幽灵在说话呢。”

库克夫人把锡制的小号筒丢在地上，然后把椅子等东西通通扔到一边。

“你杀了灵媒！”一位库克夫人的崇拜者，对老人和冲向库克的米谢夫人大叫。

“有人要杀我！我受重伤了！”库克夫人闭着眼睛侧躺着尖叫。

库克夫人的一位男助理朝老人走去，这时老人突然丢掉手杖和笨重的眼镜，拉掉白色的假发。

“我是胡迪尼！”他大声说。

库克夫人的几个信徒拔刀刺向胡迪尼，可是被一个大汉挡住。

“我是刑警约瑟夫·葛林，这位是女警伊丽莎白·米谢。通通不许动。”

事情一发不可收拾。被追随者扶起坐在椅子上的库克夫人，突然振作起来。

“你这个恶棍。”她对胡迪尼大喝。

“恶棍？用宗教当幌子骗钱的是你，”胡迪尼大声说，“你假冒幽灵小号的声音，这些警员是证人。”

“我没有！”库克气呼呼地说。

“你这个骗子！她没有拿小号假冒幽灵。”她的助理尖声叫道。

胡迪尼只是笑笑，他捡起帽子和手杖，轻快地走出房间。库克夫人和她的助理班森小姐被带到警察局，因为她们假造异象与不实的言论，随后以诈欺罪被起诉。她的几名信徒陪她到警局，警方拒绝让她交保，他们一时无法接受，感到很沮丧。

胡迪尼根据手下调查员发现的线索，在全国各地上演同样的戏码。在克利夫兰时，胡迪尼变装与报社记者一起参加乔治·瑞纳的降灵会，在他的小号上涂黑色颜料。瑞纳装神弄鬼时，发现有人碰过他的小号，这时胡迪尼马上拿出手电筒。灯光下，瑞纳的脸和手沾满黑色物质，人证物证确凿，瑞纳就这样进牢房了。

胡迪尼甚至直捣敌营。六年来，他一直在追踪皮耶·基勒这个骗人的幽灵石板书写者。一九二五年胡迪尼派出迷人的外甥女索耶去纽约上州的丽莉戴尔社区，那是降灵论的大本营，当时基勒是那里的台柱之一。花了三元钱，索耶得到来自从来没存在过的亡姊，还有两位仍生龙活虎的亲戚的消息。降灵会结束后，她告诉基勒，她富有的叔叔比尔在火车站等她。基勒陪她一起去，互相问候过后，坐在轮椅上、由男护士作陪的比尔叔叔迅速摘掉白色的长胡子，表明自己是胡迪尼。

"我逮到你了，基勒。"胡迪尼大喝。而他的"护士"其实是一名纽约记者。

"胡迪尼，饶了我吧，"基勒哀求道，"我们俩是一起的。"

如果胡迪尼被拒于降灵室外，他会引诱灵媒到他的戏院里。他每到一个城市演出，都会贴出公告。在康涅狄格州的哈特福时，他是这样写的："胡迪尼挑战本地灵媒！敬告所有降灵会组织：你们不应该辱骂我，反而应该感谢我，因为我让大家注意到你们之中的败类。如果他们在暗地里以不当的手法滥发灵媒证照，一定要阻止他们！我对抗的不是降灵论这个信仰，而是假借这个名号，宣称自己超越人类、能与死者沟通的神棍。在此我要向下列灵媒下战书，他们曾经跟我的情报员收钱，请他们今晚到帕森斯戏院再多赚我一笔。"接着他会列出那些灵媒的姓名与住处。

有些灵媒会上钩。在印第安纳波利时，查尔斯·贡索拉斯牧师就曾上台回应胡迪尼的指控。虽然他否认麦肯堡的调查报告，但大批国家侦探社的侦探，以及胡迪尼的私家侦探可不会放过他。他们从戏院各处的椅子上站起来，宣读他们参加贡索拉斯降灵会的公开记录。在匹兹堡的时候，爱丽斯·杜利牧师也接受胡迪尼的挑战。胡迪尼请幽灵回答放在她面前密封信封里的三个问题，结果灵媒答非所问，当场证明她是骗子。她的一名女信徒见状站在包厢上歇斯底里地咆哮，险些引发一场暴动。胡迪尼只好答应在合理的条件下，与当地灵媒见面并检验他们。

胡迪尼的圣战引发媒体空前的报道。如果他在某个城市表演一星期，他的新闻每天都会登上当地报纸的头版。此外，也会有大批死忠的降灵论者投书到报社，谴责他是骗子，说他反基督。当然，只要引起话题就是有好处的，这道理不只胡迪尼懂。圣战士在匹兹堡公开谴责约翰·史拉特之后，这位著名的灵媒也进城来，利用胡迪尼炒起来的人气在卡内基音乐厅演讲，结果门票销售一空。

降灵论者的反应真的让胡迪尼受挫。"他们在美国各地举行义愤填膺的集会，反对我揭露事实，但只要他们不愿意在合格的见证人面前证明他们的能力，我就会坚持到底！"他写信给英国的超自然研究者哈利·普莱斯，"你知道我不是怀疑论者。"

事实上，他还在寻找那个能展示真正力量的灵媒。库克夫人在纽约受审时，她的律师问胡迪尼，是否认为每个尝试或声称能与死者沟通的人都是骗子。

“不，绝非如此。”他回答。

在一九二五年七月一个炎热的日子里，胡迪尼和他的律师迪尔冲进法兰西斯·胡迪纳公司的办公室里，这是一家位于曼哈顿百老汇的无线电器材公司，与胡迪尼家相隔不远。根据胡迪尼的说法，他是去申诉某笔他既没订购也没收到，却要跟他收钱的买卖。当他看到公司里某个货箱上的标签写着收件人是“胡迪尼”时，他立刻把它撕下来，并拒绝还给其中一位员工。

其中一位老板乔治·杨提出不同的说法。他宣称胡迪尼和他“爸爸”到他的办公室，抱怨他们公司以他名字的谐音为商标，推销他们的遥控汽车公司。当他和几位工作人员试图向胡迪尼解释，法兰西斯·胡迪纳是有十五年资历的发明家时，胡迪尼根本不愿意听。

接着就闹得不可开交了。“我必须保护自己，”次周胡迪尼写信给朋友唐斯，“你知道这里的‘大猩猩’（打手）会把人打得倒地不起，踹到不省人事、行动不便，然后扔进医院。一开始他们两个人冲着我来，两个人从后面上。我拿起一张椅子，你猜结果怎样？他们急忙打开门锁，冲出大门逃命去了。本来是他们动手前先锁门，好让我跑不了，结果害到自己。迪尔早就被摔到墙上，连路都走不稳了。一阵慌乱中，我根本没意识到我把现场的吊灯全打坏了，我满脑子只想自保。后来他们以‘妨害治安’起诉我，但那只是隐藏他们真正企图的烟幕弹。”

在过去一年中，胡迪纳事件并非胡迪尼第一次失控发怒。去洛杉矶时，他发现他的戏院经理在报上刊登两位配角的照片却独漏他的。“我发了脾气，”他在日记里写道，“我在普拉札办公室愚蠢地大吼大叫。我知道是我的错，可是我忍不住……我气得头痛了一整个下午。”

一九二五年六月中旬结束巡回之后，他的密友恩斯特律师注意到胡迪尼看起来好像筋疲力竭，于是劝贝丝夏天到长岛格兰黑租房子住。胡迪尼原本以为那里或许是他可以“写作、思考”的地方，可是后来整个夏天房子不断挤满受邀来访的亲戚。“我每天要花四小时通勤，这打乱我原有的生活步伐，也影响我的事业。”搬进租屋处一周后他就写信告诉朋友。结果整个夏天胡迪尼只在长岛待了大约十个晚上。

让他手忙脚乱的不一定是工作上的事情。魔术界谣传，胡迪尼曾经迷恋一位非常美丽的红发女子黛西·怀特，胡迪尼的朋友法兰克·杜克洛特买下历史悠久的玛廷卡魔术店铺之后，她便在那里做柜台。性感诱人的黛西不仅有双会勾魂的碧眼，还会表演纸牌戏法吸引顾客。她的绝招是倾身趴在柜台上露出深不见底的乳沟，这样就没人会注意她戏法的破绽啰！记者莫瑞斯·左罗托曾经挖苦说："胡迪尼只爱过两个女人，他妈妈和黛西。"

胡迪尼的外甥女玛丽·辛森·布拉德透露胡迪尼常常"在傍晚……沿着河走"，一方面构想表演的内容，另一方面则借此重新整理自己的思绪。有一次，贝丝准备了他最喜欢的晚餐，匈牙利鸡肉、鸡蛋面疙瘩和卡士达面包布丁，然后和他们的小外甥女等了又等，胡迪尼却一直没现身。第二天贝丝对小女孩解释说，胡迪尼"边走边思考，一直没注意时间，所以忘了晚餐"。依照惯例，隔天就会有一大束红玫瑰送来赔罪。八月二日，人在波士顿旅馆的胡迪尼写了一张甜蜜的便笺给贝丝："亲爱的小羊，我的小甜心，现在是早上八点，身旁没人。你不在身边我很寂寞，哪怕是惹你生气挨你一顿骂，我也宁可跟你在一起。"

胡迪尼写信告诉基尔比，那年夏天"不仅要筹划下一季的演出，也得想新的策略对抗降灵论者"。他还补充说："他们的确把我骂个半死，不过我把那些当作恭维。"当时他开始在纽约警察学校授课，对一百五十名警探和新生讲授假灵媒的伎俩，但他一直还在想要如何对付波士顿那位灵媒。胡迪尼打算将他的玛洁丽小册子改版、修订内容，因此急需知道她在降灵室里的最新动向。他请基尔比帮忙调查克兰顿的几位好友，并且拜托《波士顿前锋报》一流的记者葛里斯康随时提供赖姆街的最新消息，他不但给葛里斯康私人电话号码，还说"昨夜过后任何时间"都可以打电话给他。

胡迪尼也用了一位卧底灵媒乔治，去调查包括玛洁丽在内的灵媒。他写给胡迪尼的信只留下一封，这封杂乱无章、长达五页的信，显示事态已经非常严重。乔治在纽约各地被私家侦探跟踪，一直跟到火车上去，他恳求胡迪尼，强调他一直提供他宝贵的情报。"让我提醒你，我对你或其他人一直都是光明正大。若非光明正大，我不会亲手，或用我的打字机或其他方式，告诉你某些有关工作者的事。就我的立场来说，以任何方式出卖你就等于自毁'前程'。我很明白如果我背叛你，你可以怎么对付我。只要出版我写给你的东西，你要跟我过不去是相当简单的事，你甚至可以利用警察来找麻烦，尽管我的工作很干净而且光明正大，从来不拿穷人、年轻女孩的钱，而是免费给他们好建议，还对他们谎称幽灵说不可以拿钱。"

五月，胡迪尼在波士顿演出。他在基兹戏院表演时，克兰顿医生要他的朋友富商卡尔·德内特前去观赏，结束后向他汇报演出的内容，其中也包括胡迪尼示范如何拆穿玛洁丽的伎俩。这场表演胡迪尼开放观众发言，德内特也直言不讳地为玛洁丽辩护，因此胡迪尼邀他到梳妆室进一步讨论。德内特写信告诉克兰顿，胡迪尼“急欲知道我的身份，我离开梳妆室时还找人跟踪我，不过我们成功摆脱跟踪，所以他无法得知我的身份”。克兰顿的间谍错了。几天后，胡迪尼寄了一封刻薄的信给德内特，抱怨这位生意人如何在波士顿各地扭曲他们遭遇的经过。

《前锋报》的葛里斯康成为胡迪尼宝贵的同盟。他是顶尖的地方记者，降灵室很欢迎他，还让他坐在玛洁丽身边的贵宾席。华特对他一见如故，还说无论克兰顿夫妇愿不愿意，都希望他下礼拜再来。“你不来，我就不来。”华特闹别扭说。葛里斯康写给胡迪尼的信，充满对玛洁丽新显灵现象的洞见，和有关其新调查者的猥亵小道消息。当克兰顿夫妇问葛里斯康关于胡迪尼的事时，这位记者说他很喜欢他，而且觉得他对超自然研究的态度很真诚。“嗯，比起多数其他人，我对胡迪尼的态度要尊敬得多了，”玛洁丽说，“至少他不怕表明自己的立场，这并不是每个人都能做到的。”

克兰顿和华特对胡迪尼的看法与玛洁丽不同。在葛里斯康参加的下一场降灵会里，克兰顿又提起那位魔术师：“我们早就看穿胡迪尼，”他狂妄地说，“他已经一无是处了。”华特立刻表示同意：“没错，胡迪尼已经完了，他是一个骗子，竟然还栽赃一个孩子。但他逃不掉的，对不对？”

葛里斯康最后告诉胡迪尼，他越深入调查，越觉得这一切都是骗局。“你……必须承认他们是很精明的魔术师，你应该请他们到你的节目中表演。”他写道。胡迪尼承认他们很精明：“我相信她已经进步，现在应该有职业水准了。”他回信说。他认为，在调教出一位“降灵会大师”的过程中，丁沃尔“一定曾经给她通识教育”。

在胡迪尼策划渗透到克兰顿阵营的同时，克兰顿医生也找来几只斗犬对付胡迪尼。博德开始巡回全国演说与发表新书，每到一站他都会大力宣扬玛洁丽的神通，也痛斥胡迪尼为了钱攻击玛洁丽。著名细菌学家，也是玛洁丽死忠的支持者马克·里查逊，曾经写过无数封信给其他委员，责怪他们一直没有与胡迪尼这样的恶棍划清界线。“我想我们已经逼得胡迪尼准备逃跑，”玛洁丽的朋友诺拉写信给专批胡迪尼的降灵论刊物《生活大标题》的编辑，“我在城里听到风声说他紧张得不成人样，说这是他最后的表演，而且可能在波士顿结束一切。”

高举降灵论运动的旗帜，可能更令玛洁丽紧张得不成人样。早在一九二五年四月，克兰顿医生的妹妹就曾经偷偷写信给博德：“我的家人不知道我写这封信。

克兰顿太太已经紧张到极点……除非能从某处得到舒解，否则下金蛋的鹅就要死了。她威胁再也不为各位举行降灵会……克兰顿医生不了解身边老是有那么多人的紧张压力。她紧张死了。”

除了每晚要为重要的小圈子举行降灵会之外，道尔也传话到波士顿，表示等末日降临时，克兰顿和玛洁丽“将成为美国希望的中心”。道尔常劝告克兰顿不要让灵媒过度操劳，但克兰顿仍残酷地使唤玛洁丽。克兰顿为了抵销《科学美国人》的负面报道，找丁沃尔来参加几场降灵会，但她的神通能力没让丁沃尔百分之百赞赏。失望之余，克兰顿立刻逼她为另一群哈佛师生举行降灵会。

五月，胡迪尼在波士顿演出时，他的间谍网已经找到一些对克兰顿夫妇不利的情报。有消息传出玛洁丽与凯灵顿有染，还对所有的男研究者放电，包括年高德劭的普林斯博士。在哈佛举办降灵会后，其中一位调查员葛兰特·科德也跟玛洁丽有一腿。根据他的说法，胡迪尼握有照片能证明玛洁丽跟研究员调情。然而，那些只是冰山一角，胡迪尼的私人密勤局从克兰顿医生那边取得的资料，才让人叹为观止。

一九二五年八月四日

亲爱的道尔爵士：

有些问题要劳烦福尔摩斯：十二月一日我以领养为由，请德维科夫先生从伦敦收容所带回一名小男孩。但十二月二十一日我以不适合为由将他送回。一月一日丁沃尔来。上月十九日麦克杜加尔要丁沃尔别相信外灵黏膜，说那可能是“人在操弄”的东西。四名哈佛观察者以书面表示，出现在眼前的手形黏膜是我制造出来的。一九二五年四月，华盛顿的密勤局接到一封密告，说我家总共出现过十六名谎称要收养的男孩，而他们后来全部失踪，并建议密勤局调查我们。上礼拜白星轮船波士顿分公司的经理打电话来说，有一名下院议员列了一堆问题寄到白星的英国总部，打听有关那位英国男孩的下落。显然这里有胡迪尼或麦克杜加尔的盟友，英国也可能有眼线（我猜是麦克杜加尔或丁沃尔）。我会设法查出下院议员的名字，同时也请福尔摩斯想想办法。

波士顿报纸指出，一九二一年八月十日，克兰顿十岁与八岁的儿子乘坐木筏在麻州温索普的溪流上漂流，众人发现后赶紧将他们救起。玛洁丽的儿子约翰·克兰顿，是木筏上年纪比较小的那个孩子，年纪较长的男孩则是从英国领养来的，他因为住在克兰顿家非常不快乐，所以企图带着约翰一起逃走。两年后，玛洁丽开始当灵媒时，家里已经见不到那个男孩的踪影。

一九二四年年初开始，克兰顿这位好医生联络他在英国降灵论圈子里的朋友，请他们代为注意适合收养的男孩。六月时，克兰顿告诉道尔，他已经派自己的妹妹劳拉到英国，“把我们十二月时找到的小男孩带回来，我们打算收养他”。他们为他取名霍勒斯·纽顿。然而，克兰顿并未就此满足。“如果找得到，我们有意同时再多收养一个六岁到九岁大的男孩。条件是父母必须没有结核病、梅毒、酗酒或精神病。我想你或道尔夫人可能正好知道这样一个可供收养的男孩。”他也寄了类似的信给其他朋友。

不过收养霍勒斯时遇到了一些阻碍。当时霍勒斯因为父母双亡住在英国儿童之家。霍勒斯的姐姐艾瑞丝很犹豫，因为克兰顿要求霍勒斯在被领养后，必须断绝与故乡家人的来往。但在克兰顿让步后，霍勒斯的姐姐就答应了。克兰顿请“可靠的朋友”德维科夫去把男孩接回来。“我当然想以合法的方式把他带回来，但细节我必须留给你来决定，就当你是在为自己做这件事，”克兰顿在给德维科夫的下一封信里扩大他的计划，“我偶然想到，关于这件事，如果你在法律上遇到阻碍，你与共和党全国委员会的关系应该可以派上用场……那个男孩来了之后，我们会叫他爱德华·温斯陆·克兰顿。或许你可以让他接受这个名字。有技巧地告诉他，住我们家跟我们的姓，会让他好过很多。”

德维科夫试图动用他在华盛顿的人脉，并且完全不提克兰顿的名字。但他运气不太好，因此决定采用新策略，以访客的名义将霍勒斯带进来，然后在签证即将到期时，将他带到蒙特娄，利用移民配额法重新入境。因为霍勒斯是以访客签证入境，所以他并没有在赖姆街十号住很久。十二月底玛洁丽就带他搭多利克号回英国。根据克兰顿的朋友、随船医生表示，霍勒斯“旅行十分顺利，受到每个人欢迎”。

克兰顿在七个月后写给道尔的信里首度承认，他因为可能涉入连续失踪人口案而被调查。他猜得一点都没错，胡迪尼跟这件事有关。但克兰顿不知道，胡迪尼也找来几位《波士顿前锋报》的记者朋友私下调查这件事。六月十二日，葛里斯康的同事戈登写信给胡迪尼：“几位美国督察为了那些男孩的事来找我。关于这件事，你是否有进一步来自英国的消息？有消息，请马上传给我，好让我能把消息传给跟我一起采访这件事的人。”十二天后，葛里斯康写信告诉胡迪尼：“戈登要我问你……你是怎么找到新泽西那个男孩的？这件事……特别令我们感兴趣。”

记者们口中的那个男孩身份不详，被发现陈尸在玛洁丽的密友德维科夫位于新泽西蓝夕的大庄园外围，看来内情不单纯。

道尔在回复克兰顿给福尔摩斯的信时，也请克兰顿查出那位下院议员的名字，好方便他去探听。"我觉得伸手介入的似乎是罗马天主教教会，而非个人。也许该出场解决问题的是华生而非福尔摩斯。"他写道。四个月前，他就曾写信给克兰顿，提到由于胡迪尼的妻子是天主教徒，所以梵蒂冈的"那只手"顺理成章地找胡迪尼来助阵。

奇怪的是，写给道尔有关调查男孩的许多信件，都从克兰顿的档案里销声匿迹，这对一个留下所有关于玛洁丽灵媒生涯剪报的男人来说，并不寻常。但我们确实找到道尔那边的信件，信里透露道尔不断向克兰顿打听更多消息。八月二十二日，道尔发现那位下院议员的名字之后，恳求克兰顿："我不清楚有多少男孩死去，但你要让我知道事实……"九月一日，他又写信给克兰顿，里面再度提到一些英国政客带头调查的背景消息。"我要你把所有关于男孩的情报都告诉我，这样我才能帮你跟他（下院议员）交涉。"

道尔真的在下院议员面前为克兰顿辩护。他在给那位政治人物的信里写道："我相信你不愿意在无意中成为任何个人恩怨的棋子，因此如果你容许的话，我非常乐意帮忙（对克兰顿），并说出事情的始末。"经过几次书信往返之后，议员直接跟克兰顿联络。克兰顿写信向他解释，他领养了霍勒斯，"孤儿院里一个很迷人的男孩，但这个男孩似乎与我们家不合"。因此又被送了回去。"我已经告诉了您这些事情……我恳请你告诉我，是谁有兴趣探查这些事情。我向你保证，我和你的通信绝对保密。为了表现我的诚意，我恳请你向乔治・欧德尔先生查证我的为人，我不久前才通过他的引介结识蓝夕・麦克唐纳先生。"麦克唐纳为前任英国首相，当时是这位下议员所属的工党领袖。

在等候回复期间，克兰顿再度写信给福尔摩斯。他推论英国下院议员可能"只接受英国人的请托"。因此他把嫌疑人缩减为麦克杜加尔和丁沃尔，不过也有可能是胡迪尼的好友马斯基林。这时，克兰顿已经认定藏镜人是麦克杜加尔（由此看出克兰顿不是当侦探的料）。英国议员回信告诉他："如果我说出那个人的名字，告诉你是谁指引我调查这起事件，将会使我的信用大打折扣。"那位下议员不是别人，正是胡迪尼超过二十年的好友戴。

如果克兰顿还嫌麻烦不够多的话，哈佛的灵媒调查团非常愿意再制造点麻烦。

他们十月发表的报告足以让玛洁丽的灵媒生涯岌岌可危。这位好医生有所不知，胡迪尼的间谍、《前锋报》记者葛里斯康在幕后发挥他的影响力，利用一些小计策，迫使哈佛人同声表示谴责。先前葛里斯康得知其中一位调查员的降灵会报告即将刊登在《大西洋》杂志里时，他说服克兰顿让他看哈佛降灵会的官方报告，以在杂志上市前,帮克兰顿想想如何回应接下来的各种攻击言论。葛里斯康告诉胡迪尼，他这么做有两个好处：一方面让他的报社能刊出独家内容，另一方面借这个报道抹黑哈佛调查团。为了避免瓜田李下，这批科学家必定不会讲灵媒的好话。葛里斯康当时在赖姆街待了两天，细读那些报告，还与玛洁丽聊了很多有趣的话题。

葛里斯康的计划非常成功。他在报道中指出，根据哈佛调查团的结果报告（其实这篇是由资历不深的调查员完成的初步报告，但这位记者把它渲染成结论），调查员尽管不完全相信超自然现象，但至少同意克兰顿并无恶意造假之嫌。调查团里的哈佛大教授们一看到这则报道，立刻发表声明澄清自己的立场。本来还有四个人署名要支持克兰顿，结果其中三人马上加入联合声明，指控克兰顿夫妇的降灵会涉嫌诈欺。

在细读那份官方报告的过程中，葛里斯康意外发现一则有趣的记录。在六月三十日的降灵会上，一位哈佛调查员看见玛洁丽从外阴部拉出三个物体。第一个物体他没说是什么，第二个物体像扁平的手又像手套，第三个物体则像婴儿的手。

葛里斯康在万圣节前夕写给胡迪尼的信看起来喜气洋洋。“这真是你的大胜利。前几天‘玛洁丽’对我说：‘你猜胡迪尼会怎么大声嚷嚷。他会说一群哈佛人参加八次降灵才会发现的事,他来一次就知道了。’”（玛洁丽错了,胡迪尼写信给朋友说，哈佛调查员花了六个月完成的事，他一晚就搞定。）

“我回答她说你当然会，你也会指出她用的是什么伎俩。事实上，胡迪尼，不光是我，戈登和所有哈佛帮的人也都深深相信，在这一场世纪大骗局中，克兰顿医生好像人格分裂一样，他一方面是虔诚的信徒，一方面又是幕后的藏镜人。就像那些哈佛人说的，这家伙有病，疯癫、神经病、健忘症……反正你想得到的精神疾病这家伙都有。”

“我也相信，要不是克兰顿医生信念坚定，玛洁丽一定会公开这一切。她知道说出实情会结束他们的所有关系，所以她不敢。那天下午她和我私下谈过，我建议她承认一切都是骗局。她毫不掩饰地笑了起来，问我如果这一切真的是骗局，她要怎么承认。接着她笑嘻嘻地说：‘大家真笨。笨透了。尤其是调查员，我想要写一本有关调查员的书。你知道吗？他们有些人还真的相信自己听到幽灵的声音。’”

“我表示同意，于是她继续说：‘比起这帮人，我更尊敬胡迪尼。他一直都是脚踏实地。’这话说得诚恳，但也耐人寻味，因为在上礼拜的降灵会中，华特也给你一模一样的评价。华特和玛洁丽竟然使用同样的词句，想法也如出一辙，真是有趣。”

“尽管她从来没有直接向我坦白什么，但我们独处的时候，她已经婉转地默认所谓通灵都是骗局。我想，你我之所以能获得他的尊敬，是因为我们都不会上她的当。但克兰顿不同，他是个狂热分子，不容许别人与他争辩。他现在居然想请麻省理工学院重新展开调查，我看他真的疯了。”

陶乐西·杨十七岁到纽约旅游时，看到《综艺》杂志上“征求百老汇与美国巡回演出女舞者”的广告，随即抛下父母跑去长亩戏院，赶上最后一场试演。她表演了一段查理斯敦舞，当场就被雇用。当时陶乐西不知道评审胡迪尼是谁，但他告诉她自己成名多年，而在自己的百老汇节目里担任主角是他的梦想。她签了一份合约,跟贝丝一起去挑选制作戏服的布料。陶乐西的父母来自保守的神职家庭，反对她进入演艺圈。于是胡迪尼亲自出马与她的父母会面，他保证会视陶乐西如己出，牧师与牧师娘才首肯让她参加巡回演出。

在前往第一场演出的火车上，胡迪尼把她叫到私人车厢里，请她坐下，告诉她自己的生平，甚至为她表演了几段魔术。过了一会儿，晚饭时间到，两人与其他人一起到餐车用餐。“我记得他跟我谈完话回去时胡迪尼太太脸上的表情，我知道她并不开心，”陶乐西说，“虽然我年纪小，但还知道些人情世故。因此吃晚餐的时候，我就开始告诉自己：‘我的朋友是胡迪尼太太，不是胡迪尼。’”

她说那一年的巡回，是她人生中最美妙的一年。她觉得胡迪尼“好亲切、好体贴”。相对于此，魔术圈有许多人甚至没见过胡迪尼，就断定他是一个傲慢的自大狂。他从不会拒绝别人金钱上的请求，他还告诉陶乐西：“我永远忘不了缺钱的日子多么难熬。”她与胡迪尼都相信来世。胡迪尼告诉她，他一直在设法与他的母亲联络。“我知道不可能，”他说，“但只要有一丝希望，我都会试。”

让陶乐西不解的是,即使胡迪尼深爱着贝丝,但从未见到两人有任何亲密举动。胡迪尼是一个工作狂，整天与柯林斯忙节目的事。跟贝丝、他的外甥女和陶乐西一起吃晚饭后，又继续和巡回经理史密斯先生讨论表演的收入支出。因此，白天没事的时候，贝丝和陶乐西成为伙伴。在她的眼中，贝丝不仅是一个“可爱又搞笑的人”，而且具有“开放自由的精神”。有一次她给陶乐西上性教育入门课，把

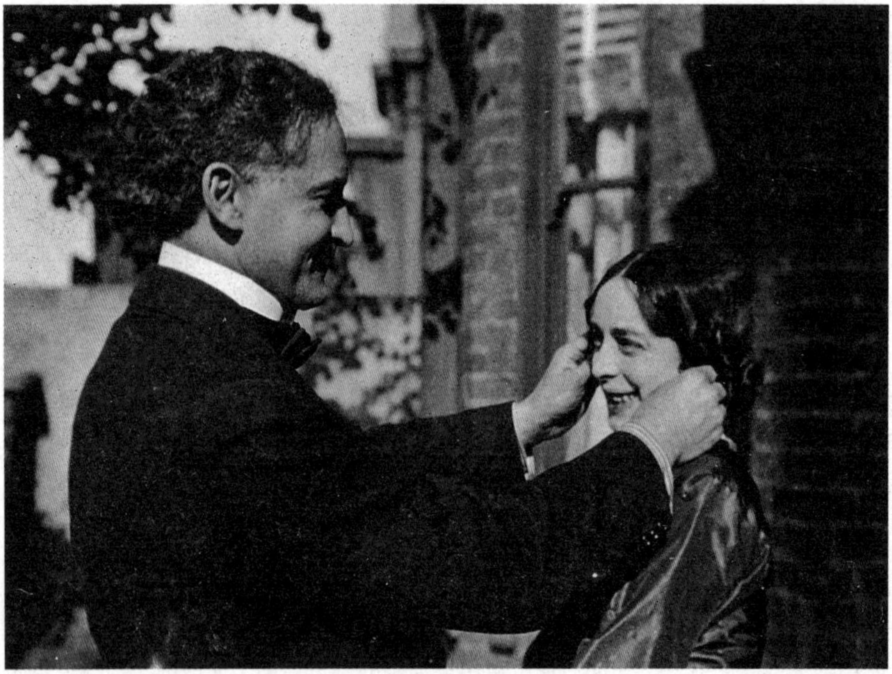

根据陶乐西的说法，这样真情流露的画面，在胡迪尼夫妇婚姻后期比较罕见。（亚佛布克医生收藏）

陶乐西吓了一大跳。她们每天出门采购（甚至买了款式相同的毛皮外套），然后她们会一起吃午餐，拿每件事来开玩笑。她们有一次逛了一整天后，突发奇想，买了几只拴了皮带的变色蜥蜴。

在水牛城演出时，贝丝和陶乐西租车去尼亚加拉瀑布。在属于加拿大的那一边，贝丝突发奇想，买了一瓶酒偷渡到已经禁酒三年的美国。她们成功了。当天晚餐时有人提到她们的不法勾当。“在我记忆中，胡迪尼只有这次真的生气，”陶乐西告诉我们，“他张大眼睛说：‘你知道如果他们发现那瓶酒，对我们会有多大的负面影响吗？’”

在麻州乌斯特的某次表演会场上，再过几分钟胡迪尼就要表演揭穿假灵媒的节目，那是胡迪尼个人秀的第三个节目，这时一个当地人打断了他。

“你根本就不懂。”大声嚷嚷的是当地某个灵媒的丈夫阿姆斯壮·勒维内。

“那你上来告诉观众啊。”胡迪尼建议。勒维内从容地走上台。

“历史会重演，”他开始说，“过去耶稣受迫害，现在我们降灵论者被迫害。总有一天，就像耶稣一样，大家会明白谁站在真理那边。”

“可是耶稣没骗过人两元钱吧？”胡迪尼问。

“你的把戏是骗人的，”勒维内大喊，“你宣称降灵论者骗人，但你以完全相同的方式欺骗大众。”

“我的节目都是多年心血的结晶，”胡迪尼继续说，“大家知道我在骗他们，也知道我的魔术只是视觉上的效果。他们也喜欢猜想我怎么办到的。如果你不服气，你可以挑战我的任何一种特技，比如水箱逃脱。”

勒维内拒绝。观众对他发出嘘声。

“乐蒂·勒维内是我的母亲。她是著名的澳洲杂耍明星，也是史上最伟大的女性。我爱我的母亲，也爱我的妻子。我今天是为了保护我的妻子而来。我的妻子是全国降灵论联盟的会员，她有这个联盟作后盾，就等于有法律作后盾。她有人民作后盾，就等于有白宫作后盾。她随时愿意展示神灵赐给她的通灵能力。”

“好啊，那请她在这里表演，”胡迪尼硬碰硬，“大伙儿在这里急着看她表演呢。”

“这里不适合，要到布道的会场才可以，”勒维内大声说，“台上有那么多衣衫不整的女人，这个地方不够圣洁？即使只是几分钟也不妥。”

胡迪尼突然有一股跑到舞台边把勒维内痛扁一顿的冲动，观众们也发出嘲弄的喝倒彩声与嘘声。接着胡迪尼把贝丝和外甥女索耶从舞台侧翼叫上来。

“各位，这是我的妻子胡迪尼太太，我与她结婚已经三十一载。这位是我的外甥女索耶小姐。你们对她们的人格有任何意见吗？”

“没有，她们没问题，”观众里有人叫道，“有问题的是勒维内。”

勒维内太太受不了了，她从座位上站起来。

“你怎么知道贝丝他们没问题？”她大声说。

观众不理她，胡迪尼举起双手。

“现在，我希望你们听听劳德牧师的证言。”

胡迪尼指着侧面包厢一个刚刚站起来的女人。她全身穿黑衣，戴长黑纱，把脸完全遮住。

“这是我的调查员。她化名法兰西斯·劳德（F. Raud）进行调查，也就是骗子（F-R-A-U-D）的意思。今晚她之所以是这样的打扮，是因为我们接到消息，说晚上有几位摄影师在场，想要拍下她的真面目。但我们得保护她的真实身份，这样她才能继续做调查。”

胡迪尼转向勒维内。

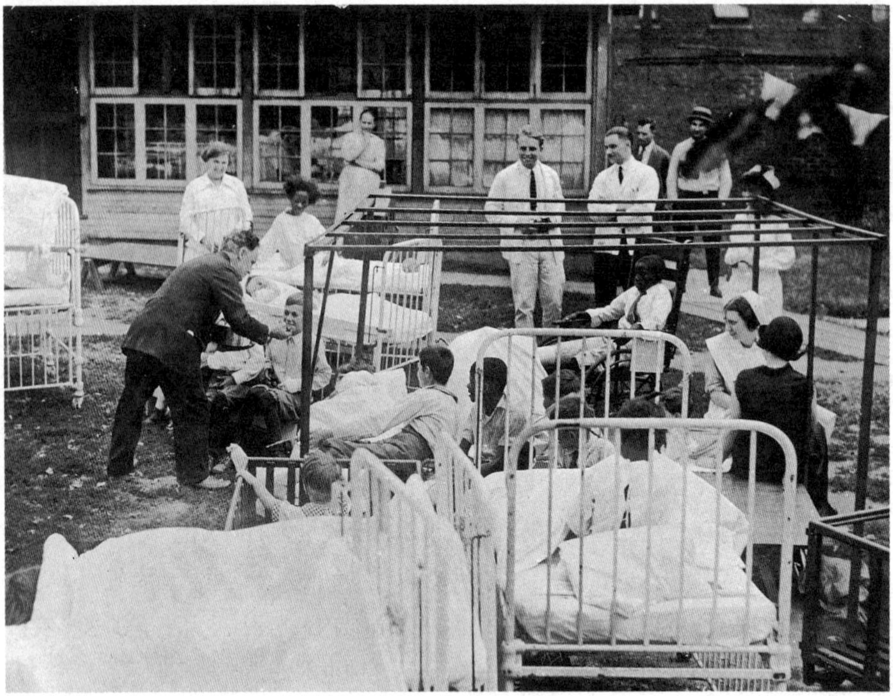

重病的孩子们无法到戏院看表演，胡迪尼亲自到他们面前表演。（国会图书馆）

“我比你还行，我拥有一个布道会场。看，这是我的证照和许可状。”他一边说一边从桌子上的档案夹里抽出一些文件。“这些文件证明那个会场是我的，而劳德小姐在那里担任牧师。那么，劳德牧师，请告诉观众你与勒维内夫人交手的经验。”

“这个女人告诉我，说我死去的丈夫和孩子一起在幽灵世界里，他们非常努力地想跟我交流，”麦肯堡说，“我问她如何得到这些信息，她说是她的指导灵告诉她的。我感谢她，表示要给她一元钱，但她说她通灵的价码是两元钱，于是我付给了她两元钱。但事实上，我没结过婚，也没有孩子。”

“我没见过这个女人。”勒维内夫人在座位上大叫。

“你在报上说要到这里来接受我的挑战，”胡迪尼告诉勒维内夫人，“你愿意信守承诺吗？”

“这里是娱乐场所，法律规定宗教活动不得涉及商业行为。”她回答道。

“那两元钱是怎么回事？”有观众大声讽刺。

麦肯堡继续说，她接着提到她去找当地数一数二的招魂灵媒修伯·欧玛利，要为胡迪尼的教堂购买许可状。话还没讲完，观众开始聒噪，几乎要把整个戏院掀了。

“把他揪出来，要他给个交代。”观众大声嚷。整整花了五分钟才恢复现场的秩序。

接着勒维内跳起来。

“我们的降灵会下周日要举行声讨大会。”他大声说。

“很好，我曾将骗子赶出加州，我也会把他们赶出麻州。”胡迪尼吼回去。

观众欢呼。

“你还不是上帝！”勒维内在吵闹声中大叫。

“没错，但我很了解灵媒。”胡迪尼回道。

“我会保护我的妻子。”勒维内开始说。

“我会保护大众。”胡迪尼接着道。

观众热烈欢呼。

一九二五年十二月，每晚在乌斯特的演出都是这种场景。压轴的降灵论节目，最后都演变成激情的批斗大会，灵媒和胡迪尼在舞台上一来一往地大声叫骂。但票房并未因此受损，胡迪尼把能卖的座位都卖出去了。只有日场例外，因为他一定会把一些座位免费留给当地的残障儿童或孤儿。

第二十四章　而我……只是个骗子

“你的全名是什么？”密歇根来的男士问道。

“我叫哈利·胡迪尼。”

“你从事什么职业？”

“我是作家，我担任若干世界级科学杂志的超自然调查员，我也是魔术师。”

他已经创造了伟大的传奇，成为全世界最有名的艺人。现在他要为公众发声。这是胡迪尼生涯的顶点，他最骄傲的一刻。他身在华盛顿特区，坐在国会大楼里集会大厅的一张桌子后面，以专家的身份出席听证会，其内容是立法禁止“以命理咨询的名义骗取财物和声称能联系亡者的诈骗行为”。然而，他不只做证，也和老友布鲁姆密切合作，成为草拟法案的推手，这时布鲁姆已经从芝加哥世界博览会中途乐园的主持人，变成音乐界大亨，再跻身美国国会议员。这是胡迪尼对抗假灵媒圣战的顶点，他在首都搭起自己的舞台。原本我们尊贵的议员可以在这里与他携手一起对付危害公共秩序的人，结果却演变成五花八门的大秀场。

听证会上挤满降灵论者、灵媒、透视眼、吉普赛人和占星家等三教九流。他们占据了每一把椅子，还有蹲坐在走道上的，不断激烈辱骂、诋毁、威胁胡迪尼。一九二六年二月与五月总共为期四天的听证会，跟在戏院里上演的闹剧没两样。胡迪尼先向议员示范假灵媒如何制造石板书写及幽灵小号的效果，佛莱契参议员的夫人随即反驳，她从事超自然研究三十五年，从来没有遇到过假灵媒。胡迪尼亮出一万元美钞向在场的灵媒挑战，看谁能说出他父亲对他的昵称，灵媒葛蕾丝·玛西雅夫人跳出来大叫：“那些钱我赢定了！因为我曾经预言哈定总统的当选与死亡。”

一位名叫查尔斯·威廉·麦尔斯的降灵论者站上证人席，提到胡迪尼和布鲁姆，他激动地说：“你们知道……两千年前，犹大背叛基督。他是犹太人。而这个法案是由那两个人主导，而他们也是……我想你们应该懂我要说什么。”

全美降灵论者协会的秘书史柴克牧师对胡迪尼的言论非常不以为然，他很讶异大家会把这个“无神论者、异端”的话当作一回事。

在被降灵论者阵营的证人轮番侮辱之后，胡迪尼要求发表声明。

“我的宗教及我对上帝的信仰遭到攻击……我一直是虔诚的教徒，未来也不会改变。我是共济会会员，唯有信仰上帝的人才能加入共济会，而我的品格居然被人怀疑。现在，我想请胡迪尼太太出来替我做证。”

贝丝在众人的笑声中走到前面。

“有一位证人说我野蛮，说我下流，说我疯狂……到六月二十二日，我与这个女人结婚就要满三十二年了……我身上没有勋章、饰带，但这个女人愿意跟着我这样的男人三十二年，跟我一起挨饿、甘苦与共，讲到这里，大家应该都了解她了。除了我伟大的母亲之外，胡迪尼太太是我最好的朋友。贝丝，除了你之外，还有谁能让我如此疯狂？”

观众笑了。

“没有。”贝丝做证说。

“我对你粗暴吗？”

“不会。”

“我是好孩子吗？”

“是的。”

“谢谢你，胡迪尼太太。”这番动人的演说，让听证会场充满掌声。

听证会接下来访谈比较实质的内容。麦肯堡被传来说明她与华盛顿最恶名昭彰的两位灵媒珍·寇特斯太太与玛西雅夫人交手的过程。议员们让原本坐在前排那两位肥胖的灵媒，站到麦肯堡这位胡迪尼首席调查员的旁边。根据《芝加哥每日论坛报》记者的报道，如果眼光可以杀人，她们的眼光“即使不毁灭麦肯堡小姐，也足以让她受重伤”。

麦肯堡开始叙述她前一天在两位灵媒家中发生的事，胡迪尼则像控方律师一样在旁提点她。麦肯堡做证说寇特斯太太告诉过她：“多数参议员都会找星象师咨询。”她说话的时候，寇特斯慢慢靠到她身边。

胡迪尼与两位灵媒及一批国会议员在华盛顿的听证会上合照，他们和气的样子只是暴风雨前的宁静。（卓耶收藏）

“我坚持必须将寇特斯太太与证人隔开，”胡迪尼说，“关于白宫和那儿举行的降灵会，她是怎么告诉你的？”

“抗议！”寇特斯夫人尖声叫道，“我是当事人，主席先生，我要求我有权回应这一点。”

听众席爆出一阵欢呼声。

“你会有机会说话的。”议员麦克李欧说。

“我建议先处理完玛西雅夫人的部分。”修斯顿议员说，他希望整个流程可以条理分明。

“我身体不太好，先让我把话讲完。”寇特斯夫人坚持。

“玛西雅告诉我她的收费，我问她少于十元收不收。她说不给十元免谈。事实上，星宫图算命是十五元，十元是别的费用。她说有几位参议员找她算命，事实上，在白宫里，几乎人人都相信降灵论，她认为我想杀价而觉得懊恼。”麦肯堡做证说。

听众喧闹起来。灵媒们大声吵闹，降灵论者跳脚，与人数较少的胡迪尼阵营吵了起来。

争吵声让北卡罗来纳州的哈莫议员觉得很头痛，他赶紧敲小木槌要求大家保持安静，最后总算安静下来。

“我在寇特斯夫人那里时，她说胡迪尼是在以卵击石。她说：‘多数参议员都对降灵论有兴趣，他何苦要跟降灵论斗？有几位参议员到我这儿来，而且我知道柯立芝总统和他的家人也在白宫举办降灵会，这证明与死者交流已经获得大家认可。’接着她提到凯柏参议员，说他的夫人最近过世，他也参加招魂降灵会。她还提到华森参议员、狄尔参议员，以及其夫人也是灵媒的佛莱契参议员……”

每提到一个名字，现场的聒噪声就更大。

“骗子！”“假货！”“抹黑造谣！”观众大叫。

最后，现场太吵了，麦肯堡讲不下去了。两位灵媒看起来好像要把麦肯堡生吞活剥，作势威胁她。哈莫议员要她们坐下。

同时，俄亥俄州达顿市的鱼贩子约翰·佛古森则冲向胡迪尼，因为胡迪尼曾经诋毁他的灵媒妻子。

“我要打断你的鼻子。”他威胁道，正准备扑向胡迪尼时，哈莫冲过去挡在两人中间。

“绅士们，如果你们是绅士，就必须表现出绅士的样子。”胡迪尼说。

接着几乎哭出来的哈莫把警察叫来了，才算恢复了秩序。

但在听证会的最后一天，哈莫问胡迪尼一连串古怪的问题。

“第一代的胡迪尼是印度人吗？”议员问。

“不是。”胡迪尼回答。

“你是胡迪尼二代吗？”

“不是。”

“那你是胡迪尼一代啰？”

“不，胡迪尼一代是法国的钟表师傅（注）。”

“我以为原来的胡迪尼来自印度的阿拉哈巴。”哈莫说。

“你在开玩笑吗？”

“不是，我是认真的……那天你说你是美国魔术师联合会主席。”

“是美国魔术师协会。”胡迪尼纠正他。

“那是一个秘密组织吗？”

“不是，但我们也不能对人透露我们的秘诀。”

“你们在外国有分会吗？好比俄罗斯？”

“俄罗斯没有。”胡迪尼说。

“你去过英属印度吗？”

“一辈子都没去过，先生。”

“你的双亲都是希伯来人吗？”

“是的，先生……”

“你的父亲还健在吗？”

“不在了，先生。这跟本法案有关吗？”

“没有，可是……”

“那些问题是降灵论者想问的吧，你以为我不知道吗？”胡迪尼发脾气说。

“不，我听说你的家人来自英属印度，我只是想问清楚这一点。有人说你是灵媒，只是你自己不知道而已。这些人真的相信你有神力，但你不承认。所以我才问你这些问题。”[1]

“你说什么？”胡迪尼说。

“你去过阿拉哈巴吗？”

“没有，先生。”

“你读过《天方夜谭》的故事吗？”

“有的，先生。”

“可是你从没去过？”

“是的，先生。”

“一九二五年时你在哪里？”

“在美国。”

“那年你没出国？”

“是的，先生。”

“你曾经在阿拉斯加工作过吗？”

“没有，先生。”

“你认识《柯里耶》杂志上一个叫修·维尔的人吗？”

“从来没听过这个名字。”胡迪尼说。

1　此指巫丹。——译者注

“你认识巴黎一位法国名人达罗许·费榭吗？”哈莫问。

“据我所知，不认识。”

“威廉·本恩是你们协会的人吗？”

这个问题问得突然。本恩过去是密勤局的特务、调查局局长，他以自己的名字开了一家规模数一数二的私家侦探社。胡迪尼曾拜托他的侦探社调查降灵论者。讽刺的是，本恩也是道尔的朋友。

“他可能……”胡迪尼正要说，却被外甥女索耶打断。因为她也参与秘密调查灵媒，所以也到现场做证。

“不认识。”她断然地说。

“她认识协会里的每一位成员。”胡迪尼补充说。

“你或你的机构与美国的电影协会或戏院组织有任何关系吗？”哈莫问，“这些问题可不是降灵论者叫我问的。”

“但你也不是凭空问这些问题啊，”胡迪尼愤怒地说道，“你为什么问我这些古怪、不相干的问题？这些问题与法案毫不相干，也不是坐在你那个位子上的人会问的问题。这是一些狂热灵媒给你的问题，我很讶异你会照着问。这不是你自己提出的问题，这不是你自己想出来的。”

“我的问题来自哪里不重要，但不是降灵论者给我的，也不是神灵告诉我的。我并不认为上帝给我什么启示……你研究过生命数字吗？你对那种事有任何了解吗？你知道，三这个生命数字代表恶魔。”

“我不相信生命数字那些谬论……”

“就像你不相信占星学、算命或预言？”

“那些同样都是谬论。”胡迪尼说。

“你的节目完全没有这些东西？那些全都是戏法和花招？”

“是的，先生。”

“非常感谢你。”哈莫结束问话。

最后一天的听证会结束后，在众议院的走廊上，玛西雅夫人走到胡迪尼身边。

“你很聪明，胡迪尼先生，”她说，“但我想告诉你一件你不知道的事。”

“什么事，玛西雅夫人？”他亲切地问。

“十一月的会议，你不能到场做证了。”

“为什么？”胡迪尼咧开嘴笑。

“因为你已经死了。”她说。

麦肯堡也没躲过降灵论者的怒火。她之前曾假扮寡妇找寇特斯夫人算命，她出来做证时，寇特斯夫人威胁说她已经“看透”她的底细。“你做的事会害死你，”她在降灵会里告诉麦肯堡，“你打心里讨厌这件肮脏事，如果你不住手的话，将活不过十八个月。”

麦肯堡提到白宫举行降灵会，也陈述降灵论在参议院里的发展状况，这些说法震撼了华盛顿特区。白宫不愿发表评论，但“柯立芝家的友人”向媒体保证，“总统或柯立芝夫人都对降灵论没兴趣”。第二天《华盛顿邮报》的标题写道“胡迪尼向柯立芝表达歉意：致函为‘白宫举行降灵会’的传言表示遗憾”。那是个误导人的标题，看起来像是胡迪尼亲自送信到柯立芝的办公室给他，对听证会扯出总统的名字表示遗憾。但报道的实际内容不是如此。事实是，胡迪尼给总统看麦肯堡与灵媒的对话记录，而且那份记录有当事人的签名，赖也赖不掉。报道的最后引述胡迪尼的话：“相信我，我无意令总统难堪，但我花费许多时间和金钱对抗灵媒，我一向不喜欢添油加醋，无论事实多么令人不快。”换句话说，他无法粉饰灵媒渗透到华府高层的事实。

参院方面主掌灵媒法案委员会的凯柏参议员，被麦肯堡指称是降灵会的狂热者，而那个法案的听证会报告也一直没被交付政府单位印行出版。这两件事是否只是巧合？根据当时的报纸报道，参院的听证会与众院一样吵吵闹闹。八月胡迪尼写信给朋友，提到他的法案：“还没送到议会，我不知道结果会如何。我有信心，参议员们会有兴趣了解。不过我看他们对我表演特异功能的兴趣，比对灵媒法案的兴趣还高。这种现象让我感到遗憾，因为我真的很有诚意推动法案。”由于麦肯堡点名与降灵论运动有牵连的著名参议员，因此法案在委员会夭折并不令人意外。

早在一九二六年一月，胡迪尼就已经在首府对灵媒宣战，他向柯立芝总统请愿，请他施展“庞大的影响力”，加入打击灵媒犯罪行为的运动。然而，在亲自调查以后，根据他所掌握的证据，他深信总统夫妇都是降灵论信徒。他们当然有理由这么做，因为两人最近才失去一个儿子。听证会结束后，胡迪尼写信给曾经在第一次世界大战期间担任战争部部长特助的记者朋友李普曼：“很遗憾地告诉你，根据可靠的消息，白宫的确曾举行降灵会，我正在寻找进一步的证据。当然，这过程绝对要保密。”

为了对抗假灵媒，胡迪尼一年损失了超过四万元，“为这件事花的钱对我来说真是一笔大数目。”他写信给普莱斯。然而，他怎能不打这场仗？

“我相信我目前做的事，是我生平对人类做出的最大的贡献，”他告诉记者，“我花了很多时间在舞台和讲台上，但此刻我正在帮助许多人减轻长年的忧虑，这种忧虑使许多人想与死人交流，而且他们投入的程度几近疯狂。”上次去洛杉矶时，他要贝丝去找房子。他想提前规划自己的退休生活。他还计划要打造一辆巴士，这辆巴士可以变成容纳将近两百名观众的小舞台。然后他要“在加州巡回，到比较小的城镇对抗幽灵和他们的共犯”。

一九二六年是他的圣战胜利年。一月他在纽约揭穿约翰·希尔牧师，希尔让麦肯堡死去的“丈夫”显灵，在她面前又哭又跪。拆穿他令胡迪尼特别自豪，因为希尔自称是“凡德比尔、哈利曼、哈尼威尔、杭廷顿等纽约望族的专属灵媒”。二月时，胡迪尼取消自己的演讲会，跑去参加降灵论者在费城举行的群众大会，听听博德怎么讲玛洁丽事件的来龙去脉。

胡迪尼仍对博德在书中暗指他是私生子耿耿于怀，他跳上讲台尖锐地攻击博德：“你这个骗子，卑鄙的骗子。”他尖声指责那位畏缩的记者：“你在你的书里撒谎说我父母没结婚。各位先生、女士，他在他的书里说胡迪尼想只手掩盖事实，还说那是他的麻烦，说家父是我的麻烦……拜托，你们看我像那种人吗？如果有人对我说这种话，我一定会彻底击垮他，只要是爱自己的母亲、尊敬自己的母亲的人都会这么做。”

胡迪尼的反灵媒运动在芝加哥达到高峰，他在公主戏院度过了不可思议的八周。露丝·梅森和丽莉安·史都华加入胡迪尼的间谍团之后，他们合作拆穿超过八十个当地的灵媒，有些过程非常精彩。降灵论者也不甘示弱，。除了威胁他的性命之外，还对他提出诉讼，无聊的毁谤诉讼如排山倒海而来。在他离开当地之前，已经赢得第一场官司。但一位矮胖、稳重的女人安妮·班宁霍芬意外到后台来拜访他，才是他最大的胜利。婚前，她以安娜·克拉克为人所知，是胡迪尼在纽约拆穿的小号灵媒库克的“灵媒教母”，也就是负责调教她的人。班宁霍芬深受胡迪尼的公民运动感动，同时也出于自责，她表示为了帮助他扑灭这些败类，她愿意做任何事。

“我当灵媒的时候，真的一直相信降灵论，”她告诉胡迪尼，“所以我认为我应该为幽灵做些事。如果他们没办法让小号在房间里飘浮，我就帮他们做。他们无法说话，我就替他们说。我认为欺骗是正当的，因为通过欺骗，我可以为我心中美善的宗教争取更多信徒。”班宁霍芬倒戈，公开降灵论的秘密，引来过去同业的威胁，要置她于死地。

这时胡迪尼的秀有三个节目，那真的是最轰动的豪华演出。第一个节目是从金鱼缸里变出丝线，以及黎恩博士原创的肢解魔术，那个曾经令少年胡迪尼神魂颠倒的节目。第二个节目中最吸引人的就是闻名的“水牢”脱逃术。第三个节目是拆穿降灵术，也是整场的压轴。胡迪尼以轻快诙谐的口吻，为大家讲述那帮骗徒在降灵会上使用的骗术。“我有各种理由相信，这是今晚演出中最重要的部分，我相信以后就算你们忘记前面所有的节目，也不会忘记接下来三十到四十五分钟我所说的、所做的一些事。”他开始说。

他提醒观众他已经拿出一万美元向所有告他的灵媒挑战，并扬言要拆穿芝加哥三百名灵媒，“一个都不放过”。接着他得意扬扬地提起玛洁丽：“我抓到波士顿灵媒玛洁丽作弊，她是最不可思议的灵媒……博德写了很多关于她的文章……我第一晚就看破她、拆穿她，知道她是骗子，但（那些教授）调查了她一年，一年后他们向我道歉……他们承认自己错了。他们还算有风度。当初我走进降灵会会场时，也觉得她是个金发美女。幸好我见多识广，不会被她迷惑，所以她那套胡扯对我不管用。然而他们竟然把那些骗术称之为宗教？”

每次遭到新的抨击，降灵论者就会以更多的官司和声讨大会反制。胡迪尼成为他们反对的焦点，不只在美国，而且扩及全球。就在几个月前，总部设在巴黎的国际降灵论者代表大会的代表，已经提案要以强烈的行动保护超自然工作者，因为“在某魔术师的煽惑下，我们一些最优秀的灵媒，已经无法举行降灵会了，尤其是波士顿的那些盟友”。降灵论者在英国也有斩获。政府采纳他们的说法，立法保障命理学家可免于诈欺或精神异常的指控。

他们以恶毒的信攻击胡迪尼也是反制的手段之一。“我接到激进降灵论信徒的来信，他们说我很快就会死于非命，那是我做坏事应得的报应。”他告诉杂志记者。

胡迪尼一九二六年第一阶段的巡回于五月结束，之后他将离开舞台近四个月。“我准备休息……除了调查这些假灵媒的事之外，不做其他安排。”胡迪尼写信告诉一位朋友。他也抽空完成其他相关的计划，比如他在八月时揭穿一位独具风格的特异功能人士。胡迪尼在玛洁丽委员会里的劲敌凯灵顿，正在捧一个年轻的“埃及”托钵僧拉曼·贝，贝自称拥有超能力，可以完成许多神奇技艺，如使脉搏停止跳动、用针穿脸颊而不流血，以及被放在密封棺材里活埋之后脱逃。这位年轻的神秘主义者表演时，凯灵顿会在旁边以科学术语解说，吹捧这位年轻人精通瑜伽，分析他如何灵魂出窍进入“假死状态”。

特别令胡迪尼不解的是，他已经在《奇迹贩子及其方法》中揭露过那些所谓的奇迹绝技。与林恩一起去看过贝的演出之后，胡迪尼向他提出挑战。“我保证不

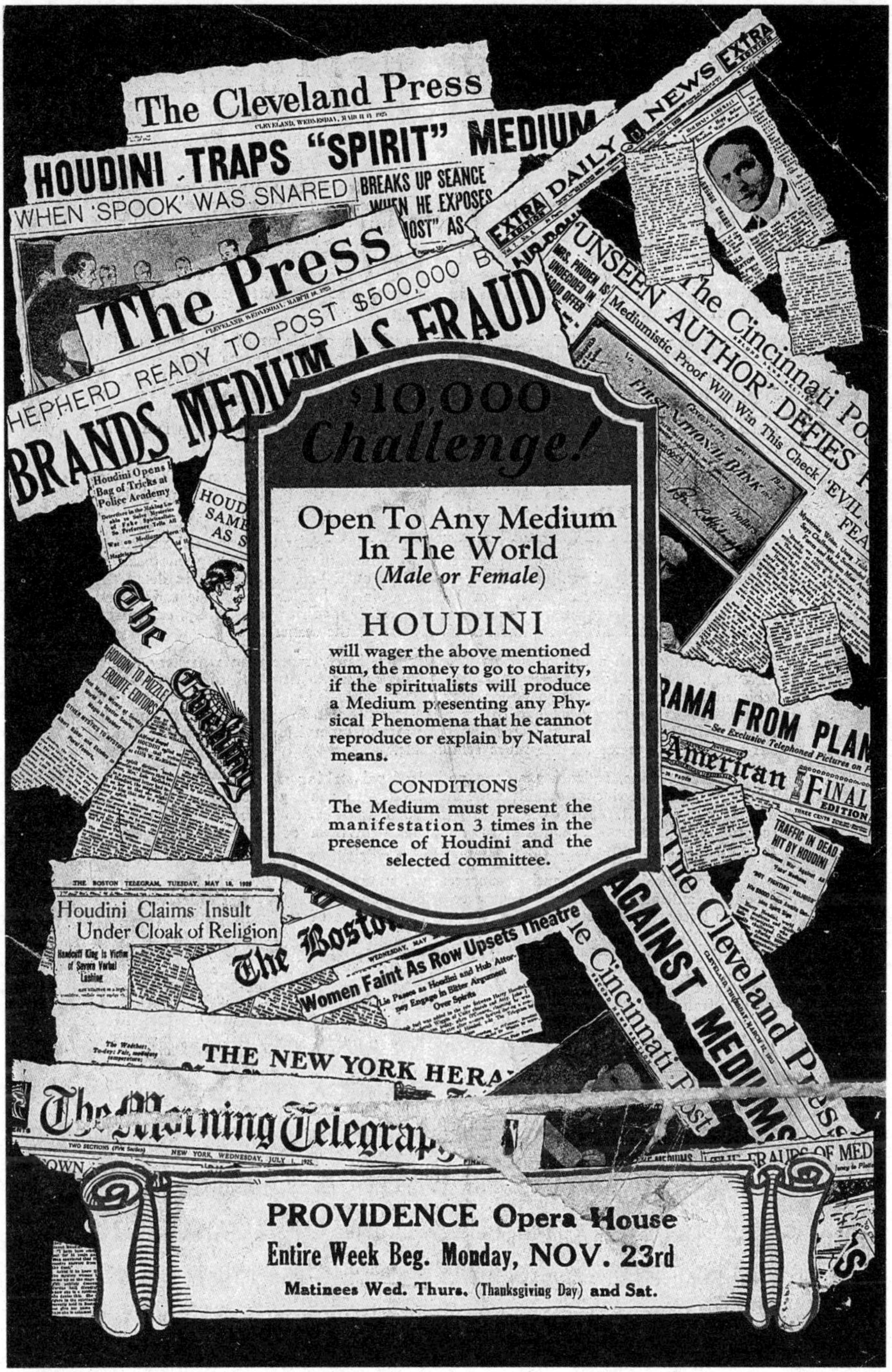

胡迪尼提供一万美元奖金欢迎灵媒来挑战。（卓耶收藏）

必进入‘假死状态’，就可以在任何棺材里待得和那个托钵僧一样久。”结果贝在伊利诺伊州的达尔顿市游泳池再次表演他的活埋特技。他的棺材没入水中整整一个小时，若要挑战他胡迪尼得多下点苦工。八月五日，胡迪尼在受邀的贵宾面前，进入雪尔顿饭店的游泳池区。他先接受医生的快速检查，医生认为他的身体状况合格，只是担心他在那种尺寸的密闭箱子里只能存活三四分钟。

“如果我死了，可能就是上帝的旨意，也可能是因为我的无知，”他告诉群众，“我要证明人丧失空气只能活三分钟的说法是错的，而我也不会假装进入假死状态。”脱得只剩泳裤之后，他踩进放在水里、特制但未加机关的镀锌铁箱里。尽管加了额外的重物，但仍需要八名游泳选手站在箱子上，才能让箱子没入水中，甚至只要有人重心不稳，箱子就会从游泳池里浮出来。他们很快就让它沉入水底。

结果胡迪尼在棺材里待了超过一个半小时。尽管三星期紧凑的体能训练让他处于五十二岁人的最佳状态，但胡迪尼出水时仍耗尽了体力。他的情绪不稳定，身体也出现若干异常征兆。根据一位目击者的说法，他看起来“脸色惨白”。胡迪尼认为他的经验可能对受困矿工有帮助，因此一回到家就将这个实验详细记录下来，并给了美国矿务局的一位生理学家。尽管他感觉嘴里仍有一股金属味，也觉得虚弱，却对丈母娘要他休息片刻的请求置之不理，而是到基督教青年会待了一个小时：打手球、在室内跑道快跑。

暑休时，胡迪尼把精力转移到他的书库和写作上。他到他的律师恩斯特位于长岛海崖的夏日别墅度周末，还带着一大箱与各种魔术著作相关的笔记，想请恩斯特协助他的写作计划。其中一本应该是他的自传。那本书据信已经完成某些部分，可惜已经遗失。他甚至开始写一篇短篇小说，暂时命名为《路西》：主角是一个大坏蛋，一个拥有魔术专业知识的男人。他也开始与恐怖作家洛夫克莱夫特合作，为杂志写了几篇故事。他与迪尔合作的书则是为大家解说降灵会上的异象是如何制造出来的。最后，他把大部分的注意力都集中在人类的迷信文化，研究范围从《圣经》时期到当代。尽管他参考过各神秘教派学者的著作，但他还是担心他的努力会白费。“我全心投入这本我自认为最重要的书，唯一遗憾的是，我没读过大学，也没有学历，因此这本书可能不会受到大家的重视。”他写信给戴维斯。为了琢磨自己，他打算去哥伦比亚大学修英文课，有此计划一部分原因是受《名人录》编辑的刺激，他们罔顾他在“职业”简历自称“演员、发明家与作家”，而以“魔术师”替代。

胡迪尼又开了另一家公司——胡迪尼吸引力公司。公司的宗旨是买、租、生产、

胡迪尼被装进棺材里没入雪尔顿饭店的游泳池中。（国会图书馆）

展示或出版“文学、戏剧及魔术作品和产品，包括胡迪尼迄今所有的魔术娱乐”。他有更大的企图心，是计划开设受认可的魔术大学，所以他与《狮身人面像》的威尔森医生草拟一份课程计划。胡迪尼拥有一种独特的能力，可以在怀恨多年之后，原谅过去的仇敌，与对方建立密切的关系。在与威尔森医生恶斗多年后，两人和解，胡迪尼立刻把他当作父亲一般地尊敬。与一流纸牌戏法大师艾略特博士，以及美国魔术师协会创办人沙朗·艾里森博士之间，也是以类似的方式和解。不过与他们和解也只是胡迪尼的片面之词，因为当时两人都已过世。

一九二六年夏天，胡迪尼一直待在家里，整理研读他珍爱的书。从地下室到阁楼，书卷淹没整栋房屋。“你知道，我真的是住在图书馆里。”他告诉一位写信请教他有关一个降灵论史小问题的女士。七月的某一天，当时正在巡回的朋友魔术师查尔斯·卡特到哈林来看他。在回旧金山家的火车上，卡特写信感谢胡迪尼的热情分享。

“你图书馆里的大部头收藏与手稿，以及你储存在大脑里的知识，都让我为你感到骄傲，你的博学程度也令人感到赞叹，”卡特写道，“我好想多花几天，浏览包围着你、由历史与其他资料组成的迷宫。但我恐怕其中某些既宝贵又悲哀的记录的尘埃，会让我的眼泪流干。”

“你似乎也因此感到悲伤，因为在你朝气蓬勃的笑声背后，透露着思想上的讽刺与一点点的疲倦。但请像我一样感到安慰，因为有些事情，像是我们永恒的悲叹、我们的眼泪和傍晚的疲倦一样（难以衡量、毁灭性的疲倦），是永远不会变的！”

八月二十日，中央车站对面、四十二街的林肯保管公司里，胡迪尼在他的保险箱留下这些字条给贝丝：

一九二六年八月二十日

亲爱的妻子与爱人：

如果你很想毁掉所有的底片，因为大体说来我对这个世界不够重要或有趣，因此你把它们销毁也好，除非你自己想写书或为消遣而写作，否则请销毁所有的底片，烧掉它们。

忠心耿耿的丈夫

胡迪尼

我把这些底片全部留给我的爱妻、唯一真正在工作上给予我协助的贝丝·胡迪尼。

胡迪尼

“你还痛吗，哈利？”歌楚德·希尔斯担心地问。那年夏天他受伤，她觉得自己也有些责任。毕竟他是在她的建议下参加那场义演的，她没想到努力挣脱约束衣会让他伤得这么重。

“我还是觉得全身麻痹，”胡迪尼承认，“我的身体好像在腐烂，动也动不了。”

“这可能很严重。你万一死掉怎么办？”歌楚德很担心。

“能为精彩的表演而死，谁都不该感到遗憾，”胡迪尼说，“老实说，那是一种恩典。”

他的态度并不令她惊讶。四年前，他甚至向她预告自己的死亡。他们最后一次见面时，他还仔细描述他想要什么样的丧礼。“我绝不会拖延与我母亲重逢的时间。”他告诉她。她知道这是他的真心话。

但他并非一直这么放得开，他们花了一段时间才克服他天生的羞怯，尤其事关灵魂的时候。在多年以后的现在，他的心门终于打开了。她认为，他已经发现

“我真的是住在图书馆里。”胡迪尼写道。这还只是他的书桌而已。（乔治与珊蒂·戴利收藏）

她的灵魂跟他一样伤痕累累。

这时茶已经泡透了，她倒了两杯。等她再回到房间时，胡迪尼正在看她的一本有关轮回转世的新书。

“你知道，有时候我会想，我是否真的是一位伟大老魔术师转世，”胡迪尼若有所思地说，“我从来不觉得魔术神秘。”

“我不知道你前世是不是魔术师，但我知道你是个老灵魂，哈利。”她说。

他放下书回到座位上。这茶很提神。

“道尔和洛吉怎么会自欺欺人至此？”胡迪尼摇摇头，“他们太聪明，不该成为那个运动的牺牲品。一群男女关在房间里彼此抚摸手和身体，怎么能称为‘宗教’？”

“你和他们的差别很明显，哈利，”歌楚德轻声说，“他们怕死。”

胡迪尼点点头：“你知道吗？道尔真的以为人在天堂可以抽雪茄、喝酒。”他觉得不可思议地说，“难道他还不了解上帝不可名状的威严吗？谁站在他面前不会感到畏惧？他不想在那里跪下来，反而幻想可以打板球呢！”

胡迪尼突然住口，因为他发现他说话的口气开始像他的拉比父亲了。

歌楚德微笑道：“就是因为这样他们才坚持需要灵媒的协助呀！”

“那是他们无法面对自己，”胡迪尼回嘴说，“上帝的力量那么浅薄吗？只能让桌子倾斜和让铃声大作？上帝创造最令人屏息的山脉、最壮观的瀑布，他会屈尊向世人显现那种下流、卑鄙的灵魂外质吗？”

他们安静地坐着啜饮茶。胡迪尼偷瞄了一下他的怀表，她知道他该走了。胡迪尼即将开始巡回，她知道会有好一阵子见不到他，但当他在她家门口停下来，她看见他灰色的眼睛里散布着不安与游移，她立刻知道这将是他们最后一次见面了。他也明白，所以只能狠下心来快步离开。

他走了之后，她只能盼望他能突破那一层纱与她联络，不只留些只字片语。她希望他能给她一个答复，一个在他最后一次离开前一直都没有给的答复。

这时灵媒坐在玻璃隔间里的一张木制的温莎椅上。她穿在和服里的衬衣，用外科胶带固定在皮肤上。她的手腕和脚踝用二号挂画索固定在密室地板上的吊环螺栓上。绳索本身也用外科胶带固定。她把头发剪短，免除在里面藏东西的可能。为了完全避免她的头向前移，现在她的脖子用上锁的皮项圈固定，皮项圈用连接到密室后面环首螺栓上的水平绳索绑住。

就算不用这么多的监控装置，莱恩博士和她的妻子路易莎·莱思博士仍能在一九二六年七月一日的降灵会中，一举识破玛洁丽。莱恩看起来或许像个乡下土包子，却是很敏锐的观察者，他很愤怒，因为他从西弗吉尼亚大学转到波士顿地区发展，就是为了能研究他心目中最有潜力的灵媒。除了将玛洁丽的七种灵异现象逐一识破之外，在场信徒的行径也令他生气。“拥有个人魅力，对灵媒来说显然是很重要的，假灵媒尤其如此。只要包装得好，信徒自然坚信不移。口说无凭，我们当然是亲眼见识到这种狂热。在我们参加的那场降灵会上，有一位灵媒的热情崇拜者，居然亲吻与拥抱灵媒，他这么崇拜灵媒，我们能期待这个人揭穿她作假吗？”我们不知道莱恩指的是博德还是德维科夫。

除了降灵会被抓包之外，克兰顿还遇到其他麻烦。“有人告他，要他赔四万美元，因为他为一个女人动癌症手术，但她其实只是怀孕而已，胎儿还因此死亡。”普林斯博士写信给另一位超自然研究者。信中接着提到，“最近四周都流传一则让人不可置信的传言，据说有个在他家住了几个星期的男孩离奇失踪。他宣称男孩目前回到他英国的家，但英国官方还是持续寄信来查问。这不只是谣言，因为有人给我看过某些信件的原本。我问玛洁丽，为何英国官方不到男孩英国的住处找他。

玛洁丽说，她猜是因为他们无意这么做。她还告诉我，移民局一度威胁要逮捕克兰顿医生。这件事已经流传了一年多，实在让人摸不着头绪。”

克兰顿的因应之道是发表演说，指控胡迪尼阻碍华特在降灵室里显灵。为了反制哈佛提出的负面报告，他授权出版一本由德维科夫出资、名为《玛洁丽、哈佛与真相》、总共一百零九页的书，并且几乎给全世界各大图书馆与大学都发送了一本。博德也试图打探胡迪尼家族的秘密，打算“无所不用其极地”毁灭胡迪尼。

近来菲尼亚斯对道尔感到不满。道尔不断探询有关世界末日的消息，因此菲尼亚斯开始叫他“贪心鬼”。他冲动的行为，也让菲尼亚斯对他严加斥责。“不要总是一个人行动，”菲尼亚斯告诉他，“我们三个是一组：你、我和灵媒。如果你擅自行动，我们这辆马车就少了一条缰绳，只能靠另一条缰绳拖着跑。”

一九二六年夏天，降灵论的宣传者威廉·艾略特·哈蒙出版了一本名为《拆穿胡迪尼》的小册子。在试图反驳胡迪尼有关相信降灵论往往导致疯狂、堕落或暴力的指控之后，哈蒙引用胡迪尼演说的一段话：“告诉大家，我想做的只不过是使他们免于受骗，并且说服他们不要理会降灵论，要加入真正的宗教。”接着，愤怒的哈蒙反击道：“我们想要告诉我们事业上的敌人，包括胡迪尼在内，降灵论的力量与人数仍未可知。此刻我们公然受到攻击，因此即使只是为了防卫，我们将以数量上的优势为重。我们的敌人似乎在说：‘诸神，准备好你们的雷电，将他们打成碎片……’但圣战士与胡迪尼将体验到，降灵论者置身这场竞赛、斗争、战争或战斗里……我们打算坚持到最后。如果有必要，我们愿意投身其中，但我们将高举凯旋的旗帜！……我们要对我们事业上的敌人说：‘放出你们的战狗吧’，与我们战斗吧。你将会发现受罗斯福话语启发的降灵论领袖，罗斯福说过：为权利奋战是世界上最高贵的竞技……战斗的胜利属于我们！”

看来以后的威胁恐怕不再仅是隔空叫阵而已。

九月一日，胡迪尼在经纪人帮他计算其“财产”的总数时，又写了一张小便条给贝丝。他写道：“给你无尽的爱与吻，永远是你的丈夫，直到我们的人生落幕，直到毁灭降临。”然后签字，“哈利·胡迪尼（艾瑞许）。”

九月某个周六的下午，富尔顿·奥斯勒家的电话响起。

“哈啰，奥斯勒，听着，我马上要离开家去巡回。或许这是我们最后一次说话。”

这是另一通来自胡迪尼的疯狂电话。过去四个月来，魔术师一直表现出可疑的反常行为，包括咄咄逼人的对抗和剧烈的情绪波动。奥斯勒是《自由》杂志的顶尖编辑，以沙姆里·弗里克尔为笔名积极揭发假灵媒，当时他常常被这样的电话淹没。电话随时都可能打进来，不过对于夜猫子的奥斯勒来说，早晨七点的电话最令人害怕。在这些对话里，胡迪尼似乎不寻常地爱争论。“他的声音里有一种女性、几乎是歇斯底里的反叛语气，仿佛正以他的手对抗无法改变的命运。”奥斯勒后来写道。

“什么事？”编辑问。

“你知道我的侦察系统吧？”

奥斯勒对胡迪尼的情报工作知之甚详。他知道胡迪尼的卧底调查员，几乎深入渗透到所有重要的降灵论圈子和教堂。

“他们要杀我。”胡迪尼断言。

“谁？”奥斯勒好奇地问道。

“假灵媒。不要笑。他们每晚都在开降灵会祈祷我死。”

奥斯勒记得玛洁丽的支配幽灵华特曾诅咒胡迪尼死。他提到这件事时，胡迪尼承认这些诅咒对他造成心理负担。

“但我想告诉你的不只这个，”魔术师继续说，“他们也开始注意你。假灵媒在美国各地传递你的照片和生平。”

“你怎么知道？”奥斯勒问。

“我手中有一份他们正在传递的你的资料。等我巡回回来再给你看。还有，不要把你知道的事说出去。”胡迪尼说完就挂了电话。

胡迪尼的秋季巡回从九月七日起在波士顿的雄伟戏院展开。此时另一组教授，正在美国超自然研究会的支持下检验玛洁丽。胡迪尼公演的第一周接近尾声时，两位新委员到后台拜会他。胡迪尼表示他很乐意用相同的装置，在新委员会面前再现玛洁丽的新显灵现象，不过他很震惊克兰顿会准他再去赖姆街。约莫同时，胡迪尼接到他的一位卧底情报员瓦加的电话，警告他玛洁丽有了新节目，那是刻意为了阻挠胡迪尼复制她的节目而设计的。胡迪尼和克兰顿经过一连串简慢的沟通（有些是透过挂号信）之后，双方互控对方临阵毁约。从信件里可以清楚地看出，克兰顿相信胡迪尼如果被绑在玻璃密室里，将无法复制玛洁丽的绝技，而这是他

玛洁丽自豪地拿着道尔送她的奖杯拍照。（亚佛布克医生收藏）

摧毁胡迪尼声誉的最后一搏。克兰顿在最后一封信里不实宣称，胡迪尼和研究员深谈两个小时后，因为得知“玛洁丽的指导灵不好惹，因此审慎明智地拒绝出席”。

波士顿还有更多降灵论者提出的诉讼案在等着胡迪尼。这时他有超过百万美元的诉讼金罩顶，由于他非常看重这些诉讼案，因此在离家开始巡回前，就已经将他所有的节目、装备、幻术、随身物品和服装以一美元的金额卖给贝丝。于是，在最后一段揭穿灵媒的节目时，胡迪尼先表明有一位坐在乐池里的速记员，将他的整个演说速记下来。接着他又介绍一位当地的法官，法官告诉观众他已经审查过胡迪尼宣读的法律声明。这时戏院管理单位的两名监看员警告胡迪尼，观众席里有两个人为对手记下胡迪尼的每句话，结果胡迪尼宽宏大量地提议要给他们正式记录的誊本，然后便开始他的揭穿秀。

胡迪尼缓缓爬入正面镶玻璃的黄铜棺材。棺材紧闭之后，被慢慢放进前面镶有玻璃的巨大库房。接着埋上整吨的沙，渐渐将棺材与棺材里的人隐没。只要稍有差池，胡迪尼就可能在台上小山一般的沙堆里窒息而死。

两分钟不到，胡迪尼已经脱身。这个称为《狮身人面之谜》的脱逃秀，是魔术师数年来第一个新脱逃秀，但他准备这个节目已有十年之久，可以追溯到他在圣安纳湿土里做过的那些实验，当时他真的是“扒”出地表求生，要是体力差一点的人早就死了。即使到了五十二岁，他仍继续推出更搏命的新脱逃秀。他在麻州的乌斯特首演这个节目，就博得好评。由于准备起来非常费事，胡迪尼决定只在档期超过两周的地方演出。

在演出的下一站普洛维登斯，胡迪尼与贝丝和洛夫克莱夫特及小艾迪一起吃晚饭。他们俩正在为胡迪尼写一本名为《迷信之癌》的书，艾迪也是胡迪尼的卧底侦探，他提出许多拜访假灵媒的实地调查报告。胡迪尼一直在等夏普的消息，他显然也有一些有关揭穿灵媒的宝贵“降灵论报告”要交给魔术师。然而夏普一直没有出现。与艾迪和洛夫克莱夫特会面后不久，贝丝莫名其妙地中毒了，可能是食物中毒。胡迪尼立刻找来曾经在他们家工作过的护士苏菲·罗森布拉特，但到了十月七日礼拜五，贝丝的情况严重恶化，晚上胡迪尼也必须陪着她。第二天她的情况略微好转，由于那是当地档期的最后一天，因此胡迪尼安排她和苏菲直接到纽约州的阿尔巴尼，也就是演出的下一站去。他自己则搭夜车去纽约，因为周日他在那儿排定了会议。

即使在前往纽约的夜车上，胡迪尼仍在与“他的几位同僚”交换意见。他礼拜天与律师会面是为了讨论与降灵论者之间价值百万的诉讼案。下午六点整，胡迪尼抵达恩斯特家，但他们一家人仍在度周末还没回来。已经六十个小时没合眼的胡迪尼，在起居室的沙发上小睡二十分钟，直到恩斯特返家才醒过来。会议结束后，他与阿尔巴尼的罗森布拉特联络，并决定延后搭火车回去的时间。

午夜过后，胡迪尼曾打电话给读心术表演者乔·杜宁格。

“乔，我今天刚进城，很快又要离开，”胡迪尼说，“我想从屋里搬些东西出来，你可不可以开车来？”

尽管大雨滂沱，杜宁格还是开着车来了。他到一一三街时，胡迪尼已经在门口等他了。他身穿破旧的衣服，头戴被风雨侵蚀过的草帽。在场还有一位福尔摩斯保全公司的警卫负责让警报器暂时停止运作。胡迪尼有捆好的成堆的文件和杂志需要搬运，所以警卫也帮忙把东西搬上车。胡迪尼给他五十分钱当小费。

因为肚子饿，两个人停下来吃了点东西。回到车上以后，胡迪尼要杜宁格开

在以加州的泥土实验多年之后，胡迪尼终于表演他的《活埋》秀。（乔治与珊蒂·戴利收藏）

车穿过公园，但他们到达中央公园位于七十二街的出口时，胡迪尼却抓住朋友的手臂。

“回去，乔！”他用低沉、悲惨的声音说。

“回哪里去？”

“回到屋子里去，乔。”

“为什么？你忘了东西吗？”

“别问，乔，掉头回去就是了。”

杜宁格照他的话做了。抵达时雨下得更大，但胡迪尼却下车脱下帽子，就那样站在倾盆大雨中，仰望黑暗的房屋。然后他回到车上，却没说什么。等他们再度接近公园出口时，杜宁格发现胡迪尼的肩膀在颤抖，他在哭。

几秒后胡迪尼抬起头来。

“我刚刚最后一次看我的房子，乔，我再也见不到我的房子了。”

就在胡迪尼被吊在半空中，准备将他倒着没入水中时，他开始喘气，脸因为痛苦而扭曲。工作人员将处于剧痛中的胡迪尼从固定架上放下来，并询问有没有医生在场。一位阿尔巴尼的骨科医生哈诺克在舞台侧翼为胡迪尼做检查，断定魔术师可能是骨折了。

“你必须立刻就医。”他命令道。

胡迪尼对观众挥手，然后告诉医生，他不能让观众失望。接着他跳回台上，单脚表演《吞针秀》，也把其他节目都表演完了。因为欣赏他的气概与勇气，表演结束后，几乎所有观众都在后台口等着为胡迪尼欢呼。胡迪尼被送到医院后，医生证实他的左踝确实断了，并建议他让脚休息一周。结果他整夜没睡，设计了一个支架以便他能在第二天登台表演。

奥斯勒知道朋友受伤的消息后，立刻拍电报到戏院。第二天，即十月十三日，奥斯勒接到一封来自曾经担任普林斯博士秘书多年的灵媒爱丽斯·伍德的奇怪的信：

> 三年前，海斯洛普医生（的幽灵）告诉超自然研究会的博德：“胡迪尼的水是黑的。”并且预言他在戏院观众面前表演时会有大难降临。海洛普医生现在说，伤害会比先前说得更严重，胡迪尼的魔术师生涯已经结束。

奥斯勒本来打算把这个消息附在给胡迪尼的第二封信里，却因觉得转寄这样的信息给一个正在努力疗伤的人不得体而作罢。同时，奥斯勒也得到胡迪尼的回信。信上说："谢谢你的电报。我'只是'脚踝内侧骨折而已……"

十月十九日星期二下午五点，蒙特娄麦吉尔大学的学生会挤满了一大批人，是该大学有史以来人数最多的一次，每个地方都挤满了人。有些大学部的学生为了看清楚些，甚至爬到一座梯子上。泰特教授首先爬到略微垫高的讲台上，接着胡迪尼、索耶和麦肯堡也跟着上台。泰特做过简短的引言之后，胡迪尼一拐一拐地走到舞台中央。他的脸色苍白、憔悴，疲倦的眼睛下有黑影。这就是令半个世界的人衷心敬畏的人？有些学生感到怀疑。

但就在他开口的瞬间，那些疑问立刻烟消云散。

胡迪尼先针对魔术做了一番简短的论述。他告诉学生，他的绝技仰赖的是铁一般的勇气、灵巧与完美的协调性，但全都是以自然的方法完成。他告诉大家，大家缺乏真正的认识能力，如果大家能训练自己的眼睛，就能轻易看透几乎每一种他所谓的奇迹。

身为脱逃艺人，他解释道，你必须习惯拒绝所有的恐惧。我们的想象力即使不是造成痛苦的元凶，但它却会将痛苦放大。如果你习惯拒绝恐惧与痛苦，就能完成看似奇迹的技艺。为了证明他的论点，他表演了他表演过数百次的节目：先把针消毒一遍，然后插进脸颊里，却没有血冒出来。

接着他进入演讲的主题，降灵论的骗局。他赞美那些将降灵论当作宗教来信仰的人，但他对那些把最脆弱的人当作掠夺对象的"神棍"只有轻视。他们剥削无知的人，而轻信者的人数已经达到令人震惊的程度，这些骗子每年赚得高达数百万元的利润。"灵媒有三种，"他表明，"真正受骗的，精神异常的，还有罪犯。"

他严词痛批玛洁丽和道尔夫人，以至于第二天《蒙特娄报》出现这样的标题"胡迪尼抨击'最狡猾的'灵媒，反复指控波士顿的'玛洁丽'是骗子，并攻击道尔夫人"。根据他的说法，在全世界的人当中，只有道尔夫人为他举行过降灵会。"她以古典英语为我弄出二十三页来自家母的信息……但家母连一个英文也不会讲……等你们的母亲永远安息之后，千万不要相信任何灵媒能为她传递信息。"

他发誓即使全世界的灵媒都"抱着血海深仇"痛恨他，他还是要继续这场战役。他以简单的宣言结束他的演说："如果我明天过世，降灵论者会宣告明天为国定假日！"

演讲会解散后，胡迪尼在经过楼下的撞球室时，被崇拜者团团包围。根据目击者的说法，胡迪尼十分乐于向每个人挑战，请他们用力击打他的肚子，以证明他不怕痛，以及“在不造成个人伤害”的状况下承受重击的能力。公开展示腹部的威力，是神秘大师新发展出来的武器，不过早在一九一八年接受女性杂志访问时，胡迪尼就曾经夸口他极端为他的洗衣板肚子自豪：“得自祖先爱干净……的资质。”根据歌舞女郎暨间谍查普曼表示，一九二五年，胡迪尼开始非正式展示他挨拳头的能力。在马吉尔大学，有一个十九岁的前足球选手杰若·皮克曼接受胡迪尼的挑战，使尽全力打他的肚子。魔术师承受住他的打击，并离开了大楼。当晚在公主戏院演出后，他又赶到一家蒙特娄电台接受现场访问，谈他对抗假灵媒的运动。

周三晚上，胡迪尼对蒙特娄当地的灵媒发动攻击。在接受观众中几位降灵论支持者的诘问之后，他介绍索耶和麦肯堡出场，由她们详述自己参加当地降灵会的情形。接着，胡迪尼接手，他先提到观众中几位蒙特娄著名居民的名字。他像透视眼那样详述他们的私生活细节。等他们惊讶的感觉平复之后，他解释说是他刚刚介绍过的间谍，以不正派灵媒剥削没有戒心的受害者的方式，将所有情报传递给他的。

第二天，蒙特娄一个名叫詹姆士·克拉克的人寄了一封信给道尔。前一晚克拉克也在观众群里，并且对胡迪尼的揭露秀提出异议。在问答阶段中，有人问胡迪尼，像道尔那样杰出的人，怎么会认为研究超自然现象有价值时，克拉克报告说胡迪尼突然对这位著名作家发动长篇攻击：“他的回答非常傲慢，甚至说你只是个‘侦探故事作家’，只对一种主题感兴趣。此外，他还说你与一般人没两样，根本不是一个科学家，在纽约会议上表现得像‘学校里的大男生’。他还说你什么都相信，他提出这种论断时那种蔑视的态度非常不公平。”

“我现在要讲最重要的部分。最后反驳时，他说他希望你在他面前。他会‘把你撕成碎片’。显然他在利用伦敦和蒙特娄相隔遥远这一点。因为这些评论是公开当着一大群人说的，所以我觉得应该让你知道才对。我气愤地提出反对意见时，被高声制止了。他让群众站在他那一边。”

十月二十一日，礼拜四，菲尼亚斯来参加道尔的降灵会。

“一切都很顺利。一切都按照计划进行，”他说，“那些误导其他人的人，那些挡住上帝的光的人，将会被除去。”

“但会发生他们要承受的恐怖事件。”道尔担心地说。

“不会的，他们来不及感到恐怖，”菲尼亚斯说，“一切都会非常突然。还记得多年前，我警告过你不要出国。如果当时你没听我的劝阻，你今晚就不会在这里了。我保存了你当时可能遭遇的事情的照片。你来的时候我会给你看。邪恶的力量策划了你的毁灭。”

“我非常感谢你。”道尔爵士说。

“我们拯救你与其说是为了你，不如说是为了世界。”菲尼亚斯回答。

礼拜五早上，山姆·史麦利和他的朋友杰克·普莱斯在公主戏院外焦急地等待着。胡迪尼到史麦利的学校演讲时，他仔细聆听他说的每一个字，并一直为魔术师画素描。在胡迪尼某场秀之后，他在联谊会的哥儿们将他的素描拿到后台，魔术师很高兴地在画上签名，并请他们邀这位艺术家礼拜五到梳妆室来，好再为他画一幅像供他个人收藏。

大概十点五十分的时候，胡迪尼、贝丝、索耶和罗森布拉特在戏院前下车。几个路人正在检查户外展示的门锁、链条和捆绑在胡迪尼身上的镣铐。索耶提醒他要吃点东西，但胡迪尼把她打发走了。他说如果他饿了，随时可以找东西吃，接着永远是个魔术师的他，神奇地从一位崇拜者的外套翻领上，变出一根热狗。

史麦利向胡迪尼表明身份后，他似乎很高兴他能来，然后便领着两位学生进到他狭小、潮湿的梳妆室。魔术师请男孩们坐下，脱下外套、打开领子、卷起衬衫袖子，然后躺在房间另一侧的躺椅上。胡迪尼为他躺在躺椅上道歉，他告诉男孩因为在奥巴尼发生意外，所以他必须休息。他的脚踝仍然困扰着他，不过他决心表演时要把跛脚藏住。他并没有夸张，他后来写信给两位朋友，对其中一个人提到这个伤让他“半残废”，然后对另一个人抱怨“脚骨折断很让人担心”。他用几个枕头支撑自己，然后询问在让他们画之前，是不是能先等他读几封信。

史麦利对胡迪尼的最初印象，在这个房间里得到证实。“他灰黄的脸色，紧绷的皮肤，疲惫、深陷眼睛旁的黑眼圈，太阳穴附近和嘴边的肌肉紧张地抽搐着。这是一个有些疲惫，非常需要无忧无虑的长假的男人。他的嘴巴和眼睛是紧绷坚定的，透露出想要以心灵对抗疲劳和疾病的无边欲望和强大意志。”

史麦利开始画之后，他分享他的生平梗概给这两个男孩。他谈到采用“胡迪尼”这个名字，“这个名字……像魔术一样……打动人”。他谈他的电影生涯，还告诉他们他不会重回那个领域，因为报酬太少。当他们聊到他的秘密时，胡迪尼踌躇了，不过他告诉他们，在一两年之内，他会写书透露那些秘密，然后再迟几年才出版。谈到印度托钵僧的技艺时，他甚至表演如何能透过意志力，让自己看起来好像停止心跳和呼吸。

过了一会儿，有人来敲门，索耶领着一个看起来穿着不合身的蓝色华达呢长外套的高大男人进来。他的手臂下夹了四本书，胡迪尼向其他人介绍说他叫乔瑟林·戈登·怀德海。怀德海来归还他前几天向胡迪尼借的书，结果发现虽然怀德海比其他男孩年长，大约二十八岁，但他也是马吉尔大学神学院的学生。“他面色红润，顶端头发稀疏，骨架虽大却松散，脖子出奇地长。他用夸张的牛津腔轻声说话。”史麦利回忆道。

怀德海一进房间，就开始主导话题，问胡迪尼无数问题，多到足以惹恼史麦利，因为胡迪尼不断转头去回答他。史麦利对胡迪尼的谈话内容很好奇。

“胡迪尼似乎曾经担任侦探多年，协助解开过许多谜团，他读过许多侦探故事，他夸口任何侦探故事（当然是他所不知道的），只要听过三四个不同的段落，他都能把故事拼凑出来。”

这时，刚好带着推理小说的怀德海，便尝试做这个实验。只读了三四个段落之后，胡迪尼就成功将情节大纲关联起来。怀德海是否是他们预先计划好来吓唬史麦利和普莱斯的共谋呢？我们同样无从得知。这个插曲以胡迪尼最喜欢的格言告终：“想想如果我滥用我的天分，将造成怎样的麻烦啊。”

接着怀德海突然改变话题。他开始质问胡迪尼有关《圣经》的问题。“你对《圣经》中提到的奇迹有何意见？”他问。

胡迪尼突然退缩：“我宁可不讨论或评论这类事。”他说，“不过我愿意发表一个观察意见，如果胡迪尼的绝技是在《圣经》时代演出，后代会怎么说呢？他们会称之为‘奇迹’吗？”

这个说法似乎令怀德海大吃一惊。他立刻把话题转到胡迪尼强健的体魄上。

“胡迪尼先生，你的腹部能承受最坚硬的拳头，是真的吗？”怀德海冷不防问道。

在史麦利看来，胡迪尼对他的腹肌似乎并不特别自豪。他没理怀德海，只是说：“我的前臂和背部肌肉像钢铁一样，你摸摸看。”

他们三个照他的话做，也确实留下深刻印象，但怀德海仍不放弃，将话题再度转向胡迪尼的腹部。

“你的腹肌真的能承受重击吗？”

“我的前臂和背部肌肉非常强壮，像钢铁一样。”胡迪尼重复道。

怀德海不肯被敷衍。“介意我对着你的肚子打几拳吗，胡迪尼先生？”他问。

“无论是出于职业的尊严，还是胡迪尼觉得拒绝了他们可能会有损他的声誉，我不敢妄下断语。等我回过神来，胡迪尼已经接受他的挑战，当场仰卧，但显然他还没准备好接受怀德海的拳头。怀德海在他伸展开来的身体上迟疑了一下，突然弯着手肘非常用力、刻意、精准地打了胡迪尼的肚子四五下。”史麦利写道。

史麦利吓呆了，但普莱斯跳上前去把怀德海从胡迪尼身上拉开。

“你疯了吗？”他气愤地对那个人说。

他的每一拳似乎都令胡迪尼畏缩。最后，他一手做出阻止的动作，看着怀德海，脸上闪过一抹苦笑。“这样就好了。”他咕哝道。

小房间里的气氛紧张了起来。史麦利觉得怀德海对他的攻击似乎完全没有悔意。他和普莱斯觉得非常不舒服，所以艺术家一完成画像他们就立刻离开。胡迪尼似乎对素描很满意，他请史麦利签上名字和日期。

“你画的我显得有点疲倦，”魔术师说，“事实上我也不太舒服。”

接着三名访客便道别离开。

事情不对劲的第一个征兆出现在晚餐时。胡迪尼不断揉搓他的腹部，这个动作令护士警觉，他向她承认肚子痛。礼拜五晚上演出时，他似乎始终在忍耐，而根据罗森布拉特的说法，他“一直抱怨”痛。

他必定很努力要维持某种自制的表象，因为根据贝丝的说法，当晚胡迪尼在房间里开香槟派对，还邀罗森布拉特和索耶来。同一晚稍后，大概凌晨两点的时候，似乎与护士同房的贝丝接到胡迪尼的电话。这时除了痛之外，还有可怕的痉挛。于是贝丝替他按摩肚子。

第二天早上，贝丝看到胡迪尼的纸条。

“香槟风骚女，我大约中午到戏院。”他署名，“代罪羔羊 H H”。

睡得很少的胡迪尼，周六日场前在梳妆室里打盹，而且根据罗森布拉特的说法，他表演时差点睡着。当天下午，他抱怨肚子很痛，“就是被打的地方”，他告诉护士。她给他治消化不良的轻泻剂。晚上表演时，他太虚弱太痛，以至于左脚无法抬起来走进表演变身秀用的箱子。结果在当时的表演中他好几次都得靠柯林斯帮忙。

周六晚上的节目结束以后，戏班准备连夜搭火车去底特律，他们预定周日晚上在当地首演。胡迪尼坐在下榻的威尔斯王子旅馆大厅的扶手椅上，一边读报一边等其他人。大厅后面有一个门可以通往犁舍酒吧。胡迪尼读报时，三个年轻人从酒吧进入大厅，朝魔术师走去。根据目击者描述，其中一个人长得像足球选手一样魁梧，在没有提出警告的状况下，透过报纸，直接对着胡迪尼的腹部给予致命打击。

他因为痛而弯起身子。

“你们不该做这种事。”他对陌生人说，然后慢慢站起来离开大厅。

底特律加里克戏院首演之夜满座的观众越来越坐立不安。胡迪尼的表演原本排定八点半开始，但现场广播告知因为从多伦多来的人员与器材晚到，所以延缓开始。眼看时间快到九点，魔术师却仍未现身。突然间，熟悉的《威风凛凛》进行曲响遍戏院，胡迪尼走上舞台。

“我们刚从蒙特娄千里迢迢赶来，实在有点累。”他一边夸张地说，一边开始表演魔术。从一开始，观众就觉得情况有异。他用一大块布盖着空无一物的桌子，但他掀开桌布的动作太笨拙，以至于让观众看出装着水和鱼的碗是怎么出现的。等他要展开鱼缸里的长丝幡时，柯林斯还得上前去替他拉出来。但胡迪尼仍努力维持体面的表象。等他开始表演纸牌戏法时，一个坐在包厢里来踢馆的人将自己的纸牌丢上台，要求魔术师以那些牌替代他自己的。起初，胡迪尼对打扰表示不悦，但旋即小心翼翼地弯腰拾起纸牌，用那副牌变戏法，取悦了那位观众。但情况显然不对。他在节目中好几次抚摸身体的侧边，并且对舞台侧翼的人窃窃私语。

第一幕结束穿过布幕时，他就倒下去了，然后被人抬到梳妆室。他的体温高达华氏一〇四度，但总算还能靠意志力重新回到台上。演出前一位医生帮他检查过，力劝他立刻去医院，但胡迪尼拒绝。“他们是来看胡迪尼的，”他指着满场的戏院观众，“我不要让他们失望。”他总算撑到节目中有关降灵论的部分，向底特律当地的灵媒挑战，但他话讲得比平常快，而且说话的声音越来越小。回答完观众的最后一个问题以后，胡迪尼俯视脚灯，向观众告别，然后慢慢往后退，走一步鞠一个躬。等他总算走到布幕那儿时，立刻倒地不起。

他很快被送到梳妆室，并在那里躺下。外侧走廊挤满了想要探望他的人，但只有他的收藏家朋友布雷克进得去。布雷克跟他谈了几分钟，走时只记得他“非常痛苦”的表情。尽管如此，胡迪尼仍抽空写了一封回信给奥斯勒，告诉他趁他在中西部期间，他想找时间到托利多去参加灵媒贝西奈特的降灵会。

救护车就在戏院外等着，但胡迪尼顽固地坚持要搭计程车回旅馆房间。在旅馆里，贝丝变得歇斯底里，并坚持叫驻饭店的医师来。史特勒饭店的医生正在度假，一位名叫丹尼尔·科恩的年轻医师代替他来为胡迪尼看诊。他非常担心，所以就打电话给葛瑞斯医院的外科医生查尔斯·甘乃迪，他大约凌晨三点抵达旅馆。甘乃迪也赞成必须立刻送医，但胡迪尼不肯，最后，他们打电话给他在纽约的医生威廉·史东，他在电话里跟魔术师说话，命令他就医。

胡迪尼在星期一凌晨四点左右住进葛瑞斯医院。因为他太有名，所以他们想替他找一间个人病房，不过已经没有了。“如果只有双人房，我可以接受。”胡迪尼说。科恩医师为新病人记录病例。当他问到他的职业时，胡迪尼回答：“作家与魔术师。”打从入院开始，他就是一个模范病人。每次工作人员或护士要替他做一些最微不足道的事时，像是替他擦额头或喂他喝水，他都会看着他们的眼睛，带着微笑道谢。

我们无法得知，何以拖到礼拜一下午才为胡迪尼开刀。胡迪尼要求步行进入开刀房却被拒绝，这让他大失所望。不过当两位年轻、结实的护工将他推进去的时候，胡迪尼还是戴上手套开玩笑说：“喂！我还是可以打败你们两个喔。”开刀前胡迪尼还有另一个奇怪的要求。他把甘乃迪医生叫到床前，然后指着贝丝说：“任何时候都不要让那个女人进来，因为在我这辈子认识的女人中，就属她最古怪。”这个要求被接受了，贝丝好几天都被挡在外面。

甘乃迪医生从胡迪尼腹部中央做探查性手术。根据前一晚的检查与问诊，甘乃迪怀疑胡迪尼在蒙特娄挨的那一拳，可能弄破了他的肠子，或造成肠子大血管凝块。他一直没有认真考虑过阑尾炎，因为他听说那一拳打在他腹部左侧，而那正是胡迪尼喊痛的地方。

根据某份报纸报道，就在做探查性的切开术之后，“脓从胡迪尼的腹部溢出来，洒在开刀房的地板上。”甘乃迪很惊讶地发现，胡迪尼的阑尾“非常长，从一般正常位置，也就是骨盆右下侧开始，一直延伸通过身体中线，到达左边的骨盆，而那正是他被打的地方”。他下结论说，胡迪尼的阑尾破裂，造成致命毒物渗透到他的器官里。他把胡迪尼阑尾坏疽的部分除去，然后为他缝合。

手术后医院立刻向等候的记者发布一份病情报告。报告中提到胡迪尼因为急性阑尾炎开刀，医生“对于他恢复的机会深表忧心，并暗示延迟就医可能损害他复原的机会”。私底下，他们预计他还能活十二小时。晚上十点，院方又发布另一份报告，表示他的情况仍未改变，麻药还没消退，而医生团队也继续守在他床边。

团队中的一位成员就是年轻的科恩医生。才刚从医学院毕业就接到这样有名的病人，使他非常兴奋，因此他日夜守在胡迪尼床边。等魔术师的情况较为稳定之后，科恩医生着迷、专注地听胡迪尼用结结巴巴的句子，追忆诉说他在阿普顿的童年。有一晚，胡迪尼突然面对科恩医生。

“好想吃乡村炒杂碎。”他说。

因为胡迪尼住院期间一直都没有胃口，所以这个要求或许只是出于他对童年的怀念。乡村炒杂碎是犹太家庭的家常菜，是生菜加上大量酸奶油的大杂烩。这位尽责的医生于是过街到附近的熟食店买了两份乡村炒杂碎。

“如果我死了，假灵媒宣布当天为国定假日不要太惊讶。”胡迪尼吃到一半，停下来若有所思地说。

礼拜二，一位正在蒙特娄开会的术后看护专家乔治·勒费佛医生被请到底特律来。勒费佛是主张顺势疗法的医生，他设计了一套实验性的血清来对抗在胡迪尼胃肠道里循环的毒素。勒费佛对胡迪尼施用血清之后的效果似乎很满意。他提到魔术师的体温降到华氏九九点四度，脉搏则为一百。柯林斯打电报给纽约的同僚：“进步神速，结果令医生满意，但仍未脱离险境，每天都有好转迹象，演出周六决定，有变化会通知你们，希望把行李与动物收好，每天都有数百通电报、花与信，柯林斯。”

十月二十九日礼拜五，胡迪尼的病情恶化成腹膜炎，毒物扩散到他的肠部，侵蚀了他的肠。院方决定为他动第二次手术。“胡迪尼先生对接受第二次手术的反应比我们预期的好很多。”病情报告写道，“他的情况非常严重，但我们并未完全放弃他复原的希望。他的体温是华氏一〇三度，脉搏是一三〇，呼吸是四〇。”

胡迪尼一直清醒有意识。礼拜六他写信给朋友：“这里的售票处只剩站票，我当然很得意也相当开心。只是我现在不太舒服，但我应该很快就会度过这次低潮。”

他的外科医生甘乃迪仍然守在他床边，两人有许多关于魔术、降灵论和相关哲学领域的有趣讨论。胡迪尼一度对医生说：“医生，你知道我一直想当外科医生，可是从来没机会。我一直很遗憾。”

甘乃迪吓了一跳：“怎么会呢，胡迪尼先生，这是我听过的最不可思议的话。你是同辈中最伟大的魔术师，最了不起的艺人。你取悦无数人，收入多得数不清，大家都崇拜你、尊敬你，而我只是努力在生活中挣扎，区区一个普通的外科医生而已。”

胡迪尼看着甘乃迪微笑说：“你说的或许是真的，医生，但你我之间的不同在于，你真的有为人做事。而我从各方面说来，只是一个骗子。”

周日过午不久，一群脸色灰白的医生聚集在四〇一号病房里的病床前。胡迪尼的兄弟哈定和纳坦围在他身边。李欧普对情况心知肚明所以没来。艾瑞许抬头看着弟弟戴许：“我猜我的奋斗已经结束了。”他丧气地说。几天前自己也住进医院的贝丝，总算在胡迪尼的妹妹葛蕾蒂的陪伴下被带到房间里来。她一看到丈夫的情况就开始尖叫。

“哈利！哈利！”她呜咽地叫着。

胡迪尼嘴巴一侧塞着一条管子。医生透过听诊器检查他的心跳。医生和护士的脸上泪如泉涌。

胡迪尼的眼睛，那对非常敏锐的器官，似乎空洞地盯着前方。他努力想说什么，但接着就颤抖地合上眼睛了。

“他走了。”医生说。

贝丝突然狂笑出来，他们带她回她的病房。

万圣节下午一点二十六分，降灵论者总算能宣布他们的国定假日了。

亚佛布克医生收藏

第二十五章 以眼还眼

降灵论者其实早就开始庆祝。在胡迪尼死的前一天，玛洁丽圈子内部的富豪成员德维科夫坐下来在纸上写字。他写了一封不寻常的信给朋友克兰顿。

亲爱的罗伊：

除了偶尔因为遗传力量的关系，否则即使个人受到他人冷酷对待，我的心性也很少对共济会“以眼还眼”的原则起反应。但——当我亲爱的好友遭人不断以诽谤与下流、可鄙的谎言，进行恣意、有系统的伤害时——我必须承认，拿撒勒耶稣的教诲对我来说形同虚文，即使不一剪子拔光冒犯者的牙，我也渴望“以牙还牙”！

几天来，一个以卑鄙的方式伤害我最亲爱的朋友，让事实一再发出哀嚎的无赖，一直在底特律摸索“第四次元”。

我或许有罪，我请求最高智慧的原谅，但我平静等候这次摸索的结果，我不需要告诉你，盘踞在我脑海中的其他念头——海涅的一首诗不断在我脑子里回荡，或许符合我的心境：

“没有人要念哀悼祈祷文（Kadish）

没有人要唱弥撒（Messe）”

请容我解释，德文的“Kadish”是犹太人为死者吟诵的祈祷文，而你知道“Messe”代表天主教的“弥撒”。不朽的海涅吟诵这首诗的时候，他指的是犹太教的叛徒。

献给你和米娜许多爱
你诚挚的朋友，
再见！
乔

根据一九二六年十一月二十日密歇根州卫生部颁发的一四八四〇号死亡证书，演员兼演说者胡迪尼是死于“破裂性阑尾炎”造成的弥漫性链球菌腹膜炎。一般认为其“外伤性阑尾炎”是蒙特娄马吉尔大学学生，在胡迪尼梳妆室出于好玩挥拳造成。奇怪的是胡迪尼的每一位医生在宣誓口供书中都保证，造成其死亡的根本原因是“外伤性阑尾炎”，这些医生必定知道外伤根本不存在这个事实。有挥拳造成外伤导致破裂却因忽略而死亡这种剧本，所以没有人想到其他如谋杀等可能性，因此也没有验尸。唯一提出异议的似乎只有纽约出版商贝拿·麦可法登，他寄了一封公开信给葛瑞斯医院的负责人，要求知道胡迪尼住院时吃了些什么，以及勒费佛医生“神秘的”新血清里究竟有什么。医学界并未提供解答。

下一个问题是由胡迪尼各种保险的承保公司所提出的。因为双倍的赔偿金条款，胡迪尼产业以意外为由，请求领取保险契约面额两倍的金额。经过调查，纽约人寿保险公司蒙特娄分公司的经理麦基恩宣称，胡迪尼在马吉尔演说后被打的报道毫无根据，而且他在访问胡迪尼演出戏院的经理阿比·莱特之后得知，魔术师到达时就已经是个“病人”，他不但随身带护士陪他去马吉尔大学演讲，最后还有人无意间听到她说：“我必须立刻带他离开这里。”恩斯特与胡迪尼其他的律师立刻回应保险公司的保留条款，他们取得整个巡回戏班的证词，肯定胡迪尼被打以前的健康状况。史麦利、普莱斯和怀德海描述梳妆室事件的证词也都证明冲突确有其事，现在就只差躲在这起谋杀案底下的幽灵们了。

万圣节的晚上，赖姆街十号的入口围成一圈，华特很快就吹起口哨，示意他的到来。他说胡迪尼会有很长的“适应期”，魔术师会非常迷惑，抗拒自己已经死亡的想法。

“我不确定，但我会接触胡迪尼，迎接他的到来。”华特得意扬扬地说。

同一天，玛洁丽对媒体发布有关胡迪尼死亡的声明：“我们很遗憾听到胡迪尼过世的消息。他是一个充满男子气概的人，具有坚定的决心与毋庸置疑的勇气。我们曾经款待他，我们在这栋房子与他的私谊一直是愉快的。虽然在其他地方与

某些时候我们有过摩擦。”

当晚，被记者骚扰的玛洁丽，“坚决”否认她曾经诅咒胡迪尼，或说过他活不过一年。不只记者问这个问题，曾经发誓“永远崇拜、奉献、热爱”，澳洲昆虫学家罗宾·提亚德博士也在十二月写信给克兰顿：“请务必告诉我胡迪尼猝死的细节！我听说华特表示过他会‘干掉’胡迪尼。是真的吗？果真如此，可能是他影响了那位年轻人，我听说他打了胡迪尼的肚子。你们也会记得华特透过我传递信息给麦克杜·加尔（当然，我没照做），说他‘很快会与他在这里再见’。如果他对付得了胡迪尼，或许也能把麦克杜处理掉。”

克兰顿很快便回复提亚德：“确实有人说马吉尔大学学生在胡迪尼的要求下打他的肚子，但他并非故意，此举或许导致胡迪尼乙状结肠轻微渗漏，因而造成腹膜炎与死亡。华特从来没说他会‘干掉’胡迪尼，根据我们的记录，在过去十三个月他反而说过七十一次：‘请代我向胡迪尼致意，并告诉他我很快将见到他。’我想你听到的是这个，但那是对胡迪尼而非麦克杜·加尔说的。华特不怨恨任何人，绝非因果关系的一环。他可能比我们先见到因果演变，仅此而已。”

克兰顿为何能如此权威地断定，怀德海是在魔术师的要求下打胡迪尼的？这一点令人困惑不解。尤其怀德海是唯一有资格为保险公司做此宣誓证言的人，但他在克兰顿写信给提亚德三个月之后才去做证。

当然，道尔爵士也被要求要对胡迪尼之死提出评论：“他的死让我感到巨大的震惊与深深的不解，”这位著名作家说，“他滴酒不沾，也不抽烟，在我认识的人当中，他算是最干净的那一种。我非常崇拜他，我无法了解为什么他英年早逝。我们是很好的朋友。”

除了描述胡迪尼的生活形态之外，整段评论都是谎言。菲尼亚斯预测胡迪尼将死已经一年，因为魔术师阻挡道尔代表的伟大运动的发展而想定他的罪。自从胡迪尼否定道尔夫人的通灵能力之后，两人就是死对头而非朋友。

如果怀疑胡迪尼是谋杀的受害者，那么由假灵媒构成的犯罪团体就必须被视为可能的嫌疑犯。安慰寂寞、失去亲人的人是一桩大生意，胡迪尼的宣传活动与附带的强力宣传，提升了公众对这种冷酷骗子的意识，而侵犯到他们的利益。有充分记录显示，敌对的降灵论者会以暴力对付揭穿者。林恩和胡迪尼都曾接到严重威胁其性命，足以令他们想要武装自己的恐吓。

降灵论者中的黑道对付这种事惯用的方法是下毒。胡迪尼死前，胡迪尼和贝丝都曾受到某种不明毒物所害。贝丝的病拖了很久，胡迪尼生命垂危时她也住院。根据贝丝的说法，医生认为她的病“当时比他危险得多，医生恐怕我有生命危险”。尽管胡迪尼严肃对待降灵论者的死亡威胁，但二十世纪二十年代比较不重视安全。胡迪尼在最后一份节目单中，征求观众讲述被假灵媒剥削的故事，还公布他家住址供观众回复。如果有人决心要对胡迪尼下毒，不会太难。

假灵媒对于财路被挡而不肯善罢甘休的事实，在胡迪尼死后多年也获得确证。一九七六年，拉玛·基内写了一本名为《灵媒黑手党》的书，这本书的书名完全反映其论点，而且它的作者过去就是假灵媒。基内透露他曾经举行过许多降灵会，“讨论到”用各种方式“加速某些老人的死亡，因为他们必定会留下许多财富给降灵论运动”。一位女灵媒在某次讨论中，宣称她擅长使用难以追踪的毒药。后来基内与灵媒决裂，加上接着又拆穿他们，导致两度性命险遭谋害。第一次，在书出版之前，一名刺客趁他在坦帕家中草坪上散步时射杀他，子弹差一点打中他，嵌在墙壁里。一九七九年那次，他就没那么幸运了。当时他在迈阿密散步，遭坐在车里经过的杀手开枪击倒，导致大腿动脉断裂。他因为迅速急救处理而获救。迈阿密警方的刑警告诉灵媒研究者威廉·劳雪，这起意外是“杀人未遂”，枪手可能是灵媒黑手党安排的职业杀手，那些灵媒曾经警告基内，如果他在书里透露姓名，将会遭遇不测。

胡迪尼死后，三十八年前曾与胡迪尼一起在纽约演出、手法灵巧的魔术师麦克斯·马里尼，对于他的老友有一段有趣的评论：“他不该与受过教育的洛吉和道尔作对。那些人不是骗子。他们相信自己做的事。哈利以为他们与他轻易拆穿的假灵媒一样。”

如果假灵媒因为胡迪尼挡他们财路而厌恶他，道尔和那些真正的信徒则是因为他阻挠新天启而鄙视他。道尔讨厌他还有另一个动力，在他眼中，胡迪尼自己就拥有通灵能力，他却公开反对灵媒。撇开公开言论不谈，道尔对熟人从不讳言他对胡迪尼的厌恶。早在一九二四年十一月一日，道尔在写信给克兰顿讨论《科学美国人》调查时，便预测普林斯和胡迪尼“会得到应有的报应……我想全面结算的日子很快就会到来，我们可以静心等待”。

在写给奥斯勒的信里，道尔对胡迪尼的命运说得更白。“他的死绝对是来自彼岸的裁决。”他写道。他的部分理由是，胡迪尼以魔术伪装隐藏自己真正的超自然力量。“如果他在攻击他们时使用超自然力量，灵界可能对他发怒。”

道尔觉得灵界“判定”胡迪尼该死，我们是否有理由说，道尔与班宁霍芬，以及其他与她相同的人一样，能够帮助幽灵完成他们的心愿？根据当代研究道尔的超自然研究者表示，道尔完全无法忍受别人反对他的意见。“他不习惯被别人指正。”丁沃尔观察道。他也捏造事实来支持他的降灵论论点。普林斯提到：“胡迪尼犯的错往往对他的论点没有帮助。换句话说，如果他把事实厘清，很可能也同样对他那类的宣传有帮助，但道尔爵士的失误，几乎总会有利于支持他的论点。”

道尔也会胁迫他人接受自己的意见。在哈利·普林斯揭穿一位他很喜欢的灵媒而与他发生争论时，道尔爵士让普林斯被逐出实验室，并暗示如果普林斯继续“抹黑”假灵媒，他的下场会跟胡迪尼一样。

我们很难以这些人格特质推断或暗示，道尔曾经积极执行菲尼亚斯对胡迪尼进行的死刑宣判，但那并不表示在道尔的圈子里，因为胡迪尼妨碍他们活动而责难他、预告他的毁灭，不会被其他降灵论者解读成一种暗号。而使这一切显得更急迫的是，道尔和他的密友知道时间所剩不多。世界的大危机已然迫近，世界末日就要到来。

一九二七年一月五日，克兰顿医生在第三十二届的麻州降灵论者协会年会中担任主讲人。与他一起发表演说的还有《拆穿胡迪尼》的作者哈蒙。既然胡迪尼已经不再相干，克兰顿和玛洁丽开始巡回全国，宣传降灵论教义，实现菲尼亚斯要他们成为美国运动领袖的期望。

普林斯的档案里包含对克兰顿医生的精辟分析：“（他）这个人一直学不会嬉戏。凡事严肃以对。另一方面，克兰顿太太非常爱找乐子。克兰顿医生把降灵论当作狂热的嗜好，克兰顿太太则充分发挥它的价值。他可以摆出科学烈士的姿态，自比为伽利略。全国五十万缺乏判断力的灵媒将玛洁丽视为某种弥赛亚，克兰顿医生因此在某些方面从他的声望中得到慰藉，他觉得以他的外科技术来说，那是他应得的。另一个有趣的要点是，克兰顿医生所受的教养是极端反超自然论的，但他一切所作所为似乎都在对抗这一点。他宣称华特完全消除他对死亡的恐惧。从他图书室的某些藏书来判断，这种恐惧显然是相当病态的一种。”

玛洁丽档案中有一封特别辛辣的信，那是玛洁丽的亲生儿子写给克兰顿医生在与前妻离婚后即已断绝关系的亲生女儿的信。“克兰顿医生……极端自负，”约翰·克兰顿写道，“他无法容忍任何人以任何方式反对他。”他描绘出来的那个人，因为“病态的自我中心”而必须“成为大人物”，他暗示那是大力投资玛洁丽通灵生涯的原因。除此之外，克兰顿也控制子女，约翰做证道：“我从没做过违反克兰顿心愿的任何一件事！”他告诉继父的女儿：“尽管我对医学不是特别憧憬，却为了他去读医学院。”他还提到，“我拥有的一切都是拜你父亲所赐。”

克兰顿在波士顿灵媒圈的敌人说，这位医生曾经威胁一位莽撞地想触摸玛洁丽制造出来的灵魂外质的调查员。据传他说：“如果他敢试，就不可能活着走出那间房屋。”年轻的约翰也提供另一则关于其继父的可怕故事。根据他的回忆，为了让玛洁丽在降灵会上制造出指纹来，克兰顿医生和道尔爵士曾经三更半夜到医院的停尸间去取死尸的指纹。

一九三二年，普林斯博士的秘书艾莲娜·霍夫曼与玛洁丽结为朋友，并向普林斯博士提交秘密报告。她们曾经谈到发生在克兰顿家，而胡迪尼唆使密勤局与英国下院议员戴调查的男童失踪案。玛洁丽的说法肯定除了纽顿之外，至少还有另一个男孩从英国来。根据她的说法，这个男孩的父母虽然穷，但仍然健在，克兰顿的姐姐劳拉把他从孤儿院带到波士顿。他们留他住在家里整个暑假，也想要收养他，但根据玛洁丽的说法，男童家不答应收养的事，因此他们又把他送回英国。据说在他回去以前，玛洁丽提到：“这个小可怜有腺状肿，需要割包皮。”因此克兰顿在家为他动手术。手术后，“小家伙坐在床上看着自己说：‘我已经不漂亮了。’约翰告诉他那没关系，他看起来也一样。”

根据玛洁丽的说法，小男孩离开后，“大家都写信来问他的下落，英国首相还发电报来问他在哪里，并要他们以电报回复。所以大家甚至说克兰顿医生对小孩动非法手术，谋杀他们。”她告诉艾莲娜。道尔似乎也很担心。在戴的调查期间，道尔写过一封未注明日期的信给克兰顿：“关于那个有福的孩子，他在回程中失踪了吗？你今天要给我答复。我必须知道这件事的细节，以便为我必须回答任何问题时做准备。”

玛洁丽讲述割包皮故事的同一天，她打开一扇柜子门，将一些华特制造的指纹收起来，并拿“一整架子的小孩照片，大部分真的都很可爱”给艾莲娜看。艾莲娜对这些照片发表评论时，玛洁丽告诉她：“那些是克兰顿医生剖腹接生的，很可爱吧？通通都是剖宫产宝宝。”据我们所知，无论自然产或剖宫产，克兰顿并不是以接生出名的外科医生。克兰顿的柜子里有远超过一百张的小孩照片。

胡迪尼在蒙特娄被殴肚子时，加拿大的总理是麦坎锡·金。金私底下是降灵论者，曾经举行降灵会与过世的母亲和狗交谈。金对灵界的兴趣，直到一九五〇年他总算下台两年后，才对加拿大震惊的大众公开。

白宫可能也有过类似的事情泄露出来。胡迪尼一直想证明，他有关柯立芝家族曾举行降灵会的论断是对的。一九二九年，在一封给英国超自然研究者普林斯的信中，克兰顿告诉他“长期对超自然研究有兴趣而活跃的”特隆·皮尔斯，已经正式被当时由克兰顿控制的美国超自然研究会任命为代表，将出席玛洁丽在伦敦的实验。“你可以进一步把他视为去年曾经招待……柯立芝总统三个月的东道主。皮尔斯先生的庄园是夏季白宫。”

皮尔斯家族借着石油利益取得巨额财富。皮尔斯与另一位降灵论信徒百万富翁德维科夫走得近吗？他们的影响力上达白宫吗？

历史一直没有记载在梳妆室恶意袭击胡迪尼的人是谁，直到蒙特娄记者唐·贝尔展开二十年的调查，才确认他的身份。贝尔的开创性著作，只是为魔术大师遭阴谋暗算的想法火上加油。怀德海是英属哥伦比亚声名不佳的城镇基洛纳一家弹子房的老板的儿子。虽然他在马吉尔大学的学生卡上注明自己毕业于基洛纳高中，但贝尔在那儿却找不到他的就学记录。怀德海的好友告诉他的根本是完全两回事。根据他们的说法，怀德海的父亲是派驻香港或新加坡的英国领事，他们相信怀德海在进马吉尔大学前，曾经受过正规的英语教育。

贝尔发现胡迪尼死后，怀德海等于是隐居起来，住在一个阴湿的公寓，里面从地板到天花板堆满旧报纸。他似乎只跟各式各样对追求性灵感兴趣的女人来往。其中一个女人正好就是玛勒夫人，她是赫伯·玛勒爵士的富有女继承人兼妻子，而玛勒爵士不但是加拿大总理长期的盟友，也曾经担任驻美大使。玛勒夫人据说与虔诚的降灵论者总理极为亲近，而她为何会与怀德海接近则不得而知。

仔细检视怀德海、普林斯和史麦利的口供，透露出一些有趣的事实。怀德海在那个灾难性的日子出现在胡迪尼梳妆室之前，与魔术师已经建立某种关系。他来是为了归还先前借的书，而胡迪尼与他也有一定程度的熟识，才会将他引介给另外两名学生。根据怀德海的口供，那个礼拜他和胡迪尼见过几次面。其中一次，怀德海宣称他们谈到长寿，胡迪尼因此给他一本十一月号的《科学美国人》样书。细读目录会发现，当期有一篇胡迪尼的老友霍普金斯有关长寿的文章。

怀德海说法的疑点在于，他宣称自己是到胡迪尼在皇家山饭店的房间里拜访他。但贝尔却查到，胡迪尼的戏班是住在公主戏院隔壁的威尔斯王子饭店。胡迪尼档案里有几张胡迪尼手书的便条，甚至包括一张给贝丝的，的确是写在皇家山的信纸上。胡迪尼在不同的旅馆另外租房间吗？为什么要这么做呢？

我们知道胡迪尼手下有与降灵论者社群有牵连的双面谍。胡迪尼与怀德海的互动，是否可能有意培植另一个这样的间谍？如果胡迪尼认真对待他所接到的死亡威胁，而我们知道他是认真的，避开其他团员另辟旅馆房间的确是审慎的做法。怀德海在口供里说，他曾经两度到皇家山拜访胡迪尼，有一次还留下他的名片。他们显然在礼拜五发生殴打事件前就见过，事实上怀德海宣称在事件后他们又见过两次。后来的拜访可能意在淡化他对胡迪尼的恶意攻击。可以确定的是，那个致命的星期五，怀德海在胡迪尼的梳妆室质问他的话，给人一种诡异的感觉，很容易引人联想起某些降灵论者，他们找机会引人谈论《圣经》，借此宣扬他们有关耶稣及其门徒是创造奇迹的招魂灵媒的主张。

怀德海坚持要谈《圣经》的奇迹，似乎令胡迪尼意外。当他拒绝评论，并暗示他在《圣经》时代可能会被视为奇迹工作者时，怀德海似乎被他的答案扰乱了。袭击事件旋即发生。根据怀德海的说法，是胡迪尼要他打的，但我们根据另外两名证人的说法得知，事实并非如此。胡迪尼被殴后脸上闪过的那抹苦笑，是否源于他对降灵论者总算得手的了然？这次动手是否是玛洁丽兑现要请朋友打他一顿的威胁？威尔斯王子饭店大厅怪异的袭击事件，也是降灵论者阴谋的一部分吗？

十一月二日那天，数百人在中央车站等候最后一次载胡迪尼回纽约的火车。胡迪尼的棺木被抬着通过车站时，大家都毫不掩饰地哭泣，暴露了脑中的思绪。两天后，超过两千五百人挤进慈善互助会参加丧礼。另外还有更多人塞在外面的街上，交通几乎瘫痪。胡迪尼的兄弟姐妹，包括李欧普全都来了。贝丝头戴黑纱，身穿黑丝连身裙，由罗森布拉特陪同出席，当棺木的盖子永远盖上时，她崩溃了。伯纳·德拉克曼拉比赞美胡迪尼，宣称：“他拥有不可思议的力量，那是他一直都不了解，也没有对任何人透露的。”丁特纳拉比补充道：“他非常杰出，是个独特的人，此外，他也是最高贵、最体贴的人。”

仪式结束后，在肖邦《送葬进行曲》的旋律逐渐消失之际，由二十五辆车组成的队伍，穿越曼哈顿街道，经过皇后区桥，造成交通瘫痪。当他们抵达皇后区马赫沛拉公墓的墓地时，贝丝又再度崩溃。

全国报纸都全面报道这个消息，胡迪尼得到许多赞美。《纽约世界报》写道：“他以魔术师起家，并且不断追求进步，以至于到了生涯后期，几乎赢得科学家的头衔。”

哀悼者列队在胡迪尼的棺木前。(寇克斯收藏)

《纽约时报》赞扬他“博览群籍,是书与艺术的双料收藏家”。《纽约太阳报》悲叹道:“他的过世使我们失去了一位伟大的艺术家与有用的科学家,他的心与灵魂完美无缺,使他受到同僚以及舞台脚灯前无数崇拜者的喜爱。”《纽约每日新闻报》的标题似乎为排山倒海而来的哀伤进行了总结——“征求:更多胡迪尼”。

诚挚的赞词从各方传来。“胡迪尼是截至目前当代最伟大的艺人,”幽默大师威尔·罗杰斯写道,“十八年前我在费城的基兹戏院首度与胡迪尼同台。在舞台上,我被绑在我的小马上,节目单上注明我演压轴……胡迪尼的手铐秀就在我之前。他上台时已经晚了。他吸引观众一个小时又十五分钟。没有一个人移动。他每十五到二十分钟从隔间里出来一次,汗流浃背,谦和地估量群众,看他们的接受状况如何。现在,请听好,他在隔间时什么事都没发生。整个戏院的人只是等待。他有那种没有人可以界定的特质,我们通常笼统地称之为演出才华。但那其实是理智、机敏与判断,无与伦比的能力、直觉、人格与对人超乎寻常的了解。”

“胡迪尼是一个有个性的人,”他的朋友卡特在《告示牌》杂志里写道,“他常遭人中伤,而且广泛被误解。他一生并不自私,总是为了帮助他的挚爱,以及比他不幸的人而奉献。他的善行是多方面的。他济助、提拔许多贫穷的艺人。他做这些事时是如此谦逊，因此只有他最亲近的朋友才知情。他奋斗了许久许久。他为原则而战，这个原则是魔术的核心，也是值得尊敬的地方。他无处不战斗，在舞台、媒体、家中、美国参议院、教堂、玛廷卡后面的小房间里，或任何美国魔术师协会集会的会议室里。他是同辈魔术师中最有出息、最具代表性的人物。他是一位知名人物，对我们这些现代魔术的拥护者来说，他留给我们的回忆，是我们永远也偿还不了的。单单他的名字，就赋予魔术尊严。”

在丧礼结束几天后的追悼仪式上，影星艾迪·坎特在赞美他的朋友时崩溃，必须由旁人搀扶才能走下台。

胡迪尼的遗嘱中有一个条款，指定胡迪尼的道具由哈定继承。那是当作借用而非赠予，因为胡迪尼也规定，哈定死后那些东西必须销毁。哈定立刻重回舞台。他预定一九二七年一月十日在新泽西州伊利萨白市的丽池戏院开演。同一天，丽池的经理威廉·马修透露他们接到威胁，有人要取哈定性命，并要求警察保护。根据马修的说法，哈定性命受威胁是因为“他继承了某些胡迪尼的秘密”。马修指的比较可能是胡迪尼的降灵论者调查档案，而非从球里抽出丝来的戏法。

六个月后，苏格兰场的刑警开始调查戴上校宅邸遭入侵的案子。戴担心的是一九〇九年胡迪尼送他的画被划破，画上有“致哈利·戴，他诚挚的朋友胡迪尼赠”的题字。戴告诉媒体他“无法想象这个破坏行为的动机”。划破胡迪尼的赠礼是随机的破坏行为，或想向戴传达象征性的信息？或入侵者是在找藏在画里的东西？

这时还在设法想要参加玛洁丽降灵会的超自然研究者丁沃尔，寄了一份英国报纸报道该事件的剪报给克兰顿。“胡迪尼就是透过这个人打听你的孩子。你被报复了！”丁沃尔写道。尽管这对克兰顿来说几乎不算新闻，但剪报和字条最后还是进了克兰顿的剪贴簿。

那本剪贴簿里还有一份克兰顿于七月六日，也就是戴家遭人闯入两周后，寄给道尔的信的副本。

亲爱的道尔爵士：

你是否注意到六月二十二日下院议员戴的公寓遭破坏者劫掠、摧毁？如果我们迷信，可能会说是复仇者老约翰正在执行任务。虽不是因为未公平对待玛洁丽而起，却是其必然的结果，我们应该注意到以下事件：

一、普林斯博士丢掉他在美国超自然研究会的工作。

魔术师同僚卡特（中）为胡迪尼写了一篇感人的悼词。（席德·佛莱许曼收藏）

二、康士塔博士神秘封口。

三、麦克·杜加尔从哈佛“高升”。

四、科德离开哈佛。

五、福斯特·达蒙离开哈佛。

六、马歇尔离开哈佛。

七、席耶尔离开哈佛。

八、胡迪尼死亡。

九、丁沃尔离开超自然研究会。

十、下议员戴的东西遭破坏。

希望您和道尔夫人愿意来拜访我们，那将是心灵研究的新高峰。将您在赖姆街所观察到的所有现象写成一本书，最后附上各种指纹，将与你做任何其他事一样，能改变世界。对你们致上我们全部的爱。

一如以往的，

克兰顿医生

一九二七年八月十五日，刚结束西部巡回回家的哈定，到斯奈德街警察局报案，因为他家在他外出演出期间遭入侵。一位替哈定转寄信件的朋友，看见储藏间的门被强制打开，而储藏间通往厨房的门有两块嵌板被割下来。然而珠宝、亚麻织品和其他有价值的东西，以及一万五千美元的自由公债却原封未动，那些“贼”将几件胡迪尼的装置拆开来找。这件刑案未曾侦破。

又过了一阵子，哈定当着乔·海曼的面，用他家地下室的炉子烧毁胡迪尼所有的个人档案。根据海曼的说法，哈定“差点把他家都烧掉了”。

曾借到一只重要证据（华特的拇指纹）的凯灵顿，一度是《科学美国人》委员会中唯一支持玛洁丽的人，但到了一九三二年八月。他却转而确信玛洁丽是骗子。有一次他到费城旅行，一天回到公寓时，很惊讶地看到有人用暴力打开一扇窗户闯入他家。当他写信给拇指印的所有人时，就已经知道闯空门的主导者是谁：“当时我跟几个人提起这个事件，结果接到警告，说有人将不惜一切取得证据，或湮灭既有的证据。他们不加掩饰地警告我，我要面对的是‘黑道’，并且建议我看着办。”

凯灵顿相信拜访他的是复仇者老约翰。

“我不相信（贝丝）会完全康复，”胡迪尼死后布雷克写信给基尔比，“他对她来说不只是一般的丈夫。”丧礼结束后，她到大西洋城开始一趟休养之旅。接着回到褐石屋开始打包丈夫的书，仔细整理他的财物。她打开其中一个盒子，发现里面装满写给胡迪尼的情书，包括黛西写给胡迪尼的热情书信。贝丝对黛西发飙时，这位柜台小姐告诉她那些信只是逢场作戏，总算勉强使这位寡妇息怒。其他作者就没那么幸运。贝丝约她们来见她，当她们全部同时抵达时，却让女仆告诉她们胡迪尼夫人病重无法见她们，并且打发她们各自带着一捆自己的情书回家。

处置完有血有肉的敌人之后，贝丝一刻也不迟疑，立刻将胡迪尼的其他真爱，他的收藏逐出家门，她一直被迫与它们分享她的家。贝丝花了几个月才把丈夫的书安排好，有些捐给国会图书馆。她把戏剧书卖掉，把几件胡迪尼的物品送给他的好友。接着她亏本卖掉房子，另外买一间小一点的，跟她的母亲、外甥女和姐妹同住。根据威廉·法拉奇的说法，搬家前“她找旧货商来，让他带走好几货车的东西。如果胡迪尼知道，一定会死不瞑目。包括好几箱的手铐和数以千计的钥匙、假的邮袋锁、世界各地牢房的钥匙等。世间的荣耀就此消失”。代表胡迪尼灵魂的东西，他的锁、镣铐和钥匙，现在只是丢在旧货商货车后头等着被处理掉的垃圾。对胡迪尼来说，这些东西跟他的奖杯一样宝贵，结果沦落到包厘街的当铺橱窗里，一点尊严都没有。

胡迪尼曾经与许多朋友约好，给每个人一个独特的暗号，好让他们能超越坟墓与他交流。据说他曾跟超过二十个人约定，每个人的暗号都不同。一九一七年十二月二日，他到希里亚在《告示牌》杂志的办公室去找他，把一本罗杰氏同义词词典放在他桌上。希里亚打开书发现里面用铅笔题了字，正当他想感谢胡迪尼送他礼物，这位访客却打断他。

“希里亚，书里有我们的暗号，”胡迪尼小声说，“但千万不要跟任何活人说。如果我先死，你接到包括这些字的信息，就知道那是真的了。”

那本书希里亚用了好几年，总是会留意标题页的题字，但魔术师过世三个礼拜后，他拿起书却很惊讶地发现，虽然胡迪尼的签名还很清楚，暗号文字却已经褪色。希里亚请教笔迹专家，他们告诉他铅笔写的字应该不会褪色才对。仔细检查发现，铅笔的压痕还在，因此希里亚仔细重描一遍。但只过了一夜，他很惊讶地发现书页上的文字又再度褪色。

胡迪尼似乎也在其他不寻常的情况下显灵。先前在让人制作要用来装饰坟墓的胸像时，胡迪尼请他们做了三个黏土复制品。一个自己保留，一个给戴，一个给乔·海曼。胡迪尼死后十天，海曼的掉到地上摔了个粉碎。几天后戴的也发生一模一样的事。

早在胡迪尼过世之前,就已经有怪事发生。胡迪尼的一个降灵运动调查员吉瑟，写信向奥斯勒报告这样的事件 :“一九二六年十月二十四日礼拜天晚上十点五十八分,我的房间发生了一件事。胡迪尼曾经给我一张他的相片,我把它裱框挂在墙上，在前述的日期和时间，照片掉到地上，玻璃打破。现在我知道胡迪尼会死。或许这些灵异现象终究有些含意。”

道尔爵士在十一月接到一份胡迪尼回来找灵媒的报告后，开始与贝丝通信。很遗憾贝丝的回复一直没有公开，但内容可能跟《纽约时报》访问她，请她针对麻州阿特布罗市灵媒接到胡迪尼信息之事发表评论时的说法类似。胡迪尼的信息大都被扭曲，但有一些词句仍可解读 :“与死亡斗争令人痛苦”是其一，还有“上帝是真实、上帝是爱、上帝是无可比拟者”以及“去见我的朋友，告诉他们胡迪尼还活着”。

“胡迪尼是异常有智慧而聪明的人，”贝丝告诉《纽约时报》的记者，“这些信息毫无例外全都很蠢……只有我掌握解读信息的钥匙，那是胡迪尼在工作时说过的一句话，这句话能让我认出真正由他那儿传来的信息。”

胡迪尼过世后，贝丝大肆清理房屋，但她保留了所有的奖杯。(亚佛布克医生收藏)

贝丝并不是没有试过。她告诉《纽约晚报》，每天到了胡迪尼过世的时辰，她都会坐在他的照片前等候征兆。“他死前答应如果可能，他会回来找我……当我坐在他的照片前，我觉得他在引导我，告诉我该怎么做。但愿他能说话！”

至少有一个人同意贝丝，至今所有胡迪尼信息都是“虚假而可笑的”。当时已经被视为超自然主题讲师的克兰顿，对于胡迪尼回得来的想法嗤之以鼻。“如果我们知道些什么，那就是人要安息四到五年后，才能与我们交流。这是华特教我们的。”因此玛洁丽才没尝试与胡迪尼沟通，医生补充道。

到了十二月，道尔每周与贝丝通信。双方对胡迪尼与道尔日益疏远的事表示遗憾之后，辩论起胡迪尼是否具有超自然力量。贝丝顶多同意接受，即使胡迪尼有超自然力量，他可能也不知道的想法。贝丝也让道尔知道，她仍怀抱胡迪尼会与她联络的希望。“当然，我们挚爱的上帝会让他捎来我所等待的信息，而不是各方人士宣称得自他的蠢信息。请相信我这句话：我发过誓如果我接到他的信息，或给你的信息，而里面有我们的暗号，一定会公之于世。在他灵魂回归其创造者的时刻（一九二六年十月三十一日周日下午一点二十六分），和每周日同一个时间，我都单独跟他在一起，祈祷着。”

新年时，道尔和贝丝的通信更加频繁。道尔将克拉克从蒙特娄寄给他的信转寄给贝丝，信中提到胡迪尼威胁要把道尔撕成“碎片”。贝丝站在辩护的立场宣称，胡迪尼绝对不会说那种话，事实上他是说他会把降灵论者的书全都撕成碎片。这时，道尔开始要贝丝去找他认识的纽约灵媒,还替她写介绍信。其中有一两次小“交流”令贝丝印象深刻，她也向道尔报告经过。“我很感谢你愿意做这么多，”三月八日他回信给她，“感谢你承认事实的勇气与坦白。现在你已得到满足。这或许是在考验你。”

这时贝丝拿出一万美元，悬赏任何能让她与挚爱丈夫搭上线的灵媒。她开始被全国怪胎寄来的信淹没。随着胡迪尼过世一周年的日子逼近，贝丝开始失常。十月十日，她到卡内基音乐厅参加一场辩论会，由代表降灵论者观点的亚瑟·福特，与代表魔术师社群的瑟斯顿辩论。这是一场怪异的对决。福特指责瑟斯顿宣称多数降灵现象都可以用手表大小的工具制造出来，并以一万美元打赌他做不到。他提到道尔夫人是世界顶尖的出神灵媒，并宣称“所有降灵现象都与玛洁丽共存亡”。轮到瑟斯顿说话时，他却临阵倒戈，宣称看过灵媒做一些他永远无法解释的事。

一周后，胡迪尼的墓碑揭幕，贝丝几乎崩溃。在仪式中，胡迪尼的律师恩斯特为贝丝读一封道尔的来信：“在你先生的纪念碑揭幕之时，我想向你表达善意。这种时候应该放下所有的差异。他是他那一行的大师，而且从某些方面看来，也是我所知最出色的人。”

后来道尔又写信给她，也寄了一些剪报。贝丝一个月后才回信，解释说自从揭幕仪式之后，她一直“病得很重”。十二月，仿佛晴天霹雳，贝丝宣布她要表演杂耍，把一个人冻在冰块里，那是胡迪尼多年前在英国实验过的节目。她在曼哈顿一家空店铺里召开记者会，将穿着橡胶衣的苏族印第安魔术师瓦卡·坦卡放进金属容器里，再加上一吨半的冰块将他冻起来。结冰后，又在前面凿一个洞让他把脸露出来。贝丝告诉聚集的媒体，除了冰人特技之外，她还打算从手铐或约束衣脱逃。一个月后，贝丝和印第安人又表演了一次冰人特技，结果她被制冰用的二氧化碳熏昏。根据报纸报道，“当印第安人找火的时候”，她被送到医生那儿去。贝丝的秀一直没能在连锁戏院推出。

不过她还是有一位崇拜者。“诚心希望你的新节目会成功，”一九二八年二月十二日道尔写信给她，“希望一切顺利。”接着他回复贝丝关于她家一面镜子破裂可能是胡迪尼造成的报告。“我想镜子事件各方面的迹象都显示，那是一则信息。毕竟这种事没发生在别处。这屋里的镜子从来没破过。为什么偏偏你的会破？如果出于某些因素使他无法传递他的信息，这种活力充沛的事很像是他会做的。如果我们对未来的看法为真，当权的力量可能一时禁止他使用他生前最想否认的天赋，不也是可能的吗？不过你会有机会检验的，我深信这一点。”

亚佛布克医生收藏

第二十六章 死亡不存在

一九二九年一月八日刚过中午，福特牧师和他的追随者就来到贝丝位于培顿街的家。几天前她跌了一大跤，所以现在头上缠着绷带，身上盖着毛毯躺在她的法式沙发上。福特在她身边放了几张椅子围成圆圈，然后放下窗帘遮住阳光。灵媒的几位好友陪着她，包括与她同住一间公寓的富商法兰西斯·费斯特，《科学美国人》的副主编约翰·史塔佛，他的妻子陶乐西，和另一位名叫海伦·默里斯的女士。除了他们之外，还有两名记者在场，合众国际社的哈利·赞德与《纽约晚间画报》的女编辑莉雅·札尔。贝丝的媒体经纪人查尔斯·威廉斯和她的老朋友米妮·却斯特也来了。

福特到场是为了传递胡迪尼来自彼岸的信息。

近一年来，这位灵媒不断接到来自胡迪尼母亲和他本人的信息。前一年的二月八日，在出神状态下，福特的指导灵大卫·福莱契将怀斯太太带进这个圈子。她想传达一个词：宽恕。福特在曼哈顿的第一降灵论教堂寄了一封信给贝丝，通知她这项突破。

对他刮目相看的贝丝回复道："那的确是他一直偷偷期待的信息……这是我接到的第一个看起来有真实性的信息。"

在英国和欧洲度过几个月后，福特回到纽约继续主持降灵会。从十月九日到第二年一月五日，怀斯太太和胡迪尼都造访了他们的降灵会，给他们十个字的暗号，后来他们把暗号交给贝丝。等她听到这个暗号时，就会完成与胡迪尼事先安排好的信息。完成这件事对胡迪尼来说非常重要。

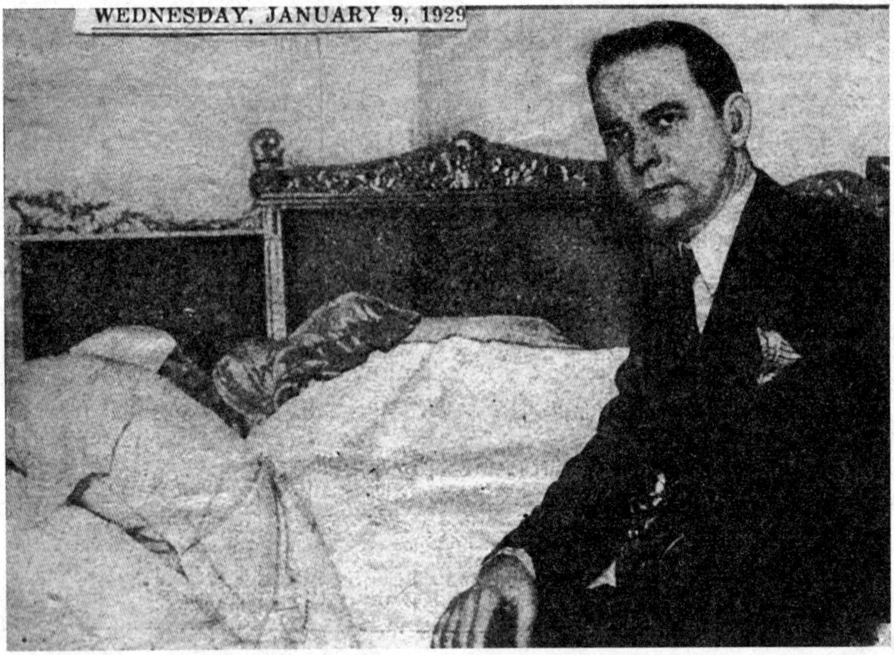

福特牧师召唤出胡迪尼的灵魂后，在绑着绷带、已经镇定下来的贝丝身边拍照。（古里顿收藏）

“我是来感动你们的，让你们了解这一点非常重要，超乎你们想象的重要，”胡迪尼透过福特的声音说，“我想将这个信息带到世人面前，这将使你们和我的名字出现在欧美所有报纸的标题中，出现在胡迪尼已经向世界证明，死后生命确有其事的声明中。”

胡迪尼透过福莱契带来的暗号是：罗莎贝——回答——告诉——祈求——回答——看——告诉——回答——回答——告诉。“胡迪尼说这个暗号只有他们夫妻知道，全世界只有他们俩知道，”福莱契告诉那群人，“他说她必须将一切公之于世，而且必须由她来说，你们只是代理人。他说这件事披露之后，会引起真正的风暴，许多人会想要摧毁她，她会受到各种不好的指控，但是她很诚实，所以愿意信守生前与他一再确认的约定。”

现在，有了这些信息做后盾，他们便到贝丝家准备验证胡迪尼的暗号。福特坐在椅子上，用自由牌丝质蒙眼布盖住眼睛。他放轻松然后进入出神状态。当他身体开始颤抖，就是福莱契已经显灵的征兆。

“这个人已经来了，”福莱契说，“跟那天晚上是同一个人。胡迪尼来到这里，他希望他的妻子在他死后，如同在他生前一样忠诚地接收他的信息。他要我说：‘哈啰，贝丝，甜心。’他想重复那个信息，为你做个了结。他说暗号是你曾在秘密读心术节目中用过的字。”

他向贝丝重复那十个字。

“他要你告诉他，这些字是否正确。”福莱契说。

“没错，就是这些字。”贝丝说。

“他微笑说：‘谢谢你。’这样我就可以继续了。他要你脱掉结婚戒指，告诉他们‘罗莎贝’的意思。”

贝丝把左手从毛毯里抽出来，缓缓将婚戒从手指上脱下来。她将戒指握在前面，开始用微弱的声音唱道：

> 罗莎贝，甜蜜的罗莎贝，我爱你超乎言语；
> 你对我施魔咒，我爱你！我的罗莎贝！

贝丝擦去眼中的泪水。

“他说：‘我感谢你，亲爱的。我第一次听你唱那首歌，是多年前第一次同台表演的时候。’”福莱契说道。

贝丝点头同意。

“接着他要告诉我，除了他的妻子之外没人知道的事。他笑着拿一张照片给我看，把帘幕像这样，或像这样拉开。”福莱契说。

贝丝理解他的暗示：“我把帘幕这样拉开。”（Je tire le rideau comme ca）她说，那是她在法国表演《变身》将帘幕拉开时，胡迪尼教她的法文。

“现在除了罗莎贝之外的另外九个字，可以拼出我们暗号中的一个字。”福莱契传达胡迪尼的信息。胡迪尼解释说“回答”代表B这个字母，“告诉”代表E这个字母，“祈求”“回答”代表L这个字母。“看”代表I这个字母，“回答”“回答”代表V。暗号翻译出来之后，拼成了“相信”这个字。

“我想传回去给我妻子的信息是‘罗莎贝，（要）相信’，”福莱契转达道，“正确吗？”

“是的，是的，那就是他的信息。哈利——哈利！”贝丝忍住眼泪说。

“他说：‘请告诉全世界，胡迪尼仍然活着，他将证明一千次、更多次。’他相当兴奋。他说：‘尽管我用这些花招跟各位联系，但我的内心还是真诚的。以前不相信这些事所以才出此下策，现在我知道是千真万确的了。现在我诚挚地传来这些信息，是为了弥补这件事。请告诉所有那些因为我的错而丧失信仰的人，请重新把握希望，抱着生命会持续的知识活下去。死亡不存在。这是我要透过我的妻子以及这种方法，传达给世人的信息。’”

贝丝往后靠在长沙发上，几乎发狂。

胡迪尼显灵了。

> 胡迪尼打破死亡的锁链，透过暗号从坟墓发声。
>
> 胡迪尼捎来信息！
>
> 胡迪尼从坟墓里发言声援降灵论。

第二天，这个新闻成为世界各国头条，两位在场新闻记者有开降灵会的动人报道，更是让情况火上加油。世界各地的降灵论者都在庆祝他们有史以来最伟大的节日。

贝丝在接受记者访问时声援这场降灵会，并计划去保险箱将暗号拿出来。“我的朋友会说我疯了，我知道。许多亲近的人给我建议与警告，要我别再做这件事。但这是哈利要我做的。他命令我这么做。这是我们在他过世前安排好的。”为了坚定她的信念，她发表一份声明：“不管任何反对意见，我想表明福特先生给我的整个信息，依商定的顺序，是胡迪尼先生与我本人事先安排好的正确信息。贝丝·胡迪尼。”

第二天，整个计划不只沾上一些污渍，而是被阴谋大大地玷污了。情势出乎意料地完全翻转，撰写前一天报道的记者莉雅，透露整场降灵会以及胡迪尼暗号的传递，是福特与贝丝一步一步导演出来的。莉雅以更大的标题“胡迪尼信息是大骗局！”坦承她最初的文章是在降灵会正式举行前一天写好的，因为贝丝早已带着她一句一句排演过整个传话过程。根据莉雅的说法，在降灵会之前几周，贝丝曾邀她去参加许多场由“随性的人”举行的放荡狂饮派对，并且将这位记者介绍给她的男伴，一位年轻迷人的男人福莱契。莉雅在降灵会前一天拜访胡迪尼太太时，贝丝给她看一封费斯特和史塔佛给她的信，信里包含了暗号。接着莉雅借了那封信，然后赶到办公室去把信复印起来。下午六点回到贝丝家时，她问贝丝降灵会上会发生什么事。

“我会躺在起居室的长沙发上。福特先生进来时……我会被引介给他，我会说：‘我想你应该不记得我。很久以前我跟别人去卡内基音乐厅，当时你在舞台上谴责胡迪尼。’”

“‘是的，’福特会说，‘后来有人告诉我你是胡迪尼太太。在这样的状况下再见面真不好。来，让我们坐下，看我能否说服你，让你相信我至少是有诚意的。’福特会假装睡着，然后直接说：‘哈喽，贝丝，我们的指导灵是福莱契。’他会说：‘胡迪尼来了，他希望他的妻子在他死后，如同在他生前一样忠诚地接收他的信息。’”

接着贝丝继续描述降灵会的事。根据莉雅的第二篇文章，降灵会的过程与贝丝告诉她的一模一样，只是寡妇忘记说：“哈利——哈利。”直到她的朋友米妮提醒她为止。

降灵会第二天，莉雅打电话给福特，他正为降灵会带来的宣传效果感到心醉神迷。她想与他见面讨论这件事，他说他晚上要去新泽西参加一场演讲，但如果晚上十一点不会太晚，他愿意到她家去一趟。莉雅说她在工作，但如果能够约定时间，她会下班与他在她的公寓见面。他们约好晚上十一点十五分见面。

莉雅十一点前在总编辑威廉·普鲁曼和另一位记者爱德华·丘吉尔的陪伴下回到家，两个男人躲在小厨房里。福特准时抵达，两人坐在起居室，莉雅先问福特是否记得他们相识的那场“古怪的”派对。“你和贝丝一起去，我刚认识你的时候，你是大卫先生。”她说。

“我记得，没错，”灵媒说，“那很有趣吧？贝丝和我跟那些随性的人玩得很开心，不是吗？”

接着莉雅发动攻击，她告诉福特，她的报道在降灵会二十四小时前就写好了，还给他看有贝丝写的暗号的原始笔记。福特的脸色变得苍白。

“但你必须合作，”他恳求道，“真的，我很乐意给你金钱报酬。”

“记者绝不拿钱。”她回答道。

“那我给你大新闻的情报。我有一些很出名的客户。”他说。

“我不缺我要报道的内幕消息。”莉雅耸肩说。

“那我给你友谊，永远的友谊。”

“再讲下去，大卫，你就要跟我求婚了。”

他们俩都笑了。

“我知道你打算和胡迪尼夫人举办巡回演说。”记者说。

胡迪尼死后，贝丝与一些“随性”的人来往。（亚佛布克医生收藏）

“嗯，是啊，我一直都在巡回演说。”他说。

“这次是谁出资？”莉雅问。

“当然是我啊。胡迪尼夫人提供信息和暗号，我出钱。”

“这么说你并没有从胡迪尼那里得到信息？”

福特微笑道：“莉雅，你知道我绝对办不到！”

福特想让莉雅承认，既然第一篇报道已经付梓，《画报》的报道不能翻案，但记者告诉他报道只会更有趣。

“我可以做些什么，让他们忘了这回事吗？什么都可以。我可以为你做什么吗，莉雅？只要你跟我合作，我明天就给你一个很棒的大新闻。”福特看起来豁出去了。

“但我今晚是来采访新闻的。”她一边想到躲起来的那两个人和他们的录音机，一边微笑。莉雅没忘了要陪福特牧师一起出去，好让门房再见到他一次，必要时才可以确实指认。

莉雅揭发骗局的第二篇报道打开了水闸，胡迪尼的朋友读心术表演者杜宁格立刻跳上火线。他先告诉媒体，胡迪尼死前不久曾经告诉他，绝不会透过灵媒与任何人联系。接着杜宁格又搬出新的证人，一个名叫约瑟夫·班提诺的鱼贩，由他在胡迪尼太太家开记者会，替贝丝撇清与那些阴谋的关系。

“你们要搞清楚，我又不要钱，懂吗？”他告诉到场的记者，“如果你们那样想，我就必须介入。我就是不能让任何人践踏一位落难的女士。”

跟着杜宁格到贝丝家来的班提诺告诉记者，他正在跟一位认识黛西的女人交往，而黛西正好与班提诺住在同一栋楼。根据这个鱼贩的说法，福特从黛西那儿取得信息，而黛西则是在胡迪尼过世之前许久，就已经得知那些信息了。

这个新内幕似乎令贝丝手足无措，她气愤地否认黛西“知道她丈夫的秘密”。这下事情闹得不可开交。大家开始大吼大叫，米妮斥责班提诺，杜宁格则露出痛苦的模样。

“他们污蔑我也污蔑够了。”贝丝抱着她缠着绷带的头恸哭道。

“我不是在帮你吗？”杜宁格抗议道。

“你愿意为我死。你愿意为我死。”贝丝哭着说，她低下头好一会儿，一手压在胸前，一手戏剧化地伸向这位读心术表演者。

米妮和班提诺越吵越凶。贝丝歇斯底里地哭起来以后，大家都离开了房子。《纽约电报》记者与黛西联络，当时她正在福特的公寓里，她承认“稍微”认识班提诺，但其他一概否认。

另一方面，福特开始发动猛烈抨击，指控莉雅炮制假报道，因为他不愿意与她“配合”，一起说服贝丝出版她与因杀妻案在辛辛那提监狱服无期徒刑的《纽约世界报》前任编辑的通信。整起丑闻发展成“各说各话”的闹剧。当时没有人了解的是，有更大的阴谋想要以胡迪尼的信息借题发挥，这起阴谋延伸到波士顿，然后越过海洋直达世界最知名作家位于伦敦的家。

胡迪尼是否遭人蓄意谋杀的疑问，或许永远无法完全解答。世界最伟大魔术师之死，无疑使降灵论运动获益，而且只有他们获益。首先，克兰顿或许最有除去胡迪尼的动机，但等胡迪尼一死，立刻明白其死亡的意涵，并着手工作的人却是道尔。只要降灵论者与胡迪尼联络，使他成为他们在彼岸的实质代言人，他们就赢了。胡迪尼的传奇、他的声誉、他一辈子渴望的尊重、即使在临终时认为他未曾得到的地位，都可以一举抢过来。

杜宁格很清楚该怎么做。“招魂灵媒的骗术有一个最主要的法则。那就是集中对丧失亲人的人下手。”胡迪尼死了，还有谁比贝丝更失落？还有哪个人担任胡迪尼的发声管道，会比深爱他的哀伤寡妇更有说服力？

胡迪尼死后不到两个礼拜，道尔就写信给贝丝。如果他无法让她的丈夫改变信仰，他要凭他的三寸不烂之舌对“寡妇”下手，那是他对克兰顿提起她时用的称呼。一月八日他等得不耐烦了，于是对克兰顿下了一道指示：“不知道华特是否可能，替我们弄点真正能证明胡迪尼的东西。如果他着手打探，我相信他会发现胡迪尼太太很快会清醒过来……我正与她密切联系，她是个非常忠诚的小女人。她似乎很能接受我们的观点，只是要得到一些证据让她可以公之于世。”

道尔知道有办法取得那项证据的不二人选，福特牧师。

福特牧师在佛罗里达州匹尔斯堡的一个南方浸信会家庭长大。他第一次隐约感觉到自己有通灵能力，是第一次世界大战在军队服役期间，当时他会凭空听到袍泽的名字，几天后就在伤亡名单里看到同样的名字。一九二四年，他成为合格的出神灵媒，他的指导灵是“大卫·福莱契”，那是他在佛罗里达州已经过世的童年友伴的假名。福特非常有野心，三十岁不到就在纽约主持自己的降灵论教堂。

“我刚认识福特时，几乎无法相信他已经是出了名的灵媒，”道尔后来写道，“他年轻、胡子剃得干净、长相清新、打扮用心，他的整个外表，事实上也包括习惯，完全是个能彻底享受此世各种事物的俗人。他温柔、体贴，可能很受女性欢迎。

态度善于奉承。声音低沉。无论见识多么广的人，都乐于与他相处，即使在最放荡的圈子里也能如鱼得水。”简单地说，他正是为道尔执行任务的适当人选，他负责取得胡迪尼的信息，落实降灵论者的计划，同时掠夺胡迪尼的遗产。

胡迪尼不是第一个被道尔找回来为自己赎罪的降灵论反对者。一九二七年道尔的怀疑论朋友、作家兼出版商杰若姆过世。很快，道尔的灵媒朋友就带来他的信息：“帮我告诉他，我现在知道他是对的，我是错的……请向他表明，我没有死。”道尔立刻向世界大声宣告这个消息。道尔爵士的母亲，也透过道尔夫人传来类似的意见。

福特很快就成为道尔的门徒。“我们必须把降灵会当作一种生意来做，”道尔写信给福特，“那是你的工作，就如同写作是我的工作。你必须让我觉得花在你身上的钱是值得的。”他们计划让福特在欧洲各地劝人改宗。不久，《超自然新闻》便将福特称为道尔爵士的传人，他是“当代超自然的使徒”。但首先他在纽约有点事要办。

福特在伦敦待了六个月以后回到美国。秋天他终于到波士顿与克兰顿夫妇会面。福特首先承认降灵论在美国的状况很令人遗憾，因为胡迪尼的圣战对降灵论势力起了严重的蚕食作用。瑟斯顿与福特两人在卡内基音乐厅那场怪异的“辩论”，或许正是为了作为降灵论阵营激烈攻击的开场而安排的。福特进行攻击，瑟斯顿则撤销他所有的论点。知道瑟斯顿是道尔与克兰顿的朋友，也是降灵论的支持者，可以让我们得到一些启发。福特与贝丝也是在这场活动中相识的。

福特的第一个策略，以被认为是胡迪尼情妇的黛西为目标。黛西很快就完全改信降灵论，加入神速特的教堂，发表降灵论与魔术演说。

二月八日，在出神的状态下，福莱契让胡迪尼的母亲显灵，并接到宽恕的信息。当晚，费斯特用他所谓的本特利密码，以暗码发了一封电报给道尔，通知他当晚的活动。道尔立刻写信给克兰顿：“我接到纽约方面以密码传来的神秘电报。意思应该是我们的人已经发现胡迪尼的暗号，寡妇也承认了。我在等待细节报告。”

几天后道尔就得到他要的细节。福特寄了几份剪报给他，费斯特也火速寄出一封信。“我觉得这则新闻本身非常重要，所以我透过电报将要旨传给你……这个信息翻译出来是：我们的圈子透过福特接到消息，寡妇今天公开承认胡迪尼暗号为真，请通知霍勒斯·利夫。”（利夫是福特的英国灵媒朋友）费斯特向道尔报告后来发生的一些有趣细节。“胡迪尼太太以坦白、诚实的态度接受整件事，相当出乎我们的意料之外。首先，公开是出于她自己的意愿，而且她几乎是出于感激而亲自写了一封信给福特……我私下透过与胡迪尼太太友好的人得知，昨晚，她接到信息时，那个信息的力量与正确度让她激动落泪，现在她急切等待，希望她丈夫传来信息的管道能够畅通。”

福特会让她等。三月他回英国，然后托道尔的福，在瑞典、丹麦和德国巡回。等胡迪尼的母亲十月开始将胡迪尼的暗号传给福莱契的时候，福特已经握有完整的暗号。黛西会承认暗号是她告诉福特的，不过信息的实际内容只能得自贝丝。我们不难想象贝丝愿意为福特做任何事，因为截至在她家举行降灵会为止，她无可救药地爱上这个迷人、颓废的灵媒已经超过一年。

在村林用餐，早早回家，没有喝酒。

一九二七年十月十九日，贝丝日记

在胡迪尼过世之前最后一次巡回时，贝丝就已经严重酗酒。一年后，如十月十九日以及其他日子的日记显示，她努力在减少使用酒或包括大麻等药物。这是一场必败的战役。与福特交往也没有帮助。福特自己就是一个严重、有时候甚至是非常公开的酒鬼。对于别人得知他有这种习惯的问题，他有一个非常聪明的回应之道，那就是让他的“指导灵”福莱契威胁，除非福特戒酒，否则再也不现身他的降灵会。这与玛洁丽和华特对显灵之事发生争执一样可笑、一样聪明。

确定一九二九年一月要在她家举行胡迪尼降灵会后，贝丝真的是山穷水尽了。除夕时，她与福特一起出席一场通宵派对。她醉得站不稳跌倒，导致后脑撞到地板昏迷。醒来后，她被带回家，卧病在床，吃很强的止痛药催眠。

一月四日，福特最后一场，也就是胡迪尼暗号将完整出现的那场降灵会的前一天，长期担任胡迪尼秘书也是其好友的恩斯特律师被找到贝丝家来。他抵达时已经是深夜，当时贝丝在企图自杀之后失去意识。同一天稍早她写一封信给他，信在恩斯特抵达后立刻被交到他手上。贝丝在信中告诉他，她欠了很多债，还有她必须典当珠宝还债的事实。她还告诉他，自己做了很糟糕的事。“我病得很重——我想去找胡迪尼——他总是为我抵挡痛苦。我走后，有些事希望你为我处理。我非常疲倦。我感谢你，亲爱的恩斯特，你是胡迪尼和他不幸的妻子真正的好友。”

这不是贝丝第一次自杀未遂。过去她也曾经自杀过。三天后的晚上，贝丝找恩斯特来她家，将次日晚上福特的降灵会将发生什么事一五一十地告诉他。当恩斯特指控她给福特暗号时，她并没有否认，只说她不记得了。她告诉他暗号在制造者保管库公司胡迪尼产业的保险箱里。当律师告诉她，他有登录保险箱内容的明细，却不包括胡迪尼封缄的暗号时，贝丝没有告诉他，她在十一月时用胡迪尼死后制造的信封，装好暗号放进保险箱里。她也骗恩斯特，说她已经几年没有与福特见面或联络了，事实上她与他约会超过一年，他在英国时两人也持续通信。

关于福特如何取得暗号，贝丝对两人的朋友杰·阿波特又有另一番说辞。根据阿波特的说法，贝丝说有一天她在洗手时，结婚戒指掉了。福特很快替她捡起来。贝丝坚称，戒指内侧刻着《罗莎贝，甜蜜的罗莎贝》的歌词。但暗号中其他的字是怎么泄露出去的，则没有解释。

在最好的状况下，贝丝是被利用，而最糟的状况，则可能是与假装让胡迪尼起死回生的设计师同谋。这让我们想要问，为什么？她只是想博取媒体版面吗？不对，她是想一劳永逸地宣示自己的合法地位。她需要胡迪尼回到她身边，而不是米拉、夏敏恩或黛西的身边。不是李欧普或戴许。她需要他回到她身边，就像他以前在外面不检点之后那样。但她的伎俩不管用。她骗不了人。

降灵会之后，贝丝变得极度消沉。听到挚爱之人的音信，并没有给她带来喜悦。一月二十七日她写信给恩斯特："我觉得我病得很重，任何人对我说话我都想尖叫，见到认识的人情况也几乎一样糟……那些信息为我招来的反对看起来很不妙。你看不出我被扯进一件污秽的事吗？我还不能说。所以我做了我在一月四日那天做的那件事……让我的朋友相信我是故意背叛胡迪尼，真令人难过，真的非常令人痛心。"

同时，恩斯特从包括黛西等许多管道确认，福特向魔术商买了很多薄纱、磷光漆和灵媒道具。他也请教一些魔术师，想要学一些戏法。恩斯特还从贝丝那儿得知，她和福特参加了许多放荡的派对，包括一些据说是由黛西经营的"地下酒吧"举行的派对。谣传贝丝和黛西都经营兼作妓院的"地下酒吧"。无论如何，在传给她所属教堂领袖的暗号上，也沾满黛西的指纹。而当一些胡迪尼的朋友威胁要揭穿黛西参与其事的真相时，黛西威胁他们要公开她与胡迪尼的性关系，还说她随时有"一个以上的证人"可以帮她做证。

越来越消沉、嗑药、酗酒、狂乱的贝丝，终于住进布朗克斯区西丘疗养院，待了一个多月。在那儿"降灵论是禁忌话题"，她告诉恩斯特。她去戒除有毒思想顺便戒酒。

道尔爵士对胡迪尼信息造成反效果的反应，是典型的道尔作风。他写了一篇长达十二页的文章再度痛批胡迪尼构陷玛洁丽，非难他对道尔夫人的信息嗤之以鼻，并对福特传递信息大表赞美。最后，再加上诗意的糖衣。“如果这些相爱的手能穿透薄纱相遇，我们也将能如此……这是令人悲哀或不敬神的想法吗？……今天是胡迪尼，明天将是你我。死亡无法拆散我们，或破坏我们自然的感情，而全知的神明将这个非常必要的知识交给充满苦难的一代，这难道是必须忽略或模糊的信息吗？在这个案例中，我们提议进行实验。如果没有完成，它会被视为反对死后生命的有力论证，但是我们完成了。因此当然不能当作没发生一般地视而不见。”福特和贝丝的丑闻爆发开来以后，道尔为他最后的草稿进行了两处更动。他在倒数第二句的“但是”后面加了一个“显然”。接着又在最后加了两句话，“没错，我们最后必须仰赖胡迪尼夫人的坦白与诚实。但以我为例，我绝不会愤世嫉俗地去质疑它。”

在接到恩斯特两封详细描述上述许多污秽事实的亲笔信之后，道尔或许曾经修饰他的文章。恩斯特小心指出，他亲笔写这两封信，是不想让包括他自己秘书在内的旁人，知道贝丝陷入疯狂与消沉的可悲细节。接着他请道尔对这两封信的内容保密。道尔的反应果然也不出所料。他立刻写信给克兰顿医生。“现在说到这个胡迪尼实验。有一个危险的暗桩，华特千万不能撞上……胡迪尼的律师告诉我，胡迪尼夫人沉湎于酒精、药物和天知道的什么东西，变得完全不可靠。他说保险柜里根本没有什么装暗号的信封……”克兰顿立刻把信打出来，转寄给两个朋友。

国会图书馆

尾　声

哈利·胡迪尼已经过世，但在他创造的神话里，胡迪尼仍然年轻有朝气。艾瑞许·怀斯出身穷苦家庭，投入世界时，没受过多少教育，而且身负重担。这个有缺陷的凡人，凭着奋斗、谋略与坚忍，透过创造他能打败任何束缚的形象，将自己转化为美国第一位国际明星。这个形象实在太有力，因此他成为语言的一部分，成为神话、民间的传奇，尼采笔下超人的体现，不臣服于任何人类威权的超人。在他所反射出来的光辉中，我们都因此享有一些身为人类的尊严。

受到贝恩哈特为俄裔犹太人宣传的启发，这位超人转型成为超级英雄。他以空前的名气作为消防水管，扫荡冷酷骗子的街道，那些骗子专门折磨失去亲人的人，也是我们之中最为脆弱的人。他再度让自己转型，这次成为公众的捍卫者。

但他不相信他自己的神话。他告诉妻子，这个大世界对他的故事没有兴趣，在临终的病床上，他对一位惊讶的医生坦承自己是骗子。非常讽刺的是，尽管我们以后见之明对他的成功一目了然，但胡迪尼当下却看不出来。他是同时代最受欢迎的艺人。没有其他魔术师能填补他留下来的空缺。过世五十年后，他的名字被收入牛津英文字典中，成为日常用语。

胡迪尼已经成为真正不朽的人物了。

道尔爵士的晚年并不顺遂。他的财务状况因为他在西敏寺偏僻地点开设超自然书店亏损连连，而逐渐耗尽。

一九二九年他到南非进行传福音之旅时，会在演说中播放一些有趣的灵异照片的幻灯片。道尔在内罗毕放过一张栩栩如生的幽灵幻灯片之后，观众席中一个叫史宾瑟·帕玛的人站起来表示他就是那个幽灵，照片显然是造假，那是他的兄弟在英国“猎鬼”派对上拍摄的。道尔一回到伦敦就企图写文章支持那张照片的真实性，他宣称那张照片的底片是梅尔顿寄给他的。为了支持他的主张，他将底片寄到内罗毕的报社《东非标准报》，并拿出一千美元向帕玛挑战，要他证明那不是照片的原始底片。帕玛不小心损毁底片，不过分析过道尔的照片后证实，那张底片是翻拍照片得来的。事实上，帕玛的照片更能完整表现现场的状况。当帕玛接受道尔的挑战，而专家的证言也认定道尔的底片系伪造物时，道尔寄信到报社，宣称照片来源梅尔顿先生，“突然从自宅神秘失踪，而且有自杀的嫌疑”。

道尔和降灵论运动也有纠纷。因为一篇有争议的书评，批评道尔的灵媒朋友在牵制灵媒时太过马虎，导致道尔退出他参加了三十六年的超自然研究会。此外，他和菲尼亚斯也出现问题。当时道尔等待世界末日已经好几年，菲尼亚斯在时程表方面的疏漏令他泄气。如果他逼问菲尼亚斯这件事，他的指导灵就会笑他是“贪心鬼”，笑他总是那么渴求资讯。一九二九年十月，道尔违背菲尼亚斯的心意，抱病到斯堪的那维亚半岛巡回。菲尼亚斯在当地显灵斥责他“不听指挥”，告诉他“你必须跟我合作，不准一意孤行”。

这趟旅程让道尔非常疲惫，到了一九二九年年末，他苦于严重的心绞痛。油尽灯枯的道尔，开始对他的末世论产生怀疑。一九三〇年三月道尔写信给一位刚接到世界末日即将来临的信息的灵媒朋友，他说：“去年似乎有某种停滞，主宰的力量仿佛觉得他们已经说得够多，现在我们只需等待。当我偶尔怀疑我们是不是彼岸对人类某种不寻常的恶作剧的受害者时，会感到片刻的疑惑。为了向世人传播我的超自然知识，给他们活生生的东西，而不是以宗教为名供给他们枯萎乏味的事物，我真是伤透了心。他们却告诉我，如果我安静几个月，我将会重生，而且到了世界末日之时，我将准备好执行他们所授命的任务。”

不到四个月后，也就是一九三〇年七月七日，道尔爵士靠椅子支撑，俯瞰他挚爱的索塞克斯乡下，以七十一岁之龄，在家人的围绕下去世。他最后一句话是对妻子说的。“你太棒了。”他说。

十月二十六日，在同一幢屋子里举行的降灵会中，道尔的幽灵回来了。降灵会后道尔夫人宣布，她和她的孩子对于能与道尔爵士说话“非常满意”，她很高兴下星期还安排了另一场。担任灵媒的是福特。

道尔的幽灵也向玛洁丽显灵多次。她在灵媒生涯末期，发展出一套自动书写的本领，能导引出道尔、诗人叶慈和他们的老友虫虫猎人提亚德的幽灵。道尔告诉她，他要制造出一些文字来，她可以以《福尔摩斯在天堂》出版。“你继承我的衣钵。”他鼓励她。

当时克兰顿医生已经过世。他从一段楼梯跌了下来而卧病许久之后，于一九三九年圣诞节过后两天去世。多年来他与玛洁丽的关系一直风风雨雨，但一九三五年，据说是华特的指纹终于被证实与玛洁丽的牙医相同，而她的灵媒生涯也无可挽回地被玷污之后，克兰顿对她似乎也失去了兴趣。经常要制造灵异现象的压力，已经把玛洁丽变成无可救药的酒鬼。在克兰顿医生调教她成为全球最著名的灵媒前，曾为妇女参政权与和平而游行、充满活力的年轻女子，已经变成邋遢、超重的中年妇女，丧失过去对异性颇为可观的吸引力了。

她为了成为玛洁丽而付出代价。多年来她一直摆脱不了一些流言，传说为了帮她在降灵室里能让更大的物体显形，克兰顿为她动手术改变阴道口大小。博德的自白也帮不了她。一九三〇年他写了一篇秘密报告给美国超自然研究会，坦承玛洁丽曾经在一场有胡迪尼参加的降灵会前紧张地找他，求他如果没有发生任何灵异现象，要他按电铃盒或“制造其他会被视为华特显灵的现象”。

玛洁丽的悲惨境遇在一九三一年达到顶点，那次她被认为因为受恶灵影响而离开降灵室，爬到赖姆街十号屋顶上，眼看就要往下跳。后来是一位降灵会成员朗诵《主祷文》，才让她回过神来。

克兰顿死后，玛洁丽开始与美国超自然研究会的主席威廉·布顿交往。她搬进他在纽约的公寓，往返于纽约市与克兰顿的麻州农场之间。过去几年的压力似乎也对华特造成伤害。一九四〇年好几个月，他答应让道尔多年前在农场送玛洁丽的爱杯显形。降灵会一场接一场，他不断为显现不出来找借口。最后，在一九四〇年三月十九日那天，我们所知的最后一场有记录的降灵会上，华特“发表非常鼓舞人的声明，表示我们很快就会展现重要的灵异现象”。

到了一九四一年年中，玛洁丽已经病入膏肓。她搬回赖姆街十号等候死亡。她过世几天前，一位超自然研究者南德·佛多坐在她床边，手上拿着笔记本，建议如果她能坦白说出整个灵媒生涯的事实或许最好。他愿意记下她的自白，并记录下不为人知的方法。

玛洁丽模糊地咕哝了几句。

“你可以再说一遍吗？”佛多问，准备下笔。

“当然，”玛洁丽说，“我说，你去死好了。你们这些‘超自然研究者’都去死。”

她笑了。

“你为什么不猜猜看？”

她又笑。

“你们下半辈子……全都要继续猜。”

胡迪尼过世后几年，贝丝到佛罗里达的棕榈滩拜访胡迪尼以前旗下的歌舞女郎陶乐西。陶乐西很震惊贝丝看起来那么苍老，而且放任头发完全灰白。她穿着白色连身裙、戴白帽子。“白衣女郎。”贝丝打趣说。令陶乐西惊讶的还有别的。贝丝现在是小牛郎的头号目标，还被揭露躺在某个男人怀里，而那个人刚好是陶乐西丈夫的朋友。其他诱惑者或许可以到贝丝开在西四十九街，但维持不久的茶室中找到她。茶室的装潢以魔术为主题，但随其他事物一起消失的是她的投资。根据陶乐西的说法，在失败的生意与年轻帅哥之间，事情每况愈下，糟到哈定必须介入，掌控仅存的保险收益，好为贝丝留住部分残余的积蓄。

福特以自己的方式，成为贝丝的玩弄者之一，只不过他想要的是胡迪尼的名气，而不是他的钱财。一九三〇年贝丝到纽约州西彻斯特的黑麦游乐场时，认识了爱德华·圣特。他本名叫查尔斯·大卫·迈尔斯，他长时间随巡回游艺团演出，以“国际无笑人”的身份表演，如果观众能逗他笑，就可以得到一千美元。观众不知道他不笑是因为脸上部分肌肉神经麻痹，他根本不可能笑。无论他怎么称呼自己，他对贝丝来说是天赐的礼物。他控制她的酒瘾，打理她的事业，花费许多心力维持胡迪尼的传奇于不坠。

让胡迪尼名声的火焰继续燃烧的活动之一，是纪念胡迪尼过世十周年的降灵会。圣特召集了一群有趣的人，包括美国魔术师协会南加州分会的会长、魔术杂志《鬼怪》的编辑、胡迪尼最早的搭档海曼医生、洛杉矶降灵论教堂协会会长，以及一位或许心照不宣地透露了胡迪尼生涯内幕的美国海军情报部门的代表。降灵会在洛杉矶距离著名的好莱坞大道与葡萄藤街交叉口不远的纽约荷兰移民后裔饭店屋顶举行。受邀的三百名宾客占满临时搭建的露天看台，现场广播节目将实况转播给全国数百万听众。

圣特在开场白里透露一个有趣的事实。“胡迪尼家里设有保险柜和金库，在银行里也有律师可以动用的金库；但现在有一个首次公开的秘密，那就是胡迪尼用胡迪尼以外的普通名字，在东方的一家银行或信托公司里租了一个保险箱，保险箱在哪个秘密地点只有胡迪尼知道，”圣特说，“这个保险箱里有高度机密的文件，还一直放着一个装镶宝石奖章的玻璃盒，和凯勒送给胡迪尼的礼物：一个加了稀有珍珠坠子的钻石问号别针……因为胡迪尼在底特律猝死，很多事情都没说清楚。法律、时限是存在的。年复一年，胡迪尼夫人一直在等联邦政府找到或打开，这个早已过期的保险箱的消息。或许保险箱是租来的，而且已经预付了好几年的费用。然而直到今天，这个秘密保险箱都还没被找到。从来没有任何灵媒或通灵者，在传达来自胡迪尼或幽灵世界的信息时，曾经对我们谈及这个保险箱或引导我们找到它。因此，如果今晚在任何城市有任何降灵会，相信他们能与胡迪尼联系，请他们以这个秘密保险箱的信息来证明自己吧。”很不幸，没有人做到，胡迪尼没有在洛杉矶显灵。

在降灵会的最后，圣特转向贝丝说：“胡迪尼太太，午夜过了。十年的期限已到。你决定好了吗？”

“是的，”贝丝哀伤地说，“胡迪尼没有显灵。我最后的希望已经落空。我不相信胡迪尼能回到我或任何人身边。在透过各种灵媒和降灵会，忠实地遵守与胡迪尼的十年之约以后，此刻我个人肯定相信，任何形式的通灵都不可能。我相信鬼魂或幽灵不存在。胡迪尼的神龛已经燃烧了十年。现在我要恭敬地熄灯。结束了，晚安，哈利！”

就这样，她缓缓将照亮胡迪尼相片的红色灯泡关掉。

多年来，贝丝不断被问起胡迪尼透过福特传递的信息。“有一段时间，我非常渴望得到哈利的消息，”贝丝告诉媒体，“我病了，身心两方面都是。我是那么热切，因此让降灵论者有机会折磨我的心，让我相信他们真的得到他传来的信息。”面对朋友时，她表现得比较腼腆一些。提到福特，她说：“可是他真是个俊俏的年轻人。”

一九四二年圣特以五十一岁之龄过世时，贝丝完全不知所措。“圣特死后，我着实崩溃了，”贝丝写信给哈定，“这个大傻瓜留给我成册成册的垃圾——他翻拍胡迪尼所有的照片，复制了几百份——数百座胸像——甚至复印他的信件——现在到底有谁会想要这些东西……可怜、亲爱的圣特——他把全部的钱都用来制作跟胡迪尼有关的东西——甚至到华盛顿买有版权的胡迪尼游戏……虽然圣特生前我从来不曾对他生气——我现在却为他留给我这一片混乱而恼火。”

贝丝最后住进护理之家，她在住进去的第一天就订下规矩。“护士推了一台轮椅到我的房间——我为此下的命令仍然在护士宿舍里流传，”她在同一封信里提到，“你不知道我多想念圣特。他为我做一切——尽管他有病在身，却还把我当婴儿那

白衣女郎。（亚佛布克医生收藏）

即使在胡迪尼过世后，哈定仍让自己活在他的阴影下。（国会图书馆）

样呵护——现在我孤零零的——虽然悲哀，却希望春天前能维持健康，好来纽约一趟。”

贝丝设法回家，却于一九四三年二月十一日死在途中。她的遗体在加州的尼德斯那一站被搬了下来。

哈定继续在连锁杂要戏院表演，以演出胡迪尼的节目为主，只有《倒立》除外，因为水牢太小容不下他。他在百老汇上演的《赫尔札波平》中表演五年，那是一出由奥森与强森创作的时事讽刺滑稽剧。第二次世界大战期间，他会进行劳军表演，就像他哥哥数十年前做的一样。他原本打算写 本有关胡迪尼的书，为了动手术住进医院时已经开始动笔，但他未曾出院。一九四五年六月十二日，哈定以六十九岁之龄过世。报纸上说，胡迪尼的秘密终于随着他一起埋葬了。

关于胡迪尼这个人还有许多未解的问题。你可以从他明明知道真正的日期，却要把生日改成四月六日开始追问。还有他为什么突然对巫丹那样不满？他是否曾正式与贝丝结婚？他介入梅尔维尔的间谍活动有多深？他是否真的相信弟弟李欧普与另一位兄弟的妻子调情，促成母亲的过世？

如果二十世纪六十年代你人在纽约，你有可能打听到那些问题的答案，事实上，只到一九六二年十月六日为止。当天晚上，一个略微奇怪、白发茂密、看起来有点像爱因斯坦的老人，离开他的小公寓套房，搭电梯到顶楼。他爬了一段楼梯，打开通往屋顶的门。多数日子，他会摸着晒衣绳，直接走向他的木椅，然后坐下来眺望哈得逊河。他看不清楚，因为七十岁以后，他的眼力就不灵光了。现在他已经八十三岁。二十二年前，他曾经是身价数百万的富翁，在康涅狄格州拥有大片产业，和一个品味很高的妻子。但婚姻以悲剧收场，他的财富也在股市大崩盘期间赔光。现在他孑然一身，住在曼哈顿印坞区的公寓套房里。

当晚他并没有停步坐下，而是走到靠二一五街的那一侧，爬到壁架上，然后往下跳。这不是魔术特技。他跌了六层楼，歪歪斜斜地经过七岁的盖瑞・史密特的卧房窗口，撞击路面时发出令人不舒服的轰然巨响。就这样，李欧普・怀斯医生离开人世，胡迪尼剩余的秘密，也随他一起离去。

胡迪尼——永远在巡回的路上。（国会图书馆）